Nicolas Rodriguez

C0-BLG-859

ALISTAIR MACLEAN
Goodbye Kalifornien

Alistair MacLean

Goodbye
Kalifornien

Roman

Lichtenberg Verlag

Die englische Originalausgabe ist unter
dem Titel *Goodbye California* im Verlag
Collins, London, erschienen
Die Übersetzung aus dem Englischen besorgte
Georgette Skalecki

© Copyright 1977 by Alistair MacLean
© Copyright 1979 für die deutschsprachige Ausgabe by
Lichtenberg Verlag GmbH, München
Alle Rechte vorbehalten, auch die des teilweisen Abdrucks,
des öffentlichen Vortrags und der Übertragung durch Rundfunk und
Fernsehen. Fotomechanische Wiedergabe nur mit Genehmigung des Verlages
Redaktion: Werner Heilmann
Korrekturen: Irmgard Wutz
Umschlaggestaltung: Hans Numberger
Satzherstellung: IBV Lichtsatz KG, Berlin
Druck- und Bindearbeit: Salzer-Ueberreuter, Wien
Printed in Austria

ISBN 3-7852-1224-0

Für Gisela

Es war zwanzig Sekunden vor sechs, am Morgen des neunten Februar 1972, als die Erde bebte. Die Erschütterung war nicht bemerkenswerter als eine von denen, die zum Beispiel die Bürger Tokios und seiner Umgebung ein gutes Dutzendmal im Jahr erschrecken. Hängelampen flackerten kurz, einige unsicher stehende Nippesfigürchen fielen von Regalen, aber ansonsten war nichts festzustellen. Das Nachbeben, das noch viel schwächer war, kam zwanzig Sekunden später. Hinterher erfuhr man, daß es vier Nachbeben gegeben hatte, aber die waren so schwach gewesen, daß sie nur von den hochempfindlichen Seismographen registriert wurden. Alles in allem war das Ganze eine unwichtige Begebenheit, aber mich beeindruckte sie sehr, denn es war das erste Erdbeben meines Lebens gewesen, das ich bewußt zur Kenntnis genommen hatte. Und ich finde, es ist ein außerordentlich beunruhigendes Gefühl, wenn sich der Boden unter einem bewegt.

Das Gebiet, in dem der größte Schaden entstanden war, lag nur ein paar Meilen nördlich, und ich fuhr hin, um mir die Sache anzusehen – aber erst am nächsten Tag. Teils wegen der Berichte über aufgerissene Straßen, beschädigte Viadukte und gebrochene Wasserrohre, aber hauptsächlich, weil die Verantwortlichen ganz entschieden unfreundlich auf Schaulustige reagierten, die die Arbeit der Instandsetzungs- und Ärzteteams behinderten. Die Gemeinde Sylmar, die das Erdbeben in voller Stärke abgekriegt hatte, liegt im San Fernando Valley in Kalifornien, ein paar Meilen nördlich von Los Angeles – aber diese Stadt dehnt sich ja dermaßen aus, daß Sylmar jetzt schon innerhalb ihrer Stadtgrenzen liegt. Für den uneingeweihten Betrachter sah es aus, als herrsche in Sylmar das absolute Chaos: Abschleppwagen, Bulldozer und Lastwagen fuhren scheinbar ziellos durcheinander, aber dieser Eindruck täuschte ganz entschieden: alles war bis ins kleinste durchorganisiert und unterstand einer gemeinsamen Leitzentrale. Im Gegensatz zu ihren unglücklichen Leidensgenossen beispielsweise in Nicaragua, Guatemala oder auf den

Philippinen, die von Erdbeben geradezu überschüttet werden, sind die Kalifornier nicht nur darauf vorbereitet, die Nachwirkungen von Naturkatastrophen schnellstens zu beseitigen – sie sind dafür auch entsprechend ausgerüstet. In San Francisco stehen zum Beispiel fünfzehn Krankenhäuser in Baukastenform an verschiedenen Schlüsselpunkten der Stadt bereit, die eingesetzt werden sollen, wenn die nächste Erdbebenkatastrophe kommt, die allgemein und mit großer Furcht als unvermeidlich angesehen wird.

Es waren zwar viele Häuser beschädigt, aber die Schäden waren nicht schwer – außer in einem ganz begrenzten Gebiet. Und in dem lag ausgerechnet das »Veterans' Administration Hospital«. Vor dem Erdbeben hatte der Komplex aus drei parallelen Häuserreihen bestanden. Die beiden äußeren Blocks waren unbeschädigt geblieben, aber der mittlere war wie ein Kartenhaus in sich zusammengefallen. Er war vollkommen zerstört. Sechzig Patienten hatten den Tod gefunden.

Der Kontrast zwischen den beiden intakten Blöcken und der Ruine mußte jedem unbegreiflich erscheinen, der nicht mit den kalifornischen Baubestimmungen vertraut war. Kannte man diese, so war alles völlig verständlich. Die Stadt Los Angeles hat das Pech, direkt auf einem tektonischen Bruch zu liegen. Er ist bekannt als Newport-Inglewood-Graben, und als eine Seite des Bruches sich 1933 in Relation zur anderen plötzlich mit einem Ruck vorwärts bewegte, kam es zu dem Long-Beach-Erdbeben, in dessen Verlauf eine große Anzahl Häuser einstürzte – einzig und allein, weil sie schlampig gebaut worden waren und auf unbefestigtem, aufgeschüttetem Boden standen.

Das veranlaßte die Verantwortlichen, umgehend neue Baubestimmungen zu erlassen, die dazu führen sollten, daß die Häuser in Zukunft so erdbebensicher wie irgend möglich gebaut wurden – und diese rigorosen Bestimmungen wurden rigoros durchgesetzt. Die zwei äußeren Blöcke des »Veterans' Hospital« waren nach diesen neuen Bestimmungen errichtet worden – einer in den späten dreißiger und der andere in den späten vierziger Jahren. Den Mittelblock, der dem Erdbeben zum Opfer gefallen war, hatte man in der Mitte der zwanziger Jahre gebaut.

Tatsächlich war er von einem Erdbeben zerstört worden, dessen Epizentrum immerhin etwa acht Meilen nordöstlich von ihm gelegen hatte. Doch das eigentlich Bemerkenswerte an diesem Erdbeben, das so erheblichen Schaden angerichtet hatte, war seine Stärke – beziehungsweise seine Schwäche. Die Stärke eines Erdbebens wird nach der sogenannten Richter-Skala festgelegt, die von eins bis zwölf reicht. Und es ist wichtig zu wissen, daß die Richter-Skala nicht arithmetisch, sondern logarithmisch steigt. Demzufolge ist also ein Beben der Stärke sechs auf der Richter-Skala zehnmal so stark wie eines von Stärke fünf und hundertmal so stark wie eines mit dem Wert vier. Das San-Fernando-Beben, das den Krankenhausblock in Sylmar zerstörte, erschien mit sechs Komma drei auf der Richter-Skala. Das Beben, das 1906 über San Francisco hereinbrach, hatte eine Stärke von sieben Komma neun gehabt. Das Erdbeben, das den Schaden in Sylmar verursacht hatte, brachte also nur *ein* Prozent der Kraft dessen von San Francisco auf! Das ist eine ernüchternde – und für diejenigen, die mit einer besonders lebhaften Phantasie gestraft sind – erschreckende Überlegung.

Noch ernüchternder und erschreckender ist jedoch die Tatsache, daß sich, soweit wir wissen, kein einziges großes Erdbeben – wobei als »groß« hier alles bezeichnet wird, was über acht auf der Richter-Skala liegt – jemals unter oder in unmittelbarer Nähe einer Großstadt ereignet hat. (Es ist möglich, daß ein derartiges Unglück geschehen ist, als Nordchina 1976 von einem schrecklichen Erdbeben heimgesucht wurde, das über dreihunderttausend Tote forderte, aber die Chinesen haben über diese Tragödie eine totale Nachrichtensperre verhängt.) Aber das Gesetz des Durchschnitts deutet ganz entschieden darauf hin, daß irgendwann einmal ein schweres Erdbeben in einer Gegend stattfindet, die nicht unbewohnt oder wenigstens nur spärlich bevölkert ist. Und es gibt keinen Grund anzunehmen – sofern man es nicht vorzieht, sich Scheuklappen anzulegen –, daß diese Möglichkeit heutzutage nicht schon eine Wahrscheinlichkeit sein kann.

Das Wort »Wahrscheinlichkeit« wird verwendet, weil das Gesetz des Durchschnitts durch die Tatsache unterstützt wird, daß – mit Ausnahme von China, der Türkei und in geringerem Ausmaß auch Italien – Erdbeben hauptsächlich in Küstengebieten stattfinden, und zwar sowohl auf dem Festland als auch auf

Inseln, und gerade in den Küstengebieten sind wegen des Handels und weil sie den Zugang zum Hinterland bilden, viele Großstädte gebaut worden. Tokio, Los Angeles und San Francisco sind drei Beispiele dafür.

Daß Erdbeben hauptsächlich auf diese Gebiete begrenzt sind, ist durchaus kein Zufall: ihr Ursprung ist – wie auch der Grund für Vulkanausbrüche – inzwischen kein Streitpunkt mehr unter Geologen. Die Theorie besagt einfach, daß in unvorstellbar ferner Vergangenheit das Festland aus einem einzigen, riesigen Superkontinent bestand, der von einem einzigen, riesigen Meer umschlossen wurde. Im Laufe der Zeit und aus Gründen, die noch nicht endgültig geklärt sind, zerbrach dieser Superkontinent in mehrere verschiedene Landmassen, die, getragen von ihren sogenannten »tektonischen Platten« – die auf der immer noch flüssigen Magma-Schicht der Erde schwimmen –, auseinander trieben. Diese tektonischen Platten stoßen ab und zu aneinander oder reiben sich. Die Auswirkungen derartiger Kollisionen bekommt entweder das Land oder der Meeresboden zu spüren – und zwar in Form von Erdbeben oder Vulkanausbrüchen.

Der größte Teil Kaliforniens liegt auf der »Nordamerikanischen Platte«, die aber nicht der echte Bösewicht an diesem Drama ist, da sie sich eher nach Westen zu bewegen scheint. Diese unsympathische Rolle spielt dagegen dieselbe »Nordpazifische Platte«, die China, Japan und den Philippinen so übel mitgespielt hat und auf der unglücklicherweise auch der Teil Kaliforniens liegt, der sich westlich vom San-Andreas-Graben befindet. Die »Nordpazifische Platte« rotiert wahrscheinlich langsam, Kalifornien schiebt sich dabei leicht nach Nordwesten, und ab und zu – wenn der Druck zwischen den beiden Platten zu stark wird – schafft die »Nordpazifische Platte« sich Erleichterung, indem sie entlang des San-Andreas-Grabens einen Sprung nach Nordwesten macht und auf diese Weise eines der Erdbeben verursacht, auf die die Kalifornier so wenig scharf sind.

Das Ausmaß der Verschiebung dieses nach rechts rutschenden Grabens – man kann nach einem Erdbeben auf einer beliebigen Seite des Grabens stehen und hat immer den Eindruck, die andere Seite sei nach rechts gerutscht – steht in direkter Relation zur Stärke der Erdbebenwellen. Gelegentlich kommt es auch vor, daß überhaupt keine seitliche Verschiebung stattfindet, und manchmal beträgt sie auch nur dreißig oder sechzig Zentimeter. Aber obwohl auch die Folgen davon nicht auf die leichte Schulter genommen werden dürfen, wäre eine seitliche Verschiebung von zwölf Metern durchaus möglich.

Tatsächlich ist in diesem Zusammenhang alles möglich. Der aktive Erdbeben- und Vulkangürtel, der den Pazifik umschließt, ist allgemein – und berechtigterweise – als »Feuerring« bekannt. Der San-Andreas-Graben ist ein wesentlicher Bestandteil davon, und zwei der schwersten Erdbeben – in Japan und Südamerika – haben auf diesem »Feuerring« stattgefunden. Sie hatten der Richter-Skala zufolge eine Stärke von acht Komma neun. Kalifornien hat eben nicht mehr Anspruch auf göttlichen Schutz als irgendein anderer Teil des »Feuerrings«, und es gibt keinen einleuchtenden Grund, weshalb das nächste Monsterbeben – ungefähr sechsmal so stark wie das von San Francisco – sich nicht zum Beispiel in San Bernadino ereignen und Los Angeles auf diese Weise im Meer versenken sollte. Und die Richter-Skala reicht schließlich bis zwölf!

Erdbeben auf dem »Feuerring« haben noch einen anderen unangenehmen Aspekt – sie können genausogut im Meer passieren wie am Land. Ereignen sie sich unterseeisch, sind riesige Flutwellen die Folge. Im Jahre 1976 wurde die Stadt Mindanao auf den Philippinen überflutet und fast völlig zerstört, und Tausende ließen ihr Leben, als ein Seebeben in der Öffnung der sichelförmigen Moro-Bay eine fünf Meter hohe Flutwelle verursachte, die sich auf die Ufer der Bucht stürzte. Ein derartiges Seebeben vor der Küste von San Francisco würde das gesamte Gebiet der Bucht verwüsten und wahrscheinlich auch die Sacramento- und San-Joaquin-Täler nicht ungeschoren lassen.

Es heißt, daß die Hauptursache für Erdbeben die Tatsache ist, daß die tektonischen Platten wandern. Aber es gibt auch noch drei andere Möglichkeiten, die als Auslöser von Erdbeben fungieren könnten.

Erstens: Ausstrahlungen von der Sonne. Es ist bekannt, daß Stärke und Umfang von Sonnenstürmen sich beträchtlich und völlig unberechenbar verändern. Es ist ebenfalls bekannt, daß sie gravierende Veränderungen in der chemischen Struktur unserer Atmosphäre hervorrufen können, die sich ihrerseits wiederum entweder beschleunigend oder verlangsamend auf die Rotation der Erde auswirken können – was, da es nur in Hundertstelsekunden meßbar wäre, von den meisten Menschen gar nicht bemerkt würde, jedoch einen beträchtlichen, ja entscheidenden Einfluß auf die schwimmenden tektonischen Platten haben könnte – und in der Vergangenheit vielleicht schon hatte.

Zweitens gibt es eine ganze Anzahl angesehener Wissenschaftler, die die Ansicht vertreten, daß extraterrestrische Schwerkraft einen Einfluß ausübt. Um festzustellen, ob ihre Theorie richtig oder falsch ist, sehnen die Wissenschaftler das Jahr 1982 herbei, denn dann werden alle neun Planeten in einer Linie stehen.

Der dritte mögliche Auslöser ist der Mensch selbst. Er hat seit Menschengedenken versucht, der Natur ins Handwerk zu pfuschen, und es gibt keinen logischen Grund, weshalb er seine Bemühungen nicht auch auf Erdbeben ausdehnen sollte. Eine Spezies, die es fertigbringt, der Natur ihre letzten Geheimnisse zu entreißen und als Resultat die Wasserstoffbombe zu präsentieren, ist zu allem fähig. Die Idee, Erdbeben zu steuern, indem man sie entweder auslöst oder ihre Ausdehnung behindert, ist nicht neu. Entsprechende Versuche für friedliche Zwecke sind schon durchgeführt worden. Unglücklicherweise – aber wohl ganz unvermeidlich – ist auch der Gedanke aufgetaucht, das Auslösen von Erdbeben könnte eine interessante Bereicherung des nächsten Atomkrieges darstellen. Eine Idee, die sich doch tatsächlich so in den Köpfen festgesetzt hat, daß bereits eine unterzeichnete und beeidete Übereinkunft zwischen vielen Nationen existiert, wonach die Verwendung von Kernwaffen verboten ist, die den Lebensraum gefährden könnten, indem sie beispielsweise eine Verseuchung der Atmosphäre und Flutwellen verursachen. Aber abgesehen vom Krieg kann man dieses Konzept auch noch für eine Menge anderer Zwecke in Betracht ziehen – und davon handelt dieses Buch.

Erstes Kapitel

Ryder öffnete mühsam die Augen, nahm den Telephonhörer ab und sagte ohne Begeisterung: »Ja?«

»Hier ist Lieutenant Mahler. Kommen Sie sofort her. Und bringen Sie Ihren Sohn mit.«

»Was ist denn los?« Der Lieutenant achtete im allgemeinen sehr darauf, daß alle seine Untergebenen ihn mit »Sir« ansprachen, aber im Fall von Sergeant Ryder hatte er es schon vor Jahren aufgegeben, darauf zu bestehen. Ryder reservierte diese Anrede für Menschen, vor denen er Respekt hatte – weder Freunde noch Bekannte hatten je gehört, daß er sie angewendet hätte.

»Nicht am Telephon.« Mahler legte auf, und Ryder erhob sich widerwillig, zog sein Sportsakko an und schloß den mittleren Knopf, wodurch die Achtunddreißiger Smith & Wesson unsichtbar wurde, die er auf der linken Seite in Höhe dessen trug, was früher einmal seine Taille gewesen war. Immer noch widerwillig – schließlich hatte er gerade erst einen durchgehenden Zwölfstundendienst beendet – sah er sich im Zimmer um: Chintzvorhänge an den Fenstern, passend bezogene Sessel, Bilder an den Wänden, Blumen in allen Vasen – Sergeant Ryder war eindeutig kein Junggeselle. Er ging in die Küche, sog bekümmert den Duft ein, der einer Kasserolle entströmte, in der es verheißungsvoll brodelte, schaltete den Herd aus und schrieb »bin in die Stadt gefahren« unter die Notiz, mit der seine Frau ihn instruierte, wann und auf welche Temperatur er einen bestimmten Knopf am Herd drehen sollte – dies war übrigens die höchste Anforderung, der Sergeant Ryder sich nach siebenundzwanzigjähriger Ehe auf dem Gebiet des Kochens gewachsen sah.

Sein Wagen stand in der Einfahrt. Es war ein Gefährt, in dem ein Polizeibeamter mit einiger Selbstachtung nicht einmal tot hätte sitzen mögen. Ryder verfügte zwar über Selbstachtung, aber er arbeitete auch für den Geheimdienst und hatte daher keine Verwendung für eine schimmernde Limousine mit der Aufschrift »Polizei«, mit Blinklicht und Sirene. Der Wagen war vor langen Jahren von der Firma Peugeot hergestellt worden und von der Art, wie sie leicht sadistisch veranlagte Pariser bevorzugten, denen es einen Heidenspaß machte, wenn die Fahrer von imposanten Straßenkreuzern bremsten und an den Straßenrand fuhren, sobald in ihrem Rückspiegel ein solches Vehikel erschien.

Vier Blocks von seinem Haus entfernt parkte Ryder, ging auf einem gepflasterten Weg auf ein Haus zu und klingelte. Ein junger Mann öffnete die Tür.

»Zieh deine Uniform an, Jeff«, sagte Ryder. »Wir sollen in die Stadt kommen.«

»Wir beide? Warum denn das?«

»Da kann man nur raten – Mahler wollte es am Telephon nicht sagen.«

»Das kommt von diesen idiotischen Krimiserien, die er sich unentwegt im Fernsehen anschaut – man muß geheimnisumwittert sein, sonst stellt man nichts dar.« Jeff Ryder verschwand im Haus und kam zwanzig Sekunden später wieder – die Krawatte bereits ordentlich gebunden, nur ein paar Jackenknöpfe waren noch zu schließen. Vater und Sohn gingen nebeneinander zum Wagen. Sie sahen ausgesprochen gegensätzlich aus: Sergeant Ryder hatte die Statur eines Eichenschranks. Sein zerknitterter Mantel und die ausgebeulten Hosen sahen aus, als habe er eine Woche in den Sachen geschlafen – er konnte am Morgen einen neuen Anzug kaufen und am Abend desselben Tages würde jeder Gebrauchtwarenhändler bei seinem Anblick die Straßenseite wechseln, um nicht in die Verlegenheit zu kommen, den alten Fetzen vielleicht von ihm angeboten zu bekommen. Er hatte dichtes, schwarzes Haar, einen ebenfalls schwarzen Schnurrbart und ein abgespanntes, von tiefen Falten durchzogenes Gesicht; seine ebenfalls dunklen Augen hatten im Laufe seines Lebens zu viele Dinge gesehen, die sie lieber nicht gesehen hätten. Vielleicht war das auch der Grund dafür, daß sein Gesicht meist völlig ausdruckslos blieb.

Jeff Ryder war fünf Zentimeter größer als sein Vater und fünfunddreißig Pfund leichter als er. Seine frisch gebügelte Uniform, die ihn als Angehörigen der Highway Patrol auswies, sah aus, als stamme sie aus dem teuersten Schneideratelier. Er hatte blonde Haare und blaue Augen – beides ein Erbteil seiner Mutter – und ein ausdrucksstarkes, intelligentes Gesicht. Nur ein Hellseher wäre darauf gekommen, daß er Sergeant Ryders Sohn war. Auf dem Weg zum Auto sagte Jeff: »Mutter ist längst überfällig. Meinst du, daß wir deswegen reinbeordert worden sind?«

»Wir werden es bald wissen.«

Das Hauptbüro war in einem scheußlichen Bauwerk aus braunem Sandstein untergebracht, das aussah, als würde es den Tag seines Abbruchs nicht mehr erleben. Es machte den Eindruck, als sei es ganz absichtlich so gebaut worden, um die Stimmung der vielen Galgenvögel, die durch den Haupteingang gingen oder gezerrt wurden, noch um ein beträchtliches zu verschlechtern. Der Beamte im Vorzimmer, Sergeant Dickson, sah die beiden Ryders ernst an, aber das hatte nichts zu bedeuten – der Job eines Vorzimmersergeanten erstickt jede Tendenz zum Frohsinn im Keim. Er deutete mit einer müden Handbewegung auf die Tür und sagte: »Seine Eminenz erwartet Sie bereits.«

Lieutenant Mahler sah nicht weniger abweisend aus als das Gebäude, in dem er arbeitete. Er war ein großer, hagerer Mann mit grauen Schläfen, schmalen Lippen, die niemals lächelten, einer langen, spitzen Nase und harten Augen. Niemand mochte ihn – sein Ruf als Leuteschinder kam nicht von ungefähr –, aber es gab sich andererseits auch niemand Mühe, ihn abzusägen, denn er war ein anständiger Polizist und auch ein ziemlich fähiger. »Ziemlich« war genau das richtige Wort, denn obwohl er kein Idiot war, war er auch nicht gerade mit übermäßiger Intelligenz geschlagen und hatte seine jetzige Position teils deshalb erreicht, weil er der Prototyp des strikten Verfechters von Recht und Gesetz war und zum anderen Teil, weil seine absolute Ehrlichkeit seine Vorgesetzten ruhig schlafen ließ.

Als er jetzt den Kopf hob und die beiden Ryders ansah, zeigte sein Gesicht einen bei ihm nicht üblichen sehr unbehaglichen Ausdruck. Ryder zog eine zerknautschte Zigarettenpackung aus der Tasche, zündete sich verbotenerweise eine Zigarette an – Mahlers Abneigung gegen Wein, Weib, Gesang und Tabak war fast pathologisch – und gab ihm Starthilfe.

»Ist in San Ruffino was passiert?«

Mahler sah ihn äußerst mißtrauisch an. »Woher wissen Sie das? Wer hat Ihnen das gesagt?«

»Es stimmt also. Niemand hat mir was gesagt. Aber aus welchem Grund hätten Sie uns sonst herkommen lassen sollen? Wir haben uns in letzter Zeit keine Gesetzesübertretungen zuschulden kommen lassen – wenigstens mein Sohn nicht. Was mich betrifft, so kann ich mich nicht erinnern.«

Mahlers Neigung zum Sarkasmus siegte über sein Unbehagen: »Sie überraschen mich.«

»Es ist das erste Mal, daß wir beide zusammen hierherbestellt worden sind. Wir haben ein paar Dinge gemeinsam: Erstens sind wir Vater und Sohn, aber das interessiert das Department nicht. Zweitens arbeitet meine Frau – Jeffs Mutter – im Kernreaktor in San Ruffino. Es hat offensichtlich keinen Unfall dort gegeben, denn das hätte die ganze Stadt bereits Minuten später gewußt. Handelt es sich vielleicht um einen bewaffneten Einbruch?«

»Ja.« Mahler klang ausgesprochen mißgelaunt. Er hatte sich zwar nicht darauf gefreut, den beiden Männern die schlechte Nachricht beizubringen, aber er mochte es auch nicht, wenn man ihm seinen Text wegnahm.

»Wen überrascht das schon.« Ryder sprach völlig emotionslos. Er machte den Eindruck, als habe Mahler gesagt, daß es nach Regen aussähe. »Die Sicherheitsmaßnahmen da draußen sind ausgesprochen lausig. Ich habe einen Bericht darüber verfaßt, erinnern Sie sich?«

»Der sofort an die Verantwortlichen weitergeleitet wurde. Die Sicherheit da draußen ist nicht Sache der Polizei, sie liegt in den Händen der IAEA.« Er bezog sich auf die ›International Atomic Energy Agency‹, die unter anderem für die Sicherheitssysteme von Kernkraftwerken verantwortlich war, vor allem was die Verhinderung des Diebstahls von Kernbrennstoff betraf.

»Um Gottes willen!« Jeff unterschied sich nicht nur körperlich ganz entschieden von seinem Vater – er hatte auch dessen unerschütterliche Ruhe nicht geerbt. »Lieutenant Mahler – das Wichtigste zuerst – geht es meiner Mutter gut?«

»Ich glaube schon. Formulieren wir es doch mal so: Ich habe keinen Grund, das Gegenteil anzunehmen.«

»Was zum Teufel soll das heißen?«

Mahler wollte Jeff einen Verweis erteilen, aber Sergeant Ryder ließ ihn nicht zu Wort kommen. »Ist sie entführt worden?«

»Ich fürchte, ja.«

»Gekidnappt?« Jeff starrte ihn fassungslos an. »Gekidnappt? Meine Mutter ist die Sekretärin des Direktors und kein Geheimnisträger.«

»Das stimmt.«

»Aber warum haben die Leute sich dann ausgerechnet auf sie gestürzt?«

»Sie ist nicht allein entführt worden – außer ihr wurden noch sechs andere Leute mitgenommen: der stellvertretende Direktor, der stellvertretende Sicherheitschef, eine Sekretärin, ein Angestellter aus dem Kontrollraum, und was noch wichtiger ist – allerdings verständlicherweise nicht für Sie – auch zwei Universitätsprofessoren, die zu Besuch da waren. Beide sind hochqualifizierte Spezialisten auf dem Gebiet der Kernphysik.«

»Damit sind dann in den vergangenen zwei Monaten insgesamt fünf Kernphysiker verschwunden«, konstatierte Ryder nüchtern.

Mahler nickte – er sah ausgesprochen unglücklich aus.

»Wo kamen die letzten beiden Wissenschaftler her?« wollte Ryder wissen.

»Aus San Diego und Los Angeles, glaube ich. Spielt das eine Rolle?«

»Ich weiß es nicht – es könnte schon zu spät sein.«

»Was wollen Sie damit sagen, Sergeant?«

»Daß die Familien der beiden – falls sie welche haben – sofort unter Polizeischutz gestellt werden sollten.« Ryder sah Mahler deutlich an, daß er nicht ganz mitkam, also fuhr er fort: »Diese beiden Männer sind doch in einer bestimmten Absicht entführt worden – man braucht ihre Mitarbeit. Wären Sie nicht auch viel eher zur Zusammenarbeit bereit, wenn jemand Ihrer Frau beispielsweise mit einer Zange die Fingernägel auszureißen drohte?«

Vielleicht war Lieutenant Mahler nicht gleich auf den Gedanken gekommen, weil er selbst keine Frau hatte, aber Denken war sowieso nicht seine Stärke. Aber eines mußte man ihm lassen: wenn man ihm etwas in den Kopf gesetzt hatte, dann verlor er keine Zeit. Die nächsten zwei Minuten verbrachte er damit zu telephonieren.

Jeff wandte sich an seinen Vater und flüsterte drängend: »Machen wir, daß wir hinkommen!«

»Nur die Ruhe. Im Augenblick nützt Eile gar nichts.«

Sie warteten schweigend, bis Mahler den Hörer auflegte, dann fragte Ryder: »Wer hat den Einbruch gemeldet?«

»Ferguson. Der Sicherheitschef. Er hat zwar heute frei, aber sein Haus ist an das Alarmsystem des Reaktors angeschlossen. Er ist sofort hingefahren.«

»Er ist was?« fragte Ryder entgeistert. »Ferguson wohnt dreißig Meilen außerhalb der Stadt im Niemandsland. Warum hat er nicht angerufen?«

»Weil seine Telephonleitung durchgeschnitten worden ist.«

»Aber er hat ein Polizeisprechfunkgerät in seinem Wagen.«

»Darum hat man sich auch gekümmert. Und um die einzigen drei Telephonzellen am Weg in die Stadt ebenfalls. Eine steht neben einer Autoreparaturwerkstatt – den Besitzer und seinen Mechaniker hatte man eingesperrt.«

»Aber es gibt eine Alarmverbindung zu seinem Büro.«

»Es gab eine«, verbesserte Mahler.

»Vielleicht haben Angestellte aus dem Atomkraftwerk an dem Ding mitgedreht?«

»Hören Sie, Ferguson rief uns an, sobald er dort war.«

»Ist jemand verletzt worden?«

»Nein, es wurde keine Gewalt angewendet. Alle Angestellten waren in einem Raum zusammengepfercht.«

»Und jetzt kommt die Preisfrage.«

»Ob Kernbrennstoff gestohlen worden ist? Ferguson sagt, es wird eine Weile dauern, das festzustellen.«

»Fahren Sie raus?«

»Ich muß noch auf jemanden warten«, sagte Mahler, und sein unglücklicher Gesichtsausdruck vertiefte sich.

»Das kann ich mir denken. Wer ist jetzt draußen?«

»Parker und Davidson.«

»Wir würden auch gern rausfahren.«

Mahler zögerte, dann sagte er: »Glauben Sie, Sie können etwas finden, was die beiden nicht sehen? Es sind gute Detektive, das haben Sie selber schon gesagt.«

»Vier Augenpaare sehen mehr als zwei. Und wir können vielleicht etwas entdecken, was den beiden entgeht, weil Jeff und ich wissen, wie seine Mutter reagiert.«

Mahler hatte das Kinn auf eine Handfläche gelegt und starrte finster vor sich auf die Tischplatte. Wie seine Entscheidung auch ausfiel – es war sehr wahrscheinlich, daß seine Vorgesetzten sie falsch finden würden. Also schloß er einen Kompromiß, indem er gar nichts sagte. Ryder nickte seinem Sohn zu, und die beiden verließen den Raum.

Der Abend war klar und windstill, und die untergehende Sonne warf rotgoldene Schleier über den Pazifik, als Ryder und sein Sohn durch das Haupttor auf das Gelände des Kernkraftwerks fuhren. Das Kernkraftwerk stand direkt am Rand der San-Ruffino-Bucht – wie bei allen derartigen Anlagen brauchte man riesige Mengen Wasser – ungefähr 6 840 000 Liter in der Minute – um die Kernreaktoren auf die optimale Arbeitstemperatur abzukühlen. Keine durchschnittliche Wasserleitung hätte auch nur einen winzigen Bruchteil der erforderlichen Menge liefern können.

Die beiden massiven, weißschimmernden Kuppeln, die sich über den eigentlichen Reaktoranlagen wölbten, waren gleichzeitig schön – durch die Schlichtheit ihrer Form – und unheimlich drohend. Sie konnten einem Ehrfurcht einflößen. Beide waren so hoch wie ein fünfundzwanzigstöckiges Haus und hatten einen Durchmesser von etwa fünfundvierzig Metern. Die einen Meter dicken Betonwände waren durch die größten Stahlstäbe verstärkt, die es in den Vereinigten Staaten gab. Zwischen den beiden Kuppeln – in denen auch die vier Dampfgeneratoren untergebracht waren, die letztlich die Elektrizität erzeugten – stand ein gedrungenes und ausgesprochen häßliches Gebäude, bei dessen Entwurf sich kein Architekt schöpferisch überanstrengt hatte. Es war das Turbinenhaus, das, abgesehen von zwei Turbogeneratoren, zwei Kondensatoren und zwei Meerwasserverdampfer beherbergte.

Auf der Seeseite dieser Anlagen stand ein sechsstöckiges Gebäude, das irreführenderweise als »Verfügungsgebäude« bezeichnet wurde. Es war etwa zweiundsiebzig Meter lang und in ihm waren die Kontrollzentren für die beiden Reaktoreinheiten,

die Überwachungs- und Instrumentenzentren und das hoch-
komplizierte Kontrollsystem untergebracht, die das reibungs-
lose Funktionieren der Anlage und die öffentliche Sicherheit ge-
währleisteten. Von beiden Enden des »Verfügungsgebäudes«
erstreckten sich zwei Flügel, die jeweils halb so groß wie das
Hauptgebäude waren. Sie erforderten die gleichen Sicherheitsvorkehrungen wie die Reaktoren selbst, denn in ihnen wurde mit
Kernbrennstoffen gearbeitet und hier wurden sie auch gelagert.
Alles in allem hatte man für den Bau der Anlage etwa dreihunderttausend Kubikmeter Beton und etwa fünfzigtausend Tonnen Stahl benötigt. Ebenso bemerkenswert war die Tatsache, daß
man nur achtzig Leute brauchte – von denen auch noch ein Gut-
teil Sicherheitsbeamte waren – um die Anlage rund um die Uhr
in Gang zu halten.

Zwanzig Meter hinter dem Tor wurde Ryder von einem
Wachtposten gestoppt, der eine undefinierbare Uniform und
eine Maschinenpistole trug, die allerdings nichts Bedrohliches an
sich hatte, da der Posten keine Anstalten machte, sie von der
Schulter zu nehmen. Ryder steckte den Kopf aus dem Fenster:
»Ist hier heute der ›Tag der offenen Tür‹ oder so was?«

»Hallo, Sergeant Ryder.« Der kleine Mann mit dem starken
irischen Akzent versuchte zu lächeln, was jedoch kläglich miß-
lang. »Jetzt hat es ja wohl keinen Sinn mehr, alles dichtzuma-
chen. Und außerdem erwarten wir ein paar Gesetzeshüter aus
der Stadt. Besser gesagt, ein paar hundert.«

»Und alle werden immer wieder die gleichen idiotischen Fragen stellen – genau wie ich. Kopf hoch, John. Ich werde schon
dafür sorgen, daß man Sie nicht wegen Hochverrats drankriegt.
Hatten Sie zur fraglichen Zeit Dienst?«

»Ich sage Ihnen, ich habe heute die Strafe für alle meine Sünden bekommen. Es tut mir leid wegen Ihrer Frau, Sergeant. Ist
das Ihr Sohn?« Ryder nickte. »Mein Beileid. Aber verschwenden
Sie kein Mitleid an mich. Ich habe Vorschriften mißachtet. Wenn
der Strick auf mich wartet, dann muß ich mich eben dreinschik-
ken. Ich hätte mein Kabäuschen nicht verlassen dürfen.«

»Warum?« fragte Jeff.

»Sehen Sie die Glasscheibe da? Nicht einmal die Bank von
Amerika ist mit solchem Panzerglas ausgerüstet. Vielleicht

könnte man mit einer Magnum Vierundvierzig durchkommen, aber ich bezweifle es. Ich kann mich durch eine Gegensprechanlage mit der Außenwelt verständigen. Neben meiner Hand habe ich einen Alarmknopf und neben meinem Fuß einen Schalter, mit dem ich eine Zehnpfundladung Gelatinedynamit auslösen kann, die alles von einem Panzer abwärts in die Luft jagen würde. Die Ladung liegt unter der Asphaltdecke, genau an der Stelle, an der die Fahrzeuge anhalten. Aber nein, der alte Schlauberger McCafferty mußte natürlich seine Tür aufsperren und sein Kabäuschen verlassen.«

»Warum?«

»Weil ich ein Idiot bin. Der Lastwagen wurde genau zu dieser Zeit erwartet – die entsprechende Nachricht lag auf meinem Schreibtisch. Es war die übliche Abholfuhre von Kernbrennstoff aus San Diego. Der Laster hatte die richtige Farbe, die richtige Aufschrift, der Fahrer und der Begleitschutz hatten die richtigen Uniformen an, und sogar die Nummernschilder waren dieselben wie sonst.«

»Mit anderen Worten: es war derselbe Wagen. Ganz einfach – die Gangster hatten ihn sich unter den Nagel gerissen. Aber eines verstehe ich nicht: wenn sie ihn kassieren konnten, als er leer war, warum haben sie ihn nicht lieber auf dem Rückweg kassiert, wenn er voll gewesen wäre?«

»Sie hatten es nicht nur auf den Kernbrennstoff abgesehen.«

»Ja, es scheint so. Haben Sie den Fahrer erkannt?«

»Nein. Aber der Passierschein war in Ordnung, und die Photographie stimmte auch.«

»Würden Sie den Mann wiedererkennen?«

Bei der Erinnerung an den Fahrer verfinsterte sich McCaffertys Gesicht merklich. »Den riesigen schwarzen Vollbart würde ich ganz bestimmt wiedererkennen – nur liegt der wahrscheinlich jetzt bereits in irgendeinem Straßengraben. Ich hatte kaum einen Blick auf den Lastwagen geworfen, da wurden auch schon die Seitenwände heruntergeklappt. Die Typen, die auf der Ladefläche gewartet hatten, trugen samt und sonders Strumpfmasken. Ich habe keine Ahnung, wie viele es waren – ich war viel zu fasziniert von dem Waffenarsenal, das sie dabeihatten: Pistolen, abgesägte Zwölfkaliber und sogar eine Bazooka.«

»Wahrscheinlich, um elektronische Schlösser an Stahltüren aufzusprengen.«

»Ja, wahrscheinlich. Tatsache ist jedenfalls, daß bei dem ganzen Überfall nicht ein einziger Schuß fiel. Ich sage Ihnen, das waren Fachleute, da bin ich ganz sicher. Die wußten genau, was sie taten, wo sie hinwollten und wo sie suchen mußten. Mich zerrten sie auf den Lastwagen und legten mir Hand- und Fußfesseln an, bevor ich noch recht begriffen hatte, was eigentlich los war.«

»Na, muß ja auch ein ganz schöner Schock gewesen sein«, meinte Ryder mitfühlend. »Und was passierte dann?«

»Einer von ihnen sprang vom Laster und ging in mein Kabäuschen. Der Kerl sprach mit irischem Akzent – es war, als hörte ich mich selbst reden. Er nahm den Telephonhörer ab, rief Carlton an – das ist der stellvertretende Sicherheitschef, Ferguson hatte ja heute frei, wie Sie wissen –, sagte ihm, der Transporter sei da, und bat um die Erlaubnis, das Tor zu öffnen. Er drückte auf den entsprechenden Knopf, das Tor schwang auf, er wartete, bis der Lastwagen es passiert hatte, machte die Tür zu, kam durch die andere Tür heraus und stieg wieder in den Lastwagen, der auf ihn gewartet hatte.«

»Und das ist alles?«

»Alles, was ich weiß. Ich blieb im Laster – es blieb mir ja auch nichts anderes übrig –, bis der Überfall vorbei war, dann sperrten sie mich zusammen mit den anderen ein.«

»Wo ist Ferguson?«

»Im Nordflügel.«

»Er ist wohl dabei festzustellen, was alles fehlt? Sagen Sie ihm Bescheid, daß ich hier bin.«

McCafferty ging zum Telephon, führte ein kurzes Gespräch und kam wieder zurück. »Geht in Ordnung.«

»Kein Kommentar?«

»Ulkig, daß Sie fragen. Er sagte: ›Als ob wir nicht schon genug Ärger hätten!‹«

Es war eine der seltenen Gelegenheiten, bei denen man auf Ryders Gesicht ein angedeutetes Lächeln sehen konnte. Er nickte McCafferty zu und fuhr los.

Ferguson, der Sicherheitschef, empfing sie in seinem Büro – sichtlich wenig begeistert. Es war zwar schon sechs Monate her, daß er Ryders vernichtenden Bericht über die Sicherheitszustände in San Ruffino gelesen hatte, aber sein Gedächtnis war sehr gut. Und die Tatsache, daß Ryders Bericht nur zu korrekt gewesen war, Ferguson aber weder die Befugnisse noch die Mittel hatte, um alle im Bericht gestellten Forderungen zu erfüllen, hatte seine Laune nicht gerade verbessert. Er war ein kleiner, stämmiger Mann mit wachsamen Augen und einem gewohnheitsmäßig sorgenzerfurchten Gesicht. Beim Eintreten der beiden Ryders legte er den Telephonhörer auf. Er saß hinter seinem Schreibtisch und machte keinerlei Anstalten, zur Begrüßung aufzustehen.

»Sind Sie gekommen, um einen neuen Bericht zu schreiben, Sergeant?« fragte er, aber sein Versuch, bissig zu sein, scheiterte kläglich – er klang lediglich defensiv. »Wollen Sie mir wieder mal Schwierigkeiten machen?«

»Nichts dergleichen«, winkte Ryder ab. »Wenn Sie von Ihren Vorgesetzten, die nicht nur Scheuklappen, sondern auch noch rosa Brillen tragen, keine Unterstützung bekommen, dann ist das deren Fehler und nicht Ihrer.«

»Soso.« Fergusons Stimme klang überrascht, aber sein Blick war immer noch wachsam.

»Wir haben ein persönliches Interesse an dieser Sache«, erklärte Jeff.

»Sind Sie der Sohn?« Jeff nickte. »Es tut mir leid wegen Ihrer Mutter, aber ich glaube nicht, daß es viel hilft, wenn ich das sage.«

»Sie waren zur fraglichen Zeit dreißig Meilen weit weg«, konstatierte Ryder nüchtern. Jeff sah seinen Vater gespannt an – er wußte, daß es normalerweise nichts Gutes verhieß, wenn er sich so zahm gab, aber in diesem Fall schien kein Grund für irgendwelche Befürchtungen vorzuliegen. »Ich hatte angenommen, wir würden Sie in den Lagerräumen antreffen. Sind Sie denn gar nicht neugierig darauf, wieviel Brennstoff unsere Freunde haben mitgehen lassen?«

»Nein, dafür bin ich Gott sei Dank nicht zuständig. Ich halte mich grundsätzlich von den verdammten Lagerräumen fern –

außer wenn ich die Alarmsysteme überprüfen muß. Ich wüßte überhaupt nicht, wonach ich suchen sollte. Der Direktor ist mit ein paar Helfern selber runtergegangen, um den Schaden festzustellen.«

»Wäre es möglich, mit ihm zu sprechen?«

»Warum wollen Sie das denn? Zwei von Ihren Männern – ich habe die Namen vergessen...«

»Parker und Davidson.«

»Ist ja egal. Sie haben jedenfalls schon mit ihm gesprochen.«

»Aber da war er noch nicht mit seiner Überprüfung fertig.«

Ferguson griff widerwillig zum Telephon, sprach mit jemandem, bei dem er es offensichtlich für angebracht hielt, einen respektvollen Ton anzuschlagen, und wandte sich dann an Ryder: »Er ist gleich fertig. Er sagt, er wird sofort hier sein.«

»Danke. Besteht die Möglichkeit, daß der Überfall mit Hilfe des hiesigen Personals durchgeführt wurde?«

Ferguson sah ihn mißtrauisch an. Er war zwar zur fraglichen Zeit dreißig Meilen vom Tatort entfernt gewesen, was ihn eigentlich von jedem Verdacht freistellen mußte, aber andererseits hätte er, *wenn* er etwas damit zu tun gehabt hätte, ganz sicher dafür gesorgt, am Tag des Überfalls nicht in San Ruffino zu sein. »Ich kann Ihnen nicht folgen – zehn schwerbewaffnete Männer brauchen keine Hilfe von hier drin.«

»Wie war es möglich, daß sie unbemerkt durch die mit elektronischen Schlössern versehenen Türen und durch die Lichtschranken kamen?«

Ferguson seufzte. Er fühlte wieder einigermaßen festen Boden unter den Füßen. »Der Lastwagen wurde erwartet und kam pünktlich an. Als Carlton von der Wache am Tor von seiner Ankunft benachrichtigt wurde, ließ er die Schranken wie immer in einem solchen Fall abschalten.«

»Okay, aber wie fanden sie dorthin, wo sie hinwollten? Dieser Komplex ist ein Karnickelbau.«

Der Boden unter Fergusons Füßen wurde immer fester. »Nichts einfacher als das – ich dachte, Sie wüßten darüber Bescheid.«

»Man lernt nie aus. Sagen Sie es mir.«

»Man muß sich keines Angestellten bemächtigen, um den präzisen Grundrißplan eines Atomkraftwerkes in die Hand zu bekommen. Man muß keinen Spitzel einschleusen oder Uniformen stehlen, Kopien von Abzeichen anfertigen lassen oder in irgendeiner Weise Gewalt anwenden. Man muß einem solchen Kraftwerk nicht einmal auf tausend Meilen nahe kommen, um sich genau informieren zu können, wo was liegt, wo das Uran und das Plutonium aufbewahrt werden, um zu erfahren, wann Kernbrennstofftransporte hereinkommen oder abgehen – Sie müssen lediglich einen öffentlichen Lesesaal aufsuchen, den die Atomenergie-Kommission in Washington, D.C., in der Seventeen-Seventeen-H-Street eingerichtet hat. Die Informationen, die man sich dort holen kann, sind hochinteressant – vor allem, wenn man einen Einbruch in ein Kernkraftwerk vorhat.«

»Ist das ein schlechter Witz?«

»Leider ist es Ernst. Bitter vor allem, wenn man wie ich der Sicherheitschef einer solchen Anlage ist. Es gibt Verzeichnisse dort, in denen man genau nachlesen kann, wie viele Kernkraftwerke in diesem Land in Privatbesitz sind. Und es findet sich immer ein freundlicher Angestellter – ich weiß es, ich war dort –, der einem auf Anfrage mehr Papier in die Hand gibt als man schleppen kann. Sie finden darin Informationen über jedes beliebige Kernkraftwerk, die ich und viele andere als top secret betrachten würden. Die staatlichen Anlagen sind allerdings, o Wunder, davon ausgenommen.«

»Die müssen ja total übergeschnappt sein.« Es wäre eine grobe Übertreibung zu behaupten, Sergeant Ryder sei fassungslos gewesen – mimische oder verbale Überschwenglichkeit waren ihm fremd –, aber er war fraglos irritiert.

»Und das ist noch nicht alles!« Ferguson sah regelrecht elend aus. »Sie haben sogar ein Kopiergerät dort, mit dem man sich, wovon immer man wünscht, so viele Kopien wie man will machen kann.«

»Gütiger Himmel! Und die Regierung gestattet das alles?«

»Gestattet? Sie hat die ganze Sache ins Leben gerufen! Das Atomenergiegesetz – erlassen im Jahre 1954 – gewährleistet, daß jeder Bürger der Vereinigten Staaten – ob er ein Schwachkopf ist oder nicht – das Recht hat, sich über die private Nutzung von Atomenergie zu informieren. Ich glaube, Sie müssen Ihre Theorie, daß hier bei uns jemand bei dem Überfall mitgearbeitet hat, noch mal überdenken, Sergeant.«

»Es war keine Theorie, es war lediglich eine Frage. Aber wie dem auch sei – sie ist erledigt.«

Dr. Jablonsky, der Direktor der Reaktoranlage, betrat den Raum. Er war ein untersetzter, braungebrannter Mann mit schneeweißen Haaren, Mitte der Sechzig, sah jedoch zehn Jahre jünger aus, ein Mann, der normalerweise Liebenswürdigkeit und Fröhlichkeit ausstrahlte. Im Augenblick allerdings weder das eine noch das andere.

»Verdammt, verdammt, verdammt«, sagte er. »Guten Abend, Sergeant. Es wäre für uns beide nett gewesen, wir hätten uns unter angenehmeren Umständen wiedergesehen.« Er warf einen fragenden Blick auf Jeff. »Seit wann ruft man denn die Highway Patrol...«

»Das ist Jeff Ryder, Dr. Jablonsky – mein Sohn.« Ryder gestattete sich die Andeutung eines Lächelns. »Ich hoffe, Sie unterliegen nicht auch dem Irrglauben, daß Angehörige der Highway Patrol nur auf den Highways Festnahmen durchführen dürfen. Sie sind berechtigt, im ganzen Staat Kalifornien Leute zu verhaften.«

»Mein Gott, ich hoffe, er ist nicht hier, um mich festzunehmen.« Er sah Jeff über die obere Kante seiner randlosen Brille an. »Sie machen sich sicher Sorgen um Ihre Mutter, junger Mann, aber ich kann mir nicht vorstellen, daß man ihr etwas antun wird.«

»Und ich kann mir nicht vorstellen, daß man es nicht tun wird«, widersprach Ryder. »Haben Sie schon jemals gehört, daß dem Opfer einer Entführung nicht mit körperlichen Schmerzen gedroht worden wäre? Ich nicht.«

»Drohungen? Jetzt schon?«

»Ein bißchen Zeit müssen Sie ihnen schon lassen. Wo immer sie auch hinwollen – sie sind wahrscheinlich noch nicht dort. Wie sieht es in den Lagerräumen aus – was ist denn nun gestohlen worden?«

»Es gibt einigen Grund zur Beunruhigung. Wir haben drei verschiedene Arten von Kernbrennstoff vorrätig: Uran-238, Uran-235 und Plutonium. U-238 ist das hauptsächliche Ausgangsmaterial für jeden Kernbrennstoff, und davon haben sie nichts mitgenommen. Verständlicherweise.«

»Wieso verständlicherweise?«

»Es ist harmloses Zeug.« Dr. Jablonsky kramte in der Tasche seines weißen Mantels herum und brachte schließlich einige kleine Tabletten vom Durchmesser einer Achtunddreißiger-Patrone zum Vorschein. »Das ist U-238. Jedenfalls beinahe. Enthält ungefähr drei Prozent U-235. Etwas angereichert, wie wir es nennen. Es bedarf einer Riesenmenge dieses Stoffes, um die Spaltungsprozesse in Gang zu bringen, die die Hitze freisetzen, die wiederum Wasser in Dampf umwandelt, der die Turbinenschaufeln dreht, die schließlich die Elektrizität produzieren. Hier in San Ruffino füllen wir sechsdreiviertel Millionen Stück von diesem Zeug – jeweils zweihundertvierzig in jeden von achtundzwanzigtausend Stäben von drei Meter sechzig Länge – in den Reaktorkern. Das ist die optimale kritische Masse für die Spaltung, die ungeheure Kühlwassermengen erfordert und nur vollkommen gestoppt werden kann, indem man Borstäbe zwischen die Uranröhren fallen läßt.«

»Was würde passieren«, fragte Jeff, »wenn die Wasserversorgung zusammenbräche und Sie die Borstäbe nicht rechtzeitig einsetzen könnten? Flöge dann alles in die Luft?«

»Nein. Aber auch ohne Explosion wären die Folgen schlimm genug. Es würden sich radioaktive Gaswolken ausbreiten, die vielleicht Tausende von Menschenleben kosten und vielleicht Tausende von Quadratmeilen bis dahin gesunden Bodens verseuchen würden. Aber bis jetzt ist es noch nie passiert, und die Chancen, daß es einmal passieren wird, stehen theoretisch bei fünf Milliarden zu eins. Und deshalb machen wir uns über diesen Eventualfall auch gar keine Gedanken. Und was Ihre Frage nach einer möglichen Kernexplosion betrifft, so kann ich Sie völlig beruhigen. Dazu brauchte man zu neunzig Prozent reines Uran-235, dasselbe, das wir über Hiroshima abgeworfen haben. In der einen Bombe waren einhundertzweiunddreißig Pfund davon, aber sie war so stümperhaft konstruiert – die Kernforschung steckte damals eben noch in den Kinderschuhen –, daß nur ungefähr achthundert Gramm davon zur Spaltung kamen. Aber sogar diese geringe Menge reichte ja bekanntlich aus, um die Stadt auszuradieren. Seit damals haben wir ganz beachtliche Fortschritte gemacht – wenn man dieses Wort dafür gebrauchen will. Die Atomenergiekommission geht davon aus, daß fünf Kilogramm die sogenannte »Auslöser«-Menge sind, die für die Detonation einer Atombombe ausreicht. Es ist allgemein bekannt, daß die AEC sehr vorsichtig in ihren Schätzungen ist – eine geringere Menge würde es wohl auch tun.«

»Es ist kein U-238 weggekommen«, sagte Ryder, »Sie finden das ganz verständlich. Hätten sie nicht auch welches mitnehmen und dann in U-235 umwandeln können?«

»Nein. Im natürlichen Uran kommen hundertvierzig Atome U-238 auf jeweils ein Atom U-235. Das U-235 von dem U-238 zu trennen, ist wahrscheinlich die schwierigste wissenschaftliche Aufgabe, die der Mensch je gelöst hat. Wir machen das mit der sogenannten »Gasdiffusion«, was abschreckend kostspielig, höchst kompliziert und unmöglich heimlich durchzuführen ist. Die Betriebskosten für eine solche Anlage liegen bei der heutigen Kostenexplosion bei drei Milliarden Dollar. Sogar heute gibt es nur eine ganz begrenzte Anzahl von Menschen, die wissen, wie der Prozeß vor sich geht – ich gehöre beispielsweise nicht dazu. Ich weiß nur, daß Tausende von unglaublich feinen Membranen dazu benötigt werden, Tausende von Meilen von Röhren, Röhrchen und Leitungen und so viel Elektrizität, daß man damit eine mittlere Großstadt versorgen könnte. Und diese Anlagen sind so riesig, daß man sie nirgendwo im geheimen bauen könnte. Sie bedecken eine Grundfläche von so vielen Hektar, daß man einen Wagen oder einen Elektrokarren braucht, um von einem Ende zum anderen zu kommen. Keine Gruppe von Privatleuten, wie vermögend oder kriminell sie auch sein mag, könnte jemals auch nur im Traum hoffen, eine solche Anlage zu bauen.

In unserem Land hier gibt es drei von diesen Anlagen, allerdings keine davon in diesem Staat. Die Engländer und die Franzosen haben jeweils eine, die Russen verraten nicht, ob und wie viele sie betreiben, und von China heißt es, es habe eine in Langchow in der Provinz Kansu.

Man kann die Trennung auch durch Zentrifugen erreichen, die sich mit solcher Geschwindigkeit drehen, daß das nur sehr wenig schwerere U-238 nach außen geschleudert wird. Aber für diesen

Prozeß wären Hunderttausende von Zentrifugen erforderlich, und die Kosten wären schwindelerregend. Ich weiß nicht, ob diese Möglichkeit überhaupt jemals in die Tat umgesetzt worden ist. Die Südafrikaner behaupten, sie hätten ein völlig neues Verfahren entdeckt, aber sie geben keine exakten Auskünfte darüber, und die amerikanischen Wissenschaftler sind reichlich skeptisch. Die Australier behaupten, sie arbeiteten mit Laserstrahlen, aber hier haben wir unsere Zweifel. Wenn es aber doch funktioniert, dann könnte eine kleine Gruppe von Leuten U-235 unbemerkt herstellen – aber alle Angehörigen dieser Gruppe müßten Spitzenleute auf dem Gebiet der Kernphysik sein. Warum sollte man sich auch solch ungeheure Mühe machen, wenn man die Möglichkeit hat, das bereits fertige Zeug zu stehlen, wie es heute nachmittag passiert ist?«

»Wie wird es denn gelagert?« fragte Ryder.

»In Zehnliter-Stahlflaschen, die jeweils sieben Kilogramm U-235 in Form eines Oxyds oder Metalls enthalten – das Oxyd in Form eines sehr feinen, braunen Pulvers, und das Metall in kleinen Klumpen, die unter der Bezeichnung ›zerbrochene Knöpfe‹ laufen. Die Flaschen stehen in einem Zylinder, der mit Hilfe von angeschweißten Stahlverstrebungen genau in der Mitte einer Stahltrommel gehalten wird, die ein Fassungsvermögen von zweitausendzweihundert Litern hat. Ich muß Ihnen sicherlich nicht extra erläutern, warum die Flaschen in der Mitte der Trommel in der Luft hängen – wenn man sie alle miteinander in eine Trommel oder eine Kiste packen würde, wäre die kritische Masse, bei der die Spaltung beginnt, bald erreicht.«

»Und dann würde das Ganze hochgehen?« fragte Jeff.

»Nein, immer noch nicht. Es würden nur große Mengen von Strahlung frei, die auf die Umgebung in einem Umkreis von mehreren Meilen ziemlich unangenehme Auswirkungen hätte – vor allem auf die Menschen in diesem Gebiet. Die Trommel und die Flasche wiegen zusammen ungefähr hundert Pfund, sind also leicht zu transportieren. Die Trommeln haben den Spitznamen ›Vogelkäfige‹, obwohl ich keine Ahnung habe, wie es zu dieser Bezeichnung gekommen ist – sie sehen keinem Vogelkäfig, den ich in meinem Leben gesehen habe, auch nur im entferntesten ähnlich.«

»Wie werden die Trommeln transportiert?« fragte Ryder.

»Über große Entfernungen per Flugzeug. Auf kürzeren Strecken mit normalen Fahrzeugen.«

»Was versteht man darunter?«

»Jeden alten Lastwagen, dessen Sie habhaft werden können.« Fergusons Stimme klang ausgesprochen verbittert.

»Wie viele von diesen ›Vogelkäfigen‹ bilden im Durchschnitt eine Wagenladung?«

»Auf dem entführten Laster haben zwanzig Platz.«

»Hundertvierzig Pfund von dem Teufelszeug, richtig?«

»Richtig.«

»Daraus kann man sich einen ganz schönen Vorrat von Atombomben basteln. Wie viele von den Trommeln sind gestohlen worden?«

»Zwanzig.«

»Also eine ganze Wagenladung?«

»Ja.«

»Haben sie wenigstens die Finger vom Plutonium gelassen?«

»Ich fürchte nein. Während das Personal in Schach gehalten wurde und bevor man sie alle zusammen eingesperrt hatte, hörten einige der Angestellten einen zweiten Motor – einen schweren Diesel. Er hat wohl zu einem großen Wagen gehört – aber gesehen hat ihn niemand.« Das Telephon auf dem Schreibtisch läutete. Er nahm den Hörer ab, hörte eine Weile schweigend zu – abgesehen von einem gelegentlichen ›Wer?‹, ›Wo?‹ und ›Wann?‹ – und legte wieder auf.

»Noch mehr Hiobsbotschaften?« fragte Jablonsky.

»Ich weiß nicht. Man hat den gestohlenen Lastwagen gefunden. Er war natürlich leer – bis auf den Fahrer und den Wachtposten, die beide wie Postpakete verschnürt hinten drin lagen. Sie sagten aus, daß sie hinter einem Möbelwagen hergefahren seien, der in einer unübersichtlichen Kurve so scharf gebremst hätte, daß sie beinahe in ihn hineingefahren wären. Die hinteren Türen des Möbelwagens hätten sich geöffnet, und sie beide – der Fahrer und sein Begleiter – hätten alle Fluchtpläne spontan aufgegeben, denn sie hätten sich gegen die beiden Maschinenpistolen und die Bazooka, die aus zwei Metern Entfernung auf ihre Windschutzscheibe gerichtet gewesen seien, keine Chance ausgerechnet.«

»Das kann man verstehen«, nickte Jablonsky. »Wo ist der Laster gefunden worden?«

»In einem Steinbruch am Ende einer stillgelegten Seitenstraße. Kinder haben ihn beim Spielen entdeckt.«

»Und der Möbelwagen ist auch dort?«

»Richtig, Sergeant. Woher wußten Sie das?«

»Glauben Sie denn, die hätten ihre Ladung in ein so auffälliges Fahrzeug umgeladen und sich damit auf öffentliche Straßen gewagt? Sie müssen einen zweiten, unauffälligen Wagen gehabt haben.« Ryder wandte sich an Dr. Jablonsky. »Sie wollten vorhin etwas über das Plutonium erzählen.«

»Es ist ein höchst interessanter Stoff, und wenn man in seiner Freizeit gern Atombomben bastelt, dann kann man damit viel mehr anfangen als mit Uran, obwohl man in diesem Fall mehr Erfahrung braucht. Wahrscheinlich würde man sich an einen Kernphysiker um Hilfe wenden.«

»Ein gefangener Kernphysiker wäre also genau das richtige, ja?«

»Was meinen Sie damit?«

»Die Diebe haben unter anderem auch noch einige Physiker mitgenommen, die hier zu Besuch waren. Ich glaube, sie kamen aus San Diego und Los Angeles.«

»Professor Burnett und Dr. Schmidt? Ich kenne die beiden gut. Es sind rechtschaffene, zuverlässige Männer. Sie würden niemals mit den Gangstern zusammenarbeiten, die das Zeug gestohlen haben.«

Ryder seufzte. »Ich habe große Achtung vor Ihnen, Doktor, deshalb beschränke ich mich darauf, zu bemerken, daß Sie ein sehr behütetes Leben führen – ziemlich weitab der bösen Realitäten.«

»Auch ich habe Achtung vor Ihnen, also beschränke ich mich darauf, zu sagen, daß ich nicht die Absicht habe, mich zu wiederholen.«

»Die beiden sind doch sicherlich großen Mitgefühls fähig.«

»Natürlich.«

»Die Gangster haben meine Frau und eine Sekretärin…«

»Julie Johnson.«

»Julie Johnson. Wenn die Entführer anfangen, die beiden

Frauen in die Mangel zu nehmen, was wird dann Ihrer Meinung nach die Oberhand gewinnen – die ehernen Prinzipien Ihrer Freunde oder das Mitgefühl?«

Jablonsky antwortete nicht, er wurde nur ein wenig blasser. Ferguson hustete skeptisch, was gar nicht so leicht war, aber er hatte in den langen Jahren, die er schon seinen Posten innehatte, genügend Gelegenheiten zum Trainieren gehabt. »Und ich dachte immer, es mangle Ihnen an Phantasie, Sergeant. Aber ich glaube, Sie übertreiben in diesem Fall etwas.«

»So, glauben Sie das? Als Sicherheitschef ist es unter anderem Ihre Aufgabe, jeden zu überprüfen, bevor er hier eingestellt wird. Wie steht es beispielsweise mit dem Background von Julie Johnson?«

»Sie verdient sich ihren Lebensunterhalt mit Maschineschreiben, teilt eine einfache, kleine Wohnung mit zwei anderen Mädchen, fährt einen klapprigen Volkswagen und ist Vollwaise.«

»Nicht vielleicht eine Millionärin, die den Job aus Jux übernommen hat?«

»Ausgeschlossen. Sie ist ein nettes, unscheinbares Mädchen.«

Ryder wandte sich an Jablonsky. »Glauben Sie, daß die Gangster die beiden Damen mitgenommen haben, weil sie sie gegen ein Lösegeld von einer Million Dollar pro Stück wieder zurückgeben wollen? Oder vielleicht, um sich nach einem langen Tag in der Bombenwerkstatt an ihrem Anblick zu erfreuen?« Jablonsky schwieg. »Ich komme auf diesen Teil der Angelegenheit später noch zurück. Sie wollten etwas über das Plutonium erzählen.«

»Mann, haben Sie denn überhaupt keine Gefühle?«

»Alles zu seiner Zeit. Im Augenblick wäre ein bißchen Nachdenken und ein bißchen Wissen sicherlich von größerem Nutzen.«

»Ich nehme an, Sie haben recht.« Man sah Jablonsky an, wie schwer es ihm fiel, sich Ryders Ansicht zu eigen zu machen. »Sprechen wir also über Plutonium – Plutonium 239, um genau zu sein. Mit diesem Stoff wurde Nagasaki zerstört. Es ist synthetisch – in der Natur kommt es nicht vor. Es wurde von Menschen geschaffen – und wir Kalifornier hatten das Privileg, es zu erfinden. Es ist unglaublich giftig – der Biß einer Kobra ist im Vergleich dazu vollkommen harmlos. Wenn man es in flüssiger Form mit Freon unter Druck in einer Sprühflasche hätte – bis jetzt ist es noch niemandem gelungen, diesen Gedanken in die Tat umzusetzen, aber das ist nur eine Frage der Zeit –, dann hätte man damit eine absolut tödliche Waffe von unvorstellbarer Wirkung in der Hand. Wenn man sich damit in einen Zuschauerraum begäbe, in dem sich ein paar tausend Leute befänden, und man würde ein paarmal die Düse in Gang setzen, brauchte man nichts mehr außer ein paar tausend Särgen.

Plutonium ist das unvermeidliche Nebenprodukt, das bei der Spaltung von Uran in einem Kernreaktor anfällt. Das Plutonium verbleibt in den Uranstäben. Die Stäbe werden aus dem Reaktor entfernt und zerhackt...«

»Wer macht denn das? Ich glaube, das wäre kein Job für mich.«

»Sicher nicht – nach dem ersten Schlag wären Sie sowieso tot. Die Aufgabe wird von ferngesteuerten Fallmessern erledigt, die sich in einer Anlage befinden, die wir den ›Canyon‹ nennen. Es ist ein netter kleiner Raum, mit anderthalb Meter dicken Wänden und anderthalb Meter dicken Fenstern. Sie hätten bestimmt keine Lust, ihn zu betreten. Die Abschnitte werden in Salpetersäure aufgelöst und in verschiedenen reaktiven Chemikalien gewaschen, um das Plutonium vom Uran zu trennen, und andere unerwünschte, radioaktive Spaltprodukte ebenfalls.«

»Wie wird das Plutonium aufbewahrt?«

»In Form von Plutoniumnitrat. Ungefähr zehn Liter davon – umgerechnet zweieinhalb Kilogramm reines Plutonium – passen in eine Flasche aus rostfreiem Stahl, die eben einen Meter hoch ist und einen Durchmesser von etwa zwölf Zentimetern hat. Diese Flaschen sind noch leichter zu transportieren als die Urantrommeln und ungefährlich, wenn man vorsichtig damit umgeht.«

»Wieviel von dem Zeug braucht man für eine Bombe?«

»Das weiß niemand genau. Man nimmt an, daß es theoretisch möglich ist – praktisch allerdings momentan noch nicht –, einen Kernsprengsatz zu konstruieren, der nicht größer als eine Zigarette ist. Die AEC nimmt als »Auslöser«-Menge zwei Kilogramm an, aber das ist wahrscheinlich zu hoch angesetzt. Auf jeden Fall könnte man die für eine Bombe erforderliche Menge Plutonium in einer Damenhandtasche unterbringen.«

»Ich werde nie mehr unbefangen eine Damenhandtasche ansehen können. Gibt es eigentlich viel von diesem Zeug?«

»Viel zuviel. Private Firmen haben größere Plutoniumvorräte als sich in allen Atombomben der Welt befinden.«

Ryder zündete sich eine Zigarette an, während er diese Information verdaute. »Haben Sie wirklich das gesagt, was ich gehört habe?«

»Ja.«

»Und was machen die privaten Firmen mit dem Zeug?«

»Das würden diese privaten Firmen auch gerne wissen. Die Halbwertzeit des Plutonium liegt bei sechsundzwanzigtausend Jahren. Von der Radioaktivität her gesehen ist es auch in hunderttausend Jahren noch tödlich. Ein ganz hübsches Vermächtnis, das wir unseren noch ungeborenen Nachkommen da hinterlassen. Falls es in hunderttausend Jahren noch Menschen auf der Erde geben sollte – was allerdings kein Wissenschaftler, kein Wirtschaftswissenschaftler, kein Umweltforscher und kein Philosoph ernsthaft annimmt –, dann kann man sich lebhaft vorstellen, wie inbrünstig sie ihre Vorfahren verfluchen werden, die ihnen etwa dreitausend Generationen früher eine so schwerverdauliche Suppe eingebrockt haben.«

»Diese Überlegung wird mir nicht den Schlaf rauben. Ich muß mich mit der Generation befassen, die zur Zeit auf der Erde lebt. War das heute der erste Diebstahl von Kernbrennstoff aus einem Kernkraftwerk?«

»Guter Gott, nein! Es war das erste gewaltsame Eindringen, von dem ich weiß, aber das muß nicht heißen, daß es nicht schon öfter vorgekommen ist und nur verheimlicht wurde. Wir sind empfindlich in solchen Dingen – viel empfindlicher als die Europäer, die kein Hehl daraus machen, daß schon einige Male Terroristenanschläge auf ihre Atomkraftwerke erfolgt sind. Wozu soll ich Ihnen was vormachen.« Fergusons Stimme klang müde. »Es wird ständig Plutonium gestohlen. *Ich* weiß es, und Dr. Jablonsky weiß es auch. Das ›Office of Nuclear Safeguards‹ – das sind die Wachhunde der AEC – weiß am besten darüber Bescheid, ziert sich jedoch ungeheuer, wenn man dieses Thema anschneidet, obwohl der Direktor doch tatsächlich einem ›Unterausschuß für Energiefragen‹ des Kongresses gegenüber zugegeben hat, daß vielleicht ein halbes Prozent der überwachten Brennstoffmengen nicht ausgewiesen war. Er schien sich deshalb jedoch kein großes Kopfzerbrechen zu machen. Was ist schließlich auch ein halbes Prozent, vor allem, wenn man schnell spricht? Gerade genug, um so viele Bomben herzustellen, wie man benötigt, um die gesamten Vereinigten Staaten auszuradieren, das ist alles. Das große, vertrauensselige amerikanische Volk hat keine Ahnung davon – was sie nicht wissen, kann ihnen keine Angst machen. Klingt das sehr bitter, Sergeant?«

»Ziemlich. Haben Sie Grund dazu?«

»Habe ich. Ein Grund ist, daß ich mich sehr über Ihren Bericht geärgert habe. Es gibt im ganzen Land nicht einen Sicherheitschef, der nicht darüber verärgert gewesen wäre. Wir geben jedes Jahr Milliarden aus, um einen Atomkrieg zu verhindern, Hunderte von Millionen, um Unfällen in Kernkraftwerken vorzubeugen, aber nur acht Millionen für Sicherheit. Das Risiko der drei aufgezählten Möglichkeiten verhält sich umgekehrt proportional. Die AEC behauptet, daß sie bis zu zehntausend Leute damit beschäftigt, das Material im Auge zu behalten. Wenn es nicht so traurig wäre, würde ich lachen. Tatsache ist, daß sie nur etwa einmal im Jahr wissen, wo das Zeug überhaupt ist. Sie kommen an, schauen in die Bücher, zählen Dosen, nehmen Proben und füttern mit den Daten einen glücklosen Computer, der für gewöhnlich falsche Antworten ausspuckt. Aber das liegt nicht am Computer und auch nicht an den Inspektoren. Es gibt viel zu wenige von ihnen, und das ganze Sicherheitssystem ist sowieso durchlöchert.

Die AEC behauptet zum Beispiel, daß ein Diebstahl von seiten des Personals aufgrund des gründlichen Schutz- und Überprüfungssystem unmöglich sei. Und sie sagte es sehr laut, damit die Öffentlichkeit es auch schluckt. Aber in Wahrheit ist das kompletter Unsinn. Leitungen zur Entnahme von Proben führen von dem Plutonium-Abflußhahn aus dem ›Canyon‹ – damit man die Stärke, die Reinheit und so weiter testen kann. Und es ist nichts einfacher, als ein bißchen von dem Plutonium abzuzweigen und in einer kleinen Taschenflasche mitzunehmen. Wenn man nicht gierig ist, und nur ab und zu ein bißchen mitgehen läßt, stehen die Chancen gut, daß man niemals erwischt wird. Und wenn man dann noch zwei von den Sicherheitsleuten bestechen kann – den, der die Monitore der Fernsehkameras in den kritischen Gebieten überwacht und den, der den Metalldetektorstrahl kontrolliert, durch den man gehen muß, wenn man den Raum verläßt –, dann gibt es überhaupt kein Risiko mehr.«

»Ist das schon vorgekommen?«

»Die Regierung hält nichts davon, hohe Gehälter an Leute zu zahlen, die für ihren Job keine komplizierte Ausbildung brauchen. Warum, glauben Sie, gibt es so viele schlechte und korrupte Polizisten? Verzeihen Sie, aber es ist nun mal die Wahrheit.«

»Ich verzeihe Ihnen. Ist das die einzige Möglichkeit, das Zeug klein bei klein zu stehlen? Ist so etwas nicht schon in größerem Umfang vorgekommen?«

»Doch, natürlich, aber darüber spricht eben niemand. 1964, als die Chinesen ihre erste Atombombe zündeten, wurde es hierzulande als selbstverständlich angenommen, daß die Chinesen wissenschaftlich nicht weit genug seien, um U-235 aus natürlichem Uran zu gewinnen – also mußten sie es von irgendwoher stibitzt haben. Aus Rußland konnten sie es wohl kaum haben, denn dort sieht man sie bekanntlicherweise nicht sehr gern, wenn wir es mal so vorsichtig ausdrücken wollen. Aber hier bei uns sind sie willkommen – vor allem in Kalifornien. In San Francisco gibt es die größte Chinesengemeinde außerhalb von China. An kalifornischen Universitäten werden die chinesischen Studenten mit offenen Armen empfangen. Und es ist kein Geheimnis, daß die Chinesen auf diese Weise zu den Informationen kamen, die man zum Bau einer Atombombe braucht. Die chinesischen Studenten kamen hierher zu uns, belegten Physik und Kernphysik und eilten danach mit den notwendigen Kenntnissen ausgerüstet schnurstracks in ihre Heimat zurück.«

»Sie schweifen ab.«

»Dazu verführt Verbitterung nur allzu leicht. Kurz nachdem sie ihre Bombe gezündet hatten, kam heraus, daß sechzig Kilo U-235 aus einer Anlage in Apollo in Pennsylvania verschwunden waren, die Kernbrennstoff herstellte. Niemand klagt irgend jemanden an. Das Zeug verschwindet an allen Ecken und Enden.

Ein Kollege erzählte mir mal, daß irgendwie hundertzehn Kilo U-235 aus seiner Anlage verschwunden seien.« Er brach ab und schüttelte niedergeschlagen den Kopf. »Das Ganze ist doch sowieso idiotisch.«

»Was ist idiotisch?«

»Das Zeug nach und nach grammweise aus einer Reaktoranlage herauszuschmuggeln oder einzubrechen und es gleich zentnerweise zu stehlen – es ist idiotisch, weil es völlig unnötig ist. Wenn Sie heutzutage eine große Portion U-235 haben wollten, was würden Sie dann tun?«

»Das ist doch ganz klar – ich würde es von den Leuten aufladen lassen, deren regulärer Job das ist, und den Lastwagen dann auf dem Rückweg kassieren.«

»Genau. Ein oder zwei Kernkraftwerke schicken ihren angereicherten Kernbrennstoff in derart massiven Stahl- und Betontrommeln auf die Reise, daß ein Kran zum Abladen erforderlich wäre – die Entführung eines solchen Lasters ist also ziemlich sinnlos. Aber die meisten tun das nicht. Wir auch nicht. Mit unseren Trommeln hätte nicht einmal ein Mann allein große Schwierigkeiten. Mehr als ein Kernphysiker hat schon öffentlich vorgeschlagen, daß wir uns an den Kreml wenden und die Rote Armee verpflichten sollten, denn die Russen haben ein sicheres System: sie transportieren ihren Kernbrennstoff in Panzerfahrzeugen, die vorne und hinten von jeweils einem weiteren gepanzerten Fahrzeug eskortiert werden.«

»Und warum wird das hier nicht auch so gemacht?«

»Daran ist gar nicht zu denken, und zwar wieder aus dem bekannten Grund: man darf die Öffentlichkeit nicht beunruhigen – es wäre schlecht für das Image der Kernenergie. Atomkraft für den Frieden, nicht für den Krieg! In dem ganzen Kernbrennstoff-Zyklus ist der Transport, was die Absicherung betrifft, das schwächste Glied. Die größeren Transportgesellschaften wie der ›Pacific Intermountain Express‹ oder ›Tri-State‹ oder ›MacCormack‹ sind sich dessen durchaus bewußt und schätzen das Risiko ganz richtig ein. Aber es gibt nichts, was die Fahrer tun können – im Lastwagentransportgeschäft sind Diebstähle und Betrügereien an der Tagesordnung. Es ist das korrupteste und kriminellste Geschäft im ganzen Staat, aber niemand wird das laut sagen

– vor allem nicht die Fahrer. Die ›Teamsters‹ sind die mächtigste und gefürchtetste Vereinigung in den Vereinigten Staaten. In England, Deutschland oder Frankreich würden sie schlichtweg verboten, in Rußland wären sie längst in Sibirien, aber hier bei uns kommt so etwas nicht in Frage. Man wehrt sich nicht gegen die ›Teamsters‹ und man sagt auch keine häßlichen Dinge über sie – jedenfalls nicht, wenn einem etwas an der eigenen Ehefrau, den Kindern, der Altersversorgung oder ganz einfach der persönlichen Gesundheit liegt.

Jeden Tag verschwinden schätzungsweise zwei Prozent der Güter, die in diesem Land mit Lastwagen transportiert werden, spurlos. Die tatsächliche Zahl liegt wahrscheinlich bedeutend höher. In den seltenen Fällen, in denen Leute sich beschweren, zahlen die Versicherungen stillschweigend, denn ihre Prämien, die sie für sogenannte ›Berufsrisiken‹ verlangen, sind so gepfeffert, daß sie sich eine Erstattung ab und zu durchaus leisten können. Fünfundachtzig Prozent der Diebstähle gehen übrigens auf das Konto von Angestellten der Lastwagenindustrie. Und bei fünfundachtzig Prozent der Überfälle kommt es zu Zusammenstößen, womit auch die Fahrer in die Sache verwickelt sind, die natürlich alle bei den ›Teamsters‹ in Lohn und Brot stehen.«

»Ist es schon einmal auf offener Straße zu einem Überfall auf einen Kernbrennstofftransporter gekommen?«

»Überfälle passieren nicht auf offener Straße – jedenfalls kaum einmal. Sie finden an Transfer-Stationen statt oder bei Fernfahrer-Kneipen. Fahrer Jones sucht den ortsansässigen Schlosser auf, läßt sich einen neuen Satz Zünd- und Türschlüssel machen und gibt ihn an Smith weiter. Am nächsten Tag hält er an einer Fernfahrerkneipe, sperrt den Laster sorgfältig zu und macht sich – entweder allein oder mit seinem Mitfahrer – auf den Weg ins Lokal, um ein Hamburger mit Pommes frites zu essen oder sonstwas. Wenn er dann nach dem Essen aus der Kneipe kommt, spielt er wie schon so oft geprobt den Entsetzten und rast zur nächsten Telephonzelle, um die Polizei zu benachrichtigen, die zwar genau weiß, was läuft, jedoch keine Chance hat, es zu beweisen. Solche Diebstähle werden nur selten gemeldet und meistens buchstäblich nicht zur Kenntnis genommen, weil meist keine Gewaltverbrechen damit verbunden sind.«

»Ich bin sozusagen schon mein ganzes Leben lang Polizist«, sagte Ryder und man merkte ihm an, wie sehr er sich bemühte, nicht ungeduldig zu werden. »Ich habe nach Überfällen auf Kernbrennstofftransporte gefragt. Alles andere, was Sie mir da erzählt haben, weiß ich nämlich selbst.«

»Von solchen Überfällen weiß ich nichts.«

»Wissen Sie nichts oder sagen Sie nur nichts?«

»Die Beantwortung dieser Frage überlasse ich Ihnen, Sergeant.«

»Aha. Besten Dank.« Es war unmöglich zu erkennen, für welche der beiden Möglichkeiten Ryder sich entschieden hatte. Er wandte sich an Jablonsky.

»Ist es Ihnen recht, Doktor, wenn wir uns mal Susans Büro ansehen?«

»Es überrascht mich«, antwortete Jablonsky trocken, »daß Sie jemanden um Erlaubnis für irgend etwas bitten.«

»Das ist aber wirklich nicht nett von Ihnen. Aber auch wenn ich so unhöflich wäre, wie Sie behaupten, müßte ich mich in diesem Fall wohl doch zur Höflichkeit durchringen, da wir nicht offiziell mit diesem Fall betraut worden sind.«

»Das weiß ich.« Er sah Jeff an. »Als Angehöriger der Highway Patrol sind Sie hier ganz schön weit von Ihrem normalen Betätigungsfeld entfernt. Hat man Ihnen ausdrücklich verboten, hierzusein?«

»Nein.«

»Ach, es ist ja sowieso egal. Mein Gott, Mann, an Ihrer Stelle wäre ich schon halb verrückt vor Sorge. Durchsuchen Sie von mir aus jeden verdammten Winkel in dieser verdammten Anlage, wenn Sie wollen.« Und nach einer kurzen Pause fügte er hinzu: »Ich werde Sie begleiten.«

»Die ›ganze verdammte Anlage‹, wie Sie sie nennen, können wir Parker und Davidson überlassen, die schon hier sind und den Heerscharen von Polizisten, die in Kürze eintreffen werden. Warum wollen Sie uns ins Büro meiner Frau begleiten? Ich habe noch nie in meinem ganzen Leben Beweismittel zerstört oder verschwinden lassen.«

»Wer hat Sie denn verdächtigt?« Er wandte sich an Jeff: »Sie wissen doch sicher, daß Ihr Vater schon seit langem den berechtigten Ruf hat, mit Vorliebe das Gesetz in die eigenen Hände zu nehmen.«

»Ich muß zugeben, daß man ab und zu diesbezügliche Gerüchte hört. Sie wollen also dafür sorgen, daß einer, der der Fürsorge und des Schutzes bedarf, sich gut benimmt?« Es war das erstemal, seit Jeff von der Entführung seiner Mutter erfahren hatte, daß er lächelte.

»Ich habe noch nie die Begriffe ›Fürsorge‹ und ›Schutzbedürftigkeit‹ in einem Atemzug mit dem Namen Sergeant Ryder gehört‹, sagte Jablonsky.

»Jeff könnte durchaus recht haben«, gab Ryder zu. »Ich werde alt.«

Jablonsky lächelte ungläubig.

Zweites Kapitel

In nur ganz geringem Abstand von Klinke und Schloß saßen vier Kugeln in der Tür zu Mrs. Ryders Büro, die ein wenig offenstand. Ryder begutachtete die vier gesplitterten Löcher ohne sichtbare Gefühlsregung, stieß die Tür ganz auf und trat ins Zimmer. Sergeant Parker hörte auf, mit der Radiergummiseite eines Bleistiftes Papierfetzchen auf dem Schreibtisch hin und her zu schieben und drehte sich zu ihm um. Er war ein untersetzter Mann von Ende dreißig mit einem netten Gesicht, in dem nichts darauf hindeutete, daß er Polizist war – diese Tatsache war einer der Gründe dafür, daß er fast ebenso viele Verhaftungen vorweisen konnte wie Ryder.

»Ich habe schon auf dich gewartet«, sagte er. »Ein dolles Ding! Einfach unglaublich!« Er lächelte, um die Spannung zu mildern, die Ryder überhaupt nicht zu empfinden schien. »Du bist wohl gekommen, um ein paar unfähigen Idioten zu zeigen, wie ein Könner eine solche Sache anpackt?«

»Ich will mich nur ein bißchen umschauen. Ich bin nicht zuständig für diesen Fall und ich bin sicher, daß der alte Fettsack nur zu gerne dafür sorgen wird, daß ich es auch nicht werde.« Mit »Fettsack« war der alles andere als geachtete Polizeichef gemeint. »Dieser sadistische Schweineschmalztränenproduzent

wird mich ganz bestimmt nicht an die Sache ranlassen wollen.«
Er übersah die leichte Befremdung auf Dr. Jablonskys Gesicht,
der noch nicht das Vergnügen gehabt hatte, den Polizeichef kennenzulernen.

»Warum tun wir uns nicht zusammen und brechen ihm einfach das Genick?«

»Dazu müßte man erst mal sicher sein, daß in dem Fünfzig-
Zentimeter-Hemdkragen überhaupt ein Hals steckt.« Ryder
wandte seine Aufmerksamkeit wieder der zerschossenen Tür zu.
»McCafferty, der Torposten, sagte mir, daß es keine Schießerei
gegeben hätte. Stammen diese Löcher von Termiten?«

»Die Waffe war mit einem Schalldämpfer versehen.«

»Warum wurde sie denn eigentlich benutzt?«

»Wegen Susan.« Parker war schon seit einer halben Ewigkeit
ein Freund der Familie. »Die Gangster hatten die Angestellten
zusammengetrieben und in einen Raum auf der anderen Seite des
Flurs gesperrt. Susan steckte zufällig den Kopf aus ihrer Tür, als
die Männer auf ihr Büro zukamen. Also schlug sie die Tür zu und
sperrte ab.«

»Und da schossen sie sie auf. Vielleicht dachten sie, sie würde
sich auf das nächste Telephon stürzen.«

»Ich denke, du hast in deinem Bericht auch die Telephonanlage erwähnt?«

»Ach ja, du hast ja recht: Nur Dr. Jablonsky und Mr. Ferguson haben direkte Verbindung mit draußen. Alle anderen Gespräche müssen über die Zentrale laufen. Und das Mädchen, das
dort seinen Dienst versah, haben sie sich sicherlich als erstes geschnappt. Vielleicht dachten sie, sie würde durch ein Fenster
verschwinden.«

»Nein, das kann auch nicht sein. Nach allem, was ich bis jetzt
gehört habe – richtiggehende Aussagen habe ich allerdings noch
keine vorliegen –, kannten sich die Gangster hier so gut aus, daß
sie sich auch mit verbundenen Augen zurechtgefunden hätten.
Sie müssen also gewußt haben, daß vor Susans Fenster keine
Feuerleiter ist. Und sie müssen auch gewußt haben, daß alle
Räume mit einer Klimaanlage versehen sind und daß es nicht so
einfach ist, durch ein fest verschlossenes Fenster aus Panzerglas
zu springen.«

41

»Aber warum dann?«

»Vielleicht hatte der Kerl es ganz einfach eilig. Vielleicht gehört er zu der ungeduldigen Sorte. Aber wenigstens hat er sie gewarnt: Seine Worte waren: ›Treten Sie beiseite, Mrs. Ryder, ich schieße jetzt die Tür auf.‹«

»Nun, das scheint zwei Dinge zu beweisen. Erstens, daß die Leute keine blindwütigen Killer sind, aber das kann auch täuschen – eine tote Geisel ist kein so gutes Druckmittel, um widerspenstige Physiker zur Zusammenarbeit zu zwingen; und zweitens, daß sie gut genug Bescheid wußten, um einzelne Angestellte mit Namen zu kennen.«

»So ist es.«

»Sie scheinen außerordentlich gut informiert gewesen zu sein.« Jeff gab sich große Mühe, ebenso unerschütterlich wie sein Vater zu wirken, aber seine wild klopfende Halsschlagader verriet seine wahre Verfassung.

Ryder deutete auf die Papierfetzen, die die ganze Schreibtischplatte bedeckten, und sagte in milde tadelndem Ton zu Parker: »In deinem Alter solltest du aber wirklich über Puzzlespiele hinaus sein.«

»Du kennst mich doch: gründlich, peinlich genau, ganz der eifrige Detektiv, der kein Steinchen außer acht läßt.«

»Jedenfalls liegen die Stückchen alle richtig herum, das kann man nicht leugnen. Kannst du auch etwas damit anfangen?«

»Nein. Du vielleicht?«

»Nein. Ich nehme an, es handelt sich um den Inhalt von Susans Papierkorb.«

»Richtig.« Parker starrte verärgert auf das Durcheinander hinunter. »Ich weiß ja, daß Sekretärinnen die Angewohnheit haben, alles zu zerreißen, bevor sie es in den Papierkorb werfen, aber so gründlich hätte Susan nun auch wieder nicht sein müssen.«

»Du kennst doch Susan – sie haßt halbe Sachen. Oder Viertel. Oder Achtel.« Er schob ein paar von den Fetzchen auf dem Tisch herum – Reste von Briefen, Durchschlägen, Notizen in Steno. »Sechzehntel kämen schon eher in Frage.« Er wandte sich um. »Gibt es sonst irgendwelche Hinweise?«

»Nichts auf dem Schreibtisch, nichts im Schreibtisch. Sie hat

ihre Handtasche mitgenommen, und ihren Regenschirm auch.«
»Woher weißt du, daß sie einen Regenschirm hier hatte?«
»Ich habe mich erkundigt«, gab Parker geduldig Auskunft.
»Nur das da hat sie hiergelassen.« Er nahm ein gerahmtes und nicht sehr schmeichelhaftes Bild von Ryder in die Hand, stellte es wieder zurück auf den Schreibtisch und sagte: »Ich fürchte, wir haben keine brauchbaren Hinweise.«

Dr. Jablonsky begleitete sie zu dem zerbeulten Peugeot. »Wenn ich irgend etwas tun kann, Sergeant…«

»Ich möchte Sie sogar um zwei Dinge bitten. Können Sie sich das Dossier über Carlton beschaffen, ohne daß Ferguson es erfährt?«

»Mein Gott, Mann, er ist der stellvertretende Sicherheitschef!«
»Ich weiß.«
»Haben Sie Grund, ihn zu verdächtigen?«
»Nein. Ich bin nur neugierig, warum sie ihn als Geisel mitgenommen haben. Ein hoher Sicherheitsbeamter muß hart im Nehmen und erfinderisch sein. Es ist doch merkwürdig, daß die Gangster einen für sie so gefährlichen Mann mitnehmen. Vielleicht hilft sein Dossier weiter. Das zweite, worum ich Sie bitten möchte, ist folgendes: für mich ist diese ganze Anlage immer noch ein böhmisches Dorf – darf ich mich an Sie wenden, wenn ich etwas wissen möchte?«

»Kommen Sie einfach zu mir ins Büro.«
»Es kann sein, daß ich Sie bitten muß, mich zu Hause aufzusuchen – das Hauptbüro kann es mir untersagen, hierherzukommen.«

»Ihnen, einem Polizisten?«
»Nein, einem Polizisten nicht, aber einem *ehemaligen* Polizisten schon.«

Jablonsky sah ihn besorgt an: »Sie erwarten, daß man Sie feuert? Na ja, angedroht hat man es ja weiß Gott schon oft genug.«
»Die Welt ist eben voller Ungerechtigkeiten.«

Auf der Rückfahrt sagte Jeff: »Ich habe drei Fragen: Erstens – warum Carlton?«

»Eine unklug gewählte Geisel, wie ich schon sagte. Zweitens: wenn die Gangster deine Mutter kannten, dann kannten sie wahrscheinlich auch alle anderen in der Anlage. Schließlich ist es nicht anzunehmen, daß sie sich ausgerechnet besonders für unsere Familie interessierten. Die beste Informationsquelle, was Namen und Lage der Arbeitsplätze betrifft, sind zweifellos die Unterlagen der Sicherheitsabteilung. Und zu denen haben nur Ferguson, Carlton und natürlich Dr. Jablonsky Zugang.«

»Warum haben sie ihn aber dann entführt?«

»Vielleicht um den Verdacht von ihm abzulenken. Ich weiß es nicht. Vielleicht ist er auch gar nicht entführt worden. Du hast doch gehört, was Ferguson über die schlechte Bezahlung gesagt hat. Vielleicht winkten irgendwo saftigere Weiden.«

»Sergeant Ryder, Sie sind unangenehm und mißtrauisch und haben eine schmutzige Phantasie. Und was noch schlimmer ist: Sie sind nicht besser als jeder x-beliebige Dieb.« Ryder zog gelassen an seiner Zigarette.

»Du hast doch Dr. Jablonsky so treuherzig versichert, daß du nie Beweismaterial zerstören oder verschwinden lassen würdest. Ich habe aber genau gesehen, wie du aus dem Wust von Papierfetzchen auf Ma's Schreibtisch ein paar hast mitlaufen lassen.«

»In unserer Familie scheint das Mißtrauen ein Erbübel zu sein«, sagte Ryder leichthin. »Es ist noch gar nicht raus, ob es sich überhaupt um Beweismittel handelt.«

»Warum hast du die Fetzchen dann mitgenommen, wenn du gar nicht weißt, ob sie wichtig sind?«

»Hast du gesehen, was ich mitgenommen habe?«

»Für mich sah es aus wie Hieroglyphen.«

»Steno, du Ignorant. Ist dir am Schnitt von Jablonskys Mantel was aufgefallen?«

»Das sticht doch jedem Polizisten ins Auge: er sollte einen weiteren Mantel tragen, damit seine Waffe nicht so auffällt.«

»Es ist keine Waffe – es ist ein Kassettenrekorder. Jablonsky diktiert alle seine Korrespondenz und Notizen in dieses Gerät, wo immer er auch gerade ist.«

»Na und?« Jeff dachte eine Weile nach und gab es schließlich mit kummervoller Miene auf. »Ich glaube, ich bleibe doch bei meinem vertrauten Zweirad und beschränke mich darauf, Strafzettel auszuschreiben – auf diese Weise tritt meine mindere Intelligenz nicht so aufdringlich zutage. Meinst du vielleicht, daß man als Sekretärin von Dr. Jablonsky keine Stenographie benötigt?«

»Genau.«

»Aber warum hat sie den Hinweis dann in so winzige...«

»Es zeigt sich wieder einmal deutlich, daß die Sachverständigen unrecht haben, die behaupten, daß Intelligenz erblich sei.« Ryder zog wieder an seiner Zigarette und gestattete sich die Andeutung eines zufriedenen Lächelns. »Glaubst du vielleicht, ich hätte eine Frau geheiratet, die bei der geringsten Kleinigkeit in Panik verfällt und keine Phantasie hat?«

»Du weißt, daß sie regelrecht hysterisch wird, wenn sich im gleichen Raum wie sie eine Spinne aufhält. Du meinst, die Fetzchen sind eine Nachricht?«

»Ich nehme es an. Kennst du jemanden, der Steno kann?«

»Natürlich, Marge.«

»Wer ist Marge?«

»Verdammt noch mal, Dad, deine Patentochter – Teds Frau.«

»Ach, die bessere Hälfte von deinem Kollegen. Die heißt aber Marjory. Bitte doch beide auf einen Drink zu uns, wenn wir nach Hause kommen.«

»Was hast du damit gemeint, als du bei Jablonsky durchblikken ließest, daß du erwartest, gefeuert zu werden?«

»Er hat es gesagt, nicht ich. Sagen wir mal, ich fühle meinen frühzeitigen Ruhestand nahen. Ich habe das Gefühl, daß Chief Donahure und ich in Kürze eine ziemliche Meinungsverschiedenheit haben werden.« Jeder Anfänger bei der Polizei wußte über die Feindseligkeit Bescheid, die der Polizeichef Sergeant Ryder entgegenbrachte und die nur noch von der Verachtung übertroffen wurde, die Ryder umgekehrt für ihn hegte.

»Mich liebt er auch nicht gerade«, sagte Jeff.

»Da hast du recht.« Ryder lächelte in Erinnerung versunken: Einige Zeit vor ihrer Scheidung vom Polizeichef hatte Jeff Mrs. Donahure einen Strafzettel wegen überhöhter Geschwindigkeit aufgebrummt, obwohl er genau gewußt hatte, wen er vor sich hatte. Donahure hatte Jeff zu sich zitiert und dann von ihm verlangt, daß er den Strafzettel zerreiße. Jeff hatte sich geweigert, was Donahure auch nicht anders erwartet haben konnte – die kalifornische Highway Patrol hat den Ruf, vielleicht die einzige

Polizeiabteilung in den ganzen Vereinigten Staaten zu sein, die völlig unbestechlich ist, und darauf ist sie mit Recht stolz. Vor nicht allzu langer Zeit hatte ein Patrolman einem Gouverneur einen Strafzettel wegen überhöhter Geschwindigkeit angehängt. Der Gouverneur hatte einen Lobesbrief an das Polizeihauptquartier geschrieben – aber zahlen mußte er trotzdem.

Sergeant Dickson saß immer noch hinter seinem Schreibtisch. »Wo sind Sie beide denn gewesen?« fragte er.

»Wir haben Nachforschungen angestellt«, gab Ryder Auskunft. »Warum fragen Sie?«

»Die hohen Tiere haben versucht, Sie in San Ruffino zu erreichen.« Er nahm den Telephonhörer ab. »Sergeant Ryder und Patrolman Ryder sind da, Lieutenant. Sie sind gerade angekommen.« Er horchte kurz in den Hörer und legte auf. »Man erwartet Sie, meine Herren.«

»Wer ist bei ihm?«

»Major Dunne.« Dunne war der Chef des hiesigen FBI. »Und dann noch ein Dr. Durrer aus Erda oder so ähnlich.«

»Das ist kein Ort, sondern eine Abkürzung«, klärte Ryder ihn auf. »E-R-D-A. ›Energy Research and Development Administration‹. Ich kenne Durrer.«

»Und dann ist natürlich auch noch Ihr Busenfreund da.«

Vier Männer saßen in Mahlers Büro. Mahler, der hinter seinem Schreibtisch saß, hatte seine offizielle Miene aufgesetzt, um seine Bestürzung zu verbergen. Zwei Männer saßen in Sesseln – Dr. Durrer, ein eulenähnlich aussehendes Individuum mit einem Kneifer, hinter dem seine Augen wie die eines erschreckten Rehs wirkten, und Major Dunne, intelligent, hager, allmählich grau werdend, mit den lächelnden Augen eines Mannes, der in seinem Leben nicht viel Grund zum Lächeln gefunden hatte. Der Rest des Zimmers wurde von dem massigen, birnenförmigen Körper Donahures ausgefüllt, der mitten im Raum stand. Die Fettwülste über und unter seinen Augen ließen diesen selbst wenig Platz. Er hatte eine fleischige Nase, wulstige Lippen und eine beachtliche Anzahl von Kinnen. Ryder musterte er voller Abscheu.

»Ich nehme an, Sie haben den Fall bereits geklärt, Sergeant.«

Ryder ignorierte ihn und wandte sich an Mahler: »Sie haben uns gesucht?«

Donahures Gesicht nahm eine dunkelrote Färbung an. »Ich habe mit Ihnen gesprochen, Ryder«, sagte er. »*Ich* habe Sie gesucht! Wo zum Teufel sind Sie gewesen?«

»Sie haben doch selbst von einem ›Fall‹ gesprochen. Und Sie haben in San Ruffino angerufen. Wenn Sie schon unbedingt Fragen stellen wollen, müssen es dann so dumme sein?«

»Bei Gott, Ryder, kein Mensch wagt es, so mit...«

»Ich bitte Sie.« Dunnes Stimme war ruhig, aber scharf. »Ich wäre dankbar, wenn die Herren Ihre Kabbeleien für eine andere Gelegenheit aufsparen könnten. Sergeant Ryder, Patrolman, ich habe gehört, was mit Ihrer Mutter geschehen ist, und es tut mir verdammt leid. Haben Sie da draußen etwas Interessantes finden können?«

»Nein«, sagte Ryder. Jeff starrte konzentriert auf einen Punkt. »Und ich glaube auch nicht, daß irgend jemand etwas finden wird. Die Sache ist absolut sauber durchgezogen worden. Das einzige, was wir mit Sicherheit wissen, ist, daß die Banditen genügend Beute gemacht haben, um den halben Staat in die Luft sprengen zu können.«

»Wieviel haben sie mitgehen lassen?«

»Zwanzig Trommeln mit U-235, und Plutonium – allerdings weiß ich nicht, wieviel. Ich nehme an, eine Wagenladung. Nachdem sie die Anlage unter Kontrolle hatten, kam nämlich noch ein zweiter Lastwagen an.

»Mein Gott.« Durrer klang deprimiert und er sah auch so aus. »Als nächstes kommen also die Drohungen.«

»Bekommen Sie viele?« fragte Ryder.

»Darauf würde ich nicht antworten«, mischte sich Donahure ein. »Ryder ist nicht offiziell mit diesem Fall betraut.«

»Mein Gott«, sagte Durrer wieder. Er nahm seinen Kneifer ab und sah Donahure mit Augen an, die jetzt jede Eulenähnlichkeit verloren hatten. »Wollen Sie mir vielleicht Vorschriften machen?« Donahure war sichtlich irritiert und wandte sich hilfesuchend an Dunne, aber die kalten, lächelnden Augen verhießen ihm keine Unterstützung. Durrer wandte sich wieder an Ryder: »Ja, wir bekommen Drohungen. Man hält es im Staate Kalifornien politisch für klug, keine Auskunft über die genauen Zahlen zu geben, was ziemlich idiotisch ist, da es allgemein bekannt ist

– die Zahlen sind veröffentlicht worden –, daß seit 1969 etwa zweihundertzwanzig Drohungen gegen Bundes- und Wirtschaftseinrichtungen eingegangen sind.« Er schwieg, als erwarte er etwas, und Ryder tat ihm den Gefallen: »Das ist ja ganz beachtlich.« Er schien überhaupt nicht zu bemerken, daß die unmittelbarste Bedrohung im Augenblick darin bestand, daß den Polizeichef der Schlag traf: Donahure öffnete und schloß ununterbrochen die Fäuste, und sein Gesicht leuchtete beängstigend braunrot.

»Das ist es allerdings. Bis jetzt haben sich alle als Windeier erwiesen. Aber eines Tages kann mal eine ernstgemeinte Drohung dabei sein, und dann müssen entweder die Regierung oder die private Industrie zahlen oder die Auswirkungen einer nuklearen Explosion oder nuklearer Strahlenverseuchung ausbaden. Wir unterscheiden sechs Arten von Drohungen – zwei als höchst unwahrscheinlich, vier als einigermaßen glaubhaft. Die höchst unwahrscheinlichen kündigen die Explosion einer Bombe an, die aus den dafür notwendigen gestohlenen Materialien zusammengebastelt wurde, oder die Detonation einer bereits fertigen Atombombe, die man aus einem Militärdepot entwendet hat. Die einigermaßen glaubhaften Drohungen befassen sich zum Beispiel mit der Verseuchung durch radioaktives Material, das aus einem Überfall auf einen Kernbrennstofftransport stammt, also der Detonation einer hochexplosiven konventionellen Bombe, die mit Strontium 90, Krypton 85, Caesium 137 oder sogar Plutonium selbst gepfeffert ist, oder einfach mit der Ausstreuung von Plutonium zu Vergiftungszwecken.«

»Wenn man aus dem routinierten Vorgehen der Leute in San Ruffino Schlüsse zieht, dann muß man annehmen, daß sie es ernst meinen.«

»Es mußte ja mal zu einer echten Drohung kommen. Wir haben Vorkehrungen für einen solchen Fall getroffen – sie wurden 1975 formuliert. Das Ganze trägt den Titel ›Nuclear Blackmail Emergency Response Plan for the State of California‹. Das FBI hat die oberste Kontrolle über alle diesbezüglichen Nachforschungen und kann so viele bundeseigene, staatliche oder lokale Stellen einschalten, wie es will – einschließlich der Polizei, natürlich. Sie können sich Experten auf dem Gebiet der Kernphysik aus Berkeley und Livermore holen. Such- und Entgiftungskommandos, Medizinerteams unter der Leitung von Radiologen sind ebenso abrufbereit wie die Air Force, die die Teams transportieren muß. Wir von der ERDA tragen die Verantwortung dafür, den Wichtigkeitsgrad einer Drohung zu beurteilen.«

»Und wie machen Sie das?«

»Zunächst durch eine Anfrage bei der Computerzentrale der Regierung, die sehr schnell Auskunft darüber gibt, ob ungewöhnliche Mengen von spaltbarem Material abgängig sind.«

»Nun, Dr. Durrer, in diesem speziellen Fall wissen wir genau, wieviel fehlt, wir brauchen also keinen Computer dazu. Ich halte die Dinger sowieso für komplett nutzlos.«

Durrer nahm seinen Kneifer zum zweitenmal ab. »Wer hat es Ihnen gesagt?«

Ryder zuckte mit den Schultern. »Ich erinnere mich nicht mehr – es ist schon so lange her.« Jeff gab sich redlich Mühe, nicht zu grinsen – »so lange« war natürlich ein dehnbarer Begriff. Diesmal stand er für den Zeitraum von etwa einer halben Stunde, denn so lange war es her, daß Ferguson ihn unterrichtet hatte. Durrer sah ihn nachdenklich an, kam dann jedoch zu dem Schluß, daß es wohl keinen Sinn hatte, diesen Punkt weiter zu verfolgen. Ryder wandte sich wieder an Mahler: »Ich möchte gern bei den Nachforschungen helfen – ich würde gern unter Major Dunne arbeiten.«

Donahure lächelte – es war nicht direkt ein bösartiges Lächeln, nur das eines Mannes, der einen flüchtigen Augenblick genießt. Sein Gesicht hatte wieder die für ihn übliche Purpurfärbung angenommen.

»Ausgeschlossen«, sagte er.

Ryder sah ihn an, und sein Gesichtsausdruck war nicht gerade freundlich. »Ich habe ein persönliches Interesse an diesem Fall, haben Sie das vergessen?«

»Ich diskutiere nicht mit Ihnen, Sergeant. Als Polizist nehmen Sie in diesem Bezirk nur von einem Menschen Befehle entgegen, und dieser eine Mensch bin ich.«

»Ja, als Polizist«, nickte Ryder. Donahure blinzelte – er war plötzlich unsicher.

»Ich würde es sehr gern sehen, wenn Sergeant Ryder mit mir

zusammenarbeiten würde«, sagte Major Dunne. »Er ist Ihr erfahrenster Mann, der beste Geheimpolizist, den Sie haben, und er hat die meisten Festnahmen in diesem County zu verbuchen – und nicht nur in diesem County.«

»Das ist ja das Schlimme mit ihm – er ist ganz wild auf Verhaftungen. Er hat sofort den Finger am Abzug. Er ist gewalttätig. Völlig unberechenbar, wenn er in einen Fall Gefühle investiert – was in diesem zweifellos passieren würde.« Donahure gab sich redlich Mühe, fromm und respektabel auszusehen, aber es gelang ihm nicht einmal andeutungsweise. »Ich kann doch nicht den guten Namen meiner Truppe aufs Spiel setzen.«

»Großer Gott!« Dieser von Herzen kommende Ausruf war Ryders einziger Kommentar.

»Ich würde ihn trotzdem gern haben«, insistierte Dunne freundlich.

»Kommt nicht in Frage. Und, bei allem Respekt, ich muß Sie doch wohl nicht daran erinnern, daß die Befugnisse des FBI nicht bis in dieses Zimmer reichen. Es ist doch nur zu Ihrem eigenen Besten, Major Dunne. In einer heiklen Situation wie dieser wäre es viel zu gefährlich für Sie, einen Mann wie Ryder bei sich zu haben.«

»Die Entführung unschuldiger Frauen bezeichnen Sie als heikel?« Durrers Sarkasmus machte es deutlich, daß er Donahure nicht gerade für den hellsten aller Polizeichefs hielt. »Können Sie uns vielleicht erläutern, wie Sie zu dieser interessanten Auffassung kommen?«

»Ja, wie wäre das, Chief?« Jeff konnte sich nicht länger beherrschen. Er zitterte vor Wut. Ryder musterte ihn überrascht, sagte jedoch nichts. »Es geht um meine Mutter, Chief. Mein Vater ist gefährlich und wild auf Verhaftungen? Das mag schon stimmen, aber welche Leute stört denn das? Doch nur die, die es betrifft – Zuhälter, Dealer, kriminelle Politiker, ehrliche, sozial eingestellte Mafiamitglieder, respektierte Geschäftsleute, die einen großen Bogen um die Gesetze machen, und, ja, es ist wirklich traurig, korrupte Polizeibeamte. Sehen Sie sich seine Akte an, Chief. Die einzigen Fälle, in denen seine Verhaftungen nicht zu einer Verurteilung oder einer Überprüfung auf Bewährung Freigelassener führten, liegen in der Zeit, als Richter Kendrick hier das sogenannte Recht sprach. Sie erinnern sich doch sicherlich an Richter Kendrick, Chief? Er war doch häufiger Gast in Ihrem Haus, kassierte fünfundzwanzigtausend Dollar von Ihren Freunden im Rathaus und mußte schließlich für fünf Jahre gesiebte Luft atmen. Es gab eine ganze Menge Leute, die heilfroh waren, daß sie ihm im Knast nicht Gesellschaft leisten mußten, nicht wahr, Chief?«

Donahure gab ein undefinierbares Geräusch von sich, das klang, als habe ihm jemand einen Knoten in die Stimmbänder gemacht. Er war wieder dazu übergegangen, seine Fäuste zu öffnen und zu schließen, und über sein Gesicht lief in beträchtlicher Geschwindigkeit ein sehenswertes Farbenspiel.

»Haben Sie den Richter reingebracht, Sergeant?« fragte Dunne.

»Einer mußte es schließlich tun. Unser alter Fettsack hier hatte zwar alle Beweise in der Hand, aber er wollte sie nicht verwenden. Aber das kann man ja auch irgendwo verstehen – wer bringt sich schon gern selbst in Schwierigkeiten.« Der Knoten in Donahures Stimmbändern hatte sich immer noch nicht gelockert. Ryder nahm etwas aus seiner Jackettasche und hielt es hinter dem Rücken versteckt, wobei er seinem Sohn einen fragenden Blick zuwarf.

Jeff war jetzt völlig ruhig. »Außerdem haben Sie meinen Vater vor Zeugen verleumdet.« Er wandte sich an seinen Vater: »Wirst du Klage erheben? Oder willst du ihn mit seinem schlechten Gewissen allein lassen?«

»Mit seinem was?«

»Du wirst nie ein echter Polizist.« Jeffs Stimme klang nachgerade betrübt. »Die Feinheiten hast du nie richtig erfaßt – Bestechung, ein paar Bankkonten unter falschen Namen und Erpressung.« Er wandte sich wieder Donahure zu: »Es stimmt doch, daß einige Leute jede Menge Konten haben, die unter falschen Namen laufen, nicht wahr, Chief?«

»Sie unverschämter junger Schnösel«, krächzte Donahure mühsam. »Sie haben wohl völlig vergessen, mit wem Sie reden, was?« Er versuchte zu lächeln.

»Es tut mir so leid, daß ich Sie um das Vergnügen bringe, Chief«, sagte Jeff. Er legte seine Dienstwaffe und sein Abzeichen auf Mahlers Tisch und sah ohne überrascht zu sein zu, wie sein Vater seine Polizeimarke ebenfalls abgab.

»Ihre Waffe«, sagte Donahure heiser.

»Sie gehört mir – es ist keine Dienstpistole. Aber ich habe sowieso noch andere zu Hause und jede Menge Waffenscheine«, entgegnete Ryder.

»Die kann ich schon morgen einziehen lassen, Bulle.« Die Bösartigkeit in seiner Stimme paßte zu seinem Gesichtsausdruck.

»Ich bin kein Bulle«, widersprach Ryder, zündete sich eine Zigarette an und nahm genußvoll einen tiefen Zug.

»Machen Sie die verdammte Zigarette aus.«

»Sie haben es doch gehört: ich bin kein Bulle. Nicht mehr jedenfalls. Jetzt bin ich einfach ein Angehöriger des Volkes. Die Polizei ist der Diener des Volkes, und ich schätze es nicht, wenn meine Dienerschaft in diesem Ton mit mir spricht. Sie wollen also meine Waffenscheine einziehen? Wenn Sie das tun, schicke ich Ihnen die Photokopie eines privaten Dossiers zu, das sich in meinem Besitz befindet, komplett mit Photokopien von unterzeichneten eidesstattlichen Erklärungen. Ich denke, daß ich meine Waffenscheine dann sehr schnell wiederhabe.«

»Was soll das eigentlich alles bedeuten, zum Teufel?«

»Daß das Original-Dossier sicher großes Interesse in Sacramento fände.«

»Sie bluffen ja nur.« Die Verachtung in Donahures Stimme wäre glaubhafter gewesen, wenn er sich nicht gleich nach diesem Satz nervös die Lippen angefeuchtet hätte.

»Schon möglich.« Ryder blickte versonnen einem Rauchring nach, der durch das Zimmer schwebte.

»Ich warne Sie, Ryder.« Donahures Stimme zitterte, und der Grund dafür mußte nicht unbedingt Wut sein. »Wenn Sie sich in diesen Fall einmischen, lasse ich Sie wegen Behinderung der Justiz einsperren.«

»Sie wissen, wie Sie mit mir dran sind, Donahure – ich muß Ihnen nicht drohen. Außerdem macht es mir kein Vergnügen, einen wabbeligen Schmalztopf vor Angst bibbern zu sehen.«

Donahure legte eine Hand auf seine Waffe. Ryder knöpfte in aller Ruhe sein Sakko auf, schob es nach hinten und legte die

Hände auf die Hüften. Seine Achtunddreißiger war deutlich zu sehen, aber seine Hände waren weit von ihr entfernt.

»Nehmen Sie diesen Mann fest«, sagte Donahure zu Mahler.

»Machen Sie sich doch nicht noch mehr zum Narren, Donahure«, riet Dunne angewidert. »Und bringen Sie vor allem den Lieutenant nicht in eine so unmögliche Situation. Aufgrund wessen sollte er ihn denn um Gottes willen festnehmen?«

Ryder knöpfte sein Jackett wieder zu, drehte sich um und verließ ohne ein weiteres Wort das Büro. Jeff folgte ihm auf den Fersen. Sie wollten gerade in den Peugeot steigen, als Dunne sie einholte.

»War das klug?«

Ryder zuckte die Achseln. »Auf jeden Fall war es unvermeidlich.«

»Er ist gefährlich, Ryder. Nicht im offenen Kampf, das wissen wir alle, aber wehe, wenn man ihm den Rücken zudreht. Und er hat einflußreiche Freunde.«

»Ich kenne sie – ein Haufen Abschaum, genau wie er selbst. Mindestens die Hälfte von ihnen sollte schon längst hinter Gittern sitzen.«

»Das macht sie nicht gerade ungefährlicher. Sie machen natürlich weiter, nicht wahr?«

»Es geht um meine Frau, falls Sie das noch wissen. Soll ich mich vielleicht darauf verlassen, daß dieser hirnlose Fettkloß sie rettet?«

»Was passiert, wenn er sich Ihnen in den Weg stellt?«

»Machen Sie meinem Vater nicht den Mund wäßrig«, grinste Jeff.

»Sie haben recht, das sollte ich wohl nicht. Ich sagte, ich sähe es gern, wenn Sie mit mir zusammenarbeiteten. Sie auch, junger Mann. Das Angebot steht nach wie vor. Wir vom FBI haben immer Platz für unternehmungslustige und ehrgeizige junge Männer.«

»Vielen Dank. Wir werden es überdenken. Können wir uns an Sie wenden, falls wir Hilfe oder einen Rat brauchen?«

Dunne sah die beiden nachdenklich an und nickte dann. »Natürlich. Meine Nummer haben Sie ja. Und Sie haben die Wahl. Ich habe leider keine – ob ich will oder nicht, ich muß mit dem hirnlosen Fettkloß zusammenarbeiten, wie Sie ihn so treffend bezeichnet haben. Er hat einige politische Macht hier im Tal. Achten Sie immer darauf, daß Sie niemandem den Rücken zukehren.«

Er schüttelte den beiden Männern die Hand.

Als sie im Wagen saßen, fragte Jeff seinen Vater: »Wirst du über sein Angebot nachdenken?«

»Du lieber Himmel, nein, damit kämen wir doch nur vom Regen in die Traufe. Damit will ich nicht sagen, daß Sassoon – das ist der Chef des FBI in Kalifornien – kein ehrlicher Mann ist. Das ist er absolut. Aber er ist zu streng, hält sich stur an die Regeln und mißbilligt jedes selbständige Handeln. Und das würde uns doch wohl nicht gefallen, oder?«

Marjory Hohner, ein braunhaariges Mädchen, das für eine Ehefrau entschieden zu jung aussah, saß neben ihrem Mann und studierte die Papierfetzchen, die sie vor sich auf dem Tisch ausgebreitet hatte. Ryder wurde allmählich ungeduldig: »Komm schon, Patentochter, ein kluges Mädchen wie du...«

Sie hob den Kopf und lächelte. »Es ist ganz leicht – und ich glaube, du kannst etwas damit anfangen. Hier steht: ›Schau auf die Rückseite deiner Photographie.‹«

»Ich danke dir, Marjory.« Ryder griff zum Telephonhörer und führte zwei Gespräche.

Ryder und sein Sohn hatten gerade den letzten Rest des Essens verschlungen, das Susan für sie vorbereitet hatte, als Dr. Jablonsky, eine Stunde nach dem Aufbruch der Hohners, mit einer Aktentasche in der Hand vor der Tür stand. »Sie müssen hellseherisch veranlagt sein«, sagte er zur Begrüßung. »Es ist bereits allgemein bekannt, daß man Sie beide gefeuert hat.«

»Aber das stimmt nicht«, widersprach Ryder hoheitsvoll, »wir sind in den Ruhestand getreten. Freiwillig. Und natürlich nur vorübergehend.«

»Haben Sie ›vorübergehend‹ gesagt?«

»Genau das. Im Augenblick ist es nicht opportun für mich, Polizist zu sein – es schränkt meine Handlungsfreiheit zu sehr ein.«

»Du hast also wirklich ›vorübergehend‹ gesagt?« fragte Jeff entgeistert.

»Aber natürlich. Wenn der Fall erst glücklich ausgestanden ist, gehe ich zurück an die Arbeit – schließlich habe ich eine Frau zu ernähren.«

»Aber Donahure...«

»Machen Sie sich über den keine Gedanken. Der soll sich selber Gedanken über sich machen. Möchten Sie einen Drink, Doktor?«

»Einen Scotch, falls Sie haben.« Ryder schob eine Schiebetür beiseite, hinter der eine eindrucksvolle Reihe von Flaschen zum Vorschein kam. »Sie haben«, nickte Jablonsky nach einem langen Blick.

»Ich trinke nur Bier. Die anderen Flaschen hier sind für meine Freunde – sie reichen eine ganze Weile.«

Jablonsky nahm einen Ordner aus seiner Aktenmappe: »Hier sind die Unterlagen, die Sie einsehen wollten. Es war gar nicht leicht, sie zu beschaffen. Ferguson ist so nervös wie eine Katze auf einem heißen Blechdach.«

»Ferguson ist in Ordnung.«

»Ich weiß. Das hier ist eine Photokopie. Ich wollte nicht riskieren, daß Ferguson oder das FBI das Original vielleicht vermissen.«

»Warum ist Ferguson so nervös?«

»Schwer zu sagen. Er macht Ausflüchte und ist recht wortkarg. Vielleicht fürchtet er um seinen Job, weil seine Sicherheitsmaßnahmen sich als so wenig wirksam erwiesen haben. Er macht einen ziemlich verschreckten Eindruck. Aber ich glaube, das tun wir seit ein paar Stunden alle. Sogar ich.« Er schaute düster vor sich hin. »Ich befürchte sogar, daß meine Anwesenheit hier bei einem Expolizisten« – er lächelte, um seinen Worten die Härte zu nehmen – »registriert wird.«

»Da haben Sie allerdings recht.«

Jablonsky hörte auf zu lächeln: »Wie meinen Sie das?«

»Fünfzig Meter von unserem Haus entfernt steht auf der gegenüberliegenden Straßenseite ein Kastenwagen. Es sitzt niemand am Steuer – der Fahrer versteckt sich hinten im Wagen und beobachtet das Haus durch ein Spionfenster.«

Jeff sprang auf und trat ans Fenster. »Wie lange steht er denn schon da?« fragte er.

»Ein paar Minuten. Er kam zur gleichen Zeit wie Dr. Jablonsky an. Und ich hatte keine Gelegenheit mehr, etwas dagegen zu unternehmen.« Ryder dachte kurz nach und fuhr dann fort: »Ich schätze es nicht besonders, wenn Schnüffler um mein Haus schleichen. Geh zu meinem Waffenschrank und nimm dir, was du möchtest. Du wirst auch ein paar alte Polizeiabzeichen dort finden.«

»Er wird bestimmt wissen, daß ich nicht mehr Polizist bin.«

»Sicher wird er das. Aber glaubst du, er wird es wagen, dich darauf anzusprechen und so preiszugeben, daß er auf Donahures Befehl handelt?«

»Wohl kaum. Was soll ich mit ihm machen? Ihn erschießen?«

»Der Gedanke ist zwar sehr reizvoll, aber wir wollen es lieber lassen. Schlag sein Fenster mit dem Pistolengriff ein und ersuche ihn aufzumachen. Er heißt Raminoff und sieht ein bißchen so aus wie eine Ratte – was er auch ist. Er trägt eine Pistole. Donahure hält ihn für seinen besten Spion. Ich habe schon seit Jahren ein Auge auf ihn. Er ist kein Polizist – er ist ein Verbrecher, der schon einige Verurteilungen auf dem Buckel hat. Du wirst ein Polizeifunkgerät in seinem Wagen vorfinden. Frage ihn nach seiner Lizenz – er wird keine haben. Frage ihn nach seinem Polizeiausweis – auch den wird er nicht haben. Mach den üblichen einschüchternden Lärm und rate ihm eindringlich, sich zu verkrümeln.«

Jeff grinste breit: »Der Ruhestand hat doch ganz entschieden seine Vorteile.«

Jablonsky sah ihm zweifelnd nach. »Sie haben wirklich großes Vertrauen in den Jungen, Sergeant.«

»Jeff kann sehr gut auf sich aufpassen«, versicherte ihm Ryder überzeugt. »Nun, Doktor, ich hoffe, Sie ergehen sich nicht in Ausflüchten, wenn ich von Ihnen wissen will, weshalb Ferguson es tut.«

»Nein, warum sollte ich?« Er sah finster drein. »Nachdem ich sowieso einen Makel habe...«

»Hat er mir etwas vorenthalten?«

»Ja. Übrigens – die Sache mit Ihrer Frau macht mir mehr Sorgen, als Sie vielleicht denken, und ich glaube, Sie haben das Recht, alles zu erfahren, was Ihnen helfen kann.«

»Diese Einstellung ist einen zweiten Drink wert.« Es zeigte den Grad von Jablonskys Besorgnis, daß er das erste Glas geleert hatte, ohne es zu merken. Ryder ging zur Bar und füllte es auf. »Und was hat er mir verschwiegen?«

»Sie haben ihn doch gefragt, ob Überfälle auf Kernbrennstofftransporte stattgefunden hätten, und er sagte, er wisse es nicht. Tatsache ist jedoch, daß er soviel darüber weiß, daß er unter keinen Umständen darüber sprechen will. Nehmen Sie zum Beispiel das kürzlich gelaufene ›Hematite-Kater-Geschäft‹ – es hat diesen Spitznamen wohl bekommen, weil es jedem, der mit der Sicherheit von derartigen Transporten betraut ist, Kopfschmerzen bereitet hat. Hematite liegt in Missouri und wird von ›Gulf United Nuclear‹ geführt. Bis zu tausend Kilogramm U-235 haben sie ständig an Ort und Stelle. Das Zeug kommt, in Flaschen abgefüllt, in Form von UF-6 aus Portsmouth, Ohio, zu ihnen. Es wird dann in U-235-Oxyd umgewandelt. Ein großer Teil des Stoffes geht – angereichert und hochgefährlich – per Lastwagen von Hematite nach Kansas City, von dort weiter per Luftfracht nach Los Angeles und dann wieder per Lastwagen hundertzwanzig Meilen über Landstraße zu ›General Atomic‹ in San Diego. Das fordert Überfälle doch geradezu heraus. Wollen Sie die Vorgänge in allen entsetzlichen Einzelheiten wissen?«

»Danke, ich habe Phantasie. Und warum ist Ferguson in dieser Beziehung so schweigsam?«

»Das ist nicht außergewöhnlich – alle Sicherheitsleute sind berufsmäßige Austern. Es verschwinden buchstäblich Tonnen von dem Zeug – das ist kein Geheimnis.«

»Nach Dr. Durrers Worten – ich habe heute abend mit ihm gesprochen – kann der Regierungscomputer in Null Komma nichts Auskunft darüber geben, ob nennenswerte Mengen von spaltbarem Material verschwunden sind.«

Jablonsky runzelte die Stirn und beschloß, seiner Laune mit einem weiteren Scotch auf die Sprünge zu helfen. »Ich möchte wissen, was er als ›nennenswert‹ bezeichnet. Zehn Tonnen vielleicht? Das reicht ja auch nur aus, um ein paar hundert Atombomben zu basteln. Entweder hat er dummes Zeug erzählt – was ich nicht glaube, da ich ihn kenne –, oder er wollte keine genauen Auskünfte geben. Die ERDA ist ein bißchen empfindlich, seit sie im Juli 1976 vom GAO eins aufs Auge bekommen hat.«

»Was heißt GAO?«

»›General Accounting Office‹.« Jablonsky brach ab, als Jeff den Raum betrat und ein paar Dinge auf den Tisch legte. Er machte einen ausgesprochen selbstzufriedenen Eindruck.

»Er ist weg. Auf dem Weg in den nächsten Sumpf, nehme ich an.« Er deutete auf seine Beute: »Ein Polizeifunkgerät. Natürlich hatte er keine Lizenz dafür, also konnte ich es ihm doch nicht gut lassen, oder? Hier ist noch eine Pistole – da es sich bei ihm eindeutig um ein kriminelles Individuum handelt, mußte ich sie ihm leider abnehmen. Und dann haben wir da noch einen Führerschein – den zeigte er mir als Identifikation anstelle eines Polizeiausweises, den er nicht zu besitzen schien. Und zu guter Letzt habe ich noch ein Fernglas sichergestellt, das die Gravur LAPD aufweist – er konnte sich nicht daran erinnern, wo er es herhatte und schwor, daß er keine Ahnung gehabt habe, daß diese Buchstaben die Abkürzung für ›Los Angeles Police Department‹ seien.«

»Ich habe schon immer eins von denen haben wollen«, grinste Ryder. Jablonsky runzelte voller Mißbilligung die Stirn, besserte seine Laune jedoch gleich darauf auf dieselbe Weise auf wie kurz vorher – mit einem weiteren Scotch.

»Außerdem habe ich mir die Zulassungsnummer aufgeschrieben, die Motorhaube aufgemacht und die Motor- und Fahrgestellnummer notiert. Und dann habe ich ihm mitgeteilt, daß all diese Nummern und die konfiszierten Artikel noch heute abend auf dem Revier abgeliefert würden.«

»Du weißt doch hoffentlich, was du getan hast«, sagte Ryder gespielt vorwurfsvoll. »Du hast Chief Donahure beunruhigt – oder falls er es noch nicht ist, wird er es jeden Augenblick sein.« Sein Gesicht nahm einen sehnsüchtigen Ausdruck an. »Ich wünschte, wir könnten seine private Telephonleitung anzapfen. Er muß ja die ganzen geklauten Sachen ersetzen und das wird ihn schon ganz empfindlich schmerzen, aber noch viel mehr wird es ihn schmerzen, den Kastenwagen hergeben zu müssen.«

»Warum sollte er ihn hergeben?« fragte Jablonsky.

»Weil er heiß ist. Wenn man Raminoff mit diesem Kastenwagen erwischen würde, würde der sich Schreiknötchen auf die Stimmbänder singen, vor lauter Eifer, Donahure anzuschwärzen. Er ist eben einer der typischen Vertrauensmänner, mit denen Donahure sich umgibt.«

»Donahure könnte die Befragung doch verhindern.«

»Ausgeschlossen. John Aaron, der Herausgeber des ›Examiner‹, zieht seit Jahren gegen die Korruption der Polizei im allgemeinen und gegen Chief Donahure im besonderen zu Felde. Ein Brief an den Herausgeber, in dem die Frage gestellt würde, weshalb Donahure aus erhaltenen Informationen keine Konsequenzen zog, wäre ein Knüller für die erste Seite. Du sagst, er ist auf dem Weg in den nächsten Sumpf, Jeff? Ich an seiner Stelle würde zum Cypress Bluff fahren. Da geht es dreißig Meter tief zum Pazifik hinunter und danach kann man noch achtzehn Meter tief sinken, bis man wieder festen Boden unter den Reifen hat. Auf dem Meeresgrund wimmelt es geradezu von Autowracks. Ich möchte dich bitten, daß du dich dorthin begibst und all das konfiszierte Zeug und den Rest von alten Polizeiabzeichen ins Wasser wirfst.«

Jeff sah ihn verblüfft an: »Hältst du es für möglich, daß der alte Esel den Nerv hat, mit einem Durchsuchungsbefehl hier aufzukreuzen?«

»Natürlich tue ich das. Irgendein Grund wird ihm schon einfallen – er hat es ja oft genug praktiziert.«

»Er könnte vielleicht die Verdächtigung erfinden, daß wir draußen im Kraftwerk Beweismaterial geklaut haben«, sagte Jeff mit ausdruckslosem Gesicht.

»Du weißt ja – der Mann ist zu allem fähig.«

»Es gibt Leute, die kann einfach nichts aus der Ruhe bringen«, stellte Jeff fest und ging.

»Was hat er denn damit gemeint?« fragte Jablonsky.

»Wer weiß schon, was die heutige Generation meint – sie spricht so oft in Rätseln. Sie sprachen vorhin vom GAO.«

»Ah, ja. Die haben einen Bericht über den Verlust von spaltbarem Material herausgegeben – für eine Regierungsstelle, die den klangvollen Namen ›House Small Business Subcommittee on Energy Environment‹ trägt. Der Bericht war und ist Verschlußsache, aber der Unterausschuß hat eine Zusammenfassung des Berichts angefertigt und die Geheimhaltung aufgehoben. Das GAO hat keine besonders hohe Meinung von der ERDA – es sagt, bei der ERDA arbeiten nur Stümper, und behauptet, daß buchstäblich Tonnen von spaltbarem Material – wobei die Anzahl der Tonnen unbestimmt bleibt – aus den vierunddreißig Uran und Plutonium verarbeitenden Kernkraftwerken des Landes fehlen. Das GAO macht keinen Hehl daraus, daß es die Methoden der Rechenschaftsablegung der ERDA anzweifelt und daß es keinen schlüssigen Hinweis darauf gibt, ob Material fehlt oder nicht.«

»Das würde Dr. Durrer aber gar nicht gerne hören.«

»Die Leute von der ERDA kochten vor Wut. Sie gaben an – und ich weiß, daß das stimmt –, daß in jedem Kernkraftwerk bis zu sechzig Meilen Rohre liefen, und wenn man diese sechzig Meilen mit der Anzahl der Anlagen, also mit vierunddreißig, multipliziere, dann ergäbe das zweitausend Meilen Rohre, und da drin könne eine ganze Menge spaltbaren Materials stecken. Das GAO gab der ERDA in diesem Punkt zwar recht, nahm der Erklärung jedoch gleich darauf die Überzeugungskraft, indem es zu bedenken gab, daß es keine Möglichkeit gäbe, besagte zweitausend Meilen Rohre auf ihren Inhalt zu überprüfen.«

Jablonsky starrte trübsinnig und wie gedankenverloren in sein leeres Glas. Ryder sah den Blick, nahm Jablonsky das Glas ab und füllte es an der Bar wieder auf. Als er es ihm zurückbrachte, sagte Jablonsky anklagend, aber nicht böse: »Sie versuchen wohl, mir die Zunge zu lösen?«

»Natürlich, was denn sonst? Was meinte die ERDA daraufhin?«

»Gar nichts. Und es verschlug ihr vollends die Sprache, als die ›Nuclear Regulatory Commission‹ sie unter Beschuß nahm, indem sie feststellte, daß praktisch jedes Kernkraftwerk des Landes von einer Handvoll bewaffneter Männer kassiert werden könne und daß die Methoden der Feststellung von etwaigen Diebstählen völlig unzureichend seien.«

»Und Sie glauben das?«

»Nach dem heutigen Vorfall darf ich wohl annehmen, daß dies eine rhetorische Frage ist.«

»Es ist also möglich, daß überall im Land Tonnen von diesem gefährlichen Zeug versteckt sind.«

»Sie werden meine Antwort hoffentlich niemandem gegenüber wiederholen?«

»Jetzt haben Sie eine hoffentlich rhetorische Frage gestellt.« Jablonsky seufzte. »Es ist nicht nur möglich, es ist sogar sehr wahrscheinlich. Warum stellen Sie mir diese Fragen, Sergeant?«

»Beantworten Sie mir noch eine, dann beantworte ich Ihre. Könnten Sie eine Atombombe machen?«

»Sicher. Jeder fähige Wissenschaftler – er muß nicht einmal Atomphysiker sein – könnte es. Und es gibt Tausende. Es ist reine Schulweisheit, daß niemand eine Atombombe machen kann, ohne das ›Manhattan-Projekt‹ nachzuvollziehen – dieses endlos dauernde, enorm komplizierte und Milliarden verschlingende Programm, das im Zweiten Weltkrieg zur Erfindung der Atombombe führte. Das ist alles Unsinn. Die nötigen Informationen sind ohne Schwierigkeiten zu bekommen – Sie müssen nur ein paar entsprechende Zeilen an die ›Atomic Energy Commission‹ schreiben, drei Dollar in den Umschlag stecken, und schon erhalten Sie postwendend ein Exemplar des ›Los Alamos Primer‹, der in allen Einzelheiten die mathematischen Grundlagen für den Bau von Kernwaffen enthält. Ein bißchen teurer ist es, wenn man das Buch ›Manhattan District History, Project Y, the Los Alamos Project‹ haben möchte – in diesem Fall muß man sich an das ›Office of Technical Services‹ des Handelsministeriums wenden, aber auch von dort können Sie mit prompter Bearbeitung Ihrer Bestellung rechnen. Und in dem Buch steht alles Wissenswerte zum Thema Atombomben drin. Vor allem wird erläutert, welche Probleme sich beim Bau der ersten Atombombe ergaben und wie sie überwunden wurden. Es ist wirklich ein aufregendes Buch. Und dann gibt es natürlich noch haufenweise Bücher – zu haben in jeder x-beliebigen Buchhandlung –, die all das enthalten, was früher einmal streng geheime Informationen waren. Aber wenn man aus irgendeinem Grund an all das jetzt aufgezählte Material nicht herankommt, dann kann man immer noch in der ›Encyclopedia Americana‹ nachschauen, denn da wird – für jeden durchschnittlich intelligenten Menschen durchaus verständlich formuliert – alles Wissenswerte erklärt.«

»Unsere Regierung ist wirklich ausgesprochen entgegenkommend.«

»Das kann man wohl sagen. Nachdem die Russen damit begonnen hatten, Atombomben zur Explosion zu bringen, kam unsere Regierung zu der Ansicht, daß die Notwendigkeit einer Geheimhaltung nun nicht mehr gegeben sei. Womit sie jedoch nicht rechnete, war die Möglichkeit, daß einer oder mehrere patriotische Bürger ihr Wissen gegen sie einsetzen würden.« Er seufzte wieder. »Man könnte leicht in Versuchung kommen, die damalige Regierung für schwachsinnig zu erklären, aber genaugenommen kann man ihr nur vorwerfen, daß sie nicht hellsehen konnte.«

»Und wie steht es mit Wasserstoffbomben?«

»Um die herzustellen, braucht man schon die Hilfe eines Kernphysikers oder muß selbst einer sein.« Er schwieg einen Moment und fügte dann bitter hinzu: »Und man muß anscheinend mindestens vierzehn Jahre alt sein.«

»Das müssen Sie mir näher erklären«.

»1970 wurde eine Atombombendrohung gegen eine Stadt in Florida ausgesprochen. Die Polizei versuchte zwar, die Sache zu vertuschen, aber sie wurde doch publik. Der Erpresser forderte eine Million Dollar und freies Geleit aus dem Land – andernfalls würde er die Stadt in die Luft sprengen. Am nächsten Tag ging dieselbe Drohung noch einmal ein, diesmal begleitet von der Konstruktionszeichnung einer Wasserstoffbombe – sie bestand aus einem Zylinder, der mit Lithiumhydrid gefüllt war, das in einem Kobaltmantel steckte, und hatte eine Implosionsvorrichtung an einem Ende.«

»Und so stellt man Wasserstoffbomben her?«

»Keine Ahnung.«

»Ist das nicht traurig – und so was ist nun Kernphysiker. Haben sie den Erpresser erwischt?«

»Ja. Es war ein vierzehnjähriger Junge.«

»Früher haben sich Kinder in dem Alter mit Knallfröschen befaßt – der Fortschritt macht eben vor nichts halt.« Fast eine ganze Minute lang starrte Ryder gedankenverloren auf seine Schuhspitzen, dann hob er den Kopf, stieß eine blaugraue Rauchwolke aus und sagte: »Die haben was ganz anderes vor –, der Diebstahl und die Entführung sind als reine Irreführung gedacht! Meinen Sie nicht auch?«

Jablonsky war auf der Hut. »Ich würde Ihnen vielleicht recht geben – wenn ich die leiseste Ahnung hätte, wovon Sie sprechen.«

»Wird dieser Diebstahl von Uran und Plutonium publik werden?«

»Nicht, wenn wir es verhindern können – man darf doch das große amerikanische Volk nicht in Panik versetzen.«

»Nicht, wenn Sie es verhindern können. Ich fürchte, die Banditen werden nicht so zurückhaltend sein – ich bin ganz sicher, daß die Geschichte morgen die erste Seite aller Zeitungen in Kalifornien zieren wird. Und in den übrigen Staaten wird es nicht viel anders sein. Die Sache stinkt, Doktor. Die Leute, die für diesen Überfall verantwortlich sind, sind Experten und müssen gewußt haben, daß die einfachste Methode, an spaltbares Material zu gelangen, die ist, sich eines vollbeladenen Transporters zu bemächtigen. Wenn man bedenkt, wieviel gefährliches Material schon als vermißt gilt, dann kann man getrost voraussetzen, daß diese Leute bereits mehr als genug von dem Zeug in der Scheune haben. Und Sie wissen genausogut wie ich, daß in den letzten paar Monaten drei Kernphysiker in diesem Staat verschwunden sind. Wollen Sie nicht raten, wer sie kassiert hat?«

»Ich glaube nicht – ich meine, ich glaube nicht, daß ich raten muß.«

»Das dachte ich mir. Sie hätten mir diese ganze Gedankenarbeit ersparen können – ich vermeide sie, wo ich kann. Nehmen wir einmal an, sie hatten den Kernbrennstoff schon. Nehmen wir weiter an, sie hatten auch schon die Physiker, die die Kernwaffen herstellen sollten, gehen wir sogar soweit, anzunehmen, daß eine der Bomben – und wahrscheinlich nicht nur eine – bereits fertig ist und an einem sicheren Ort aufbewahrt wird.«

Jablonsky sah ausgesprochen unglücklich aus. »Diese Annahme ist alles andere als angenehm.«

»Da haben Sie recht. Aber Dinge verschwinden nicht, nur weil man es gerne möchte. Vorhin haben Sie etwas nicht nur für möglich, sondern sogar für sehr wahrscheinlich gehalten. Würden Sie das für meine jetzigen Ausführungen auch gelten lassen?«

Jablonsky dachte eine Weile nach und nickte dann.

»Es ist bestimmt, wie ich sagte: die ganze Sache ist nur ein Täuschungsmanöver. Die Banditen brauchten in Wirklichkeit weder Kernbrennstoff noch die Physiker noch die Geiseln. Und warum nahmen sie etwas mit, was sie nicht brauchten? *Weil* sie es brauchten.«

»Finden Sie das sehr sinnvoll, was Sie da sagen?«

Ryder übte sich in Geduld. »Sie brauchen das alles nicht für die Fabrikation von Bomben. Ich glaube, sie haben drei andere Gründe. Erstens wollen sie die größtmögliche Aufmerksamkeit erregen und erreichen, daß die Öffentlichkeit davon überzeugt ist, daß sie die Mittel haben, um Bomben herzustellen und daß sie es ernst meinen. Zweitens wollen sie uns glauben machen, daß uns Zeit bleibt, uns mit der Drohung auseinanderzusetzen – schließlich kann man ja eine Atombombe nicht in ein paar Tagen basteln, oder?«

»Nein.«

»Na also. Wir sollen also glauben, daß uns das Wasser erst bis zur Hüfte steht – in Wahrheit steht es uns aber bereits bis zum Hals.«

»Es ist gar nicht so leicht, Ihren Gedankengängen zu folgen, Sergeant. Aber wenn Sie recht haben, dann ist es wirklich brenzlig.«

»Und der dritte Grund ist, daß sie ein richtig schönes Terror-Klima schaffen wollen. Die Menschen handeln nicht vernünftig, wenn sie in Panik sind, oder? In einem solchen Fall wird das menschliche Verhalten unberechenbar. Man denkt nicht mehr, man reagiert nur noch.«

»Und wohin führt uns das alles?«

»Mein Gedankengang ist hier zu Ende – woher soll ich wissen, wohin es führt?«

Jablonsky blickte hilfesuchend in sein Glas, aber auch von dort kam keine Inspiration. Er seufzte wieder und sagte: »Das einzige, was dem allen einen Sinn gibt, ist die Tatsache, daß es Ihr Verhalten erklärt.«

»Ist mein Verhalten irgendwie merkwürdig?«

»Das ist es ja: es sollte merkwürdig sein. Sie sollten doch eigentlich halb verrückt sein vor Sorge um Susan. Aber wenn Sie mit dem, was Sie mir da gerade auseinandergesetzt haben, richtig liegen, dann begreife ich Ihre Gelassenheit.«

»Ich fürchte, da irren Sie sich. Wenn ich wirklich richtig liege, wie Sie sagen, dann ist sie in größerer Gefahr als in dem Fall, den Sie zuerst annahmen. Wenn die Banditen aus dem Holz geschnitzt sind, wie ich mir das vorstelle, dann kann man sie nicht nach allgemein gültigen Maßstäben beurteilen. Sie sind Außenseiter, machtbesessen, Menschen, die vor nichts zurückschrekken, vor allem, wenn sie sich in die Enge getrieben sehen.«

Jablonsky brauchte eine Weile, um diese Eröffnung zu verdauen, dann sagte er: »Dann müßten Sie aber doch wirklich besorgt sein.«

»Das würde überhaupt nichts nützen.« Die Türklingel schrillte. Ryder stand auf und ging in den Flur hinaus. Sergeant Parker, der das Haus der Ryders als sein zweites Zuhause betrachtete, hatte sich schon selbst die Tür geöffnet. Wie Jablonsky hatte auch er eine Aktentasche dabei, aber im Gegensatz zu Jablonsky machte er ein fröhliches Gesicht.

»Hallo. Ich sollte mich zwar nicht mit einem gefeuerten Polizisten zusammensetzen, aber im heiligen Namen der Freundschaft...«

»Ich bin nicht gefeuert worden – ich bin in den Ruhestand getreten«, korrigierte Ryder.

»Das kommt doch aufs gleiche hinaus. Jetzt ist endlich der Weg für mich frei, deine Rolle als gefürchtetster und verhaßtester Bulle der Stadt zu übernehmen. Nach dreißig Jahren Schrekkensherrschaft hast du dir deinen Ruhestand ehrlich verdient.« Er folgte Ryder ins Wohnzimmer. »Ah, guten Abend, Dr. Jablonsky. Ich hatte nicht erwartet, Sie hier zu treffen.«

»Ich hatte auch nicht vor, herzukommen.«

»Kopf hoch, Doc. Wenn man sich mit in Ungnade gefallenen Polizisten abgibt, so ist das noch kein Kapitalverbrechen.« Er sah Ryder vorwurfsvoll an: »Die Stimmung des Doktors wäre bestimmt besser, wenn du ihn nicht mit einem leeren Glas dasitzen lassen würdest. Und wenn du schon gerade dabei bist – ich hätte gern einen Gin. Einen englischen.« Parker war einmal ein Jahr lang im Austausch bei Scotland Yard gewesen, und seitdem vertrat er die Ansicht, daß der amerikanische Gin noch genauso schlecht sei wie zur Zeit der Prohibition und höchstwahrscheinlich immer noch in Badewannen zusammengebraut würde.

»Danke, daß du mich daran erinnert hast.« Ryder wandte sich an Jablonsky: »Er hat in den letzten vierzehn Jahren nur etwa zweihundert Kisten von dem Zeug verkonsumiert.«

Parker grinste, griff in seine Aktentasche und brachte Ryders gerahmtes Photo zum Vorschein, das auf Mrs. Ryders Schreibtisch im Büro gestanden hatte. »Es tut mir leid, daß ich erst jetzt damit komme. Ich mußte erst noch unserem fetten Freund Bericht erstatten. Er sah gar nicht gut aus – als hätte er einen Herzanfall gehabt oder so was. Er hatte viel weniger Interesse an meinem Bericht als daran, sich des langen und breiten über dich auszulassen. Der Arme war völlig außer sich, also gratulierte ich ihm zu seiner treffenden Charakteranalyse. Ist das Bild hier wichtig?«

»Ich hoffe es. Wie kommst du darauf, daß es wichtig sein könnte?«

»Na, immerhin hast du gebeten, daß ich es dir bringe. Und außerdem sieht es so aus, als wollte sie es zuerst mitnehmen und hätte es sich dann anders überlegt. Sie hat es mit in das Zimmer genommen, in dem alle Angestellten gemeinsam eingesperrt waren. Dann hat sie dem Wachtposten gesagt, ihr sei schlecht. Der Mann überprüfte die Toilette – auf Fenster und Telephone, nehme ich an – und ließ sie dann hinein. Als sie ein paar Minuten später wieder herauskam, war sie leichenblaß.«

»Morgendämmerung«, sagte Ryder.

»Was soll das denn heißen?«

»So heißt das Make-up, das sie benutzt.«

»Ach so. Und dann machte sie von dem Vorrecht der Frauen Gebrauch, spontan ihre Meinung zu ändern, und beschloß, dein Bild doch nicht mitzunehmen.«

»Hast du es schon aufgemacht?«

»Ich bin ein ehrlicher, tugendhafter Polizist, und es würde mir nicht im Traum...«

»Hör auf zu träumen.«

Parker löste die sechs Klammern, mit denen die Rückwand des Bilderrahmens befestigt war, entfernte das Stück weiße Pappe, das das Photo an seinem Platz gehalten hatte, und betrachtete fasziniert die Rückseite von Ryders Photographie. »Ein Hinweis, bei Gott, da steht doch tatsächlich ein Hinweis! Ein Wort kann ich entziffern: Morro. Der Rest ist in Steno geschrieben, da muß ich leider passen.«

»Das paßt – schließlich war sie in Eile.« Ryder ging zum Telephon, wählte eine Nummer und wartete ungeduldig. Nach einer halben Minute legte er den Hörer wieder auf: »Verdammt, sie ist nicht zu Hause!«

»Wer?«

»Meine Steno-Dolmetscherin – Marjory. Sie und Ted sind zum Essen, zum Tanzen oder ins Kino gegangen – ich habe keine Ahnung, was die beiden abends üblicherweise unternehmen, aber Jeff wird es wissen. Wir müssen eben warten, bis er zurückkommt.«

»Wo ist denn unser ehemaliger Polizistenkamerad?«

»Am Cypress Bluff – er wirft gerade ein paar von Chief Donahures liebsten Besitztümern in den Pazifik.

»Nicht den Chief selbst? Das ist schade.«

Drittes Kapitel

In Amerika, wie auch in England, gibt es eine ganze Menge von Leuten, die nicht gewillt sind, sich mit den Gegebenheiten abzufinden. Sie sind Individualisten, die ihren eigenen Weg gehen, ihren eigenen Überzeugungen folgen und alle, die nicht so sind wie sie, mit Nichtachtung strafen oder allerhöchstens mit einer Spur von Mitleid betrachten – eben als gesichtslose Konformisten, unter denen sie gezwungen sind zu existieren. Einige wenige dieser Individualisten, meistens sind sie Anhänger der mehr esoterischen Formen selbsterfundener Religionen, machen sporadisch den Versuch, die Einfältigeren unter den bedauernswerten Nichterleuchteten zur Erleuchtung zu führen, aber im Grunde betrachten sie die unglückseligen Dutzendmenschen als hoffnungslose Fälle, die sie in dem Morast ihrer Unwissenheit stecken lassen, während sie sich auf der höheren Ebene ihres selbstgewählten Lebensstils bewegen. Man nennt diese Leute im allgemeinen Exzentriker. In Amerika gibt es eine ganze Menge davon. Aber in Kalifornien – und darin sind sich die Einwohner dieses Staates und auch die Einwohner aller anderen Staaten einig – wimmelt es geradezu von ihnen. Sie unterscheiden sich grundlegend von den englischen Exzentrikern, die im allgemeinen Einzelgänger sind: Die kalifornischen Exzentriker tendieren nach zwei verschiedenen Richtungen und könnten ebensogut als Anhänger eines Kults bezeichnet werden; die einen erwarten die Glückseligkeit, die anderen eine absolute Katastrophe. Sie benehmen sich dabei wie selbsternannte Gurus, tragen die mutige Resignation derer zur Schau, die den Weltuntergang auf die Minute genau voraussagen können – oder gehören zu denen, die auf den höchsten erreichbaren Berggipfel klettern, weil sie genau wissen, daß am Abend die nächste Sintflut bis zu ihren Knöcheln reichen wird – aber nicht höher! In einer weniger freien, weniger offenen und weniger toleranten Gesellschaft als der Kaliforniens würden diese Leute ordentlich in den Institutionen untergebracht werden, die für derart unangepaßte Charaktere vorgesehen sind – in Kalifornien liebt man sie nicht gerade, aber man duldet sie mit freundlichem und manchmal auch leicht gereiztem Amüsement.

Um es in Kalifornien als Exzentriker zu etwas zu bringen, muß man allerdings schon Millionär sein – und als Milliardär ist einem der Erfolg garantiert. Der Industrielle von Streicher zum Beispiel war einer der letzteren. Im Gegensatz zu den blutlosen, langweiligen Rechenmaschinen, die heutzutage in der Öl-, Fabrikations- und Kaufhausbranche das große Geld machen, war von Streicher einer der Giganten der Dampfschiff-, Eisenbahn- und Stahl-Ära. Sowohl sein riesiges Vermögen als auch sein Ruf als Exzentriker waren zu Beginn des zwanzigsten Jahrhunderts entstanden und gefestigt worden, und sein Status war auf beiden Gebieten unangreifbar. Aber jeder Status braucht ein entsprechendes Symbol, und im Falle eines Milliardärs muß es deutlich sichtbar sein, und je größer es ist, um so besser. Und alle Exzentriker, die etwas auf sich hielten und über die entsprechenden Mittel verfügten, entschieden sich für das gleiche Symbol: ein Heim, das die Einzigartigkeit seines Besitzers widerspiegelte. Kublai Khan baute sich sein Xanadu, und da er bedeutend reicher gewesen war als die heutigen Milliardäre, waren sie der Ansicht, daß das, was für ihn gut genug war, auch gut genug für sie sei.

Von Streichers Auswahl des Bauplatzes war von zwei ausgeprägten Phobien geleitet worden – seiner Angst vor Springfluten und vor großen Höhen. Die Angst vor Springfluten lag in seiner Kindheit begründet, als er einen Bericht über den Vulkanausbruch auf der Insel Thera, nördlich von Kreta, gelesen hatte, der die Vernichtung der ganzen Insel zur Folge gehabt hatte und durch den eine Flutwelle von etwa fünfzig Metern Höhe entstanden war, die einen Großteil der frühen minoischen, griechischen und türkischen Zivilisationen zerstört hatte. Seit der Lektüre dieses Buches hatte er in der Überzeugung gelebt, eines Tages auch auf diese Weise umzukommen. Für seine Angst vor großen Höhen gab es keinen bekannten Grund, aber schließlich braucht ein renommierter Exzentriker keine Gründe für seine Marotten. Jedenfalls hatte er diese beiden Ängste eines Tages mit nach Deutschland genommen – es war das erste und letzte Mal, daß er in sein Geburtsland zurückkehrte – und zwei Monate damit verbracht, architektonische Meisterwerke zu studieren – hauptsächlich die Schlösser, die der sagenumwobene König Ludwig II. von Bayern zurückgelassen hatte. Und bei seiner Rückkehr hatte er sich bei der Wahl des Bauplatzes für sein Heim dafür entschieden, das kleinere der beiden Übel zu wählen: die Höhe.

Allerdings achtete er auch hier darauf, daß er keinen Grund für allzu große Angst zu haben brauchte: er wählte ein Plateau aus, das sich etwa fünfzig Meilen vom Ozean entfernt in einer Höhe von etwa vierhundertfünfzig Metern auf einer Bergkette befand. Und dann begann der Bau seines Xanadu, dem er später den Namen »Adlerhorst« gab. Der Chronist beschreibt Kublai Khans vorübergehende Unterkunft als imposantes Lustschloß. Der »Adlerhorst« hatte nichts davon. Er war eine Mischung aus neugotischer Geschmacksverirrung und barocker Scheußlichkeit, die einem in ihrer überwältigenden Abscheulichkeit schon fast wieder Ehrfurcht abnötigte. Ganz aus norditalienischem Marmor gebaut, war das Bauwerk ein chaotisches Konglomerat aus Spitztürmchen, Zwiebeltürmen, Burgzinnen und Schießscharten für Bogenschützen. Es fehlten nur Burggraben und

Zugbrücke, aber von Streicher hatte seine Monstrosität besser ohne diese beiden Dinge gefallen. Für andere, die in moderneren und hoffentlich auch in aufgeklärteren Zeiten lebten, war der einzig versöhnende Aspekt dieser architektonischen Ungeheuerlichkeit die Aussicht von den Zinnen nach Westen: der Ausblick über das breite Tal bis zur weit entfernten Küste war wirklich eindrucksvoll.

Es traf sich gut für die sieben Gefangenen, die auf dem Weg zum Schloß auf der Ladefläche des zweiten Lastwagens in jeder Haarnadelkurve durcheinander geschleudert wurden, daß sie nicht sehen konnten, was sie erwartete. Die Sicht war ihnen sogar doppelt versperrt: erstens war der Lastwagen völlig geschlossen und zweitens hatte man ihnen die Augen verbunden. Und natürlich hatte man ihnen Handfesseln angelegt. Aber war es ihnen auch nicht vergönnt, den »Adlerhorst« in ganzer Pracht von außen zu genießen, so würden sie dafür das Innere des Bauwerks genauer kennenlernen, als jeder geschmacklich retardierte Interessent der architektonischen Scheußlichkeiten des neunzehnten Jahrhunderts es sich gewünscht hätte.

Plötzlich kam der Gefangenentransport mit einem Ruck zum Stehen. Die hinteren Türen wurden geöffnet, die Augenbinden entfernt, und die sieben immer noch an den Händen gefesselten Zwangspassagiere landeten mit der Unterstützung ihrer Bewacher auf dem Kopfsteinpflaster eines geschlossenen Innenhofes. Zwei Wachen schlossen die zwei massiven, mit Eisen beschlagenen Eichentore, durch die der Lastwagen gerade hereingefahren war, und damit blieb die Außenwelt endgültig draußen. An den Wachen fielen zwei merkwürdige Dinge auf. Erstens trugen sie Ingram-Maschinenpistolen mit aufgesetzten Schalldämpfern. Diese Waffen wurden von der Spezial-Lufttruppe der englischen Armee bevorzugt, die zwei seltene Privilegien genoß: zum einen hatte sie freien Zutritt zum eigenen Privatarsenal, das fast sicher das bestbestückte der Welt war, und zweitens hatte jeder Angehörige der Einheit die freie Wahl unter den vorhandenen Waffen. Die Häufigkeit, mit der die Ingram ausgewählt wurde, sprach für ihre Wirksamkeit.

Das zweite Augenfällige an den Wachen war, daß sie vom Burnus über die bodenlangen Gewänder bis zu den obligaten

Sandalen wie Araber gekleidet waren – der Stoff war zwar nicht so strahlend weiß, wie man ihn in Kalifornien normalerweise trägt, aber das Gewand war sowohl günstig für die Temperatur als auch zum Verbergen der Ingrams, denn es verfügte über einen sehr reichen Faltenwurf. Vier weitere Männer, von denen zwei gerade vor farbenprächtigen Blumenbeeten knieten, die den Hof rundherum begrenzten, während die beiden anderen mit umgehängten Gewehren abwartend dastanden, waren ebenso gekleidet. Alle sechs hatten den typischen dunklen Teint orientalischer Wüstenbewohner, aber ihr Gesichtsschnitt wollte nicht so recht dazu passen.

Der Mann, der offensichtlich der Anführer der Bande war und im ersten Lastwagen gesessen hatte, kam auf die Gefangenen zu und gestattete ihnen zum erstenmal einen Blick in sein Gesicht – er hatte seine Strumpfmaske gleich nach der Abfahrt aus San Ruffino abgestreift. Er war ein hochgewachsener, breitschultriger Mann, und im Gegensatz zu dem kleinen, dicken von Streicher, der stets Lederhosen und einen Tirolerhut mit einer Truthahnfeder getragen hatte, paßte dieser Mann in ein Haus, das den Namen »Adlerhorst« trug. Sein Gesicht war schmal und sonnengebräunt, er hatte eine Hakennase und durchdringende, leuchtend blaue Augen. Genauer gesagt, ein durchdringendes leuchtend blaues Auge – das rechte Auge lag hinter einer schwarzen Klappe verborgen.

»Mein Name ist Morro«, stellte er sich vor. »Ich bin der Leiter dieser Gemeinschaft hier.« Er deutete auf die weißgekleideten Gestalten. »Dies ist meine Gefolgschaft, man könnte fast sagen, sie seien Altardiener. Jedenfalls sind es alle treue Diener Allahs.«

»So bezeichnen Sie sie – ich würde sie eher als Flüchtlinge aus einem Lager von Kettensträflingen beschreiben.« Der große, dünne Mann in dem schwarzen Alpaka-Anzug ging sehr gebeugt, trug eine Zweistärkenbrille und sah aus wie der Prototyp des zerstreuten Professors, was allerdings eine ganz entschiedene Täuschung war. Professor Burnett aus San Diego war alles andere als zerstreut – bei seinen Kollegen war er zu Recht berühmt für sein messerscharfes Denkvermögen und ebenso zu Recht berüchtigt wegen seines cholerischen Temperaments.

Morro lächelte. »Ketten existieren sowohl im wörtlichen als

auch im übertragenen Sinn, Professor. Aber ob nun so oder so – wir sind doch alle irgendwie Sklaven.« Er wandte sich an die beiden Männer mit den Gewehren: »Nehmt ihnen die Handfesseln ab.« Dann drehte er sich wieder zu den Gefangenen um: »Meine Damen und Herren, ich muß mich für die ziemlich aufregende Unterbrechung Ihres gewohnt ruhigen Tagesablaufs entschuldigen. Ich hoffe, daß niemand von Ihnen auf der Fahrt hierher Schmerzen erlitten hat.«

Er sprach fließend und präzise – typisch für einen Menschen, der sich nicht in der eigenen Muttersprache unterhält. »Ich möchte Sie weder beunruhigen noch Ihnen drohen« – es gibt nichts Beunruhigenderes und Drohenderes, als wenn einem jemand so etwas sagt – »aber bevor ich mit Ihnen hineingehe, möchte ich Sie bitten, einen Blick auf die Wände dieses Hofes zu werfen.«

Sie warfen: Die Mauern waren etwa sechs Meter hoch und oben mit einem dreireihigen Stacheldrahtzaun gesichert.

»Diese Wände«, sagte Morro, »und das Tor sind die einzigen Fluchtmöglichkeiten, aber ich würde Ihnen nicht raten, eine von beiden auszuprobieren. Vor allem rate ich Ihnen, sich von den Mauern fernzuhalten – die Drähte sind elektrisch geladen.«

»Und das schon seit sechzig Jahren.« Burnetts Stimme klang sauer.

»Daraus, daß Sie das wissen, schließe ich, daß Sie schon einmal hier waren.« Morro schien nicht überrascht.

»Das ist ja nichts Besonderes – in den zwanzig Jahren, die der Staat dieses Gemäuer verwaltet und zur Besichtigung freigegeben hatte, waren Tausende hier.«

»Sie werden es nicht glauben – die Öffentlichkeit ist immer noch zugelassen. Dienstags und freitags. Schließlich habe ich ja nicht das Recht, die Kalifornier um ein Stück ihres kulturellen Erbes zu bringen. Zu von Streichers Zeiten war der Draht zur Abschreckung mit fünfzig Volt geladen, was nur einen Menschen mit einem sehr schlechten Herzen umbringen könnte – und ein solcher würde wohl kaum versuchen, die Mauer zu erklettern. Ich habe die Spannung auf zweitausend Volt erhöht. Und jetzt folgen Sie mir, bitte.«

Er ging durch einen Bogengang voraus, der dem Eingangstor

genau gegenüber lag. Dahinter öffnete sich eine riesige Halle – etwa achtzehn auf achtzehn Meter groß. Drei offene Kamine aus Stein waren in drei der Mauern eingelassen – jeder war so groß, daß ein ausgewachsener Mann aufrecht darin stehen konnte –, und die Feuer, die darin prasselten, waren nicht zu dekorativen Zwecken angezündet worden: sogar jetzt, Mitte Juni, schirmten die massiven Granitwände das Innere des Gebäudes wirksam gegen die Hitze ab, die draußen herrschte. Es gab keine Fenster – die Beleuchtung lieferten vier massive Kronleuchter, die den weiten Weg von Prag hergebracht worden waren. Der schimmernde Fußboden bestand aus eingelegtem, rotem Sandelholz. Der Raum war nur sehr spärlich möbliert – nur in einer Hälfte standen eine Reihe von langen Eßtischen und Bänken, die andere Hälfte war leer bis auf eine handgeschnitzte, eichene Kanzel und einen Haufen nicht näher zu definierender Matten.

»Von Streichers Ballsaal«, erläuterte Morro wie ein Fremdenführer. Er warf einen Blick auf die reichlich mitgenommenen Tische und Bänke. »Ich glaube kaum, daß die Veränderung ihm gefallen hätte.«

»Die Stühle aus der Zeit Ludwigs XIV. und die Empiretische sind alle weg?« fragte Burnett. »Schade, die hätten sich vorzüglich als Feuerholz verwenden lassen.«

»Sie dürfen nicht-christlich nicht mit barbarisch gleichsetzen, Professor. Das Originalmobiliar ist natürlich unangetastet. Der ›Adlerhorst‹ hat massive Keller. Abgesehen von seiner herrlich abgelegenen Lage ist das Schloß allerdings nicht das, was wir uns für unsere religiösen Zwecke gewünscht haben. Die Hälfte des Saales, in dem die Eßtische stehen, ist profan, die andere Hälfte« – er deutete auf den kahlen Raum – »ist geweiht. Wir müssen das beste aus den Gegebenheiten machen. Wir hoffen, daß wir eines Tages eine Moschee anbauen können – für den Augenblick muß es eben so gehen. Von der Kanzel aus wird der Koran gelesen, die Matten sind natürlich für die Betenden. Um die Gläubigen zum Gebet zu rufen, waren wir ebenfalls gezwungen, einen Kompromiß einzugehen: Für Mohammedaner sind die Zwiebeltürme – die grotesken Symbole der griechisch-orthodoxen Kirche – etwas ausgesprochen Verhaßtes, aber trotzdem haben wir einen von ihnen geweiht, und er dient uns jetzt als Minarett, von dem der Muezzin die Gläubigen zum Gebet ruft.«

Dr. Schmidt – wie Burnett ein hervorragender Kernphysiker und wie er bekannt für seine Unfähigkeit, Verrückte gelassen zu ertragen – sah Morro unter seinen buschigen weißen Augenbrauen her an, die so gut zu seiner mächtigen weißen Haarmähne paßten. Auf seinem rosigen Gesicht lag ein Ausdruck fast komischer Fassungslosigkeit.

»Ist das der Vortrag, den Sie dienstags und freitags den Besuchern halten?«

»Aber selbstverständlich.«

»Großer Gott!«

»Allah, wenn es Ihnen nichts ausmacht«, korrigierte ihn Morro.

»Und ich nehme an, Sie machen die Führung selbst? Sie werden es sich ja sicher nicht nehmen lassen, dieses Lügenpaket an die einfältigeren meiner Mitbürger zu verkaufen.«

»Ich kann nur hoffen, daß Allah Sie eines Tages erleuchten wird«, sagte Morro nicht überheblich, sondern ganz einfach freundlich. »Und was die Führungen betrifft, so sind sie eine Aufgabe – nein, das ist falsch – eine heilige Pflicht, die meinem Stellvertreter Abraham obliegt.«

»Abraham?« Burnett gestattete sich ein höhnisches Grinsen. »Welch passender Name für einen Jünger Allahs.«

»Sie waren nicht zufällig in letzter Zeit in Palästina, Professor?«

»In Israel.«

»Ich meine Palästina. Da gibt es eine Menge Araber, die dem jüdischen Glauben angehören. Warum sollte also ein Jude nicht auch Moslem sein? Kommen Sie, ich werde ihn Ihnen vorstellen. Die Einrichtung des Raumes, in den ich Sie jetzt führe, wird Ihnen sicherlich behaglicher vorkommen.«

»Behaglich« war die Untertreibung des Jahres – das Arbeitszimmer, in dem die Gefangenen kurz darauf standen, war vorsichtig ausgedrückt schwelgerisch eingerichtet. Von Streicher hatte die Innenausstattung seines »Adlerhorsts« Innenarchitekten überlassen, und dieses eine Mal hatten sie etwas Gutes geleistet. Vorbild für den Raum war offensichtlich eine fürstliche Bibliothek gewesen – drei Wände waren mit Bücherregalen bedeckt, die nur in feinstes Leder gebundene Bücher enthielten, auf dem Boden lag ein dicker, rostbrauner Teppich, vor den Fenstern hingen schwere, ebenfalls rostbraune Seidendamastvorhänge, bequeme, tiefe Ledersessel luden zum Verweilen ein, und eichene Beistelltischchen und ein Schreibtisch mit Lederplatte und einem Drehstuhl mit Lederkissen dahinter vervollständigten das Mobiliar. Nur die drei Männer, die da saßen, störten die Atmosphäre etwas. Alle waren in arabische Gewänder gehüllt. Zwei von ihnen waren ausgesprochen klein, und ihre Gesichter waren keinen zweiten Blick wert, aber der dritte verdiente alle Aufmerksamkeit, die man den beiden anderen nicht schenkte. Er sah aus, als habe er zuerst Basketballspieler werden wollen und dann auf Football umgesattelt – riesengroß und mit den Schultern eines Zugpferds. Sein Gewicht mußte bei drei Zentnern liegen. »Abraham«, wandte Morro sich an ihn, »hier sind unsere Gäste aus San Ruffino. Meine Damen, meine Herren, dies ist Mr. Abraham Dubois, mein Stellvertreter.«

Der Riese verbeugte sich höflich. »Es ist mir ein besonderes Vergnügen. Willkommen im ›Adlerhorst‹. Ich hoffe, Sie werden einen angenehmen Aufenthalt haben.« Sowohl seine Sprechweise als auch sein Ton überraschten. Wie Morro sprach auch er wie ein gebildeter Mann; wenn man sein Gesicht ansah, neigte man zwar dazu, einen drohenden Unterton in seiner Stimme zu erwarten, aber sie klang höflich und ungespielt freundlich. Seine Aussprache verriet seine Herkunft nicht, aber seine Gesichtszüge taten es. Er war kein Araber, kein Jude, kein Levantiner und trotz seines Nachnamens auch kein Franzose. Er war ganz eindeutig Amerikaner – kein strahlend-sauber geschrubbter College-Held, sondern ein eingeborener amerikanischer Aristokrat, dessen Stammbaum bis in die Zeiten zurückreichte, die im Nebel lagen: Dubois war ein Vollblutindianer.

»Ja«, stimmte Morro zu, »einen angenehmen Aufenthalt, und wir wollen hoffen, auch einen kurzen.«

Er nickte Dubois zu, der seinerseits seinen beiden zwergenhaften Kumpanen zunickte, worauf diese den Raum verließen. Morro trat hinter den Schreibtisch. »Wenn Sie bitte Platz nehmen wollen, meine Herrschaften. Es wird nicht lange dauern. Dann wird man Sie zu Ihren Quartieren bringen. Aber erst muß ich Ihnen noch ein paar andere Gäste vorstellen.« Er zog den Lederstuhl zu sich heran, setzte sich an den Schreibtisch und holte einen Stoß Papiere aus einer der Schubladen. Dann schraubte er einen Füller auf und blickte hoch, als zwei kleine, weißgekleidete Männer den Raum betraten, die Silbertabletts in der Hand hatten, auf denen gefüllte Gläser standen. »Wie Sie sehen, befinden Sie sich in durchaus zivilisierter Gesellschaft – möchten Sie eine Erfrischung?«

Professor Burnett war der erste, dem ein Tablett hingehalten wurde. Er warf einen finsteren Blick darauf, sah zu Morro hinüber und bewegte sich nicht. Morro lächelte, stand auf, kam um den Schreibtisch herum und trat zu ihm.

»Wenn wir beabsichtigten, uns Ihrer zu entledigen – wozu ich beim besten Willen keinen Grund finden würde –, glauben Sie, daß wir uns dann die Mühe gemacht hätten, Sie den weiten Weg bis hierher zu bringen? Der Schierlingsbecher gehört zu Sokrates, und den Gebrauch von Zyankali überlassen wir lieber den berufsmäßigen Mördern – wir bevorzugen unsere Erfrischungen ohne derartige Zusätze. Welches von diesen Gläsern soll ich nehmen, Professor?«

Burnett, dessen Durst geradezu sprichwörtlich war, zögerte nur einen Moment, bevor er auf eins der Gläser deutete. Morro nahm es, leerte es fast zur Hälfte und lächelte dann angetan: »Glenfiddich – ein exzellenter schottischer Malzwhisky. Ich kann ihn nur empfehlen.«

Jetzt gab es für den Professor kein Halten mehr – Malzwhisky war Malzwhisky, gleichgültig welche moralischen Standpunkte sein Gastgeber vertrat. Er trank, schnalzte mit der Zunge und höhnte undankbar: »Moslems trinken nicht.«

»Abtrünnige Moslems schon.« Morro schien nicht im mindesten beleidigt. »Wir sind eine Gruppe von Abtrünnigen. Und für diejenigen, die sich wahre Moslems nennen, besteht der Reiz dieser Vorschrift auch nur darin, sie zu umgehen. Fragen Sie den Geschäftsführer irgendeines Fünf-Sterne-Hotels in London, das als Pilgerzentrum der höheren arabischen Gesellschaftsschichten allmählich die Rolle von Mekka übernimmt. Es gab eine Zeit, da schickten die Scheichs ihre Diener täglich los, um massenweise irreführend beschriftete Kisten mit Erfrischungen heranzuschaffen – bis dann schließlich die Geschäftsführung eines Tages diskret darauf hinwies, daß dies völlig unnötig sei, da man die Ausgaben für besagte Erfrischungen ja als Wäsche, Telephonate oder Briefmarken verrechnen könne. Soweit ich unterrichtet bin, haben verschiedene Regierungen aus dem Golfgebiet Briefmarkenrechnungen in Höhe von eintausend englischen Pfund akzeptiert, ohne ein Wort darüber zu verlieren.«

»Abtrünnige Moslems.« Burnett hatte seine höhnische Phase noch nicht hinter sich. »Was soll diese Fassade?«

»Fassade?« Morro weigerte sich nach wie vor lächelnd, beleidigt zu sein. »Es ist keine Fassade, Professor. Sie wären überrascht, wenn Sie wüßten, wie viele Moslems es in Ihrem Staat gibt. Und Sie wären sicherlich auch überrascht, wenn Sie wüßten, welch hohe Posten eine Anzahl von ihnen bekleidet. Und es würde Sie sicher auch erstaunen, wenn Sie wüßten, wie viele hierherkommen, um zu beten und zu meditieren – der ›Adlerhorst‹ wird allmählich zu einem Pilgerzentrum des Westens. Und schließlich wären Sie auch überrascht, wie viele einflußreiche Bürger – Bürger, die es sich nicht leisten können, ihren guten Namen aufs Spiel zu setzen – für die Ehrenhaftigkeit unserer Absichten bürgen würden.«

Dr. Schmidt sagte: »Die armen Leute wissen ganz bestimmt nichts von Ihren wahren Absichten.«

Morro hob die Hände – die Handflächen nach oben – und sah seinen Stellvertreter an. Dubois zuckte die Achseln. »Wir werden von den hiesigen Autoritäten geachtet, ja sogar bewundert, und wir genießen ihr Vertrauen. Und warum? Weil die Kalifornier ihre heißgeliebten Exzentriker geradezu verhätscheln? Wir sind als wohltätige Organisation registriert, und im Gegensatz zu den meisten Wohltätern horten wir kein Geld, sondern geben es tatsächlich denen, die es brauchen. In den acht Monaten, die unsere Organisation jetzt besteht, haben wir über zwei Millionen Dollar verteilt – an Arme, körperlich und geistig Behinderte und Rentenfonds, wobei weder die Rasse noch das Glaubensbekenntnis der Leute eine Rolle spielte.«

»Natürlich haben auch die Rentenfonds der Polizei was abgekriegt, nicht wahr?« Burnetts aufsässige Stimmung hatte sich immer noch nicht gelegt.

»Ganz recht, aber das hatte nichts mit Bestechung zu tun.«
Dubois sprach so offen und überzeugend, daß es schwer fiel, ihm
nicht zu glauben. »Ein quid pro quo, wenn Sie so wollen – für
die Sicherheit und den Schutz, den die Polizei uns gewährleistet.
Mr. Curragh, der hiesige Polizeichef, der allgemein wegen seiner
Integrität geachtet wird, hat uns versichert – und der Gouverneur des Staates steht in diesem Fall voll hinter ihm –, daß wir
unsere guten Werke, unsere friedlichen Projekte und selbstlosen
Pläne ohne Einschränkung oder Behinderung ausführen können. Wir haben sogar ständig einen Polizeiposten unten im Tal,
der am Beginn unserer Privatstraße aufpaßt, daß wir nicht belä-
stigt werden.« Dubois schüttelte seinen Riesenschädel, und sein
Gesicht war sehr ernst. »Sie würden es nicht glauben, meine
Herrschaften, wie viele böse Menschen es gibt, denen es Vergnügen bereitet, diejenigen zu stören, die Gutes tun wollen.«

»Grundgütiger Moses!« Burnett rang buchstäblich nach Worten. »Eine solch himmelschreiende Heuchelei ist mir ja in meinem ganzen Leben noch nicht untergekommen! Aber ich kann
mir gut vorstellen, daß Sie ehrenhafte Bürger, einen ehrlichen
Polizeichef und seine ebenso ehrlichen Untergebenen dazu gebracht haben, Ihnen zu glauben, was Sie da erzählt haben. Ich
wüßte wirklich nicht, weshalb sie Ihnen nicht hätten glauben
sollen – schließlich hatten sie mindestens zwei Millionen gute
Gründe. Denn wer wirft solche Summen schon zum Vergnügen
hinaus?«

»Ich freue mich, daß Sie sich unserer Ansicht annähern«, lächelte Morro.

Burnett schüttelte den Kopf, erinnerte sich an das Glas in seiner Hand und nahm einen Schluck, um seine Fassungslosigkeit
besser in den Griff zu bekommen. »Wenn man die Sache aus dem
Zusammenhang reißt, kann man Ihnen eigentlich nur glauben,
aber wenn man den ganzen Komplex kennt, kann man Ihnen nur
nicht glauben.«

»Aus dem Zusammenhang?«

»Nur, ich spreche von dem Diebstahl des Kernbrennstoffes
und der Massenentführung – es ist ziemlich schwierig, diese beiden Faktoren mit Ihren angeblich so humanitären Absichten in
Einklang zu bringen – obwohl ich keinen Zweifel daran hege,

daß Sie auch das schaffen würden. Es ist ja auch keine Schwierigkeit – man muß nur verrückt genug sein.«

Morro setzte sich wieder hinter seinen Schreibtisch und stützte das Kinn auf die Fäuste. Aus irgendeinem Grund hatte er die schwarzen Lederhandschuhe immer noch an, die er schon die ganze Zeit trug. »Wir sind nicht verrückt, und wir sind keine Fanatiker. Wir haben nur ein Ziel vor Augen: die Besserung der Menschheit.«

Burnett schnaubte – diesmal fehlten ihm wirklich die Worte. Morro sah ihn an und seufzte: »Ich vergeude nur meine Zeit. Vielleicht glauben Sie, daß Sie hier sind, weil wir Sie für eine entsprechende Summe verkaufen wollen. Das ist falsch. Vielleicht glauben Sie, daß wir Sie und Dr. Schmidt dazu zwingen wollen, eine Art Atombombe für uns zu bauen. Das ist lächerlich – niemand kann Männer von Ihrer Integrität dazu veranlassen, etwas zu tun, was sie nicht tun wollen. Vielleicht glauben Sie aber auch – und vielleicht glaubt das die Öffentlichkeit ebenfalls –, daß wir Sie zur Zusammenarbeit mit uns zwingen wollen, indem wir Ihnen damit drohen, die anderen Geiseln zu foltern – vor allem die Damen. Das ist ungeheuerlich! Ich muß Sie noch einmal daran erinnern, daß wir keine Barbaren sind. Professor Burnett, wenn ich mit einer Waffe zwischen Ihre Augen zielen würde – würden Sie sich dann bewegen?«

»Wahrscheinlich nicht.«

»Würden Sie oder würden Sie nicht?«

»Natürlich nicht.«

»Die Waffe muß also nicht einmal geladen sein – verstehen Sie, was ich damit sagen will?«

Burnett schwieg.

»Ich gebe Ihnen mein Wort, daß keinem von Ihnen etwas geschieht, aber mein Wort hat für Sie sicherlich keinen großen Wert. Sagen wir also: wir werden sehen.« Er fuhr glättend über das oberste Blatt Papier, das vor ihm auf dem Schreibtisch lag. »Professor Burnett und Dr. Schmidt kenne ich. Mrs. Ryder erkenne ich wieder.« Er wandte sich an das bebrillte junge Mädchen mit den kastanienbraunen Haaren, das ihn verängstigt anstarrte. »Dann sind Sie wohl Miss Julie Johnson, die Stenotypistin.«

Er sah die übrigen drei Männer an: »Welcher von Ihnen ist Mr. Haverford, der Direktor?«

»Ich.« Haverford war ein rundlicher, junger Mann mit sandfarbenen Haaren und einem cholerischen Temperament, der es sich nicht verkneifen konnte, einen Nachsatz anzubringen: »Verdammt sollen Sie sein.«

»Aber, aber!« Morro schüttelte nachsichtig den Kopf. »Und wer ist Mr. Carlton, der stellvertretende Sicherheitschef?«

»Ich.« Carlton war Mitte Dreißig, hatte schwarze Haare, preßte gewohnheitsmäßig die Lippen aufeinander und machte im Augenblick ein ausgesprochen angewidertes Gesicht.

»Sie müssen sich keine Vorwürfe machen«, tröstete Morro ihn. »Es hat noch nie ein Sicherheitssystem gegeben, das man nicht knacken konnte.« Er wandte seine Aufmerksamkeit der siebten Geisel zu, einem bleichen jungen Mann mit farblosen Haaren, dessen Adamsapfel nervös auf und ab hüpfte und dessen linkes Augenlid unentwegt zuckte. »Und Sie sind Mr. Rollins aus dem Kontrollraum?«

Rollins sagte nichts.

Morro faltete das Blatt Papier zusammen. »Ich schlage vor, daß jeder von Ihnen, sobald er auf seinem Zimmer ist, einen Brief schreibt. Schreibzeug und Papier finden Sie in Ihren Unterkünften. Lassen Sie Ihre Angehörigen wissen, daß Sie am Leben sind, daß es Ihnen gut geht – abgesehen von der vorübergehenden Beschneidung Ihrer Bewegungsfreiheit –, daß Sie nicht schlecht behandelt oder bedroht worden sind und daß Sie auch in Zukunft nicht bedroht werden. Es versteht sich von selbst, daß Sie den ›Adlerhorst‹ nicht erwähnen dürfen, ebensowenig wie das Stichwort Moslems oder andere Hinweise, die Rückschlüsse auf Ihren derzeitigen Aufenthaltsort zuließen. Lassen Sie die Kuverts offen – wir werden sie für Sie zukleben.«

»Zensur, was?« Auch der zweite Malzwhisky hatte auf Burnett keinen besänftigenden Einfluß.

»Seien Sie nicht naiv.«

»Und wenn wir uns weigern, diesen Brief zu schreiben – besser gesagt, wenn ich mich weigere?«

»Wenn Sie keinen Wert darauf legen, Ihrer Familie unnötige Sorgen zu ersparen, so liegt das vollkommen bei Ihnen.« Er wandte sich an Dubois: »Ich glaube, wir können die Doktoren Healey und Bramwell jetzt hereinbitten.«

»Zwei von den verschwundenen Physikern!« sagte Dr. Schmidt.

»Ich hatte Ihnen doch versprochen, Sie mit weiteren Gästen unseres Hauses bekanntzumachen.«

»Und wo ist Professor Aachen?«

»Professor Aachen?« Morro sah Dubois fragend an, der den Kopf schüttelte. »Wir kennen niemanden dieses Namens.«

»Professor Aachen war der angesehenste der drei Physiker, die in den letzten Wochen verschwanden.« Dr. Schmidt betonte jedes Wort einzeln.

»Das kann ja sein – aber bei uns ist er nicht gelandet. Ich habe noch nie von ihm gehört. Ich fürchte, wir können nicht die Verantwortung für jeden Wissenschaftler übernehmen, der sich entschließt zu verschwinden. Oder überzulaufen.«

»Professor Aachen ein Verräter? Undenkbar!«

»Ich fürchte, das ist genau die Reaktion amerikanischer und englischer Kollegen von Wissenschaftlern gewesen, die dem Reiz staatlich subventionierter Luxuswohnungen in Moskau nicht widerstehen konnten. Ah, da kommen ja Ihre nicht übergelaufenen Kollegen, meine Herren.«

Abgesehen von einem Größenunterschied von zwölf Zentimetern sahen Healey und Bramwell sich merkwürdig ähnlich. Beide waren dunkelhaarig, hatten intelligente Gesichter, trugen die gleichen Hornbrillen und konservativen Anzüge und wären in einem Konferenzsaal in der Wallstreet nicht im mindesten aufgefallen. Morro konnte sich die Vorstellung sparen – die besten Kernphysiker der Welt bilden eine sehr enge Gemeinschaft. Charakteristischerweise kamen weder Burnett noch Schmidt auf die Idee, ihre Mitgefangenen vorzustellen.

Nach dem üblichen Händeschütteln und der Versicherung, wie sehr man es doch bedaure, sich unter solchen Umständen wiederzusehen, sagte Healey: »Wir hatten Sie schon erwartet. Nun, Kollegen?« Healey warf Morro einen Blick zu, in dem aber auch nicht die Spur von Herzlichkeit lag.

»Wir hatten allerdings nicht damit gerechnet, Sie hier zu treffen.« Mit »wir« meinte Burnett eindeutig nur Schmidt und sich.

»Aber als wir hörten, daß Sie hier seien, erwarteten wir, auch Willi Aachen hier vorzufinden.«

»Ja, so ging es mir auch, aber da haben wir uns wohl alle verrechnet. Der gute Mr. Morro hat den hirnrissigen Verdacht, daß er übergelaufen sein könnte. Na ja, er hat nie von ihm gehört, geschweige denn ihn kennengelernt.«

»Hirnrissig ist das richtige Wort«, stimmte Schmidt zu und fügte dann grimmig hinzu: »Sie sehen beide recht gut aus.«

»Wir haben auch keinen Grund, schlecht auszusehen«, sagte Bramwell. »Es ist zwar ein erzwungener, nicht geplanter Urlaub, aber ich muß sagen, daß die vergangenen sieben Wochen für mich die erholsamsten seit Jahren waren. Spazierengehen, essen, schlafen, trinken – und was das beste ist: keine Telephonanrufe. Außerdem gibt es hier, wie Sie sehen, eine ausgezeichnet bestückte Bibliothek, und für die geistig weniger Anspruchsvollen in jeder Suite ein Farbfernsehgerät.«

»Sagten Sie ›Suite‹?«

»Sie werden es ja bald sehen. Die Milliardäre von anno dazumal leisteten sich jeden nur möglichen Luxus. Haben Sie irgendeinen Verdacht, warum Sie hier sind?«

»Keinen«, sagte Schmidt. »Aber wir sind begierig, den Grund von Ihnen zu erfahren.«

Bramwell schüttelte bedauernd den Kopf: »Wir sind jetzt, wie gesagt, sieben Wochen hier und haben immer noch keine Ahnung, weshalb.«

»Hat er denn nicht versucht, Sie dazu zu veranlassen, für ihn zu arbeiten?«

»Eine Kernwaffe zu bauen, meinen Sie? Das hatten wir offengestanden erwartet, aber es ist nichts dergleichen passiert.« Healey gestattete sich ein freudloses Lächeln. »Es ist fast enttäuschend, nicht wahr?«

Burnett wandte sich an Morro: »Meinten Sie das, als Sie sagten, die Waffe müsse gar nicht geladen sein?« Morro lächelte höflich.

»Was meinen Sie damit?« fragte Bramwell.

»Psychologische Kriegsführung – gegen wen auch immer die Drohung im Endeffekt gerichtet sein wird. Warum sollte man einen Kernphysiker entführen, wenn nicht zu dem Zweck, sich

von ihm Atombomben bauen zu lassen? Und zu genau diesem
Schluß wird die Öffentlichkeit kommen.«

»Ja, die Öffentlichkeit weiß ja auch nicht, daß man gar keinen
Kernphysiker dazu braucht. Aber die Leute, auf die es wirklich
ankommt, sind die, die wissen, daß man zum Bau einer Wasserstoffbombe sehr wohl einen Kernphysiker benötigt. Zu diesem
Schluß sind wir schon an unserem ersten Abend hier gekommen.«

Morro war so höflich und verbindlich wie stets: »Wenn Sie
gestatten, möchte ich Ihre Unterhaltung unterbrechen, meine
Herren. Sie werden noch genug Zeit haben, sich über die Vergangenheit – und die Gegenwart und die Zukunft – zu unterhalten. In einer Stunde wird das Abendessen serviert. In der Zwischenzeit möchten unsere neuen Gäste sicherlich ihre
Unterkünfte sehen, sich etwas frisch machen und ihre Korrespondenz erledigen – jedenfalls diejenigen, die sich dafür entschieden haben.«

Susan Ryder war fünfundvierzig und sah zehn Jahre jünger aus.
Sie hatte dunkelblonde Haare, kornblumenblaue Augen, und ihr
Lächeln konnte entweder bezaubern oder irritieren – je nachdem, in welcher Gesellschaft sie sich befand. Sie war intelligent
und besaß Humor, aber im Augenblick war ihr letzterer vergan-
gen, was nicht weiter verwunderlich war. Sie saß im Schlafzimmer der Suite, die man ihr zugewiesen hatte, auf dem Bett, und
Julie Johnson stand in der Mitte des Raumes.

»Die wissen aber, wie man Gäste angenehm unterbringt«,
staunte Julie, und verbesserte sich dann: »Genauer gesagt, von
Streicher wußte es. Eine Suite wie im Luxushotel. Haben Sie
schon gesehen – die Wasserhähne im Bad sind vergoldet.«

»Na ja, es kann ja nichts schaden, wenn ich die Luxusausstat-
tung auch benutze«, sagte Susan laut. Sie stand auf und legte
warnend den Finger auf die Lippen. »Ich werde schnell duschen
– es dauert nicht lang.«

Sie ging ins Bad, wartete ein paar wohlberechnete Sekunden,
drehte die Brause auf, kehrte ins Schlafzimmer zurück und bedeutete Julie, ihr zurück ins Bad zu folgen. Susan lächelte, als sie
die fragend hochgezogenen Augenbrauen des jungen Mädchens

sah und erklärte leise: »Ich weiß nicht, ob die Zimmer mit Abhörgeräten gespickt sind oder nicht.«

»Natürlich sind sie das.«

»Wieso sind Sie so sicher?«

»Diesem Gauner traue ich doch alles zu.«

»Sie sprechen sicher von Mr. Morro. Ich fand ihn eigentlich recht charmant, aber das hat natürlich nichts damit zu tun, daß er ein Gauner ist. Wenn man Wasser laufen läßt, ist jedes verstreckte Mikrophon zwecklos. Jedenfalls hat mir John das mal erzählt.« Abgesehen von ihr und Parker nannte niemand Sergeant Ryder bei seinem Vornamen, wahrscheinlich, weil kaum jemand ihn kannte – Jeff nannte seine Mutter stets Susan, seinen Vater jedoch immer Dad. »Ich wünschte, er wäre jetzt hier. Aber wenigstens habe ich ihm eine Nachricht hinterlassen können.«

Julie sah sie verständnislos an.

»Erinnern Sie sich, daß mir in San Ruffino schlecht wurde und ich in den Waschraum mußte? Ich nahm Johns Bild mit, entfernte die Rückwand aus dem Rahmen, schrieb ein paar Hinweise auf die Rückseite des Photos, setzte die Rückwand wieder ein und ließ das Bild samt Rahmen dort.«

»Und wie soll er auf die Idee kommen, daß Sie etwas auf die Rückseite des Photos geschrieben haben?«

»Ich kritzelte einen entsprechenden Hinweis in Kurzschrift auf ein Blatt Papier, zerriß es in winzige Fetzchen und warf sie in meinen Papierkorb.«

»Aber wenn wir sogar mal annehmen, daß er den Inhalt Ihres Papierkorbes untersucht – wie soll er darauf kommen, daß die zerrissene Stenonotiz wichtig für ihn ist?«

»Die Chancen stehen gar nicht so schlecht. Sie kennen ihn nicht so gut wie ich. Frauen haben traditionsgemäß das Recht, unberechenbar zu sein, und das ist etwas, was mich an meinem Mann schrecklich wurmt: in neunundneunzig Prozent aller Fälle kann er genau vorhersagen, was ich tun werde.«

»Aber selbst wenn er die Fetzchen findet – Sie hatten doch gar keine Zeit für eine ausführliche Nachricht.«

»Da haben Sie recht. Ich beschränkte mich auf eine Beschreibung Morros – soweit man jemanden eben beschreiben kann, der eine Strumpfmaske trägt –, die Wiedergabe seiner Bemerkung, er brächte uns an einen Ort, wo wir keine nassen Füße bekämen, und die Mitteilung seines Namens.«

»Es ist doch merkwürdig, daß er seinen Kumpanen nicht verboten hat, ihn bei seinem Namen zu nennen. Aber natürlich wissen wir nicht, ob es sein richtiger Name ist.«

»Natürlich ist es nicht sein richtiger Name. Er hat wahrscheinlich einen etwas verdrehten Sinn für Humor. Er brach in ein Kernkraftwerk ein – also reizte es ihn vielleicht, sich nach einem anderen Kernkraftwerk zu nennen, nämlich dem an der Morro-Bucht. Allerdings weiß ich nicht, was dieses Wissen uns helfen könnte.«

Julie lächelte zweifelnd und ging. Als die Tür sich hinter ihr geschlossen hatte, drehte Susan sich um, um festzustellen, woher der Luftzug gekommen war, den sie plötzlich an den Schultern gespürt hatte, aber sie konnte seine Quelle nicht entdecken.

Die Duschen hatten an diesem Abend Hochbetrieb. Ein Stück weiter den Flur hinunter hatte Professor Burnett seine Brause aus genau dem gleichen Grund aufgedreht wie Susan. Sein Gesprächspartner war natürlich Dr. Schmidt. Als Bramwell die Annehmlichkeiten aufgezählt hatte, die der ›Adlerhorst‹ bot, hatte er den Vorzug zu erwähnen vergessen, den sowohl Burnett als auch Schmidt als den größten betrachteten: jede Suite hatte ihre eigene, wohlbestückte Bar. Die beiden Männer tranken einander schweigend zu – Burnett mit Malzwhisky, Schmidt mit Gin-Tonic.

»Sind Sie zum gleichen Schluß gekommen wie ich?« fragte Burnett.

»Ja.« Wie Burnett hatte auch Schmidt nicht den leisesten Schimmer, welchen Schluß die bisher gelieferten Informationen zuließen.

»Ist der Mann verrückt, ein Schwachkopf oder ein raffinierter Teufel?«

»Offensichtlich letzteres.« Schmidt dachte eine Weile nach und sagte schließlich: »Natürlich kann er auch alles drei auf einmal sein.«

»Wie sehen Sie unsere Chancen, von hier wegzukommen?«

»Gleich Null.«

»Wie sehen Sie unsere Chancen, lebend von hier wegzukommen?«

»Ebenfalls gleich Null. Er kann es sich gar nicht leisten, uns am Leben zu lassen – schließlich können wir ihn identifizieren.«

»Sie sind wirklich der Meinung, daß er vorhat, uns alle kaltblütig umzubringen?«

»Er hat doch gar keine andere Wahl.« Schmidt zögerte. »Aber ganz sicher bin ich nicht – er scheint auf seine seltsame Weise ausgesprochen zivilisiert zu sein. Natürlich ist er ein übler Bursche – vielleicht lebt er aber auch einfach in dem Wahn, daß er eine Mission erfüllen müßte.« Schmidt kurbelte seinen Denkprozeß an, indem er sein Glas leerte. Dann ging er in sein Zimmer und kam gleich darauf mit dem erneut gefüllten Glas zurück. »Vielleicht möchte er unsere Leben auch gegen Straffreiheit tauschen. Ich will natürlich den menschlichen Wert der übrigen Geiseln nicht schmälern, aber mit vier Spitzen-Kernphysikern in seiner Gewalt hat er zweifellos eine starke Position bei etwaigen Verhandlungen mit der Staats- oder Landesregierung.«

»Er wird fraglos nur mit der Landesregierung verhandeln. Dr. Durrer von der ERDA muß das FBI schon vor Stunden eingeschaltet haben. Und wenn ich Ihnen auch darin recht gebe, daß wir Physiker ziemlich wichtig sind, so darf man doch nicht die Emotionen außer acht lassen, die in der Öffentlichkeit durch die Tatsache ausgelöst werden, daß bei den Geiseln auch zwei unschuldige Frauen sind. Die Nation wird mit Nachdruck die Freilassung von uns allen fordern, auch wenn dadurch die Räder der Justiz zum Stillstand kommen.«

»Es ist eine Hoffnung«, gab Schmidt zu. »Aber es könnte auch sein, daß wir uns etwas vormachen. Wenn wir nur wüßten, was Morro vorhat. Gut, wir haben den Verdacht, daß es sich um eine Art nuklearer Erpressung handelt, weil wir nicht ahnen, was es sonst sein könnte, aber in welcher Form diese Erpressung vonstatten gehen soll, wissen wir nicht.«

»Healey und Bramwell könnten es uns sagen. Bis jetzt hatten wir ja noch keine Gelegenheit, uns ungestört mit ihnen zu unterhalten. Sie machten ja einen recht gelassenen Eindruck und schienen nicht die geringste Angst zu haben. Bevor wir irgendwelche voreiligen Schlüsse ziehen, sollten wir unbedingt mit ihnen sprechen. Immerhin besteht die Möglichkeit, daß sie etwas wissen, was wir nicht wissen.«

»Ich kann mir nicht helfen, sie erschienen mir viel zu gelassen.« Schmidt schaute nachdenklich vor sich hin. »Könnte es nicht sein – ich bin kein Experte auf diesem Gebiet –, daß sie einer Gehirnwäsche unterzogen und in die gewünschte Richtung umgepolt worden sind?«

»Nein«, sagte Burnett überzeugt. »Der Gedanke kam mir zwar auch, als wir mit ihnen redeten, aber es spricht zuviel dagegen. Ich kenne die beiden sehr gut.«

Burnett und Schmidt trafen die beiden anderen Physiker in Healeys Suite. Der Wohnraum war von leiser Musik erfüllt. Burnett legte einen Finger auf die Lippen, Healey lächelte und machte die Musik lauter.

»Ich tue das nur, damit Sie beruhigt sind – es ist nämlich völlig unnötig: wir hatten sieben Wochen Zeit, uns zu vergewissern, daß die Zimmer nicht abgehört werden. Haben Sie etwas auf dem Herzen?«

»Ja. Um gleich mit der Tür ins Haus zu fallen: Sie sind so seelenruhig! Woher wissen Sie, daß Morro uns nicht den Löwen zum Fraß vorwirft, sobald er sein Ziel erreicht hat?«

»Wir wissen es nicht. Vielleicht haben wir einen Kittchen-Koller und der wirkt sich in unserem Fall so aus, daß wir allem gelassen entgegensehen. Er hat uns immer wieder versichert, daß uns nichts passieren wird und daß er keinen Zweifel am Ausgang der Verhandlungen hat, die er mit den entsprechenden Autoritäten führen wird, sobald er das ausgeführt hat, was er sich vorgenommen hat.«

»Das klingt zwar sehr schön, aber eine Garantie ist es nicht, oder?«

»Das nicht, aber die Überlegungen, die wir in den letzten sieben Wochen angestellt haben, brachten uns zu keinem beängstigenden Schluß. Er braucht uns nicht für praktische Zwecke – also müssen wir wohl aus psychologischen Gründen hier sein, ebenso wie der Diebstahl des Kernbrennstoffes nur psychologische Gründe hatte. Wie Sie vorhin sagten: die Waffe muß gar nicht geladen sein. Wenn er uns aber nur aus psychologischen

Gründen entführt hätte, dann hätte er schon mit unserem bloßen Verschwinden die gewünschte Wirkung erzielt und uns auf der Stelle umbringen können. Warum behält er uns ganze sieben Wochen hier, wenn er vorhat, uns zu töten? Das ist doch unlogisch.«

»Nun, es kann nicht schaden, die Dinge von der positiven Seite zu sehen. Vielleicht werden Dr. Schmidt und ich uns Ihre Einstellung zu eigen machen. Ich hoffe nur, daß es bei uns nicht auch sieben Wochen dauert.« Healey deutete auf die Bar und hob fragend die Brauen, aber Burnett schüttelte den Kopf, was klare Schlüsse auf den Grad seiner Beunruhigung zuließ. »Aber mir geht noch etwas anderes im Kopf herum: Willi Aachen! Wo ist er geblieben? Die Vernunft sagt mir: wenn vier Physiker Morro in die Hände gefallen sind, dann müßte auch der fünfte bei ihm zu finden sein. Warum sollte er so bevorzugt behandelt werden?«

»Keine Ahnung. Nur eines ist sicher: er ist kein Überläufer.«

»Könnte er nicht unfreiwillig übergelaufen sein?« fragte Schmidt.

»So was ist schon vorgekommen«, gab Burnett zu, »aber in seinem Fall...«

»Ich habe ihn nie kennengelernt«, bedauerte Schmidt. »Er ist eigentlich der Beste von uns, nicht wahr? Jedenfalls hat man den Eindruck, nach dem, was man so hört und liest.«

Burnett lächelte Healey und Bramwell an und sagte dann zu Schmidt: »Wir Physiker sind ein eifersüchtiger und selbstherrlicher Haufen, der niemand gern nach vorn läßt. Aber man muß es in diesem Fall wirklich zugeben: ja, er ist der Beste.«

»Ich nehme an, daß ich ihm nie begegnet bin, liegt daran, daß ich erst seit sechs Monaten naturalisiert bin und daß er in einer supergeheimen Abteilung arbeitet. Was ist er eigentlich für ein Mensch?«

»Wir haben ihn das letztemal bei einem Symposium in Washington gesehen. Das war vor zehn Wochen. Wir waren alle drei dort. Er ist ein fröhlicher, optimistischer Typ, hat den ganzen Kopf voller schwarzer Kringellocken, ist so groß wie ich und ganz schön massiv gebaut – ich würde ihn auf rund zwei Zentner schätzen. Und er ist stur – der Gedanke, daß die Russen oder irgend jemand sonst ihn zwingen könnten, etwas gegen seinen Willen zu tun, ist unvorstellbar.«

Professor Burnett konnte es nicht wissen und auch niemand anderer konnte es wissen, der Willi Aachen früher gekannt hatte – aber nach Burnetts Beschreibung hätte ihn im Augenblick kein Mensch wiedererkannt. Sein Gesicht war hager und von tiefen Falten durchzogen, die sich erst im Laufe der letzten drei Monate in sein Gesicht eingegraben hatten. Seine dichte Lockenpracht hatte er zwar noch, aber sie war schneeweiß geworden. Er war auch nicht mehr groß, weil er sehr gebückt ging – wie ein Mensch mit einer schweren, krankhaften Rückgratverkrümmung. Seine Kleider hingen an seinem abgemagerten Körper herunter, und in seiner jetzigen Verfassung hätte Aachen für jeden gearbeitet, vor allem aber für Lopez – wenn Lopez von ihm verlangt hätte, von der Golden Gate Bridge zu springen, hätte er auch das ohne Zögern getan.

Lopez war der Mann, der diese Veränderung bewirkt hatte. Lopez, dessen Nachnamen niemand kannte und dessen Vornamen sicherlich erfunden war, hatte als Leutnant in der argentinischen Armee gedient, wo er als Angehöriger der Sicherheitsabteilung Verhöre durchgeführt hatte. Die Perser und die Chilenen sind weithin als die schlimmsten Folterer bekannt, aber das hierfür zuständige Team der argentinischen Armee läßt alle anderen weit hinter sich zurück. Es läßt tief blicken, daß Lopez sogar seinen skrupellosen Kommandeur dermaßen schockiert hatte, daß die Sicherheitsabteilung sich gezwungen sah, ihren zweifellos fähigsten Interrogator loszuwerden.

Lopez amüsierte sich königlich über Geschichten von Helden des Weltkriegs, die trotz wochenlanger, ja sogar monatelanger Folterungen zu keiner Aussage gebracht werden konnten. Er behauptete von sich – und das war keine Angabe, denn diese Behauptung war Hunderte von Malen bewiesen worden –, daß selbst die zähesten und fanatischsten Terroristen, wenn er sie in die Mangel nahm, nach spätestens fünf Minuten vor unvorstellbaren Schmerzen schrien, und daß er nach längstens zwanzig Minuten alle gewünschten Informationen hatte.

Aachens Widerstand zu brechen, hatte ihn immerhin vierzig Minuten gekostet, und er hatte die Behandlung in den folgenden drei Wochen mehrmals wiederholen müssen, aber im letzten Monat hatte Aachen keine Schwierigkeiten mehr gemacht. Es legte Zeugnis für Lopez' Geschicklichkeit ab, daß Aachens Verstand und sein Erinnerungsvermögen noch voll intakt waren, obwohl er körperlich ein Wrack war und keinen Stolz, keinen Willen und keine Selbständigkeit mehr besaß.

Aachen umklammerte die Gitterstäbe seiner Zelle und starrte mit leeren, blutunterlaufenen Augen auf das perfekt eingerichtete Laboratorium mit dazugehöriger Werkstatt, das nunmehr sieben Wochen lang Heim und Hölle für ihn gewesen war. Er starrte ohne zu blinzeln, als sei er in Hypnose, unverwandt auf das Regal, das an der gegenüberliegenden Wand stand. Zwölf Zylinder standen darauf, und an jeden war an der Oberseite ein Ring geschweißt, damit man ihn besser hochheben konnte. Elf von den Zylindern waren ungefähr dreieinhalb Meter hoch und hatten den Durchmesser eines Neun-Zentimeter-Schiffsgeschützrohres. Der zwölfte Zylinder hatte den gleichen Durchmesser, war jedoch weniger als halb so hoch.

Die Werkstatt, die in den Felsen eingehauen worden war, lag zwölf Meter unter dem ehemaligen Ballsaal des ›Adlerhorstes‹.

Viertes Kapitel

Ryder, Dr. Jablonsky, Sergeant Parker und Jeff warteten ungeduldig, während Marjory die Stenonotiz Susans in Klartext übertrug, wozu sie weniger als zwei Minuten brauchte. Als sie fertig war, gab sie Ryder den Zettel.

»Danke dir. Ich lese vor, was Susan geschrieben hat: ›Der Anführer heißt Morro.‹ Merkwürdig.«

»Was ist daran merkwürdig?« fragte Jablonsky. »Eine Menge Leute haben ungewöhnliche Namen.«

»Nicht der Name ist merkwürdig, sondern die Tatsache, daß er es gestattete, während des Überfalls bei seinem Namen genannt zu werden.«

»Dann kann der Name nur falsch sein.«

»Natürlich. Susan schreibt weiter: ›Er ist einsachtzig groß, breitschultrig und spricht wie ein gebildeter Mann. Vielleicht kein Amerikaner. Er trägt schwarze Handschuhe. Er ist der einzige, der Handschuhe trägt. Ich glaube, er hat eine Klappe über dem rechten Auge – die Strumpfmaske läßt es nicht genau erkennen. Die anderen Männer haben keine auffälligen Kennzeichen. Er sagt, es wird uns nichts passieren, wir sollen die nächsten paar Tage einfach als Ferien betrachten. Wir werden irgendwohin gebracht, wo wir keine nassen Füße kriegen. In Reizklima, aber nicht ans Meer. Ich weiß nicht, ob das alles nur bedeutungsloses Geschwätz ist. Denk daran, den Herd auszuschalten.‹ Das ist alles.«

»Nicht sehr viel.« Man sah Jeff seine Enttäuschung deutlich an.

»Was hast du denn erwartet – Adresse und Telephonnummer? Susan hat sicher nichts übersehen, also gab es nicht mehr zu berichten. Jedenfalls haben wir zwei Hinweise; es ist möglich, daß Morros Hände irgendwie verunstaltet sind – durch Narben, Verkrüppelung oder Amputation von Fingern – und daß möglicherweise sein rechtes Auge krank ist oder fehlt. Das könnte von einem Unfall herrühren, einem Autozusammenstoß, einer Explosion oder einer Schießerei. Und vielleicht ist er, wie alle Kriminellen, seiner Sache so sicher, daß er ab und zu zuviel redet. In ›Reizklima, aber nicht ans Meer‹. Es kann natürlich sein, daß er das nur gesagt hat, um die Gefangenen in die Irre zu führen, aber was hätte ihm das gebracht? Reizklima, das nicht am Meer ist, kann nur in den Bergen sein.«

»In Kalifornien gibt es haufenweise Berge.« Parkers Stimme klang alles andere als ermutigend. »Ungefähr zwei Drittel des Staates bestehen aus Bergen. Damit haben wir dann lediglich ein Gebiet von der Größe Englands zu durchsuchen. Und nach was?«

Es folgte ein kurzes Schweigen, das Ryder mit der Frage beendete: »Vielleicht müssen wir uns nicht fragen, nach was wir suchen sollen und auch nicht, wo wir suchen sollen, sondern warum.«

In diesem Augenblick läutete es Sturm. Jeff ging hinaus und kam gleich darauf mit dem Polizeichef zurück, der wie üblich miese Laune hatte, und einem unglücklich aussehenden jungen Beamten namens Kramer. Donahure sah sich im Wohnzimmer mit dem entrüsteten Ausdruck eines Hauseigentümers um, dessen Besitz von einer Hippie-Kommune mit Beschlag belegt worden ist. Schließlich blieb sein Blick an Jablonsky hängen.

»Was machen Sie denn hier?«

»Komisch, daß Sie mich das fragen«, sagte Jablonsky mit eiskalter Stimme und nahm seine Brille ab, um Donahure Gelegenheit zu geben, festzustellen, daß seine Augen ebenso eiskalt waren, »ich wollte Sie gerade dasselbe fragen.«

Donahure fixierte ihn noch eine Weile und wandte seine Aufmerksamkeit schließlich Parker zu: »Und was zum Teufel machen Sie hier?«

Parker nahm genußvoll einen Schluck Gin, was sofort den gewünschten Effekt auf Donahures Gesichtsfarbe hatte. »Ein alter Freund besucht einen alten Freund. Vielleicht zum tausendsten Mal. Wir sprechen über alte Zeiten.« Parker nahm noch einen Schluck. »Aber das geht Sie eigentlich wirklich nichts an.«

»Kommen Sie morgen früh als erstes zu mir ins Büro.« Donahure hatte schon wieder Schwierigkeiten mit seinen Stimmbändern. »Ich weiß genau, worüber Sie sich unterhalten – über den Einbruch! Ryder hat nichts mit diesem Fall zu tun, er ist nicht einmal mehr Polizist. Und es ist nicht üblich, Angelegenheiten der Polizei in der Öffentlichkeit zu diskutieren. Und jetzt verschwinden Sie, ich will mit Ryder allein sprechen.«

Ryder kam mit einer Geschwindigkeit auf die Beine, die für einen Mann seiner Statur verblüffend war. »Ich werde mir meinen Ruf, ein gastfreundlicher Mensch zu sein, nicht von Ihnen ruinieren lassen!«

»Hinaus!« japste Donahure. Parker ignorierte ihn einfach. Donahure drehte sich um, ging quer durch den Raum zum Telephon und grunzte vor Schmerz, als Ryders linke Hand sich auf seinen Arm legte – der Nerv im Ellenbogen ist der empfindlichste aller peripheren Nerven, und Ryder hatte viel Kraft in den Fingern. Donahure ließ den Telephonhörer auf den Tisch fallen, um mit seiner rechten Hand seinen linken Ellenbogen massieren zu können. Ryder legte den Hörer auf die Gabel zurück.

»Was zum Teufel sollte denn das?« Donahure rieb sich intensiv den Ellenbogen. »Kramer, nehmen Sie Ryder fest – wegen Angriffs auf einen Gesetzesvertreter.«

»Wie bitte?« Ryder sah fragend in die Runde: »Hat einer hier gesehen, daß ich den alten Fettsack angegriffen habe?« Augenscheinlich hatte niemand etwas Derartiges gesehen. »Das Heim des Kaliforniers ist seine Burg – niemand faßt hier ohne meine Erlaubnis etwas an.«

»Ach, tatsächlich?« Donahures Triumphgefühl dämpfte den Schmerz in seinem Ellenbogen. Er zog ein Blatt Papier aus der Tasche, das er Ryder genußvoll unter die Nase hielt: »Ich fasse in diesem Haus an, was immer ich will! Sie wissen ja sicher, was ich hier habe.«

»Natürlich: einen Durchsuchungsbefehl mit LeWinters Unterschrift.«

»Allerdings, Mister.«

Ryder nahm das Blatt in die Hand. »Nach dem Gesetz habe ich das Recht, ihn zu lesen, oder wußten Sie das nicht?« Er warf nur einen kurzen Blick darauf. »Richtig – Richter LeWinter hat unterschrieben. Ihr Pokerpartner im Rathaus. Nach Ihnen der korrupteste Beamte der Stadt – der einzige Richter hier, der einen Durchsuchungsbefehl ausstellt, der auf einer konstruierten Anklage basiert.« Er sah die vier Männer an, die vor ihm saßen: »Und jetzt, meine Herrschaften, beachten Sie bitte die Reaktion dieses Bewahrers von Recht und Ordnung, dieses Hüters der öffentlichen Moral – vor allem achten Sie bitte auf seine Gesichtsfarbe. Jeff, kannst du dir denken, wie diese konstruierte Anklage lauten könnte?«

»Laß mich nachdenken«, sagte Jeff langsam, »ja, vielleicht auf Diebstahl. Wegen eines gestohlenen Führerscheins und eines verschwundenen Polizeifunkgeräts, oder vielleicht – was noch lächerlicher wäre – wegen Aneignung eines Fernglases mit der Gravur LAPD.«

»Beachten Sie doch bitte einmal den Wechsel der Gesichtsfarbe«, sagte Ryder. »Lila, mit purpurnen Schattierungen. Ich wette, ein guter Psychologe könnte sich sofort einen Reim darauf machen. Vielleicht leidet unser guter Fettsack an einem Schuldkomplex?«

»Jetzt hab’ ich’s«, verkündete Jeff glücklich, »er ist gekommen, um das Haus nach Beweismaterial zu durchsuchen, das du aus San Ruffino hast mitgehen lassen.«

Ryder studierte den Durchsuchungsbefehl. »Ich weiß wirklich nicht, wie du darauf kommen konntest!« sagte er bewundernd.

Donahure riß ihm das Blatt aus der Hand. »Ihr Sohn hat verdammt recht! Und wenn ich es finde...«

»Wenn Sie was finden? Sie haben ja nicht die leiseste Ahnung, wonach Sie suchen sollen. Sie sind ja nicht mal in San Ruffino gewesen.«

»Ich weiß genau, wonach ich suche!« Er watschelte auf das angrenzende Schlafzimmer zu, blieb aber plötzlich stehen, als er merkte, daß Ryder ihm folgte.

»Ich brauche Ihre Hilfe nicht, Ryder.«

»Das weiß ich, aber meine Frau braucht sie.«

»Was soll das heißen?«

»Ihr ganzer Schmuck ist da drin.«

Donahure ballte die Fäuste, sah Ryder in die Augen, worauf er sich eines Besseren besann, und stakste – soweit ein Nilpferd in der Lage ist zu staksen – ins Schlafzimmer. Ryder blieb ihm dicht auf den Fersen.

Als erstes durchwühlte Donahure die oberste Schublade der Kommode. Als er sich die nächste vornehmen wollte, grunzte er erneut vor Schmerz, als Ryders Finger wieder den Nerv in seinem Ellenbogen fanden. Drüben im Wohnzimmer verdrehte Parker die Augen gen Himmel, stand auf, nahm sein leeres Glas und das Jablonskys und steuerte auf die Bar zu.

»Ich mag keine unordentlichen Leute«, erklärte Ryder Donahure, »und vor allem kann ich es nicht ausstehen, wenn jemand die Kleider meiner Frau mit schmutzigen Fingern anfaßt. Ich werde die Schubladen durchsuchen und Sie können zusehen. Da ich keine Ahnung habe, was Sie suchen, kann ich es wohl kaum verstecken, nicht wahr?« Ryder führte eine gewissenhafte Überprüfung der Kleidungsstücke seiner Frau durch und erlaubte Donahure dann, den restlichen Raum allein zu inspizieren.

Jeff brachte einen Drink in die Küche, wo Kramer mit verschränkten Armen am Spülbecken lehnte und unglücklich vor sich hinstarrte. »Sie sehen aus, als könnten Sie eine moralische Aufrüstung gut gebrauchen«, sagte Jeff. »Das hier ist Gin. Donahure ist bis oben hin voll Bourbon – er wird nichts riechen.«

Kramer nahm den Drink dankbar entgegen. »Was sollen Sie hier eigentlich?« fragte Jeff.

»Sie sehen es ja – ich durchsuche die Küche.«

»Und haben Sie schon was gefunden?«

»Ich werde etwas finden, wenn ich anfange, mich umzuschauen: Töpfe und Pfannen, Teller und Untertassen, Messer und Gabeln, alle möglichen Dinge.« Er nahm einen großen Schluck Gin. »Ich weiß ja überhaupt nicht, wonach ich suchen soll. Die ganze Sache tut mir verdammt leid, Jeff. Was kann ich tun?«

»Genau das, was Sie augenblicklich tun: nichts. Ihre derzeitige Tatenlosigkeit steht Ihnen ausgezeichnet. Haben Sie eine Ahnung, wonach unser fetter Freund fahndet?«

»Nein. Sie?«

»Nein.«

»Ihr Vater vielleicht?«

»Das wäre möglich. Aber gesagt hat er mir nichts – ich wüßte allerdings auch nicht, wann er das hätte tun sollen.«

»Es muß was Wichtiges sein – etwas, das Donahure an den Rand der Verzweiflung treibt.«

»Wie kommen Sie darauf?«

»Er muß doch verzweifelt sein, wenn er sich dazu versteigt, sich mit Ihrem alten Herrn anzulegen.«

»Ein interessanter Gedanke. Vielleicht sucht er belastendes Material.«

»Belastend für wen?«

»Ja, das ist die Frage.«

Draußen näherten sich Schritte. Jeff riß Kramer das Glas aus der Hand, der seinerseits scheinbar intensiv eine Küchenschublade untersuchte, als Donahure eintrat, in dessen Kielwasser sich natürlich Ryder befand. Donahure schenkte Jeff einen seiner üblichen, giftigen Blicke.

»Was machen Sie hier?«

Jeff setzte Kramers Glas ab und sagte: »Ich passe auf, daß das Tafelsilber nicht dezimiert wird.«

»Raus!« keuchte Donahure. Jeff sah fragend zu seinem Vater hinüber.

»Du bleibst«, erklärte dieser, »der alte Fettsack wird gehen.«

Donahure bekam kaum noch Luft. »Bei Gott, Ryder, wenn Sie so weitermachen, werde ich...«

»Was werden Sie? Sie werden höchstens vor Überanstrengung einen Herzanfall bekommen, wenn Sie sich nach jedem Ihrer Zähne einzeln bücken müssen.«

Donahure wandte sich an Kramer: »Was haben Sie gefunden? Nichts?«

»Nichts, was nicht hierher gehört.«

»Haben Sie auch alles gründlich durchsucht?«

»Antworten Sie doch gar nicht«, riet Ryder. »Donahure würde nicht einmal einen Elefanten in diesem Haus finden. Er hat an keine Wand geklopft, keinen Teppich hochgehoben, keinen Versuch gemacht, ein loses Fußbodenbrett zu finden, er hat noch nicht einmal unter eine Matratze geschaut. Zu seiner Ausbildungszeit kann es noch keine Polizeischulen gegeben haben.« Er ignorierte Donahures ersticktes Blubbern und ging den anderen voran zurück ins Wohnzimmer. »Wer immer diesen Blindgänger zum Polizeichef gemacht hat, war entweder schwachsinnig oder das Opfer einer Erpressung. Donahure, ich betrachte Sie mit ganz unverhohlener Verachtung. Sie gehen jetzt besser schnell und erstatten schleunigst Ihrem Boss Bericht. Sagen Sie ihm, Sie haben einen Riesenbock geschossen. Genauer gesagt, zwei Böcke – einen psychologischen und einen taktischen. Ich wette, dieses eine Mal haben Sie auf eigene Faust gehandelt – niemand mit einem IQ über fünfzig hätte Ihnen befohlen, diese Sache derartig idiotisch anzupacken.«

»Von was für einem Boss reden Sie denn überhaupt, zum Teufel?«

»Sie sind als Schauspieler genauso eine Pleite wie als Polizeichef. Wissen Sie, ich glaube, ich habe recht. Sie spielen den Entrüsteten – das ist ja auch Ihre einzige Möglichkeit –, aber im Innern schlottern Sie. Ich habe ›Boss‹ gesagt und ich habe ›Boss‹ gemeint. Jede Marionette wird von einem Puppenspieler bewegt. Wenn Sie das nächste Mal der Wunsch überkommt, auf eigene Faust zu handeln, sollten Sie sicherheitshalber jemanden um Rat fragen, der über etwas Intelligenz verfügt. Ich nehme an, Ihr Boss tut das.«

Donahure versuchte, Ryder mit einem Blick einzuschüchtern,

merkte, daß es nicht klappte, machte auf dem Absatz kehrt und verließ den Raum. Ryder begleitete ihn zur Haustür. »Heute ist nicht gerade Ihr Glückstag, Donahure. Aber trösten Sie sich: der von Raminoff war es auch nicht. Aber ich hoffe, sein Tag hat ein besseres Ende gefunden – ich meine, ich hoffe, er hat es geschafft, aus dem Wagen zu springen, bevor er ihn in den Pazifik stürzen ließ.« Er klopfte Kramer auf die Schulter. »Schauen Sie nicht so verblüfft, junger Mann. Ich bin sicher, der Chief wird Ihnen auf der Rückfahrt zum Revier die ganze Geschichte erklären.«

Er machte die Tür hinter den beiden zu und kehrte ins Wohnzimmer zurück. »Was sollte das Ganze eigentlich?« fragte Parker.

»Ich bin nicht sicher. Ich sprach davon, daß er ein paar Böcke geschossen hat, und ich bin sicher, daß ich damit recht hatte. Donahure hat seine Mimik zu wenig unter Kontrolle. Ich habe mich allerdings auch wie ein Elefant im Porzellanladen benommen, aber auf andere Weise – ich glaube, ich bin da zufällig auf einen ganz wichtigen Punkt gestoßen, und ich frage mich...«

»Klar ist jedenfalls: er handelt auf Befehl von jemandem.«

»Das hat er sein Leben lang getan. Schauen Sie nicht so schockiert, Dr. Jablonsky. Er ist ein Gauner, und das ist er schon, seit ich ihn kenne, und das tue ich schon sehr lange – viel zu lange. Sicher ist die kalifornische Polizei nicht besser als die der anderen Staaten, was die Machtverteilung, die Politik und die Beförderungen betrifft, aber es gibt bei uns keine Bestechung – Donahure ist die berühmte Ausnahme, die die Regel bestätigt.«

»Haben Sie Beweise dafür?«

»Sehen Sie ihn sich doch an: er ist selbst der lebende Beweis. Aber Sie meinen sicherlich schriftlich dokumentierte Beweise – die habe ich auch. Was ich sagen werde, können Sie übrigens nicht zitieren, weil ich es nicht gesagt habe.«

Jablonsky lächelte: »Sie können mich nicht mehr ins Bockshorn jagen. Ich habe inzwischen gelernt, Ihre scheinbar sinnlosen Bemerkungen zu begreifen.«

Ryder nahm noch einmal die Photographie mit der stenographierten Nachricht in die Hand.

»Kann ich Ted die Sache erzählen?« fragte Marjory.

»Lieber nicht, mein liebes Kind. Das erste, was Kernphysiker und Geheimpolizisten lernen, ist, ihre Zunge im Zaum zu halten...«

»Ich werde nicht reden, und Ted wird auch nicht reden! Wir wollen doch nur helfen.«

»Ich will eure Hilfe aber nicht.«

Sie sah ihn verletzt an.

»Entschuldige.« Er nahm ihre Hand. »Das war nicht nett. Wenn ich euch brauche, werde ich es euch sagen. Ich möchte euch nur nicht in eine Sache hineinziehen, die möglicherweise recht unangenehm wird.«

»Ich danke dir.« Marjory lächelte versöhnt. Sie wußten beide, daß er sie nie um Hilfe bitten würde.

»Chief Donahure hat ein ziemlich ausgefallenes Haus im spanisch-marokkanischen Baustil, mit einem Swimming-pool, Barschränken an jeder möglichen und unmöglichen Stelle, teuere, unglaublich geschmacklose Möbel und keine Hypothek auf dem Ganzen. Ein mexikanisches Ehepaar führt ihm den Haushalt. Er fährt einen nagelneuen Lincoln, den er bar bezahlt hat. Und auf seinem Bankkonto liegen zwanzigtausend Dollar. Er lebt auf recht großem Fuß, aber er hat auch keine Ehefrau, die sein Geld für ihn ausgibt – er ist verständlicherweise Junggeselle. An den jetzt aufgezählten Fakten ist an sich nichts Seltsames – schließlich bekommt er ein ganz ansehnliches Gehalt. Seltsam ist jedoch, daß er auf sieben verschiedenen Banken unter sieben verschiedenen Namen insgesamt über eine halbe Million Dollar deponiert hat. Ich würde gern hören, was für eine Erklärung er dafür abzugeben hat.«

»Was in diesem Haus auch noch alles passieren sollte, nichts wird mich mehr überraschen«, verkündete Jablonsky, sah jedoch ausgesprochen verblüfft aus. »Haben Sie Beweise?«

»Natürlich hat er die«, sagte Jeff. Da Ryder keine Anstalten machte, dies abzustreiten oder sich sonstwie zu äußern, fuhr sein Sohn fort: »Bis heute abend wußte ich auch nichts davon. Mein Vater hat ein Dossier über den guten Chief – komplett mit eidesstattlichen Versicherungen –, das man in Sacramento sicherlich mit großem Interesse lesen würde.«

»Stimmt das?« fragte Jablonsky.

»Sie müssen es nicht glauben«, antwortete Ryder.

»Ja, aber dann frage ich mich, warum Sie ihm denn nicht den Garaus machen? Nachwirkungen könnten Ihnen doch nichts anhaben.«

»Mir nicht, aber anderen. Fast die Hälfte des angehäuften Vermögens unseres Freundes stammt aus Erpressungen. Drei prominente Bürger dieser Stadt – im Grunde ebenso rechtschaffen und ehrlich wie die meisten von uns, was nicht viel heißt – sind schwer gemolken worden. Und es wäre durchaus möglich, daß sie auch schwer verletzt würden. Aber natürlich werde ich die Unterlagen benutzen, wenn ich dazu gezwungen werde.«

»Und was würde Sie dazu zwingen?«

»Staatsgeheimnis, Doc«, sagte Parker und stand auf.

»Staatsgeheimnis also.« Jablonsky stand ebenfalls auf und deutete auf die Akte, die er Ryder mitgebracht hatte. »Ich hoffe, Sie können etwas damit anfangen, Sergeant.«

»Ich danke Ihnen. Und dir auch.«

Jablonsky und Parker gingen nebeneinander auf ihre geparkten Wagen zu. »Sie kennen ihn besser als ich, Sergeant«, sagte Jablonsky, »hängt Ryder wirklich an seiner Familie? Er machte einen so wenig beunruhigten Eindruck auf mich.«

»O doch, er hängt sehr an seiner Familie, aber er ist kein Mensch, der seine Gefühle zeigt. Wahrscheinlich wird er ebenso gelassen erscheinen, wenn er den Mann umbringt, der Susan entführt hat.«

»So etwas würde er tun?« fragte Jablonsky entsetzt.

»Aber sicher. Es wäre nicht das erste Mal. Allerdings tötet er nie willkürlich – es muß schon einen triftigen Grund dafür geben. Bei nicht so triftigen Gründen richtet er die Leute nur so zu, daß sie anschließend eine Herausforderung für jeden plastischen Chirurgen darstellen. Wer sich ihm auf dem Weg zu Morro, oder wie immer der Schurke wirklich heißt, in den Weg stellen wird, muß mit einer dieser beiden Möglichkeiten rechnen. Ich fürchte, die Kidnapper haben einen großen Fehler gemacht – sie haben eine falsche Geisel mitgenommen.«

»Was wird er jetzt tun?«

»Ich weiß es nicht genau – aber für alle Fälle werde ich, wenn ich nach Hause komme, etwas tun, was ich nie für möglich gehalten hätte: ich werde ein Gebet für unseren Polizeichef sprechen.«

Jeff deutete auf die Akte, die Jablonsky dagelassen hatte: »Wie steht's mit deinen Hausaufgaben? Als ich noch in die Schule ging, mußte ich meine immer sofort nach dem Unterricht machen.«

»Wir werden eine Gedenkminute einlegen.«

»Ich nehme an, das sollte ein sanfter Hinweis sein. Komm, Marge, ich bringe dich nach Hause. Bis später, Dad.«

»In einer halben Stunde.«

»Aha!« grinste Jeff. »Du hast also doch nicht vor, die ganze Nacht untätig hier herumzusitzen.«

»Nein, das habe ich nicht.«

Aber noch eine ganze Weile, nachdem die beiden jungen Leute das Haus verlassen hatten, schien er genau das vorzuhaben. Schließlich befestigte er seine Photographie wieder im Rahmen, stand auf und stellte ihn zwischen zwei andere Bilder auf das Klavier. Auf dem linken war seine Frau zu sehen und auf dem rechten Peggy, seine Tochter, die in San Diego Kunst studierte. Sie war ein strahlendes Mädchen mit blitzenden Augen, das vom Vater die Haar- und Augenfarbe, aber gottlob weder seine Gesichtszüge noch seinen Körperbau geerbt hatte – in dieser Beziehung glich sie ganz ihrer Mutter. Es war allgemein bekannt, daß sie der einzige Mensch war, der den knallharten Sergeanten Ryder um den kleinen Finger wickeln konnte – eine Tatsache, über die Ryder sich vollkommen im klaren war und die ihm nicht die geringsten Sorgen zu machen schien. Er sah die drei Bilder eine Weile lang an, schüttelte den Kopf, seufzte, nahm sein Bild wieder weg und legte es in eine Schublade.

Dann rief er eine Nummer in San Diego an, hörte eine volle halbe Minute zu, was sein Gesprächspartner am anderen Ende der Leitung ihm zu sagen hatte, und legte wieder auf. Als nächstes wählte er die Nummer von Major Dunne, aber nachdem das erste Freizeichen ertönt war, legte er den Hörer plötzlich wieder auf. Offensichtlich war ihm etwas eingefallen, das einen Meinungsumschwung bewirkt hatte. Statt zu telephonieren, goß er sich, ganz gegen seine Gewohnheit, einen Scotch ein, ließ sich in einem Sessel nieder, nahm die Akte Carlton zur Hand, ging sie sorgfältig durch und machte sich am Ende jeder Seite ordentliche Fußnoten. Er hatte die Unterlagen gerade zum zweitenmal studiert, als Jeff zurückkam. Ryder stand auf.

»Machen wir eine kleine Spazierfahrt mit deinem Wagen.«

»Aber gern. Wohin soll's denn gehen?«

»Ins Blaue.«

»Ins Blaue? Na, das kann ja nicht so schwierig sein.« Jeff überlegte kurz und fragte dann: »Könnte es sein, daß Donahure hartnäckiger ist als man es ihm zutraut?«

»Ja.«

Sie fuhren los, und als sie eine halbe Meile von Ryders Haus entfernt waren, sagte Jeff: »Ich weiß nicht, wie du das immer machst – woher wußtest du, daß wir verfolgt würden?«

»Überzeuge dich erst mal, ob wir wirklich verfolgt werden.«

Nach einer weiteren halben Meile sagte Jeff: »Es ist kein Irrtum möglich.«

»Dann weißt du ja, was du zu tun hast.«

Jeff nickte. Er bog links in die nächste Seitenstraße ein, fuhr gleich darauf rechts in eine sehr schlecht beleuchtete Gasse, an der Einfahrt zu einem Bauplatz vorbei, hielt gegenüber einer zweiten Einfahrt und schaltete die Scheinwerfer aus. Vater und Sohn stiegen aus und verschwanden in der Dunkelheit des Bauplatzes. Der Wagen ihres Verfolgers hielt etwa fünfzig Meter hinter dem ihren. Ein hagerer Mann von mittlerer Größe, das Gesicht von einem Hut beschattet, der in den dreißiger Jahren schon nicht mehr modern gewesen war, stieg aus und ging mit schnellen Schritten auf Jeffs Ford zu. Er war gerade an der ersten Einfahrt zum Bauplatz vorbei, als er spürte, daß etwas nicht in Ordnung war. Er fuhr herum, griff in seinen Mantel, ließ jedoch unvermittelt von dem Plan ab, seine Waffe zu ziehen, als ihn eine harte Schuhspitze genau unterhalb des Knies traf – es ist auch wirklich schwierig, eine Waffe zu ziehen, wenn man auf einem Bein herumhüpft und das andere mit beiden Händen umklammert.

»Lassen Sie den Radau«, befahl Ryder. Er griff nun seinerseits in den Mantel des stöhnenden Mannes, zog eine Automatik heraus, packte sie am Lauf und zog dem Mann den Griff quer übers Gesicht. Diesmal stöhnte der Mann nicht nur, sondern schrie laut auf. Jeff leuchtete ihm mit seiner Taschenlampe ins Gesicht und sagte mit leicht zitternder Stimme: »Seine Nase ist weg, und ein paar von den oberen Zähnen auch.«

»Meine Frau ist auch weg!« Der Ton, in dem sein Vater diese Feststellung traf, ließ seinen Sohn zusammenzucken. »Man soll sein Glück nicht zu sehr strapazieren, Raminoff«, dozierte Ryder kalt. »Wenn ich Sie noch einmal näher als eine Meile von meinem Haus entfernt antreffe, müssen Sie sich mindestens einer Monat lang ins ›Belvedere‹ legen, das verspreche ich Ihnen.«

»Belvedere« war der Name des städtischen Krankenhauses. »Und wenn ich mit Ihnen fertig bin, nehme ich mir Ihren Boss vor, sagen Sie ihm das. Wer ist übrigens Ihr Boss, Raminoff?« Ryder hob drohend die Waffe. »Ich gebe Ihnen zwei Sekunden«.

»Donahure.« Der Name war kaum zu verstehen, aber man konnte Raminoff in diesem Fall wirklich keinen Vorwurf wegen undeutlicher Aussprache machen. Ryder betrachtete ein paar Sekunden lang mit kalten Augen das zerstörte Gesicht, drehte sich dann auf dem Absatz um und ging zum Auto zurück.

Als sie wieder in Jeffs Ford saßen, sagte er: »Halte an der nächsten Telephonzelle.« Jeff warf ihm einen fragenden Blick zu, aber Ryder starrte geradeaus und bemerkte es nicht. Er hielt sich drei Minuten in der Zelle auf, und in dieser Zeit erledigte er zwei Anrufe. Danach stieg er wieder in den Wagen, zündete sich eine Zigarette an und sagte: »Nach Hause.«

»Da ist auch ein Telephon. Meinst du, daß es angezapft ist?«

»Würdest du Donahure das vielleicht nicht zutrauen? Ich habe gerade John Aaron angerufen, den Herausgeber des ›Examiner‹. Bis jetzt haben die Kidnapper sich noch nicht gemeldet. Er sagt mir Bescheid, sobald er etwas hört. Und dann habe ich mit Major Dunne telephoniert. Ich treffe mich mit ihm. Wenn wir zu Hause ankommen, möchte ich, daß du mit herein kommst, eine Waffe mitnimmst und irgend etwas, das du als Maske benutzen kannst, zu Donahures Haus fährst und feststellst, ob er zu Hause ist. Diskret natürlich.«

»Wird er heute nacht Besuch bekommen?«

»Von zwei Männern – von dir und mir. Wenn er da ist, ruf mich unter dieser Nummer an.« Er schaltete die Innenbeleuchtung ein, schrieb ein paar Zahlen auf einen Notizblock, riß das

Blatt ab und gab es Jeff. »Da meldet sich das ›Redox‹ in der Bay Street. Kennst du den Laden?«

Jeff nickte. »Vom Wegsehen«, erklärte er angewidert. »Eine Kaschemme, voll mit Schwulen, Dealern und Junkies. Ich hätte nicht gedacht, daß du in solchen Kreisen verkehrst.«

»Und genau weil du nicht der einzige bist, der so denkt, gehe ich dorthin. Dunne war allerdings auch nicht gerade begeistert von dem Vorschlag.«

»Wirst du Donahure genauso zurichten wie Raminoff?« fragte Jeff.

»Es ist ein verlockender Gedanke, aber es wäre zwecklos – er könnte uns gar nichts erzählen. Jeder der clever genug ist, einen Überfall wie den auf San Ruffino abzuziehen, wird sicher auch clever genug sein, keinen direkten Kontakt zu einem Schwachkopf wie Donahure zu unterhalten. Er wird sicherlich einen Mittelsmann einsetzen, vielleicht sogar zwei. Ich würde es jedenfalls so machen.«

»Dann willst du also was bei Donahure suchen. Aber was?«

»Das kann ich dir erst sagen, wenn ich es gefunden habe.«

Ryder hatte sich verkleidet: er trug einen frisch gebügelten Straßenanzug, von dessen Existenz nur seine Familie etwas wußte. Auch Dunne hatte sich verkleidet: er trug eine Baskenmütze, eine dunkle Brille und einen bleistiftdünnen Schnurrbart. Keines der Accessoires paßte zu ihm, und er war sich durchaus bewußt, daß er etwas albern aussah. Er betrachtete voller Abscheu das zweifelhafte Publikum, das hauptsächlich aus Teenagern und frühen Twens bestand, und zog angewidert die Luft ein, die den Gastraum erfüllte.

»Hier stinkt es wie in einem Puff.«

»Ach, kennen Sie sich in dem Milieu aus?«

»Ich verkehre selbstverständlich nur dienstlich dort«, erklärte Dunne würdevoll und grinste gleich darauf. »Aber Sie hatten recht – hier vermutet uns bestimmt niemand.«

Ein Mädchen in hautengen rosa Hosen kam an den Tisch, stellte die bestellten Drinks hin und verschwand wieder. Ryder goß den Inhalt beider Gläser in einen hinter ihm stehenden Blumentopf.

»Die Pflanze wird es überleben – in dem Wasser war höchstens ein Teelöffel Whisky.« Er holte eine Taschenflasche aus seinem Jackett und füllte beide Gläser. »Das ist schon was anderes«, sagte er. »Man muß eben für alle Eventualitäten gerüstet sein.«

»Ausgezeichnet«, bestätigte Dunne nach dem ersten Schluck. »Und was jetzt?«

»Ich habe Ihnen vier Dinge mitzuteilen. Erstens muß ich Ihnen sagen, daß Donahure und ich einander nicht grün sind.«

»Was Sie nicht sagen!«

»Sie sind wahrscheinlich nicht halb so überrascht, wie Donahure es im Augenblick ist. Ich habe ihm Ärger gemacht. Ich bin der Grund dafür, daß er heute abend einen Kastenwagen verloren hat – er stürzte von einer Klippe in den Pazifik – ich habe ein paar Dinge aus seinem Privateigentum konfisziert und mich mit einem Beschatter unterhalten, den er mir auf den Hals geschickt hatte.«

»Ist er im Krankenhaus?«

»Nein, aber er wird ärztliche Behandlung brauchen. Ich nehme an, im Augenblick ist er gerade bei Donahure, um ihm vom Fehlschlag seiner Mission zu berichten.«

»Wie haben Sie ihn mit Donahure in Verbindung gebracht?«

»Er hat mir selbst davon erzählt.«

»Natürlich. Nun, ich kann nicht gerade sagen, daß er mir leid tut. Aber ich habe Sie gewarnt – Donahure ist gefährlich. Genauer gesagt, seine Freunde sind es. Und Sie wissen ja, wie in die Enge getriebene Ratten sich verhalten. Haben Sie schon herausgefunden, ob er mit der Sache in San Ruffino zu tun hat?«

»Es spricht einiges dafür. Ich werde mich heute abend mal bei ihm zu Hause umsehen – vielleicht kann ich einen brauchbaren Beweis finden.«

»Und wenn er zu Hause ist?«

»Das stört mich doch nicht. Und anschließend werde ich mich ein wenig mit Richter LeWinter unterhalten.«

»Werden Sie das? Der ist ein anderes Kaliber als Donahure. Es geht das Gerücht, daß er der nächste Vorsitzende des kalifornischen Bundesgerichts wird.«

»Trotzdem ist er genauso mies wie Donahure. Was wissen Sie von ihm?«

»Wir haben ein Dossier über ihn«, sagte Dunne und starrte angelegentlich in sein Glas.

»Und das heißt, daß etwas mit ihm faul ist.«

»Das haben Sie gesagt.«

»Richtig. Ich habe eine kleine Ergänzung für Ihr Dossier: Donahure tauchte heute abend mit einem Durchsuchungsbefehl bei mir auf, der auf einer so offensichtlich konstruierten Anklage basierte, daß nur ein schlitzohriger Richter ihn unterzeichnen konnte.«

»Gibt es Preise für richtiges Raten?«

»Nein. Und dann habe ich noch was auf dem Herzen – in diesem Fall und in noch ein paar anderen Angelegenheiten möchte ich Sie um Ihre Hilfe bitten.« Er nahm die Akte Carlton aus dem großen Umschlag, in dem Jablonsky sie ihm gebracht hatte. »Das ist das Dossier über den stellvertretenden Sicherheitschef aus San Ruffino – ihn haben die Gangster auch mitgenommen. Sein Lebenslauf scheint über jeden Verdacht erhaben.«

»Das ist bei den meisten Schurken so.«

»Ja. Zuerst war er bei der Armee, dann beim Geheimdienst, hatte zweimal einen Posten in Sicherheitsabteilungen, bevor er nach San Ruffino kam. Da er immer entweder für die Armee oder die AEC gearbeitet hat, sollte seine Vergangenheit eigentlich ein offenes Buch sein, aber ich hätte trotzdem gern die Antworten auf die Fragen, die ich als Fußnoten angebracht habe, und vor allem Auskunft über seine früheren Verbindungen, denn die Kontakte sind das, worauf es ankommt, wie unwichtig sie auch erscheinen mögen.«

»Haben Sie Gründe, einen Mann wie Carlton zu verdächtigen?«

»Ich habe jedenfalls keine, es nicht zu tun, und das kommt auf dasselbe hinaus.«

»Also Routine. Und wie steht es mit drittens?«

Ryder zog ein Blatt Papier aus der Tasche – den von Marjory angefertigten Klartext von Susans Stenonotiz – und erklärte, wie er die Nachricht in die Hände bekommen hatte. Dunne las den Text mehrere Male. »Die Nachricht scheint Sie ja geradezu zu faszinieren«, stellte Ryder trocken fest.

»Ich finde sie merkwürdig. Vor allem den Hinweis, daß man

in dem Versteck keine nassen Füße bekommt. Seit der Jahrhundertwende rechnen einige Bewohner dieses Staates durchschnittlich einmal im Jahr mit der zweiten Sintflut. Das sind natürlich Spinner.«

»Und hochqualifizierte Verbrecher wie dieser Morro – können die nicht auch gleichzeitig Spinner sein?«

»Doch, sicherlich.«

»Hat das FBI eine Spinnerkartei?«

»Eine sehr umfangreiche sogar.«

»Vergessen Sie's. Wenn Sie alle Nonkonformisten einsperren müßten, die diesen Staat bevölkern, dann säße die Hälfte der Bewohner hinter Gittern.«

»Und vielleicht auch noch die falsche Hälfte.« Dunne dachte nach. »Aber vielleicht habe ich doch etwas für Sie: es gibt bei uns durchaus Leute, die man als hochqualifizierte Spinner bezeichnen könnte.«

»Wie meinen Sie das?«

»Eigenartige Typen, aber sie haben es meist fertiggebracht, etwas auf die Beine zu stellen, wenn es uns Normalverbrauchern auch fragwürdig erscheint.«

»Gibt es viele davon?«

»Den allerneuesten Stand der Liste kenne ich nicht, aber als ich sie das letzte Mal in der Hand hatte, waren es ein paar Hundert.«

»Na, das ist ja nur eine Handvoll.«

»Ich werde eine exakte Liste erstellen lassen. Aber viel interessanter ist doch dieser Typ, der angeblich Morro heißt. Der Name ist natürlich falsch. Es wäre möglich, daß seine Hände und sein rechtes Auge kaputt sind – dieser Hinweis macht einiges leichter. Was haben Sie als nächstes auf dem Herzen?«

»Ein persönliches Problem. Ich möchte, daß Sie sich um dieses Mädchen kümmern.«

Dunne musterte die Photographie mit unverhohlener Bewunderung.

»Eine entzückende junge Dame. Da sie offensichtlich nicht mit Ihnen verwandt ist – in welchem Verhältnis stehen Sie zu ihr?«

»Es ist Peggy – meine Tochter.«

»Aha.« Dunne war nicht leicht aus der Fassung zu bringen. »Mrs. Ryder muß eine echte Schönheit sein.«

»Vielen Dank.« Ryder lächelte. »Peggy studiert an der Kunsthochschule in San Diego. Sie wohnt unter der angegebenen Adresse mit drei anderen Mädchen zusammen. Ich habe versucht, sie anzurufen – da unten steht die Nummer –, aber es ist nie jemand an den Apparat gegangen. Ich bin sicher, einer Ihrer Männer könnte in Null Komma nichts herausfinden, wo sie ist. Ich möchte gern, daß sie erfährt, was passiert ist, bevor sie es in irgendeiner überfüllten Diskothek im Radio oder über das Fernsehen hört.«

»Kein Problem – aber das ist doch nicht alles, Sie sagten, ich soll mich um sie ›kümmern‹.«

»Sie haben schon meine Frau. Und wenn Donahure in der Geschichte mit drinhängt, und das werde ich in der nächsten Stunde herausfinden, dann wäre es möglich, daß Morro und seine Genossen mir nicht gerade freundlich gesonnen sind.«

»Ihre Bitte ist ungewöhnlich.«

»Wie die Umstände.« Dunne zögerte. »Haben Sie Kinder, Major?«

»Verdammt noch mal, ja. Wie alt ist Peggy?«

»Achtzehn.«

»Meine Jane auch. Das ist Erpressung, Sergeant. Okay, okay. Aber Sie wissen, daß man von mir erwartet, daß ich eng mit Donahure zusammenarbeite. Sie bringen mich da in eine wirklich schwierige Lage.«

»Was glauben Sie, in was für einer Lage ich mich befinde?« Er hob den Kopf, als das Mädchen mit den rosa Hosen an den Tisch kam und ihn fragte: »Sind Sie Mr. Green?«

»Ja, woher wissen Sie das?«

»Der Anrufer sagte, Sie seien ein dicker Mann in einem dunklen Anzug, und Sie sind der einzige hier, auf den diese Beschreibung paßt. Zum Telephon geht's da drüben lang.«

Ryder ging in die angegebene Richtung, fand das Telephon und nahm den Hörer: »Muskulös, mein Junge, nicht dick! Was gibt's Neues?«

»Raminoff ist dagewesen. Der Hausmeister hat ihn dann weggefahren. Er blutete immer noch. Jetzt ist er wahrscheinlich bei irgendeinem Kurpfuscher und läßt sich zusammenflicken.«

»Ist Donahure zu Hause?«

»Ich nehme es an – ich kann mir kaum vorstellen, daß Raminoff sich fünf Minuten lang mit dem Hausmeister unterhalten hat.«

»Wir treffen uns Ecke Vierte und Hawthorne. In zehn Minuten – vielleicht werden es auch fünfzehn.«

Ryder war gerade zu seinem Platz zurückgekehrt, hatte aber noch keine Zeit gehabt, sich hinzusetzen, als das Mädchen in der rosa Hose schon wieder erschien. »Noch ein Anruf für Sie, Mr. Green.«

Als Ryder diesmal vom Telephon zurückkam, setzte er sich hin und zog seine Taschenflasche heraus.

»Der erste Anruf kam wegen meines Schattens: er hat tatsächlich Donahure aufgesucht, um ihm Bericht zu erstatten. Ich fahre gleich hin.« Unter Dunnes verwirrtem Blick goß Ryder den Inhalt seines wieder gefüllten Glases in einem Zug hinunter. »Der zweite Anruf kam von John Aaron. Kennen Sie ihn?«

»Wenn Sie den Herausgeber des ›Examiner‹ meinen, dann kenne ich ihn.«

»AP und Reuter lassen die Fernschreiber heißlaufen. Sie sind von einem Herrn angerufen worden – Sie kommen nie drauf, von wem.«

»Morro.«

»Bravo. Er sagte, er habe den Einbruch in San Ruffino organisiert und durchgeführt, von dem sie sicher noch nichts wüßten. Er gab die genauen Mengen des Uran-235 und des Plutoniums an, die verschwunden sind, und empfahl, die Richtigkeit seiner Angaben im Zweifelsfall vom Kernkraftwerk bestätigen zu lassen. Und dann gab er noch die Namen und Adressen der entführten Geiseln durch und riet allen interessierten Parteien, zur Überprüfung die Angehörigen anzurufen.«

»Das hatten Sie doch erwartet«, stellte Dunne gelassen fest. »Ihre Telephonklingel muß inzwischen vor Überanstrengung schon den Geist aufgegeben haben. Hat es eine Drohung gegeben?«

»Keine. Er wollte sich wohl bloß melden und uns Zeit lassen, über die Bedeutung des Ganzen nachzudenken.«

»Hat Aaron Ihnen gesagt, wann man die Nachricht ausstrahlen will?«

»Es wird mindestens noch eine Stunde dauern. Die Radio- und Fernsehstationen sind mit den Nerven total fertig. Sie wissen nicht, ob das Ganze ein Windei ist oder nicht, und sie haben verständlicherweise keine Lust, sich zu Vollidioten zu machen. Und für den Fall, daß sie sich entschließen, die Sache ernst zu nehmen, wissen sie nicht, ob sie nicht nationalen Sicherheitsbestimmungen zuwiderhandeln – ich habe allerdings noch nie von derartigen Bestimmungen gehört. Sie warten offensichtlich auf Bestätigung und Aufklärung seitens der AEC. Wenn sie die kriegen, dann wird die Nachricht im ganzen Staat um elf verbreitet.«

»Aha. Na, dann habe ich ja noch jede Menge Zeit, jemanden zu Ihrer Peggy zu schicken.«

»Ich bin Ihnen sehr dankbar – unter den gegebenen Umständen hätten die meisten Menschen einen unwichtigen Teenager ganz bestimmt vergessen.«

»Ich sagte Ihnen doch – ich habe auch eine Tochter. Haben Sie Ihren Wagen da?« Ryder nickte. »Wenn Sie mich zu Hause absetzen, rufe ich sofort in San Diego an und lasse ein paar Leute abkommandieren. Kein Grund zur Beunruhigung.« Dunne wurde nachdenklich. »Das wird morgen für die Bewohner dieses Staates allerdings nicht zutreffen. Dieser Morro ist wirklich ein cleverer Bursche. Man darf ihn auf keinen Fall unterschätzen. Er wird uns alle ganz schön in Atem halten.«

»Ja. Die Bürger von San Diego, Los Angeles, San Francisco und Sacramento werden überlegen, welche der Städte als erste vernichtet wird, und jede Stadt wird hoffen, daß es eine der anderen erwischt.«

»Glauben Sie denn wirklich, daß Morro Ernst machen will?«

»Ich hatte noch keine Zeit, ausführlich darüber nachzudenken – ich habe nur versucht, mich in die Öffentlichkeit hineinzudenken. Nein, ich glaube nicht, daß er Ernst macht. Er hat ein Ziel, und blinde Zerstörung würde ihm sicher nicht helfen, es zu erreichen. Drohungen reichen da völlig aus.«

»Das denke ich auch. Aber die Öffentlichkeit wird eine Weile brauchen, bis sie sich diese Ansicht zu eigen macht – falls sie es überhaupt tut.«

»Das kann unserem Freund doch nur recht sein – je panischer die Leute sind, um so besser.« Ryder zählte auf: »Die Beulenpest war ein Grund für Massenhysterie, aber sie verlief im Sande, das gleiche gilt für die Schweinepest. Und fast alle Menschen in diesem Staat – vor allem die, die an der Küste wohnen – haben diese Angst, diese para... – wie heißt das Wort?«

»Paranoia?«

»Ich war nicht auf dem College, wissen Sie. Also – alle haben diese paranoide Angst vor dem nächsten, vielleicht größten und vielleicht letzten Erdbeben. Und jetzt dies! Wir wissen – wenigstens glauben wir, es zu wissen –, daß der Weltuntergang nicht stattfinden wird, aber machen Sie das mal den Leuten klar! Aber wenigstes wird sie das für eine Weile von möglichen Erdbeben ablenken.«

Ryder und Jeff trafen sich wie vereinbart. Sie ließen ihre Wagen an der Abzweigung stehen und gingen zu Fuß den Hawthorne Drive hinauf, einen schmalen, steilen, von Palmen gesäumten Weg.

»Der Hausmeister ist wieder da«, berichtete Jeff. »Er kam allein zurück, ich nehme also an, daß Raminoff sich entweder seine Nase reparieren läßt oder die Nacht in der Unfallstation des Krankenhauses verbringt. Der Hausmeister und seine Frau schlafen nicht im Haus selbst – sie wohnen in einem kleinen Bungalow am unteren Ende des Gartens. Ich nehme an, daß die beiden sich bereits für die Nacht dorthin zurückgezogen haben. Komm, hier geht's lang.«

Sie kletterten einen grasbewachsenen Hang hinauf, zogen sich über eine Mauer und schoben ein paar Büsche beiseite. Donahures Haus war in Hufeisenform um einen länglichen Swimming-pool herumgebaut, der Mittelteil – ein langer, niedriger Wohnraum – erstrahlte in hellem Licht. Die Nacht war kalt und Dampf hing über dem Swimming-pool, aber er war nicht so dicht, daß er den beiden Beobachtern die Sicht auf Donahure unmöglich gemacht hätte, der mit einem Glas in der Hand ununterbrochen auf und ab ging. Die Schiebetüren, die vom Wohnraum in den Garten führten, standen weit offen.

»Geh da runter bis an die Ecke und verstecke dich im Gebüsch«, sagte Ryder, »ich versuche, so nah wie möglich an den Wohnraum heranzukommen. Wenn ich dir zuwinke, mache ihn auf dich aufmerksam.«

Sie bezogen ihre Plätze – Jeff zwischen den Rosenbüschen und Ryder auf der anderen Seite des Pools im tiefen Schatten zwischen zwei Eiben. Dann winkte Ryder seinem Sohn zu. Jeff gab ein lautes Stöhnen von sich. Donahure blieb wie angewurzelt stehen und horchte angestrengt, trat dann in die breite Türöffnung und lauschte in den Garten hinaus. Jeff stöhnte noch einmal. Donahure streifte seine Slipper ab und schlich, einen Revolver schußbereit in der Hand, lautlos auf das Geräusch zu. Er hatte erst fünf Schritte gemacht, als ihn der Griff der Smith & Wesson hinter dem rechten Ohr traf.

Ryder und Jeff benutzten ein paar von Donahures eigenen Handschellen, um ihn an das Standrohr eines Heizkörpers anzuschließen, Tesafilm von seinem Schreibtisch, um ihn an unflätigen Äußerungen zu hindern, und eine Tischdecke, um ihm die Augen zu verbinden.

»Der Haupteingang ist sicher an der Rückseite des Hauses«, sagte Ryder. »Geh zum Bungalow runter und überzeuge dich, daß der Hausmeister und seine Frau noch immer dort sind. Wenn du zurückkommst, sperr die Haustür ab, und falls es klingeln sollte, mach nicht auf. Verschließe jede Tür und jedes Fenster im Haus. Zieh hier die Vorhänge zu und nimm dir als erstes den Schreibtisch vor. Ich sehe mir mal sein Schlafzimmer an. Wenn es hier etwas zu finden gibt, dann muß es sich in einem dieser beiden Zimmer befinden.«

»Weißt du immer noch nicht, wonach wir suchen?«

»Nein. Irgend etwas, das dich befremden würde, wenn du es bei mir oder bei dir zu Hause vorfändest.« Er sah sich in dem Zimmer um. »Nirgendwo ein Safe zu sehen – und geheime Wandsafes gibt es in Holzhäusern nicht.«

»Wenn ich soviel auf dem Kerbholz hätte, wie du es von ihm behauptest, dann hätte ich sicher nichts Aufschlußreiches bei mir zu Hause – es läge sicher in einem Bankschließfach. Na ja, wenigstens hast du die Befriedigung, daß ihm der Schädel brummt, wenn er wieder zu sich kommt.« Jeff dachte nach. »Er könnte doch ein Büro oder so was haben.«

Ryder nickte und verließ den Raum. Dem ersten Schlafzimmer, in das er kam, sah man auf den ersten Blick an, daß es unbewohnt war. Das zweite gehörte Donahure. Ryder knipste seine Bleistifttaschenlampe an, stellte fest, daß die Vorhänge offen waren, zog sie zu und schaltete dann die Deckenbeleuchtung und die Nachttischlampe an.

Der untadelige Raum spiegelte die Ordnungsliebe der Haushälterin wider, und die herrschende Ordnung erleichterte Ryders Arbeit ganz erheblich. Er nahm sich ganze fünfzehn Minuten Zeit für die Untersuchung des Zimmers, aber obwohl er keinen Quadratzentimeter unbeachtet ließ, fand er nichts, denn es gab nichts zu finden. Aber er machte eine interessante Entdeckung: ein Wandschrank war mit Waffen regelrecht vollgestopft – er enthielt Revolver, Automatics, Gewehre und Schrotflinten und reichlichen Vorrat an passender Munition. Daran war an sich nichts Merkwürdiges – viele amerikanische Waffennarren haben ihr privates Arsenal und opfern oft sogar ein ganzes Zimmer, um ihre Prachtstücke wirkungsvoll zu plazieren. Aber in Donahures Fall waren zwei Waffen unter der Sammlung, die Ryders Aufmerksamkeit erregten – seltsam geformte, leichte Gewehre eines Typs, den es in keinem Waffengeschäft in den ganzen Vereinigten Staaten zu kaufen gab. Ryder nahm beide aus dem Schrank, steckte eine Schachtel passende Munition ein und nahm auch noch für alle Fälle drei Paar von den Handschellen mit, die innen an der Schranktür an Haken hingen. Er legte seine gesamte Beute aufs Bett und machte sich an die Durchsuchung des Badezimmers, die jedoch ergebnislos verlief. Er sammelte seine Neuerwerbungen ein und ging zu Jeff zurück.

Donahures diverse Doppelkinne ruhten auf seiner Brust, und er schien zu schlafen. Ryder stieß ihm unsanft den Lauf des einen erbeuteten Gewehrs in seinen ausgedehnten Solarplexus: keine Reaktion – Donahure schlief wirklich. Jeff saß hinter dem Schreibtisch und schaute interessiert in eine offene Schublade.

»Hast du was gefunden?« fragte Ryder.

»Allerdings.« Jeff sah ausgesprochen zufrieden aus. »Ich laufe immer langsam an, aber wenn ich mal in Fahrt komme...«

»Was meinst du damit, daß du langsam anläufst?«

»Der Schreibtisch war abgeschlossen. Ich brauchte eine ganze

Weile, um den Schlüssel zu finden – der alte Fettsack hatte ihn in seinem Pistolenhalfter versenkt.« Jeff legte mit einem wirkungsvollen Knall ein Bündel Geldscheine auf den Tisch. Es bestand aus acht verschiedenen Päckchen, die jeweils mit einem Gummiband zusammengehalten waren.

»Das sind Hunderte von Geldscheinen, alles kleine Werte, wie es scheint. Was macht Donahure mit Hunderten von Geldscheinen?«

»Das frage ich mich auch. Hast du Handschuhe dabei?«

»Das fragst du mich jetzt! Masken – besser gesagt, Kapuzen – habe ich dabei, weil du's mir gesagt hast. Und jetzt, nachdem wir überall Fingerabdrücke hinterlassen haben, fragst du mich, ob ich Handschuhe dabei habe!«

»Unsere Fingerabdrücke sind völlig unwichtig – oder glaubst du vielleicht, daß Donahure diesen Vorfall melden und sich darüber beschweren wird, daß dieses ganze Geld verschwunden ist, das wir jetzt mitnehmen werden? Ich möchte nur, daß du das Geld zählst und dabei keine vorhandenen Fingerabdrücke verwischst. Alte Scheine sind in dieser Hinsicht uninteressant – auf denen können sich Hunderte von Fingerabdrücken befinden –, aber vielleicht haben wir Glück, und es sind auch ein paar neuere Scheine dabei, die noch nicht durch so viele Hände gegangen sind. Fang unten links mit Zählen an – die meisten Leute zählen von oben rechts.«

»Wo hast du denn die hübschen Spielzeuge gefunden?«

»In Donahures Spielzeugladen.« Ryder sah die beiden Gewehre an. »So eins wollte ich immer schon haben. Und ich habe gleich zwei mitgebracht, weil ich dachte, daß du vielleicht auch eins möchtest.«

»Du hast doch Gewehre.«

»Aber kein solches. Ich habe noch nie eins in natura gesehen, ich kenne nur den Konstruktionsplan.«

»Was ist denn so außergewöhnlich an ihnen?«

»Du wirst überrascht sein. Man kann sie hier bei uns nirgends kaufen. Wir halten uns für die besten Büchsenmacher der Welt, die Briten halten sich dafür und die Belgier sind ihrerseits überzeugt, daß ihre Nato-Gewehre die besten sind – aber wir alle wissen, daß diese Dinger hier absolute Spitze sind. Leicht, von tödlicher Treffsicherheit, können in Sekunden auseinandergenommen werden und finden dann Platz in den Taschen eines Mantels. Ausgezeichnet geeignet für Terroristen – die englischen Soldaten haben es in Nordirland zu spüren bekommen.«

»Die IRA hat also solche Gewehre?«

»Indirekt. Sie heißen Kalaschnikovs. Wenn du nachts von jemandem verfolgt wirst, der ein solches Ding in der Hand hat, das mit einem Infrarot-Zielfernrohr ausgestattet ist, kannst du dich auch gleich selbst erschießen – jedenfalls wird das behauptet.«

»Eine russische Erfindung?«

»Ja.«

»Katholiken und Kommunisten unter einer Decke – das ist aber merkwürdig.«

»Die Leute, die in Nordirland diese Waffen benutzen, sind Protestanten – eine Extremisten-Splittergruppe, von der sich die IRA distanziert hat. Aber das soll nicht heißen, daß die Kommunisten im allgemeinen sonderlich wählerisch in der Auswahl ihrer Verbündeten sind – solange ihnen jemand hilft, Ärger zu machen – ist ihnen so gut wie jeder recht.«

Jeff nahm eines der Gewehre in die Hand, untersuchte es genau, warf einen Blick auf den immer noch bewußtlosen Donahure und sah dann seinen Vater an.

»Frag mich was Leichteres«, sagte Ryder. »Alles, was ich über die Vergangenheit unseres schlafenden Freundes hier weiß, ist, daß er noch nicht sehr lange Amerikaner ist.«

»Stammt er etwa aus Nordirland?«

»Du sagst es. Das paßt doch genau – zu genau, wenn du meine Meinung hören willst.«

»Donahure soll Kommunist sein?«

»Wir müssen nicht unter jedem Busch einen Kommunisten vermuten. Und außerdem gibt es kein Gesetz dagegen – jedenfalls nicht, seit McCarthy von der Bildfläche verschwunden ist. Aber ich glaube nicht, daß Donahure Kommunist ist – er ist viel zu dumm und zu egoistisch, um an irgendeiner Ideologie interessiert zu sein. Aber das heißt nicht, daß er Geldzuwendungen von dieser Seite ablehnen würde. Zähle die Geldscheine und untersuche die restlichen Schreibtischschubladen – ich nehme mir inzwischen den übrigen Raum vor.«

Ryder machte sich an die Arbeit, und Jeff begann zu zählen. Nach ein paar Minuten schaute er auf – seine Augen leuchteten: »Mensch, das ist interessant: Jedes der acht Päckchen enthält eintausendzweihundertfünfzig Dollar. Das macht im ganzen zehntausend.«

»Ich habe mich also geirrt – er hat ein achtes inoffizielles Konto. Ich finde diese Entdeckung auch sehr interessant, aber ich weiß nicht, weshalb du dich so aufregst.«

»Nein? In jedem Paket sind ein paar neue Scheine. Ich habe sie nur flüchtig durchgeschaut, aber ich glaube, sie haben fortlaufende Nummern. Und es sind Zwei-Dollar-Noten aus der Serie, die zum zweihundertjährigen Bestehen der Staaten herauskam!«

»Das ist allerdings wirklich hochinteressant. Das sind doch die, die das undankbare amerikanische Volk nicht haben wollte. Das Schatzamt ließ Wagenladungen von den Dingern drucken, aber es ist nur ein ganz geringer Prozentsatz im Umlauf. Wenn die hier wirklich laufende Nummern haben, dann dürfte es dem FBI nicht schwerfallen, ihre Herkunft festzustellen.«

Abgesehen von den Gewehren und den Geldscheinen waren ihnen keine aufregenden Entdeckungen mehr beschieden; sie verließen fünf Minuten später das Haus, nachdem sie den allmählich aufwachenden Donahure von den Handschellen, dem Klebeband und der Tischdecke befreit hatten.

Major Dunne saß immer noch in seinem Büro und führte gleichzeitig zwei Telephongespräche. Als er aufgelegt hatte, fragte Ryder: »Noch nicht im Bett?«

»Nein – und ich glaube auch nicht, daß ich das heute nacht noch schaffen werde. Aber ich befinde mich damit in großer Gesellschaft: Alarmstufe Rot für den ganzen Staat und Rund-um-die-Uhr-Dienst für jeden Agenten, der laufen kann. Die Beschreibung von Morro ist über Fernschreiber rausgegangen – oder geht in diesem Moment raus. Ich habe die Liste der Spinner angefordert, die Sie haben wollten, aber vor dem Morgen werde ich sie nicht bekommen. Ihre Peggy weiß Bescheid.«

»Unsere Peggy?« fragte Jeff verblüfft.

»Ich habe ganz vergessen, es dir zu erzählen«, erklärte Ryder.

»Die Kidnapper haben sich bei AP und Reuter gemeldet. Sie haben keine Drohungen ausgesprochen, sondern nur detaillierte Angaben über das Material gemacht, das sie mitgenommen haben, und die Namen der Leute durchgegeben, die von ihnen entführt worden sind. Die Sache kommt heute nacht um elf in den Nachrichten durch.« Er sah auf seine Uhr. »In einer halben Stunde also. Ich wollte nicht, daß deine Schwester die Nachricht von der Entführung eurer Mutter über das Fernsehen oder den Rundfunk erfährt, und Mr. Dunne hat sich freundlicherweise darum gekümmert, daß sie es vorher erfuhr.«

Jeff sah von einem zum anderen und sagte dann: »Es ist nur so ein Gedanke, aber ist schon einer auf die Idee gekommen, daß Peggy in Gefahr sein könnte?«

»Allerdings.« Dunne brachte es fertig, mit diesem einen Wort eine geharnischte Rüge auszudrücken. »Und es sind auch entsprechende Vorkehrungen getroffen worden.« Er musterte die Gewehre, die Ryder in der Hand hielt. »Bißchen spät für derartige Einkäufe.«

»Ich habe sie mir nur geliehen – von unserem Freund Donahure.

»Aha. Und in welchem Zustand befindet er sich augenblicklich?«

»Er ist bewußtlos – aber das ist bei ihm kein großer Unterschied zum wachen Zustand. Der dumme Kerl ist mit seinem Kopf gegen den Griff meiner Automatik gestoßen.«

Dunnes Miene hellte sich auf. »Das war wirklich dumm von ihm. Hatten Sie einen besonderen Grund, die beiden Gewehre mitzunehmen?«

»Durchaus – es sind Kalashnikovs. Russische Waffen. Können Sie in Washington bei der Importkontrolle checken, ob Einfuhrgenehmigungen für die Dinger existieren? Ich bezweifle es stark. Die Russen machen zwar sehr gerne Waffengeschäfte mit allen, die bar zahlen, aber es ist nicht sehr wahrscheinlich, daß sie die modernste Waffe rausrücken würden, die auf dem Markt ist – und genau darum handelt es sich bei diesen hübschen Spielzeugen.«

»Sie meinen also, sie sind illegal in seinen Besitz gekommen? Das würde seiner Karriere ein jähes Ende bereiten.«

»Das spielt doch keine Rolle – er ist sowieso bald weg vom Fenster.«

»Ist er Kommunist?«

»Unwahrscheinlich. Aber es kann natürlich sein, daß er sich für Geld auch dieses Mäntelchen umhängt.«

»Ich würde die beiden Gewehre gern behalten.«

»Tut mir leid – ich habe sie gefunden und ich behalte sie. Wollen Sie vielleicht vor Gericht zugeben, daß Sie einem Einbruch zum Zwecke eines Diebstahls Vorschub geleistet haben? Ärgern Sie sich nicht – Jeff hat ein kleines Trostpflaster für Sie.« Jeff legte die Banknotenbündel auf den Schreibtisch: »Genau zehntausend Dollar. Sie gehören Ihnen. Wie viele neue Scheine mit fortlaufenden Nummern sind dabei, Jeff?«

»Vierzig.«

»Manna!« sagte Dunne ehrfürchtig. »Bis morgen mittag weiß ich, wo es herstammt. Ein Jammer, daß Sie es nicht von Donahure erfahren haben – das hätte uns Arbeit erspart.«

»Der war ja leider nicht in der Lage, uns etwas zu erzählen. Ich werde noch einmal hingehen und ihn fragen.«

»Einfach so? Überspannen Sie den Bogen nicht, Sergeant.«

»Keine Sorge. Ich habe das Pech, Donahure schon bedeutend länger zu kennen, als Sie es tun. Der Mann ist ein bezahlter Dieb und vielleicht auch Mörder. Es heißt, daß Söldner Feiglinge sind – in diesem Fall trifft es eindeutig zu. Ich werde ihm drohen, mich mit seinem Gesicht zu befassen. Es ist zwar schon jetzt nicht gerade eine Augenweide, aber es ist sein einziges, und ich denke, er hängt daran – und er hat gesehen, was mit dem Gesicht des Mannes passiert ist, den er auf mich angesetzt hatte.«

»Mmm.« Dunnes vorübergehend strahlende Miene hatte einem Stirnrunzeln Platz gemacht, aber das lag nicht an einer von Ryders Äußerungen. Er klopfte auf das Banknotenbündel. »Wie soll ich bitte die Herkunft dieses Schatzes erklären?«

Auch Jeffs Miene verfinsterte sich: »An diese Frage habe ich gar nicht gedacht.«

»Das ist doch leicht«, erklärte Ryder unbesorgt, »Donahure hat Ihnen das Geld gegeben.«

»Er hat bitte was?«

»Trotz der Tatsache, daß er ungefähr eine halbe Million

schwarzes Geld unter sieben oder acht falschen Namen deponiert hat, ist er im Grunde doch ein anständiger, aufrechter und ehrbarer Mann, dem das Wohlergehen seiner Mitmenschen sehr am Herzen liegt und der sich ganz entschieden dafür einsetzt, Recht und Gesetz aufrechtzuerhalten und Korruption zu unterbinden, wo immer er ihr begegnet. Das Syndikat, das für den Einbruch in San Ruffino verantwortlich ist, trat an ihn heran und gab ihm das Geld, damit er minutiös über die Schritte berichtete, die die Autoritäten des Staates und des Bundes zur Aufklärung des Falles unternahmen. Sie haben daraufhin gemeinsam mit ihm einen Plan ausgearbeitet, wie man die Gangster mit falschen Informationen versorgen könnte, und er gab Ihnen das Schmiergeld zur sicheren Aufbewahrung. Man kann die unerschütterliche Integrität dieses Mannes nur aus tiefster Seele bewundern!«

»Genial – aber Sie haben einen ganz wichtigen Faktor übersehen: Wir sitzen bis zum Hals in der Tinte, wenn Donahure alles abstreitet.«

»Wie soll er denn? Es sind doch überall massenweise Fingerabdrücke von ihm drauf – vor allem auf den nagelneuen Noten sind sie hervorragend zu erkennen. Entweder muß er die Story schlucken und als seine eigene deklarieren, oder er muß zugeben, daß er das Geld in seinem Haus versteckt hatte – in welchem Fall er die unangenehme Aufgabe hätte, die Herkunft der Banknoten zu erklären. Welche der beiden Möglichkeiten wird er also Ihrer Meinung nach wählen?«

»Sie sind ein verdammt gerissener Kerl«, sagte Dunne bewundernd.

»Die beste Methode, einen Dieb zu schnappen, ist die, einen anderen Dieb auf ihn anzusetzen«, grinste Ryder. »Ich habe zwei Dinge auf dem Herzen, Major. Erstens: wenn Sie oder jemand anders die Banknoten anfaßt, dann bitte nicht oben rechts. Vor allem auf den Zweidollarnoten sind herrliche Fingerabdrücke.«

Dunne sah auf den Packen Geldscheine hinunter. »Ich schätze, das sind ungefähr zweitausend Scheine. Erwarten Sie von mir, daß ich alle auf Fingerabdrücke untersuche?«

»Sie oder jemand anders, wie ich schon sagte.«

»Vielen Dank. Und was ist zweitens?«

»Haben Sie ein Fingerabdruck-Set hier?«

»Nicht nur eins. Warum?«

»Ach, nur so«, entgegnete Ryder vage, »man weiß nie, wann man eines braucht.«

Richter LeWinter wohnte in einem ausgesprochen eindrucksvollen Haus, wie es sich für den vermutlich nächsten Vorsitzenden des Obersten Gerichts des Staates auch gehörte. Ein paar Meilen von der kalifornischen Küste entfernt, findet man die Verwirklichungen der ausgefallensten Architektenträume, aber selbst in dieser Umgebung fiel LeWinters Haus auf. Es war die exakte Nachbildung eines Herrensitzes, wie er vor dem Krieg in Alabama gebaut wurde – strahlend weiß, zweistöckig, mit einer großen Veranda. Zahllose Magnolienbäume und eine Fülle von Oregon-Eichen umgaben das Gebäude, aber weder sie noch das langbärtige spanische Moos, das überall in Schleiern herunterhing, schienen das Klima besonders günstig zu finden. In einer derart imposanten Residenz – man konnte das Gebäude nicht einfach als Haus bezeichnen – konnte eigentlich nur eine Säule der Gerechtigkeit und Moral leben. Sollte man meinen! Aber man konnte sich auch irren. Wie sehr, das fanden Ryder und sein Sohn heraus, als sie die Tür des Schlafgemachs öffneten, ohne die Höflichkeit zu besitzen, vorher anzuklopfen: die Säule der Gerechtigkeit und Moral lag im Bett, aber nicht allein. Das wäre an sich nicht schlimm gewesen, nur handelte es sich bei der Bettgenossin nicht um die Ehefrau des Richters. Er lag braungebrannt, mit weißer Mähne und weißem Schnurrbart in dem vergoldeten, viktorianischen Bett und paßte durchaus dort hinein. Was man von seiner Gespielin nicht gerade behaupten konnte. Sie war ein junges Ding; viel zu stark geschminkt und auf Halbweltdame getrimmt sah sie aus, als würde sie sich dort am wohlsten fühlen, was man, vornehm ausgedrückt, mit den äußersten Grenzen der Gesellschaft bezeichnet. Beide starrten mit weit aufgerissenen Augen die beiden Eindringlinge an, was kein Wunder war, denn die Herren Ryder hatten nicht nur Kapuzen über dem Kopf, sondern auch noch Waffen in der Hand. Der erschrockene Gesichtsausdruck des Mädchens wich allmählich dem von Schuldbewußtsein, wogegen sich der anfängliche Schrecken des Richters in Wut verwandelte. Das war vorherzusehen gewesen, ebenso wie das, was er gleich darauf sagte.

»Was, zum Teufel, soll das? Wer, zum Teufel, sind Sie?«

»Jedenfalls keine Freunde, das kann ich Ihnen versichern«, gab Ryder Auskunft. »Wer Sie sind, wissen wir, aber wer ist diese junge Dame?« Er wartete gar nicht auf eine Antwort – er wußte ohnehin, daß er keine bekommen würde –, sondern wandte sich gleich an Jeff: »Haben Sie die Kamera mitgebracht, Perkins?«

»Nein, tut mir leid.«

»Was für ein Jammer.« Er sah LeWinter an. »Ich bin sicher, Sie hätten es gern gesehen, daß wir ein paar Schnappschüsse an Ihre Frau schicken, damit sie sich hätte überzeugen können, daß Sie in ihrer Abwesenheit nicht in Depressionen verfallen.« Die Wut des Richters legte sich. »Also dann, Perkins, die Fingerabdrücke.«

Jeff war zwar kein Experte auf diesem Gebiet, aber seine Ausbildung in der Polizeischule lag noch nicht lange genug zurück, daß er Zeit gehabt hätte zu vergessen, wie man ordentliche Abdrücke nimmt. LeWinter war der Situation in keiner Weise gewachsen und leistete keinen Widerstand – weder durch Worte noch durch Taten. Als Jeff mit ihm fertig war, warf er einen Blick auf das Mädchen und sah dann fragend zu seinem Vater hinüber, der nach kurzem Zögern nickte. »Wir haben nicht vor, Ihnen was anzutun, Miss. Wie heißen Sie?« fragte Ryder. Sie preßte die Lippen zusammen und starrte unverwandt auf eine Stelle an der Wand. Ryder seufzte, nahm die Handtasche in die Hand, die nur ihr gehören konnte, öffnete sie und schüttete den Inhalt auf die Frisierkommode. Er sah sich die Sachen an, zog einen Briefumschlag aus dem Durcheinander und las laut: »Bettina Ivanhoe, South Maple 888.« Er schaute zu dem Mädchen mit den blonden Haaren und den hohen, typisch slawischen Backenknochen hinüber, das ohne seine Bemühungen, der Natur durch dicke Farbschichten nachzuhelfen, eine ausgesprochene Schönheit gewesen wäre. »Ivanhoe? Ivanov käme der Wahrheit sicher näher. Sind Sie Russin?«

»Nein, ich bin hier geboren.«

»Aber ich wette, Ihre Eltern sind es nicht.« Sie antwortete

nicht. Er wandte sich wieder dem Inhalt ihrer Handtasche zu und pickte zwei Photos heraus – eins zeigte das Mädchen, das andere LeWinter. Damit war klar, daß sie keine einmalige Besucherin war. Der Altersunterschied zwischen den beiden mußte gut und gerne vierzig Jahre betragen. »Lustgreis«, sagte Ryder verächtlich und ließ die Bilder angewidert zu Boden fallen.

»Wollen Sie mich erpressen?« LeWinter versuchte seinerseits Verachtung in seine Stimme zu legen, aber er war nicht in der richtigen Verfassung dazu.

»Wenn Sie das wären, was ich durchaus für möglich halte, dann würde ich Sie auspressen bis zum letzten Tropfen – nein, ich würde Sie ohne jede einführende Erpressung töten.« Ryders Worte hingen wie Eiskristalle in der Luft. »Aber ich bin hinter etwas anderem her. Wo ist Ihr Safe, und wo ist der Schlüssel dazu?«

LeWinter schnaubte geringschätzig, aber die beiden Eindringlinge glaubten deutlich, seine Erleichterung zu spüren. »Sie sind also ein ganz gewöhnlicher Einbrecher.«

Ryder antwortete nicht. Er zog ein Taschenmesser heraus, klappte es auf und ging auf das Mädchen zu. »Nun, LeWinter?«

LeWinter verschränkte die Arme und machte ein entschlossenes Gesicht.

»Ein echter Kavalier.« Ryder warf Jeff das Messer zu, und der drückte die Spitze der Klinge gegen LeWinters Doppelkinn. »Er hat tatsächlich rotes Blut – wie wir gewöhnlichen Menschen auch«, stellte Jeff fest. »Hätte ich das Messer vor dem Eingriff sterilisieren sollen?«

»Nach unten und dann nach rechts«, gab Ryder an, »da sitzt die äußere Halsschlagader.«

Jeff nahm das Messer weg und untersuchte es: nur die Spitze der schmalen Klinge war blutig, aber LeWinter, der ganz und gar nicht mehr entschlossen dreinschaute, hatte anscheinend den Eindruck, daß er in Kürze verblutet sein würde. Seine Stimme war rauh und kaum zu verstehen: »Der Safe ist unten im Parterre in meinem Arbeitszimmer, und der Schlüssel liegt im Bad.«

»Wo?« fragte Ryder.

»In einem Topf mit Rasierseife.«

»Das ist aber ein seltsamer Platz für einen Safeschlüssel. Der

Inhalt dieses Safes ist sicherlich recht interessant.« Er ging ins Bad, kam gleich darauf zurück und schwenkte den Schlüssel. »Haben Sie Personal hier?«

»Nein.«

»Das dachte ich mir – man denke nur daran, was solche Leute Ihrer Frau für kurzweilige Geschichten erzählen könnten! Glauben Sie ihm, Perkins?«

»Nein, aus Prinzip nicht.«

»Ich auch nicht.« Ryder zog drei Paar Handschellen aus der Manteltasche, die noch vor ganz kurzer Zeit dem Polizeichef gehört hatten. Mit einem Paar fesselte er das Mädchen an den einen Bettpfosten, mit dem zweiten LeWinter an den anderen, und mit dem dritten, das er hinter der mittleren Querstange des Kopfteils durchführte, fesselte er die noch freien Handgelenke der beiden Liebenden aneinander. Als Knebel dienten zwei Kopfkissenbezüge. Bevor er LeWinter den Mund stopfte, sagte Ryder: »Ein Heuchler wie Sie, der mit wirkungsvollen Reden gegen die Waffen-Lobby in Washington zu Felde zieht, hat sicher ein paar Schießeisen zu Hause. Wo sind sie?«

»Im Arbeitszimmer.«

Jeff fing an, den Raum gründlichst zu untersuchen. Ryder ging ins Parterre hinunter, fand das Arbeitszimmer, fand dort den Waffenschrank und öffnete ihn: Keine Kalaschnikovs. Aber dafür erregte eine Handfeuerwaffe unbekannten Fabrikats seine Aufmerksamkeit. Er wickelte sie in ein Taschentuch und ließ sie in eine seiner riesigen Manteltaschen fallen.

Der Safe war massiv, einsachtzig auf neunzig, wog weit über eine Vierteltonne und stammte aus einer Zeit, die lange vor der lag, in der die Safeknacker ihre raffinierten Techniken entwickelt hatten. Der Schließmechanismus und der Schlüssel waren hoffnungslos veraltet. Hätte der Safe frei im Raum gestanden, hätte Ryder ihn ohne Zögern aufgemacht, aber er war einige Zentimeter tief in eine Ziegelmauer eingelassen, was für eine solche Art Safe ausgesprochen ungewöhnlich war. Ryder ging wieder nach oben, entfernte den Kissenbezug aus LeWinters Mund und hielt ihm sein Messer unter die Nase. »Wie schaltet man die Alarmvorrichtung ab?«

»Was für eine Alarmvorrichtung?«

»Sie haben mir viel zu bereitwillig das Versteck des Schlüssels verraten – Sie wollten, daß ich den Safe öffne.« Zum zweitenmal in dieser Nacht zuckte LeWinter zusammen, als die Messerspitze die Haut seines Halses ritzte. »Wo ist der Schalter, mit dem die Verbindung zum Büro des Sheriffs unterbrochen werden kann?«

LeWinter war diesmal zwar etwas widerspenstiger, aber nicht lange. Ryder lief wieder hinunter und schob ein Stücke der Holztäfelung über der Tür des Arbeitszimmers beiseite, wodurch ein einfacher Kippschalter sichtbar wurde. Er legte ihn um und öffnete den Safe. Die untere Hälfte des Innenraumes war als Aktenschrank eingerichtet – die einzelnen Ordner hingen an Metallösen, die auf parallelen Schienen liefen. Fast alle Ordner enthielten persönliche Notizen zu Prozessen, bei denen LeWinter den Vorsitz geführt hatte. Zwei Ordner trugen die Aufschrift »Privatkorrespondenz«, was jedoch nicht ganz der Wahrheit entsprach, denn einige der Briefe waren in Vertretung von seiner Sekretärin unterzeichnet worden – einer mit B. Ivanhoe. Die junge Dame in LeWinters Bett schien das Aufgabengebiet einer Sekretärin als ziemlich umfassend zu betrachten. In den Fächern über den Ordnern lagen nur drei Dinge, die Ryders Interesse weckten und die er deshalb einsteckte: eine Liste mit Namen und Telephonnummern, ein ledergebundenes Exemplar von Sir Walter Scotts »Ivanhoe« und ein grünes, ebenfalls in Leder gebundenes Notizbuch.

Es war groß – ungefähr sechzehn auf zehn Zentimeter – und mit einer Kupferschließe gesichert, was als Vorsichtsmaßnahme gegen naseweise Kinder ausreichen mochte, im Falle Ryders, der die Sache entschlossen mit seinem Messer anging, jedoch völlig witzlos war. Ryder blätterte die Seiten durch, aber er konnte mit den ordentlich getippten Zahlen, mit denen sie bedeckt waren, nichts anfangen – von Geheimschriften verstand er nichts, aber das machte ihm kein Kopfzerbrechen, denn das FBI hatte eine hochqualifizierte Entschlüsselungsabteilung, die jeden Code in kürzester Zeit knacken konnte. Außer hochkomplizierten Militärcodes, die sie aber auch schafften, wenn man ihnen genug Zeit gab. Zeit war das Stichwort. Ryder schaute auf seine Uhr. Es war eine Minute vor elf.

Er gesellte sich zu Jeff, der gerade dabei war, systematisch die

Taschen von LeWinters zahlreichen Anzügen zu durchsuchen. LeWinter und das Mädchen lagen noch immer gemütlich im Bett. Ryder ignorierte sie völlig und schaltete den Fernsehapparat ein, der in einer Ecke stand. Er machte sich nicht die Mühe, einen bestimmten Kanal auszuwählen – in diesem Augenblick war das Programm auf allen Kanälen dasselbe. Ryder sah nicht einmal hin, ja, er schien die Vorgänge auf dem Bildschirm überhaupt nicht wahrzunehmen, aber in Wahrheit achtete er nur darauf, daß das Pärchen im Bett nicht aus seinem Blickfeld geriet. Der Ansager, der vielleicht nur aus Zufall einen dunklen Anzug trug, hatte seine Begräbnis-Stimmlage hervorgekramt. Er beschränkte seine Äußerungen auf die nackten Tatsachen: Am Spätnachmittag hatte ein Einbruch in das Kernkraftwerk San Ruffino stattgefunden, und die Eindringlinge waren entkommen. Sie hatten atomares Material und Geiseln mitgenommen. Dann wurden die genauen Mengen des entwendeten Materials angegeben und die Namen, Adressen und Berufe der Geiseln. Es wurde weder die Person genannt, von der die Information stammte, noch die Quelle, aus der das Fernsehen die Angaben erhalten hatte, aber es wurde versichert, die Richtigkeit stehe außer Frage, da sie von den entsprechenden Autoritäten in allen Einzelheiten bestätigt worden sei. Besagte Autoritäten hätten auch bereits intensive Nachforschungen begonnen. Das übliche Gewäsch, dachte Ryder. Die wissen ja gar nicht, wo sie mit ihren Nachforschungen beginnen sollen. Er schaltete den Apparat aus und wandte sich an Jeff.

»Ist Ihnen was aufgefallen, Perkins?«

»Dasselbe wie Ihnen: das Gesicht unseres Casanovas hier zeigte nichts, was als Überraschung zu interpretieren gewesen wäre. Er steckt bis zum Hals mit drin, wenn Sie mich fragen.«

»Er hätte genausogut ein Geständnis unterschreiben können – diese Nachricht war ganz offensichtlich keine Neuigkeit für ihn.« Er sah LeWinter an und schien einen Augenblick in Gedanken versunken, dann sagte er: »Ich hab's! Ich weiß jetzt, von wem ich Sie aus Ihrer unbequemen Lage befreien lasse: ich schicke einen Reporter und einen Photographen vom ›Globe‹ her!«

»Ist das nicht interessant?« meinte Jeff. »Jetzt hat sich der Gesichtsausdruck unseres guten Don Juan doch merklich verändert!«

Das konnte man wohl sagen: seine sonnengebräunte Haut hatte plötzlich einen Grauschimmer bekommen, und seine Augen schienen aus den Höhlen springen zu wollen. Den ›Globe‹ konnte man auch lesen, wenn man dem Analphabetentum nur knapp entronnen war – die Spezialität dieses Blattes waren künstlerische Porträts unbekleideter Damen in gestellt kompromittierenden oder unwürdigen Situationen, und für die Intelligenzler unter den Lesern gab es ausgewalzte Korruptionsfälle, über die in einer Form berichtet wurde, als ob die armen Bestochenen als Kreuzzügler gegen die geschockte Moral hätten zu Felde ziehen wollen. Und dieses Blatt war von der Flut ständig hereinkommender Gesellschaftsnachrichten so überschwemmt, daß die Herausgeber sich außerstande sahen, auch noch die neuesten Nachrichten aus aller Welt zu bringen oder auch nur Lokalnachrichten – es sei denn, es handelte sich um schlüpfrige Neuigkeiten. Man brauchte keine telepathischen Fähigkeiten, um zu wissen, daß LeWinter in diesem Moment vor seinem geistigen Auge einen gelungenen Schnappschuß von Miss Ivanhoe und sich auf Seite eins des »Globe« prangen sah, der so groß war, daß nur noch Platz für eine passende Schlagzeile blieb.

Unten im Arbeitszimmer sagte Ryder zu Jeff: »Schau dir mal die Prozeßakten durch. Vielleicht findest du was Interessantes, obwohl ich eigentlich nicht damit rechne. Ich muß mal telephonieren.«

Er wählte eine Nummer, und während er darauf wartete, daß am anderen Ende der Leitung der Hörer abgenommen wurde, sah er die Liste mit den Namen und den Telephonnummern durch, die er aus dem Safe genommen hatte. Endlich ging jemand an den Apparat, und Ryder bat, mit Mr. Jamieson verbunden zu werden. Jamieson war der Nacht-Chef des Fernsprechamtes. »Hier ist Sergeant Ryder«, sagte Ryder, als Jamieson sich gleich darauf meldete, »es ist wichtig und streng vertraulich, Mr. Jamieson.« Jamieson hatte große Illusionen, was seine persönliche Wichtigkeit betraf, und er hatte es gern, wenn man ihn darin bestätigte. »Ich habe hier eine Nummer und wäre Ihnen dankbar, wenn Sie sie notieren würden.« Er gab die Nummer durch, ließ sie sich noch einmal vorlesen, um sicher zu sein, daß Jamieson sie richtig verstanden hatte, und sagte dann: »Ich glaube, es ist Sheriff Hartmans Privatnummer. Würden Sie das bitte überprüfen und mir seine Adresse geben – er steht nicht im Telephonbuch.«

»Es ist wichtig, ja?« fragte Jamieson eifrig. »Geheimsache, ja?«

»Sie ahnen nicht, wie wichtig es ist. Haben Sie vorhin im Fernsehen die Nachrichten gesehen?«

»Über San Ruffino? Mein Gott, das ist wirklich eine schlimme Sache.«

»Wie schlimm, das wissen wir noch gar nicht.« Er wartete geduldig, bis Jamieson mit der erbetenen Information wieder an den Apparat kam. »Nun?«

»Sie haben den richtigen Namen und die richtige Nummer. Er hat eine Geheimnummer – keine Ahnung weshalb. Seine Adresse ist Rowena 118.«

Ryder bedankte sich und legte auf. Jeff sah ihn fragend an: »Wer ist Hartman?«

»Der hiesige Sheriff. Die Alarmanlage des Safes ist mit seinem Büro verbunden. Du hast oben was übersehen, nicht wahr?«

»Ich weiß.«

»Woher?«

»Wenn ich nichts übersehen hätte, würdest du mich nicht fragen.«

»Du hast doch sicher bemerkt, wie bereitwillig LeWinter den Safeschlüssel herausrückte. Welche Schlüsse auf Sheriff Hartman läßt dieses Verhalten zu?«

»Keine positiven.«

»Richtig. Die Anzahl der Leute, von denen LeWinter sich in seiner derzeitigen peinlichen Lage bereitwillig auffinden lassen würde, ist sicherlich sehr gering. Aber er weiß offensichtlich, daß Hartman den Mund halten würde.«

»Es wäre doch möglich, daß sogar LeWinter einen Freund auf der Welt hat.«

»Wir befassen uns mit Wahrscheinlichkeiten, nicht mit Hirngespinsten. Ob LeWinter ihn erpreßt? Das ist ziemlich unwahrscheinlich. Aber wenn es so wäre, hätte der Sheriff jetzt eine einmalige Chance, dieser Erpressung ein Ende zu setzen. Und daß es umgekehrt ist – daß also LeWinter das Opfer ist – sehe ich auch nicht. Aber ich halte es für mehr als möglich, daß die beiden lukrative Geschäfte miteinander verbinden. Kriminelle Geschäfte. Ein ehrlicher Richter würde sich niemals dazu herablassen, mit einem gewöhnlichen Polizisten Geschäfte zu machen. Auf jeden Fall ist LeWinter ein schräger Vogel. Über Hartman weiß ich zwar nichts, aber ich denke, daß er auch nicht gerade eine Säule der Rechtschaffenheit ist.«

»Als ehrliche, wenn auch vorübergehend pensionierte Polizisten haben wir die Pflicht, Hartman unter die Lupe zu nehmen. Auf die jetzt schon allmählich übliche Weise?« Ryder nickte.

»Donahure kann also warten?«

»Der entkommt uns nicht. Hast du irgend etwas in den Prozeßakten entdeckt?«

»Nein – all diese ›wohingegen‹, ›bezüglich derer‹ und ›im Gegensatz wozu‹ sind zuviel für mich.«

»Das kannst du ruhig alles vergessen. Nicht einmal LeWinter würde seine geheimsten Gedanken – oder kriminellen Absichten – in so gestelzter Form niederschreiben.« Ryder nahm wieder den Telephonhörer ab und wählte eine Nummer. »Mr. Aaron?« sagte er gleich darauf. »Hier ist Sergeant Ryder. Verstehen Sie mich bitte nicht falsch, aber wie fänden Sie es, wenn einer Ihrer Photographen Gelegenheit bekäme, einen prominenten Bürger in einer kompromittierenden Situation zu knipsen?«

Man hörte Aarons Stimme an, daß er nichts begriff – sie war nicht abweisend, aber völlig verständnislos: »Ich bin überrascht, Sergeant. Sie sollten doch wissen, daß der ›Examiner‹ nicht zur Regenbogenpresse gehört.«

»Schade. Ich dachte, Sie seien an Richter LeWinters kleinen Sünden interessiert.«

»Ah!« LeWinter stand gleich nach Donahure auf Aarons Liste der Leute, die ihm jederzeit eine negative Erwähnung wert waren. »Was gibt es Neues von dem alten Schlawiner?«

»Im Augenblick liegt er im Bett. Er ist mit seiner Sekretärin zusammen, die jung genug ist, um seine Enkelin zu sein – und wenn ich sage zusammen, dann meine ich auch zusammen: er ist mit Handschellen an sie gefesselt und beide gemeinsam sind mit Handschellen ans Bett gefesselt.«

»Grundgütiger Moses!« Aaron hustete, wahrscheinlich um ein Prusten zu kaschieren. »Die Geschichte reizt mich außerordentlich, Sergeant, aber ich fürchte, wir müssen von einer Veröffentlichung...«

»Ich habe doch nichts von Veröffentlichung gesagt. Lassen Sie nur einfach ein Photo schießen.«

»Ich verstehe.« Und nach einem kurzen Schweigen: »Sie wollen also nur, daß er weiß, daß ein solcher Schnappschuß existiert.«

»Genau. Und ich wäre sehr dankbar, wenn Ihr Mann die Geschichte bestätigen würde, die ich LeWinter erzählt habe – daß ich jemanden vom ›Globe‹ auf ihn hetzen will.«

Diesmal schaffte Aaron es nicht mehr rechtzeitig, zu husten. »Er wird sich vor Glück kaum lassen können!«

»LeWinter schlottert, das kann ich Ihnen sagen. Vielen Dank. Ich lasse die Schlüssel für die Handschellen auf dem Schreibtisch im Arbeitszimmer.«

Dunne war tatsächlich noch in seinem Büro, als die beiden Ryders zurückkamen. »Na, sind irgendwelche Fortschritte zu verzeichnen?« fragte Ryder.

»Verdammt noch mal, nein. Es ist fast unmöglich, von hier rauszutelephonieren. Seit der Nachrichtensendung im Fernsehen laufen alle Leitungen heiß, und die Zentrale ist kurz vor dem Zusammenbrechen. Mindestens hundert eifrige Bürger haben die Gangster gesehen – an hundert verschiedenen Plätzen. Und wie steht's bei Ihnen?«

»Ich weiß nicht so recht. Sie werden uns helfen müssen. Als erstes überreiche ich Ihnen mal die Fingerabdrücke von Richter LeWinter.«

Dunne starrte ihn ungläubig an: »Er hat Ihnen freiwillig seine Fingerabdrücke gegeben?«

»Sozusagen.«

»Ich habe Sie gewarnt – das alte Schlitzohr ist eine Nummer zu groß für Sie. Donahure hat mächtige Freunde, aber nur in dieser Gegend, LeWinters Freunde aber sitzen dort, wo es drauf ankommt – in Sacramento. Sagen Sie mir bloß nicht, daß Sie schon wieder gewalttätig geworden sind!«

»Aber natürlich nicht. Wir ließen ihn ganz friedlich im Bett liegen und krümmten ihm kein Haar.«

»Hat er Sie erkannt?«

»Nein – wir hatten Kapuzen über dem Kopf.«

»Na, ich danke Ihnen jedenfalls herzlich. Als ob ich nicht schon genügend Ärger hätte! Haben Sie auch nur im entferntesten eine Vorstellung davon, in was für ein Hornissennest Sie da hineingestochen haben? Und wer wird die ganze Sache ausbaden? Ich!« Er schloß resigniert die Augen. »Ich weiß jetzt schon, wer als nächster bei mir anrufen wird.«

»LeWinter jedenfalls nicht – seine Bewegungsfreiheit ist im Augenblick etwas eingeschränkt. Genauer gesagt: wir haben ihn mit einem Arm an einen Bettpfosten und mit dem anderen Arm an seine Sekretärin gefesselt – die beiden empfingen uns im Schlafzimmer. Sie ist Russin.«

Dunne hatte seine Augen wieder geöffnet, aber jetzt schloß er sie wieder. Als er die Neuigkeit verdaut und sich für alles gewappnet hatte, was noch kommen mochte, fragte er vorsichtig: »Und?«

»Ich habe Ihnen was Interessantes mitgebracht.« Ryder wickelte die Handfeuerwaffe aus dem Taschentuch, die er aus dem Waffenschrank mitgenommen hatte. »Man fragt sich, was ein ehrlicher, aufrechter Richter mit einer schallgedämpften Automatik will. Würden Sie sie bitte auf Fingerabdrücke untersuchen lassen? Die Fingerabdrücke des Mädchens haben wir übrigens auch gleich mitgebracht. Hier ist noch ein Notizbuch mit verschlüsseltem Text – ich nehme an, der Codeschlüssel ist in diesem Exemplar von ›Ivanhoe‹ zu finden. Vielleicht kann das FBI etwas damit anfangen. Und zum Schluß habe ich noch sein privates Telephonverzeichnis hier – ob es interessant ist oder nicht, überlasse ich Ihnen herauszufinden – ich hatte keine Zeit und auch keine Möglichkeit dazu.«

»Darf ich sonst noch etwas für Sie tun, mein Herr?« fragte Dunne, und seine Stimme troff von Sarkasmus.

»Allerdings«, antwortete Ryder gelassen, »ich brauche eine Kopie des Dossiers, das Sie über LeWinter haben.«

Dunne schüttelte den Kopf. »Dieses Material ist nur FBI-Personal zugänglich.«

»Nun hör' sich einer das an«, räsonierte Jeff. »Nach all der Beiarbeit, die wir für ihn machen, nach all den wertvollen Hinweisen, die wir ihm bringen...«

»Okay, okay. Aber ich verspreche nichts. Was machen Sie als nächstes?«

»Wir besuchen einen weiteren Gesetzeshüter.«

»Er tut mir jetzt schon leid. Kenne ich ihn?«

»Nein – ich kenne ihn auch noch nicht. Er heißt Hartman. Er kann erst kurz auf seinem Stuhl sitzen – er ist Sheriff in Redbank.«

»Und was hat der Unglückliche getan, um Ihr Mißfallen zu erregen?«

»Er ist ein Kumpel von LeWinter.«

»Das erklärt natürlich alles.«

Hartman wohnte in einem kleinen, schlichten Bungalow am Rande der Stadt. Für ein kalifornisches Einfamilienhaus war sein Heim schon ausgesprochen ärmlich – es hatte keinen Swimming-pool!

»Seine Verbindung zu LeWinter muß ganz frisch sein«, sagte Ryder.

»Ja. Die Tür ist offen – klopfen wir?«

»Wie kommst du denn auf diese absurde Idee?«

Hartman saß in seinem Arbeitszimmer hinter seinem Schreibtisch. Er war groß und schwer – sicherlich einiges über einen Meter achtzig, wenn er aufrecht stand. Aber Sheriff Hartman würde nie mehr aufstehen – irgend jemand hatte ihm ein sorgfältig zurechtgefeiltes Mantelgeschoß mit an der Spitze freiliegendem Kern unter den linken Wangenknochen gesetzt. Der Dum-Dum-Effekt hatte seinen Hinterkopf regelrecht abgesprengt.

Es war sinnlos, das Haus zu durchsuchen – wer immer vor ihnen dagewesen war, hatte sicherlich dafür gesorgt, daß nichts Verräterisches herumlag.

Sie nahmen die Fingerabdrücke des Toten und verließen den Bungalow.

Fünftes Kapitel

In dieser Nacht bebte die Erde. Nicht die ganze natürlich, aber einem Großteil der Bevölkerung Südkaliforniens erschien es so. Das Beben begann um null Uhr fünfundzwanzig, und seine Ausläufer reichten in nördlicher Richtung bis nach Merced im San-Joaquin-Tal, in südlicher Richtung bis nach Oceanside, das zwischen Los Angeles und San Diego liegt, in westlicher Richtung bis San Luis Obispo, nahe am Pazifik, und in östlicher Richtung bis nach Death Valley. In Los Angeles wurde das Beben, obwohl es nicht so stark war, daß Häuser einstürzten, von allen bemerkt, die noch nicht schliefen, und es war stark genug, um viele von denen zu wecken, die bereits geschlafen hatten. In anderen Großstädten – Oakland, San Francisco, Sacramento und San Diego – bemerkte man nichts davon, aber die Erschütterung – ihre Stärke lag bei vier Komma zwei auf der Richter-Skala – wurde natürlich von den empfindlichen Seismographen registriert.

Ryder und Jeff, die beide im Wohnzimmer des ersteren zusammensaßen, spürten das Beben und sahen es – die Deckenlampe schwang leicht hin und her, und das Licht flackerte etwa zwei Sekunden lang, bevor sie wieder zur Ruhe kam. Dunne, der immer noch in seinem Büro saß, bemerkte das Beben zwar, kümmerte sich jedoch nicht weiter darum – er hatte schon mehrmals solche Erschütterungen erlebt, und im Augenblick hatte er wichtigere Dinge im Kopf. LeWinter, der inzwischen korrekt angezogen war, spürte das Beben, als er mit beträchtlichem Nervenflattern den noch verbliebenen Inhalt seines Safes überprüfte. Und sogar Donahure registrierte das Beben – trotz seines schmerzenden Hinterkopfes und seines von Whisky benebelten Gehirns.

Und obwohl er fest in die massiven Felsen der Sierra Nevada eingebettet lag, bekam der »Adlerhorst« das Beben am stärksten zu spüren – und zwar aus dem einfachen Grund, weil das Epizentrum nicht mehr als zwölf Meilen von ihm entfernt lag. Die Apparate in der seismographischen Station, die in einem der Kellerräume eingerichtet war – von Streicher hatte sie seinerzeit aus dem Felsen hauen lassen, um seine Weinvorräte dort unterzubringen – reagierten stark, und zwei andere Seismographen, die Morro weitsichtigerweise in zwei Privathäusern hatte installieren lassen, die ihm gehörten und etwa fünfzehn Meilen vom »Adlerhorst« entfernt in einander entgegengesetzten Richtungen standen, registrierten die Erschütterung ebenfalls in beachtlichem Maße. Und natürlich wurden die Erdstöße auch in Instituten aufgezeichnet, die ein berechtigteres Interesse an derartigen Vorgängen hatten als Morro. Es waren dies die Büros der »Seismological Field Survey«, das »Californian Institute of Technology« und das »US Geological Survey's National Center for Earthquake Research«. Die letzten beiden – wahrscheinlich die wichtigsten der vier Institute – lagen sinnigerweise so, daß sie im Falle eines starken Bebens im Gebiet von San Francisco oder Los Angeles als erste würden dran glauben müssen: das »Institute of Technology« in Pasadena, und das »Earthquake Research Center« in Menlo Park. Die Nervenzentren aller vier Institute standen in ständigem Direktkontakt miteinander, und sie hatten nur Minuten gebraucht, um das Epizentrum des Erdbebens exakt zu lokalisieren.

Alec Benson war ein ruhiger, beleibter Mann von Anfang sechzig. Abgesehen von offiziellen Anlässen, die er mied, wo er nur konnte, trug er tagaus tagein einen grauen Flanellanzug und ein ebenfalls graues Polohemd, was zweifellos gut zu den grauen Haaren paßte, unter denen sein rundes, friedliches und für gewöhnlich lächelndes Gesicht einen ansah. Er war Direktor der seismologischen Institute und hatte so viele Professoren- und Doktortitel und so viele wissenschaftliche Titel, daß seine zahlreichen Kollegen ihn der Einfachheit halber schlicht »Alec« nannten. In Pasadena wurde er als der beste Seismologe der Welt betrachtet – die Russen und Chinesen hätten das vielleicht bestritten, aber man muß zugeben, daß sie immer unter den ersten waren, die ihm bei der Wahl des Vorsitzenden der nicht selten stattfindenden internationalen Seismologen-Konferenzen ihre Stimme gaben. Diese Wertschätzung beruhte hauptsächlich auf der Tatsache, daß Benson niemals einen Unterschied zwischen sich und seinen Kollegen in aller Welt machte und Rat ebensooft suchte wie gab.

Seine rechte Hand war Professor Hardwick, ein ruhiger, introvertierter Wissenschaftler, der beinahe ebenso viele Titel besaß wie sein Chef. »Etwa ein Drittel der Bevölkerung des Staates muß das Beben gespürt haben«, sagte Hardwick. »Die Fernsehnachrichten haben einen Bericht darüber gebracht, der Rundfunk desgleichen, und morgen werden die Zeitungen voll davon sein. Vorsichtig geschätzt gibt es ein paar Millionen Amateur-Seismologen in diesem Staat. Was sagen wir denen? Die Wahrheit?«

Diesmal lächelte Benson nicht. Er sah nachdenklich die sechs Wissenschaftler an, die vor ihm saßen – der erfahrene Kern seines Forscherteams – und studierte ihre Mienen, aber das half ihm auch nicht weiter, offensichtlich erwarteten die anderen, daß er die Richtlinie bestimmte. Benson seufzte.

»Niemand bewundert George Washington mehr als ich – aber wir sagen trotzdem nicht die Wahrheit. Die kleine Notlüge, die mir vorschwebt, wird mein Gewissen nicht belasten. Wenn wir den Kaliforniern mit der Wahrheit kommen, dann ängstigen sie sich nur noch mehr als ohnehin schon. Wenn irgend etwas Größeres passiert, dann passiert es eben, und wir können verdammt nochmal nichts dagegen tun. Und was meine Notlüge betrifft – wir haben ja gar keine Beweise dafür, daß dieser Erdstoß das Vorspiel für ein schweres Beben war.«

»Wir sollen die Bevölkerung also gar nicht warnen?« Hardwick sah Benson zweifelnd an.

»Was würde das nützen?«

»Nun, immerhin hat es in der Gegend, in der es heute stattfand, noch nie vorher ein Beben gegeben – jedenfalls ist nichts davon bekannt.«

»Das spielt keine Rolle. Nicht einmal ein großes Beben hätte nennenswerte Folgen. Die Verwüstungen und Verluste an Menschenleben wären kaum erwähnenswert, denn die Gegend dort ist ausgesprochen dünn besiedelt. In Owens Valley im Jahr 1872, bei dem stärksten Erdbeben in der Geschichte Kaliforniens – wieviele Menschen kamen damals ums Leben? Vielleicht sechzig. Bei dem Arvin-Techapi-Beben im Jahre 1952, das mit sieben Komma sieben das stärkste in Südkalifornien war – wieviele sind damals gestorben? Vielleicht ein Dutzend.« Jetzt lächelte Benson doch wieder. »Wenn dieser heutige Stoß entlang des Inglewood-Newport-Grabens stattgefunden hätte, wäre meine

Ansicht über die Lage natürlich völlig anders.« Der Inglewood-Newport-Graben, der für das Long-Beach-Beben im Jahr 1933 verantwortlich gewesen war, lief direkt unter Los Angeles hindurch. »Aber so wie sich mir die Situation heute darstellt, bin ich dafür, keine schlafenden Tiger zu wecken.«

Hardwick nickte – widerwillig, aber er nickte. »Also schieben wir alles auf den armen unschuldigen White-Wolf-Bruch?«

»Sehr richtig. Geben Sie einen beruhigenden Bericht an die Medien. Schreiben Sie noch einmal kurz über unser ESPP, daß wir voll vorsichtigem Optimismus sind, daß alles nach Plan zu verlaufen scheint und daß die Stärke des Erdstoßes sich ziemlich genau mit der von uns geschätzten Erdbewegung deckt.«

»Soll der Bericht an die Fernseh- und Rundfunkstationen gehen?«

»Nein. Nur an den Rundfunk – wir wollen doch nicht, daß unsere – äh – Untersuchungsergebnisse einen Touch von unangebrachter Wichtigkeit bekommen.«

Preston, ein weiterer altgedienter Wissenschaftler, sagte: »Ethische Grundsätze haben bei dieser Angelegenheit nichts zu suchen, nicht wahr?«

Benson war geradezu vergnügt: »Wissenschaftlich unhaltbar, aber vom humanitären Standpunkt aus – nun, sagen wir – äh – gerechtfertigt.«

Es sagte viel über das Maß von Bensons Ansehen aus, daß die meisten seiner anwesenden Kollegen ihm recht gaben.

Im Speisesaal des »Adlerhorstes« sahen sich die Geiseln einem völlig gelassenen Morro gegenüber. »Ich kann Ihnen versichern, meine Damen und Herren, daß es keinen Grund zur Besorgnis gibt. Es war zwar ein ganz schöner Stoß – der stärkste, den wir bisher hier erlebt haben –, aber ich kann Ihnen garantieren, daß nicht einmal ein Beben, das tausendmal so stark wäre, uns hier etwas anhaben könnte. Abgesehen davon, daß Sie ja sicher alle bereits aus dem Fernsehen erfahren haben, daß es im ganzen Staat keine Schäden gegeben hat, sind Sie alle bestimmt intelligent und belesen genug, um zu wissen, daß Erdbeben nur für Menschen eine Gefahr darstellen, die in Häusern wohnen, die auf aufgeschütteter Erde, Marschland – trockengelegt oder nicht – oder auf Schwemmland stehen. Dieses Haus hier steht jedoch auf einer soliden Felsunterlage. Die Sierra Nevada gibt es schon seit Millionen von Jahren – es ist nicht wahrscheinlich, daß sie plötzlich über Nacht verschwindet. Und es ist kaum anzunehmen, daß Sie im Augenblick – wenn man an die Gefahren denkt, die Erdbeben normalerweise mit sich bringen – einen sichereren und erstrebenswerteren Aufenthaltsort in Kalifornien finden könnten.« Morro lächelte seine Zuhörer liebenswürdig an und nickte zufrieden, als er sah, daß seine Worte den beabsichtigten beruhigenden Effekt zu haben schienen. »Ich weiß nicht, wie es mit Ihnen ist, meine Herrschaften, aber ich habe nicht die Absicht, mich durch diese geringfügige Störung um meinen Schlaf bringen zu lassen. Ich wünsche Ihnen allen eine gute Nacht.«

Als Morro sein Privatbüro betrat, war sein Lächeln verschwunden. Abraham Dubois saß hinter Morros Schreibtisch, hatte in der einen Hand einen Telephonhörer, in der anderen einen Bleistift und studierte eifrig eine in großem Maßstab gezeichnete Karte von Kalifornien.

»Nun?« fragte Morro.

»Es sieht nicht gut aus«, gestand Dubois, legte den Telephonhörer auf und steckte vorsichtig eine Stecknadel in die Landkarte. »Hier. Genau hier.« Er legte ein Lineal auf die Karte und hielt es dann an eine Umrechnungsskala für Meilen. »Das Epizentrum liegt genau elfeinhalb Meilen vom ›Adlerhorst‹ entfernt. Nicht gerade rosig, Mr. Morro.«

»Nein, da haben Sie recht.« Morro ließ sich in einen Sessel sinken. »Finden Sie das nicht auch eine Ironie, Abraham, daß wir uns ausgerechnet einen Platz in Kalifornien ausgesucht haben, wo sozusagen in unserem Hinterhof ein Erdbeben stattfindet?«

»Ja – es könnte ein schlechtes Omen sein. Ich wünschte, ich würde mich irren, aber ich habe die Ergebnisse immer und immer wieder überprüft.« Dubois lächelte. »Wenigstens haben wir uns nicht auf einen erloschenen Vulkan gesetzt, der sich plötzlich als durchaus tätig herausstellt. Welche Möglichkeiten haben wir? Wir haben keine Zeit, und es gibt keine Alternative. Unsere Basis liegt nun mal hier. Und hier sind wir absolut sicher. Hier haben wir unser Waffenarsenal und unsere einzige Mehr-Frequenz-Funkstation – unsere Eier sind alle in einem Korb. Aber wenn wir den Korb nehmen und versuchen, von hier wegzugehen, dann besteht durchaus die Möglichkeit, daß wir hinfallen und eine Weile Rühreier essen müssen.«

»Ich werde die Lage überschlafen«, sagte Morro. »Aber ich glaube kaum, daß mir beim Aufwachen viel wohler zumute sein wird als jetzt.« Morro stemmte sich aus dem tiefen Sessel hoch. »Wir dürfen uns nicht von einer Sache, die vielleicht ein purer Zufall und absolut einmalig ist, in unserem Denken und unseren Plänen beirren lassen. Wer weiß, vielleicht kommt der nächste Erdstoß in dieser Gegend erst in hundert Jahren, schließlich hat es auch Hunderte von Jahren vor heute keinen gegeben. Jedenfalls ist nichts darüber bekannt. Schlafen Sie gut.«

Aber Dubois schlief nicht – er ging erst gar nicht ins Bett. Morro schlief zwar, aber nur etwa eine Stunde. Er erwachte davon, daß ihm Licht ins Gesicht schien und daß Dubois ihn schüttelte.

»Ich bitte um Verzeihung«, sagte der indianische Riese, dessen Gesicht ganz entschieden fröhlicher aussah als bei seinem letzten Gespräch mit Morro. »Aber ich mußte Sie wecken – ich habe gerade eine Aufzeichnung von einer Fernsehnachrichtensendung gemacht und glaube, Sie sollten sie sich so bald wie möglich ansehen.«

»Ich nehme an, es geht um das Erdbeben.« Dubois nickte. »Gute oder schlechte Neuigkeiten?«

»Man kann sie nicht direkt schlecht nennen – ich glaube, Sie könnten sie sogar zu Ihrem Nutzen verwenden.«

Die Abspielung des Videobandes dauerte nicht länger als fünf Minuten. Der Sprecher, ein intelligent aussehender junger Bursche, der genug über das Thema wußte, über das er zu berichten hatte, um keinen Telesouffleur zu brauchen, sah erstaunlich wach und frisch aus für die unchristliche Zeit von drei Uhr morgens. Hinter ihm an der Wand hing eine riesige Reliefkarte von Kalifornien, und er ging mit dem Zeigestock um wie Toscanini.

Er berichtete kurz, was man über das Erdbeben wußte, in welchem Gebiet es festgestellt worden war, wie erschrocken die Menschen in den verschiedensten Gegenden reagiert hatten, und daß keinerlei Sach- oder Personenschaden entstanden sei. Dann fuhr er fort: »Nach der neuesten Stellungnahme der entsprechenden Autoritäten sieht es so aus, als sei dieses Beben eher als ein Positivum denn als ein Negativum anzusehen – als ein Grund, sich zu beglückwünschen und nicht als Anzeichen einer drohenden Katastrophe. Kurz gesagt – entsprechend der Aussage der seismologischen Institute ist dies möglicherweise das erste, absichtlich von Menschen herbeigeführte Erdbeben. Wenn das stimmt, dann muß man es als Markstein auf dem Gebiet der Erdbebenkontrolle betrachten, als erstes gelungenes Werk des ESPP. Für Kalifornier muß diese Nachricht wie Musik klingen. Um Ihr Gedächtnis etwas aufzufrischen: ESPP steht für ›Earthquake Slip Preventative Programme‹, aber das ist die unbeholfenste und irreführendste Bezeichnung, die in den letzten Jahren von Wissenschaftlerteams erdacht worden ist. ›Slip‹ bedeutet lediglich den Prozeß des Reibens, Gleitens und Vibrierens, der ein Erdbeben hervorruft, der stattfindet, wenn eine von den acht, vielleicht auch zehn – das scheint niemand so genau zu wissen – tektonischen Platten, auf denen die Kontinente schwimmen, aufeinander stoßen, sich übereinander oder untereinander oder nebeneinander schieben. Der Name des Programms ist irreführend, weil er den Eindruck vermittelt, man könne die Erdbebentätigkeit unter Kontrolle bringen, indem man die Verschiebungen verhindert. Tatsächlich ist aber genau das Gegenteil der Fall – Erdbeben kann man vielleicht verhindern, indem man die Verschiebungen noch begünstigt, das heißt, man versucht, sie kontrolliert und allmählich ablaufen zu lassen, so daß die Platten die Möglichkeit bekommen, vergleichsweise sanft aneinander vorbeizugleiten. Dabei werden in kurzen Abständen kleine Erdbeben verursacht, anstatt wie seither große Beben in großen Zeitabständen. Die Platten müssen sozusagen geölt werden.

Die Möglichkeit, Erdbeben zu entschärfen, indem man ihre Häufigkeit erhöht, wurde durch puren Zufall entdeckt – irgend jemand leitete aus Gründen, die er selbst am besten kennt, Abwasser in einen tiefen Brunnen in der Nähe von Denver und entdeckte zu seiner Verblüffung, daß dieser Vorgang eine Serie von Erdbeben auslöste – zwar kaum merkbare, aber immerhin echte Erdbeben. Seit damals sind viele Experimente gemacht worden, sowohl im Labor als auch direkt in der Natur, und sie haben klar bewiesen, daß der Reibungswiderstand in einer gefährdeten

Zone verringert wird, indem man die Spannung entlang des Grabens vermindert.

Mit anderen Worten: je mehr Flüssigkeit im Graben ist, um so geringer ist der Reibungswiderstand – der Druck zwischen zwei tektonischen Platten kann also durch Zuführung von Flüssigkeit vermindert werden. Dadurch entsteht dann ein kleines Erdbeben, dessen Stärke ziemlich genau durch die Menge der zugeführten Flüssigkeit bestimmt werden kann. Diese Tatsache wurde vor ein paar Jahren bewiesen, als Geologen, die auf den Rangeley-Ölfeldern in Colorado experimentierten, herausfanden, daß sie Erdbeben auslösen und stoppen konnten, indem sie abwechselnd Flüssigkeit zuführten und abzogen.

Man wird es den Wissenschaftlern in Kalifornien vielleicht ewig zu danken haben, daß sie die Ergebnisse der Experimente als erste in die Praxis umsetzten.«

Der Nachrichtensprecher, der sich in der Rolle des Dozenten ausnehmend gut zu gefallen schien, tippte mit dem Zeigestab auf die Landkarte. »Von hier bis hier« – er deutete mit dem Stab eine Linie an, die von der mexikanischen Grenze bis ins Gebiet der Bucht von San Francisco verlief – »haben riesige Bohrer, die eigens für diesen Zweck konstruiert wurden, Löcher bis zu der unglaublichen Tiefe von zwölftausend Metern gebohrt – in zehn ausgewählten Gebieten, die entlang dieser Südost-Nordwest-Linie liegen. All diese Löcher befinden sich in bekannten Gräben und ausnahmslos in Gebieten, in denen einige der schwersten Beben registriert worden sind.«

Beginnend im Süden tippte er auf einige Punkte auf der Karte. »Insgesamt sind es zehn Löcher. Die Wissenschaftler experimentieren mit verschiedenen Wasser-Ölmischungen, um herauszufinden, welche den besten Schmiereffekt hat. Nun, es sind natürlich nicht reine Wasser-Ölmischungen, denn die beiden Flüssigkeiten verbinden sich nicht so einfach. Zuerst kommt das Öl, dann ein Zeug, das in Fachkreisen Schlamm heißt, und das Ganze wird dann durch Wasser, das unter Hochdruck hineingeblasen wird, durch Felsenritzen weiter hinunter gepreßt.«

Er machte eine dramatische Kunstpause von etwa fünf Sekunden, während derer er unverwandt vielsagend in die Kamera schaute, dann drehte er sich um, setzte die Spitze des Zeigestokkes auf einen Punkt an der südlichen Spitze des San-Joaquin-Tales, und wandte sich dann wieder der Kamera zu, wobei er die Spitze des Stockes auf besagtem Punkt beließ.

»Und hier scheinen wir heute – wenn Sie mir diese Phrase gestatten – um genau null Uhr fünfundzwanzig einen Haupttreffer gezogen zu haben: zwanzig, dreißig Meilen südöstlich von Bakerfield. Genau an der Stelle, an der vor fünfundzwanzig Jahren ein großes Erdbeben stattgefunden hat. Und genau an der Stelle, wo das – von Süden aus gesehen – sechste Bohrloch liegt. Meine Damen und Herren, ich gebe Ihnen jetzt den Verantwortlichen für das Beben bekannt – es ist der ›White-Wolf-Bruch‹.« Der Nachrichtensprecher entspannte sich und lächelte jungenhaft. »Und damit, Herrschaften, wissen Sie jetzt genau so viel wie ich, und ich fürchte, es ist nicht gerade viel. Aber keine Angst – ich bin sicher, daß Sie in den nächsten Tagen jede Menge Vorträge von echten Seismologen hören werden.«

Wortlos standen Dubois und Morro auf, sahen einander an und gingen dann zu der Landkarte hinüber, die immer noch auf Morros Schreibtisch lag. »Sie sind ganz sicher, daß die Berechnungen stimmen?«

»Unsere drei Seismologen werden jeden Eid darauf leisten.«

»Und unsere drei hellen Jungs behaupten, das Zentrum des Bebens liege im ›Garlock-Bruch‹ und nicht im ›White-Wolf-Bruch‹?«

»Sie müßten es doch eigentlich wissen – sie sind nicht nur außerordentlich erfahrene Wissenschaftler, sie sitzen außerdem praktisch auf dem ›Garlock-Bruch‹ drauf.«

»Aber wie konnten alle seismologischen Institute den gleichen Fehler machen?«

»Sie haben keinen Fehler gemacht«, sagte Dubois überzeugt. »Was Erdbeben anbetrifft, so ist dies hier die am besten kontrollierte Gegend, und die Leute von den Instituten sind Weltspitze.«

»Dann haben sie also gelogen?«

»Genau.«

»Und warum?«

»Ich hatte ein bißchen Zeit, über diese Fernsehfassung nachzudenken. Ich glaube, es gibt zwei Gründe für die Lüge. Kalifornien ist heute von der Angst gepeinigt, daß eines Tages – nach Aussagen einiger hervorragender Erdbebenforscher eines nicht allzu fernen Tages – das große Beben kommt, das die Katastrophe von 1906 wie die Explosion eines Feuerwerkskörpers erscheinen läßt. Es ist mehr als wahrscheinlich, daß man versucht, die Furcht der Bevölkerung zu dämpfen, indem man behauptet, das Beben sei das Ergebnis eines Experiments. Und der zweite Grund könnte sein, daß all die cleveren Seismologen, die an den Experimenten beteiligt sind, plötzlich etwas befürchten: daß sie nämlich im Trüben gefischt haben und nicht wissen, was los ist, daß sie mit den Versuchen in den verschiedenen Brüchen etwas Unerwartetes ausgelöst haben: eine Bewegung im ›Garlock-Bruch‹, wo es gar kein Bohrloch von ihnen gibt. Aber mitten auf dem Tejon-Paß auf dem ›San-Andreas-Graben‹ steht ein Bohrturm – und im Frazier Park, in der Nähe von Tejon, kreuzen sich der ›San-Andreas-Graben‹ und der ›Garlock-Bruch‹.«

»Das wäre wirklich ein triftiger Grund, die Wahrheit zu verschweigen. Und wenn Ihre Vermutung zutrifft, kann es nochmal zu wackeln anfangen – vielleicht sogar noch stärker als beim letzten Mal –, und der Gedanke behagt mir ganz und gar nicht.« Morro preßte die Lippen aufeinander, aber dann lächelte er plötzlich. »Sie hatten mehr Zeit als ich, sich mit diesem Problem zu befassen. Ich erinnere mich jetzt, daß Sie sagten, wir könnten die Sache vielleicht in einen Vorteil für uns ummünzen.« Dubois erwiderte das Lächeln und nickte. »Es ist zehn nach drei Uhr nachts – ich finde, das ist ein ausgezeichneter Zeitpunkt für einen Drink. Stimmen Sie mir zu?«

»Zur Inspiration«.

»Sie sagen es. Meinen Sie vielleicht, wir sollten die armen seismologischen Institute von der Angst befreien, die Öffentlichkeit könnte auf die Idee kommen, unerwartete Erdbeben – ich meine Erdbeben am falschen Platz – mit ihren unüberlegten Spielereien in seismischen Brüchen in Verbindung zu bringen? Dazu müßte man der Öffentlichkeit reinen Wein einschenken.«

»Sie haben es erfaßt.«

Morro lächelte wieder. »Ich freue mich schon darauf, dieses Kommuniqué zu verfasssen.«

Ryder lächelte ganz und gar nicht, als er aufwachte. Er fluchte
– leise aber inbrünstig – und streckte einen Arm unter der Bett-
decke hervor, um an das Telephon zu kommen, dessen Schrillen
ihn aus dem Schlaf gerissen hatte. Am anderen Ende der Leitung
war Major Dunne.

»Tut mir leid, daß ich Sie geweckt habe, Ryder.«

»Machen Sie sich deshalb keine Gedanken – ich konnte ja immerhin drei ganze Stunden schlafen.«

»Ich habe überhaupt noch nicht geschlafen. Haben Sie kurz
vor drei die Nachrichten gesehen?«

»Die, bei denen es um den ›White-Wolf-Bruch‹ ging? Ja.«

»In nicht ganz fünf Minuten gibt es eine weitere und noch in-
teressantere Sendung. Der Kanal ist unwichtig – das Programm
ist in diesem Fall überall das gleiche.«

»Worum geht es denn diesmal?«

»Ich glaube, die Wirkung ist größer, wenn Sie sich das selbst
ansehen. Ich rufe Sie anschließend wieder an.«

Ryder legte den Hörer auf, hob ihn jedoch gleich wieder ab
und teilte seinem verschlafenen Sohn mit, daß es gleich eine se-
henswerte Sendung im Fernsehen gäbe. Dann fluchte er noch
einmal herzhaft und schlurfte ins Wohnzimmer hinüber. Der
Sprecher – der gleiche vergnügte Junge, den er drei Stunden zuvor auch schon gesehen hatte – kam ohne Einleitung zur Sache.

»Wir haben«, sagte er, »eine weitere Nachricht von demselben
Mr. Morro erhalten, der gestern abend behauptet hat, für den
Einbruch in das Kernkraftwerk San Ruffino und den Diebstahl
von Kernbrennstoff verantwortlich zu sein. Wir hatten keinen
Grund, seine Aussage anzuzweifeln, da die von ihm angegebene
Menge des gestohlenen Materials genau mit der Menge überein-
stimmte, die aus San Ruffino verschwunden war. Diese Fernsehstation kann die Echtheit der Nachricht von Mr. Morro nicht garantieren, das heißt, wir können nicht mit Sicherheit sagen, daß
sie von demselben Mann kommt – vielleicht ist sie auch nur eine
Ente. Aber da verschiedene Medien die Nachricht auf genau die
gleiche Weise erhielten wie die erste, nehmen wir das als Beweis
dafür, daß sie echt ist. Ob der Inhalt der Nachricht selber den
Tatsachen entspricht oder nicht, können wir nicht sagen. Sie lautet folgendermaßen:

›Die Bevölkerung Kaliforniens ist das Opfer eines Betruges geworden – die führenden Seismologen des Staates haben sie mit voller Absicht belogen. Das Beben, das heute nacht um null Uhr fünfundzwanzig stattfand, ereignete sich nicht, wie fälschlicherweise behauptet, im ‚White-Wolf-Bruch‘, und ich bin sicher, daß sich das leicht durch Anfragen bei Dutzenden von Hobby-Seismologen im ganzen Staat bestätigen läßt, die ihre eigenen Seismographen besitzen. Keiner von diesen Privatwissenschaftlern würde es allein auf sich gestellt wagen, die Autorität der offiziellen staatlichen Institute anzugreifen, aber wenn sie alle gemeinsam aussagen, muß sich herausstellen, daß die staatlichen Institute nicht die Wahrheit gesagt haben. Ich erwarte ein großes Echo auf diese Feststellung – ein Echo, das meine Aussage bestätigen wird.

Der Grund, aus dem die Institute eine falsche Erklärung abgegeben haben, setzt sich aus ihrem Wunsch zusammen, die wachsende Furcht der Bevölkerung vor einem drohenden Erdbeben nie dagewesener Stärke zu dämpfen und aus ihrer eigenen Angst, die Bürger dieses Staates könnten auf die Idee kommen, neuerliche Erdbeben, die in anderen Gebieten ihren Kern haben als in denen, in denen der ESPP-Plan durchgeführt wird, seien auf die ESPP-Versuche zurückzuführen.

Diese Angst kann ich den Wissenschaftlern nehmen – sie waren nicht verantwortlich für das Beben. Ich war es. Das Epizentrum des Bebens lag nicht im ‚White-Wolf-Bruch‘, sondern im ‚Garlock-Bruch‘, der nach ‚San Andreas‘ der größte im ganzen Staat ist und so nah am ‚White Wolf‘ liegt und außerdem parallel zu ihm verläuft, daß es keine Schwierigkeit bedeutete, Seismologen davon zu überzeugen, daß sie ihre Instrumente falsch abgelesen oder daß ihre Instrumente sich geirrt haben könnten.

Um ehrlich zu sein, ich hatte nicht damit gerechnet, dieses Beben zu verursachen – die kleine Atomexplosion, die ich um null Uhr fünfundzwanzig heute nacht auslöste, diente ausschließlich experimentellen Zwecken: ich wollte lediglich feststellen, ob der Sprengsatz funktionierte. Das Resultat war befriedigend. Die letzten Zweifel an der Wahrheit meiner Worte werden sicherlich verschwinden, wenn ich morgen einen zweiten Sprengsatz zünde – Ort und Zeit der Explosion werde ich später bekanntgeben. Die Bombe ist bereits an Ort und Stelle, und sie hat etwa die gleiche Größe wie die, die Hiroshima vernichtete.‹

Das wär's dann.« Diesmal war keine Spur von dem jungenhaften Lächeln zu sehen, mit dem der Sprecher die letzte Sendung beendet hatte. »Es kann ein Schwindel sein. Wenn nicht, sind die Aussichten bestenfalls ernüchternd und schlimmstenfalls beängstigend. Es wäre interessant, Überlegungen über die Absichten...«

Ryder stand aus seinem Sessel auf und schaltete das Gerät aus. Er zog es vor, seine Überlegungen selbst anzustellen. Er setzte die Kaffeemaschine in Gang und leerte die Kanne zwischen Duschen, Rasieren und Anziehen – es sah ganz so aus, als ob ein langer Tag vor ihm läge. Er hatte sich gerade die vierte Tasse Kaffee eingegossen, als das Telefon klingelte. Dunne entschuldigte sich, daß er jetzt erst anriefe.

»Die Wirkung war die erwünschte«, sagte Ryder. »Hat uns der Staat, diesmal in Person der Seismologen, tatsächlich einen Bären aufgebunden?«

»Ich habe keine Ahnung.«

»Aber ich.«

»Das ist doch nur eine Vermutung. Tatsache ist, daß wir keine Geheimleitung nach Pasadena haben – aber zu unserem Büro in Los Angeles haben wir eine. Sassoon ist ausgesprochen unglücklich – nicht zuletzt über Sie – und will uns sprechen. Um neun Uhr. Und bringen Sie Ihren Sohn mit zu mir – sobald wie möglich.«

»Jetzt? Es ist erst zwanzig vor sieben.«

»Ich muß Ihnen einiges mitteilen, aber nicht über ein normales Telephon.«

»Wanzen hier und Wanzen da«, nörgelte Ryder. »Intimsphäre gibt es in diesem Staat überhaupt keine mehr.«

Ryder und sein Sohn trafen kurz nach sieben bei Dunne ein. Dunne, so wach und präzise wie immer, zeigte keine Spuren der hinter ihm liegenden durchwachten Nacht. Er war allein.

»Wird dieses Zimmer nicht abgehört?« fragte Ryder.

»Wenn ich zwei Verdächtige hier miteinander allein lasse, dann ja – sonst nicht.«

»Wo ist der große weiße Häuptling?«

»Sassoon ist immer noch in LA. Er bleibt dort. Wie ich schon sagte – er ist ausgesprochen unglücklich. Erstens weil diese Sache sozusagen in seinem eigenen Hinterhof passiert. Zweitens weil der Direktor des FBI aus Washington angeflogen kommt. Und drittens, weil der CIA Wind von dieser Sache bekommen hat und mitmischen will. Und das, wo das FBI und der CIA kaum miteinander sprechen – und wenn sie es tun, kann man das Eis knakken hören.«

»Wie sind die denn überhaupt dahinter gekommen?«

»Darauf komme ich noch. Wir machen in Kürze einen kleinen Ausflug mit dem Hubschrauber – nach Pasadena. Der Boss hat uns für genau neun Uhr zu sich beordert, und wir werden pünktlich zur Stelle sein.«

»Das FBI hat keine Befehlsgewalt über einen Polizisten im Ruhestand«, sagte Ryder gelassen.

»Das ist in diesem Fall doch gar nicht nötig, Ihnen etwas zu befehlen – nicht einmal eine Herde wilder Pferde würde Sie aufhalten können.« Dunne schüttelte einige Papiere zu einem ordentlichen Stapel zusammen. »Während Sie und Jeff selig schlummerten, haben wir, wie üblich, die ganze Nacht geschuftet. Wollen Sie sich ein paar Notizen machen?«

»Nicht nötig – Jeff ist mein Gedächtnis. Er kann in dieser Gegend hier in einem Umkreis von dreißig Meilen anhand der angegebenen Autonummern sofort die Besitzer der Wagen nennen.«

»Ich wünschte, wir hätten es auch nur mit Nummernschildern zu tun. Was nun unseren Freund Carlton betrifft – laut unserem Dossier ist er Captain, war beim Geheimdienst der Armee, für die Nato tätig, einige Zeit in Deutschland. Keine aufregenden Einzelheiten – keine Verschwörungen und keine Gegenspionage. Es sieht so aus, als habe er sich in eine kommunistische deutsche Zelle eingeschlichen, die im Stützpunkt ihr Unwesen trieb. Es besteht der allerdings durch nichts bewiesene Verdacht, daß er sich etwas zu gut mit diesen Leuten verstanden hat. Es wurde ihm angeboten, zu einem regulären Panzerbataillon versetzt zu werden, aber er lehnte ab. Er verließ die Armee. Er wurde nicht ausgezahlt und auch nicht gezwungen zu gehen –

sagen wir, die Armee stellte sich ihm nicht in den Weg. Wenigstens ist das die offizielle Fassung, und ich habe keinen Grund, sie anzuzweifeln. Wie wenig gerechtfertigt die Verdachtsmomente gegen einen Mann auch sein mögen – die Armee kann es sich nicht leisten, Risiken einzugehen. Über alles weitere hüllt das Pentagon sich in Schweigen.«

»Es war wirklich nur ein vager Verdacht, daß er Kommunist sein könnte?«

»Dem CIA würde das schon reichen. Man kann im Pentagon kaum einen Schritt gehen, ohne einem Agenten zu begegnen. Schon bei dem bloßen Gedanken an die Kommunisten möchten sie zu ihren Zyanidpistolen greifen.

Seine Stationen im Sicherheitsdienst: Zuerst war er bei einem AEC-Kraftwerk in Illinois. Die Referenzen sind gut. Der Sicherheitschef dort hat seinen Umgang gründlich überprüft. Dann hat er noch ein Zeugnis von den Zwillingskraftwerken der TVA, ›Brown's Ferry‹ in Decator, Alabama. Aber da ist er nie gewesen – jedenfalls nicht in der Sicherheitsabteilung und nicht unter seinem richtigen Namen. Es wäre höchstens möglich, daß er unter einem anderen Namen und auf einem anderen Posten dort arbeitete, aber das ist unwahrscheinlich. Hier steht, es habe ein Großfeuer gegeben, während er dort beschäftigt war, aber er habe nichts damit zu tun gehabt: ein Techniker habe mit Hilfe einer brennenden Kerze ein Leck gesucht – und es gefunden.«

»Aber wieso ist eine Referenz in den Unterlagen, wenn er nie dort gearbeitet hat?«

»Sie ist natürlich gefälscht.«

»Aber mußte man denn nicht damit rechnen, daß Ferguson, der Sicherheitschef von San Ruffino, die Referenz überprüfen würde?« fragte Jeff.

Einen Augenblick lang machte Dunne einen erschöpften Eindruck: »Er gibt zu, daß er es nicht getan hat. Ferguson hat vorher selbst einige Zeit in ›Brown's Ferry‹ gearbeitet und sagt, daß Carlton so genau über die Anlage und auch über das Feuer Bescheid wußte, daß er eine Überprüfung für unnötig hielt.«

»Und wie hat er von dem Feuer erfahren?«

»Es war nicht verschwiegen worden – alle Leute wußten davon.«

»Und wie lange ist er angeblich dort angestellt gewesen?« fragte Ryder.

»Fünfzehn Monate.«

»Es ist also möglich, daß er solange einfach von der Bildfläche verschwunden war?«

»Sergeant Ryder, wenn man weiß, wie man es anstellen muß, kann man in diesem Land auch für fünfzehn Jahre auf Tauchstation gehen, ohne einmal hochzukommen.«

»Vielleicht war er außer Landes – sein Paß könnte zu Hause liegen.«

Dunne sah Ryder an, nickte dann und machte sich eine Notiz.

»Washington hat sich mit der AEC in der H-Street 1717 ins Benehmen gesetzt. Sie führen dort Buch über alle Leute, die sich bei ihnen Informationen holen, Karteien durchstöbern und sich für die Listen der nuklearen Anlagen interessieren. Aber Informationen über San Ruffino hat niemand verlangt – es gab keine. Ich habe Jablonsky aus dem Schlaf geholt, um ihm zu diesem Faktor ein paar Fragen zu stellen. Es kostete mich zwar einige Mühe, aber schließlich konnte ich ihn doch dazu bewegen, mir zu antworten: Es gibt bereits weit fortgeschrittene Pläne für den Bau eines Schnellen Brüters, und so was untersteht der Kontrolle der AEC. Top secret. Und deshalb gibt es auch kein Informationsmaterial.«

»Dann ist Carlton also unser Mann?«

»Ja – aber das hilft uns jetzt, da er bei Morro ist, herzlich wenig.« Dunne nahm ein anderes Papier zur Hand. »Hier ist die Liste der Spinner, die Sie haben wollten – es sind genau hundertfünfunddreißig. Und selbst die Überprüfung dieser wenigen würde, wie man mir sagte, eine Ewigkeit dauern. Und außerdem ist es doch sehr wahrscheinlich, daß die Bande, mit der wir es hier zu tun haben – wenn sie so clever und gut organisiert ist, wie es den Anschein hat –, ein hervorragendes Versteck hat.«

»Wir können den Personenkreis um einiges einschränken: Es muß eine große Gruppe sein, und außerdem eine vergleichsweise neue Gruppe, die nur für diesen einen Zweck zusammengestellt wurde – innerhalb des letzten Jahres vielleicht.«

»Zahlen und Daten.« Resigniert machte Dunne sich eine weitere Notiz. »Ihnen ist es wohl egal, wenn wir vor Überarbeitung tot umfallen, was? Ich komme jetzt zu Freund Morro: Wie zu erwarten, ist er sowohl für die Polizei als auch für uns ein unbeschriebenes Blatt – wenigstens als Einäugiger mit zwei kaputten Händen.«

Jeff wandte sich an seinen Vater: »Mir fällt gerade etwas ein: Erinnerst du dich, daß Susan in ihrer Nachricht schrieb, sie zweifle, ob er Amerikaner sei?«

»Natürlich erinnere ich mich. Major – machen Sie sich doch freundlicherweise noch eine Notiz: Setzen Sie sich bitte mit der Interpolniederlassung in Paris in Verbindung.«

»Interpol also. Und jetzt zu den Banknoten, die Sie Donahure abgenommen haben. Die Sache war denkbar einfach – man mußte lediglich die Hälfte der Bankdirektoren und Schalterbeamten des County interviewen. Bei der hiesigen Filiale der ›Bank of America‹ hatten wir dann endlich Glück. Vor vier Tagen wurde das Geld dort von einer jungen Frau mit graugetönten Brillengläsern und langen blonden Haaren abgehoben.«

»Sie meinen, von einer jungen Frau mit Adleraugen und einer blonden Perücke.«

»Sehr wahrscheinlich. Eine Mrs. Jean Hart, wohnhaft Cromwell Ridge 800. Es gibt zwar unter der genannten Adresse eine Mrs. Jean Hart, aber die ist in den Siebzigern und hat kein Bankkonto. Der Kassierer hat die Scheine nicht gezählt – er hat nur zehn mit Banderolen versehene Tausenderbündel ausgegeben.«

»Die Donahure für acht Banken in acht Bündel aufteilte. Wir müssen uns seine Fingerabdrücke besorgen.«

»Haben wir schon. Einer meiner Jungs hat sie mit Hilfe eines Freundes von Ihnen, eines Sergeant Parker, der ebenso wie Sie keine Sympathie für Donahure hegt, um drei Uhr heute früh aus seinem Büro beschafft.«

»Man kann wirklich nicht sagen, daß Sie die Nacht untätig verbracht hätten.«

»Ich habe nur hier gesessen und der nächsten Telephonrechnung zu astronomischer Höhe verholfen, aber ich habe vierzehn Männer aufgetrieben, die die ganze Nacht für mich geschuftet haben. Jedenfalls weisen die Banknoten ein paar herrliche Fingerabdrücke von Donahure auf. Aber noch interessanter ist, daß sich auch LeWinters Abdrücke darauf befinden.«

»Er hat ihn bezahlt. Und was haben Sie über die Pistole des Richters herausgefunden?«

»Über die haben wir keine Unterlagen – sie ist nicht registriert. Aber es ist nicht verdächtig, daß er eine hat – Richter bekommen täglich Drohungen. Auf jeden Fall steht fest, daß sie lange nicht benutzt worden ist – die Innenseite des Laufs weist eine Staubschicht auf. Die Tatsache, daß ein Schalldämpfer auf dem Lauf sitzt, läßt zwar Rückschlüsse zu, aber wegen eines miesen Charakters allein kann man einen Mann nicht gesetzlich verfolgen.«

»Und wie steht es mit der FBI-Akte über ihn – wollen Sie mir immer noch nicht sagen, was drin steht?«

»Nichts eindeutig Schlechtes, aber auch nichts besonders Gutes. Es ist nichts davon bekannt, daß er mit Kriminellen zusammenarbeitet, und sein Telephonregister scheint diese Vermutung zu bestätigen – nach dieser Liste zu urteilen, kennt er jeden Politiker und Bürgermeister im ganzen Staat.«

»Und da sagen Sie, er arbeitet nicht mit Kriminellen zusammen? Was steht noch drin?«

»Sowohl wir als auch die Polizei sind unzufrieden mit einigen seiner Urteile, die er in den letzten Jahren ausgesprochen hat.« Dunne sah auf ein Blatt Papier, das vor ihm auf dem Tisch lag. »Feinde von Busenfreunden wurden mit unnötig strengen Strafen belegt, während kriminelle Mitarbeiter von Busenfreunden – ich wiederhole: er selbst hat keinen direkten Kontakt zu Kriminellen – nur leichte, manchmal sogar lächerlich leichte Strafen bekamen.«

»Bestechung?«

»Es gibt zwar keinen Beweis, aber darauf wird es doch wohl hinauslaufen. Aber er ist jedenfalls nicht so naiv wie sein Günstling Donahure. Er hat hier am Ort keine Bankkonten unter falschen Namen – jedenfalls soweit wir wissen. Aber wir durchleuchten trotzdem von Zeit zu Zeit seine Korrespondenz – natürlich ohne sie zu öffnen.«

»Ihr seid genauso schlimm wie das KGB.«

Dunne ignorierte diesen Einwurf. »Ab und zu bekommt er Briefe aus Zürich, aber er seinerseits schreibt keine dorthin. Auf alle Fälle macht unser rechtsprechender Freund es uns ganz schön schwer, ihm auf die Schliche zu kommen.«

»Meinen Sie, daß Mittelsmänner die Bestechungssummen auf ein Nummernkonto überweisen?«

»Natürlich, was denn sonst. Aber wir haben keine Möglichkeit, es zu beweisen – die Schweizer Banken geben nur dann Informationen heraus, wenn der Kontoinhaber ein verurteilter Krimineller ist.«

»Und was ist mit dem Exemplar von ›Ivanhoe‹, das LeWinter in seinem Safe hatte, und mit dem Codebuch?«

»Es scheint sich um einen Mischmasch aus Telefonnummern zu handeln – hauptsächlich aus diesem Staat und aus Texas –, und der Text scheint meteorologische Berichte zu enthalten. Wir machen Fortschritte – wenigstens gilt das für Washington. In Kalifornien gibt es keine Code-Spezialisten für Russisch.«

»Russisch?«

»Anscheinend. Eine simple Abwandlung eines gutbekannten russischen Codes. Ob wohl wieder Rote im Unterholz lauern? Es kann etwas bedeuten, muß aber nicht. Das ist, denke ich, ein weiterer Grund für das brennende Interesse des CIA. Ich könnte mir vorstellen, daß die Codespezialisten in Washington auch auf der Lohnliste des CIA stehen.«

»LeWinters Sekretärin ist Russin. Russischer Abstammung wenigstens. Ob sie ihrerseits eine Codespezialistin ist?«

»Wenn wir hier nicht in Amerika wären, sondern in einem von zwölf anderen Ländern, würde ich mir die blonde Bettina schnappen und hätte die Wahrheit in zehn Minuten aus ihr herausgeholt. Aber unglücklicherweise sind wir hier nicht in einem der Länder, in denen das möglich ist.« Er dachte einen Augenblick nach und sagte dann: »Und Donahure hat russische Gewehre – besser gesagt: hatte.«

»Ah! Die Kalaschnikovs! Wie steht's mit Einfuhrgenehmigungen?«

»Es gibt keine. Offiziell sind also keine derartigen Waffen im Land. Das Pentagon hat zwar welche, aber die sagen nicht, wo sie sie herhaben. Die Engländer haben sicher auch welche – konfisziert in Nordirland.«

»Und Donahure ist Ire.«

»Als ob ich nicht schon genügend Probleme hätte! Was hat Donahure übrigens in Ihrem Haus gesucht?«

»Das Rätsel habe ich noch nicht ganz gelöst.« Ryder schien nicht sehr befriedigt über das Ergebnis seiner Überlegungen. »Ich weiß nicht, ob ich je darauf kommen werde. Fest steht jedenfalls, daß er nicht kam, weil Jeff und ich den von ihm auf uns angesetzten Schatten schlecht behandelt und ihn selbst einer beträchtlichen Menge seines persönlichen Besitzes beraubt hatten – sein Spionfahrzeug mit eingeschlossen. Er hätte es niemals gewagt zuzugeben, daß er überhaupt wußte, worum es ging. Und er kam auch nicht wegen des Beweismaterials, das ich aus San Ruffino mitgenommen hatte, weil er nämlich gar nicht wußte, daß ich etwas mitgenommen hatte – er hatte gar keine Zeit gehabt, nach San Ruffino hinauszufahren. Und er hatte auch keine Zeit gehabt, LeWinter wegen des Durchsuchungsbefehls für mein Haus aufzusuchen. Er hätte sich aber sowieso nicht getraut, LeWinter darum anzugehen, denn wenn er ihm den wahren Grund gesagt hätte, aus dem er den Durchsuchungsbefehl haben wollte, hätte LeWinter ihn vielleicht als so große Gefahr angesehen, daß er ihm nicht nur den Durchsuchungsbefehl verweigerte, sondern sich seiner gleich endgültig entledigt hätte.«

Dunne sah nicht mehr ganz so frisch und wach aus wie bei der Ankunft der beiden Ryders. »Ich habe Kopfschmerzen«, knurrte er anklagend. »Und ich habe Ihnen doch schon gesagt, daß ich reichlich mit Problemen versorgt bin.«

»Ich vermute, daß eine gewissenhafte Durchsuchung von Donahures Räumlichkeiten einen ganzen Stapel von bereits gestempelten und von LeWinter unterzeichneten Durchsuchungsbefehlen zutage fördern würde. Donahure mußte das Formular lediglich ausfüllen. Ich hatte ihm erzählt, daß ich ein Dossier über ihn besäße. Aus diesem Grund war er gekommen, er wollte es sich holen. Es war so offensichtlich, daß ich zuerst gar nicht darauf kam. Ich sagte ihm, daß er sich so schwachsinnig benommen habe, daß ich sicher sei, dies eine Mal habe er auf eigene Verantwortung gehandelt. Und damit hatte ich recht, denn es ging um etwas, das ihn ganz persönlich betraf.«

»Ich bin sicher, Sie haben recht. Die beiden werden vielleicht in Deckung gehen.«

»Das glaube ich nicht – sie wissen nicht, daß die Beweise in unserer Hand liegen. Donahure, der durch und durch ein Gauner ist, wird annehmen, daß nur Gauner das Geld und die Waffen genommen haben können; und in einem solchen Fall hätte er ja nichts zu befürchten, denn es wäre kaum zu erwarten, daß die Diebe ihren Fischzug publik machen würden. Und ich glaube auch nicht, daß LeWinter sich verdünnisieren wird. Zunächst wird er natürlich in Panik gewesen sein, vor allem wegen des gestohlenen Codebuches und der Tatsache, daß wir seine Fingerabdrücke genommen haben. Aber, wenn er erst mal herausgefunden hat – wenn das nicht schon passiert ist –, daß das kompromittierende Foto nicht wie angedroht auf der Titelseite des ›Globe‹ prangt, wird er diskrete Nachforschungen anstellen lassen und entdecken, daß die beiden Männer, die ihn und Bettina aus dem Schlaf gerissen haben, nicht beim ›Globe‹ angestellt sind, und zu dem unvermeidlichen Schluß kommen, daß es sich um Erpresser handelt, die vielleicht seine Nominierung zum Vorsitzenden des Obersten Gerichtshofes des Staates untergraben wollen. Sie haben selbst gesagt, daß er mächtige Freunde hat – ein solcher Mann muß auch mächtige Feinde haben. Aber was für Gründe sie auch immer haben sollten – vor Erpressern hat er keine Angst. Denn Erpresser können keinen russischen Code entschlüsseln – sie würden nicht einmal erkennen, daß es einer ist. Sicher, es sind Fingerabdrücke genommen worden, aber Polizisten tragen keine Kapuzen über den Köpfen und nehmen einem nicht die Fingerabdrücke ab, während man im Bett liegt – sie nehmen einen erst einmal fest. Und mit Erpressern wird er allemal fertig. Das kalifornische Gesetz ist hart gegen solche Typen – und LeWinter ist das Gesetz.«

»Das hättest du mir aber wirklich alles erzählen können«, beschwerte sich Jeff gekränkt.

»Ich dachte, du hättest die Sache begriffen.«

»Sie hatten sich das alles vorher überlegt – bevor Sie gegen sie loszogen?« fragte Dunne. Ryder nickte. »Sie sind zweifellos intelligenter als ein durchschnittlicher Polizist. Vielleicht würden Sie sogar die Aufnahme ins FBI schaffen. Haben Sie irgendwelche Vorschläge?«

»Lassen Sie LeWinters Telephon abhören.«

»Das ist illegal. Der Kongreß steht Abhöreinrichtungen zur Zeit sehr ablehnend gegenüber – wahrscheinlich hauptsächlich deswegen, weil die Regierung eine Höllenangst hat, selbst abgehört zu werden. Es wird eine oder zwei Stunden dauern, die Leitung anzuzapfen.«

»Das wird dann die zweite Abhörvorrichtung an seiner Leitung sein – das ist Ihnen doch klar, oder?«

»Die zweite?«

»Warum, glauben Sie wohl, hat Sheriff Hartmans Leben ein so jähes Ende gefunden?«

»Weil man befürchtete, daß er reden könnte? Daß ein neuer Rekrut, der noch nicht bis zum Hals im Dreck steckte, versuchen könnte, herauszukommen, bevor es zu spät war?«

»Das auch. Aber wie kommt es, daß er tot ist? Weil Morro LeWinters Leitung angezapft hat! Ich rief von LeWinters Haus aus beim Fernsprechamt an und ließ mir Hartmans Adresse geben – seine Telephonnummer hatte ich ja. Er stand nicht im Telephonbuch – wahrscheinlich, weil er noch nicht lange in dieser Gegend war. Irgend jemand hat das Gespräch mitgehört und war vor uns bei Hartman. Es hat übrigens keinen Sinn, die Kugel sicherzustellen. Es war ein Dum-Dum-Geschoß und hat sich bestimmt zur Unkenntlichkeit verformt – und zu allem Überfluß ist es auch noch in die Ziegelwand eingedrungen, was sich sicherlich auch nicht vorteilhaft auf seine Form ausgewirkt hat. Auch Ballistiker sind schließlich keine Zauberkünstler – einen Lauf zu finden, der zu diesem Überbleibsel einer Kugel paßt, ist schlicht unmöglich.«

»Sie sagten, ›irgend jemand‹ habe das Gespräch mitgehört.«

»Vielleicht Donahure – er kam allmählich zu sich, als wir sein Haus verließen –, oder vielleicht einer von Donahures Verbindungsmännern aus der Unterwelt. Raminoff war nicht sein einziger.«

»Haben Sie bei der Anfrage beim Fernsprechamt Ihren Namen genannt?«

»Das mußte ich ja, sonst hätte ich die Information nicht bekommen, die ich haben wollte.«

»Dann weiß Donahure jetzt also, daß Sie in LeWinters Haus waren. Und damit weiß inzwischen auch LeWinter, wer seine geheimnisvollen Besucher waren.«

»Aber kein Gedanke! Wenn er ihm das sagen würde, müßte

Donahure ihm doch gestehen, daß er selbst sein Telephon angezapft hat oder zumindest weiß, daß es angezapft ist. Und aus demselben Grund kann auch der heimliche Lauscher LeWinter nichts von meinem Gespräch mit Aaron vom ›Examiner‹ erzählen – falls er dieses Gespräch überhaupt mitgehört hat. Es ist eher anzunehmen, daß er sofort losgerast ist, nachdem Hartmans Name gefallen und mir seine Adresse durchgegeben worden war.«

Dunne sah ihn mit einem schwer zu identifizierenden Ausdruck an – er kam ziemlich nahe an Hochachtung heran.

»Sie haben alles bedacht.«

»Ich wünschte, es wäre so, ist es aber leider nicht.«

Eines der Telephone auf dem Schreibtisch läutete. Dunne hörte, was der Anrufer ihm zu sagen hatte, und sein Gesicht wurde vollkommen starr. Er nickte mehrmals, sagte: »Ja, das tue ich«, und legte den Hörer auf. Er sah Ryder schweigend an.

Ohne irgendeine erkennbare Emotion in der Stimme sagte Ryder: »Ich habe Ihnen ja gerade gesagt, daß ich nicht alles bedacht habe. Sie haben Peggy?«

»Ja.«

Jeff sprang so jäh auf, daß sein Stuhl hintenüber fiel. Er war leichenblaß. »Was ist mit Peggy?«

»Sie haben sie als Geisel genommen.«

»Als Geisel! Aber Sie haben gestern abend versprochen... Das FBI ist ein verdammter Saftladen!«

Dunnes Stimme war ganz ruhig. »Zwei Männer aus diesem verdammten Saftladen, wie Sie ihn bezeichnen, wurden niedergeschossen und liegen im Krankenhaus. Einer ist in Lebensgefahr. Peggy ist unverletzt.«

»Setz dich hin, Jeff.« Noch immer ließ Ryders Stimme kein Gefühl erkennen. Er sah Dunne an. »Man hatte mir ja empfohlen, meine Finger aus der Sache zu lassen.«

»Ja. Würden Sie den Amethyst erkennen, den sie am kleinen Finger der linken Hand trägt?« Dunnes Stimme klang bitter.

»Wenn sie ihn Ihnen mit diesem kleinen Finger schicken?«

Jeff hob seinen Stuhl auf und dann stand er da, und seine Hände umklammerten die hölzerne Lehne, als wolle er sie zerbrechen. Seine Stimme klang rauh: »Großer Gott, Dad! Du kannst doch nicht einfach so ruhig dasitzen! Das ist – das ist doch nicht menschlich! Major Dunne redet von Peggy! Begreifst du das? Von unserer Peggy! Wir können doch nicht hierbleiben. Komm, wir fahren sofort los. Wir können in Null Komma nichts dort sein.«

»Langsam, Jeff, langsam. Wohin willst du denn?«

»Nach San Diego natürlich.«

Ryders Stimme klang sehr kühl, als er sagte: »Du wirst nie ein Polizist werden, solange du nicht denkst wie einer. Peggy hängt am äußersten Rand des Spinnennetzes – wir müssen die Spinne finden, die in der Mitte lauert. Finden und töten. Und in San Diego finden wir sie ganz sicher nicht.«

»Dann gehe ich eben allein. Du kannst mich nicht aufhalten. Wenn du es vorziehst, untätig hier herumzusitzen...«

»Halten Sie den Mund!« Dunnes Stimme war ebenso absichtlich grob wie Ryders Stimme kühl geklungen hatte, aber sie wurde gleich darauf wieder sanfter. »Schauen Sie, Jeff, wir wissen ja, daß sie Ihre Schwester ist – Ihre einzige Schwester, Ihre kleine Schwester. Aber San Diego ist kein Provinznest – es ist die zweitgrößte Stadt dieses Staates. Die haben dort Hunderte von Polizisten, Dutzende von erfahrenen Detektiven, FBI – und alle sind sie Experten auf dem Gebiet dieser Art von Menschenjagd. Es sind wahrscheinlich schon über hundert Mann unterwegs, um Peggy zu suchen. Was könnten Sie tun, was die nicht können?« Dunnes Stimme wurde noch eindringlicher. »Ihr Vater hat recht – möchten Sie nicht auch die Spinne erwischen?«

»Doch, ich denke schon.« Jeff setzte sich auf seinen Stuhl, aber seine leicht zitternden Hände verrieten die blinde Wut und die Angst um seine Schwester, die ihn immer noch erfüllten. »Aber warum hat man es auf dich abgesehen, Dad? Warum will man über Peggy an dich herankommen?«

»Weil sie vor ihm Angst haben«, antwortete Dunne anstelle von Ryder. »Weil sie seinen Ruf kennen, seine Entschlossenheit, und weil sie wissen, daß er niemals aufgibt. Und am meisten fürchten sie sich, weil sie wissen, daß er auf eigene Faust arbeitet. LeWinter, Donahure, Hartman – drei Rädchen aus ihrer Maschinerie, sogar vier, wenn man Raminoff dazuzählt – hat er sich innerhalb von Stunden vorgenommen. Wenn er noch Polizist

154

wäre und sich an die entsprechenden Vorschriften halten müßte, wäre er nicht zu einem einzigen von ihnen vorgedrungen.«

»Ja, aber wie…«

»Ganz einfach mit Einsicht«, sagte Ryder. »Ich sagte, daß Donahure es nie wagen würde, zu erzählen, daß wir in LeWinters Haus waren. Aber er erzählte, wer ihm befohlen hat, die Abhörvorrichtung anzubringen. Jetzt, wo es zu spät ist, erkenne ich, daß Donahure viel zu dumm ist, um von sich aus darauf zu kommen, eine Telephonleitung anzuzapfen.«

»Und wer ist ›wer‹?«

»Wahrscheinlich nur eine Stimme am Telephon. Ein Verbindungsmann – ein Verbindungsmann zu Morro. Ich lasse mich über Donahures Dummheit aus!« Er zündete sich eine Zigarette an und sah gedankenverloren dem aufsteigenden Rauch nach. »Und wie stehe ich jetzt da? Der gute, alte Sergeant Ryder! Von wegen alles bedacht!«

Sechstes Kapitel

Schöne Tagesanfänge sind in Kalifornien keine Seltenheit, und auch an diesem Morgen war es windstill, die Luft klar, die Sonne heiß und der Himmel wolkenlos. Die Aussicht von den Sierras über das teils nebelverhangene San-Joaquin-Tal zu den sonnenbeschienenen Berggipfel und Tälern bis zur Küste war atemberaubend schön – eine Aussicht, die alle Herzen erwärmte, außer die der sehr Kurzsichtigen, der sehr Kranken, der unverbesserlichen Menschenfeinde und – in diesem Augenblick – die der Geiseln, die hinter den dicken Mauern des »Adlerhorstes« gefangengehalten wurden. Im Falle der letzteren muß auch noch gesagt werden, daß der Ausblick von der westlichen Festungsmauer hoch über dem Innenhof erheblich beeinträchtigt war – der dreifache Stacheldrahtzaun hatte nicht nur eine vom ästhetischen Standpunkt aus gesehen nachteilige Wirkung, sondern auch vom psychologischen, und die Hochspannung, unter der er stand, verdarb die Aussicht noch zusätzlich.

Susan Ryder jedenfalls wurde es nicht warm ums Herz. Es gab nichts, was ihrer Schönheit wirklich etwas anhaben konnte, aber sie war blaß und müde, und die Ringe unter ihren Augen rührten nicht von verschmierter Augenschminke her. Sie hatte während der ganzen Nacht nur eine Viertelstunde geschlafen, und aus dieser kurzen Ruhepause war sie mit dem Gefühl hochgeschreckt, daß etwas nicht in Ordnung war, daß etwas geschah, das noch weit schlimmer war als ihre Gefangenschaft in diesem schauerlichen Horrorschloß. Susan, deren Mutter Schottin gewesen war, hatte oft, aber halb im Scherz, behauptet, das sogenannte »Erste Gesicht« zu besitzen, das sich von dem bekannten »Zweiten Gesicht« dadurch unterschied, daß sie im gleichen Augenblick, in dem irgendwo etwas Schreckliches geschah, wußte, daß es geschah, aber nicht voraussagen konnte, wann etwas in der Zukunft geschehen würde. Sie war genau in dem Augenblick hochgefahren, als in San Diego die beiden FBI-Agenten niedergeschossen wurden, die ihre Tochter bewacht hatten. Sie war voller Kummer und Angst, aber sie wußte nicht, aus welchem Grund. Und ich bin als fröhlich und unbeschwert bekannt, dachte sie düster. Sie hätte alles dafür gegeben, wenn jetzt die Hand ihres Mannes ihren Arm berührt hätte und wenn sie in sein unendlich beruhigendes Gesicht hätte schauen können.

Eine andere Hand berührte ihren Arm – sie gehörte Julie Johnson. Ihre Augen waren rot und verquollen, als hätte sie einen Großteil der Nacht damit zugebracht, die Alkoholbestände der Bar zu dezimieren, die sich in ihrer Suite befanden. Susan legte schweigend einen Arm um die Schulter des Mädchens und drückte es an sich. Keine der beiden Frauen sagte etwas – es schien nichts zu sagen zu geben. Sie waren die beiden einzigen Menschen auf der Festungsmauer. Sechs der anderen Geiseln wanderten scheinbar ziellos unten im Hof herum. Keiner sprach. Vielleicht wollte jeder seinen eigenen Gedanken nachhängen, vielleicht war aber jetzt auch der Zeitpunkt gekommen, da sie die mißliche Lage, in der sie sich befanden, voll begriffen. Andererseits waren die einschüchternden Mauern auch nicht gerade dazu angetan, einen zu einer fröhlichen Morgenkonversation anzuregen.

Das Läuten der Glocke an der Tür, die zu dem riesigen Speisesaal führte, wurde von allen fast als Erlösung empfunden. Susan und Julie stiegen vorsichtig die Treppe hinunter – es gab hier kein

Geländer – und setzten sich zu den anderen an einen der langen Tische, wo das Frühstück serviert wurde. Das Essen war erstklassig und hätte jedem Luxushotel Ehre gemacht, aber abgesehen von Dr. Healey und Dr. Bramwell, die mit dem guten Appetit von Stammgästen aßen, die sie ja inzwischen waren, nahm niemand mehr zu sich als einen Schluck Kaffee. Nach der Atmosphäre zu urteilen, hätte man glauben können, es handle sich bei diesem Frühstück um eine Henkersmahlzeit.

Mitten in diese düstere Stimmung platzten Morro und Dubois hinein – freundlich lächelnd, höflich, gutgelaunt Guten Morgen wünschend gaben sie der Hoffnung Ausdruck, daß alle eine friedliche Nacht in erholsamem Schlaf verbracht hätten. Nach dieser Einleitung hob Morro fragend die Augenbrauen: »Ich sehe, daß zwei unserer neuen Gäste – Professor Burnett und Dr. Schmidt – nicht hier sind. Achmed« – damit wandte er sich an einen seiner weißgekleideten Anhänger – »geh und frage sie, ob sie nicht so freundlich sein wollen, ebenfalls zum Frühstück zu erscheinen.«

Was sie zwei Minuten später taten. Ihre Anzüge waren zerknittert, als hätten sie darin geschlafen – was auch tatsächlich der Fall war. Sie waren unrasiert und hatten blutunterlaufene Augen, woran allein Morro mit seiner reichhaltigen Getränkeversorgung die Schuld trug. Aber man mußte ihm als mildernden Umstand zugestehen, daß er wahrscheinlich nicht wußte, daß der Ruf der beiden Männer als Wissenschaftler kaum größer war als ihr Ruf, Trinkgelagen niemals ablehnend gegenüberzustehen.

Morro wartete, bis die beiden Männer sich gesetzt hatten, dann sagte er: »Ich habe nur eine kleine Bitte – ich möchte, daß Sie alle das hier unterschreiben. Abraham, würden Sie bitte so gut sein?«

Dubois nickte liebenswürdig, ging mit einem Stapel Papier um den Tisch herum und legte vor jede der zehn Geiseln einen maschinengeschriebenen Brief und ein passendes, adressiertes Kuvert.

»Was zum Teufel hat das zu bedeuten, Sie schwachsinniger Strolch?« Diese höfliche Frage kam natürlich von Professor Burnett, dessen cholerische Veranlagung an diesem Morgen noch durch einen monumentalen Kater verstärkt wurde. »Das ist ja eine Kopie des Briefes, den ich gestern abend an meine Frau geschrieben habe.«

»Wort für Wort, das versichere ich Ihnen. Sie können ihn ganz beruhigt unterschreiben.«

»Ich denke überhaupt nicht daran!«

»Sie scheinen von einer mir unbegreiflichen Gleichgültigkeit zu sein«, sagte Morro. »Als ich Sie bat, diese Briefe zu schreiben, tat ich das nur aus reinem Entgegenkommen – um Ihnen die Möglichkeit zu geben, Ihren Angehörigen ein paar beruhigende Worte zukommen zu lassen. Bitte unterschreiben Sie jetzt alle, vom Ende des Tisches angefangen, nacheinander Ihre Briefe und geben Sie die Kugelschreiber Abraham zurück. Ich danke Ihnen. Sie sehen beunruhigt aus, Mrs. Ryder.«

»Beunruhigt, Mr. Morro?« Sie lächelte ihn an, aber das Strahlen in ihren Augen, das ihr Lächeln sonst begleitete, fehlte. »Warum sollte ich?«

»Deshalb.« Er legte einen adressierten Briefumschlag vor sie auf den Tisch. »Haben Sie das geschrieben?«

»Natürlich, das ist meine Handschrift.«

»Ich danke Ihnen.« Er drehte das Kuvert um, und ihr Mund wurde plötzlich trocken, als sie sah, daß es geöffnet worden war. Morro klappte es auf, strich es glatt und deutete auf einen kleinen grauen Fleck in der Mitte der Rückseite des Umschlages. »Das Papier war natürlich jungfräulich weiß, aber es gibt chemische Substanzen, die selbst die unsichtbarste Schrift sichtbar machen. Nun, nicht einmal die eifrigste Polizistenfrau trägt ständig unsichtbare Tinte mit sich herum. Diese kleinen Schnörkel hier haben eine Essigsäurebasis, die zur Herstellung von Aspirin benutzt wird, aber auch in einigen Fällen in Nagellack vorkommt. Sie benutzen farblosen Nagellack, wie ich sehe. Ihr Mann ist ein hochintelligenter Detektiv mit großer Berufserfahrung, und er weiß sicher, wie intelligent und erfindungsreich seine Frau ist – schon Minuten nach dem Erhalt dieses Briefes hätte er ihn ins Polizeilabor gebracht. Sie haben in Kurzschrift geschrieben. Was besagt die Nachricht, Mrs. Ryder?«

Ihre Stimme klang flach und mutlos. »Adlerhorst.«

»Das ist aber sehr ungezogen von Ihnen, Mrs. Ryder. Clever, wagemutig, nennen Sie es, aber ich finde es ungezogen.«

»Was werden Sie jetzt mit mir machen?«

»Sie meinen, daß wir Sie beispielsweise vierzehn Tage bei Wasser und Brot in ein Verlies werfen? Nein, da irren Sie sich – wir führen keinen Krieg gegen Frauen. Ihr Kummer wird Strafe genug für Sie sein.« Er wandte sich den anderen Zwangsgästen zu:

»Professor Burnett, Dr. Schmidt, Dr. Healey, Dr. Bramwell, ich möchte Sie bitten, mit mir zu kommen.«

Morro ging voran. Er führte die Männer in einen großen Raum, der neben seinem Arbeitszimmer lag. Er war fensterlos, und drei der Wände wurden von hohen Aktenschränken aus Metall verdeckt. An der vierten Wand hingen überraschenderweise Barockgemälde in schweren Goldrahmen – wahrscheinlich die wertvollsten aus von Streichers Sammlung – und ein ebenfalls goldgerahmter Spiegel. In der Mitte des Raumes stand ein großer Tisch mit sechs Stühlen, und auf dem Tisch lag ein ganzer Stoß großer Papierblätter – etwa einszwanzig auf sechzig – und das oberste war klar erkennbar eine Art Diagramm. Am Ende des Tisches stand ein reichbestückter Barwagen.

»Meine Herren« sagte Morro, »ich würde mich freuen, wenn Sie mir einen Gefallen tun würden – ich versichere Ihnen, daß keinerlei Mühe Ihrerseits damit verbunden ist. Seien Sie so freundlich und sehen Sie sich diese Diagramme an, und dann sagen Sie mir, was Sie davon halten.«

»Nicht im Traum«, schnauzte Burnett. Seine Stimme klang wie üblich – grob und voller Verachtung. »Jedenfalls werde ich es nicht tun!«

Morro lächelte. »Sie werden Ihre Meinung schon noch ändern.«

»Ach ja? Wollen Sie mich foltern oder sonstwie Druck auf mich ausüben?«

»Jetzt werden wir aber allmählich kindisch. Sie werden sich die Diagramme aus zwei Gründen ansehen. Erstens wird Ihre natürliche wissenschaftliche Neugier Sie dazu zwingen – und zweitens wollen Sie doch sicher endlich wissen, weshalb Sie eigentlich hier sind.«

Er verließ den Raum und schloß die Tür hinter sich. Irreführenderweise war kein Umdrehen eines Schlüssels zu hören – ein hydraulischer Riegel, der durch Knopfdruck bedient wird, macht nicht das leiseste Geräusch.

Morro ging in sein Arbeitszimmer, das im Augenblick nur von zwei roten Lampen erhellt wurde. Dubois saß vor einem großen Glasbildschirm, der völlig durchsichtig war. Einen Zentimeter davon entfernt war ein Einwegspiegel in die Wand eingelassen, der den Raum, in dem die Wissenschaftler sich momentan aufhielten, vom Arbeitszimmer trennte. Eine Mikrofonanlage ermöglichte es außerdem, daß man jedes Wort verstehen konnte, das die Wissenschaftler sagten. Die Mikrofone waren mit einem Lautsprecher verbunden, der über Dubois' Kopf an der Wand hing, und mit einem Tonbandgerät, das neben ihm stand.

»Wir nehmen nicht alles auf«, sagte Morro. »Der größte Teil der Unterhaltung wird sowieso aus Schimpfkanonaden bestehen. Wir brauchen nur das Wichtigste.«

»Ich verstehe. Aber ich werde vorsichtshalber doch alles aufnehmen – schneiden können wir nachher immer noch.«

Sie beobachteten die vier Männer in dem Raum nebenan, die sich unsicher umsahen. Dann war plötzlich alle Unsicherheit aus den Mienen von Burnett und Schmidt verschwunden. Sie strebten zielsicher auf den Barwagen zu: Burnett goß sich den unvermeidlichen Glenfiddich ein, während Schmidt sich einen Gin genehmigte. Ein kurzes Schweigen folgte, während die beiden sich daran machten, ihr strapaziertes Nervensystem zu festigen.

Healey sah ihnen mit säuerlichem Gesicht zu und stieß dann ein paar nicht gerade druckreife Verwünschungen gegen Morro aus – Dubois und Morro würden wirklich einige Passagen des Tonbands schneiden müssen. Nachdem er sich etwas Luft gemacht hatte, fuhr Healey fort: »Er hat recht, verdammt nochmal! Ich habe nur einen kurzen Blick auf die oberste Blaupause geworfen, und mein Interesse war sofort geweckt. Und ich will auch wirklich wissen, warum wir alle hier sind.«

Burnett betrachtete das oberste Diagramm eine halbe Minute aufmerksam – länger brauchte er nicht, denn sogar ein verkaterter Physiker kann, wenn er Burnetts Format hat, in dieser kurzen Zeit eine große Menge von Informationen aufnehmen. Er sah seine drei Kollegen an, stellte leicht überrascht fest, daß sein Glas leer war, half diesem Zustand am Barwagen schleunigst ab und gesellte sich dann wieder zu den anderen, wobei er das Glas bis zu den Augen hob. »Das hier trinke ich nicht, um meinen Kater zu betäuben, der leider immer noch nicht gewichen ist, sondern um mich gegen das zu wappnen, was wir herausfinden, genauer gesagt, was ich befürchte, daß wir finden. Machen wir uns an die Arbeit, meine Herren?«

Im Arbeitszimmer nebenan klopfte Morro Dubois auf die Schulter und ließ ihn allein.

Barrow sah mit seinem runden, freundlichen, rosigen Gesicht und den babyblauen Augen wie ein Pastor – nein, eher wie ein Bischof – in Zivil aus. In Wahrheit war er der Chef des FBI, und von seinen Agenten fast ebenso gefürchtet wie von den Kriminellen; seine Leidenschaft war es, lichtscheue Elemente solange hinter Gitter zu verbannen, wie das Gesetz es zuließ, und wenn möglich auch noch länger. Sassoon, der Chef des kalifornischen FBI, war ein hochgewachsener, asketisch aussehender und etwas zerstreut wirkender Mann, der viel eher wie ein Universitätsprofessor wirkte. Dieser irreführende Eindruck war schon vielen kalifornischen Strolchen zum Verhängnis geworden. Chrichton war der einzige, der wie das aussah, was er war – der stellvertretende Chef des CIA. Er war ein massiger Mann mit einer Adlernase und kalten grauen Augen. Barrow und er mochten einander nicht sonderlich, was auch für die beiden Organisationen galt, die sie repräsentierten.

Alec Benson, neben dem Professor Hardwick saß, sah die drei Männer unbeeindruckt an, musterte dann abwechselnd Dunne und die beiden Ryders, und sagte schließlich zu Hardwick: »Arthur, dies ist ein großer Tag für uns – drei hochgestellte Beamte des FBI und ein hochgestellter Beamter des CIA geben uns die Ehre. Nun, ihre Anwesenheit hier kann ich einigermaßen begreifen«, er wandte sich an Ryder und dessen Sohn, »aber Sie erscheinen mir in dieser illustren Gesellschaft fehl am Platze. Es liegt mir fern, Sie beleidigen zu wollen, aber Sie sind doch, wenn ich das mal so grob sagen darf, lediglich simple Polizisten – falls es so etwas überhaupt gibt.«

»Ich bin nicht beleidigt, Professor«, entgegnete Ryder. »Es gibt sogar eine Menge simpler Polizisten – eine große Anzahl ist sogar viel zu simpel. Aber wir sind nicht einmal das – wir sind nur ehemalige simple Polizisten!«

Benson hob die Brauen. Dunne sah fragend zu Barrow hinüber. Der nickte: »Sergeant Ryder und sein Sohn haben gestern den Dienst quittiert. Sie hatten dringende private Gründe für diesen Schritt. Sie wissen mehr über die seltsamen Umstände dieser Affäre, als wir alle zusammen. Sie haben bereits erheblich mehr erreicht als wir alle zusammen, wozu allerdings nicht viel gehört, denn wir haben überhaupt noch nichts erreicht, was jedoch nicht überraschend ist, wenn man bedenkt, daß die Sache erst gestern abend ihren Anfang nahm. Sergeant Ryders Frau und seine Tochter werden von diesem Morro als Geiseln festgehalten.«

»Großer Gott!« Bensons Miene war nicht länger gelassen. »Ich bitte Sie um Verzeihung – und versichere Sie meines aufrichtigen Mitgefühls. Vielleicht sind wir es, die kein Recht haben, hier zu sein.« Er wandte sich an Barrow, den höchstgestellten der anwesenden hochgestellten Herren: »Sie sind hier, um sich zu vergewissern, ob oder ob nicht das Cal Tech, als Sprachrohr der verschiedenen staatlichen Institute, und vor allem ich – sozusagen als Sprachrohr der Sprachrohre – die Öffentlichkeit absichtlich irregeführt haben, oder, um es deutlicher zu sagen: ob ich beim Lügen erwischt worden bin.«

Sogar Barrow zögerte. Er war selbst ein fähiger Mann und erkannte, wenn er einen anderen fähigen Mann vor sich hatte – und er kannte auch Bensons Ruf. Er fragte: »Könnte dieses Beben durch eine Atomexplosion ausgelöst worden sein?«

»Das ist möglich, natürlich, aber es ist unmöglich, es mit Sicherheit festzustellen. Ein Seismograph ist nicht in der Lage, den Auslöser eines Erdbebens zu analysieren. Im allgemeinen haben wir keinen Zweifel an den Auslösern. Wir selbst, die Engländer und die Franzosen kündigen die Atomtests an – die beiden anderen Mitglieder des sogenannten nuklearen Clubs sind leider nicht so entgegenkommend. Aber es gibt trotzdem Wege, es herauszufinden. Als die Chinesen eine Atombombe von Megatonnengröße zündeten – eine Megatonne entspricht, wie Sie wahrscheinlich wissen, einer Million Tonnen TNT – trieben radioaktive Gaswolken über die Vereinigten Staaten dahin. Sie waren nur dünn und sehr hoch oben und verursachten keinen Schaden, aber sie waren leicht zu orten. Das war im November 1976. Erdbeben haben fast immer Nachwehen. Aber es gab eine Ausnahme – seltsamerweise ebenfalls im November 76. Seismologische Stationen in Finnland und Schweden registrierten ein Erdbeben – kein großes, irgendwo bei vier Komma irgendwas auf der Richter-Skala – vor der Küste von Estland. Andere Wissenschaftler zogen es in Zweifel – sie nahmen an, daß die Sowjets eine Atombombe auf baltischem Boden gezündet hatten. Die Angelegenheit ist heute noch nicht geklärt – die Sowjets haben natürlich auch nichts zur Klärung beigetragen.«

»Aber in dieser Gegend gibt es keine Erdbeben«, sagte Barrow. »Sie sind auf Ihrem Gebiet Fachmann, und ich auf meinem – es gibt dort zwar nur eine kleine Region, in der Erdbeben vorkommen, aber es gibt sie.«

Barrow lächelte herzlich. »Das FBI nimmt den Verweis an.«

»Ob dieser Morro eine kleine Atombombe gezündet hat oder nicht, kann ich Ihnen also nicht beantworten.« Er wandte sich an Hardwick: »Glauben Sie, daß sich irgendein angesehener Seismologe in diesem Staat eine definitive Beantwortung dieser Frage zutrauen würde?«

»Nein.«

»Damit ist erst einmal die eine Frage beantwortet, wenn auch nicht gerade zufriedenstellend – aber es ist natürlich nicht die, die Ihnen wirklich am Herzen liegt. Sie wollen wissen, ob das Epizentrum des Bebens im White-Wolf-Bruch oder – wie Morro behauptet – im Garlock-Bruch lag. Meine Herren, ich muß Ihnen gestehen, daß ich gelogen habe.«

Tiefes Schweigen folgte diesem Geständnis.

»Warum?« fragte Crichton schließlich – er war als einsilbig bekannt.

»Weil es unter den gegebenen Umständen das Beste zu sein schien. Und rückblickend erscheint es mir immer noch als das Beste.«

»Warum?« fragte Crichton nochmals – er war ebenfalls als hartnäckig bekannt.

»Ich werde versuchen es zu erklären: Mr. Sassoon, Major Dunne und die beiden Polizisten – Verzeihung, Ex-Polizisten –

werden es verstehen. Für Sie und Mr. Barrow ist es vielleicht nicht so einfach.«

»Warum?«

Benson gelangte allmählich zu der Ansicht, daß Chrichtons Wortschatz sehr begrenzt war, aber er enthielt sich eines Kommentars. »Weil diese vier Männer Kalifornier sind, und Sie beide nicht.«

Barrow lächelte. »Ein Staat für sich – wird er sich demnächst von der Union lossagen?«

»Kalifornien ist wirklich ein Staat für sich, aber nicht in diesem Sinn. Er hat eine Sonderstellung, weil es der einzige Staat der Union ist, in dem sich die Bevölkerung ständig mit dem Gedanken an morgen herumschlägt – nicht wann es kommt, sondern ob. Der Gedanke, daß eines Tages die kalifornische Welt untergeht, verläßt uns niemals.«

»Durch ein Erdbeben, meinen Sie?« fragte Barrow.

»Von verwüstenden Ausmaßen. Die Angst kristallisierte sich nie ganz deutlich heraus bis zum Jahr 1976 – es ist heute früh schon das dritte Mal, daß ich dieses Jahr erwähne, nicht wahr? 1976 war ein schlimmes Jahr, ein Jahr, das die Menschen zwang, sich Gedanken über ein Problem zu machen, das sie lieber verdrängt hätten.« Benson nahm ein Blatt Papier in die Hand und las vor: »Vierter Februar, Guatemala: Sieben Komma fünf auf der Richter-Skala. Zehntausende starben. Sechster Mai, Italien: Sechs Komma fünf. Hunderte von Toten, große Gebiete verwüstet. Später im gleichen Jahr ereignete sich dort ein weiteres Erdbeben, das die wenigen Häuser auch noch zum Einsturz brachte, die das erste überstanden hatten. Sechzehnter Mai, Sowjetisch-Zentralasien: Sieben Komma zwei. Verluste an Menschen und Sachwerten unbekannt – die Sowjets reden nicht gern über solche Dinge. Siebenundzwanzigster Juli, Tangshan: Acht Komma zwei. Über sechshunderttausend Tote und noch mehr Verletzte – da die Katastrophe eine dichtbesiedelte Gegend heimgesucht hatte, waren auch große Städte wie Peking und Tientsin mit betroffen. Im folgenden Monat mußte der Süden der Philippinen dran glauben: Acht Komma null. Weitreichende Verwüstungen, genaue Verlustzahlen unbekannt, aber hoch in die Zehntausende gehend – teilweise aufgrund des Bebens und zum anderen Teil aufgrund der riesigen Flutwelle, die nachkam, da das Epizentrum des Bebens unter Wasser lag. Am neunten November wurden die Philippinen noch einmal von einem Erdbeben heimgesucht, diesmal weiter nördlich: Sechs Komma acht. Keine präzisen Zahlen bekannt. Der November dieses denkwürdigen Jahres hatte es überhaupt in sich – er brachte ein drittes Erdbeben in der Region der Philippinen, eins im Iran, eins in Nordgriechenland, fünf in China und zwei in Japan. Am schlimmsten erwischte es die Türkei: Fünftausend Tote.

Und all diese Erdbeben waren auf die Bewegung der Pazifischen Platte zurückzuführen, die den sogenannten Feuerring um den Pazifik verursacht. Der für uns interessanteste Teil dieses Feuerrings ist – wie jeder weiß – der San-Andreas-Graben, wo sich die nach Nordosten wandernde Pazifische Platte an der nach Westen drängenden Amerikanischen Platte reibt. Geologisch gesehen befinden wir uns im Augenblick nicht wirklich in Amerika, sondern auf der Pazifischen Platte, und man muß wirklich nicht über ein ungewöhnliches Maß an Intelligenz verfügen, um zu wissen, daß wir in nicht allzu ferner Zukunft auch physisch nicht mehr ein Teil Amerikas sein werden. Eines Tages wird die Pazifische Platte die Westküste Kaliforniens ins Blaue entführen, denn im Osten liegt der San-Andreas-Graben, im Westen der Newport-Inglewood-Graben, der 1933 das Long-Beach-Beben verursachte – und im Norden der San-Fernando-Bruch – er war, wenn Sie sich erinnern, für das außerordentlich unangenehme Beben im Februar 72 verantwortlich. Seismologisch gesehen kann nur ein Irrer auf die Idee kommen, sich im Umkreis von Los Angeles niederzulassen. Alles in allem eine ausgesprochen heimelige Gegend, finden Sie nicht, meine Herren?«

Benson sah seine Zuhörer an – keiner von ihnen schien sich besonders heimelig zu fühlen.

»Nach all den Katastrophen, die ich Ihnen jetzt aufgezählt habe, ist es wohl nicht verwunderlich, daß die Kalifornier sich in wachsendem Maße zu fragen begannen, wann sie denn nun an der Reihe wären. Wir sitzen mitten auf einem geologischen Pulverfaß, und es kann jederzeit hochgehen. Es ist nicht besonders angenehm, mit einem solchen Gedanken leben zu müssen. Und die Leute orientieren sich nicht an den Erdbeben der Vergangen-

Leit. Wir wissen nur von vier großen Erdbeben, die unser Land heimgesucht haben, und von denen waren nur zwei wirklich eindrucksvoll – laut Richter-Skala erreichten sie eine Stärke von acht Komma drei. Das eine fand 1872 in Owens Valley statt, und das andere 1906 in San Francisco. Aber die Leute fürchten sich nicht vor einer Wiederholung eines derartigen Bebens – sie sehen die totale Vernichtung auf sich zukommen. Bisher gab es erst zwei solche Katastrophen: Stärke acht Komma neun auf der Richter-Skala – etwa sechsmal so stark wie das Beben von San Francisco.« Benson schüttelte den Kopf: »Theoretisch ist es sogar möglich, daß ein Beben Stärke zehn oder sogar zwölf auf der Richter-Skala erreicht, aber sogar die Wissenschaftler können sich nicht dazu überwinden, die Folgen einer solchen Katastrophe auszumalen. Diese beiden verheerenden Beben ereigneten sich in den Jahren 1906 und 1933 – das erstere in Ecuador, das letztere in Japan. Ich werde den beiden Herren aus Washington die Auswirkungen nicht beschreiben, sonst nehmen sie das erste Flugzeug zurück nach Osten – wenn sie es schaffen sollten, den Flughafen von Los Angeles zu erreichen, bevor sich der Boden unter ihnen öffnet. Sowohl Ecuador als auch Japan sitzen rittlings auf dem pazifischen Feuerring. Und das gilt auch für Kalifornien. Warum sollten also nicht wir als nächste dran sein?«

»Die Idee mit dem Flugzeug gewinnt an Reiz«, stellte Barrow fest. »Was würde nun aber wirklich geschehen, wenn ein Erdbeben der genannten Stärke losbräche?«

»Mit angemessen düsterer Stimmlage muß ich zugeben, daß ich sehr viel Zeit damit verbracht habe, über diese Frage nachzudenken. Nehmen wir einmal an, das Beben fände hier statt, wo wir jetzt sitzen. Dann würden wir am Morgen aufwachen – das ist natürlich nur so eine Redensart, denn Tote können schließlich nicht aufwachen – und würden feststellen, daß da, wo vorher Los Angeles war, der Pazifik wäre, und Los Angeles in den Fluten dessen versunken wäre, was früher die Santa-Monica-Bucht und der San-Pedro-Kanal war. Und die San-Gabriel-Berge wären vielleicht justament dort heruntergestürzt, wo wir jetzt sitzen. Wenn das Beben im Meer stattfände...«

»Wie wäre denn das möglich?« Barrows heitere Stimmung schwand. »Der Graben läuft doch durch Kalifornien.«

»Naja, ihr aus dem Osten habt eben keine Ahnung. Der Bruch läuft südlich von San Francisco in den Pazifik hinaus, am Golden Gate entlang und kehrt im Norden zum Festland zurück. Ein Beben vor dem Golden Gate wäre sicher nicht uninteressant. San Francisco wäre natürlich weg – wahrscheinlich sogar die ganze Halbinsel. Und Marin County würde dasselbe Schicksal erleiden. Aber den wirklichen Schaden...«

»Den wirklichen Schaden?« echote Chrichton.

»Sehr richtig – den wirklichen Schaden würden die Wassermassen anrichten, die vom Meer her in die Bucht von San Francisco eindringen würden. Und wenn ich Wassermassen sage, dann meine ich Wassermassen. Oben in Alaska haben Erdbeben – und dafür haben wir Beweise – den Wasserspiegel bis zu hundertzwanzig Meter über seinen Normalstand ansteigen lassen. Richmond, Berkeley, Oakland und alles bis nach Palo Alto und San José würde versinken – die Santa-Cruz-Berge wären plötzlich eine Insel. Und was noch schlimmer wäre – das landwirtschaftliche Herz Kaliforniens, die beiden herrlichen Täler von San Joaquin und Sacramento, würde überflutet, und der größte Teil der Täler liegt weniger als neunzig Meter über dem Meeresspiegel.«

Benson nickte versonnen. »Ich hatte bis jetzt noch nicht darüber nachgedacht, aber wenn ich es mir recht überlege, würde ich mich zur fraglichen Zeit auch nicht sehr gern in der Hauptstadt aufhalten, denn sie würde unter der ersten Flutwelle begraben, die durch das Bett des Sacramento River heranstürmen würde. Vielleicht haben Sie nun allmählich Verständnis dafür, warum meine Kollegen und ich es für besser halten, die Bevölkerung nicht zu beunruhigen und mit derartigen Informationen zu belasten.«

»Ich denke, ja.« Barrow wandte sich an Dunne: »Wie ist Ihnen als Kalifornier diesbezüglich zumute?«

»Ziemlich entsetzlich.«

»Sehen Sie die Dinge genauso schwarz wie Professor Benson?«

»Genauso schwarz? Wenn es eine Steigerung für schwarz gäbe, dann müßte ich sie anwenden. Aber der Professor ist auf dem besten Weg, mich noch zu übertreffen.«

»Es gibt noch ein paar Faktoren, die ich anführen möchte«,
fuhr Benson fort. »Im Laufe des letzten Jahres haben Leute sich
in Berichte vertieft und am Ende gewünscht, sie hätten es nicht
getan. Nehmen wir zum Beispiel den nördlichen Teil des San-
Andreas-Grabens: Es ist bekannt, daß im Jahre 1833 dort ein er-
hebliches Erdbeben stattfand, dessen genaue Stärke wir jedoch
leider nicht kennen, da man sie damals noch nicht messen
konnte. Das große Beben von San Francisco im Jahre 1906 ereignete sich achtundsechzig Jahre später an der gleichen Stelle. 1957
gab es eins in Dale City; aber mit seiner Stärke von nur fünf
Komma drei war es geologisch irrelevant. Es hat jetzt oben im
Norden seit einundsiebzig Jahren kein ›ordentliches‹ Erdbeben
mehr gegeben – wenn Sie mir diese Bezeichnung gestatten wollen. Es ist sozusagen überfällig.

Im südlichen Teil des San-Andreas-Grabens hat seit 1857 kein
größeres Beben mehr stattgefunden – seit hundertzwanzig Jahren! Entsprechende Aufnahmen zeigen, daß die Pazifische Platte
in Relation zur Amerikanischen Platte jährlich fünf Zentimeter
nach Nordosten wandert. Wenn ein Erdbeben stattfindet, macht
eine Platte sozusagen einen Satz in Relation zur anderen, und das
nennt man eine seitliche Verwerfung. Im Jahre 1906 wurden
Verwerfungen von viereinhalb bis fünf Komma vier Metern ge-
messen. Wenn man die Bewegung von fünf Zentimetern pro Jahr
den Berechnungen zugrunde legt, könnte in hundertzwanzig
Jahren das Druckpotential bis zu sechs Metern ansteigen. Und
wenn wir diesen Grundgedanken akzeptieren – was bei weitem
nicht alle tun –, ist ein Erdbeben im Gebiet von Los Angeles ganz
entschieden überfällig.

Was den mittleren Teil des San-Andreas-Grabens betrifft, so
ist aus diesem Gebiet keine erhebliche Erdbebentätigkeit bekannt. Seit wann also dort ein Beben fällig ist, weiß niemand.
Natürlich gibt es auch noch die Möglichkeit, daß das Große Beben in einem der anderen Brüche stattfindet, wie zum Beispiel
im Garlock, dem zweitgrößten in diesem Staat, in dem sich seit
Jahrhunderten nichts getan hat.« Benson lächelte. »Das wäre
doch was, meine Herren: ein Ungeheuer, das im Garlock-Bruch
lauert.

Was die Bevölkerung auch nicht gerade beruhigt, sind die

Ausführungen renommierter Wissenschaftler in Zeitungen, Radio und Fernsehen, die sich mit den Zukunftsaussichten unseres Staates befassen. Ob es richtig ist, sich öffentlich über dieses Thema auszulassen, muß jeder selbst wissen – ich bin dagegen, aber ich muß damit nicht recht haben.

Der berühmte Physiker Peter Franken erwartet, daß das nächste Erdbeben gigantische Ausmaße haben wird, und er hat die Zahl der voraussichtlichen Todesopfer zwischen zwanzigtausend und einer Million angesetzt. Er hat auch vorausgesagt, daß für den Fall, daß das Erdbeben im mittleren Teil des San-Andreas-Grabens stattfindet, die Schockwellen San Francisco und Los Angeles höchstwahrscheinlich zerstören würden – es kommt sicher nicht von ungefähr, daß in Kalifornien – pro Kopf gerechnet – mehr Beruhigungsmittel und Schlaftabletten konsumiert werden, als irgendwo anders auf der Welt.

Auch zu dem ›Notfall-Plan‹ von San Francisco haben sich Wissenschaftler geäußert. Es ist allgemein bekannt, daß nicht weniger als sechzehn Krankenhäuser im ›Baukasten-System‹ an verschiedenen Stellen der Stadt darauf warten, im Katastrophenfall weiter ausgebaut zu werden. Ein führender Wissenschaftler vertrat mit düsterer Miene die Ansicht, daß die meisten dieser ›Baukästen‹ im Fall eines starken Bebens wahrscheinlich zerstört würden und daß das Ganze – angenommen die Stadt ist überflutet und die Halbinsel abgeschnitten – sowieso nutzlos wäre. Diese Feststellung kann auf die Bewohner von San Francisco nicht gerade tröstlich gewirkt haben. Einige Wissenschaftler geben Los Angeles und San Francisco noch eine Lebenserwartung von fünf Jahren – andere nur zwei. Ein Seismologe gibt Los Angeles sogar nur noch ein Jahr. Ist er ein Spinner? Eine Kassandra? Nein, ganz im Gegenteil – er verdient es durchaus, daß man seinen Warnungen Gehör schenkt. Es handelt sich um einen gewissen James H. Whitcomb von der Cal Tech. Er stellt die zuverlässigsten Erdbebenprognosen – seine Voraussagen sind geradezu beängstigend genau. Er sagt, daß das Erdbeben nicht unbedingt vom San-Andreas-Graben ausgehen muß, aber daß es sehr bald kommen wird.«

»Glauben Sie ihm?« fragte Barrow.

»Lassen Sie es mich so formulieren: Wenn uns jetzt, während

wir hier sitzen, die Decke auf den Kopf fiele, wäre ich nicht im mindesten erstaunt – allerdings bliebe mir wohl auch kaum Zeit dazu. Ich für meine Person bezweifle nicht, daß Los Angeles früher oder später durch eine Erdbebenkatastrophe ausradiert wird.«

»Wie sahen die Reaktionen auf Whitcombs Prophezeiung aus?«

»Eine Menge Leute reagierten regelrecht panisch, einige Wissenschaftler hingegen zuckten ungerührt mit den Schultern – die Möglichkeiten, Erdbeben vorauszusagen, sind ihrer Meinung nach noch sehr begrenzt. Sehr interessant war, daß Whitcomb von einer Behörde sofort mit einer strafrechtlichen Verfolgung gedroht wurde, da seine Aussagen den Wert von Grundbesitz erheblich schmälerten.« Benson seufzte. »Die Geschäftsleute meinen, wenn sie die düsteren Voraussagen unter den Teppich kehren, treffen sie nicht ein. So war das auch vor zwölf Jahren in Japan, in einer Stadt namens Matsushiro. Die dortigen Wissenschaftler sagten für einen bestimmten Zeitpunkt ein Erdbeben von einer bestimmten Stärke für diese Gegend voraus. Die ortsansässigen Hoteliers schäumten vor Wut und drohten den Wissenschaftlern alle möglichen Konsequenzen an. Aber es half alles nichts – die Prognose erfüllte sich präzise.«

»Was geschah?«

»Die Hotels stürzten ein. Ja, ja, die Wirtschaft... Wenn Dr. Whitcomb zum Beispiel voraussagen würde, daß ein Beben im Newport-Inglewood-Graben stattfände, hätte das die sofortige Schließung des Hollywood-Rennplatzes zur Folge – er liegt exakt auf dem Graben, und man kann schließlich nicht Zehntausende von Menschen in eine mögliche Todesfalle locken. Dann verginge vielleicht eine Woche, vielleicht noch eine und nichts täte sich. Die finanziellen Verluste erreichten Millionenhöhe. Können Sie sich vorstellen, auf wieviel Schadenersatz Dr. Whitcomb verklagt würde?

Aber die Menschen, die den Kopf in den Sand stecken, werden immer weniger, und das Resultat ist, daß sich in manchen Gebieten eine Stimmung breitmacht, die schon gefährlich nahe an Hysterie herankommt. Was soll man aber auch tun? Warnen, prophezeien oder nichts sagen, um die Angst nicht noch zu steigern?

Meiner Meinung nach ist der springende Punkt folgender: Wie kann man drei Millionen Menschen – soviele leben in Los Angeles – aufgrund einer bloßen Prognose evakuieren? Dies ist doch ein freies Land! Wie kann man praktisch die ganze kalifornische Küste schließen und unbegrenzte Zeit tatenlos in der Gegend herumhängen, während man darauf wartet, daß die Prophezeiungen eintreffen? Wo soll man diese etwa zehn Millionen Menschen unterbringen? Wie kann man sie zwingen, ihr Heim zu verlassen, wenn sie nicht wissen, wo sie hinsollen? Hier ist ihr Zuhause, hier arbeiten sie und hier haben sie ihre Freunde. Woanders gibt es kein Zuhause, keine Arbeit und keine Freunde. Sie müssen hier leben und irgendwann auch sterben.

Und während sie auf ihren Tod warten, sollte man, meiner Ansicht nach, ihren Seelenfrieden nicht unnötig beeinträchtigen. Den Christen, die in römischen Verliesen darauf warteten, den Löwen zum Fraß vorgeworfen zu werden, hätte es sicherlich auch nicht geholfen, wenn man sie fortwährend an ihr bevorstehendes Ende erinnert hätte. Man sollte den Menschen nicht die Hoffnung nehmen, denn die haben sie nach wie vor, wie groß ihre latente Angst auch sein mag.

Nun, das ist meine Einstellung und meine Antwort. Ich habe gelogen was das Zeug hielt, und ich beabsichtige, es auch weiterhin zu tun. Ich werde alle Verdächtigungen, daß wir uns geirrt haben, ganz entschieden zurückweisen. Aber mir geht es hier nicht um eine Lüge, sondern um eine Überzeugung. Ich glaube, ich habe meinen Standpunkt ausreichend erklärt. Akzeptieren Sie ihn?«

Barrow und Crichton wechselten einen schnellen Blick, wandten sich dann Benson zu und nickten unisono.

»Ich danke Ihnen, meine Herren. Was diesen Irren betrifft, diesen Morro, so kann ich Ihnen überhaupt nicht helfen – ich fürchte, dieses Problem lastet allein auf Ihren Schultern.« Er schwieg einen Augenblick und fuhr dann fort: »Wie kann man nur damit drohen, eine Atombombe zu zünden! Ich muß sagen, in meiner Eigenschaft als betroffener Bürger wüßte ich nur zu gerne, was dieser Strolch vorhat. Glauben Sie ihm eigentlich?«

»Ich weiß es nicht«, sagte Crichton.

»Haben Sie keine Vermutung, worauf er hinauswill?«

»Nicht die mindeste.«

»Führt er einen Nervenkrieg und hofft, daß Sie vor lauter Angst fatale Fehler begehen?«

»Das erscheint mir sehr wahrscheinlich«, nickte Barrow. »Aber vorläufig wissen wir noch gar nicht, was wir überhaupt tun sollen – solange dieser Zustand anhält, sind wir jedenfalls nicht in Gefahr, irgendwelche Fehler zu machen.«

»Wenn er die Bombe nur nicht in einer bewohnten Gegend hochgehen läßt! Wenn Sie den Ort und den Zeitpunkt der angekündigten – äh – Demonstration erfahren, reservieren Sie mir dann einen Logenplatz?«

»Schon genehmigt«, sagte Barrow. »Wir wollten Sie sowieso einladen. Gibt es noch etwas, meine Herren?«

»Ja«, meldete sich Ryder. »Wäre es möglich, Lesestoff über Erdbeben zu bekommen – hauptsächlich über die neuesten?«

Alle sahen ihn verblüfft an – alle außer Benson. »Aber selbstverständlich, Sergeant. Geben Sie diese Karte in der Bücherei ab, dann bekommen Sie alles, was Sie interessiert.«

»Eine Frage, Professor«, sagte Dunne. »Wie ist denn das mit diesem tollen Programm, mit dem Erdbeben gesteuert werden können – könnte man damit das Große Beben, vor dem alle Welt zittert, nicht hinauszögern oder erheblich abschwächen?«

»Wenn das Versuchsprogramm schon vor fünf Jahren begonnen hätte, wäre diese Chance vielleicht gegeben. Aber wir fangen erst an. Es wird drei, vielleicht sogar vier Jahre dauern, bis wir echte Resultate sehen. Und ich spüre es in den Knochen, daß das Ungeheuer sich nicht solange gedulden wird – irgendwo da draußen lauert es darauf, uns zu verschlingen.«

Siebentes Kapitel

Es war halb elf Uhr vormittags, als Morro wieder in sein Arbeitszimmer kam. Dubois saß nicht mehr vor dem Einwegspiegel, sondern hinter Morros Schreibtisch, auf dem sich die Spulen von zwei Tonbandgeräten drehten. Er schaltete sie aus und sah auf.

»Ist die Beratung vorüber?« fragte Morro.

»Seit zwanzig Minuten. Jetzt beraten sie über etwas anderes.«

»Wie sie uns ins Handwerk pfuschen können, was?«

»Worüber sonst? Ich habe schon vor einer ganzen Weile aufgehört zuzuhören. Die Männer da drin könnten keinen zurückgebliebenen Fünfjährigen von einem einmal gefaßten Plan abbringen. Und außerdem sind sie nicht in der Lage, zusammenhängende Sätze zu sprechen, geschweige denn, vernünftige Gedanken zu fassen.«

Morro ging zum Einwegspiegel hinüber und schaltete den Lautsprecher ein, der über seinem Kopf angebracht war. Die vier Wissenschaftler lagen halb auf der Tischplatte und hatten Flaschen vor sich stehen, um sich die Mühe zu sparen, aufstehen und zum Barwagen gehen zu müssen. Burnett sprach gerade – sein Gesicht war vom Alkohol oder vom Zorn gerötet oder von beidem, und seine Aussprache ließ einiges zu wünschen übrig.

»Gottverdammter Mist, gottverdammter, verfluchter Dreck! Hier sitzen wir vier. Schaut uns bloß mal an. Wir sollen angeblich die hellsten Köpfe im ganzen Land sein – was die Atomphysik betrifft, jedenfalls. Geht es über unseren Verstand, meine Herren, sind wir zu beschränkt, um den teuflischen Machenschaften dieses Ungeheuers namens Morro einen Riegel vorzuschieben? Ich will sagen...«

»Ach, halten Sie endlich den Mund«, unterbrach ihn Bramwell. »Das ist jetzt das vierte Mal, daß wir uns das anhören.«

Er goß sich einen Wodka ein, lehnte sich zurück und schloß die Augen. Healey lümmelte mit aufgestützten Ellenbogen auf dem Tisch und hatte das Gesicht in den Händen vergraben. Schmidt schwebte auf einer Wolke von Gin und starrte unverwandt ins Unendliche. Morro schaltete den Lautsprecher aus und wandte sich ab.

»Ich kenne weder Burnett noch Schmidt, aber ich denke, Sie benehmen sich wie immer – aber Healey und Bramwell überraschen mich: sie sind relativ nüchtern, aber sie verhalten sich ganz entschieden anders als sonst. In den sieben Wochen, die sie jetzt hier sind, waren sie doch immer sehr zurückhaltend.«

»In den letzten sieben Wochen waren sie auch keiner derartigen Nervenbelastung ausgesetzt. Wahrscheinlich haben sie gerade den schlimmsten Schock ihres Lebens erfahren.«

»Sie meinen, sie haben begriffen, worum es geht?«

»Den richtigen Verdacht hatten sie sofort, und die Gewißheit nach fünfzehn Minuten. Den Rest der Zeit haben sie damit verbracht, irgendeinen Fehler in den Entwürfen zu finden. Aber sie finden natürlich keinen. Und alle vier wissen, wie man eine Wasserstoffbombe konstruiert.«

»Wie lange dauert es noch?«

»Etwa zwanzig Minuten.«

»Und wenn ich helfe?«

»Zehn.«

»Dann werden wir den Herren in fünfzehn Minuten noch einen weiteren Schock verabreichen, und der wird wohl einen ziemlich ernüchternden Effekt haben.«

Pünktlich fünfzehn Minuten später wurden die vier Wissenschaftler ins Arbeitszimmer gebracht. Morro bot ihnen persönlich Platz in den tiefen Sesseln an, neben denen auf Beistelltischchen für jeden Drinks standen. Außer ihnen befanden sich noch zwei von Morros Untergebenen in bodenlangen Gewändern im Raum – Morro war nicht sicher, wie die Physiker auf die bevorstehende Nachricht reagieren würden, und so war es gut für ihn zu wissen, daß seine beiden Diener ihre Ingrams unter den Gewändern hervorreißen und in Anschlag bringen konnten, bevor einer der Wissenschaftler sich auch nur aus seinem Sessel hochgehievt hätte.

»Nun, wollen mal sehen«, begann Morro leutselig, »Glenfiddich für Professor Burnett, Gin für Dr. Schmidt, Wodka für Dr. Bramwell und Bourbon für Dr. Healey.«

Morro war ein großer Anhänger der Überraschungstaktik. Als die vier hereingekommen waren, hatten Burnett und Schmidt wütend ausgesehen, Bramwells Gesicht war nachdenklich gewesen und Healeys Miene hatte Besorgnis ausgedrückt. Jetzt lag auf allen Gesichtern eine Mischung aus Mißtrauen und Verblüffung.

Burnett war wie üblich in aufsässiger Stimmung: »Woher zum Teufel wußten Sie, was wir trinken?«

»Wir sind eben aufmerksame Gastgeber. Wir versuchen, Sie zufriedenzustellen. Und wir machen uns Gedanken – wir waren der Meinung, daß Ihr Lieblingsdrink den Schock, den Sie vielleicht gleich erleben werden, etwas mildern würde. Aber jetzt zum Geschäft: Was stellen die Blaupausen Ihrer Meinung nach dar?«

»Wie wär's, wenn Sie zur Hölle führen?« schnaubte Burnett.

»Gar kein so übler Gedanke – vielleicht treffen wir uns dort eines Tages alle wieder. Ich wiederhole meine Frage.«

»Und ich meine Antwort.«

»Sie werden mir die richtige Antwort schon noch geben«, sagte Morro überzeugt.

»Und wie wollen Sie das erreichen? Durch Folter?« Burnetts Aufsässigkeit hatte ätzender Verachtung Platz gemacht. »Wir können Ihnen nichts sagen, über das wir nichts wissen.«

»Folter? Meine Güte, nein! Immerhin werde ich Sie später noch brauchen. Der Gedanke, Sie zu foltern, ist mir bisher noch gar nicht gekommen. Ihnen, Abraham?«

»Nein, mir auch nicht, Mr. Morro«, Dubois überlegte. »Aber die Idee ist einer Erwägung wert.« Er trat zu Morro und flüsterte ihm etwas ins Ohr.

Morro machte ein schockiertes Gesicht: »Aber Abraham, Sie kennen mich doch – ich führe doch keinen Krieg gegen Unschuldige.«

»Sie verdammter Heuchler!« Burnetts Stimme war heiser vor Wut. »Deshalb haben Sie wohl auch die beiden Frauen hierher verschleppt.«

»Mein lieber Freund...«

»Es ist irgendeine Art Bombe«, sagte Bramwell mit müder Stimme. »Soviel ist jedenfalls sicher. Es könnte der Konstruktionsplan für eine Atombombe sein – dieser Gedanke schien uns der nächstliegende, da Sie anscheinend mit Vorliebe Kernbrennstoff stehlen. Ob sie allerdings funktionsfähig ist, können wir nicht beurteilen. Es gibt in diesem Land Hunderte von Atomphysikern, aber die Anzahl derer, die wirklich in der Lage sind, eine Atombombe zu konstruieren, ist sehr begrenzt. Und wir gehören auf keinen Fall dazu. Und was die Wissenschaftler betrifft, die eine Wasserstoffbombe bauen können – nun, ich habe noch keinen kennengelernt. Unsere wissenschaftliche Arbeit beschränkt sich ausschließlich auf die friedliche Nutzung der Atomenergie. Healey und ich wurden entführt, als wir in einem

Laboratorium arbeiteten, in dem ausschließlich Elektrizität produziert wurde. Burnett und Schmidt wurden, wie wir alle wissen, aus dem Kernkraftwerk San Ruffino entführt, und in Kernkraftwerken baut man keine Wasserstoffbomben.«

»Sehr clever«, sagte Morro anerkennend. »Sie schalten wirklich schnell. Abraham, bitte das Exzerpt. Wie lange dauert es?«

»Dreißig Sekunden.«

Dubois schaltete ein Tonbandgerät auf schnellen Rücklauf, beobachtete aufmerksam das Zählwerk und stoppte den rasenden Lauf der Spulen bei einer bestimmten Zahl. Er drückte auf einen Knopf und sagte: »Zuerst Healey.«

Gleich darauf klang Healeys Stimme durch den Raum: »Es gibt also keinen Zweifel?«

Schmidts Stimme: »Keinen. Ich wußte schon beim ersten Blick auf diese teuflischen Blaupausen, was ich vor mir hatte.«

Bramwells Stimme: »Das Schaltschema, die Materialien, die Umhüllung, der Auslösemechanismus – alles da. Können Sie es bestätigen, Burnett?«

Es folgte eine kurze Pause, und dann kam Burnetts Stimme aus dem Lautsprecher, seltsam flach und tonlos: »Entschuldigen Sie, meine Herren, aber diesen Drink habe ich wirklich gebraucht. Was wir da gesehen haben, ist tatsächlich ›Tante Sally‹. Schätzungsweise dreieinhalb Megatonnen Sprengkraft – etwa vierhundertmal soviel wie die Bomben, die Hiroshima und Nagasaki zerstörten. Mein Gott, wenn ich daran denke, daß Willi Aachen und ich diesen Entwurf mit Champagner begossen haben...«

Dubois schaltete das Tonbandgerät aus. Morro wandte sich an Burnett: »Ich bin überzeugt, Sie könnten diese Pläne sogar auswendig zeichnen, wenn es nötig wäre. Sie werden zugeben, daß es für uns von großem Nutzen sein kann, einen Mann wie Sie hier zu haben.«

Die vier Physiker saßen da wie betäubt. »Kommen Sie her, meine Herren«, forderte Morro sie auf. Er ging ihnen voran zu dem Fenster, drückte auf einen Knopf, und in dem Raum, in dem die Wissenschaftler die Blaupausen studiert hatten, flammte das Licht auf. Er sah die vier Männer an, aber auf seinem Gesicht war weder Befriedigung noch Triumph zu erkennen – Morro neigte nicht zu Gefühlsäußerungen, in welcher Richtung auch immer.

»Ihre Mienen ließen uns alles erkennen, was wir wissen wollten.« Wenn die vier Wissenschaftler nicht von der Ungeheuerlichkeit der Situation, in der sie sich befanden, überwältigt gewesen wären, hätten sie erkannt, daß Morro, der ganz offensichtlich weitere Verwendung für sie hatte, ihnen lediglich seine Überlegenheit vor Augen führen und ihnen ein Gefühl der Hilflosigkeit und Hoffnungslosigkeit vermitteln wollte.

»Aber natürlich waren auch die Tonbandaufnahmen von Nutzen. Ich an Ihrer Stelle hätte sofort den Verdacht gehabt, daß der Raum abgehört würde, aber geniale Männer wie Sie sind, wenn es nicht um ihr Spezialgebiet geht, naiv wie kleine Kinder. Abraham, wie lang ist die gesamte Aufnahme?«

»Siebeneinhalb Minuten, Mr. Morro.«

»Gönnen Sie den Herren den Genuß, das Ganze zu hören. Ich muß mich mal um den Hubschrauber kümmern, bin aber gleich wieder da.«

Es dauerte genau zehn Minuten, bis Morro zurückkam. Drei der Wissenschaftler saßen verbittert und vernichtet in ihren Sesseln. Burnett hingegen war gerade wieder dabei, den schier unerschöpflichen Vorrat an Glenfiddich um einige weitere Gläser zu reduzieren.

»Ich habe noch eine kleine Aufgabe für Sie, meine Herren. Ich möchte, daß jeder von Ihnen eine kurze Bestätigung auf Band spricht, daß sich alle erforderlichen Konstruktionspläne zum Bau einer Wasserstoffbombe von Megatonnensprengkraft in meinem Besitz befinden. Sie werden keinerlei Angaben über die Größe machen, Sie werden auf keinen Fall den Codenamen ›Tante Sally‹ erwähnen – dieser kindliche Name für ein derartiges Spielzeug zeigt einmal mehr, wie begrenzt Ihre Phantasie ist, wenn Sie sich außerhalb Ihres Fachgebietes bewähren soll –, und Sie werden es vor allem unterlassen, darauf hinzuweisen, daß Professor Burnett die Bombe gemeinsam mit Professor Aachen entworfen hat.«

»Warum sollen diese Fakten geheimgehalten werden, wenn Sie alles andere bekanntgeben?« fragte Schmidt.

»Das werden Sie im Laufe der nächsten paar Tage schon noch verstehen.«

»Sie haben uns in eine Falle gelockt, uns zum Narren gehalten, uns erniedrigt und uns als Strohmänner mißbraucht«, stieß Burnett zwischen zusammengebissenen Zähnen hervor. »Aber einmal ist bei jedem Schluß. Wir sind immer noch Männer.«

Morro seufzte, hob müde die Hand, öffnete die Tür und verbeugte sich leicht. Susan und Julie traten in den Raum und schauten sich neugierig um. Sie sahen weder besorgt noch furchtsam aus, nur verwirrt.

»Geben Sie mir das verdammte Mikrofon.« Burnett riß es vom Tisch und durchbohrte Dubois mit einem glühenden Zornesblick.

»Fertig?«

»Fertig.«

Burnetts Stimme war zwar emotionsgeladen, aber bemerkenswert klar und fest, und man merkte ihr nicht an, daß er seit seinem stehengelassenen Frühstück mehr als eine halbe Flasche Glenfiddich konsumiert hatte, was entweder für seine enorme Trinkfestigkeit oder aber für die hervorragende Qualität des Glenfiddich sprach.

»Hier spricht Professor Andrew Burnett aus San Diego. Dies ist wirklich meine Stimme – mein Stimmuster liegt in der Sicherheitsabteilung der Universität und kann jederzeit verglichen werden. Dieser vom Teufel besessene Kerl, der sich Morro nennt, hat alle erforderlichen Pläne zum Bau einer Wasserstoffbombe von Megatonnensprengkraft in seinem Besitz. Es wäre gut, wenn Sie mir Glauben schenkten. Und glauben Sie auch Dr. Schmidt und Healey und Bramwell – die beiden letzteren werden hier bereits seit sieben Wochen festgehalten. Ich wiederhole: Um Gottes willen glauben Sie mir! Mit diesen Konstruktionsplänen ist es überhaupt kein Problem, eine Wasserstoffbombe zu bauen.« Und nach einer kurzen Pause fuhr er fort: »Wie ich den Mistkerl kenne, ist vielleicht schon eine fertig.«

Morro nickte Dubois zu, worauf dieser das Tonbandgerät ausschaltete. »Was machen wir mit dem ersten und dem letzten Satz, Mr. Morro?«

»Lassen Sie die Aufnahme, wie sie ist.« Morro grinste. »Dann sparen sie sich die Mühe, sein Stimmuster zu vergleichen – der Redestil des Professors ist unverkennbar. Kommen Sie, meine Damen.«

Er schob sie hinaus und zog die Tür zu. »Würde es Ihnen etwas ausmachen, uns aufzuklären?« fragte Susan. »Was geht hier eigentlich vor?«

»Aber selbstverständlich nicht, meine Damen. Unsere Atomphysiker waren heute morgen so freundlich, mir einen Gefallen zu tun. Allerdings wußten sie es nicht – ich habe ihre Unterhaltung heimlich mitschneiden lassen.

Ich zeigte ihnen einen Satz Pläne und bewies ihnen, daß ich tatsächlich im Besitz der Möglichkeiten bin, Wasserstoffbomben bauen zu lassen. Und jetzt bestätigen sie mir diese Tatsache vor der Öffentlichkeit. Das ist alles.«

»Ist das der Grund, weshalb Sie die Wissenschaftler hierher gebracht haben?«

»Ich habe zwar auch noch anderweitig Verwendung für sie, aber in erster Linie war das der Grund, ja.«

»Warum brachten Sie uns in Ihr Arbeitszimmer?«

»Sie wollen immer alles ganz genau wissen, nicht wahr? Und da ich das wußte, wollte ich Ihre Neugier befriedigen.«

»Julie ist nicht im geringsten wißbegierig.«

Julie nickte bestätigend. Aus irgendeinem Grund schien sie nahe daran, in Tränen auszubrechen. »Ich will hier raus!«

Susan packte sie am Arm und schüttelte sie: »Was ist los?«

»Sie wissen genau, was los ist! Sie wissen, weshalb man uns ins Arbeitszimmer gebracht hat. Die Männer wollten plötzlich nicht mehr mitmachen, und deshalb ließ man uns holen.«

»Der Gedanke ist mir durchaus auch gekommen«, sagte Susan. »Hätten Sie oder dieser furchterregende Riese uns die Arme auf den Rücken gedreht, bis wir geschrien hätten? Oder gibt es hier Verliese – in alten Schlössern gibt es doch immer Verliese, wie? Sie wissen schon – Daumenschrauben, Räder, Eiserne Jungfrauen und so was.«

»Furchterregender Riese! Abraham wäre schwer gekränkt, wenn er wüßte, wie Sie ihn bezeichnen. Er ist ein durchaus sanfter Riese. Und was Ihre anderen Fragen betrifft, so stehe ich auf dem Standpunkt, daß indirekte Einschüchterung viel wirkungsvoller ist als direkte. Wenn Menschen dazu gebracht werden können, etwas zu glauben, so ist das viel wirksamer, als wenn man es ihnen beweisen muß.«

»Hätten Sie es bewiesen?« Morro schwieg. »Hätten Sie uns foltern lassen?«

»Ich würde nicht einmal den Gedanken in Erwägung ziehen.«

»Glauben Sie ihm nicht, glauben Sie ihm ja nicht!« Julies Stimme zitterte vor Aufregung. »Er ist ein Ungeheuer! Und ein Lügner!«

»Er ist ein Ungeheuer, das stimmt«, nickte Susan. Sie war sehr ruhig und nachdenklich. »Und vielleicht ist er auch ein Lügner. Aber in diesem speziellen Fall glaube ich ihm. Seltsam.«

»Sie wissen ja nicht, was Sie reden!« widersprach Julie verzweifelt.

»Doch, ich glaube schon. Ich glaube, Mr. Morro hat keine weitere Verwendung für uns.«

»Wie können Sie so etwas sagen!«

Morro wandte sich an Julie: »Eines Tages werden Sie genauso klug sein wie Mrs. Ryder. Aber bis es soweit ist, werden Sie noch die Bekanntschaft vieler Menschen machen und viele Charaktere durchschauen lernen. Sehen Sie – Mrs. Ryder weiß, daß jeder, der einer von Ihnen beiden ein Haar krümmen würde, sich vor mir verantworten müßte. Sie weiß, daß ich Ihnen beiden nie etwas tun würde. Sie wird die ungläubigen Gentlemen da drin natürlich davon überzeugen, und danach kann ich dieses Druckmittel nicht mehr anwenden. Aber ich muß es auch gar nicht – Sie haben tatsächlich ausgedient.« Morro lächelte: »Meine Güte, das hört sich ja richtig gefährlich an – sagen wir lieber, es wird Ihnen nichts geschehen.«

Julie sah ihn kurz an – die Angst und das Mißtrauen in ihren Augen hatten sich nicht verringert – dann wandte sie sich abrupt ab.

»Nun, meine junge Dame, ich kann es Ihnen nicht verdenken, wenn Sie mir nicht glauben. Sie haben wohl nicht gehört, was ich beim Frühstück sagte: wir führen keinen Krieg gegen Frauen. Selbst ein Ungeheuer hat gewisse Prinzipien.« Er drehte sich um und ging davon.

Susan sah ihm nach und murmelte: »Und die werden ihm zum Verhängnis.«

»Was haben Sie gesagt?« fragte Julie. »Ich habe Sie nicht verstanden.«

»Nichts. Ich habe nur laut gedacht – ich glaube, dieser Ort macht mich allmählich auch verrückt.« Aber sie wußte es besser.

»Reine Zeitverschwendung!« Jeff war schlecht gelaunt und gab sich keine Mühe, es zu verbergen. Er mußte fast brüllen, um das Knattern der Hubschrauberrotoren zu übertönen. »Nichts! Absolut nichts! Ein Haufen akademisches Gequatsche über Erdbeben und eine nutzlose Stunde in Sassoons Büro! Nichts! Überhaupt nichts! Wir haben nicht das geringste erfahren.«

Ryder sah von seiner Lektüre auf und sagte so nachsichtig, wie das bei der erforderlichen Lautstärke möglich war: »Ach, ich weiß nicht. Immerhin haben wir gelernt, daß sogar Akademiker es mit der Wahrheit nicht allzu genau nehmen, wenn sie es für ratsam halten. Und wir haben etwas über Erdbeben und dieses Erdbebensyndrom erfahren. Von Sassoon etwas herauszukriegen, hatte sowieso niemand erwartet. Wie hätte er uns etwas sagen können – schließlich wußte er nichts. Was er jetzt weiß, hat er doch von uns erfahren.« Er wandte seine Aufmerksamkeit wieder seiner Lektüre zu.

»Mein Gott, sie haben Susan und sie haben Peggy, und du sitzt hier und bringst es fertig, diesen Schwachsinn da zu lesen, als sei überhaupt...«

Dunne lehnte sich zu ihm herüber – allmählich sah man ihm an, daß er in der letzten Nacht kein Auge zugemacht hatte. »Jeff, tun Sie mir einen Gefallen?«

»Ja, welchen?«

»Halten Sie den Rand.«

Auf Major Dunnes Schreibtisch türmten sich Berge von Papier. Er sah sie angewidert an, stellte seine Aktentasche daneben, öffnete einen Schrank, holte eine Flasche Jack Daniels heraus und sah Sergeant Ryder und seinen Sohn fragend an. Ryder lächelte zustimmend, aber Jeff schüttelte den Kopf – er schluckte immer noch an Dunnes unfreundlicher Aufforderung zum Stillschweigen. Mit dem Glas in einer Hand öffnete Dunne eine Seitentür. In dem winzigen Raum, der dahinter lag, stand einladend ein Feldbett. »Ich bin keiner von Ihren übermenschlichen FBI-Agenten, die es fünf Nächte ohne Schlaf aushalten. Ich werde Delage« – das war einer seiner Untergebenen – »dazu verdonnern, die Telephone zu bedienen. Ich bin jederzeit zu erreichen – aber der Grund muß schon ein sehr triftiger sein.«

»Würden Sie ein Erdbeben als triftigen Grund betrachten?«

Dunne lächelte, setzte sich und sah flüchtig die Papiere durch, die auf seinem Schreibtisch lagen. Dann schob er sie beiseite und nahm einen dicken Umschlag in die Hand, den er aufschlitzte. Er warf einen Blick hinein und sagte: »Raten Sie mal.«

»Carltons Paß?«

»Sie sagen es. Es ist doch erfreulich, daß man hier in meiner Abwesenheit nicht völlig untätig war.« Er nahm den Paß aus dem Kuvert, blätterte ihn durch und schob ihn dann Ryder hinüber. »Und Sie hatten schon wieder recht!«

»Intuition. Das Kennzeichen des guten Detektivs.« Ryder ließ sich beim Durchblättern des Passes mehr Zeit als Dunne. »Faszinierend. Damit sind vierzehn von den fünfzehn Monaten geklärt, die er verschwunden schien. Der muß ja wirklich Ameisen in der Hose gehabt haben. Er ist ganz schön rumgekommen, was? Los Angeles, London, Neu-Delhi, Singapur, Manila, Hongkong, wieder Manila, noch mal Singapur, noch mal Manila, Tokio, Los Angeles.« Er gab den Paß an Jeff weiter. »Man bekommt den Eindruck, als hätte er sein Herz für den geheimnisvollen Osten entdeckt. Vor allem für die Philippinen.«

»Können Sie sich einen Reim darauf machen?« fragte Dunne.

»Nicht die Spur. Vielleicht habe ich irgendwann geschlafen, aber es kann nicht sehr ausgiebig gewesen sein, sonst würde ich mich daran erinnern. Mein Verstand hat beschlossen, die Arbeit vorübergehend niederzulegen. Und ich glaube, meinem Körper geht es nicht viel anders. Vielleicht habe ich beim Aufwachen einen Geistesblitz. Allerdings möchte ich keine Wette darauf abschließen.«

Er setzte Jeff vor dessen Haus ab. »Gehst du schlafen?«

»Auf dem kürzesten Wege.«

»Wer als erster aufwacht, weckt den anderen, okay?«

Jeff nickte und ging ins Haus – aber nicht ins Bett. Er trat ans Wohnzimmerfenster und schaute die Straße hinauf – von dieser Stelle aus hatte er einen ausgezeichneten Überblick über die kurze Zufahrt, die zum Haus seines Vaters führte.

Auch Ryder begab sich nicht zur Ruhe. Er wählte die Nummer des Reviers und ließ sich mit Sergeant Parker verbinden.

»Dave? Keine Wenns und Abers – wir treffen uns in zehn Minuten bei ›Delmino‹.« Er ging zum Gasofen, kippte ihn nach vorn, holte einen grünen Aktenordner dahinter hervor, ging in die Garage, schob den Ordner unter den Rücksitz des Peugeot, setzte sich hinter das Steuer und fuhr rückwärts aus der Garage. Sobald er das Heck des Wagens auftauchen sah, rannte Jeff seinerseits in seine Garage, ließ den Motor an und wartete, bis sein Vater vorbei war. Dann machte er sich an seine Verfolgung.

Ryder schien es höllisch eilig zu haben. Schon kurz nach der Abfahrt stand seine Tachonadel bei hundert Stundenkilometern, was in einer Gegend, in der nur fünfzig erlaubt waren, normalerweise üble Folgen gehabt hätte – aber es gab in der ganzen Stadt keinen Polizisten, der den alten Schrotthaufen und seinen Fahrer nicht kannte und sich erdreistet hätte, Sergeant Ryder an der Ausübung seiner Pflichten zu hindern. Ryder fegte noch bei Grün über die Kreuzung, aber als Jeff ankam, hatte die Ampel bereits auf Rot umgeschaltet – und er stand immer noch da, als sein Vater die nächste Kreuzung überquerte. Als Jeff dann dort ankam, war schon wieder Rot, und als er die Kreuzung endlich passieren durfte, war der Peugeot verschwunden. Jeff fluchte, fuhr an den Straßenrand und dachte nach.

Parker saß bereits in seiner üblichen Nische, als Ryder ankam. Er trank einen Scotch und hatte auch für Ryder einen bringen lassen, dem jetzt einfiel, daß er den ganzen Tag noch keinen Bissen gegessen hatte. Aber das tat dem Geschmack des Whiskys keinen Abbruch.

»Wo ist der Fettsack?« fragte Ryder ohne Einleitung.

»Ich freue mich, dir berichten zu können, daß er mit schweren Kopfschmerzen zu Hause im Bett liegt.«

»Das überrascht mich nicht – der Griff einer Achtunddreißiger ist schließlich nicht aus Watte. Vielleicht habe ich ihn sogar schwerer erwischt als ich dachte. Es hat mir jedenfalls richtig Spaß gemacht. In zwanzig Minuten wird er sich der Zerbrechlichkeit des menschlichen Körpers noch viel bewußter werden. Danke. Ich bin schon wieder weg.«

»Wart doch mal, wart doch mal. Du hast Donahure zusammengeschlagen? Erzähl!«

Ryder informierte ihn kurz und ungeduldig. Parker war beeindruckt.

»Zehntausend Dollar! Zwei russische Knarren! Und das Dossier, das du über ihn hast! Du hast ihn am Haken, unseren Ex-Polizeichef. Aber hör mal, John, du kannst das Gesetz nur bis zu einer gewissen Grenze selbst in die Hand nehmen.«

»Für mich gibt es keine Grenze.« Ryder legte seine Hand auf die Parkers. »Dave, sie haben sich Peggy geschnappt.«

Parker brauchte einen Augenblick, um zu begreifen, aber dann wurden seine Augen hart und kalt wie Stahl. Er hatte Peggy zum ersten Mal auf dem Schoß gehabt, als sie vier Jahre alt gewesen war, und seitdem hatte sie in regelmäßigen Abständen immer wieder dort gesessen, wobei sie die irritierende Angewohnheit hatte, ihren Ellenbogen auf seine Schulter zu stützen, ihr Kinn in die Hand zu legen und ihn aus einer Entfernung von zehn Zentimetern zu fixieren. Vierzehn Jahre später hatte sie diese Angewohnheit immer noch nicht aufgegeben – vornehmlich erinnerte sie sich ihrer, wenn sie etwas bei ihrem Vater erreichen wollte, da sie dem Irrglauben verfallen war, daß ihr Verhalten ihren Vater eifersüchtig machte. Parker sagte nichts, aber seine Augen sprachen Bände.

»In San Diego«, sagte Ryder. »Nachts. Sie haben zwei FBI-Leute niedergeschossen, die sie bewachen sollten.«

»Ich komme mit dir.« Parker stand auf.

»Nein, du bist immer noch Polizeibeamter. Du würdest sehen, was ich mit dem Fettsack mache, und dann müßtest du mich verhaften.«

»Ich bin plötzlich stockblind.«

»Bitte, Dave. Ich übertrete das Gesetz vielleicht, aber ich bin trotzdem noch auf der Seite des Gesetzes, und ich brauche auf dieser Seite wenigstens einen Menschen, dem ich trauen kann. Du bist der einzige.«

»Okay. Aber wenn Susan oder ihr etwas zustößt, kündige ich.«

»Du wirst in den Reihen der Arbeitslosen stets willkommen sein.«

Sie verließen das Lokal. Als die Tür hinter ihnen zufiel, glitt ein junger, schlanker Mexikaner mit einem struppigen Schnurrbart, dessen Enden bis zu seinem Kinn reichten, aus der Nische, die an die grenzte, in der Ryder und Parker gesessen hatten, ging zum Telephon, steckte eine Münze in den Automaten und wählte. Eine geschlagene Minute klingelte es, ohne daß jemand den Hörer abnahm. Der Junge versuchte es noch einmal – wieder ohne Erfolg. Er wühlte in seinen Taschen herum, trat dann an den Tresen, wechselte einen Schein in Münzen, kehrte zum Telefon zurück und wählte eine andere Nummer. Aber auch hier hatte er kein Glück. Zweimal versuchte er es vergeblich, aber beim dritten Mal klappte es endlich. Er sprach Spanisch, aber an der Geschwindigkeit und am Ton konnte man klar erkennen, daß es etwas sehr Dringendes war, was er zu sagen hatte.

Ästhetisch gesehen war es nicht gerade eine Freude, Polizeichef Donahure im Schlaf zu betrachten. Er lag voll angezogen mit dem Gesicht nach unten auf einer Couch, die linke Hand, die auf den Boden herunterhing, umklammerte ein halbvolles Glas Bourbon, seine Haare standen in alle Richtungen, und seine Hängebacken glänzten. Man hätte es für Schweiß halten können, aber in Wahrheit handelte es sich um Wasser, das aus dem Eisbeutel tropfte, den Donahure sich vor einiger Zeit auf den Hinterkopf gelegt hatte. Man konnte voraussetzen, daß sein Zustand nicht auf die Riesenbeule zurückzuführen war, die er unter dem Eisbeutel zweifellos haben mußte, sondern auf den übermäßigen Genuß von Bourbon; denn ein Mann erwacht nicht aus einer Bewußtlosigkeit, in die er in Folge eines Schlages gesunken ist, informiert sein Büro, daß er heute leider nicht zur Arbeit kommen kann und fällt dann wieder in tiefe Bewußtlosigkeit. Ryder legte den grünen Ordner, den er mitgebracht hatte, auf einen Tisch, nahm Donahures Colt an sich und stieß ihm unsanft den Lauf in die Seite.

Donahure stöhnte, hob den Kopf, wobei der Eisbeutel verrutschte, und schaffte es, ein Auge zu öffnen. Im ersten Moment mußte er den Eindruck haben, in einen langen, schwarzen Tunnel zu blicken. Als es ihm schließlich dämmerte, daß es sich bei diesem Tunnel um den Lauf seiner eigenen Waffe handelte, wanderte sein Zyklopenblick nach oben und konzentrierte sich so lange auf Ryder, bis er ihn scharf im Bild hatte. Und dann geschah zweierlei: beide Augen öffneten sich weit, und der normalerweise purpurne Teint wechselte in eine schmutziggraue Färbung über.

»Aufsetzen«, befahl Ryder.

Donahure blieb, wo er war. Seine Schweinebacken zitterten wie Pudding. Gleich darauf schrie er vor Schmerz – Ryder hatte ihn kurzerhand an den Haaren gepackt und so in eine sitzende Stellung gezwungen. Und ein Großteil dieser Haare wuchs auf der beachtlichen Beule, die seinen Kopf verunzierte. Plötzlicher Schmerz an der Kopfhaut wirkt sich bekannterweise auf die Tränendrüsen aus, und bei Donahure hatte das zur Folge, daß seine Augen aussahen wie blutrote Goldfische, die in brackigem Wasser umherschwammen.

»Sie wissen, wie man ein Kreuzverhör durchführt, Fettsack?« fragte Ryder.

»Ja.« Er klang, als würde er erdrosselt.

»Das ist ein Irrtum. Aber ich werde es Ihnen zeigen. Allerdings ist es nicht die übliche Methode, und ich glaube auch kaum, daß Sie Gelegenheit haben werden, sie Ihrerseits zu praktizieren. Aber ich kann Ihnen versichern, daß Ihnen im Vergleich dazu das Kreuzverhör, dem man Sie auf der Anklagebank vor Gericht unterziehen wird, wie ein Kaffeekränzchen erscheinen wird. Wer ist Ihr Geldgeber, Donahure?«

»Was in Gottes Namen…« Er brach mit einem Schmerzensschrei ab und schlug die Hände vors Gesicht. Dann griff er mit zwei Fingern in seinen Mund, brachte einen ausgeschlagenen Zahn zum Vorschein und ließ ihn zu Boden fallen. Auf seiner linken Wange klaffte eine tiefe Wunde, und Blut tropfte von seinem Kinn: Ryder hatte den Lauf von Donahures Colt etwas unsanft über dessen Gesicht gezogen. Jetzt nahm er die Waffe in die linke Hand.

»Wer ist Ihr Geldgeber, Donahure?« wiederholte er seine Frage.

»Was zum Teufel…« Wieder brach er mit einem Aufschrei ab und preßte eine Hand auf seine rechte Gesichtshälfte. Das Blut strömte jetzt regelrecht aus seinem Mund und durchtränkte die

Vorderseite seines Oberhemdes. Ryder nahm die Waffe wieder in die rechte Hand.

»Wer ist Ihr Geldgeber?«

»LeWinter.« Diesem Geständnis folgte ein gurgelndes Geräusch – er mußte Blut geschluckt haben. Ryder betrachtete ihn ungerührt.

»Und wofür bezahlt er Sie?«

Donahure gurgelte wieder und stieß dann etwas Unverständliches hervor.

»Daß Sie beide Augen zudrücken?«

Donahure nickte. Es lag kein Haß auf seinem Gesicht, nur tödliche Angst.

»Daß Sie Beweise gegen schuldige Parteien vernichten und Beweise gegen unschuldige Parteien konstruieren?« Wieder nickte er. »Wieviel hat es Ihnen eingebracht, Donahure? Im Lauf der Jahre, meine ich. Inklusive der Erpressungen.«

»Ich weiß es nicht.«

Ryder hob die Waffe.

»Zwanzig-, dreißigtausend vielleicht.« Wieder ein Aufschrei – seine Nase hatte das gleiche Schicksal ereilt wie die Raminoffs.

»Man kann bestimmt mit Recht behaupten, daß ich unsere Unterhaltung mehr genieße als Sie«, sagte Ryder, »und ich bin gerne bereit, sie noch ein paar Stunden fortzusetzen – allerdings wäre Ihr Gesicht in spätestens zwanzig Minuten nur noch Brei und Sie wären nicht mehr in der Lage, mir etwas zu erzählen, also werde ich meine Aufmerksamkeit auf Ihre Hände lenken und Ihnen nacheinander die Finger brechen.«

Ryder meinte es ernst, und man sah den Überresten von Donahures Gesicht an, daß er wußte, daß er es ernst meinte. »Wieviel?«

»Ich weiß es nicht.« Er riß schützend die Hände hoch. »Ich weiß es wirklich nicht. Hunderte.«

»Hunderttausende?« Wieder nickte Donahure. Ryder nahm den grün eingebundenen Ordner vom Tisch, entnahm ihm eine Akte und zeigte sie Donahure. »Im ganzen liegen etwas über hundertfünfzigtausend Dollar unter sieben verschiedenen Namen auf sieben verschiedenen Banken. Stimmt diese Summe mit Ihren Berechnungen überein?«

Wieder ein Nicken. Ryder legte die Akte zurück in den Ordrner. Wenn das nur Donahures Profitanteil war, wieviel hatte Le-Winter dann erst sicher auf einem Nummernkonto in Zürich?

»Wofür haben Sie die letzten zehntausend Dollar bekommen?«

Donahure war vor Schmerzen und Angst so verwirrt, daß er gar nicht auf die Idee kam, Ryder zu fragen, woher er all die Informationen hatte.

»Die waren für Polizisten.«

»Bestechungsgelder wofür?«

»Damit sie alle öffentlichen Telephonverbindungen zwischen hier und Fergusons Haus lahmlegten, sein Polizeifunkgerät außer Betrieb setzten und die Straßen freimachten.«

»Die Straßen freimachten? Sie meinen, daß sie dafür sorgten, daß auf der Fluchtroute des entführten Lasters keine Patrouillen fuhren?«

Donahure nickte – das fiel ihm offensichtlich leichter als Sprechen.

»Mann o Mann, Ihr seid ja wirklich ein entzückender Haufen. Ich werde Sie später noch nach den Namen fragen. Wer hat Ihnen die russischen Gewehre gegeben?«

»Gewehre?« Donahure runzelte den verschwindend schmalen Zwischenraum zwischen Augenbrauen und Haaransatz, was darauf schließen ließ, daß wenigstens ein kleiner Teil seines kleinen Verstandes wieder die Arbeit aufnahm. »Sie haben sie also! Und das Geld auch! Und Sie...« Er tastete nach der Beule an seinem Kopf.

»Ich habe Sie etwas gefragt: Wer hat Ihnen die Gewehre gegeben?«

»Ich weiß es nicht.« Donahure riß wieder schützend die Hände hoch, als Ryder die Waffe hob. »Und wenn Sie mein ganzes Gesicht zerschlagen – ich weiß es wirklich nicht. Ich fand sie eines Abends hier vor, als ich nach Hause kam. Und dann rief jemand an und sagte, ich müsse sie behalten.«

»Hat dieser Jemand einen Namen?«

»Nein.« Ryder glaubte ihm – kein Mann, der seine Sinne beieinander hatte, würde einem Menschen wie Donahure seinen Namen preisgeben.

»War das dieselbe Stimme, die Ihnen befahl, LeWinters Telephon anzuzapfen?«

»Woher in Gottes Namen…« Donahure brach wieder ab, aber diesmal nicht, weil ein neuerlicher Schlag erfolgt war oder drohte, sondern weil er das Blut herunterschlucken mußte, das seinen Mund füllte. Schließlich hustete er erstickt und stieß hervor: »Ja.«

»Sagt Ihnen der Name Morro etwas?«

»Morro? Morro wer?«

»Vergessen Sie's.« Wenn Donahure nicht einmal den Namen von Morros Mittelsmann wußte, dann kannte er sicherlich erst recht nicht Morro.

Zuerst hatte Jeff sein Glück im »Redox«« in der Bay Street versucht, wo sein Vater sich mit Dunne getroffen hatte. Aber dort hatte man niemanden gesehen, auf den die Beschreibung gepaßt hätte, und wenn doch, dann gab man es nicht zu. Vom »Redox« fuhr er zum FBI-Büro. Er hatte erwartet, Delage dort anzutreffen, und er irrte sich nicht. Und er traf auch Dunne an, der ganz offensichtlich noch nicht im Bett gewesen war. Er sah Jeff überrascht an. »So schnell schon wieder hier? Was gibt's denn?«

»Ist mein Vater hiergewesen?«

»Nein? Warum fragen Sie?«

»Als wir nach Hause kamen, sagte er, er wolle ins Bett gehen, aber das tat er nicht. Drei Minuten, nachdem er sein Haus betreten hatte, verließ er es wieder. Ich fuhr ihm nach – ich hatte das Gefühl, daß er sich mit jemandem treffen wollte und daß dieses Treffen für ihn gefährlich werden könnte. Aber dann habe ich ihn an einer Ampel aus den Augen verloren.«

»Ich mache mir mehr Sorgen um seinen Gesprächspartner als um ihn.« Dunne zögerte einen Moment und sagte dann: »Ich habe Neuigkeiten für Sie und Ihren Vater, aber leider keine guten. Die beiden FBI-Männer, die angeschossen worden sind, als sie Ihre Schwester bewachten, sind zunächst mit schweren Beruhigungsmitteln vollgestopft worden, aber einer von ihnen ist jetzt wieder bei sich. Er hat ausgesagt, daß die erste abgefeuerte Kugel weder ihn noch seinen Kollegen getroffen hat – sie traf Peggy in die linke Schulter.«

»Nein!«

»Ich fürchte doch, mein Junge. Ich kenne den Agenten gut – er irrt sich nie.«

»Aber wenn sie verwundet ist... Ich meine, sie braucht doch einen Arzt, eine Klinik...«

»Tut mir leid, Jeff, ich habe Ihnen alles gesagt, was wir wissen. Die Entführer haben sie mitgenommen, vergessen Sie das nicht.«

Jeff wollte etwas sagen, überlegte es sich jedoch anders, drehte sich um und stürmte aus dem Büro. Er fuhr zu »Delmino«, der Stammkneipe der hiesigen Revierpolizisten. Ja, sagte man ihm, Sergeant Ryder und Sergeant Parker seien dagewesen, aber man wisse nicht, wann sie wieder gegangen seien.

Jeff fuhr die paar Meter zum Revier, wo er Sergeant Parker mit Sergeant Dickson vorfand. »Haben Sie meinen Vater gesehen?« fragte Jeff.

»Ja, wieso?«

»Wissen Sie, wo er ist?«

»Ja, aber wieso fragst du?«

»Antworten Sie mir bitte.«

»Ich bin nicht sicher, daß das im Sinne deines Vaters wäre.« Er sah Jeff an und gewann den Eindruck, ihm seine Frage doch beantworten zu müssen, denn er wußte ja nicht, daß Jeffs hochgradige Aufregung auf die Neuigkeit über seine Schwester zurückzuführen war. Widerstrebend sagte er: »Er ist bei Chief Donahure. Aber ich bin nicht sicher...« Er brach ab – Jeff hatte das Zimmer bereits verlassen. Parker sah Dickson an und zuckte mit den Schultern.

Ryder fragte fast im Konversationston: »Haben Sie davon gehört, daß meine Tochter entführt worden ist?«

»Nein! Ich schwöre bei Gott...«

»Schon gut. Haben Sie eine Idee, wie man ihre Adresse in San Diego herausgekriegt haben kann?«

Donahure schüttelte den Kopf – aber seine Augen flackerten für einen Sekundenbruchteil verräterisch. Ryder klappte den Revolver auf: der Hammer lag vor einer leeren Kammer – vor einer von zwei leeren. Er klappte die Waffe wieder zu, steckte Donahures fetten rechten Zeigefinger durch den Abzugsbügel, faßte den Colt an Lauf und Griff und sagte: »Bei drei drehe ich beide Hände um. Eins…«

»Ich war's, ich war's!«

»Woher hatten Sie denn die Adresse?«

»Es ist schon eine oder zwei Wochen her. Sie waren zum Mittagessen weggegangen…«

»Und hatte mein Adreßbuch in meiner Schreibtischschublade gelassen. Also machten Sie sich darüber her und schrieben sich ein paar Namen und Adressen heraus. Dafür sollte ich Ihnen wirklich den Finger brechen – aber mit einem gebrochenen rechten Zeigefinger können Sie kein Geständnis unterschreiben, habe ich recht?«

»Ein Geständnis?«

»Ich bin kein Polizist mehr. Ich nehme Sie als Bürger fest – das ist genauso legal. Ich verhafte Sie, Donahure, wegen Diebstahls, Bestechung und Annahme von Bestechungsgeldern – und wegen Mordes.«

Donahure schwieg. Sein Gesicht war noch grauer geworden, und er hatte den Kopf ganz tief zwischen seine hängenden Schultern gezogen.

Ryder roch am Lauf der Waffe: »Die ist erst vor kurzem abgefeuert worden.« Er klappte sie erneut auf. »Zwei Patronen fehlen. Wir haben immer nur fünf in der Trommel, also ist eine erst kürzlich abgeschossen worden.« Er schüttelte eine Patrone heraus und kratzte mit dem Fingernagel über die Spitze. »Ein Teilmantelgeschoß – genau wie das, das Sheriff Hartman den Kopf weggerissen hat. Ich wette, es paßt genau zu diesem Lauf.« Er wußte, daß man das niemals würde nachprüfen können, aber entweder wußte Donahure das nicht oder er war zu geschockt, um so weit zu denken. »Und dann haben wir noch Ihre Fingerabdrücke auf dem Türgriff – das war aber wirklich sehr unvorsichtig von Ihnen.«

»Es war der Mann am Telefon…«, sagte Donahure völlig tonlos.

»Heben Sie sich Ihre Geschichte für den Richter auf.«

»Keine Bewegung!« befahl eine schrille Stimme hinter Ryder.

Ryder hatte es fertiggebracht, trotz seines gefährlichen Berufes ein recht beachtliches Alter zu erreichen – und das lag daran, daß er im richtigen Moment immer das Richtige tat, und im Augenblick war das einzig Richtige, dem Befehl Folge zu leisten.

»Lassen Sie die Waffe fallen.«

Ryder befolgte auch diese Anordnung, was ihn in diesem Falle nicht einmal Überwindung kostete, da er den Revolver am Lauf hielt und die Trommel herausgeklappt war; er hätte sie also sowieso nicht rechtzeitig benützen können.

»Und jetzt drehen Sie sich hübsch langsam um.«

Der Knabe scheint sich im Kino nur zweitrangige Krimis anzusehen, dachte Ryder, aber das macht ihn nicht ungefährlicher. Also drehte er sich hübsch langsam um. Der Besucher hatte ein schwarzes Tuch vors Gesicht gebunden, trug einen dunklen Anzug, ein dunkles Hemd, eine weiße Krawatte und einen weichen Filzhut. Ryder ergänzte seine Vermutung: Zweitklassige Krimis aus den späten dreißiger Jahren.

»Donahure wird vor keinen Richter gestellt. Aber Sie werden in Kürze vor Ihrem Schöpfer stehen. Für Gebete ist keine Zeit mehr.«

Auch dies erinnerte Ryder stark an besagte Krimis.

»Lassen Sie die Waffe fallen«, sagte eine Stimme von der Tür her.

Ganz offensichtlich war der maskierte Mann erheblich jünger als Ryder, denn er wußte nicht, wann er stillhalten mußte. Er wirbelte herum und feuerte auf die Gestalt im Türrahmen. In Anbetracht der Umstände war der Schuß noch nicht einmal schlecht – immerhin fetzte er ein Stück aus dem oberen Teil von Jeffs rechtem Mantelärmel –, aber Jeffs Antwort war erheblich wirkungsvoller: der maskierte Mann klappte zusammen wie ein Taschenmesser. Ryder kniete sich neben ihn.

»Ich habe auf seine rechte Hand gezielt«, sagte Jeff unsicher. »Ich muß wohl vorbeigeschossen haben.«

»Allerdings. Aber das Herz hast du dafür genau getroffen.« Ryder zog dem Toten die Maske vom Gesicht. »Nein, so was, wen haben wir denn da: Lennie the Linnet hat sich auf die große Reise begeben.«

»Lennie the Linnet?« Jeff war sichtlich erschüttert.

»Ja, Linnet. Ein Singvögelchen. Aber du kannst sicher sein, daß er dort, wo er jetzt singt, von keiner Harfe begleitet wird.«

Ryder warf einen unauffälligen Blick zur Seite, richtete sich auf, nahm Jeff die Waffe aus der Hand und schoß. Und zum fünften Mal an diesem Abend stieß Donahure einen Schmerzensschrei aus. Der Colt, den er vom Boden aufgehoben hatte, schlidderte quer durch den Raum. »Halten Sie den Mund«, schnauzte Ryder. »Sie sind nicht so verletzt, daß Sie nicht das Geständnis unterschreiben könnten. Nach dem Mordversuch von eben wird es ja noch um ein Delikt umfangreicher.«

Ryder tippte seinem Sohn auf die Schulter: »Ich danke dir auch schön.«

»Ich wollte ihn nicht umbringen.«

»Um Lennie brauchst du keine Tränen zu vergießen – er war ein Pusher. Du bist mir also gefolgt?«

»Ich hatte es vor, aber dann habe ich dich aus den Augen verloren. Schließlich erfuhr ich von Sergeant Parker, wo ich dich finden konnte. Wie ist dieser Lennie denn hierhergekommen?«

»Ich werd's dir sagen – wenn du Sergeant Ryder in Höchstform erleben willst, dann frage ihn immer, wenn alles vorbei ist. Ich glaubte, unsere Telephonleitung sei angezapft, also rief ich Parker an, um mich mit ihm bei ›Delmino‹ zu verabreden. Ich kam keinen Augenblick auf die Idee, daß dort ein Schatten warten könnte.«

Jeff sah auf Donahure hinunter. »Deshalb wolltest du mich also nicht dabei haben. Ist er mit einem Lastwagen zusammengestoßen?«

»Diese Verletzungen hat er sich selbst beigebracht. Wenn du schon mal hier bist, kannst du auch was tun: Hol ein paar Handtücher aus dem Bad – schließlich will ich nicht, daß er vor seiner Gerichtsverhandlung verblutet.«

Jeff zögerte – er mußte es seinem Vater sagen, aber er fürchtete ganz entschieden um Donahures Leben. »Ich hab' eine schlechte Neuigkeit, Dad: Peggy hat letzte Nacht eine Kugel abbekommen.«

»Eine Kugel?« Ryder preßte die Lippen aufeinander, sein Blick richtete sich auf Donahure, der Griff um Jeffs Waffe wurde fester, aber er hatte sich noch immer unter eiserner Kontrolle. Er wandte sich wieder Jeff zu: »Ist es schlimm?«

»Ich weiß es nicht – es hat sie an der linken Schulter erwischt.«

»Hol die Handtücher.« Ryder nahm den Telephonhörer ab und rief Sergeant Parker an. »Komm hier raus, Dave, sei so gut. Bring eine Ambulanz mit, Doc Hinkley« – Hinkley war der Polizeiarzt – »und den jungen Kramer, damit er ein Geständnis aufnimmt. Und bitte Major Dunne, auch herzukommen. Und noch was, Dave: Peggy hat gestern abend eine Kugel abgekriegt – in die linke Schulter.« Er legte auf.

Parker gab Ryders Wünsche an Kramer weiter und ging zu Mahler hinauf, der ihn so ansah, wie er das ganze Leben im Augenblick betrachtete – mit trüben, müden Augen.

»Ich fahre zu Chief Donahure hinaus«, verkündete Parker. »Es gibt scheint's Ärger da draußen.«

»Was für Ärger?«

»Weiß ich nicht, aber es ist schlimm genug, daß eine Ambulanz benötigt wird.«

»Wer sagt das?«

»Ryder.«

»Ryder?« Mahler sprang so schnell auf, daß sein Stuhl nach hinten umfiel. »Was zum Teufel macht der denn dort?«

»Das hat er mir nicht gesagt. Ich denke, er wollte sich ein bißchen mit dem Chief unterhalten.«

»Dafür bringe ich ihn hinter Gitter! Ich werde mich ganz persönlich darum kümmern!«

»Ich würde gern mitkommen, Lieutenant.«

»Sie bleiben hier – das ist ein Befehl, Sergeant!«

»Nehmen Sie's nicht persönlich, Lieutenant«, sagte Parker gelassen und legte seine Polizeimarke auf den Tisch. »Aber ich nehme ab sofort keine Befehle mehr entgegen.«

Alle fünf kamen gleichzeitig an – die beiden Sanitäter mit der Ambulanz, Kramer, Major Dunne und Dr. Hinkley. Der Lage der Dinge entsprechend ging Doc Hinkley voraus. Er war ein kleiner, drahtiger Mann mit flinken Augen. Er wandte seine Aufmerksamkeit der am Boden liegenden Gestalt zu.

»Großer Gott! Lennie the Linnet! Ein schwarzer Tag für Amerika!« Er sah sich das rotgeränderte Loch an, das die weiße Krawatte verunzierte. »Sein Herz muß aus irgendeinem Grunde versagt haben. Heutzutage erwischt es schon die ganz jungen.

Und da ist ja auch noch Chief Donahure!« Er ging zu Donahure hinüber, der stöhnend auf seiner Couch hockte und mit der linken Hand vorsichtig das blutdurchtränkte Handtuch festhielt, das er sich um die rechte Hand gewickelt hatte. Hinkley ging nicht besonders vorsichtig damit um, als er es entfernte. »Junge, Junge, wo ist denn der Rest von den beiden Fingern?«

»Er versuchte, mich zu erschießen«, antwortete Ryder statt seiner. »Von hinten natürlich.«

»Ryder!« Mahler trat ins Zimmer, ein Paar Handschellen in der Hand. »Ich verhafte Sie!«

»Legen Sie die Dinger weg und machen Sie sich nicht unnötig lächerlich, sonst könnte es passieren, daß man Sie wegen Behinderung der Justiz belangt. Ich habe ganz legal von meinem Recht als Bürger Gebrauch gemacht, eine Verhaftung vorzunehmen. Die Anklage lautet auf Diebstahl, Zahlung und Annahme von Bestechungsgeldern, Mordversuch und Mord. Donahure wird sich in allen Punkten schuldig bekennen, und ich kann für alle Anklagepunkte Beweise erbringen. Und außerdem ist er noch mitschuldig daran, daß meine Tochter angeschossen wurde.«

»Ihre Tochter ist angeschossen worden?« Merkwürdigerweise schien diese Tatsache Mahler bedeutend mehr zu berühren als die Mordanklage. Er hatte seine Handschellen weggesteckt. Er war zwar ein gefürchteter Zuchtmeister, aber trotzdem ein fairer Mann.

Ryder wandte sich an Kramer: »Donahure hat ein Geständnis abzulegen, aber da er im Augenblick nicht besonders deutlich sprechen kann, werde ich sein Geständnis für ihn formulieren, und er wird es dann unterzeichnen.« Ryder brauchte für seine Ausführungen nicht länger als vier Minuten, und als er fertig war, gab es im ganzen Raum nicht einen einzigen Mann – Mahler eingeschlossen –, der nicht bezeugt hätte, daß das Geständnis freiwillig abgelegt worden sei.

Major Dunne nahm Ryder beiseite: »Jetzt haben Sie also Donahure das Handwerk gelegt, aber es wird Ihrer Aufmerksamkeit nicht entgangen sein, daß Sie sich selbst damit in Teufels Küche gebracht haben: man darf einen Menschen nicht ohne Anklage ins Gefängnis stecken, und das Gesetz in diesem Land besagt, daß diese Anklage veröffentlicht werden muß.«

»Es gibt Zeiten, in denen ich ganz entschieden mit dem russischen System sympathisiere.«

»Morro wird also in ein paar Stunden Bescheid wissen. Und er hat Susan und Peggy.«

»Ich habe keine Wahl – irgend jemand muß schließlich etwas tun. Und ich habe nicht bemerkt, daß die Polizei, das FBI oder der CIA sich in dieser Sache vor Eifer überschlagen hätten.«

»Wunder dauern eben eine Weile.« Dunne wurde ungeduldig. »Wie auch immer – die Gangster haben Ihre Familie.«

»Ja. Allmählich fange ich an, mich zu fragen, ob die beiden Mädchen in Gefahr sind.«

»Ob sie in *Gefahr* sind? Natürlich sind sie das! Schauen Sie sich doch nur an, was Peggy passiert ist!«

»Das war ein Unfall. So nah, wie sie dran gewesen sein müssen, hätten sie sie auch umbringen können – aber eine tote Geisel ist nutzlos.«

»Wenn man Sie so reden hört, könnte man Sie für einen ganz kaltschnäuzigen Hund halten, aber ich glaube nicht, daß Sie das wirklich sind. Wissen Sie vielleicht etwas, was ich nicht weiß?«

»Nein – Sie wissen genausoviel wie ich. Aber ich habe das Gefühl, daß wir an der Nase herumgeführt werden, daß man unser Denken in eine ganz bestimmte Richtung lenkt. Ich habe Jablonsky gestern abend gesagt, daß ich nicht glaube, daß man die Wissenschaftler entführt hat, damit sie eine Bombe bauen. Sie sind aus einem ganz anderen Grund gekidnapt worden. Und wenn ich bei dieser Theorie bleibe, komme ich zu dem Schluß, daß man die Frauen auch nicht mitgenommen hat, um die Wissenschaftler zum Bau einer Bombe zu zwingen. Und auch nicht, um mich unter Druck zu setzen – warum sollten sie sich denn Gedanken über mich gemacht haben?«

»Was beschäftigt Sie, Ryder?«

»Es würde mich schon sehr interessieren, warum Donahure die Kalashnikovs hatte – er selbst scheint es auch nicht zu wissen.«

»Ich fürchte, ich kann Ihnen nicht folgen.«

»Ich fürchte, mir geht es nicht anders.«

Dunne sah eine Weile schweigend vor sich hin und dachte nach. Dann sah er zu Donahure hinüber, zuckte beim Anblick des zerschlagenen Gesichts zusammen und sagte: »Wer erfreut sich denn als Nächster Ihrer freundlichen Aufmerksamkeit? Le-Winter?«

»Nein, noch nicht. Wir haben zwar genug gegen ihn in der Hand, um ihn zum Verhör vorzuladen, aber nicht genug, um ihn aufgrund der nicht bestätigten Aussage eines noch nicht überführten Mannes festzuhalten. Und er ist aus ganz anderem Holz als Donahure – aus dem kriegt man so schnell nichts raus. Ich denke, ich werde mich jetzt erst mal ein, zwei Stunden aufs Ohr legen und anschließend seine Sekretärin besuchen.«

Das Telephon klingelte. Jeff ging dran und hielt dann Dunne den Hörer hin, der schweigend zuhörte, auflegte und zu Ryder sagte: »Ich fürchte, Sie müssen Ihr Nickerchen noch eine Weile verschieben – unsere Freunde haben sich wieder gemeldet.«

Achtes Kapitel

Delage war mit einem Mann zusammen, den die Ryders noch nie gesehen hatten. Er war jung, blond, breitschultrig, trug einen grauen Flanellanzug, dessen Jackett weit genug geschnitten war, damit das Waffenarsenal, das er darunter trug, nicht auffiel, und eine dunkle Brille, wie sie die Geheimdienstleute mit Vorliebe tragen, die Präsidenten und andere Staatsoberhäupter bewachen.

»Das ist Leroy«, erklärte Dunne. »Aus San Diego. Er steht wegen LeWinters Codeaufzeichnungen mit Washington in Verbindung und außerdem mit dem AEC-Kraftwerk in Illinois, kümmert sich um die Überprüfung von Carltons früheren Kontakten und hat ein Team beauftragt, sich mit den Listen der Spinner zu beschäftigen. Gibt es schon was zu berichten, Leroy?«

Leroy schüttelte den Kopf. »Vielleicht am Spätnachmittag – ich hoffe es wenigstens.«

Dunne wandte sich an Delage: »Und jetzt raus damit – was gibt es denn so schrecklich Geheimes, das Sie mir nicht am Telefon erzählen konnten?«

»Es wird nicht mehr lange geheim sein. Die Radiostationen haben die Information schon, aber Barrow hat ihnen gesagt, sie sollen sie ja nicht rausgeben. Und wenn der Direktor sagt, es darf nichts raus, dann geht auch nichts raus.« Er machte eine Kopfbewegung zum Tonband hin. »Wir haben das über die Direktleitung von Los Angeles mitgeschnitten. Es scheint, daß Durrer von der ERDA eine Aufnahme geschickt bekommen hat.«

Er drückte auf einen Knopf, und gleich darauf erfüllte eine wohlklingende, gebildete Stimme den Raum, die bestes Englisch sprach, aber kein amerikanisches Englisch: »Mein Name ist Morro, und ich bin, wie viele von Ihnen inzwischen wissen werden, für den Einbruch im Kernkraftwerk San Ruffino verantwortlich. Ich habe Botschaften für Sie von einigen hervorragenden Wissenschaftlern, und ich rate Ihnen, ganz genau zuzuhören – in Ihrem Interesse.« Dunne hob die Hand, und sofort wurde der Recorder gestoppt.

»Kennt irgend jemand diese Stimme?« fragte er. Niemand meldete sich. »Kann irgend jemand diesen Akzent lokalisieren? Können Sie daraus schließen, wo Morro herstammt?«

Delage zuckte mit der Schulter: »Europa? Asien? Er könnte genausogut ein Amerikaner mit absichtlichem Oxford-Akzent sein.«

»Warum fragen wir nicht einen Experten?« schlug Ryder vor. »Irgendwo zwischen San Diego und Stanford wird sich doch wohl ein Professor finden, der den Akzent erkennt. Wird nicht in diesem Staat behauptet, man lehre alle verbreiteten und die meisten der weniger verbreiteten Sprachen?«

»Ein guter Tip. Vielleicht sind Barrow und Sassoon auch schon auf diese Idee gekommen.« Er nickte Delage zu, der daraufhin den Recorder wieder anschaltete.

Eine heisere, wütende Stimme sagte: »Hier spricht Professor Andrew Burnett aus San Diego. Dies ist wirklich meine Stimme – mein Stimmuster liegt in der Sicherheitsabteilung der Universität und kann jederzeit verglichen werden. Dieser vom Teufel besessene Kerl, der sich Morro nennt…«

Und so ging es weiter, bis Burnett seine grimmige Tirade beendet hatte. Dr. Schmidt, dessen Aussage sich seiner anschloß, klang nicht weniger wütend. Healey und Bramwell waren bedeutend gemäßigter im Ton, aber allen vier Männern war etwas gemeinsam: sie sprachen ungeheuer überzeugend. »Glauben wir ihnen?« fragte Dunne in den Raum hinein. »Ich glaube ihnen.«

Für Delage gab es offensichtlich keinen Zweifel an der Richtigkeit der eben gehörten Ausführungen.

»Ich habe diese Tonbandaufzeichnung nun gerade zum vierten Mal gehört – und je öfter ich sie höre, um so mehr überzeugt sie mich. Man merkt ganz deutlich, daß die Aussagen nicht unter Zwang oder Drogeneinfluß oder körperlicher Bedrohung gemacht worden sind. Bei Professor Burnett ist es am deutlichsten – diese maßlose Wut kann man nicht vortäuschen. Immer vorausgesetzt natürlich, daß die vier Männer tatsächlich die sind, für die sie sich ausgeben – ihre Stimmen werden im Fernsehen und im Radio abgespielt, und es muß Hunderte von Kollegen, Freunden und Studenten geben, die ihre Stimmen einwandfrei identifizieren können.

Eine Megatonne? Das entspricht einer Million Tonnen TNT, nicht wahr? Kein sehr angenehmer Gedanke.«

»Diese Tonbandaufnahme beantwortet wenigstens die Frage, weshalb die Wissenschaftler entführt worden sind«, sagte Ryder zu Dunne. »Die Strolche brauchten sie, um sich die Echtheit der Konstruktionspläne von ihnen bestätigen zu lassen und uns in Panik zu versetzen. Uns und ganz Kalifornien. Es sieht ganz so aus, als ob sie ihr Ziel erreichen, meinen Sie nicht auch?«

»Was mich wild macht«, knurrte Leroy, »ist die Tatsache, daß sie bis jetzt aber auch nicht den allerkleinsten Hinweis darauf gegeben haben, was sie eigentlich vorhaben.«

»Das wird alle wild machen«, meinte Ryder. »Es ist ein Teil des psychologischen Spielchens, das Morro sich ausgedacht hat: Ungewißheit ist ein guter Nährboden für Panik.«

»Da wir gerade von Panik sprechen – es geht noch weiter«, verkündete Dunne und schaltete das Tonbandgerät wieder ein.

»Ich möchte noch einen Nachsatz hinzufügen, wenn Sie gestatten«, sagte Morro. »Die maßgeblichen Autoritäten behaupten, daß das Erdbeben, das heute nacht den Süden des Staates erschütterte, vom White-Wolf-Bruch ausging, und das ist, wie ich schon sagte, eine Lüge. Ich habe auch schon erklärt, daß ich für das Beben verantwortlich bin. Um zu beweisen, daß die Autoritäten gelogen haben, werde ich, wie schon angekündigt, morgen früh einen weiteren Sprengsatz zünden, und zwar um Punkt zehn Uhr. Der Sprengsatz befindet sich an einem Platz, an dem ich ihn ständig unter Kontrolle habe. Jeder Versuch, den Sprengsatz zu lokalisieren oder sich ihm zu nähern, würde mich zwingen, ihn per Funk zur Detonation zu bringen.

Ich rate niemandem, sich dem Platz auf mehr als fünf Meilen zu nähern – bei Zuwiderhandlung lehne ich jede Verantwortung für die Folgen ab. Wer der Bombe zwar nicht unerlaubt nahe kommt, aber nachlässig genug ist, keine Spezialbrille zu tragen, muß den Verlust seines Augenlichts ebenfalls selbst verantworten.

Der Platz, um den es sich handelt, liegt in Nevada, etwa zwölf Meilen nordwestlich vom Skull Peak, dort, wo die Yucca Flat an die Frenchman's Flat stößt.

Der Sprengsatz hat in etwa die gleiche Zerstörungskraft wie die Bomben, die Hiroshima und Nagasaki vernichteten.«

Delage schaltete den Recorder ab. Nach etwa einer halben Minute Schweigen sagte Dunne nachdenklich: »Ich muß sagen, der Mann hat Sinn für Ironie – benutzt der Kerl doch tatsächlich das offizielle Versuchsgelände der Vereinigten Staaten für seine Zwecke! Was zum Teufel hat der Mensch nur vor? Glaubt eigentlich einer von uns hier im Raum, was er gerade gehört hat?«

»Ich schon«, sagte Ryder. »Absolut. Ich glaube, daß die Ortsangabe stimmt, ich glaube, daß die angegebene Detonationszeit stimmt, und ich glaube auch, daß wir keine Möglichkeit haben, ihn an seinem Vorhaben zu hindern. Das einzige, was Sie tun können, ist, möglichst viele Schaulustige daran zu hindern, an den Ort des Geschehens zu eilen und verbrannt, pulverisiert oder strahlenverseucht zu werden. Und das erfordert einen beachtlichen Personalaufwand und entsprechend viele Fahrzeuge.«

»Und demzufolge Straßen«, sagte Jeff. »Aber da oben gibt es keine richtigen Straßen – nur ungeteerte Wege.«

»Das soll alles nicht unsere Sorge sein«, winkte Dunne ab. »Mit Hilfe der Armee, der Nationalgarde, gepanzerter Fahrzeuge, Jeeps und einiger Phantomjäger, um Neugierige abzuschrecken, die das Schauspiel vielleicht aus der Luft genießen wollen, dürfte es kein Problem darstellen, das Gebiet abzuriegeln. So wie ich die Sache sehe, müßte doch eigentlich sowieso jeder daran interessiert sein, sich schleunigst möglichst weit von der fraglichen Stelle zu entfernen. Alles, was mich interessiert, ist die Frage warum? Erpressung und Drohungen sind schon Gründe, aber ich frage mich auch hier wiederum – warum? Man fühlt sich so verdammt hilflos. Man kann nichts tun.«

»Was mich betrifft, so kann ich etwas tun, und das werde ich jetzt auch in die Tat umsetzen«, verkündete Ryder. »Ich gehe ins Bett.«

Der Sikorsky-Hubschrauber landete im Innenhof des »Adlerhorstes«, aber keine der Personen, die im Speisesaal saßen, hob auch nur den Kopf – der Hubschrauber, der fast alle Versorgungsgüter für die Festung heranschaffte, kam und ging den ganzen Tag, und allmählich lernte man, mit dem ohrenbetäubenden Knattern der Rotorblätter zu leben. Aber ganz abgesehen davon, waren die Wachtposten, die Geiseln, Morro und Dubois sowieso bedeutend mehr an den Berichten interessiert, die ihnen via Bildschirm vermittelt wurden. Der Nachrichtensprecher, der mit verschränkten Armen dasaß, was eine Geste nobler Resignation darstellen sollte, und dessen Gesicht den der ernsten Lage angepaßten Ausdruck zeigte, hatte gerade die Ausführungen der vier Wissenschaftler abgespielt und ließ jetzt Morros Nachsatz auf die Zuschauer los. Der Pilot, der einen rotkarierten Wollmantel trug, kam herein und trat zu Morro, der ihm jedoch mit einer Handbewegung bedeutete, sich zu setzen und den Mund zu halten. Morro lag zwar nichts daran, sich selbst reden zu hören, aber es schien ihn zu amüsieren, die Kommentare der anderen zu registrieren und ihre Mienen zu studieren.

Als Morro seinen Nachsatz beendet hatte, wandte Burnett sich an Schmidt und sagte laut und deutlich: »Na, was habe ich Ihnen gesagt, Schmidt? Der Mann ist total wahnsinnig.«

Die Bemerkung schien Morro nicht im mindesten aufzubringen, aber das mußte nichts heißen – es schien nichts zu geben, was Morro aufbrachte. »Mein lieber Professor, falls Sie gerade von mir sprachen, und das nehme ich stark an, so muß ich sagen, daß Sie da eine sehr wenig nette Schlußfolgerung gezogen haben. Wie kamen Sie dazu?«

»Erstens einmal haben Sie keine Atombombe...«

»Und was noch schlimmer ist«, unterbrach ihn Morro, »es ist eine ausgesprochen dumme Schlußfolgerung. Ich habe nie behauptet, es sei eine Atombombe. Es ist ein atomarer Sprengsatz, was in der Wirkung allerdings keinen Unterschied macht. Und achtzehn Kilotonnen kann man nicht gerade als harmlos bezeichnen.«

»Bisher reden Sie nur...«, sagte Bramwell.

»Morgen früh um eine Minute nach zehn werden Sie und Burnett es zweifellos für Ihre Anstandspflicht betrachten, sich bei mir zu entschuldigen.«

Bramwell wurde allmählich unsicher. »Selbst wenn es dieses Ding wirklich geben sollte, was sollte es für einen Sinn haben, es irgendwo in der Wüste hochgehen zu lassen?«

»Das ist doch ganz einfach: Ich beweise den Leuten damit, daß ich über nukleare Explosivstoffe verfüge. Und wenn ich ihnen das beweisen kann, wer sollte sie dann daran hindern zu glauben, daß ich unbegrenzte Vorräte von Nuklearwaffen im Keller habe? Man schafft zunächst Unsicherheit, dann Besorgnis, dann echte Angst und schließlich waschechtes Entsetzen.«

»Haben Sie noch mehr von diesen Sprengsätzen?«

»Ich werde Ihre wissenschaftliche Neugier und die Ihrer drei Kollegen heute abend befriedigen.«

»Worauf wollen Sie hinaus, um Gottes willen«, sagte Schmidt zu Morro.

»Jedenfalls meine ich es ernst«, versicherte Morro ihm, »und das werden Sie alle hier, und die Bürger dieses Staates, und die Bewohner der restlichen Welt sehr bald begreifen.«

»Ihr psychologisches Vorgehen richtet sich nach der Maxime: Laß die Leute glauben, was sie wollen. Laß sie über die verschiedenen Möglichkeiten nachdenken, und sage ihnen dann, daß die Realität noch viel schlimmer ist, als sie es sich jemals hätten träumen lassen. Habe ich recht?«

»Ausgezeichnet, Dr. Schmidt«, lobte Morro, »wirklich ganz ausgezeichnet. Ich werde diese Ausführungen in meine nächste Mitteilung einbauen. Etwa so: ›Stellen Sie sich vor, was Sie wollen – brüten Sie über den Möglichkeiten –, malen Sie sich das Schlimmste aus – aber die Realität wird Ihre schlimmsten Phantasien weit übertreffen!‹

Ja, ich danke Ihnen, Dr. Schmidt – aber natürlich werde ich alle in dem Glauben lassen, daß diese packende Darstellung von mir stammt.« Morro stand auf, ging zu dem Hubschrauberpiloten hinüber, beugte sich zu ihm hinunter und hörte sich an, was er ihm zuflüsterte, nickte dann, richtete sich wieder auf und trat zu Susan. »Kommen Sie bitte mit, Mrs. Ryder.« Er ging vor ihr her einen Flur hinunter.

»Was ist los, Mr. Morro? Oder wollen Sie es mir nicht sagen, weil Sie mir die Überraschung nicht verderben wollen?

Steht mir vielleicht ein Schock bevor? Sie scheinen eine Vorliebe dafür zu haben, Menschen zu schocken. Zuerst schocken Sie uns damit, daß Sie uns hieher bringen, dann schocken Sie die vier Wissenschaftler mit Ihrem Bauplan einer Wasserstoffbombe, jetzt schocken Sie Millionen von Menschen in diesem Staat mit Ihren Ankündigungen. Ist es wirklich ein solcher Genuß für Sie, Menschen zu erschrecken?«

Morro dachte nach und sagte schließlich: »Nein, eigentlich nicht. Die Schocks, die ich bisher verursacht habe, waren alle unvermeidlich oder dazu nötig, meine Pläne durchzuführen. Aber ein sadistisches Vergnügen empfinde ich dabei ganz sicher nicht. Ich habe die ganze Zeit überlegt, wie ich Ihnen die Neuigkeit beibringen soll. Es stimmt, es steht Ihnen ein Schock bevor, aber kein schwerer, denn Sie haben keine Veranlassung, sich ernsthaft Sorgen zu machen. Wir haben Ihre Tochter hier, Mrs. Ryder. Sie ist verletzt, aber nicht schlimm. Sie wird auf jeden Fall durchkommen.«

»Meine Tochter? Peggy ist hier? Was macht sie denn hier? Und wieso ist sie verletzt?«

Anstelle einer Antwort öffnete Morro eine Tür. Dahinter lag eine kleine Krankenstation. Es standen drei Betten darin, aber nur eins davon war belegt – von einem blassen Mädchen mit langen, dunklen Haaren, das seiner Mutter auffallend ähnlich sah. Peggy öffnete überrascht den Mund und starrte ihre Mutter mit weitaufgerissenen Augen an. Dann streckte sie ihren rechten Arm aus – der andere war bewegungsunfähig: ein großer Verband zierte die linke Schulter. Während der überschwenglichen Begrüßung der beiden Frauen blieb Morro diskret im Hintergrund und hielt auch rücksichtsvollerweise einen Mann zurück, der den Raum gerade betreten hatte. Der Neuankömmling trug einen weißen Mantel, hatte ein Stethoskop am Hals hängen und eine schwarze Tasche in der Hand. Aber auch ohne diese Accessoires hätte man ihm seinen Beruf sofort angesehen.

»Tut die Schulter weh, Peggy?« fragte Susan.

»Nein – naja, ein bißchen.«

»Wie ist denn das passiert?«

»Ich wurde angeschossen – als ich entführt wurde.«

»Aha – du wurdest angeschossen, als du entführt wurdest.« Susan kniff die Augen ganz fest zu, schüttelte den Kopf, machte die Augen wieder auf und sah Morro an: »Das ist natürlich auch Ihr Werk.«

»Mami, was soll das nur alles?« Peggys Gesicht zeigte deutlich, daß sie überhaupt nichts begriff. »Wo bin ich eigentlich? Welche Klinik...«

»Du bist in keiner Klinik. Wir sind im Haus eines Mannes, der sich Morro nennt. Das ist der Mann, der in San Ruffino eingebrochen hat – und der dich entführen ließ. Und der mich entführte.«

»Dich!«

»Mr. Morro ist kein kleiner Gauner«, sagte Susan bitter. »Er tut alles im großen Stil – außer uns sind noch sieben Geiseln hier.«

Peggy sank noch tiefer in die Kissen zurück. »Ich verstehe das alles einfach nicht.«

Der Arzt wandte sich an Morro: »Die junge Dame ist überanstrengt, Sir.«

»Ja, ich habe auch den Eindruck. Kommen Sie, Mrs. Ryder, die Schulter Ihrer Tochter muß versorgt werden. Dr. Hitushi ist ein hervorragender Arzt.« Er schwieg und sah auf Peggy hinunter: »Es tut mir wirklich aufrichtig leid, daß das passiert ist. Sagen Sie – haben Sie an einem Ihrer Angreifer etwas Seltsames bemerkt?«

»Ja.« Peggy fröstelte. »Einer von ihnen – ein kleiner Mann – hatte keine linke Hand.«

»Hatte er eine Art von Prothese?«

»Ja – sie sah aus wie zwei kleine gebogene Finger. Sie waren aus Metall und hatten Gummispitzen.«

»Ich komme bald wieder«, versprach Susan ihrer Tochter und duldete es, daß Morro sie am Arm nahm und hinausgeleitete.

Aber als sie draußen im Flur standen, schüttelte sie seine Hand zornig ab. »War es unbedingt nötig, dem armen Kind das anzutun?«

»Ich bedauere den Vorfall zutiefst. Sie ist so ein schönes Mädchen.«

»Sie führen keinen Krieg gegen Frauen? Daß ich nicht lache!« Morro hätte sich unter ihrem Blick eigentlich in Nichts auflösen müssen, aber er tat es nicht. »Warum haben Sie sie herbringen lassen?«

»Ich verletze keine Frauen oder gestatte, daß man sie verletzt. Es war ein Unfall. Ich hatte sie hierherbringen lassen, weil ich dachte, daß sie vielleicht lieber bei ihrer Mutter wäre.«

»Sie schocken die Menschen, Sie lügen wie gedruckt und jetzt erweisen Sie sich auch noch als Heuchler.« Wieder hielt Morro Susans vernichtendem Blick stand.

»Ihre Verachtung ist verständlich, Ihre Haltung lobenswert, aber Sie irren sich in allen drei Punkten. Unter anderem habe ich Ihre Tochter auch hierherbringen lassen, damit sie medizinisch ordentlich betreut wird.«

»Warum konnte sie nicht in San Diego bleiben?«

»Ich habe dort zwar Freunde, aber es sind keine Ärzte darunter.«

»Ich möchte darauf hinweisen, daß die Stadt über ausgesprochen gute Krankenhäuser verfügt.«

»Und ich möchte darauf hinweisen, daß das die Polizei auf den Plan gerufen hätte. Was glauben Sie wohl, wie viele kleine Mexikaner es in San Diego gibt, die anstatt der linken Hand eine so originelle Prothese haben. Man hätte ihn innerhalb von Stunden erwischt, und dann hätte man kurz darauf auch mich gehabt. Dieses Risiko konnte ich wirklich nicht eingehen, Mrs. Ryder. Aber ich konnte sie auch nicht bei meinen Freunden lassen, denn dort wäre sie ganz allein gewesen und es hätte sich niemand um ihre Schulterwunde kümmern können, und das wäre sowohl in körperlicher als auch in psychischer Hinsicht ausgesprochen ungünstig gewesen. Hier ist sie bei Ihnen und hat die bestmögliche ärztliche Betreuung. Sobald der Doktor sie behandelt hat, wird er sicherlich die Erlaubnis geben, daß sie in Ihre Suite gebracht wird, um dort bei Ihnen zu bleiben.«

»Sie sind ein seltsamer Mann, Mr. Morro«, sagte Susan. Er sah sie ausdruckslos an, drehte sich um und ging davon.

Ryder wachte nachmittags um halb sechs auf, aber er fühlte sich nicht besonders ausgeruht, denn er hatte sehr unruhig geschlafen – weniger aus Sorge um seine Familie, da sich seine Ansicht inzwischen gefestigt hatte, daß sie nicht in so großer Gefahr war, wie er zunächst angenommen hatte, sondern vielmehr, weil seine grauen Zellen immer wieder von wandernden Gedanken molestiert wurden, die sich jedoch nicht greifen ließen. Er stand auf, machte sich Sandwiches und Kaffee und verzehrte dieses späte Frühstück, während er die Literatur über Erdbeben durchging, die er sich in Pasadena geliehen hatte; aber weder der Kaffee noch die Literatur halfen ihm weiter. Er verließ das Haus und rief im FBI-Büro an. Delage nahm den Hörer ab.

»Ist Major Dunne da?« fragte Ryder.

»Der schläft fest. Ist es dringend?«

»Nein, lassen Sie ihn schlafen. Ist irgendwas reingekommen, das mich interessieren könnte?«

»Ich glaube, Leroy hat was.«

»Irgendwas aus der South Maple 888?«

»Nichts Besonderes. Es gibt da einen neugierigen Nachbarn, einen rheumatischen alten Bock – ich zitiere wohlgemerkt –, der Betty Ivanhoe gern besser kennen würde als es ihm vergönnt ist. Er sagt, sie sei heute nicht zur Arbeit gegangen – sie hätte ihre Wohnung den ganzen Vormittag nicht verlassen.«

»Ist er sicher?«

»Foster – das ist der Aufpasser, den wir dort postiert haben – sagt, er glaubt ihm.«

»Sie meinen, der Nachbar beobachtete sie so ziemlich ununterbrochen?«

»Vielleicht mit einem guten Fernglas. Heute nachmittag ging sie weg – der Supermarkt ist gleich an der Ecke – und kam nach kurzer Zeit mit Tragtüten beladen zurück. Foster hatte Gelegenheit, einen ausführlichen Blick auf sie zu werfen, und er sagt, er kann dem ›alten Bock‹ sein Interesse nicht verdenken. Während die junge Dame außer Haus war, schlich Foster sich in ihre Wohnung und praktizierte eine Wanze in ihr Telephon.«

»Und – gibt's da schon was?«

»Bis jetzt hat sie den Apparat noch nicht angerührt. Aber etwas anderes dürfte Sie interessieren: das Telephon ihres väterlichen Freundes ist heute schon zweimal benutzt worden. Der erste Anruf ging vom Haus des Richters aus und wurde von ihm selbst getätigt: er unterrichtete die Kammer, daß er einen schweren Hexenschuß habe und daß man eine Vertretung für ihn finden müsse. Der zweite Anruf kam von außerhalb und war ausgesprochen rätselhaft: irgend jemand legte dem Richter nahe, seinen Hexenschuß noch ein paar Tage zu behalten, dann wäre alles in Ordnung. Das war alles.«

»Wo kam der Anruf her?«

»Aus Bakersfield.«

»Seltsam.«

»Was ist seltsam?«

»Bakersfield liegt ganz in der Nähe des White-Wolf-Grabens, von dem angeblich das Erdbeben ausging.«

»Woher wissen Sie das?«

»Allgemeinbildung, mein Lieber.« Dank des Informationsmaterials aus Pasadena hatte er diese Tatsache zehn Minuten zuvor erfahren. »Das ist doch ein merkwürdiger Zufall. Natürlich kam der Anruf aus einer Zelle.«

»Ganz richtig.«

»Danke. Ich bin bald bei Ihnen.«

Er kehrte nach Hause zurück, rief Jeff an – er hatte seinem Sohn nichts mitzuteilen, das für einen Abhörer von irgendwelchem Interesse sein konnte – und sagte, er solle zu ihm hinüberkommen, aber etwas anderes anziehen als am Abend vorher. Und während er auf seinen Sohn wartete, zog er sich ebenfalls um.

Jeff trat ins Zimmer, betrachtete die wie üblich zerknitterte Garderobe seines Vaters, sah an seinem untadeligen blauen Anzug hinunter und sagte: »Jedenfalls wird dich keiner verdächtigen, bei einer Modenschau auftreten zu wollen. Sollen wir in Verkleidung arbeiten?«

»Gewissermaßen. Aus diesem Grund werde ich auch auf dem Weg in die Stadt Sergeant Parker anrufen und mich mit ihm im FBI-Büro verabreden. Delage sagte, die hätten da vielleicht was

Neues für uns. Heute abend werden wir das Vergnügen haben, uns mit einer jungen Dame zu unterhalten – obwohl ich stark bezweifle, daß sie es auch für ein Vergnügen halten wird. Ich meine Bettina Ivanhoe oder Ivanov oder wie immer sie heißen mag. Wenn wir das gleiche anhätten wie gestern abend, würde sie die Sachen sofort erkennen – wir hätten es mit ihrer Garderobe da schon bedeutend schwerer. Unsere Gesichter kann sie zwar nicht wiedererkennen, aber unsere Stimmen bestimmt – deshalb werde ich Sergeant Parker instruieren, damit er an unserer Stelle sprechen kann.«

»Und was ist, wenn dir etwas einfällt – oder vielleicht sogar mir – und wir wollen, daß Sergeant Parker eine bestimmte Frage stellt?«

»Deshalb gehen wir ja überhaupt mit – für den Fall, daß das passiert. Wir werden ein Zeichen vereinbaren, auf das hin ihr gesagt wird, daß wir kurz rausmüssen, um über Funk eine Anfrage beim Revier zu machen. Das hat zusätzlich noch den Effekt, daß Leute mit schlechtem Gewissen bei einer solchen Mitteilung geradezu in Panik geraten. Vielleicht haben wir sogar das Glück, daß sie sich in ihrer Verzweiflung dazu hinreißen läßt, einen telephonischen Hilferuf loszulassen. Ihr Telephon hat nämlich eine Wanze drin, mußt du wissen.«

»Polypen sind doch allesamt Schlitzohren.«

Ryder sah ihn kurz an und schwieg – jeglicher Kommentar erübrigte sich.

»Fangen wir mit Carlton an«, schlug Leroy vor. »Der Sicherheitschef des Kernkraftwerks in Illinois kannte ihn nur flüchtig – ebenso wie die anderen Angehörigen des Stabes, jedenfalls die, die jetzt noch dort sind. Es sind immerhin zwei Jahre seit seinem Weggang verstrichen, und eine ganze Menge der damaligen Mitarbeiter sind inzwischen woanders beschäftigt. Es scheint, als sei der gute Carlton ein Geheimniskrämer gewesen.«

»Dagegen ist nichts zu sagen«, meinte Ryder. »Ich bin immer dafür, daß jeder sich um seine eigenen Angelegenheiten kümmert, in der Freizeit meine ich. Aber in diesem Fall? Wer weiß? Gibt es irgendwelche Hinweise?«

»Nur einen – aber der ist nicht schlecht. Der Sicherheitschef

– er heißt Daimler – hat Carltons ehemalige Hauswirtin ausfindig gemacht. Sie hat ausgesagt, daß Carlton und ihr Sohn eng befreundet gewesen und oft über's Wochenende miteinander weggefahren seien, aber sie wisse nicht wohin. Daimler sagt, er habe den Eindruck, es habe sie auch gar nicht interessiert. Sie ist recht gut situiert – oder war es jedenfalls: ihr Mann hat ihr einen ganz schönen Notgroschen hinterlassen, aber sie nimmt Mieter auf, weil sie eine Menge Geld für Gin und Kartenspielen ausgibt. Wahrscheinlich ist ihr Mann aus reinem Selbsterhaltungstrieb gestorben. Daimler hat – allerdings ohne Begeisterung – angeboten, sie aufzusuchen und mit ihr zu reden, aber ich lehnte dankend ab und sagte ihm, wir würden einen von unseren Jungs hinschicken – eine FBI-Karte ist eindrucksvoller. Also wird sie heute abend Besuch bekommen. Ihr Sohn lebt immer noch bei ihr.

Das ist alles – abgesehen von der Erläuterung, die seine Mutter zu seiner Person gegeben hat: sie sagt, er sei ein religiöser Spinner und gehöre in eine Anstalt.«

»Der Mutterinstinkt spricht. Was gibt es sonst noch?«

»Neuigkeiten über LeWinters Codeaufzeichnungen. Wir haben fast alle Telephonnummern überprüft – ich glaube, man hat Ihnen schon gesagt, daß sie hauptsächlich in Kalifornien und Texas liegen. Die Eigentümer der Anschlüsse scheinen durchaus respektable Leute zu sein – jedenfalls haben die ersten Nachforschungen nichts Gegenteiliges ergeben – aber es erscheint doch merkwürdig, daß anständige Leute mit einem Mann wie LeWinter Kontakt pflegen sollten.«

»Ich habe eine Menge Freunde und Bekannte, die keine Polizisten sind«, sagte Jeff. »Aber keiner von ihnen hat, soviel ich weiß, jemals einen Gerichtssaal von innen gesehen – geschweige denn eine Gefängniszelle.«

»Ja. Aber hier haben wir einen hervorragenden Rechtsgelehrten – oder was die gutgläubige Welt dafür hält –, der eine Liste von Telefonnummern besitzt, die Leuten gehören, die sich spezialisiert haben – beispielsweise auf Petrochemie –, aber nicht nur Chemiker, Metallurgen, Geologen, was man zu finden erwarten würde, sondern auch Besitzer von Bohrinseln, Ölbohrer und Sprengstoffexperten.«

»Vielleicht hat LeWinter vor, sich auf Ölsuche zu begeben – der alte Strolch hat wahrscheinlich durch illegale Geldzuwendungen genügend auf der hohen Kante, um sich so ein Hobby leisten zu können. Aber nun mal im Ernst: was ich gerade gesagt habe, ist sicherlich zu weit hergeholt. Es ist viel wahrscheinlicher, daß diese Namen im Zusammenhang mit Fällen stehen, die er vor Gericht verhandelt hat. Es könnte sich doch um Leute handeln, die als Experten Zeugenaussagen gemacht haben.«

Leroy lächelte. »Sie werden es sicher nicht glauben, aber daran haben wir selbst auch schon gedacht. Wir haben eine Liste von seinen Zivilprozessen der letzten Jahre aufgestellt und entdeckt, daß eine ganze Anzahl der Verhandlungen mit Öl zu tun hatte – Leasing, Umweltverschmutzung, Ölsuche und was weiß ich noch alles. Bevor er Richter wurde, war er Verteidiger, und zwar ein ausgesprochen erfolgreicher – wie man es von einem so gerissenen Gauner auch nicht anders erwartet...«

»Nichts als Vermutungen«, sagte Ryder.

»Soso. Wenn ich mich recht erinnere, haben Sie ihn gerade erst als Strolch bezeichnet. Also, wie ich gerade sagte, machte er sich im Laufe der Zeit einen Namen als Vertreter verschiedener Ölgesellschaften, deren Vergehen gegen das Gesetz ganz klar auf der Hand lagen, bis LeWinter das Gegenteil bewies. Das Ausmaß der Prozesse in diesem Staat, die mit Öl zu tun haben, ist ganz erstaunlich. Aber mir erscheint das alles irrelevant – natürlich weiß ich nicht, wie es bei Ihnen ist. Aber wie dem auch sei, fest steht jedenfalls, daß er seit nahezu zwanzig Jahren auf die eine oder andere Weise mit Ölgeschäften zu tun hat – aber ich glaube kaum, daß das mit der jetzigen Angelegenheit in Zusammenhang steht.«

»Ich auch nicht«, sagte Ryder. »Andererseits könnte er sich auch die ganze Zeit über auf diesen Tag vorbereitet haben und sein ganzes Wissen jetzt erst benutzen. Aber auch das ist sicherlich zu weit hergeholt. Was ist mit dem Ivanhoe-Codebuch? Man hat mir zu verstehen gegeben, daß die Spezialisten für russische Codes in Washington schon weitergekommen sind.«

»Das ist gut möglich, aber leider benehmen die sich alle wie Austern. Der Schwerpunkt ihrer Ermittlungen scheint jetzt in Genf zu liegen.«

Ryder übte sich in Geduld. »Könnten Sie mich darüber aufklären – falls man Sie Ihrerseits darüber aufgeklärt haben sollte –, was ein Diebstahl von Kernbrennstoff in Kalifornien mit Genf zu tun hat?«

»Nein, ich kann Sie leider nicht aufklären, da ich es selbst nicht erfahren habe. Das beruht alles nur auf dieser verdammten Eifersüchtelei zwischen den verschiedenen Geheimdiensten.«

»Als nächstes erzählen Sie mir, daß der verdammte CIA sich einmischen wird«, sagte Ryder voller Mitgefühl.

»Es sieht ganz so aus, als hätte er sich schon eingemischt. Schlimm genug, daß sie in befreundeten Ländern – bei Verbündeten, wenn Sie so wollen – arbeiten, was sie auch frisch und fröhlich ohne die Erlaubnis dieser Gastländer tun, aber daß sie jetzt auch noch anfangen, in einem strikt neutralen Land wie der Schweiz herumzuschnüffeln…«

»Dort arbeiten sie üblicherweise *nicht?*«

»Natürlich nicht. Die Agenten, die man um die UNO, die WHO und Gott weiß was noch für internationale Einrichtungen in Genf herumschleichen sieht, sind nur Ausgeburten der Phantasie. Das muß an der alpinen Luft liegen.«

»Sie klingen recht verbiestert. Wir wollen hoffen, daß Sie Ihre Schwierigkeiten in diesem besonderen Fall schnell aus der Welt schaffen können. Wie weit ist Interpol mit den Nachforschungen über Morro?«

»Die haben überhaupt nichts über ihn. Sie dürfen nicht vergessen, daß der größte Teil der Welt nicht einmal das Wort ›Interpol‹ kennt. Es würde sicherlich helfen, wenn man einen Anhaltspunkt hätte, woher diese Pestbeule stammt.«

»Wie steht es mit den Kopien seiner Tonbandansprachen, die zu den Sprachwissenschaftlern geschickt worden sind?«

»Bis jetzt war die Zeit noch viel zu kurz, als daß eine größere Anzahl von Antworten hätte eingehen können. Wir haben erst vier bekommen. Einer der Fachleute ist überzeugt, daß die Stimme einem Mann aus dem Mittleren Osten gehört. Um genau zu sein: er behauptet, daß der Kerl aus Beirut stammt. Da in Beirut alles zu finden ist – von Europa bis zum Mittleren Osten, vom Mittleren Osten zum Fernen Osten und auch noch eine ganze Menge Afrikaner aus afrikanischen Ländern –, ist es schwer zu sagen, worauf seine Überzeugung sich gründet. Ein anderer meint – will allerdings keinen Eid darauf leisten –, daß er aus Indien kommt. Ein dritter siedelt ihn voller Überzeugung in Südostasien an. Und der letzte sagt, er habe zwanzig Jahre in Japan gelebt und würde das Englisch eines Japaners überall auf der Welt erkennen.«

»Nach der Beschreibung meiner Frau ist Morro um die einsachtzig groß und breitschultrig«, sagte Ryder.

»Und es dürfte nicht viele Japaner geben, auf die diese Beschreibung passen würde. Ich beginne, das Vertrauen in die Universität von Kalifornien zu verlieren.« Leroy seufzte. »Nun, abgesehen vielleicht von Carlton – aber wirklich nur vielleicht – scheinen wir in dieser Sache nicht vorwärtszukommen. Aber es wäre möglich, daß die Informationen, die wir über die Spinner gesammelt haben, ein bißchen Ermutigung bringen. Sie haben gesagt, wir sollten nach einer großen Gruppe suchen, die seit etwa einem Jahr bestünde. Wir sagen nicht, daß sie damit auf dem falschen Dampfer sein müssen, aber uns ist der Gedanke gekommen, daß es sich durchaus auch um eine kleinere Gruppe handeln könnte, die schon viel länger als ein Jahr besteht und von Morros Leuten infiltriert oder von ihm übernommen worden ist. Hier ist die Liste. Sie kann sicherlich nicht den Anspruch erheben, vollständig zu sein – es gibt in diesem Staat kein Gesetz, das einen zwingt, sich selbst oder gleichgesinnte Freunde als Spinner registrieren zu lassen –, aber sie ist bestimmt so vollständig wie irgend möglich.«

Ryder überflog die Liste, gab sie an Jeff weiter, drehte sich um, sagte ein paar Worte zu Sergeant Parker, der gerade hereingekommen war, und wandte seine Aufmerksamkeit dann wieder Leroy zu.

»Die Liste ist nicht schlecht, nur gibt sie keinen Aufschluß darüber, worin die Spinnerei dieser Spinner besteht.«

»Könnte das denn eine Rolle spielen?«

»Woher soll ich das wissen?« Ryder war verständlicherweise leicht gereizt. »Vielleicht würde mir ein kleiner Hinweis auf die Art der Spinnerei beim Durchlesen zu irgendeinem Geistesblitz verhelfen oder doch wenigstens zu der Andeutung eines Fingerzeigs.«

Mit der Miene eines Zauberers, der ein Kaninchen aus dem Hut zieht, brachte Leroy ein weiteres Blatt Papier zum Vorschein. »Hier haben wir, was Sie wollen«, verkündete er mit sichtlicher Genugtuung. Dann wechselte sein Gesichtsausdruck, und er sah das Blatt verärgert an. »Die sind so verdammt umständlich und langatmig in ihren Erklärungen, aus welchen Motiven heraus sie sich zu einer Gruppe zusammengeschlossen haben, daß es uns unmöglich war, alles auf einem Blatt unterzubringen. Wenn sie über ihre Ideale sprechen, gibt es für sie kein Halten mehr.«

»Sind irgendwelche religiösen Fanatiker darunter?«

»Warum?«

»Carlton soll ein religiöser Spinner sein – vielleicht hat er Verbindung zu einer solchen Gruppe. Zugegeben, es ist zwar nur ein Strohhalm, aber in unserer Situation muß man nach allem greifen.«

»Sie haben sicher recht.« Leroy überflog die Anhaltspunkte. »Es sind fast alles religiöse Organisationen, aber ich glaube, das ist keine überraschende Erkenntnis. Eine ganze Anzahl dieser Gruppen besteht schon so lange, daß sie ein gewisses Maß an Respektabilität gewonnen haben und daß man ihre Mitglieder nicht mehr als Spinner klassifizieren kann. Die Anhänger des Zen Buddhismus, die Guru-Gruppen der Hindus, die Zoroastrianer und einige hier in Kalifornien entstandene Gruppen – im ganzen sind es acht – kann man nicht öffentlich Spinner nennen, ohne umgehend eine Anzeige am Hals zu haben.«

»Nennen Sie sie, wie Sie wollen.« Ryder nahm das Blatt zur Hand und studierte es mehr hoffnungs- als erwartungsvoll. »Die Hälfte davon kann ich nicht mal aussprechen«, beschwerte er sich, »geschweige denn verstehen.«

»Wir leben hier in einem sehr kosmopolitischen Staat, Sergeant Ryder.« Ryder warf Leroy einen mißtrauischen Blick zu, aber dessen Gesicht war völlig ausdruckslos.

»›Borundians‹«, las Ryder weiter, »›Corinthians‹, ›The Judges‹, ›The Knights of Calvary‹, ›The Blue Cross‹ – ›The Blue Cross‹?«

»Das sind in diesem Fall nicht die Leute von der Krankenhausversicherung, Sergeant.«

» ›The Seekers‹?«

»Ist nicht etwa die Sängergruppe.«

» ›Nineteen-ninety-nine‹?«

»Das ist der Termin für den Weltuntergang.«

» ›Aparat‹?«

»Eine Splittergruppe von ›Nineteen-ninety-nine‹. Sie arbeitet mit einer Gruppe zusammen, die sich ›Revelation‹ nennt. Hoch oben in den Sierras. Die bauen eine Arche für die nächste Sintflut.«

»Vielleicht ist das gar keine so dumme Idee. Professor Bensons Ausführungen zufolge wird demnächst ein großes Stück von Kalifornien im Pazifik verschwinden. Aber es kann natürlich auch noch ein bißchen dauern – was sind schon eine Million Jahre hin oder her. Ach, was haben wir denn hier Interessantes? Das paßt schon eher: eine Gruppe mit über hundert Mitgliedern, und sie besteht erst seit acht Monaten: ›The Temple of Allah‹.«

»Moslems. Sie operieren auch in den Sierras, aber nicht ganz so weit oben. Die können Sie vergessen – die sind gründlich überprüft worden.«

»Ich weiß nicht – Carlton ist ein religiöser Spinner...«

»Wenn Sie die Moslems als Spinner bezeichnen, müssen Sie es mit den Christen ebenso machen.«

»Ich habe doch nur seine Hauswirtin zitiert. Wahrscheinlich hält sie jeden Menschen für einen Spinner, der eine Kirche betritt. Vielleicht kommt Morro wirklich aus Beirut – da gibt es doch Moslems.«

»Und Christen. Haben das Jahr 1976 damit verbracht, sich gegenseitig auszurotten. In der Sackgasse war ich schon, Sergeant. Morro könnte genausogut Inder sein. Carlton ist in Neu-Delhi gewesen. Dann wäre er Hindu und nicht Moslem. Vielleicht ist Morro aber auch aus Südostasien – Carlton ist in Singapur gewesen und in Hongkong und in Manila. In den beiden ersten Fällen wäre Morro Buddhist, im dritten Fall Katholik. Vielleicht stimmt aber doch Japan – Carlton ist auch dort gewesen. Dort herrscht der Schintoismus. Sie können nicht einfach eine Religion herauspicken, die in Ihre Theorie paßt – und es steht nirgends, daß Carlton jemals in Beirut war. Ich sage Ihnen doch, die Gruppe ist gründlich durchleuchtet worden. Der dortige Polizeichef schwört auf die Leute.«

»Das allein ist doch schon ausreichend für einen Haftbefehl.«

»Nicht jeder Polizeichef ist ein Donahure. Der Mann dort – er heißt Curragh – ist sehr geachtet. Der Gouverneur von Kalifornien ist der Schirmherr der Gruppe. Die Leute haben zwei Millionen – ich wiederhole, zwei Millionen – für wohltätige Zwecke gespendet. Ihr Refugium ist für jedermann offen...«

Ryder hob die Hand: »Schon gut, schon gut. Und wo hausen diese Wohltäter der Menschheit?«

»In so einer Art Burg. Das Ding heißt ›Adlerhorst‹.«

»Ich kenne es – ich bin sogar schon mal dort gewesen. Es verdankt seine Existenz einem stinkreichen Irren namens von Streicher.«

Er dachte einen Augenblick nach und sagte dann: »Moslems oder nicht – jeder, der freiwillig dort wohnt, muß irre sein.«

Wieder schwieg er – diesmal bedeutend länger – und dann öffnete er den Mund, als wolle er etwas sagen, überlegte es sich jedoch anders.

»Es tut mir leid – ich hätte Ihnen gern mehr geholfen«, sagte Leroy.

»Danke. Ich nehme diese Listen mit, wenn ich darf. Zusammen mit meinem Lesestoff über Erdbeben werden sie mich bestimmt auch nicht weiterbringen.«

Parker ging voraus zum Wagen. Jeff sagte leise: »Na, nun mach schon, raus damit! Was wolltest du da drin sagen, was du dann doch lieber für dich behalten hast?«

»Wenn man sich die Landkarte dieses Staates vorstellt, dann liegt der ›Adlerhorst‹ nur einen Steinwurf von Bakersfield entfernt – und von dort kam der mysteriöse Anruf für LeWinter.«

»Könnte das was bedeuten?«

»Es könnte bedeuten, daß ich heute eine Vorliebe für weit hergeholte Theorien habe. Es wird interessant sein herauszufinden, ob es vom Schloß eine direkte Telephonverbindung mit Bakersfield gibt.«

Auf dem Weg in den Außenbezirk der Stadt instruierte Ryder seinen Freund Parker so ausführlich wie möglich.

Die South Maple war kurz, gerade, links und rechts von Bäumen gesäumt – eine angenehme und ruhige Straße, in der alle Häuser in dem pseudomaurischen Stil gebaut waren, der so beliebt im Süden ist. Zweihundert Meter vor dem Ziel parkte Ryder hinter einem schwarzen Wagen, stieg aus und ging nach vorn. Der Mann, der hinter dem Steuer saß, sah fragend zu Ryder auf.

»Sie müssen George Green sein«, sagte Ryder.

»Und Sie Sergeant Ryder. Das Büro hat mich angerufen.«

»Hängen Sie die ganze Zeit über an Ihrem Telephonanschluß?«

»Das muß ich gar nicht – die Wanze ist ganz besonders dressiert.« Er tätschelte sein Telephon liebevoll. »Wenn sie den Hörer abnimmt, dann klingelt es hier leise. Es ist auch ein Recorder angeschlossen, der automatisch alle Gespräche aufzeichnet.«

»Wir werden uns mit ihr unterhalten und einen Vorwand finden, um sie für kurze Zeit allein zu lassen. Es ist durchaus möglich, daß sie dann in ihrer Panik telephoniert.«

»Alles klar.«

Bettina Ivanhoe wohnte in einem überraschend hübschen Haus. Es war klein – nicht zu vergleichen mit Donahures oder LeWinters –, aber groß genug, um den Gedanken zu provozieren, daß sie für eine einundzwanzigjährige Sekretärin erstaunlich viel Geld verdienen mußte – oder jemand erstaunlich viel Geld für sie ausgab. Auf das Klingeln hin öffnete sie die Tür und schaute die drei Männer beunruhigt an.

»Wir sind von der Polizei«, erklärte Parker. »Könnten wir Sie kurz sprechen?«

»Polizisten? Ja, ich denke schon. Ich meine – natürlich, bitte kommen Sie doch herein.«

Sie ging voraus in ein kleines Wohnzimmer und ließ sich mit untergeschlagenen Beinen auf einem Sofa nieder, während die Männer sich in Sessel setzten.

Sie sah sauber, unschuldig und süß aus, aber danach konnte man nicht gehen – sie hatte auch süß und unschuldig ausgesehen, als sie gefesselt in LeWinters Bett gelegen hatte.

»Bin ich – bin ich irgendwie in Schwierigkeiten?«

»Wir hoffen nein.« Parker hatte eine tiefe, volltönende Stimme

– eine von diesen seltenen Stimmen, die gleichzeitig herzlich, beruhigend und drohend klingen können. »Wir sind einfach auf der Suche nach Informationen, die uns weiterhelfen können. Wir gehen Behauptungen nach – ich fürchte allerdings, es sind mehr als Behauptungen –, denen zufolge große Bestechungsaktionen im Gange sind, in die Ausländer und einige hochgestellte Persönlichkeiten verwickelt sind, die in diesem Staat öffentliche Ämter bekleiden. Vor ein oder zwei Jahren haben die Südkoreaner Millionen gezahlt – anscheinend aus reiner Herzensgüte.« Er seufzte. »Und nun sind die Russen im Geschäft. Sie werden verstehen, daß ich mich nicht ausführlicher dazu äußern kann.«

»Ja, ja, ich verstehe schon.« Aber es war ganz offensichtlich, daß sie überhaupt nichts verstand.

»Wie lange wohnen Sie schon hier?« Die herzliche und die beruhigende Komponente waren völlig aus seiner Stimme verschwunden.

»Seit fünf Monaten.« Die Besorgnis war zwar noch da, aber sie war mit einem gewissen Maß an Kampflust durchsetzt. »Warum?«

»Fragen zu stellen, ist mein Beruf.« Parker sah sich in aller Ruhe um. »Hübsch haben Sie es hier. Womit verdienen Sie Ihren Lebensunterhalt, Miss Ivanhoe?«

»Ich bin Sekretärin.«

»Wie lange schon?«

»Seit zwei Jahren.«

»Und was haben Sie davor gemacht?«

»Da war ich auf der Schule – in San Diego.«

»An der Universität von Kalifornien?« Sie nickte. »Und Sie haben sie vorzeitig verlassen?« Wieder nickte sie.

»Warum?« Sie zögerte. »Ich möchte Sie darauf hinweisen, daß wir Ihre Angaben ohne Schwierigkeiten überprüfen können. Waren Ihre Noten zu schlecht?«

»Nein, ich konnte es mir nicht leisten…«

»Sie konnten es sich nicht leisten?« Parker sah sich wieder im Zimmer um. »Aber innerhalb von zwei Jahren haben Sie es als Anfangssekretärin geschafft, hier wohnen zu können! Im allgemeinen muß ein Mädchen in dieser Lage sich mit einem möblierten Zimmer begnügen oder bei seinen Eltern wohnen.« Er tippte sich an die Stirn. »Natürlich! Ihre Eltern! Sie müssen wirklich sehr großzügig sein.«

»Meine Eltern sind tot.«

»Das tut mir leid.« Aber es klang nicht so, als ob es ihm leid täte. »Dann muß jemand anderer sehr großzügig sein.«

»Es liegt keinerlei Anzeige gegen mich vor.« Sie preßte die Lippen aufeinander und stellte die Füße auf den Boden. »Ich werde keine Frage mehr beantworten, bevor ich mit meinem Anwalt gesprochen habe.«

»Judge LeWinter nimmt heute keine Gespräche entgegen – er leidet an einem Hexenschuß.« Diese Mitteilung hatte eine vernichtende Wirkung. Das Mädchen sank in sich zusammen und sah auf einmal sehr verwundbar und hilflos aus. Es war zwar möglich, daß sie diesen Eindruck nur vortäuschte, aber es war nicht sehr wahrscheinlich. Falls Parker einen Anflug von Mitleid für sie empfand, so ließ er sich jedenfalls nichts anmerken. »Sie sind Russin, nicht wahr?«

»Nein, nein, nein.«

»Doch, doch, doch. Wo wurden Sie geboren?«

»In San Diego.«

»Dieser Einfall war nicht besonders gut – Ihr Name steht nicht im Geburtenregister.« Parker hatte zwar keine Ahnung, ob diese von ihm aufgestellte Behauptung stimmte, aber die Vermutung schien ihm naheliegend. »Wo wurden Sie also geboren?«

»In Wladiwostok.« Sie hatte aufgegeben.

»Wo sind Ihre Eltern begraben?«

»Sie leben – in Moskau.«

»Wann sind sie zurückgegangen?«

»Vor vier Jahren.«

»Und warum?«

»Ich glaube, sie wurden zurückbeordert.«

»Waren sie naturalisiert?«

»Ja. Lange Zeit.«

»Wo hat Ihr Vater gearbeitet?«

»In Burbank.«

»Bei Lockheed, nehme ich an.«

»Ja.«

»Wie sind Sie zu Ihrer Stellung gekommen?«

»Durch eine Anzeige. Es wurde eine Sekretärin gesucht, die Russisch und Chinesisch konnte.«

»Ich nehme nicht an, daß sich viele meldeten.«

»Ich war die einzige.«

»Judge LeWinter hat also private Klienten?«

»Ja.«

»Auch russische und chinesische?«

»Ja. Manchmal brauchen sie bei Gericht einen Dolmetscher.«

»Verlangt er auch, daß Sie außerhalb des Gerichtssaales für ihn übersetzen?«

Sie zögerte zuerst, antwortete dann aber doch: »Ja, manchmal.«

»Militärische Angelegenheiten? Natürlich in russischer Sprache und in verschlüsselter Form?«

Ihre Stimme war kaum mehr als ein Flüstern: »Ja.«

»War auch mal ein Text über das Wetter dabei?«

Ihre Augen weiteten sich: »Woher wissen Sie…«

»Wissen Sie nicht, daß das unrecht ist? Wissen Sie nicht, daß das Landesverrat ist? Wissen Sie nicht, welche Strafe auf Landesverrat steht?«

Sie legte ihren Unterarm auf die Sofalehne und ihren blonden Kopf darauf. Sie antwortete nicht.

»Mögen Sie LeWinter?« fragte Ryder. Sie schien seine Stimme nicht zu erkennen.

»Ich hasse ihn! Ich hasse ihn! Ich hasse ihn!« Die Stimme zitterte zwar, aber der Ausbruch war ebenso heftig wie glaubwürdig. Ryder stand auf und machte eine Kopfbewegung in Richtung Tür.

»Wir müssen mal schnell zum Wagen, um beim Revier anzurufen. Wir sind in einer Minute zurück.« Die drei Männer verließen den Raum.

»Sie haßt LeWinter«, sagte Ryder, »und ich hasse dich, Dave.«

»Dann sind wir schon zu zweit.«

»Jeff, geh nachschauen, ob der FBI-Mann ein Telephonat aufzeichnet. Ich bin allerdings fast sicher, daß du umsonst hingehst.«

»Dieses arme Mädel.« Parker schüttelte den Kopf. »Stell dir bloß mal vor, Peggy würde es so ergehen…«

»Es ist genau so, wie ich es mir gedacht habe – ihr Vater ist ein Spion, wahrscheinlich betreibt er Industriespionage. Dann wird er nach Rußland zurückgerufen, um Bericht zu erstatten, und seitdem setzen sie das Mädchen hier unter Druck – und wahrscheinlich benutzen sie auch die Mutter zu diesem Zweck. Das Mädchen wird erpreßt und weiß sich nicht zu helfen. Na, jedenfalls können wir unseren Superspionen in Genf jetzt wohl mitteilen, daß sie sich allesamt heimgeigen lassen können. Sie ist intelligent. Ich wette, sie hat diesen russischen Wetterbericht, oder was immer das sein mag, vollständig im Kopf.«

»Hat sie nicht schon genug durchgemacht, John? Und was wird man mit ihren Eltern machen?«

»Gar nichts, nehme ich an. Jedenfalls nicht, wenn es durchsickert, daß sie verhaftet worden oder verschwunden ist oder daß man sie unter Verschluß hält. Das verstehen die Russen, denn so würden sie selbst sich auch verhalten.«

»Das ist nicht gerade die Art, wie man in unserer großartigen amerikanischen Demokratie vorgeht.«

»Sie glauben nicht an unsere großartige amerikanische Demokratie?«

Beide warteten, bis Jeff zurückkam. Er sah die beiden Freunde an und schüttelte den Kopf.

»Das dachte ich mir«, nickte Ryder. »Unsere arme kleine Bettina hat absolut niemanden mehr, an den sie sich wenden kann.«

Sie gingen zurück ins Haus. Sie saß kerzengerade auf dem Sofa und sah ihnen ausdruckslos entgegen. Ihre braunen Augen waren verschleiert, und auf ihren Wangen trockneten allmählich ein paar Tränen. Die drei Männer setzten sich erst gar nicht wieder hin. Sie sah Ryder an.

»Ich weiß, wer Sie sind.«

»Dann sind Sie besser dran als ich – ich habe sie noch nie gesehen. Wir nehmen Sie in Schutzhaft, das ist alles.«

»Ich weiß genau, was das heißt. Schutzhaft – wegen Spionage, Verrats, eines moralischen Vergehens. Von wegen Schutzhaft!«

Ryder ergriff ihr Handgelenk, zog sie vom Sofa hoch und packte sie dann an den Schultern: »Sie sind hier in Kalifornien, nicht in Sibirien. Hierzulande heißt Schutzhaft; daß wir sie an einen sicheren Ort bringen, bis der Sturm sich gelegt hat. Es wird keine Anklage gegen Sie erhoben werden, weil es keinen Grund dafür gibt. Wir versprechen Ihnen, daß Ihnen weder jetzt noch später etwas passieren wird.« Er führte sie zur Tür und öffnete sie. »Wenn Sie wollen, können Sie aber auch gehen. Packen Sie ein paar Sachen zusammen, steigen Sie in Ihren Wagen und fahren Sie los. Aber es ist kalt da draußen und dunkel, und allein werden Sie auch sein. Ich finde, Sie sind zu jung, um allein zu sein.«

Sie schaute auf die Straße hinaus, drehte sich um, ihre Schultern bebten – es konnte ebenso ein Achselzucken sein wie ein Schaudern –, und sah Ryder unsicher an. »Wir kennen einen sicheren Platz«, sagte Ryder ermutigend. Wir werden Ihnen eine Polizistin mitgeben – kein altes Schlachtroß, das Sie bewachen soll, sondern eine junge, hübsche Frau wie Sie, die Ihnen Gesellschaft leisten wird.« Er deutete auf Jeff: »Ich weiß, daß mein Sohn das Mädchen mit ebensoviel Sorgfalt wie Vergnügen auswählen wird.« Jeff grinste, und es war wahrscheinlich dieses Lächeln, das sie endgültig überzeugte. »Allerdings wird selbstverständlich ein bewaffneter Posten vor der Tür stehen. Das Ganze dauert nur zwei oder drei Tage, nicht länger. Packen Sie nur das, was Sie für diese Zeit brauchen. Und machen Sie keine Dummheiten – wir wollen nur Ihr Bestes.«

Sie lächelte zum ersten Mal und verließ das Zimmer. Jeff grinste wieder. »Ich habe mich oft gefragt, wie du Susan herumgekriegt hast, aber jetzt fange ich allmählich an...«

Ryder schenkte ihm einen frostigen Blick. »Greens Arbeit hier ist beendet. Geh zu ihm und erkläre ihm, weshalb.«

Jeff nickte und ging – er lächelte noch immer.

Healey, Bramwell und Schmidt hatten sich in Burnetts Wohnzimmer versammelt, nachdem sie ein hervorragendes Abendessen hinter sich gebracht hatten. Aber trotz der leiblichen Genüsse war die Atmosphäre beim Essen sehr gedrückt gewesen, und Susans Abwesenheit – sie hatte sich entschlossen, die Mahlzeit mit ihrer Tochter in ihrer Suite einzunehmen – trug nicht gerade zur Aufheiterung bei. Carlton hatte auch nicht am Abendessen teilgenommen, aber darüber hatte man kaum ein Wort verloren, denn der stellvertretende Sicherheitschef hatte sich zu einem höchst ungeselligen Mann entwickelt – er sah düster und in sich gekehrt aus und erweckte fast den Eindruck, als habe er ein Geheimnis. Man nahm allgemein an, daß er über seinen Fehlern brütete, die ihm in San Ruffino unterlaufen waren. Nachdem sie schnell und schweigend gegessen hatten, hatten sich alle so schnell zurückgezogen, wie es der Anstand erlaubte. Und jetzt verteilte Burnett großzügige Verdauungsschlucke, die in seinem Fall aus einem doppelten Cognac bestanden.

»Die Frau ist nicht normal«, sagte Burnett, aber wie das bei ihm immer so zu sein pflegte, klang auch diese Feststellung wie eine Offenbarung.

»Welche?« fragte Bramwell vorsichtig.

»Welche? Natürlich Mrs. Ryder!«

»Ich finde sie bezaubernd«, widersprach Healey.

»Natürlich ist sie bezaubernd. Und schön. Aber völlig verwirrt.« Er machte eine ausladende Handbewegung. »Das alles hier ist wohl zuviel für eine Frau. Ich habe sie nach dem Essen besucht und ihr und ihrer armen Tochter mein Bedauern ausgedrückt. Dieses arme, hübsche Ding ist ausgesprochen übel zugerichtet worden.« Wenn man Burnett so zuhörte, hätte man glauben können, Peggy sei von einer Maschinengewehrgarbe durchsiebt worden. »Ich bin ja wirklich ein Mensch mit einem sehr ausgeglichenen Wesen« – er war sich seines gegenteiligen Rufes offensichtlich überhaupt nicht bewußt –, »aber ich muß sagen, ich hätte fast meine guten Manieren vergessen. Ich sagte, Morro sei schlimmstenfalls ein kaltblütiges Ungeheuer, das vernichtet werden müßte und bestenfalls ein rasender Irrer, der in eine Gummizelle gehörte. Und ob Sie es glauben oder nicht – sie hat mir widersprochen!« Er dachte kurz über ihre völlige Unfähigkeit nach, Charaktere zu durchschauen, und schüttelte dann immer noch fassungslos den Kopf. »Sie gestand zwar zu, daß er vor Gericht müsse, sagte aber, er sei hin und wieder freundlich, fürsorglich und manchmal sogar mitfühlend. Und das sagt eine Frau, die ich für hochintelligent gehalten habe!« Burnett schüttelte wieder den Kopf – ob aus Kummer darüber, daß er sich seinerseits so geirrt hatte, oder aus Trauer über die zwangsläufige Schlußfolgerung, daß der Rest der Frauen dann ja wohl indiskutabel sein mußte, war schwer zu sagen. Er trank seinen Cognac, aber man sah ihm deutlich an, daß er ihn nicht genoß. »Ich frage Sie, meine Herren, ich frage Sie!«

»Er ist ganz bestimmt ein Verrückter, das steht fest.« Bramwell war vorsichtig. »Aber er ist nicht amoralisch wie Verrückte das üblicherweise sind. Wenn er mit seiner Atombombe – falls er tatsächlich eine hat, was wir wohl alle nicht bezweifeln – eine wirklich eindrucksvolle Demonstration starten wollte, dann würde er sie ohne Vorwarnung mitten auf dem Wilshire Boulevard hochgehen lassen, anstatt nach vorheriger Warnung draußen in der Wüste.«

»Unsinn. Das ist eben die ungeheure Gerissenheit, die so oft mit Irrsinn gepaart ist. Er will die Menschen davon überzeugen, daß sie es mit einem vernünftig denkenden Wesen zu tun haben.« Burnett starrte mißvergnügt in sein leeres Glas, stand auf und ging zur Bar hinüber. »Nun, mich für meinen Teil wird er davon ganz bestimmt nicht überzeugen.«

Sie starrten schweigend vor sich hin und saßen eine Weile später immer noch so da, als Morro und Dubois hereinkamen. Entweder bemerkte Morro Burnetts wütende Miene und die düsteren Gesichter der anderen nicht, oder er hatte sich entschlossen, sie zu ignorieren.

»Es täte mir leid, falls ich Sie stören sollte, meine Herren, aber die Abende hier sind ein wenig langweilig, und ich dachte, Sie hätten vielleicht Interesse daran, etwas zu sehen, das Ihre Wissenschaftlerherzen höher schlagen lassen dürfte. Ich möchte mich hier nicht wie ein Marktschreier aufführen, aber ich bin sicher, Sie werden erstaunt sein – nein, wahrscheinlich völlig fassungslos –, wenn Sie sehen, was Abraham und ich Ihnen zu zeigen haben. Darf ich Sie bitten mitzukommen, meine Herren?«

Burnett war nicht gewillt, eine Gelegenheit vorübergehen zu lassen, aufsässig zu sein. »Und wenn wir uns weigern?«

»Das liegt ganz bei Ihnen – und damit meine ich Sie allein, denn ich habe irgendwie das Gefühl, daß Ihre Kollegen ausgesprochen interessiert sind und daß es ihnen ein Vergnügen sein wird, Ihnen später Bericht zu erstatten. Natürlich können Sie sich auch alle weigern mitzukommen – ich werde Sie in keiner Weise unter Druck setzen.«

Healey stand auf. »Ich bin schon neugierig zur Welt gekommen. Das Essen hier ist wirklich exzellent, aber das Unterhaltungsangebot läßt sehr zu wünschen übrig. Im Fernsehen gibt es nichts außer Berichten über die Vorsichtsmaßnahmen, die man trifft, um die Leute morgen früh von der Yucca Flat fernzuhalten, angstvollen Spekulationen darüber, wie die nächste Drohung lauten wird und welche Motivation dahinter steht. Welche steht denn dahinter, Morro?«

»Das werden Sie später erfahren. Inzwischen bitte ich diejenigen unter Ihnen, die interessiert sind...«

Sie waren alle interessiert – sogar Burnett. Zwei weißgekleidete Diener standen vor der Tür, was die vier Wissenschaftler jedoch nicht im geringsten beunruhigte – ihre Anwesenheit war ebensowenig etwas Neues wie die Gewißheit, daß sie unter ihren weiten Roben Ingrams versteckt hatten. Ungewöhnlich war nur, daß einer der beiden ein Tonbandgerät dabei hatte. Wie immer motzte Burnett als erster los.

»Was hat Ihr vertracktes Gehirn jetzt wieder ausgebrütet, Morro?« schnaubte er. »Wofür ist das verdammte Tonbandgerät gedacht?«

Morro übte sich in Geduld. »Um damit Tonbandaufnahmen zu machen«, erklärte er. »Ich dachte, Sie wären vielleicht gern die ersten, die ihre Mitbürger darüber informieren, was ich hier habe und was ihnen demzufolge bevorsteht. Wir werden dem ein Ende machen, was Sie, Dr. Healey, als ›angstvolle Spekulationen‹ bezeichnet haben, und die entsetzliche Wirklichkeit enthüllen. Die Angst wird daraufhin von blinder Panik abgelöst werden – einer Panik, wie die Menschen sie noch nie zuvor empfunden haben. Und dadurch werde ich erreichen, was ich will – und zwar, und das wird von Ihrem Standpunkt aus sicherlich sehr wichtig sein, ohne das Leben von vielleicht Millionen von Menschen zu beenden. Allerdings können diese Menschenleben nur gerettet werden, wenn Sie sich bereiterklären, mit mir zusammenzuarbeiten.«

Die gelassene Stimme hatte zwar eine starke Überzeugungskraft, aber wenn der menschliche Verstand mit etwas total Unbegreiflichem konfrontiert wird, sucht er Zuflucht in Ungläubigkeit und Protest.

»Sie sind vollkommen wahnsinnig.« Dieses eine Mal war Burnett weder wütend noch aufsässig, aber seine jetzt völlig ruhige Stimme klang ebenso überzeugend wie kurz vorher Morros. »Wenn wir uns weigern, mit Ihnen zusammenzuarbeiten, was wird dann? Kommt dann die Folter? Werden dann die Frauen bedroht?«

»Mrs. Ryder wird Ihnen sicher gesagt haben, daß sie und ihre Tochter nichts von mir zu befürchten haben. Manchmal sind Sie wirklich ermüdend, Professor. Es wird keine Folterungen geben – außer den Qualen, die Ihnen Ihr eigenes Gewissen bereiten wird, und die Sie nie wieder loslassen werden, falls Sie sich weigern, mit mir zusammenzuarbeiten und so den Tod von Millionen von Menschen verschulden.«

»Sie rechnen also darauf, daß die Leute uns eher Glauben schenken werden als Ihnen, nicht wahr«, sagte Healey.

»Präzise«, nickte Morro.

»Gehen wir und lassen wir uns zeigen, wie verrückt er ist.«

Der Lift war eine außergewöhnliche Konstruktion. Die Grundfläche maß einszwanzig mal einsachtzig, aber er war mindestens vier Meter zwanzig hoch. Die Gesichter der vier Wissenschaftler spiegelten deutlich ihre Verwirrung wider. Während der Lift mit leisem Seufzen nach unten sank, sagte Morro lächelnd: »Er sieht wirklich etwas seltsam aus, aber Sie werden den Grund für diese merkwürdige Konstruktion gleich verstehen.«

Der Lift hielt, die Tür öffnete sich, und die acht Männer betraten einen Raum, der etwa sechs mal sechs Meter groß war. Die Wände und die Decke hatte man in ihrem ursprünglichen Zustand belassen – der Raum war aus dem Felsen herausgehauen worden –, der Boden bestand aus glattem Beton. An einer Wand standen senkrecht Stahlplatten aufgereiht – ob aus gehärtetem oder rostfreiem Stahl, war unmöglich zu beurteilen. An der anderen Wand lehnten Aluminiumplatten. Im übrigen handelte es sich um eine mit allen Schikanen ausgerüstete Maschinenwerkstatt mit Drehbänken, Maschinenpressen, Bohrern, Schneidemaschinen, Sauerstoff-Acetylen-Ausstattung und Regalen voll schimmernder Werkzeuge. Morro machte eine ausladende Armbewegung.

»In einer Autofabrik würde man dies hier die Karosserieabteilung nennen. Hier machen wir die Gehäuse. Mehr brauche ich dazu wohl nicht zu sagen.«

Über die ganze Länge der Decke des Raumes zog sich eine starke Metallstange, an der Laufkatzen liefen. Sie setzte sich bis in den nächsten Raum fort. Morro ging voraus. In dieser Abteilung befand sich ein Tisch, der genauso lang wie der Raum und mit runden Metallklammern versehen war. An beiden Längswänden standen Regale mit Drahtnetztüren, und beide Regale enthielten Metalltrommeln, die man in exakt gleichmäßigen Abständen voneinander aufgestellt hatte.

Morro gebärdete sich wie ein Fremdenführer: »Links sehen Sie Plutonium, rechts Uran-235.« Ohne sich aufzuhalten, ging er in den nächsten Raum. »Hier haben wir die Elektrowerkstatt, meine Herren, aber die interessiert Sie sicher nicht.« Er ging zügig weiter. »Im Gegensatz zu dem Raum, in welchen wir jetzt kommen – der wird Sie sicher faszinieren. Um beim Kraftfahrzeugjargon zu bleiben: hier ist die Montageabteilung.«

Morro hatte recht gehabt: die vier Wissenschaftler waren ohne Frage so fasziniert wie nie zuvor in ihrem Leben. Aber nicht von der Ausstattung der Montageabteilung. Was ihre Aufmerksamkeit fesselte und sie mit unaussprechlichem Entsetzen erfüllte, war ein Regal, das an der rechten Wand angebracht war – genauer gesagt nicht das Regal, sondern dessen Inhalt. Da standen, von Klammern gehalten, senkrecht nebeneinander zehn Zylinder von drei Meter sechzig Höhe und einem Durchmesser von elfkommafünfundzwanzig Zentimetern. Sie waren mattschwarz angestrichen, abgesehen von zwei jeweils zwei Zentimeter breiten roten Streifen, die die Zylinder sozusagen in drei gleich große Abschnitte teilten. Am hinteren Ende der Reihe befanden sich zwei weitere Sets von Halteklammern, die jedoch leer waren. Morro sah die vier Wissenschaftler nacheinander an. Alle hatten den gleichen Gesichtsausdruck: tiefes Entsetzen, gepaart mit verzweifelter Gewißheit. Morros Gesicht zeigte keinerlei Regung – keine Belustigung, keinen Triumph, keine Befriedigung, absolut nichts. Eine schier endlose Zeit verging, ohne daß jemand ein Wort sprach – in derartigen Situationen erscheinen Sekunden stets wie Ewigkeiten. Es war Healey, der nach exakt zwanzig Sekunden das Schweigen brach. Sein Gesicht war grau, seine Stimme heiser, und er schüttelte den Kopf, als wolle er den Schock abschütteln, den er gerade erhalten hatte. Er wandte sich an Morro: »Das kann doch nur ein Alptraum sein.«

»Es ist kein Alptraum. Aus einem Alptraum erwacht man irgendwann – aber aus dieser grausigen Wirklichkeit kann man nicht erwachen. Es ist ein Alp-Wachtraum, wenn Sie so wollen.«

Burnetts Stimme klang ebenso heiser wie Healeys: »›Tante Sally‹!«

Morro korrigierte ihn: »Zehn ›Tante Sallys‹. Sie sind wirklich ein As im Entwerfen von Wasserstoffbomben, Professor. Hier sehen Sie Ihre Konstruktion im endgültigen Stadium. Es wäre wirklich schön gewesen, wenn Sie sie unter glücklicheren Umständen hätten betrachten können.«

In Burnetts Augen stand etwas, das sehr viel Ähnlichkeit mit Haß hatte.

»Sie sind ein durch und durch böser und rachsüchtiger Bastard.«

»Sie können sich Ihre Tirade sparen, Professor, und zwar aus zwei Gründen: Ihre Feststellung ist unwahr, denn ich habe kein boshaftes Vergnügen an dieser Situation, und außerdem bin ich, wie Sie inzwischen wissen sollten, vollkommen unempfindlich gegen Beleidigungen.«

Mit einer herkulischen Anstrengung brachte Burnett seine Emotionen unter Kontrolle und musterte Morro mit einer Mischung aus Mißtrauen und Nachdenklichkeit. Er sagte langsam: »Ich muß zugeben – die Zylinder sehen aus wie meine ›Tante Sally‹.«

»Wollen Sie damit irgend etwas andeuten, Professor?«

»Ja. Ich will damit andeuten, daß wir es hier mit einem ganz gewaltigen Bluff zu tun haben. Ich will andeuten, daß die ganze Maschinerie hier unten, die Stahl- und Aluminiumplatten, der Kernbrennstoff, die Elektrowerkstatt und diese sogenannte Montageabteilung nichts weiter sind als eine gigantische Schaufensterdekoration für einen Laden, der gar nicht existiert. Ich will andeuten, daß Sie meine Kollegen mit einem Trick dazu veranlassen wollen, die Welt davon zu überzeugen, daß Sie tatsächlich im Besitz dieser Nuklearwaffen sind, während es sich in

Wahrheit nur um Attrappen handelt. Sie können diese Zylinder überall hier in diesem Staat für sich anfertigen lassen, ohne Mißtrauen zu erregen. Aber sie hätten die komplizierten Einzelteile nicht herstellen lassen können, ohne komplizierte Pläne vorzulegen, und das hätte durchaus Mißtrauen erregt. Ich fürchte, Morro, Sie sind kein Techniker. Um diese Einzelteile hier zu fabrizieren, hätten Sie hochqualifizierte Musterschneider, Schablonenschneider, Dreher und Maschinenschlosser gebraucht. Solche Männer sind sehr schwer zu kriegen – es sind hochbezahlte Spezialisten, die ihre Karriere niemals dadurch gefährden würden, daß sie für einen Kriminellen arbeiten.«

»Gut gesagt«, lobte Morro. »Eine zwar interessante, aber, wenn ich das sagen darf, für mich nur amüsante Rede. Sind Sie fertig?«

Als Burnett nicht antwortete, ging Morro quer durch den Raum zu einer großen Stahlplatte, die in eine der vier Wände eingelassen war, und drückte auf einen Knopf, der daneben angebracht war. Die Stahlplatte glitt mit leisem Zischen zur Seite und gab den Blick auf einen quadratischen Raum frei, der hinter einem Drahtgitter lag. Hinter dem Gitter saßen sechs Männer, von denen zwei fernsahen, zwei lasen und zwei Karten spielten. Jetzt sahen alle sechs zu dem Maschendrahtgitter hin. Ihre Gesichter waren blaß, ihre Wangen eingefallen, und ihre Mienen drückten nicht eindeutig Haß oder Furcht aus, sondern eine Mischung aus beidem.

»Hier haben wir die Männer, die ich Ihrer – und auch meiner – Meinung nach brauchte, Professor.« Wieder ließ Morro weder Triumph noch Befriedigung erkennen. »Einen Schablonenschneider, einen Musterschneider, zwei hochqualifizierte Dreher, einen Maschinenschlosser und einen Elektriker – genauer gesagt, einen Elektronikspezialisten.« Er sah die sechs Männer an und sagte: »Vielleicht wären Sie so freundlich, zu bestätigen, daß Sie wirklich die hochqualifizierten Kräfte sind, als die ich Sie gerade vorgestellt habe.«

Die sechs Männer sahen ihn schweigend an. Ihre Lippen wurden schmal, und der Abscheu auf ihren Gesichtern sprach für sie.

»Na ja«, sagte Morro leichthin und zuckte die Achseln. »Manchmal haben sie solche Anwandlungen – vorübergehende

Unlust, mit mir zusammenzuarbeiten. Oder, um es anders auszudrücken: sie lernen es einfach nicht.« Er ging quer durch den Raum, betrat ein winziges Büro und nahm den Hörer von der Gabel. Keiner der Männer, die ihn beobachteten, konnte ein Wort von dem verstehen, was er sagte. Er blieb im Büro, bis ein Mann, den die Wissenschaftler bisher noch nie gesehen hatten, den Raum betrat. Morro begrüßte ihn und ging mit ihm zusammen auf die Wissenschaftler zu.

»Das ist Lopez«, stellte Morro ihn vor. Lopez war ein kleiner, dicker Mann mit einem Vollmondgesicht, einer niedrigen Stirn, einem schwarzen Schnurrbart und einem, wie es schien, stereotypen freundlichen Lächeln. Er nickte und lächelte weiter, während Morro die Vorstellungszeremonie beendete, sagte jedoch kein Wort.

»Lopez, ich muß gestehen, daß ich etwas enttäuscht von Ihnen bin.« Morros Stimme klang zwar streng, aber er lächelte ebenso freundlich wie Lopez. »Wenn man bedenkt, was für ein mehr als anständiges Gehalt ich Ihnen zahle!«

»Ich bin verzweifelt, Señor.« Nichtsdestoweniger lächelte er weiter. »Wenn Sie so liebenswürdig wären, mich wissen zu lassen, in welcher Hinsicht ich…«

Morro machte eine Kopfbewegung in Richtung der sechs Männer hinter dem Maschendraht – jetzt überwog auf ihren Gesichtern eindeutig die Angst.

»Sie weigern sich, mit mir zu sprechen«, beschwerte sich Morro.

Lopez seufzte. »Ich bemühe mich wirklich, ihnen Manieren beizubringen, Señor Morro – aber auch Lopez ist kein Zauberer.«

Er drückte auf einen zweiten Knopf, und das Gitter glitt auf. Er lächelte noch liebenswürdiger und sagte: »Kommen Sie, Peters. Wir gehen jetzt in mein Zimmer und unterhalten uns ein wenig, in Ordnung?«

Der Mann, der mit Peters angesprochen worden war, sagte: »Mein Name ist John Peters, und ich bin Dreher.« Sein Gesicht drückte eindeutig Entsetzen aus, und seine Stimme zitterte.

Die vier Wissenschaftler sahen einander an und begriffen allmählich.

»Mein Name ist Conrad Bronowski«, sagte ein zweiter Mann. »Ich bin Elektronikspezialist.« Und so gaben nacheinander alle ihre Namen und Berufe an.

»Ich danke Ihnen, meine Herren.« Morro drückte nacheinander auf die beiden Knöpfe und sah die vier Wissenschaftler fragend an, während zuerst das Drahtgitter und dann die Stahlplatte an ihren Platz glitten. Aber sie merkten es nicht, da sie wie gebannt auf Lopez blickten.

»Wer ist dieser Mann?« fragte Schmidt.

»Lopez? Ihr Führer und Mentor. Sie haben ja gesehen, wie gut sie auf seine Freundlichkeit reagieren. Ich danke Ihnen, Lopez.«

»Es war mir ein Vergnügen, Señor Morro.«

Mit sichtlicher Anstrengung riß Burnett seinen Blick von Lopez los und wandte sich an Morro: »Die Männer da drin – sie gleichen Männern, die ich in einem Konzentrationslager beobachtet habe. Zwangsarbeit. Und dieser Mann ist ihr Bewacher, ihr Folterer. Ich habe noch nie so viel Angst in Gesichtern gesehen.«

»Sie sind ebenso unfreundlich wie ungerecht. Lopez hat ein großes Interesse an seinen Mitmenschen. Ich muß zwar zugeben, daß diese Männer nicht freiwillig hier sind, aber sie werden...«

»Sie haben sie entführt, meinen Sie?«

»Wenn Sie so wollen. Aber, wie ich gerade sagen wollte – sie werden bald wieder unverletzt zu ihren Familien zurückkehren.«

»Sehen Sie?« Burnett wandte sich an seine Kollegen. »Wie Mrs. Ryder gesagt hat: freundlich, fürsorglich und manchmal sogar mitleidig! Sie gottverdammter Heuchler!«

Morro sah ihn völlig ungerührt an: »Können wir jetzt vielleicht mit der Tonbandaufnahme beginnen?«

»Einen Moment noch.« Der Ausdruck von abgrundtiefem Abscheu auf Healeys Gesicht hatte Verwirrung Platz gemacht. »Wenn wir mal annehmen, daß die Männer da drin wirklich diejenigen sind, für die sie sich ausgeben oder für die sich auszugeben sie von diesem Ungeheuer gezwungen wurden« – Lopez lächelte unbeirrt weiter, er war offensichtlich ebenso unempfindlich gegen Beleidigungen wie Morro –, »dann ist es trotzdem unmöglich, daß sie diesen Mechanismus zusammengesetzt haben, denn dazu bedürfte es der Anleitung durch einen erstklassigen Kernphysiker – was mich zu der Annahme bringt, daß diese sechs Männer da drin ganz einfach einer Gehirnwäsche unterzogen wurden und jetzt eben herunterbeten, was man ihnen eingehämmert hat.«

»Scharfsinnig«, lobte Morro. »Aber leider nur auf den ersten Blick. Wenn ich nur gewollt hätte, daß sechs Männer das sagen würden, was die sechs gerade gesagt haben, dann hätte ich dazu doch selbstverständlich sechs von meinen eigenen Männern veranlaßt, wobei es weder einer Überredung noch eines Einsperrens bedurft hätte, meinen Sie nicht auch, Dr. Healey?« Healeys Miene zeigte deutlich, daß er Morro recht geben mußte.

Morro seufzte resigniert. »Lopez, bitte seien Sie so freundlich, im Büro zu warten.« Lopez lächelte nach wie vor, aber jetzt schien eine echte Vorfreude hinzuzukommen. Er ging durch den Raum auf die winzige Nische zu, von der aus Morro vorher telefoniert hatte. Morro trat mit den anderen zu einer zweiten Stahltür, drückte auf einen Knopf, worauf sie zur Seite glitt, und dann noch auf einen zweiten, worauf sich auch die Käfigtür öffnete, die dahinter lag.

Die Zelle war nur spärlich beleuchtet, aber es war hell genug, daß man den alten Mann erkennen konnte, der zusammengesunken in einem zerschlissenen Sessel saß, der den einzigen Komfort im Mobiliar des Raumes darstellte. Er hatte krause weiße Haare, ein eingefallenes, unglaublich faltiges Gesicht und trug schäbige Kleider, die formlos an seinem ausgemergelten Körper herunterhingen. Seine Augen waren geschlossen – er schien zu schlafen. Hätten nicht ab und zu seine knochigen, blaugeäderten Hände gezuckt, hätte man ihn auch für tot halten können.

Morro zeigte auf den Mann: »Erkennen Sie ihn?«

Die vier Männer musterten den Mann eingehend, und dann sagte Burnett voller Verachtung: »Ist das vielleicht Ihre Trumpfkarte? Ist das das Genie, das für Ihre angeblichen Nuklearwaffen verantwortlich ist? Sie vergessen, Morro, daß ich alle Spitzenleute auf dem Gebiet der Kernphysik in diesem Land kenne, und diesen Mann habe ich noch nie in meinem Leben gesehen.«

»Menschen können sich verändern«, sagte Morro milde. Er faßte den alten Mann an der Schulter und rüttelte ihn, bis er sich rührte und die Lider hob. Seine Augen waren verhangen und blutunterlaufen. Morro faßte ihn unter und half ihm beim Aufstehen. Dann führte er ihn in den Montageraum, wo die Beleuchtung bedeutend besser war. »Vielleicht erkennen Sie ihn jetzt?«

»Was soll das?« Burnett beäugte den Mann noch einmal eingehend und schüttelte dann den Kopf. »Ich wiederhole, ich habe diesen Mann noch nie gesehen.«

»Es ist wirklich traurig, wie schnell man alte Freunde vergißt«, sagte Morro. »Sie kennen ihn sehr gut, Professor. Stellen Sie sich vor, er wäre etwa siebzig Pfund schwerer, denken Sie sich die Falten weg und nehmen Sie an, sein Haar sei schwarz statt weiß. Denken Sie nach, Professor, denken Sie nach.«

Burnett dachte nach. Plötzlich verwandelte sich sein forschender Blick in ein fassungsloses Starren, und alles Blut wich aus seinem Gesicht. Er packte den alten Mann an den Schultern. »Allmächtiger Gott! Willi Aachen! Willi Aachen! Was, um Gottes willen, hat man mit Ihnen gemacht?«

»Mein alter Freund Andy!« Auch die Stimme war alt, schwach und zittrig. »Wie gut, Sie wiederzusehen.«

»Was haben die mit Ihnen gemacht?«

»Sie sehen es ja. Man hat mich entführt.« Er schauderte zusammen und versuchte zu lächeln. »Sie haben mich überredet, für sie zu arbeiten.«

Burnett wollte sich auf Morro stürzen, aber Dubois hielt ihn auf. Burnett war ein starker Mann, und seine unbändige Wut verlieh ihm vorübergehend zusätzliche Kraft, aber er hatte genausowenig eine Chance, sich aus Dubois' eisernem Klammergriff zu befreien, wie Willi Aachen sie gehabt hätte.

»Es hat keinen Sinn, Andy«, sagte Aachen traurig. »Keinen Sinn. Wir sind machtlos.«

Burnett gab seine fruchtlosen Versuche auf, Dubois abzuschütteln. Schweratmend fragte er zum dritten Mal: »Was haben die mit Ihnen gemacht? Und wer ist es gewesen?«

Plötzlich erschien Lopez – zweifellos auf ein Zeichen Morros hin, das jedoch keiner gesehen hatte – neben Aachen. Der alte Mann sah ihn, wich automatisch einen Schritt zurück und hielt schützend einen Arm vor sein Gesicht, das plötzlich angstverzerrt war. Morro, der ihn immer noch untergefaßt hielt, lächelte Burnett an.

»Wie naiv, wie kindlich und wie gedankenlos sogar hochintelligente Menschen sein können. Es gibt, mein lieber Professor, nur zwei Kopien der Konstruktionspläne für ›Tante Sally‹ – gezeichnet von Ihnen und Professor Aachen –, und die liegen in den Gewölben der Atomic Energy Commission. Also mußte ich mir die Männer holen, die sie angefertigt haben – und die sind jetzt beide hier. Verstehen Sie?«

Burnett rang immer noch nach Luft. »Ich kenne Professor Aachen – ich kenne ihn besser als irgend jemand sonst. Niemand hätte ihn zwingen können, für Sie zu arbeiten! Niemand! Niemand!«

Lopez' freundliches Lächeln wurde noch breiter. »Señor Morro, vielleicht sollte ich mit Professor Burnett in mein Zimmer gehen und mich ein bißchen mit ihm unterhalten. Ich glaube, zehn Minuten werden ausreichen.«

»Einverstanden – danach ist er dann wenigstens endgültig überzeugt, daß ich jeden Menschen auf der Welt dazu bringen kann, für mich zu arbeiten.«

»Tun Sie's nicht! Tun Sie's nicht!« Aachen machte einen regelrecht hysterischen Eindruck. »Um Gottes willen, Andy, Sie müssen Morro glauben!« Er sah Lopez voller Abscheu an. »Dieses Ungeheuer kennt Foltermethoden, die sich kein geistig gesunder Mensch ausdenken könnte. Um Himmels willen, Andy, machen Sie keinen Unsinn! Dieses Untier würde Sie ebenso brechen, wie es mich gebrochen hat.«

»Ich bin überzeugt.« Healey war vorgetreten und hatte Burnett am Arm genommen, nachdem Dubois ihn freigegeben hatte. Er sah Schmidt und Bramwell an und wandte sich dann wieder Burnett zu: »Wir drei sind überzeugt. Absolut. Worin liegt der Sinn, sich auf moderne Art aufs Rad flechten zu lassen, wenn man damit doch nichts beweisen kann? Wir haben den Beweis. Mein Gott, Mann, hier sind Leute am Werk, die es fertiggebracht haben, daß Sie einen alten Freund nicht wiedererkannt haben, den Sie zuletzt vor zehn Wochen gesehen haben! Ist das nicht Beweis genug? Und diese sechs lebendigen Leichen da drin, diese Techniker, sind die nicht auch Beweis genug?« Er sah Morro an.

»Es könnte natürlich noch einen letzten Beweis geben. Wenn diese ›Tante Sallys‹ da echt sind, dann müßten Sie eine Möglichkeit haben, sie zu zünden – und die einzigen Möglichkeiten liegen in einem Zeitmechanismus oder einer Zündung über Funk. Erstere Möglichkeit scheidet sicher aus, denn dann hätten Sie eine unwiderrufliche Entscheidung gefällt, und das paßt meiner Meinung nach nicht zu Ihnen – ich nehme also an, Sie haben sich für die zweite Möglichkeit entschieden.«

»Sieh mal an«, lächelte Morro. »Diesmal haben Sie wirklich recht – nicht nur auf den ersten Blick. Folgen Sie mir, meine Herren.«

Er ging voran zu dem winzigen Büro, von dem aus er vorher telephoniert hatte. An seiner Rückwand war eine weitere Stahltür angebracht. Hier gab es keinen Knopf, mit dem man sie öffnen konnte – statt dessen war neben der Tür eine hochglanzpolierte Kupferplatte angebracht, die etwa fünfundzwanzig Zentimeter lang und fünfzehn breit war. Morro legte seine Hand flach darauf, worauf die Tür geräuschlos zur Seite glitt.

Dahinter befand sich ein winziger Raum – nicht größer als einsachtzig im Quadrat. An der Wand, die der Tür gegenüber lag, stand auf einem Metalltisch ein einfaches Funkgerät – nicht größer als ein Diplomatenkoffer – mit Einstellknöpfen für genaue Senderwahl und Klangregelung. Oben auf dem Gerät befand sich unter einer Plexiglashaube ein roter Knopf. An einer Seite des Tisches war mit Hilfe von Klammern ein zwanzig Zentimeter langer Zylinder mit einem Durchmesser von zehn Zentimetern befestigt. Er hatte eine Kurbel am einen Ende, vom anderen lief eine isolierte Leitung zu einer Steckdose in dem Funkgerät. Dicht daneben lagen noch zwei weitere Steckdosen. Von einer dieser beiden führte ein Kabel zu einer Akku-Batterie, die auf dem Boden stand. Die dritte Steckdose war mit einer Steckdose in der Wand des Raumes verbunden.

»Ein geradezu lächerlich einfacher Mechanismus, meine Herren«, sagte Morro. »Wir haben hier ein ganz normales Funkgerät, das in diesem speziellen Fall einem außergewöhnlichen Zweck dienen wird. Es ist auf einer festgelegten Wellenlänge mit einem speziellen Code programmiert. Die Chancen, daß irgend jemand gleichzeitig die Wellenlänge und den Code trifft, sind so verschwindend, daß man sie ruhig vergessen kann. Wie Sie sehen, haben wir uns gegen Stromausfall voll abgesichert – wir haben Netzanschlüsse, eine Batterie und einen handbetriebenen Generator.« Er berührte leicht die Plexiglaskappe, die den roten Knopf abdeckte. »Um die Sache in Gang zu bringen, schraubt man lediglich die Schutzkappe ab, dreht den Knopf um neunzig Grad weiter und drückt dann drauf.« Er schob seine Besucher aus dem Raum, legte seine Hand wieder flach auf die Kupferplatte und blieb stehen, bis die Tür sich geschlossen hatte. »Man kann für diesen Zweck nicht einfach Knöpfe anbringen lassen – es könnte dann immer mal passieren, daß jemand nicht aufpaßt und sich dagegenlehnt.«

»Reagiert die Kupferplatte nur auf Ihren Handabdruck?« fragte Healey.

»Sie werden doch nicht im Ernst angenommen haben, daß die Platte nur ein besonders geformter Druckknopf ist. Und nun, meine Herren, wollen wir uns an die Tonbandaufnahme machen.«

»Noch eine letzte Frage«, sagte Burnett. Er deutete auf die Reihe von Bomben an der Wand. »Da hinten sind zwei Klammersets leer. Weshalb?«

Morro lächelte: »Ich hatte mir schon gedacht, daß Sie mich das fragen würden.«

Die vier Physiker saßen in Burnetts Suite um den Tisch herum und betrachteten die vollen Gläser und die Zukunftsaussichten mit düsterer Miene.

»Na, das habe ich doch gewußt«, sagte Burnett.

Niemand antwortete.

»Sogar dieser Kontrollraum könnte ein Teil eines gigantischen Täuschungsmanövers sein.« Schmidt klammerte sich an nicht existente Strohhalme.

Auch ihm antwortete niemand.

»Wenn man bedenkt, daß wir noch vor kurzem gesagt haben, daß er nicht amoralisch ist, wie Verrückte das üblicherweise sind«, sagte Burnett. »Daß er seine Bombe, wenn er wirklich verrückt wäre, auf dem Wilshire Boulevard hochgehen lassen würde.«

Auch dazu hatte niemand etwas zu sagen. Burnett stand auf und meinte: »Ich bin gleich wieder da, meine Herren.«

Peggy lag zwar noch im Bett, aber sie sah schon bedeutend besser aus als bei ihrer Ankunft im »Adlerhorst«. Ihre Mutter saß neben ihrem Bett in einem Sessel. Burnett hatte ein Glas mit Brandy in der Hand, aber er hatte ihn nicht etwa aus seinem Zimmer mitgebracht – als er Susans Suite betreten hatte, war sein erster Weg der zu Susans Bar gewesen. Er stand immer noch dort, die Ellenbogen auf den Tresen gestützt, und seine Miene verhieß den Weltuntergang. Armageddon stand bevor, und Burnett stand als Todesengel hinter der Bar, um es zu verkünden.

»Meine Damen, Sie werden nicht an unserer gemeinsamen Schlußfolgerung zweifeln, daß wir auf genügend Sprengstoff sitzen, um den größten Krater in die Erdkruste zu sprengen, der je von Menschenhand verursacht worden ist, genügend, um uns alle in eine Umlaufbahn um die Erde zu schleudern – allerdings in Pulverform. Es lagert hier das Äquivalent zu fünfunddreißig Millionen Tonnen konventionellen Sprengstoffes. Das wird einen ganz schönen Knall geben, meinen Sie nicht auch?«

Es war die Nacht der unbeantworteten Fragen. Burnett ließ seinen unheilverheißenden Blick wandern und schließlich auf Susan ruhen.

»Freundlich, fürsorglich..., so haben Sie Morro beschrieben. Aber Tatsache ist, daß er vielleicht in die Geschichte eingehen wird – als das kaltblütigste und berechnendste Ungeheuer in Menschengestalt, das je gelebt hat. Da unten in den Gewölben vegetieren sieben Wesen dahin, die einmal Menschen waren – und das ist sein Werk! Freundlich und fürsorglich! Und wo hat dieser freundliche Herr eine seiner Wasserstoffbomben versteckt? Es ist eine verkleinerte Ausgabe von ›Tante Sally‹ – lächerliche anderthalb Megatonnen –, ungefähr fünfundsiebzigmal so verheerend wie die Bomben, die Hiroshima und Nagasaki zerstörten. Aus einer Höhe von drei bis sechs Kilometern abgeworfen, könnte sie die Hälfte der kalifornischen Bevölkerung auslöschen. Diejenigen, die nicht durch die Explosion ums Leben kämen, würden durch Strahlenverseuchung und Feuerstürme den Tod finden. Doch die Bombe befindet sich irgendwo an der Erdoberfläche oder darunter; auch unter diesen Umständen werden die Folgen der Detonation unvorstellbar entsetzlich sein. Wo, glauben Sie also, hat dieser Menschenfreund seine Wasserstoffbombe plaziert, damit niemandem ein Leid geschehe?«

Er fixierte Susan, aber sie sah ihn nicht an. Sie vermied es nicht etwa absichtlich, ihn anzusehen – wie die anderen war auch sie vor Grauen betäubt und starrte blicklos vor sich hin.

»Also muß ich es Ihnen sagen?«

Sie antwortete nicht.

»In Los Angeles.«

Neuntes Kapitel

Am nächsten Morgen waren so viele Arbeitsplätze unbesetzt wie noch nie zuvor in Kalifornien. Nicht viel anders sah es in den übrigen amerikanischen Staaten und auch in vielen anderen Ländern der Erde aus – wenn auch dort in abgeschwächter Form, denn die Fernsehberichterstattung über die bevorstehende – oder zumindest angedrohte – Atomexplosion in der Yucca Flat wurde per Satellit in alle Welt übertragen. In Europa machte sich die Aufregung allerdings nicht an den Arbeitsplätzen bemerkbar, denn dort war es Abend, und die meisten Europäer hatten bereits Feierabend – aber sie nahmen lebhaften Anteil an den Vorgängen.

In Kalifornien war fast niemand zur Arbeit erschienen. Sogar die öffentlichen Versorgungsbetriebe mußten mit einem Minimum an Arbeitskräften operieren. Es hätte ein fabelhafter Tag für Räuber und Diebe sein können – aber die waren auch zu Hause geblieben.

Ob aus Klugheit, Furcht oder aus der Gewißheit heraus, daß die Yucca Flat ohnehin unzugänglich war, oder weil man sich überlegte, daß man die Sache zu Hause viel bequemer auf dem Fernsehschirm verfolgen konnte – jedenfalls fanden sich kaum Schaulustige am Ort der bevorstehenden Explosion ein, und die wenigen, die kamen, waren dem Militär, der Nationalgarde und der Polizei zahlenmäßig weit unterlegen. Für die aufgebotenen

Sicherheitskräfte erwies es sich als höchst einfach, die paar Leutchen in der festgelegten Entfernung von fünf Meilen vom Explosionsort zu halten.

Unter den anwesenden Zuschauern waren die meisten der führenden Wissenschaftler des Staates – verständlicherweise hauptsächlich Spezialisten auf dem Gebiet der Kernphysik und Erdbebenforschung. Daß sie an den Schauplatz geeilt waren, hatte allerdings nichts damit zu tun, daß sie sich neue Erkenntnisse erhofften, denn die Auswirkungen der Explosion, des Schocks und der Strahlung einer Achtzehn-Kilotonnen-Atombombe waren seit über dreißig Jahren bekannt. Zwar hatten die meisten von ihnen, wie sie zugaben, noch nie eine Atombombenexplosion gesehen, aber auch das war nicht der Grund für ihr Kommen. Es lag ganz einfach an der unstillbaren Neugier, wie sie den meisten Wissenschaftlern gemeinsam ist. Sie hätten das Schauspiel selbstverständlich auch zu Hause auf dem Bildschirm verfolgen können, aber ein Wissenschaftler, der etwas auf sich hält, ist immer am Ort des Geschehens.

Unter denen, die nicht draußen waren, befanden sich auch Major Dunne, der in seinem Büro blieb, und Sergeant Ryder, der in seinem Wohnzimmer saß. Sogar mit einem Hubschrauber wäre die Rundreise über fünfhundert Meilen weit gewesen, und das betrachtete Dunne als Vergeudung wertvoller Zeit, die man besser mit Nachforschungen zubringen konnte. Auch Ryder betrachtete die Reise als Zeitverschwendung und wollte lieber nachdenken – obwohl er inzwischen nicht mehr unbedingt der Meinung war, daß ihn das weiterbrachte. Jeff Ryder hatte ursprünglich hinfahren wollen, aber als sein Vater ihn kalt gefragt hatte, ob er sich Hilfe für die Familie davon verspräche, sich an der Yucca Flat den Hals auszurenken, hatte er sofort bereitwillig auf die Reise verzichtet – um so lieber, weil sein Vater ihm mitgeteilt hatte, daß er seine Hilfe brauche. Sein Vater, dachte Jeff, hatte eine seltsame Auffassung von dem Wort »Hilfe«, denn soweit Jeff es beurteilen konnte, saß er nur da und tat absolut nichts. Er hatte Jeff gebeten, alle Einzelheiten, die die Nachforschungen bisher ergeben hatten, so unwichtig sie auch erscheinen mochten, niederzuschreiben – einschließlich der soweit als möglich wörtlichen Wiedergabe aller Unterhaltungen –, und

Jeffs Erinnerungsvermögen lief auf Hochtouren. Von Zeit zu Zeit sah er ärgerlich zu seinem Vater hinüber, der anscheinend nichts tat, als gelangweilt die Literatur über Erdbeben durchzublättern, die er sich in Pasadena geborgt hatte.

Ungefähr um zehn vor zehn schaltete Jeff den Fernsehapparat ein. Auf dem Bildschirm erschien der leicht blaustichige Ausschnitt einer ausgesprochen reizlosen Wüste. Der Anblick war so trostlos, daß der Kommentator es für unerläßlich hielt, die Zuschauer dafür durch ununterbrochene und atemlose Berichte dessen zu entschädigen, was am Schauplatz geschah – was ein hoffnungsloses Unterfangen war, da sich absolut nichts tat. Er informierte die Zuschauer, daß die Kamera in der Frenchman's Flat aufgestellt sei, und zwar in einer Entfernung von fünf Meilen vom angenommenen Explosionspunkt – als ob es irgend jemanden interessiert hätte, von wo aus die Kamera ihre Aufnahmen machte. Er sagte, da die Bombe fast sicher tief in den Boden versenkt worden sei, wäre sicherlich kein eindrucksvoller Feuerball zu erwarten – darauf waren alle schon seit Stunden hingewiesen worden. Er teilte mit, daß ein Farbfilter benutzt würde – was jeder, der nicht farbenblind war, ganz deutlich erkennen konnte. Schließlich verkündete er, es sei neun Minuten vor zehn, als sei er der einzige Mensch in Kalifornien, der eine Uhr besaß. Er mußte natürlich etwas sagen, um die verbleibende Zeit totzuschlagen, aber seine Ausführungen überbrückten auf denkbar banale Weise die Zeit bis zu dem Augenblick, der vielleicht von geschichtlicher Bedeutung sein würde. Jeff sah wieder verärgert zu seinem Vater hinüber: Ryder schaute nicht auf den Bildschirm und er hörte wahrscheinlich auch kein Wort von dem, was gesagt wurde. Er hatte aufgehört, die Literatur durchzublättern und starrte jetzt, anscheinend ohne etwas zu sehen, auf eine bestimmte Seite hinunter. Dann legte er seinen Lesestoff beiseite und ging zum Telephon.

»Es sind nur noch dreißig Sekunden«, sagte Jeff.

»Ach so.« Ryder setzte sich wieder in seinen Sessel und schaute gelassen auf den Bildschirm.

Der Kommentator sprach jetzt mit der gehetzten, atemlosen Stimme, wie sie Sportreporter auf dem Rennplatz einsetzen, wenn das Rennen sich dem Ende nähert und sie die Spannung noch weiter anheizen wollen. Aber in diesem Fall war diese Methode gänzlich fehl am Platze – das bevorstehende Ereignis war an sich schon aufregend genug. Jetzt begann der Kommentator mit einem Countdown. Er fing bei dreißig an, und dann schmolzen die Zahlen ebenso dahin wie die Dramatik in seiner Stimme. Der Effekt des Ganzen wurde dadurch sehr beeinträchtigt, daß entweder seine Uhr falsch ging oder Morros – die Bombe explodierte, als der Kommentator bei »Vierzehn« angelangt war.

Für ein Volk, das schon seit langer Zeit daran gewöhnt war, Atomexplosionen auf dem Fernsehschirm zu beobachten, für ein Volk, dem der Anblick einer von Cape Canaveral startenden Mondrakete nur noch ein gelangweiltes Gähnen abnötigte, war die visuelle Wirkung dieser neuesten Demonstration des wissenschaftlichen Rückschritts regelrecht enttäuschend. Zugegeben – der Feuerball war größer als erwartet, der hochschießende, blauweiße Blitz war von einer so intensiven Helligkeit, daß viele Zuschauer zusammenzuckten oder sogar kurz die Augen schlossen, aber die Säule aus Rauch, Feuer und Wüstensand, die in den Himmel von Nevada stieg, dessen Bläue durch die Kamerafilter unglaublich intensiviert wurde, formte sich zu dem obligaten radioaktiven Pilz, und daran war nun wirklich nichts Sensationelles. In den Augen der Einwohner des Amazonasgebietes hätte dieses Ereignis sicherlich den Weltuntergang angekündigt, aber für die zivilisierte Welt war das Ganze ein alter Hut, und hätte es auf irgendeinem Atoll im Pazifik stattgefunden, hätte man nicht einmal den Fernsehapparat eingeschaltet, um sich das Schauspiel anzusehen.

Aber es hatte eben auf keinem Atoll im Pazifik stattgefunden, und Morro hatte die Bombe auch nicht gezündet, um den Bewohnern Kaliforniens ein wenig die Langeweile zu vertreiben. Er hatte es getan, um ihnen Angst einzujagen – Furcht vor einer drohenden Katastrophe, die jederzeit eintreten konnte. Um es etwas nüchterner auszudrücken: die Explosion der Bombe hatte dem Zweck gedient, deutlich zu machen, daß der Mann, der sie zündete, nicht spaßte und sowohl den Wunsch als auch die Möglichkeit hatte, durchzuführen, was auch immer er androhte. Und Morros Rechnung war aufgegangen – die psychologische Wirkung seiner Demonstration war noch viel stärker, als er es erwartet hatte. Der Großteil der vernünftigen Kalifornier wurde in Angst und Schrecken versetzt, und es gab im ganzen Staat ab sofort praktisch nur noch ein Gesprächsthema: wann und wo würde dieser unberechenbare Irre wieder zuschlagen, und was in Dreiteufelsnamen war sein Motiv?

Aber dieses Gesprächsthema sollte sich nur genau neunzig Minuten halten, denn dann würden alle präzise erfahren, worum es ging, und der Teil von Kalifornien, der direkt betroffen war, würde von wilder Panik erfaßt werden.

Ryder stand auf. »Na ja, wir haben ja auch nie daran gezweifelt, daß er meint, was er sagt, oder? Bist du nicht froh, daß du dir die Fahrt zu diesem zweitklassigen Schauspiel erspart hast? Denn mehr war es wirklich nicht. Nun, wenigstens wird es die Leute für ein Weilchen von den Steuern und den neuesten Skandalen aus Washington ablenken.«

Jeff antwortete nicht – es war nicht einmal sicher, ob er seinen Vater überhaupt gehört hatte. Er starrte immer noch auf den sich immer weiter ausbreitenden Pilz über der Wüste von Nevada und hörte immer noch der angemessen entsetzt klingenden Stimme des Kommentators zu, der alle Einzelheiten bis ins Kleinste beschrieb, die jeder Zuschauer, selbst wenn er nur mit einem halben Auge hinsah, deutlich erkennen konnte. Ryder musterte ihn, schüttelte den Kopf und nahm den Telephonhörer ab. Er kam sofort zu Dunne durch.

»Gibt's was Neues? Sie wissen ja – die Leitung ist angezapft.«

»Es kommt was rein.«

»Von Interpol?«

»Es kommt was rein.«

»Wann?«

»In einer halben Stunde.«

Er legte auf, rief Parker an und bat ihn, in einer halben Stunde in Dunnes Büro zu sein, legte auf, setzte sich wieder hin, dachte kurz darüber nach, daß sowohl Dunne als auch Parker Morros Drohung als so selbstverständlich hingenommen hatten, daß sie es beide nicht für nötig hielten, auch nur ein Wort darüber zu verlieren, und nahm dann wieder seine Lektüre zur Hand. Es vergingen volle fünf Minuten, bevor Jeff den Fernsehapparat ausschaltete, seinen Vater irritiert musterte, zu seiner Schreibmaschine zurückkehrte, ein paar Worte tippte und dann mit beißendem Spott sagte: »Ich hoffe doch, ich störe dich nicht.«

»Aber ganz und gar nicht. Wie viele Seiten hast du schon?«

»Sechs.«

Ryder streckte eine Hand aus und ließ sie sich geben. »Wir fahren in einer Viertelstunde zu Dunne. Es gibt was Neues – oder es kommt was rein.«

»Nämlich was?«

»Hast du vergessen, daß einer von Morros Kumpanen mit einem Kopfhörer dasitzt und mein Telefon abhört?«

Jeff errötete leicht und nahm seine Schreibarbeit wieder auf, während sein Vater sich daranmachte, die ersten sechs Seiten zu lesen.

So wie Dunne aussah, mußte er gut geschlafen haben. Als Ryder, Jeff und Parker ankamen, fanden sie auch Delage und Leroy in seinem Büro vor. Die beiden letzteren sahen bedeutend weniger ausgeruht aus – wahrscheinlich hatten sie auch weniger geschlafen. Dunne bestätigte diese Annahme gleich darauf.

»Hier sehen Sie zwei bienenfleißige Agenten, die der Ansicht sind, daß ihr Boß nicht mehr der Jüngste ist – womit sie nicht unrecht haben.« Er klopfte auf einen Berg Papier, der vor ihm auf dem Schreibtisch lag. »Sie waren die ganze Nacht auf den Beinen und haben hier ein Schnipselchen ergattert und da ein Schnipselchen gefunden. Manches kann sich als nützliche Information erweisen, manches als Sackgasse. Was sagen Sie zu der Galavorstellung, die unser Freund Morro gegeben hat?«

»War ganz eindrucksvoll. Was haben Sie für mich?«

Dunne seufzte. »Die Artigkeit der einleitenden Konversation ist augenscheinlich nicht jedermanns Sache. Ich habe einen Bericht von Daimler – erinnern Sie sich an den Namen?«

»Ist das nicht der Sicherheitschef von dem AEC-Kraftwerk in Illinois?«

»Genau – Ihr Erinnerungsvermögen funktioniert einwandfrei.«

»Jeffs ist noch besser. Ich habe gerade, bevor ich herkam, ein paar Notizen gelesen, die er für mich getippt hat. Und – was ist mit dem Bericht?«

»Daimler sagt, Carlton habe irgendeiner merkwürdigen Gruppe angehört. Wie ich schon ankündigte, haben wir einen unserer Jungs losgeschickt. Er hat den Sohn von Carltons Hauswirtin interviewt – er war nicht sehr entgegenkommend. Er sagt, er habe nur zwei- oder dreimal an einem Treffen teilgenommen, dann habe er es aufgegeben – der Hokuspokus sei ihm auf die Nerven gegangen.«

»Wie hieß die Gruppe?«

»›The Damascene Disciples‹. Sie waren völlig unbekannt, nirgends als Kirche oder religiöse Organisation registriert – nach sechs Monaten hat sich die Gruppe dann auch aufgelöst.«

»Hatten sie eine Religion, ich meine, predigten sie irgendwas?«

»Sie predigten nicht direkt – sie setzten sich für die ewige Verdammung aller Christen, Juden, Buddhisten und Schintoisten ein. Um genau zu sein: soweit ich das beurteilen kann, waren sie für die Verdammung aller, die keine ›Damascener‹ waren.«

»Nicht gerade originell. Standen die Moslems auch auf ihrer Abschußliste?«

Dunne sah sich eine Liste an. »Merkwürdigerweise nicht. Warum?«

»Reine Neugier. Könnte der Sohn der Hauswirtin irgend jemand von denen wiedererkennen?«

»Wohl kaum. Die ›Damascener‹ waren genauso kostümiert wie der Ku-Klux-Klan – nur in Schwarz.«

»Immerhin eine Gemeinsamkeit – wenn ich mich recht erinnere, hatten die Leute vom Ku-Klux-Klan nicht besonders viel für Juden, Katholiken und Neger übrig. Es gibt also keine Möglichkeit der Identifizierung?«

»Keine. Es sei denn, Sie können mit der Beschreibung etwas anfangen, die der Junge von einem Mitglied der Gruppe gegeben hat: zwei Meter groß und Schultern wie ein Zugpferd.«

»Und der Bursche hat nichts Seltsames an einer der Stimmen feststellen können?«

»Dem Bericht unseres Agenten nach zu urteilen, ist der Kerl so gut wie schwachsinnig.«

»Aber Carlton ist nicht schwachsinnig. Interessant, nicht wahr? Was gibt es Neues über Morro?«

»Es geht immer noch um seinen Akzent. Wir haben bis jetzt achtunddreißig Stellungnahmen von Sprachforschern aus dem ganzen Staat – und es kommen ständig neue. Alle sind bereit, für ihre Ansicht ihre Karriere zu opfern, falls sie sich irren sollten etcetera, etcetera. Aber interessant ist, daß achtundzwanzig Sachverständige darauf schwören, daß er aus Südostasien stammt.«

»Ach nein, wirklich? Und wie steht es mit einer etwas präziseren Lokalisierung?«

»Da wollen sie sich nicht festlegen.«

»Nichtsdestoweniger wirklich interessant. Und wie steht's mit Interpol?«

»Gar nicht.«

»Haben Sie eine Liste von den Orten, mit denen sie Kontakt aufgenommen haben?« Dunne sah fragend zu Leroy hinüber, der nickte. »Stehen zum Beispiel die Philippinen drauf?« Leroy zog die Liste zu Rate. »Nein.«

»Sie sollten es mal in Manila versuchen – im Gebiet von Cotabato auf Mindanao.«

»Im wo auf was?«

»Mindanao ist die große südliche Insel der Philippinen. Cotabato ist eine Küstenstadt. In Manila ist man zwar vielleicht nicht allzu interessiert daran, was in Cotabato vorgeht, es liegt mindestens hundertfünfzig Meilen Luftlinie entfernt – über Land, und per Fähre vielleicht tausend –, aber sie sollten es auf alle Fälle versuchen.«

»Aha«, sagte Dunne und sah Ryder scharf an: »Wissen Sie etwas, das wir nicht wissen?«

»Nein. Es ist durchaus möglich, daß ich mich bis auf die Knochen blamiere. Es ist lediglich eine wilde Vermutung, die auf einer lächerlichen Unwahrscheinlichkeit beruht, und ich möchte mich nicht schon jetzt als Clown produzieren. Wie sieht's mit LeWinter aus?«

»Da gibt es zwei Dinge. Die erste Entdeckung ist außerordentlich seltsam. Sie werden sich sicherlich erinnern, daß in seinem privaten Telefonverzeichnis die Nummern von allen möglichen Leuten notiert sind, mit denen man LeWinter – außerhalb des Gerichtssaales natürlich – niemals in Verbindung gebracht hätte: es sind Techniker, Bohrer, Bohrinsel-Personal. Alles in allem waren es vierundvierzig Personen. Aus Gründen, die nur er selbst kennt – er ist fast so verschlossen wie Sie –, hat Barrow FBI-Agenten dazu abgestellt, jeden einzelnen zu interviewen.«

»Vierundvierzig! Das ist ja ein ganzer Haufen FBI-Agenten.« Dunne übte sich in Geduld. »Es gibt annähernd achttausend FBI-Leute in den Staaten. Wenn Barrow es für richtig hält, ein halbes Prozent seiner Männer auf einen bestimmten Fall anzusetzen, dann ist das sein gutes Recht. Er könnte auch vierhundertvierzig einsetzen, wenn er wollte. Das Ergebnis ist ebenso verwirrend wie überraschend: sechsundzwanzig der vierundvierzig Agenten kamen mit der Nachricht zurück, daß die Männer, die sie befragen sollten, spurlos verschwunden seien. Weder Ehefrauen noch Kinder, weder Verwandte noch Freunde hätten eine Ahnung, wo sie hingekommen seien, keiner der Männer habe eine Andeutung gemacht, daß er verreisen wolle. Was schließen Sie daraus?«

»Das ist wirklich auch interessant.«

»Interessant, interessant, interessant! Ist das alles, was Sie dazu zu sagen haben?«

»Nun, wie Sie selbst schon sagten – es ist außerordentlich seltsam.«

»Hören Sie, Ryder – wenn Sie eine Ahnung haben, wenn Sie etwas zurückhalten...«

»Wenn ich den Lauf der Justiz behindere, meinen Sie?«

»Genau.«

»Ich hatte mich für einen Vollidioten gehalten, Dunne, aber jetzt weiß ich, daß Ihnen dieser Titel gebührt.« Ein tiefes Schweigen folgte. Es war zwar nicht lang, aber dafür extrem unangenehm. »Natürlich, ich behindere den Lauf der Justiz – wie viele Mitglieder Ihrer Familie hat Morro denn als Geiseln bei sich?« Wieder Schweigen. »Ich werde mit Freund LeWinter reden. Vielmehr – er wird mit mir reden. Es liegt klar auf der Hand, daß er Morro diese Liste gegeben hat und daß Morro die Männer entweder bestochen oder verschleppt hat. Vielleicht wäre es eine sinnvolle Beschäftigung für die ja jetzt arbeitslosen sechsundzwanzig FBI-Leute, die kriminelle Vergangenheit der sechsundzwanzig verschwundenen Männer zu überprüfen – falls vorhanden. Ich bringe LeWinter zum Reden, das steht fest!«

Die ruhige, eiskalte Entschlossenheit in Ryders Stimme jagte allen im Raum einen Schauer über den Rücken. Jeff fuhr sich mit der Zunge über die Lippen und sah seinen Vater an, der ihm plötzlich wie ein Fremder erschien. Parker musterte interessiert die Zimmerdecke. Delage und Leroy sahen Dunne an, und Dunne fuhr sich mit dem Handrücken über die feuchte Stirn.

»Vielleicht bin ich momentan nicht ich selbst«, sagte er. »Vielleicht sind wir alle nicht wir selbst. Gegenseitige Entschuldigungen können wir uns sparen. Als nächstes werden Sie uns noch als unfähigen Haufen von Schwachköpfen titulieren. Aber, zum Teufel, Sergeant, denken Sie daran: es gibt eine Grenze, wie weit Sie sich vom Gesetz entfernen können. Sicher, er hat eine Liste, auf der unter anderem auch die sechsundzwanzig Männer stehen, die verschwunden sind. Es gibt vielleicht Dutzende von Leuten, die ähnliche Listen haben, und alle für harmlose Zwecke. Sie operieren aufgrund von Vermutungen. Es gibt weder einen eindeutigen noch einen zweifelhaften Beweis für eine Verbindung zwischen LeWinter und Morro.«

»Ich brauche keinen Beweis.«

Dunne fuhr sich wieder mit dem Handrücken über die Stirn.

»Sie haben gerade in Anwesenheit von drei Regierungsbeamten geäußert, daß Sie bereit sind, Gewalt anzuwenden, um die Informationen zu bekommen, die Sie haben wollen.«

»Wer hat etwas von Gewalt gesagt? Es wird wie ein Herzanfall aussehen. Sie sagten, Sie hätten mir zwei Dinge über LeWinter zu erzählen. Ich weiß aber nur den ersten Teil.«

»Mein Gott!« Jetzt reichte der Handrücken nicht mehr aus – Dunne holte ein Taschentuch hervor und trocknete sich damit die Stirn. »Delage, Sie haben die Information. Ich muß nachdenken.«

»Nun, äh…«, Delage sah kein bißchen glücklicher aus als sein Vorgesetzter. »Miss Ivanhoe, falls sie wirklich so heißt, LeWinters Sekretärin, hat ausgepackt. Es gibt tatsächlich eine Verbindung mit Genf. Es hört sich zwar alles sehr nach Science-fiction an, aber wenn nur die Hälfte stimmen sollte, wäre das schon entsetzlich genug. Und es muß was dran sein, wenn dreißig der größten Länder der Erde sich in Genf zu einer Abrüstungskonferenz zusammensetzen und darüber sprechen.«

»Ich habe den ganzen Vormittag Zeit«, sagte Ryder.

»Tut mir leid. Nun, die junge Dame erzählte, aber es schien nicht viel Sinn zu ergeben, also setzten wir uns mit der ERDA in Verbindung, was zur Folge hatte, daß einer von Dr. Durrers langjährigen Assistenten hinzitiert wurde und man ihm zu lesen gab, was Miss Ivanhoe gesagt hatte. Er hatte keinerlei Schwierigkeiten, sich einen Reim darauf zu machen – er ist nämlich Experte auf diesem Gebiet.«

»Nachmittags habe ich allerdings noch etwas vor«, sagte Ryder.

»Geben Sie mir einen Moment Zeit, ja? Der besagte Experte hat einen zusammenfassenden Bericht geschrieben. Ich werde ihn vorlesen.«

»Verschlußsache?«

»Nein, freigegeben. Der Bericht ist ein bißchen nüchtern, aber das liegt wohl in der Natur der Angelegenheit. Also, der Sachverständige sagt folgendes: ›Es ist eine schon seit langem akzeptierte Tatsache, daß jeder Atomkrieg – sogar in begrenztem Umfang – Millionen von Menschenleben kosten würde. Die ›US Arms Control and Disarmament Agency‹ kam schon vor einigen Jahren zu dem Schluß, daß auch eine große Anzahl von Nuklearexplosionen im Megatonnenbereich, die ohne kriegerische Zwecke erfolgten, verheerende Auswirkungen hätte: die Ozonschicht, die die Erde gegen die tödlichen ultravioletten Sonnenstrahlen schützt, könnte dadurch zerstört werden.

Die meisten Menschen sind in dem Irrtum befangen, daß Ozon das ist, was sie am Meer einatmen. Ozon ist eine allotropische Form von Sauerstoff, der statt zwei Atomen drei hat und am Meer tatsächlich durch die Elektrolyse durch Wasser und auch nach einer elektrischen Entladung in der Luft – wie zum Beispiel während eines Gewitters – gerochen werden kann. Aber Ozon in seiner natürlichen Form kommt fast ausschließlich in der unteren Stratosphäre vor, in einer Höhe von zehn bis dreißig Meilen.

Die ungeheure Hitze, die eine Atomexplosion mit sich bringt, hat zur Folge, daß die Sauerstoff- und Stickstoffmoleküle in der

Atmosphäre sich verbinden und Stickstoffoxyd bilden, das in einer Atomwolke nach oben getragen wird. Dort kommt es in Verbindung mit der Ozonschicht, und durch eine allgemein bekannte chemische Reaktion werden die drei Atome des Ozons auf zwei reduziert, womit wir dann normalen Sauerstoff hätten, der nicht den mindesten Schutz gegen ultraviolette Strahlung bietet. Es würde also ein Loch in die Ozonschicht gesprengt, und die Erde unter diesem Loch wäre schutzlos der direkten Sonnenbestrahlung ausgeliefert.

Zwei Dinge bleiben unklar. Erstens...!«

Delage brach ab, da das Telephon klingelte. Leroy nahm den Hörer ab, lauschte schweigend, was der Anrufer ihm zu sagen hatte, dankte ihm und legte auf. »Weiß der Himmel, warum ich mich für diese Nachricht bedankt habe«, knurrte er. »Es war die Fernsehstation: Es sieht so aus, als wolle Morro das Eisen schmieden, solange es noch so heiß ist. Er hat wieder mal Neuigkeiten zu verkünden. Um elf – das ist in genau acht Minuten. Seine Rede wird von allen Fernseh- und Rundfunksendern im Staat ausgestrahlt – und es sollte mich wundern, wenn nicht auch in den anderen Staaten.«

»Ist das nicht wundervoll?« sagte Dunne. »An diesen Vormittag wird man sich immer erinnern. Ich frage mich, warum die Sache nicht erst mit dem FBI abgeklärt worden ist? Wir hätten es doch erfahren, oder nicht?«

»Machen Sie die jetzt verantwortlich?« fragte Ryder. »Nach allem, was das FBI unternommen hat, um heute die frühmorgendliche Atomexplosion zu verhindern? Die Sache ist jetzt von nationalem Interesse und geht nicht nur das FBI an. Ich glaube, die Meinung aller geht einhellig dahin, daß das FBI sich zum Teufel scheren soll.« Er wandte sich an Delage: »Wie ist das mit ›erstens‹?«

»Sie sind wirklich ein kaltblütiger Bursche, Ryder.« Man sah Dunne an, daß er meinte, was er sagte.

Delage sah unglücklich zu Dunne hinüber, aber der hatte sein Gesicht in den Händen vergraben. Delage wandte sich wieder dem Bericht zu.

»Erstens wissen wir einfach nicht, was passieren würde. Die Konsequenzen könnten gering sein, sie könnten aber auch katastrophal sein. Vielleicht würden die Auswirkungen sich darauf beschränken, daß wir alle dunkelbraun gebrannt wären. Die ultraviolette Strahlung könnte aber auch alles Leben auf der Erde auslöschen – ausgenommen vielleicht die Lebewesen, die unter der Erde und im Wasser existieren. Wir haben keine Möglichkeiten, uns Gewißheit zu verschaffen!« Delage blickte hoch: »Der kann einem so richtig Mut machen, finden Sie nicht?«

»Kommen wir zu ›zweitens‹«, sagte Ryder.

»Gut. Er sagt weiter: ›Zweitens weiß niemand, ob das Loch in der Stratosphäre immer am gleichen Platz bliebe und mit der Rotation der Erde Schritt halten würde, aber was noch schlimmer ist, es weiß auch niemand, ob das Loch sich vielleicht ausdehnen und allmählich die ganze Ozonschicht vernichten würde. Chemische Reaktionen solchen Ausmaßes in der Stratosphäre sind unbekannt und völlig unberechenbar – es wäre sogar gut möglich, daß eine Art von Kettenreaktion eintritt, was zur Folge hätte, daß weite Teile der Erde verwüstet würden.

Man muß die Möglichkeit in die Überlegungen mit einbeziehen, daß irgendein Land vielleicht schon in irgendeinem weit entfernten und unbewohnten Gebiet experimentiert hat.‹«

»Sibirien?« fragte Parker.

»Er drückt sich nicht genauer aus. Er sagt weiter: ›Vielleicht hat man schon ein solches Loch in die Ozonschicht gesprengt und festgestellt, daß es sowohl in der Lokalisierung als auch in der Ausdehnung stabil ist. Aber das ist eine reine Vermutung. Und jetzt kommt Genf ins Spiel: Am dritten September 1976 schickte die aus dreißig Nationen zusammengesetzte Abrüstungskonferenz einen Vertragsentwurf zur UNO-Vollversammlung, in dem die Benutzung des Lebensraumes für militärische Experimentierzwecke verboten wurde. Es überrascht einen nicht, daß die Angelegenheit von der UNO immer noch erwogen wird.

Der Vertrag soll, so das Kommuniqué, ›die künstliche Auslösung von Naturkatastrophen durch das Militär verhindern, wie zum Beispiel Erdbeben...‹«

»Erdbeben?« Ryder war von seinem Stuhl hochgefahren.

»Ja, Erdbeben. Er fährt fort: ›Flutwellen...‹«

»Flutwellen?« Ryder sah aus, als dämmerte ihm etwas.

»So heißt es hier. Aber es geht noch weiter: ›Störungen des ökologischen Gleichgewichts, Veränderungen des Wetters und Klimas, Veränderungen in den Strömungen der Meere, der Beschaffenheit der Ozonschicht und der Ionosphäre, also den Appleton- und Kenelly-Heaviside-Schichten.‹« Delage überflog den restlichen Bericht. »Es geht noch eine ganze Weile so weiter, aber ich würde sagen, das war das Wichtigste: Miss Ivanhoes ziemlich vages Gestottere in zusammenhängender Form.«

»Machen Sie den Fernseher an«, sagte Dunne. »In einer Minute ist es soweit. Können Sie mir in diesen sechzig Sekunden mitteilen, was Sie von der Sache halten –, Sergeant Ryder?«

»Alles Quatsch. Oder, wenn Sie es deutlicher haben wollen...«

»Ich denke, das war deutlich genug. Keine Roten unterm Bett?« Dunne hatte ungläubig die rechte Augenbraue hochgezogen.

»Das habe ich nicht gesagt. Und ich sage auch nicht, daß ich die Geschichte – oder Theorie, wenn Ihnen das lieber ist – nicht glaube, daß ein Loch in der Ozonschicht entstehen kann. Ich bin kein Wissenschaftler. Ich glaube nur nicht an die Relevanz unter den gegebenen Umständen. Russische Geheimcodes!«

Wenn Ryder schon mal Verachtung ausdrückte, dann aber auch gleich massiv. »Glauben Sie wirklich, die Russen – oder irgend jemand sonst – würden ein junges, harmloses Mädchen, das schon unter dem Druck einer Fingerspitze zusammenbrechen würde, dazu benutzen, eine angeblich geheime Nachricht zu entschlüsseln, die schon seit zwei Jahren freigegeben ist?«

»Sie glauben also, man hat eine falsche Spur gelegt?«

»Ja. Nein.«

»Sie haben noch ›vielleicht‹ vergessen.«

»Danke – vielleicht ist genau das, was ich meine. Morros Absichten können in ganz anderer Richtung liegen – vielleicht aber auch nicht. Vielleicht denkt er, daß wir die Idee so lächerlich finden, daß wir sie völlig von der Hand weisen – vielleicht aber auch nicht. Vielleicht haben die Russen etwas damit zu tun – vielleicht aber auch nicht. Es ist die alte Geschichte: drei Rancher verfolgen einen Viehdieb, der in einem Canyon verschwunden ist. Auf halber Länge des Canyons zweigt ein Seitencanyon ab. Rancher

A ist der Ansicht, der Viehdieb sei schnurstracks geradeaus geritten, um möglichst schnell aus dem Canyon hinauszukommen. Rancher B hält sich für klüger als A und ist der Ansicht, daß der Viehdieb annimmt, seine Verfolger werden so denken wie Rancher A, und demzufolge in den Seitencanyon flüchtet. Rancher C hält sich für klüger als die beiden anderen, denkt, der Viehdieb wird denken, was B gedacht hat und sich deshalb schnurstracks zum Ende des Canyons begeben. So könnten wir auch bis in alle Ewigkeit versuchen, immer schlauer zu sein als die anderen.« Und nach einer kurzen Pause fuhr er fort: »Es besteht natürlich auch noch die Möglichkeit, daß es in dem Canyon eine zweite Abzweigung gibt, von der wir überhaupt nichts wissen, aber wir wissen ja noch nicht einmal etwas von der ersten.«

»Es ist ein seltsames Vergnügen, den Verstand eines Detektivs bei der Arbeit zu beobachten«, sagte Dunne.

Es machte nicht den Eindruck, als ob Ryder ihn gehört hätte.

»Und was diesen Experten von der ERDA betrifft – ich nehme an, er ist Atomphysiker: falls die Russen oder weiß Gott wer mit irgendwelchen Experimenten ein Loch in der Ozonschicht verursacht hätten – und dazu hätten sie weiß Gott wie viele Wasserstoffbomben hochjagen müssen –, dann hätten wir oder einer unserer Verbündeten hundertprozentig davon erfahren. Die Sache hätte in der ganzen Welt fette Schlagzeilen gemacht. Aber es hat keine Schlagzeilen gegeben, oder?«

Er bekam keine Antwort.

»Also hat es auch keine derartigen Experimente gegeben. Vielleicht haben die Russen, oder wer immer hinter dem allem steht, genauso viel Angst vor dem Ausgang dieses Spielchens wie wir. Vielleicht wird es auf der Erde niemals einen Atomkrieg geben. Manche behaupten, er wird im Weltraum stattfinden. Vielleicht aber auch unterirdisch oder im Wasser. Aber wer mag schon nasse Füße?«

»Sie meinen, es würde ein Run auf die Geschäfte einsetzen, die Gummistiefel verkaufen?« Dunne wandte sich dem Fernsehapparat zu. »Ich bin sicher, Freund Morro wird uns ausreichend Aufklärung liefern.«

Diesmal war der Nachrichtensprecher ein viel älterer Mann, was an sich schon nichts Gutes bedeutete. Was aber noch

Schlimmeres verhieß, war die Tatsache, daß er einen dunklen Begräbnisanzug trug, in dem ein kalifornischer Nachrichtensprecher sich normalerweise nicht einmal begraben lassen würde. Am allerschlimmsten aber war die Weltuntergangsmiene des Mannes, die üblicherweise für Berichte darüber reserviert war, daß die lokalen Fußballhelden von irgendeiner Horde von Emporkömmlingen aus einem anderen Staat vernichtend geschlagen worden waren. Der Klang seiner Stimme paßte exakt zu seinem Anzug und seiner Miene.

»Wir haben eine neue Nachricht von dem Verbrecher erhalten, der sich Morro nennt.« Der Nachrichtensprecher hielt ganz offensichtlich nichts von der Grundregel der angelsächsischen Rechtsprechung, die bestimmt, daß ein Mensch so lange unschuldig ist, bis man seine Schuld bewiesen hat.

»Sie enthält eine entsetzliche Warnung, eine unvorstellbare Bedrohung für die Bürger von Kalifornien, und nach dem, was heute vormittag in der Yucca Flat geschehen ist, muß man sie wohl ernst nehmen. Ich habe eine Reihe von Experten hier im Studio, die später die Folgen dieser Bedrohung – falls sie in die Tat umgesetzt wird – erläutern werden. Aber zunächst hat Morro das Wort.«

»Guten Abend. Dies ist eine Tonbandaufzeichnung.« Wie stets war die Stimme ruhig und gelassen – es machte den Eindruck, als spräche er über das Wetter. »Ich nehme diese Nachricht schon vor der kleinen Demonstration in der Yucca Flat auf, da ich von deren Gelingen fest überzeugt bin – wenn Sie dieses Band abhören, werden Sie bereits wissen, daß mein Vertrauen durchaus angebracht war.

Diese kleine Kostprobe meiner nuklearen Mittel hat niemanden gestört und niemanden verletzt. Die nächste Demonstration wird sich in bedeutend größerem Rahmen bewegen, wird vielleicht Millionen von Menschen stören und sich vielleicht auch für eine große Anzahl von Menschen als verhängnisvoll erweisen, falls sie den Fehler machen sollten, diese Warnung nicht ernst zu nehmen. Aber sicherlich wollen Sie erst von einem hochqualifizierten Wissenschaftler die Bestätigung, daß ich wirklich über die Mittel verfüge, um meine Drohung wahrzumachen. Darf ich Sie bitten, Professor Burnett?«

»Er hat die Mittel tatsächlich, dieser teuflische Hund.« Für einen Mann, der unzweifelhaft über einen brillanten Verstand verfügte, zeigte der Professor eine bemerkenswerte Phantasielosigkeit, wenn es darum ging, geeignete Schimpfwörter zu finden. »Es sträubt sich alles in mir, in Gegenwart dieses geisteskranken Ungeheuers das Wort ›bitten‹ zu gebrauchen, aber ich bitte Sie inständig, zu glauben, daß er wirklich über die Mittel verfügt, die zu haben er angibt. Meine Kollegen hier und ich haben daran nicht den geringsten Zweifel. Er hat nicht weniger als elf Atomsprengsätze hier, von denen jeder einzelne ausreichen würde, um beispielsweise Südkalifornien in eine tote Wüste zu verwandeln. Es handelt sich um Dreieinhalb-Megatonnen-Bomben – das heißt, daß jede von ihnen die Sprengkraft von dreieinhalb Millionen Tonnen TNT hat. Sie werden die Bedeutung dieser Angabe erkennen, wenn ich Ihnen sage, daß diese Bomben jeweils etwa zweihundertmal so stark sind wie die, die Hiroshima zerstörte. Und er hat, wie gesagt, elf von diesen Ungeheuern hier.

Berichtigung: hier hat er nur zehn. Die elfte ist schon in Position gebracht. Und zwar beabsichtigt dieser Wahnsinnige...«

Morro unterbrach ihn: »Den Standort der Bombe anzugeben, ist ein Privileg, das ich mir selbst vorbehalte. Dr. Schmidt, Dr. Healey, Dr. Bramwell – vielleicht sind Sie jetzt so freundlich, die Aussage Ihres Kollegen zu bestätigen.«

Mit unterschiedlichem Ausmaß an Eindringlichkeit, Ernst und Wut bekräftigten die drei die Richtigkeit des soeben Gehörten und ließen den Zuhörern keine Möglichkeit offen, sich in irgendwelche Hoffnungen zu flüchten. Als Bramwell geendet hatte, sagte Morro: »Und nun bekommen Sie noch eine Bestätigung von jemand, der nicht berufener dazu sein könnte – nämlich von Professor Aachen, der wahrscheinlich der genialste Physiker dieses Landes auf dem Gebiet der Kernwaffenkonstruktion ist. Er hat selbst jeden einzelnen Konstruktionsabschnitt der Bomben überwacht. Sie werden sich sicher daran erinnern, daß Professor Aachen vor sieben Wochen plötzlich spurlos verschwand. Er hat seit diesem Zeitpunkt für mich gearbeitet.«

»Für Sie gearbeitet? Für Sie gearbeitet?« Aachens Stimme klang zittrig, schrill und senil. »Sie Ungeheuer! Sie – Sie – ich würde niemals für Sie arbeiten...« Er brach ab, schluchzte leise auf, und dann war es einen Moment lang ganz still.

»Er ist gefoltert worden!« brüllte Burnett. »Gefoltert, sage ich Ihnen! Er und sechs entführte Techniker sind den unaussprechlichsten...« Seine Stimme brach mit einem merkwürdigen Japsen ab, als drücke ihm jemand die Kehle zu, was wahrscheinlich auch den Tatsachen entsprach.

»Sie müßten sich wirklich ein bißchen besser in der Gewalt haben, Professor Burnett«, sagte Morro mit mildem Tadel in der Stimme. »Nun, Professor Aachen, kommen wir zur Qualität der Bomben.«

»Sie werden funktionieren.« Seine Stimme war leise und zitterte immer noch.

»Woher wissen Sie das?«

»Ich habe sie gebaut.« Aachen klang vollkommen erschöpft. »Es gibt ein halbes Dutzend Kernphysiker – wenn ich die Charakteristika angeben soll...«

»Das wird nicht nötig sein.« Nach einer kurzen Pause fuhr Morro fort: »Nun, das ist alles. Sie haben jetzt eine wirklich glaubhafte Bestätigung meiner Angaben erhalten. Ich habe nur eine kleine Korrektur anzubringen: Obwohl alle zehn Bomben, die sich hier befinden, dreieinhalb Megatonnen Sprengkraft haben, hat die eine, die bereits an dem vorgesehenen Platz liegt, nur anderthalb Megatonnen, und zwar, weil ich nicht sicher bin, ob eine Dreieinhalb-Megatonnen-Bombe vielleicht Kräfte freiwerden läßt, die ich nicht freiwerden lassen möchte – jedenfalls jetzt noch nicht.« Wieder folgte eine Pause.

»Der Mann ist vollkommen wahnsinnig«, sagte Dunne mit Überzeugung.

»Das muß nicht sein«, widersprach Ryder. »Und falls er es nicht ist, hätte er eine phantastische Karriere als Schauspieler machen können. Die Pause jetzt ist doch auch wohlberechnet – Timing ist alles.«

Morro fuhr fort: »Die Bombe – sie mißt nur fünfzig auf hundert Zentimeter, würde also bequem in einen Autokofferraum passen – liegt auf dem Grunde des Pazifik: vor Los Angeles, grob gesagt, am äußeren Rand der Santa Monica Bay. Wenn sie explodiert ist, wird die folgende tsunamai – das heißt Flutwelle –, nach entsprechenden Berechnungen zu urteilen, zwischen viereinhalb und sechs Meter hoch sein. Sie kann allerdings auch gut die doppelte Höhe erreichen, wenn sie sich durch die von Osten nach Westen verlaufenden Straßen von Los Angeles zwängt. Die Ausläufer des Explosionsschocks werden im Norden bis nach Point Arguello und im Süden bis nach San Diego reichen. Die Bewohner der Inseln – ich erwähne da vor allem Santa Catalina – sollten sich einen möglichst hohen Standplatz suchen. Ein unbekannter Faktor ist, fürchte ich, ob die Explosion ein Beben im Newport-Inglewood-Graben auslösen wird, aber dieses Gebiet der Stadt wird ja sicherlich sowieso evakuiert. Es erübrigt sich wohl, vor Versuchen zu warnen, den Sprengsatz zu finden. Er kann jederzeit gezündet werden, und ich werde auch nicht zögern, ihn zu zünden, falls ein Versuch gemacht werden sollte, ihn zu finden – und falls dies passieren sollte, bevor die Evakuierung des fraglichen Gebietes durchgeführt worden ist, wären die Folgen katastrophal. Mit anderen Worten: jede Person, die Flugzeuge oder Schiffe losschickt, um das Gebiet zwischen den Inseln Santa Cruz und Santa Catalina absuchen zu lassen, wird den Tod von Tausenden von Menschen auf ihr Gewissen laden.

Ich habe gewisse Forderungen, die um dreizehn Uhr bekanntgegeben werden. Wenn sie nicht bis Mitternacht erfüllt sind, werde ich die Wasserstoffbombe morgen früh um zehn Uhr zünden. Wenn meinen Forderungen danach immer noch nicht entsprochen wird, werden die zehn übrigen Bomben irgendwann zwischen Samstagabend und Sonntagmorgen hochgehen.«

Mit dieser fröhlichen Prophezeiung beendete Morro seine Ansprache. Der Nachrichtensprecher machte sich daran, die anwesenden Experten vorzustellen, aber Dunne schaltete den Apparat mit der Begründung aus, daß, wenn Morro sich über die Auswirkungen der Explosion nicht im klaren sei, die sogenannten Experten höchstwahrscheinlich auch keine Ahnung hätten.

»Nun, Ryder, Sie haben wirklich prophetische Fähigkeiten: wir werden nasse Füße kriegen. Glauben Sie ihm?«

»Sicher – Sie etwa nicht?«

»Doch. Und was kann man tun?«

»Das ist Sache der Autoritäten – wer immer sie auch sein mögen. Was mich betrifft, so verdrücke ich mich ins Gebirge.«

»Ich glaub's einfach nicht«, sagte Delage.

»Bravo«, entgegnete Dunne, »das ist die Einstellung, mit der wir den Wilden Westen bezwungen haben. Ich sage Ihnen was: Geben Sie mir Namen und Adressen Ihrer nächsten Angehörigen und machen Sie morgen einen Spaziergang am Strand von Long Beach. Oder noch besser – lassen Sie sich auf der Santa-Catalina-Fähre gemütlich in einem Deckstuhl nieder.« Er schenkte dem unglücklichen Delage einen kalten Blick und wandte sich an Ryder: »Meinen Sie, daß die Bewohner von Los Angeles den Rest des Tages noch viel arbeiten werden?«

»Sie müssen die Sache auch mal von der positiven Seite her betrachten: Morro verhilft der neurotischsten Stadt der Welt zu der größten Verschnaufpause, die sie jemals hatte, und alle haben jetzt eine herrliche Rechtfertigung, all ihre versteckten Neurosen und Phobien zu äußern. Die Apotheken werden heute wahrscheinlich zusätzliches Personal einstellen müssen, um dem Kundenansturm Herr zu werden.«

»Er ist eindeutig der Meinung, daß seine zweite Warnung auch nicht ausreichen wird«, sagte Parker, »sonst hätte er ja nicht die dritte Phase mit den zehn Bomben vorbereitet. Mein Gott, seine Forderungen müssen unvorstellbar sein.«

»Bis wir Genaueres wissen, müssen wir uns noch ganze zwei Stunden gedulden«, seufzte Dunne nach einem Blick auf seine Uhr. »Der Bursche weiß, wie man psychologische Daumenschrauben anlegt.« Er dachte kurz nach und sagte dann: »Ich frage mich, warum er den Hinweis über die Folterungen nicht aus der Tonbandaufnahme herausgeschnitten hat – sein Image wird dadurch doch ziemlich angekratzt, wie?«

»Haben Sie es geglaubt?« fragte Ryder. Dunne nickte. »Na also! Das war pure Absicht – dadurch, daß er die für ihn nachteilige Äußerung drin gelassen hat, erhöht sich der Echtheitseindruck des Ganzen, wächst die Überzeugungskraft. Was mich viel mehr interessiert ist die Tatsache, daß Morro entweder unvorsichtig wird oder so sehr von sich überzeugt ist, daß er zuviel redet: Warum hat er Aachen verboten, Einzelheiten über die Bomben anzugeben und uns dann bereitwillig informiert, daß es sich bei dem bereits plazierten Sprengsatz um ein Ding von fünfzig auf hundert Zentimetern Größe handelt? Das paßte so gar nicht in das Bild, das man von ihm gewonnen hat. Er sagt an sich nur das Nötigste, und diese Einzelheit war nicht nötig. Wenn Aachen uns Details angegeben hätte, wären sie richtig gewesen – ich habe so einen vagen Verdacht, daß die Abmessungen, die Morro angegeben hat, falsch waren. Aber warum sollte er uns in die Irre führen wollen?«

»Ich kann Ihnen nicht folgen«, sagte Dunne. »Worauf wollen Sie hinaus?«

»Ich wünschte, ich wüßte es. Es wäre lehrreich, herauszufinden, welche Art von Bomben Aachen gewöhnlich entworfen hat. Ich meine, wenn er den Entwurf der fraglichen Bomben nicht gekannt hätte, hätte er wohl auch nicht die Konstruktion überwachen können, oder? Ich möchte wissen, ob man das 'rauskriegen kann.«

»Ich werde den Direktor anrufen und es versuchen, aber viel Hoffnung habe ich nicht. Diese Information ist bestimmt top secret, und es gibt ein paar Leute, bei denen das FBI außerordentlich wenig ausrichten kann – die von der ›Atomic Energy Commission‹ gehören auch dazu.«

»Sogar in einem nationalen Notfall?«

»Ich habe ja gesagt, ich werde es versuchen.«

»Und können Sie vielleicht auch noch etwas über Sheriff Hartmans Lebenslauf herausfinden? Ich meine aber nicht das, was in den Polizeiunterlagen steht. Wir können sicher sein, daß entweder LeWinter oder Donahure bei seiner Einstellung die Hand im Spiel hatte, und dann stimmt natürlich nichts, was in den offiziellen Berichten steht. Ich will seinen echten Background wissen.«

»Diesmal sind wir Ihnen voraus, Sergeant – wir haben ihn schon.«

»Großartig. Nach dem, was wir gerade alle gehört haben – wie stellen Sie sich jetzt zu meiner Absicht, mir LeWinter vorzuknöpfen?«

»LeWinter? Wer ist LeWinter?«

»Recht so«, entgegnete Ryder und verließ, gefolgt von Parker und Jeff, den Raum.

Sie hielten vor dem Verlagsgebäude des »Examiner«. Ryder ging hinein, sprach kurz mit Aaron und kam nach zwei Minuten mit einem bräunlichen Kuvert in der Hand wieder heraus. Als er wieder im Wagen saß, nahm er eine Photographie aus dem Umschlag und zeigte sie Parker und Jeff.

»La Belle et la Bête? Wieviel, glaubt ihr, würde der ›Globe‹ uns für dieses Meisterwerk bieten?«

LeWinter war zu Hause und machte auch nicht den Eindruck, als wolle er noch ausgehen. Wenn er von Lebensfreude und entgegenkommender Haltung seinen Mitmenschen gegenüber beseelt war, so verbarg er dies meisterhaft. Dafür gab er das Mißvergnügen um so deutlicher zu erkennen, das ihn erfüllte, als die drei Polizisten ihn in seine luxuriöse Wohndiele drängten. Parker übernahm die Konversation.

»Wir würden Ihnen gern ein paar Fragen stellen.«

»Ich bin Richter.« Es hatte würdevoll-herablassend klingen sollen, aber daraus wurde nichts. »Wo ist Ihr Durchsuchungsbefehl?«

»Ich darf Sie korrigieren: Sie waren Richter! Aber wie dem auch sei – auf jeden Fall sind Sie dumm. Um Fragen zu stellen, brauchen wir keinen Durchsuchungsbefehl – aber es ist eine prächtige Überleitung zu meiner ersten Frage: Warum haben Sie Donahure einen ganzen Packen Blanko-Durchsuchungsbefehle gegeben? Wissen Sie nicht, daß das illegal ist? Sie als Richter? Oder leugnen Sie die Tatsache?«

»Selbstverständlich leugne ich.«

»Das war aber wirklich dumm von Ihnen – und das, wo man doch annehmen darf, daß Sie bei Ihrem Alter auf eine ziemlich lange Praxis als Richter zurückblicken können. Glauben Sie vielleicht, wir würden Ihnen eine solche Frage stellen, wenn wir nicht in der Lage wären, den Sachverhalt zu beweisen? Wir haben die Formulare sichergestellt – Sie können sie auf dem Revier besichtigen. So, das war das erste – jetzt haben wir erst einmal festgestellt, daß Sie ein Lügner sind. Demzufolge wird jede künftige Aussage von Ihnen zunächst als unwahr betrachtet, es sei denn, sie wird von neutraler Seite bestätigt. Leugnen Sie noch immer?«

LeWinter schwieg – Parker verstand es ausgezeichnet, Leute einzuschüchtern und zu demoralisieren.

»Wir haben sie in Donahures Safe gefunden«, berichtete Parker fröhlich. »Als wir sein Haus durchsuchten.«

»Aus welchem Grund?«

»Sie sind nicht mehr Richter. Er ist verhaftet.«

LeWinter vergaß, daß er nicht mehr Richter war. »Aus welchem Grund?«

»Bestechung und Korruption. Sie wissen schon – er hat mit Erpressung Geld gemacht und einen Teil dann an unehrliche Polizisten verteilt. Das meiste hat er allerdings selbst behalten.« Er sah LeWinter vorwurfsvoll an: »Sie hätten ihm die grundlegenden Tricks aber wirklich verraten können, mit denen man in diesem Geschäft arbeitet.«

»Was zum Teufel meinen Sie damit?«

»Wie man illegal erworbenes Geld beiseite schafft. Wußten Sie, daß er auf acht verschiedenen Konten eine halbe Million liegen hatte?

Aber er ist eben ein Trottel – die Konten befanden sich allesamt bei hiesigen Banken. Dabei hätte er doch wirklich wissen müssen, daß man solche Gelder in die Schweiz transferiert. Sie haben schließlich auch ein Nummernkonto in Zürich. Wir haben die Nummer – die Bank war sehr entgegenkommend.«

LeWinters Versuch, wütend zu werden, war fast mitleiderregend.

»Wenn Sie andeuten wollen, daß ich, ein hoher Richter im Staate Kalifornien, in irgendwelche illegalen finanziellen Transaktionen verwickelt war...«

»Heben Sie sich das Geschwafel für einen echten Richter auf. Wir deuten überhaupt nichts an – wir wissen Bescheid. Vielleicht wären Sie so freundlich, uns zu erklären, wie es kommt, daß zehntausend Dollar, die wir in Donahures Besitz fanden, mit Ihren Fingerabdrücken geradezu übersät sind?«

LeWinter war nicht so freundlich. Seine Augen schossen ruhelos hin und her, aber sicher nicht, weil er einen Fluchtweg suchte – er wollte nur unter keinen Umständen einem der kalten, anklagenden Blicke begegnen, die ihn festgenagelt hielten. Parker hatte LeWinter an der Angel und nicht die Absicht, ihn wieder loszulassen. »Aber das ist nicht das einzige, was Donahure vorgeworfen wird. O nein. Pech für Sie. Er sieht auch einer Anklage – und wahrscheinlich auch einer Verurteilung – wegen versuchten Mordes und wegen begangenen Mordes entgegen. Es gibt Zeugenaussagen und ein Geständnis. Was die Mordanklage betrifft, da sind Sie wegen Beihilfe mit von der Partie.«

»Mord! Mord!« Im Laufe seines Wirkens als Richter mußte er dieses Wort schon tausendmal gehört haben, aber es war wohl unwahrscheinlich, daß es ihn jemals so sehr berührt hatte wie jetzt.

»Sie sind ein Freund von Sheriff Hartman, nicht wahr?«

»Hartman?« LeWinter fand die Unterhaltung von Satz zu Satz weniger angenehm.

»Er sagt es jedenfalls. Und man kann es auch glauben – schließlich ist die Alarmanlage an Ihrem Safe mit seinem Büro gekoppelt.«

»Ach! Hartman!«

»Sie sagen es – Hartman. Haben Sie ihn kürzlich gesehen?«

LeWinter befeuchtete mit der Zunge die Lippen – er konnte sich auf einmal lebhaft vorstellen, wie den Angeklagten zumute gewesen sein mußte, wenn Sie vor ihm auf der Anklagebank gesessen hatten. »Ich kann mich nicht erinnern.«

»Aber ich hoffe, Sie können sich daran erinnern, wie er aussah. Sie würden ihn nicht wiedererkennen. Ehrlich. Sein Hinterkopf ist regelrecht abgesprengt worden. Es ist wirklich kein schöner Zug von Ihnen, daß Sie Ihre Freunde derart verunstalten lassen.

»Sie sind verrückt! Total wahnsinnig!« Selbst der grünste Junge im Polizeidienst hätte LeWinters Schuld allein anhand seiner Gesichtsfarbe feststellen können – er sah ungefähr so rosig aus wie eine Leiche. »Sie haben keinen Beweis.«

»Nein, wie originell – das sagen alle, die schuldig sind. Wo ist Ihre Sekretärin?«

»Welche Sekretärin?« Der Angriff aus dieser völlig unerwarteten Ecke schien LeWinters Denkvermögen vorübergehend zu blockieren.

»Gott helfe uns!« Parker blickte flehend gen Himmel. »Nein, Sie haben seine Hilfe wohl nötiger. Ich spreche von Bettina Ivanhoe. Wo ist sie?«

»Entschuldigen Sie mich einen Moment.« LeWinter ging zu einem Schrank, öffnete ihn, goß sich einen Bourbon ein und schüttete ihn in einem Zug hinunter. Es sah nicht so aus, als ob es ihm gut getan hätte.

»Sie haben ihn vielleicht gebraucht, aber das war nicht der Grund, warum Sie sich den Drink genehmigt haben. Sie wollten Zeit zum Nachdenken herausschinden, nicht wahr? Wo ist sie?«

»Ich habe ihr für heute freigegeben.«

»Der Whisky hat auch nichts genutzt – dies war die falsche Antwort. Wann haben Sie mit ihr gesprochen?«

»Heute morgen.«

»Schon wieder eine Lüge. Sie ist seit gestern abend in Haft und hilft der Polizei bei ihren Nachforschungen. Sie haben ihr also nicht freigegeben.« Parker hatte seinen unbarmherzigen Tag. »Aber sich selbst haben Sie anscheinend für heute freigegeben. Warum sind Sie denn nicht im Gerichtssaal und fällen wie üblich Ihre unparteiischen Urteile?«

»Ich fühle mich nicht wohl.« Sein Aussehen ließ diese Behauptung durchaus glaubwürdig erscheinen. Jeff sah zu seinem Vater hinüber, um zu sehen, ob er beabsichtigte, dieses harte Verhör abzubrechen, aber Ryder betrachte LeWinter völlig ungerührt.

»Nicht wohl? Verglichen damit, wie Sie sich bald fühlen werden – wenn Sie wegen Mordes vor Gericht stehen –, strotzen Sie jetzt geradezu vor Wohlbefinden. Sie sind zu Hause, weil einer Ihrer Komplizen – besser gesagt, Ihr Herr und Meister – Sie aus Bakersfield angerufen und Ihnen gesagt hat, Sie sollten Ihren angeblichen Hexenschuß pflegen. Sagen Sie – wie gut kennen Sie Miss Ivanhoe? Sie wissen natürlich, daß ihr richtiger Name Ivanov ist, nicht wahr?«

LeWinter brauchte weitere Unterstützung aus dem Barschrank. Müde, fast verzweifelt fragte er: »Wie lange wird diese, diese Inquisition noch weitergehen?«

»Nicht mehr lange, natürlich nur, falls Sie die Wahrheit sagen. Ich habe Ihnen eine Frage gestellt.«

»Wie gut ich sie kenne – nun, sie ist meine Sekretärin.«

»Nicht mehr?«

»Natürlich nicht.«

Ryder trat zu LeWinter und zeigte ihm die Photographie, die er bei Aaron abgeholt hatte. LeWinter starrte wie hypnotisiert darauf hinunter und fuhr sich wieder mit der Zunge über die Lippen.

»Ein nettes Mädchen«, sagte Ryder im Konversationston. »Sie ist natürlich erpreßt worden – sie hat es uns erzählt. Natürlich wurde sie nicht als Betthase angeheuert –, das war nur eine Nebenerscheinung. Ursprünglich wurde sie eingestellt, um gefälschte russische Dokumente zu übersetzen.«

»Gefälschte?«

»Aha! Die Dokumente existieren also! Ich frage mich, weshalb Morro von Ihnen eine Liste von Technikern, Bohrarbeitern und Bohrinsel-Personal haben wollte. Und noch mehr würde mich interessieren, warum sechsundzwanzig von den Männern auf Ihrer Liste spurlos verschwunden sind.«

»Ich habe nicht die geringste Ahnung, wovon Sie sprechen.«

»Da bin ich aber ganz anderer Meinung. Haben Sie heute früh ferngesehen?« LeWinter schüttelte verständnislos den Kopf – er sah wie betäubt aus. »Dann wissen Sie also nicht, daß Morro morgen vormittag um zehn Uhr irgendwo vor der Santa-Monica-Bay eine Wasserstoffbombe zündet?« LeWinter antwortete nicht – sein Gesicht war völlig leer. »Für einen berühmten Richter haben Sie einen merkwürdigen Umgang, LeWinter.«

Es gab Aufschluß über LeWinters desolate Geistesverfassung, daß er so langsam begriff. »Sie waren der Mann, der letzte Nacht hier war?«

»Ja.« Ryder nickte zu Jeff hinüber. »Und das da ist Perkins. Erinnern Sie sich an Perkins? In Wirklichkeit handelt es sich bei ihm um Patrolman Ryder – meinen Sohn. Wenn Sie nicht blind und taub sind, dann müssen Sie wissen, daß Ihr Freund Morro zwei Mitglieder meiner Familie gefangenhält. Eines davon – meine Tochter – ist angeschossen worden. Sie können sich also vorstellen, daß wir Ihnen nicht besonders freundlich gesonnen sind. Nun, LeWinter – abgesehen davon, daß Sie so korrupt sind wie kaum ein zweiter, daß Sie ein geiler alter Bock, ein Verräter und Mörder sind, sind Sie auch ein Trottel und ein Sündenbock. Man hat sie genauso hereingelegt wie Sie Ihrer Meinung nach Donahure und Miss Ivanov und Hartman hereingelegt haben. Man hat Sie benutzt, um eine Verbindung zu den Russen vorzutäuschen.

Ich will nur zwei Dinge wissen: Wer hat *Ihnen* etwas gegeben und wem haben *Sie* etwas gegeben? Wer hat Ihnen das Geld, das Codebuch und die Anweisung gegeben, Miss Ivanov einzustellen und sich die Namen und Adressen der jetzt verschwundenen sechsundzwanzig Männer zu verschaffen – und wem haben Sie diese Namen und Adressen weitergegeben?«

LeWinters eben noch völlig leeres Gesicht belebte sich etwas: er preßte die Lippen aufeinander. Jeff zuckte zusammen, als sein Vater, ohne eine Miene zu verziehen, einen Schritt vorwärts machte und drohend seine Waffe hob. LeWinter schloß die Augen, riß schützend einen Arm hoch, wich zurück, blieb an einem Teppich hängen und fiel. Sein Kopf schlug hart auf eine Stuhlkante. Eine ganze Weile lag er betäubt auf dem Boden, dann setzte er sich langsam auf. Er sah völlig verwirrt aus, als könne er nicht begreifen, wie das alles passiert war – und es war deutlich zu erkennen, daß er nicht schauspielerte.

Mit krächzender Stimme sagte er: »Ich habe ein schlechtes Herz.« Bei seinem Anblick war man geneigt, ihm zu glauben.

»Ich werde Sie morgen bedauern. Glauben Sie, daß Ihr Herz es verkraften wird, wenn Sie aufstehen?« Langsam und schwankend kam LeWinter auf die Füße, wobei er sich an einem Tisch und einem Stuhl hochzog. Auch als er stand, mußte er sich noch am Tisch festhalten. Ryder blieb völlig ungerührt. »Der Mann, der Ihnen all das gab, und der Mann, dem Sie die Namen gaben – war das derselbe Mann?«

»Rufen Sie meinen Arzt an.« LeWinter preßte eine Hand auf sein Herz. »Mann Gottes, ich habe schon zwei Infarkte hinter mir!« Sein Gesicht war von Angst und Schmerz entstellt. Er hatte offensichtlich das Gefühl – und wahrscheinlich nicht zu Unrecht –, daß sein Leben in Gefahr war, und bat darum, es zu retten. Ryder betrachtete ihn mit dem gleichgültigen Gesichtsausdruck eines mittelalterlichen Scharfrichters.

»Das freut mich zu hören.« Jeff sah seinen Vater mit einem Ausdruck an, der viel Ähnlichkeit mit Entsetzen hatte, aber Ryder hatte nur Augen für LeWinter. »Dann brauche ich keine Gewissensbisse zu haben, wenn Sie sterben, und Sie werden keine verräterischen Verletzungen aufweisen, wenn der Leichenwagen Sie abholen kommt. War es derselbe Mann?«

»Ja.« Das Flüstern war kaum zu verstehen.

»Derselbe, der Sie aus Bakersfield angerufen hat?«

»Ja.«

»Wie heißt er?«

»Das weiß ich nicht.« Ryder hob die Waffe ein Stückchen höher. LeWinter sah ihn verzweifelt an und beteuerte: »Ich weiß es wirklich nicht! Ich weiß es nicht!«

Jeff konnte es nicht länger mit ansehen. Eindringlich sagte er: »Er weiß es wirklich nicht!«

»Ich glaube ihm ja.« Ryder hatte LeWinter nicht aus den Augen gelassen. »Beschreiben Sie den Mann.«

»Das kann ich nicht.«

»Oder wollen Sie es nicht?«

»Er hatte eine Kapuze über dem Kopf. Ich schwöre es – er hatte eine Kapuze über dem Kopf.«

»Wenn Donahure schon zehntausend Dollar bekommen hat, dann müssen Sie erst recht abgesahnt haben. Haben Sie ihm eine Quittung gegeben?«

LeWinter schauderte zusammen. »Nein. Er sagte, wenn ich mein Wort bräche, würde er mir dafür das Genick brechen. Und das hätte er wahrscheinlich mit dem kleinen Finger geschafft – ich habe noch nie in meinem Leben einen solchen Riesen gesehen.«

»Aha.« Ryder schwieg, schien sich zu entspannen, lächelte kurz und fuhr dann fort: »Er könnte immer noch kommen und sein Angebot in die Tat umsetzen – das würde dem Gericht und dem Personal des Gefängniskrankenhauses eine Menge Arbeit ersparen.« Er zog ein Paar Handschellen aus der Tasche und ließ sie um LeWinters Handgelenke zuschnappen.

»Sie haben keinen Haftbefehl«, protestierte LeWinter, aber seine Stimme war alles andere als energisch.

»Seien Sie nicht albern. Ich möchte nicht, daß Ihnen jemand das Genick bricht, ich möchte nicht, daß Sie an das falsche Telephon gehen, ich möchte keinen Fluchtversuch und auch keinen Selbstmord.« Er warf einen Blick auf die Photographie, die er noch in der Hand hielt. »Aber ich möchte erleben, wie Sie in San Quentin langsam krepieren.« Er ging mit ihm zur Tür, blieb stehen und wandte sich an Parker und Jeff: »Schaut nur genau zu, wenn ihr wollt – ich habe ihm kein Haar gekrümmt!«

»Major Dunne wird es niemals glauben«, sagte Jeff. »Und ich auch nicht.«

Zehntes Kapitel

»Sie haben uns benutzt!« Burnetts Gesicht war schneeweiß und voller Bitterkeit, und er zitterte vor Wut derartig unkontrolliert, daß der Glenfiddich über den Rand des Glases schwappte und auf den Boden von Morros Arbeitszimmer tropfte. Es ließ auf den Grad seiner Erregung schließen, daß er diese Vergeudung nicht einmal bemerkte. »Sie haben uns reingelegt! Sie verdammter, hinterlistiger Hund! Das war wirklich eine Meisterleistung, wie Sie unsere Tonbandaufnahmen und Ihre eigene zusammengeschnitten haben!«

Morro hob mahnend den Zeigefinger. »Kommen Sie, Professor, nehmen Sie sich zusammen. Ihre Ausbrüche helfen niemandem. Sie sollten wirklich allmählich lernen, sich zu beherrschen.«

»Warum sollte er?« Schmidt war genauso wütend wie Burnett, aber er hatte sich besser in der Gewalt. Alle fünf Physiker befanden sich in dem Raum – plus Morro, Dubois und zwei Wachen. »Wir denken nicht nur an unsere guten Namen, an unseren Ruf, wir denken daran, daß vielleicht Tausende von Menschen sterben werden und daß man uns dafür verantwortlich machen wird – wenigstens moralisch. Jeder Fernsehzuschauer, jeder Radiohörer, jeder Zeitungsleser in diesem Staat ist davon überzeugt, daß die Wasserstoffbombe, die vor der Küste im Meer lauert, anderthalb Megatonnen Sprengstoff hat. Wir wissen verdammt genau, daß es dreieinhalb sind. Aber da die Leute glauben werden – weil sie gar nicht auf eine andere Idee kommen können –, daß die Tonbandaufzeichnung aus einem Stück besteht, werden sie denken, daß Sie das, was Sie gesagt haben, mit unserem stillschweigenden Einverständnis gesagt haben. Sie sind wirklich ein Ungeheuer! Warum haben Sie das getan?«

»Wegen der Wirkung.« Morro war völlig gelassen. »Ein grundlegendes psychologisches Prinzip. Die Detonation dieses

Dreieinhalb-Megatonnen-Sprengsatzes wird zweifellos eindrucksvolle Folgen haben, und ich möchte, daß die Leute sagen: Wenn anderthalb Megatonnen schon so eine Wirkung haben, was, um Himmelswillen, wird erst geschehen, wenn fünfunddreißig Megatonnen hochgehen? Diese Überlegung wird sie meinen Forderungen zugänglich machen, meinen Sie nicht auch? Wenn erst mal Panik herrscht, ist alles möglich.«

»Ich traue Ihnen alles zu«, sagte Burnett. Er sah zu dem Wrack hinüber, das noch ein paar Wochen zuvor Aachen gewesen war. »Absolut alles. Auch daß Sie bereit sind, um eines psychologischen Effekts willen Tausende von Menschenleben zu riskieren. Sie haben nicht die geringste Ahnung, wie hoch die Flutwelle sein wird, und ob die Detonation ein Erdbeben im Newport-Inglewood-Graben auslösen wird oder nicht. Aber diese Dinge interessieren Sie auch gar nicht – der Effekt ist das einzig wichtige.«

»Ich glaube, jetzt übertreiben Sie ein wenig, Professor. So viel Schaden wird die Flutwelle vielleicht gar nicht anrichten. Und was den Newport-Inglewood-Graben betrifft, so würde sich nur ein Verrückter morgen früh um zehn Uhr dort herumtreiben. Ich sehe keine Menschenmassen vor mir, die morgen früh zum Hollywood-Park-Rennplatz strömen – falls sie das sonst überhaupt zu tun pflegen, was ich nicht weiß. Ich glaube, Ihre Befürchtungen sind kaum berechtigt.«

»Was heißt kaum? Sie meinen, daß nur ein paar Tausend ertrinken werden?«

»Ich habe keinen Grund, das amerikanische Volk zu lieben.« Morro war immer noch völlig ruhig. »Es ist nicht gerade freundlich zu meinem gewesen.«

Ein kurzes Schweigen folgte, und dann sagte Healey: »Es ist also noch schlimmer, als ich befürchtet hatte. Geht es um Rassenhaß, um Religion, um Politik? Ich weiß es nicht. Aber eins steht fest – der Mann ist ein Fanatiker.«

»Er ist irre«, stellte Burnett lapidar fest und griff nach der Flasche.

»Richter LeWinter möchte freiwillig ein Geständnis ablegen«, sagte Ryder.

»Weiß er das schon?« Dunne musterte die zitternde, ängstliche Gestalt, die keinerlei Ähnlichkeit mehr mit der imposanten Figur von einst hatte. »Stimmt das, Richter?«

»Sicher stimmt es«, sagte Ryder ungeduldig.

»Hören Sie, Sergeant, ich frage den Richter!«

»Wir waren dabei«, sagte Parker. »Jeff und ich. Sergeant Ryder hat keinerlei Gewalt angewendet, er hat ihn nur ein einziges Mal angefaßt – als er ihm die Handschellen anlegte. Wir würden niemals einen Meineid leisten, Major.«

»Nein, das würden Sie sicher nicht.« Er wandte sich an Delage: »Nach nebenan. Ich nehme sein Geständnis in einer Minute auf.«

»Eine Frage noch, bevor er geht«, sagte Ryder. »Gibt es was Neues über Hartman?«

Dunne gestattete sich das erste Lächeln dieses Tages: »Dies eine Mal hatten wir Glück. Es ist gerade hereingekommen: Hartman hat, wie es scheint, einige Jahre irgendwo auf dem Land gelebt – bei seiner verwitweten Schwester, was die Tatsache erklärt, daß er nicht im Telefonbuch stand. Aber bis vor ungefähr einem Jahr ist er nicht oft zu Hause gewesen. Er ist viel gereist. Sie kommen nie drauf, womit sein Beruf zu tun hat – besser gesagt bis letztes Jahr zu tun hatte.«

»Bohrinseln.«

»Also wirklich, Ryder«, entgegnete Dunne mit gespielter Empörung, »Sie können einem aber auch jeden Spaß verderben. Ja, es stimmt. Rechte Hand vom Chef. Der Bericht über ihn ist ganz ausgezeichnet. Woher wußten Sie es?«

»Ich wußte es nicht. Wer waren seine Fürsprecher – ich meine, wer hat für seinen lauteren Charakter gebürgt?«

»Zwei prominente hiesige Persönlichkeiten.«

»Donahure und LeWinter.«

»Sie sagen es.«

Ryder sah LeWinter an: »Sie und Hartman haben die Liste der Bohrleute und Techniker gemeinsam aufgestellt – Sie haben Ihre Gerichtsunterlagen durchforstet, vor allem das umfangreiche Material von den Ölgesellschaften, und Hartman steuerte den Rest bei, indem er Ihnen Namen von ehemaligen Kollegen nannte. War es nicht so?«

LeWinter schwieg.

»Na ja, wenigstens leugnet er es nicht. Sagen Sie, LeWinter, war es Hartmans Aufgabe, diese Männer zu rekrutieren?«

»Ich weiß es nicht.«

»Sie zu entführen?«

»Ich weiß es nicht.«

»Nun, dann in irgendeiner Form mit ihnen Kontakt aufzunehmen?«

»Ja.«

»Und sie abzuliefern?«

»Ich nehme es an.«

»Ja oder nein?«

LeWinter raffte alles zusammen, was ihm an Würde noch geblieben war, und wandte sich an Dunne: »Ich fühle mich äußerst inkommodiert.«

»Wenn Sie es so empfinden, kann man nichts machen«, sagte Dunne ungerührt. »Machen Sie weiter, Sergeant.«

»Ja oder nein.«

»Ja, verdammt noch mal, ja!«

»Er muß also gewußt haben, wohin er diese freiwillig oder unfreiwillig angeheuerten Männer bringen sollte. Wenn wir also annehmen, daß Morro für ihr Verschwinden verantwortlich ist, hatte Hartman eine direkte Verbindung zu Morro oder wußte, über wen er ihn erreichen konnte. Da müssen Sie mir doch zustimmen, oder?«

LeWinter setzte sich auf einen Stuhl. Seine fahle Leichenblässe hatte sich noch vertieft. »Wenn Sie meinen.«

»Und natürlich hatten Sie und Donahure die gleiche Verbindung.«

»Nein!« Dieser Widerspruch kam mit erstaunlicher Vehemenz.

»Sieh mal an«, sagte Ryder, »so ist es schon besser.«

»Sie glauben ihm?« fragte Dunne. »Daß er keine Verbindung zu Morro hat?«

»Natürlich. Wenn er eine hätte, wäre er jetzt schon tot. Dieser Morro ist doch wirklich ein reizender Bursche. Sogar wenn er beim Spielen die Karten mit beiden Händen ganz eng vor der Brust hält, achtet er immer darauf, daß seine Linke nicht weiß, was die Rechte tut. Nur Hartman wußte Bescheid. Morro dachte, daß Hartman total unverdächtig sei. Wie hätte er – oder irgend jemand sonst – auch darauf kommen sollen, daß ich wegen der Verbindung der Alarmanlage von LeWinters Safe zu Hartmans Büro auf dessen Spur kommen würde? Von dieser Verbindung hatte Morro ganz sicher keine Ahnung. Hätte er es gewußt, dann hätte er bestimmt nicht LeWinter und Donahure bloßgestellt, indem er irreführendes Beweismaterial über sie ins Spiel brachte. Aber Morro hat andererseits auch kein Risiko auf sich genommen: er hatte sowohl LeWinter als auch Donahure strikte Anweisung gegeben, Hartman, der als einziger direkt mit ihm in Verbindung stand, sofort zu eliminieren, falls jemand auf ihn aufmerksam werden sollte. Es ist doch alles ganz einfach, nicht wahr?« Er sah LeWinter nachdenklich an und wandte sich dann an Delage: »Entfernen Sie diese Säule der Gerechtigkeit, ich bitte Sie. Mir wird übel, wenn ich ihn noch länger sehen muß.«

Als Delage mit LeWinter im Nebenzimmer verschwunden war, sagte Dunne: »Das war ja mal kein verlorener Vormittag. Ich habe Sie unterschätzt, Sergeant Ryder. Daß Sie das geschafft haben, ohne ihm das Genick zu brechen – ich weiß nicht, ob ich das auch gekonnt hätte.«

»Entweder man hat ein weiches Herz oder man hat es nicht. Gibt es Informationen von Ihrem großen Boß – Barrow heißt er, nicht wahr –, welche Art von Bomben Professor Aachen entworfen hat, als Morro ihn sich schnappte?«

»Ich habe ihn angerufen. Er sagte, er würde sich mit der AEC in Verbindung setzen und dann zurückrufen. Er ist kein Mann, der unnötig Zeit vergeudet, aber bis jetzt hat er sich noch nicht gemeldet. Er wollte wissen, weshalb wir diese Information haben wollen.«

»Das weiß ich ja nicht einmal selber genau. Ich habe einfach das Gefühl, daß Morro uns an der Nase herumführt, das ist alles. Und da wir gerade bei Morro sind – gibt es vielleicht aus Manila was Neues?«

Dunne schaute auf seine Uhr und sah Ryder mit langsam schwindender Geduld an: »Sie sind genau eine Stunde und fünf Minuten weg gewesen. Ich darf Sie darauf hinweisen, daß Manila nicht ein paar Blocks weiter die Straße hinunter liegt. Kann ich sonst noch etwas für Sie tun?«

»Natürlich – wenn Sie es schon anbieten.« Dunne schloß einen Moment die Augen. »Carltons Freund in Illinois erwähnte einen sehr großen Mann, der der Gruppe von Spinnern angehörte, mit der Carlton liebäugelte. LeWinter hat vorhin – und zwar mit ausgesprochen verängstigter Stimme – einen Mann erwähnt, auf den die Beschreibung paßt, die Carltons Freund gegeben hat: er hat gedroht, ihm das Genick zu brechen. Es wäre doch durchaus möglich, daß es sich um den gleichen Mann handelt – es laufen sicherlich nicht viele Männer herum, die zwei Meter groß sind.«

»Zwei Meter?«

»Das hat jedenfalls Carltons Freund behauptet. Es dürfte nicht allzu schwierig sein festzustellen, ob irgend jemand von dieser Größe irgendwann einmal in diesem Staat verhaftet oder verurteilt worden ist. Und es dürfte ebenfalls nicht schwierig sein herauszufinden, ob so ein Kerl Mitglied bei einem dieser kalifornischen Spinnervereine ist. Ein Mann von dieser Größe kann sich nicht verstecken – und er scheint auch gar keinen großen Wert darauf zu legen, es zu versuchen. Und dann ist da noch das Problem des Hubschraubers.«

»Aha.«

»Ich meine nicht irgendeinen Hubschrauber, sondern einen ganz bestimmten. Es wäre nett, wenn Sie ihn finden könnten.«

»Eine Kleinigkeit«, sagte Dunne mit vor Sarkasmus triefender Stimme. »Erstens gibt es in diesem Staat mehr Hubschrauber als in jedem vergleichbaren Gebiet auf der Erde, und zweitens ist das FBI völlig überlastet...«

»Völlig überlastet! Hören Sie, Major, ich bin heute früh nicht für Späße zu haben. Achttausend Agenten sind völlig überlastet – und was haben sie erreicht? Null! Und wenn ich fragen würde, was sie überhaupt tun, dann wäre die Antwort dieselbe. Als ich sagte, ich meine einen besonderen Hubschrauber, meinte ich einen ganz außerordentlich besonderen – nämlich den, der die Bombe zur Yucca Flat transportiert hat. Oder haben ihre achttausend Agenten diese Kleinigkeit bereits herausgefunden?«

»Erklären Sie.«

Ryder wandte sich an seinen Sohn: »Jeff, du hast doch gesagt, du kennst das Gebiet dort – Yucca Flat und Frenchman's Flat, meine ich.«

»Ich bin schon mal dort gewesen.«

»Würde ein Fahrzeug dort Spuren hinterlassen?«

»Sicher. Allerdings nicht überall, denn der Boden ist großenteils felsig. Aber zum Teil besteht er auch aus Schotter, grobem Kies und Sand. Doch, alles in allem, müßte man gute Spuren finden.«

»Nun denn, Major – haben vielleicht ein paar von Ihren achttausend überlasteten Männern das Gebiet des Kraters auf Spuren von Lastern, Personenwagen, Buggies oder sonstigen Fahrzeugen abgesucht? Natürlich spreche ich nur von den etwaigen Spuren, die sie nicht bei ihrem Ansturm auf den Ort des Geschehens vernichtet haben.«

»Ich war selbst nicht dort. Delage?« Delage nahm den Telephonhörer ab.

»Hubschrauber? Eine interessante Überlegung.«

»Und eine einleuchtende. Und wenn ich Morro wäre, hätte ich die Bombe im Pazifik auf die gleiche Weise deponiert. Das ist doch viel weniger umständlich, als die Bombe per Laster an die Küste bringen zu lassen und dann auf ein Boot umzuladen – außerdem bestünde bei letzterer Methode eher die Gefahr einer Entdeckung.

Dunne machte ein sehr zweifelndes Gesicht. »Ich weise nochmals darauf hin, daß es eine Unmenge von Hubschraubern in diesem Staat gibt.«

»Ich glaube, man muß nur bei Spinnervereinen suchen.«

»Mit dem Straßennetz, über das wir verfügen, wer würde da...«

»Und beschränken wir die Suche auf die Berge. Erinnern Sie sich – wir sind mehr oder weniger sicher, daß Morro und seine Kumpane irgendwo hoch oben hausen.«

»Nun – je verrückter diese Leute sind, um so höher siedeln sie sich im allgemeinen an. Ich nehme an, in manchen Fällen brauchen die Leute unbedingt einen Hubschrauber, weil sie auf andere Weise weder nach Hause noch weg kommen. Aber Hubschrauber sind ein teurer Spaß. Sie werden üblicherweise stundenweise vermietet, und ich glaube kaum, daß man einen gemieteten Piloten dazu überreden kann, eine Wasserstoffbombe zu transportieren.«

»Vielleicht ist der Pilot nicht gemietet – und der Hubschrauber auch nicht. Und dann suche ich auch noch einen Lastwagen – genauer gesagt, mehrere. Für den Transport des atomaren Materials, das aus San Ruffino verschwunden ist.«

»Haben Sie das?« wandte Dunne sich an Leroy. Der nickte und griff, wie vor ihm Delage, ebenfalls zu einem Telephonhörer.

»Danke.« Ryder überlegte kurz und sagte dann: »Das wär's. Ich treffe Sie dann irgendwann heute nachmittag.«

Jeff sah auf seine Uhr. »Vergiß nicht – in einer Dreiviertelstunde verkündet Morro seine Forderungen.«

»Wahrscheinlich lohnt es sich gar nicht, zuzuhören – du kannst mir ja später erzählen, was er gesagt hat.«

»Wo gehst du denn hin?«

»In die Stadtbücherei. Ich muß mal ein bißchen Gegenwartsgeschichte lesen.«

»Aha.« Jeff starrte verständnislos die Tür an, die hinter seinem Vater zugefallen war, und wandte sich dann an Dunne: »Verstehen Sie das? Meinen Sie, er ist in Ordnung?«

»Wenn er es nicht ist – was sind wir dann?« antwortete Dunne gedankenvoll.

Als Ryder rund anderthalb Stunden später nach Hause kam, fand er Jeff und Parker biertrinkenderweise vor seinem Fernsehapparat vor. Ryder schien ausgesprochen gut gelaunt zu sein. Er lächelte zwar nicht breit, und er lachte auch nicht, und er riß auch keine Witze, denn all das entsprach nicht seinem Wesen, aber für einen Mann, dessen Frau und Tochter sich in der Hand von Gangstern befanden, und der damit rechnen mußte, demnächst ertränkt und pulverisiert zu werden, war er außerordentlich gelassen. Er warf einen Blick auf den Bildschirm, auf dem buchstäblich Hunderte von kleinen Booten – manche mit gesetzten Segeln – in einem hoffnungslosen Wirrwarr durcheinander kreuzten. Das Ganze fand in einem abgeschlossenen Hafen statt. Ein halbes Dutzend Kais ragten in einen Mittelkanal hinaus. Der Platz zum Manövrieren war minimal, das Chaos perfekt.

»Mann, das ist doch mal was«, sagte Ryder. »So ungefähr muß es bei Trafalgar und Jütland zugegangen sein – das waren auch ausgesprochen konfuse Seeschlachten.«

»Dad!« Jeff bot alle verfügbaren Geduldsreserven auf. »Das ist ›Marina del Rey‹ in Los Angeles – die Yachtbesitzer versuchen wegzukommen.«

»Ich weiß schon Bescheid – der ›California Yacht Club‹ und der ›Del Rey Yacht Club‹ zeigen uns wie üblich, wie man sich als besonnener Seefahrer zu verhalten hat. Wenn sie so weitermachen, brauchen sie eine Woche, um sich wieder auseinanderzuklamüsern. Was soll diese panische Flucht? Das wird ein Problem für Morro werden – um so mehr, als es höchstwahrscheinlich in allen Häfen von Los Angeles so aussieht. Er hat doch gesagt, jedes Schiff, das sich in das Gebiet zwischen den Inseln Santa Cruz und Santa Catalina wage, würde die Detonation der Bombe provozieren. Noch ein paar Stunden, dann wimmelt es in besagtem Gebiet geradezu von Booten. Wirklich gedankenlos von Morro – diese Entwicklung war doch leicht vorauszusehen.«

Der Kommentator hat gesagt, daß niemand von diesen Leuten die Absicht hat, sich dem verbotenen Gebiet auch nur zu nähern. Sie wollen alle die Santa-Barbara- und San-Pedro-Kanäle nehmen und so weit wie möglich die Küste hinauf oder hinunter flüchten.«

»Wie die Lemminge. Sogar ein kleines Boot kann draußen auf See einer Flutwelle standhalten, denn dort ist sie ja erst ein sanfter Wasserhügel. Erst wenn sie in seichtes Gebiet kommt oder in eine Bucht, türmt sie sich gefährlich auf!«

»Kurz bevor du kamst, Dad«, warf Jeff ein, »wurden Straßenszenen aus Santa Monica und Venice gezeigt – dort spielt sich zu Lande das gleiche ab wie hier zu Wasser. Eine solche Verkehrsstauung hat es noch nicht gegeben. Viele benutzen ihre Wagen als Rammböcke, um sich den Weg freizukämpfen. Fahrer springen aus ihren Autos und schlagen sich gegenseitig krumm und lahm.«

»Das wäre überall auf der Welt so«, sagte Ryder. »Ich bin sicher, Morro sitzt wie festgeklebt vor seinem Fernsehapparat und verfolgt das Geschehen in regelrechter Ekstase. Und alle fahren natürlich nach Osten. Haben die Stadtväter schon irgendwelche Anordnungen herausgegeben?«

»Soviel wir wissen nicht.«

»Werden sie aber. Man muß ihnen nur Zeit lassen. Sie sind wie alle Politiker – sie warten ab, wie sich die Mehrzahl der Menschen verhält, und dann sagen sie ihnen, daß sie das tun sollen, was sie sowieso schon die ganze Zeit tun. Ist was zu Essen im Haus?«

»Was?« Jeff starrte seinen Vater einen Augenblick völlig entgeistert an. Dann faßte er sich und sagte: »In der Küche stehen belegte Brote.«

»Danke.« Ryder wollte sich gerade auf den Weg machen, als etwas auf dem Bildschirm seine Aufmerksamkeit fesselte. »Was für ein ungewöhnlicher Zufall. Wir können nur hoffen, daß es, falls es ein gutes Omen ist, gut für uns ist und nicht etwa für Morro.«

»Du sprichst in Rätseln«, beschwerte sich Jeff.

»Siehst du den Kai rechts unten auf dem Bildschirm? Er liegt im Südosten. Den breiten, meine ich. Wenn ich nicht total auf dem Holzweg bin, dann liegt genau hier der Ursprung all unserer Sorgen.«

»Der Kai?« Jeff starrte ihn fassungslos an.

»Schau doch mal, wie er heißt: ›Mindanao‹.«

Eine Minute später saß Ryder bequem in einem Sessel, hatte in einer Hand ein Brot und in der anderen ein Glas Bier und schaute mit halbem Auge auf den Bildschirm. Plötzlich nahm er auch die restlichen anderthalb Augen zu Hilfe und sagte: »Das ist ja interessant!«

Das Bild war wirklich nicht ohne interessante Momente: Drei zweimotorige Privatflugzeuge waren offensichtlich in eine Massenkarambolage verwickelt gewesen – die abgebrochene Tragflächenspitze des einen lag auf dem Boden, das Fahrgestell des zweiten war völlig geknickt, und aus dem dritten stieg gemächlich eine Rauchwolke empor.

»Land, Wasser und Luft.« Ryder schüttelte den Kopf. »Ich kenne den Flugplatz – ›Colver Field‹ in Santa Monica. Wenn ich mir das so anschaue, dann muß der Fluglotse auch schon in die Sierras geflüchtet sein.«

»Mein Gott, Dad.« Jeff versuchte sich zusammenzureißen. »Du bist wirklich der aufreizendste Mensch, der je gelebt hat! Hast du denn gar nichts zu Morros Ultimatum zu sagen?«

»Nein.«

»Großer Gott!«

»Denk doch mal nach, Jeff – ich habe weder etwas darüber gelesen noch gesehen noch habe ich es gehört.«

»Großer Gott!« sagte Jeff und verfiel in Schweigen. Ryder sah fragend zu Parker hinüber, der offensichtlich dabei war, sich für die ihm aufgedrängte Aufgabe zu stärken.

»Morro war pünktlich – wie immer. Und diesmal sagte er kein überflüssiges Wort. Aber ich werde mich noch kürzer fassen. Sein Ultimatum ist ganz schlicht folgendes: ›Geben Sie mir die Standorte und alle benutzten Frequenzbänder aller Radarstationen an der Ost- und Westküste, die der kreuzenden Radarbomber von hier und in der Nato und in allen Ihren Spion-Satelliten, sonst drücke ich auf den Knopf‹.«

»Das hat er wirklich gesagt?«

»Na ja, es war schon noch mehr – aber das Wichtigste weißt du jetzt.«

»Ich habe dir doch gleich gesagt, daß es nicht wert sein dürfte, ihm zuzuhören. Ich hätte Morro mehr zugetraut. Aber im Pentagon rotieren sie sicher wie in einer Zentrifuge.«

»Du glaubst ihm nicht?«

»Wenn du das aus meiner Reaktion schließt, dann hast zu recht.«

»Aber, schau mal, Dad...«

»Ich schaue gar nicht. Alles Quatsch! Aber vielleicht sollte ich mein spontanes Urteil über Morro revidieren. Vielleicht hat er absichtlich eine Forderung gestellt, von der er genau wußte, daß sie niemals erfüllt werden würde. Aber überzeugt mal das amerikanische Volk davon – und speziell den Teil des Volkes, der in diesem Staat lebt! Das würde sehr lange dauern, und Zeit ist genau das, was wir überhaupt nicht haben.«

»Eine unerfüllbare Forderung?« sagte Jeff vorsichtig.

»Laß mich nachdenken.« Ryder biß von seinem Brot ab, nahm einen Schluck Bier und dachte nach. »Ich bin auf drei Dinge gekommen, und keines ergibt einen Sinn und würde auch für das Pentagon keinen ergeben – und die Leute dort können unmöglich so bescheuert sein, wie das von den Kolumnisten in New York und Washington immer wieder behauptet wird. Erstens:

Was sollte das Pentagon daran hindern, ihm eine umfassende, überzeugende und völlig irreführende Information zu geben? Wie sollte er darauf kommen, daß die Information falsch ist? Und selbst, wenn er den Verdacht hätte, wie sollte er herausfinden, ob er berechtigt wäre? Es ist ganz unmöglich. Zweitens: Das Pentagon würde es wahrscheinlich ohne größeres Bedauern in Kauf nehmen, daß Kalifornien ausradiert wird, bevor es unser wichtigstes Verteidigungsmittel gegen Atomangriffe preisgäbe. Und drittens: Falls er wirklich die Mittel hat, um Los Angeles und San Francisco in die Luft zu jagen – und wir müssen annehmen, daß er sie tatsächlich hat –, was sollte ihn daran hindern, das Spiel mit New York, Chicago, Washington und so weiter zu wiederholen und so auf direktem Wege zu erreichen, was er indirekt erreichen würde, indem er unser Radarsystem lahmlegt? Es ergibt überhaupt keinen Sinn. Aber es paßt alles zusammen.«

Jeff verdaute diesen Vortrag in tiefem Schweigen. Parker meinte: »Du hast doch von Anfang an gesagt, daß du kein Wort von dem glauben würdest, was Morro sagen würde, und daß er nichts sagen würde, was er deiner Meinung nach nicht sagen konnte. Und jetzt sagst du, es paßt alles zusammen.«

»Ja, das tue ich.«

»Weißt du etwas, was wir nicht wissen?«

»Ich kenne keine Fakten, die ihr nicht auch kennt – abgesehen von denen, die ich durch meine Lektüre von Sachliteratur über Erdbeben und Gegenwartsgeschichte erfahren habe. Nebenbei bemerkt, hält mein lieber Sohn meine Leserei für total schwachsinnig und nutzlos.«

»Ich habe nie gesagt...«

»Man muß nicht immer sprechen, um etwas zu sagen.«

»Ich hab's«, verkündete Parker. »Alle guten Detektive haben eine Theorie anzubieten. Hast du eine?«

»Nun, in aller Bescheidenheit...«

»Bescheidenheit? Jetzt geht die Sonne also im Osten unter. Ich muß nicht einmal eine Pause einlegen, um nachzudenken. Mindanao?«

»Mindanao.«

Als Ryder fertig war, wandte Parker sich an Jeff: »Na, was meinst du dazu?«

»Ich bin immer noch dabei, das alles zu verarbeiten.« Jeff sah wie betäubt aus. »Ich meine, das alles kommt so überraschend. Ich brauche ein bißchen Zeit zum Nachdenken.«

»Komm schon, Junge, wie ist dein erster Eindruck?«

»Nun ja, ich sehe keine Löcher in dieser Theorie. Und je mehr ich darüber nachdenke – und wenn ich mehr Zeit hätte, könnte ich noch mehr darüber nachdenken –, um so glaubwürdiger erscheint sie mir. Sie könnte zutreffen.«

»Schau deinen Vater an«, sagte Parker. »Siehst du irgendwo in seinem Gesicht einen Konjunktiv?«

Jeff dachte noch ein bißchen mehr nach und sagte dann: »Ich finde sie einleuchtend.«

»Da hast du's, John«, meinte Parker. »Ein eindeutigeres Kompliment wirst du deinem Sohn niemals entlocken. Ich finde deine Theorie außerordentlich einleuchtend. Kommen Sie, meine Herren, stellen wir fest, ob Major Dunne sich auch überzeugen läßt.«

Dunne machte sich nicht einmal die Mühe, zu sagen, daß er überzeugt sei. Er wandte sich an Leroy und befahl: »Holen Sie mir Mr. Barrow an den Apparat. Und lassen Sie einen Hubschrauber warmlaufen.« Er rieb sich unternehmungslustig die Hände. »Mein lieber Sergeant, es sieht ganz so aus, als würden Sie in Los Angeles einigen Wirbel veranstalten.«

»Das überlasse ich Ihnen. Die hohen Tiere gehen mir gegen den Strich. Ihr Boß erscheint mir fast menschlich, aber das kann ich von Mitchell nicht gerade behaupten. Sie wissen jetzt genausoviel wie ich – und ich rate ja sowieso nur herum. Ich würde mich gern mit Professor Benson unterhalten. Wenn Sie das für mich arrangieren könnten, wäre ich Ihnen außerordentlich dankbar.«

»Mit Vergnügen. Wenn Sie mit nach Norden fliegen.«

»Erpressung.« Aber Ryder machte keinen wütenden Eindruck.

»Natürlich.« Dunne betrachtete ihn belustigt. »Nun aber mal im Ernst. Wir könnten doch zwei Fliegen mit einer Klappe schlagen. Von hier nach Pasadena ist es mit dem Hubschrauber nur ein Katzensprung von zehn Minuten. Wenn Sie nicht kommen, werden Barrow und Mitchell automatisch annehmen, daß Sie nicht den Mut haben, für Ihre Überzeugung einzutreten. Sie können doch mit denen reden, wie ich es nie könnte – außer, ich würde meine fristlose Entlassung riskieren. Die beiden wollen vielleicht mehr erfahren als ich und Fragen stellen, die ich nicht beantworten könnte – ich weiß, daß Sie mir alles gesagt haben, was Sie für das Wichtigste halten, aber es gibt sicher eine Menge Details, die für Sie im Augenblick irrelevant sind. Was hat es für einen Sinn hierzubleiben? Sie können hier nichts mehr erreichen, und Sie wissen doch: wenn Sie die Mandarins von Ihrer Theorie überzeugen, dann ist das ein großer Erfolg.« Dunne lächelte. »Wären Sie so herzlos, mir das Vergnügen an diesem – äh – Zusammentreffen zu nehmen?«

»Er hat ganz einfach Angst vor den großen bösen Wölfen«, sagte Jeff.

Ryder grinste.

Wie alle Räume, die dazu gedacht sind, ihren Besitzern ein angemessenes Gefühl ihrer Wichtigkeit zu vermitteln, war auch der Konferenzraum entsprechend eindrucksvoll. Er hatte als einziger Raum im ganzen Haus mahagonigetäfelte Wände, und diese zierten Bilder von Individuen, die aussahen wie die zehn gesuchtesten Männer des Landes, tatsächlich aber die ehemaligen und jetzigen Direktoren und höheren Beamten des FBI waren. Auch der ovale Mahagonitisch war der einzige im Haus, und seine Oberfläche schimmerte in einem Maße, wie das bei einem Tisch, an dem viel gearbeitet wird, niemals der Fall wäre. Um den Tisch herum standen zwölf Ledersessel mit Messingbeinen. Auf jedem Platz lag eine Schreibunterlage, die zwar unerläßlich zum Herumspielen, aber ansonsten völlig überflüssig war; eine Messingschale für Füller und Bleistifte, ein Krug mit Wasser und ein Glas standen ebenfalls da. Die gut bestückte Bar lag hinter einem verschiebbaren Stück der Wandtäfelung verborgen. Der Gesamteindruck wurde allerdings leider ziemlich beeinträchtigt durch die beiden Stühle für die Sekretärinnen, die vor einer Batterie roter, weißer und schwarzer Telephone standen – sie waren mit Kunstleder bezogen! Und sie waren an diesem Nachmittag nicht besetzt – es fand eine streng geheime Konferenz von größter nationaler Wichtigkeit statt, und die Mienen der meisten der zwölf Männer, die an dem Mahagonitisch saßen, zeigten deutlich, daß sie sich dessen durchaus bewußt waren.

Am abgerundeten Kopfende des Tisches saß niemand. Barrow und Mitchell saßen jeweils dreißig Zentimeter von der Mittellinie entfernt, so daß niemand den Vorsitz für sich in Anspruch nehmen konnte. Der Himmel konnte ruhig einstürzen – aber erst, wenn dem Protokoll Genüge getan war. Jeder hatte drei höhergestellte Assistenten dabei – von denen keiner vorgestellt worden war –, und alle hatten Aktenkoffer und wichtig aussehende Papiere vor sich auf den Schreibunterlagen liegen. Die Tatsache, daß es für nötig erachtet worden war, diese Konferenz einzuberufen, deutete klar darauf hin, daß der Inhalt dieser Unterlagen völlig uninteressant war, aber was ein echter Konferenzteilnehmer ist, hat der Papiere dabeizuhaben, mit denen er rascheln kann, sonst ist er nichts wert. Mitchell eröffnete die Konferenz – für diese Entscheidung hatte man eine Münze geworfen.

»Zu Beginn«, sagte er, »muß ich höflich darauf bestehen, daß Sergeant Parker und Patrolman Ryder sich entfernen.«

»Warum?« fragte Ryder.

Mitchell war es nicht gewöhnt, daß jemand seine Anordnungen nicht sofort befolgte. Er sah Ryder kalt an: »Wenn ich Gelegenheit dazu gehabt hätte, hätte ich es erklärt, Sergeant. Diese Konferenz findet unter höchster Geheimhaltungsstufe statt, und diese beiden sind nicht eidlich gebunden. Und noch dazu sind sie Polizeibeamte niederen Dienstgrades, die den Dienst quittiert und demzufolge keine Kompetenzen mehr haben. Sie waren nicht einmal mit diesem Fall betraut worden. Ich denke, meine Gründe leuchten Ihnen ein.«

Ryder musterte Mitchell eine Weile und sah dann zu Dunne hinüber, der ihm genau gegenüber saß. Mit übertriebener Fassungslosigkeit sagte er: »Sie haben mich tatsächlich zu dieser weiten Reise überredet, damit ich mir dieses arrogante Geschwätz anhöre?«

Dunne fixierte seine Fingernägel. Jeff inspizierte die Zimmerdecke. Mitchell sah aus, als stünde er kurz vor einem hysterischen Anfall. Mit eisiger Stimme sagte er: »Ich glaube, ich habe nicht richtig gehört, Sergeant.«

»Warum überlassen Sie Ihren Stuhl dann nicht jemandem, der besser hört? Ich habe laut und deutlich gesprochen. Ich wollte nicht hierherkommen. Ich kenne Ihren Ruf. Ich schere mich einen Dreck darum. Wenn Sie Mr. Parker und meinen Sohn hinauswerfen, müssen Sie logischerweise auch mich hinauswerfen. Sie sagten, die beiden hätten keine Kompetenzen – Sie haben auch keine. Sie haben sich mit Ellenbogenkraft Ihren Platz erkämpft. Die beiden haben genauso das Recht, Sie aus dem Raum zu weisen wie umgekehrt – innerhalb der Vereinigten Staaten haben Sie keine Gerichtsgewalt. Wenn Sie das nicht verstehen können und nicht aufhören, auf Menschen loszugehen, die ehrliche Arbeit tun, dann ist es höchste Zeit, daß Sie Ihren Platz einem besseren Mann überlassen.«

Ryder sah ruhig von einem zum anderen. Niemand schien die Absicht zu haben, etwas zu sagen. Mitchells Gesicht sah aus wie aus Stein gehauen. Barrow blickte völlig unbeteiligt vor sich hin, was den Grad seiner Selbstbeherrschung zeigte – hätte er Ryders Ausführungen von draußen belauscht, hätte er sich zweifellos vor Lachen den Bauch gehalten.

›So, nachdem wir jetzt festgestellt haben, daß nicht weniger als sieben der Konferenzteilnehmer ohne offizielle Kompetenzen sind, sprechen wir jetzt mal über den ›Fall‹, wie Mr. Mitchell sich ausdrückte. Mr. Parker und mein Sohn haben, wie Major Dunne bestätigen wird, bereits eine ganze Menge erreicht. Sie haben dabei mitgeholfen, den Mord an einem County-Sheriff aufzuklären, einen korrupten Polizeichef wegen Mordes hinter Gitter zu bringen und wegen Beihilfe zum Mord einen Richter ins Kittchen zu verfrachten, der nach Meinung vieler als zukünftiger Vorsitzender des Obersten Gerichtshofs von Kalifornien galt. Alle drei – der ermordete Sheriff eingeschlossen – steckten bis zum Hals in der Sache drin, um die es hier geht. Und dieser Tatsache verdanken wir unschätzbar wertvolle Informationen.«

Mitchells Gesicht taute soweit auf, daß er seine verkniffenen Lippen etwas entspannte. Barrow zeigte nach wie vor eine ausdruckslose Miene. Er war natürlich von Dunne informiert worden, hatte es aber offensichtlich nicht für nötig gehalten, die erhaltenen Informationen weiterzugeben.

»Und was hat der CIA erreicht? Ich werde es Ihnen sagen: Er

hat erreicht, daß man sich über die ganze Einrichtung im allgemeinen und über seinen Chef im besonderen totlacht. Von der sinnlosen Vergeudung von Steuergeldern ganz zu schweigen, die dafür hinausgeschmissen wurden, daß Agenten in Genf herumschlichen, um sogenannte geheime Informationen zu suchen, die bereits vor zwei Jahren freigegeben worden sind. Und was hat der CIA noch erreicht? Bei entgegenkommender Schätzung würde ich sagen: Null.«

Barrow hustete. »Finden Sie nicht, daß Sie unnötig unversöhnlich sind?« Wenn er gewollt hätte, wäre er durchaus in der Lage gewesen, bedeutend mehr Mißbilligung in seinen Ton zu legen.

»Unnötige Unversöhnlichkeit scheint bei manchen Menschen die einzige Möglichkeit zu sein, sich verständlich zu machen.«

Mitchells Stimme kämpfte sich durch seine kaum geöffneten Lippen.

»Sie haben sich jetzt durchaus verständlich gemacht, Sergeant: Sie sind gekommen, um uns zu lehren, wie wir unsere Arbeit zu tun haben.«

Ryder war noch nicht fertig mit Mitchell. »Ich bin kein Sergeant – ich bin ein schlichter Privatmann und als solcher niemandem unterstellt. Ich kann den CIA nichts lehren – ich verstehe nichts davon, wie man fremde Regierungen stürzt oder ihre Präsidenten ermordet. Und ich kann auch das FBI nichts lehren. Alles, was ich will, ist, daß man mich anhört, aber wenn das nicht zu machen ist, kann ich es nicht ändern.« Er fixierte Mitchell. »Sie können den Mund halten und sich anhören, was ich zu sagen habe, nachdem man mich dazu gegen meinen Willen hierhergebracht hat, oder Sie können es lassen. In letzterem Fall würde ich sofort gehen. Ich finde die Atmosphäre hier ohnehin ausgesprochen unbehaglich – um nicht zu sagen feindselig –, und Major Dunne kennt alle wichtigen Fakten.«

Mit tonloser Stimme sagte Mitchell: »Wir werden Sie anhören.«

»Diese Formulierung gefällt mir ganz und gar nicht.« Barrow zuckte zusammen, obwohl er für Mitchell nichts übrig hatte, konnte er nicht umhin, sich vorübergehend in dessen Lage zu versetzen. »Sie wird üblicherweise vom Aufsichtsratsvorsitzenden benutzt, wenn er einem abgekanzelten Angestellten Gelegenheit gibt, sich zu rechtfertigen, bevor er gefeuert wird.«

»Bitte.« Barrow hob die Hände mit den Handflächen nach oben. »Wir haben begriffen, daß Sie eine deutliche Sprache sprechen – bitte begreifen nun Sie, daß Sie nicht zum Spaß hierhergebracht worden sind. Wir werden aufmerksam zuhören.«

»Ich danke Ihnen.« Ryder hielt sich nicht mit einleitenden Floskeln auf. »Sie alle wissen, wie es in den Straßen um diesen Block herum aussieht. Auf dem Weg zu Ihrem Hubschrauberlandeplatz auf dem Dach haben wir Hunderte von Straßen gesehen, in denen die Situation identisch ist: sie sind total verstopft. Die Leute sind in Panik, und ich kann es ihnen nicht verdenken – wenn ich hier leben würde, erginge es mir nicht anders. Sie glauben, daß Morro morgen früh um zehn die Bombe zünden wird – und ich glaube das auch. Ich glaube auch, daß er wirklich vorhat, die anderen zehn Bomben ebenfalls hochgehen zu lassen, die er angeblich besitzt. Aber ich halte es für ausgeschlossen, daß seine gestellte Forderung ernst zu nehmen ist. Er muß selbst wissen, daß sie völlig idiotisch ist, und wir müssen sie als das erkennen, was sie wirklich ist: eine leere Drohung, ein bedeutungsloses Ansinnen, dem man niemals entsprechen kann.«

»Vielleicht sollte ich Sie informieren«, sagte Barrow kurz. »Kurz bevor Sie hier eintrafen, kam die Nachricht durch, daß der Kreml und Peking und ihre Botschaften in Washington sich aufs schärfste gegen die monströse Anschuldigung verwahrt haben – niemand hat sie in irgendeiner Weise beschuldigt, aber sie haben es wohl so aufgefaßt – und daß sie die ganze Sache für den Teil eines Komplotts kapitalistischer Kriegshetzer halten. Es ist damit zum erstenmal seit Menschengedenken passiert, daß diese beiden Völker sich über irgend etwas völlig einig waren.«

»Ist das nicht nur eins der üblichen Dementis?«

»Nein – sie sind außer sich vor Zorn.«

»Machen Sie ihnen keinen Vorwurf – die Annahme ist absolut lächerlich.«

»Sind Sie sicher, daß die Tatsache, daß Sie schon einige Beweise entkräftet haben, die auf eine Verbindung zu den Kommunisten deuten, Ihre Denkweise in diesem Fall nicht beeinflußt hat?«

»Ich bin sicher – und Sie auch.«

»Ich bin nicht sicher«, sagte Mitchell.

»Das dachte ich mir. Sie schauen auch sicher jeden Abend unter Ihr Bett, bevor Sie sich reinlegen.«

Mitchell war kurz davor, mit den Zähnen zu knirschen. »Wenn die Kommunisten nicht dahinterstecken, wer dann?« Sein Tonfall ließ deutlich erkennen, daß er wild entschlossen war, Ryder um keinen Preis auch nur ein Wort zu glauben.

»Es scheint alles mit den Philippinen zu beginnen. Ich bin überzeugt, Sie alle kennen die dortige Situation, und ich bin ganz sicher kein Fachmann für außenpolitische Angelegenheiten, aber ich habe mich vor ein paar Stunden in einer Bibliothek über die Lage dort informiert. Ich werde Ihnen in geraffter Form mitteilen, was ich gelesen habe – sowohl in meinem Interesse als auch für jeden anderen, der interessiert ist:

Die Philippinen stecken in einer finanziellen Krise. Ungeheuer ehrgeizige Entwicklungspläne, steigende interne und externe Schulden, ungeheurer Rüstungsaufwand – sie sitzen hoffnungslos in der Klemme. Aber wie so viele andere Länder wissen auch sie, was man tun muß, wenn die Staatskasse leer ist – man wendet sich hilfesuchend an Uncle Sam. Und sie haben ein herrliches Mittel, um ihren Bitten Nachdruck zu verleihen: Die Philippinen sind der Hauptstützpunkt des amerikanischen Militärs im Pazifik, und der riesige Ankerplatz der Siebten Flotte in der Subic Bay und die strategisch entscheidende Basis der Air Force sind in den Augen des Pentagon unersetzlich und ihre Miete durchaus wert – viele Leute betrachten diese Miete allerdings als ein Mittelding zwischen Wucher und Erpressung.

Der Südteil der Philippinen – die Insel Mindanao – ist von Moslems bewohnt. Sie alle wissen das. Entgegen der christlichen Religion enthält die islamische kein moralisches Gesetz gegen den Mord an Menschen im allgemeinen – es ist nur streng verboten, Moslems zu töten. Die Idee eines heiligen Krieges ist ein Teil ihres Lebens, und im Augenblick führen sie auch gerade einen – sie sind zu einem Kreuzzug gegen Präsident Marcos und eine überwiegend katholische Regierung losgezogen. Sie betrachten es als einen Religionskrieg, der von einem unterdrückten Volk geführt wird. Aber wie auch immer, jedenfalls ist es ein erbitterter Kampf. Ich glaube, dies alles ist Ihnen hinreichend bekannt.

Was vielleicht weniger bekannt sein dürfte, ist die Tatsache, daß ihre Einstellung den Vereinigten Staaten gegenüber fast genauso feindselig ist – und das ist nicht schwer zu verstehen. Obwohl der Kongreß entsetzt die Hände hebt über Marcos Methoden, die Rechte der Bürger auf ein Minimum zu beschränken, bringt er trotzdem freudig die Miete für unsere dortigen Basen auf – zuzüglich mehrerer hundert Millionen Dollar jährlich an militärischer Ausrüstung, von der ein großer Teil von der philippinischen Regierung zur Vernichtung der Moslems verwendet wird.

Noch weit weniger bekannt ist die Tatsache, daß die Moslems auch für Rußland, China und Vietnam nicht mehr viel übrig haben. Diese Länder haben ihnen zwar, soviel ich weiß, nichts getan, aber die philippinische Regierung hat herzliche – und diplomatische – Beziehungen zu diesen drei Ländern aufgebaut und sie sind in den Augen der Moslems von Mindanao damit automatisch ihre Feinde.

Was den Moslems am meisten fehlt, sind Waffen. Wenn sie ebensogut ausgerüstet wären wie die gutausgestatteten achtzig Bataillone der Regierung – die diese Ausrüstung hauptsächlich der Großzügigkeit der Vereinigten Staaten verdanken –, könnten sie sich ganz gut zur Wehr setzen. Bis zum letzten Jahr erhielten sie ihre gesamte, wenn auch geringe Unterstützung von Libyen – bis Imelda Marcos dorthin reiste und Oberst Kadhdhafi und seinen Außenminister Ali Tureiki dazu überredete, den Moslems auch diese letzte Möglichkeit zu sperren.

Was konnten sie also tun? Sie konnten auf den Philippinen weder Waffen bekommen noch selbst herstellen. Selbst wenn sie Amerika nicht hassen würden, wären die Amerikaner unter keinen Umständen bereit gewesen, Aufständische gegen die philippinische Regierung mit Waffen zu versorgen. Und so kamen die Moslems schließlich auf die einzig mögliche Lösung ihres Problems: Jede große Waffenfirma der Welt liefert Waffen an jeden – ungeachtet der Rasse, des Glaubens und der politischen Einstellung –, wenn nur die Kasse stimmt. Warum sollten sie nicht ein solches Geschäft machen? Die Regierungen der ganzen Welt tun es schließlich andauernd – Amerika, England und Frankreich sind die schlimmsten Übeltäter. Alles, was sie brauchten, war also das nötige Bargeld. Die Lösung war einfach – der Feind sollte es ihnen liefern. Und ihre Wahl fiel auf den unglücklichen Uncle Sam. So konnten sie zwei Fliegen mit einer Klappe schlagen: Amerika berauben und verletzen, und die UdSSR und China in Mißkredit bringen, indem sie den Verdacht auf sie lenkten, hinter der Sache zu stecken. Ich glaube, daß man hinter der ganzen momentanen Terroraktion diese Leute suchen muß. Und das Erschreckende daran ist, daß der Koran jedem Moslem das Recht gibt, jeden Menschen umzubringen – außer einen Moslem. Und wenn Mord erlaubt ist – wo ist dann der Unterschied zwischen dem Mord an einem einzelnen und dem Mord an Millionen? Wenn in der Liebe und im Krieg alles erlaubt ist, was ist dann erst in einem heiligen Krieg erlaubt!«

»Eine interessante Hypothese«, sagte Mitchell. Sein Ton ließ erkennen, daß er ein höflicher Mensch war, der es als Anstandspflicht betrachtete zuzuhören, wenn jemand darüber theoretisierte, daß der Mond aus grünem Käse bestehe. »Sie haben doch sicherlich Beweise, die diese Theorie unterstützen?«

»Keine, die Sie gelten lassen würden. Doch ist sie erstens die einzig mögliche Erklärung für die Situation, in der wir uns augenblicklich befinden.«

»Aber Ihrer Theorie nach sind die Leute doch auf Bargeld aus. Warum haben Sie dann von der Regierung kein Geld gefordert?«

»Das weiß ich auch nicht. Ich habe da zwar so einen Anflug von einem Verdacht, aber ich weiß, daß Sie für Anflüge nicht viel übrig haben. Mein zweiter – für Sie natürlich nicht stichhaltiger – Beweis ist die Tatsache, daß die Sprachforscher sich darüber einig sind, daß Morro aus dem südostasiatischen Raum stammen muß – und dazu gehören auch die Philippinen. Drittens ist es sicher – und daran gibt es wirklich keinen Zweifel –, daß er auf verbrecherische Weise mit Carlton zusammenarbeitet, dem angeblich aus San Ruffino entführten stellvertretenden Sicherheitschef, und es besteht auch kein Zweifel daran, daß Carlton einige Male in Manila gewesen ist. Viertens: Es hat Morros ausgeprägten Sinn für Ironie gereizt, sich einen Namen zuzulegen, der mit seinem Vorhaben in Verbindung steht. Der erste Teil dieses Vorhabens bestand im Diebstahl von Kernbrennstoff, also ist es gut möglich, daß er seinen falschen Namen ganz bewußt in Anlehnung an das Kernkraftwerk an der Morro Bay auswählte. Fünftens gibt es noch eine Bucht dieses Namens – allerdings schreibt die sich nur mit einem R: die Moro Bay auf den Philippinen. Sechstens liegt diese Bucht auf Mindanao und ist der Ausgangspunkt der aufständischen Moslems. Siebtens war die Moro Bay im letzten Jahr Schauplatz der größten Naturkatastrophe in der Geschichte der Philippinen. Ein Erdbeben in der Mitte der Bucht – sie ist sichelförmig – verursachte eine gigantische Flutwelle, die über fünftausend Menschen das Leben kostete und siebzigtausend ihr Heim raubte. Uns ist für morgen auch eine Flutwelle versprochen worden, und ich bin ganz sicher, daß man uns für Samstag ein Erdbeben in Aussicht stellen wird. Ich denke, daß hier vielleicht Morros Achillesferse liegt – es muß ihn meiner Meinung nach höllisch reizen, wenn sein Name mit Atomwaffen, Flutwellen und Erdbeben gleichgesetzt wird.«

»Und das nennen Sie Beweise?« Mitchells Ton war spöttisch, aber er hätte noch spöttischer sein können.

»Es sind keine Beweise im eigentlichen Sinn, da gebe ich Ihnen recht. Es sind nur Hinweise, aber sie sind alle wichtig. Bei der Polizei kann man auch nicht anfangen zu arbeiten, wenn man nicht den kleinsten Hinweis bekommt, wo man beginnen soll. Man fängt in der Richtung an zu suchen, die der Jagdhund einschlägt. Nehmen wir ein anderes Beispiel: Ich suche einen natürlichen Magneten und nehme einen Kompaß zur Hand. Die Nadel schlägt aus und bleibt schließlich stehen. Das könnte bedeuten, daß man den Magneten gefunden hat. Ich nehme einen zweiten Kompaß, und er zeigt in die gleiche Richtung. Das könnte ein Zufall sein, wenn auch ein recht bemerkenswerter. Ich nehme also noch fünf Kompasse, und alle deuten in dieselbe Richtung. Und dann höre ich auf, über Zufälle nachzudenken. Ich habe jetzt sieben Kompaßnadeln, und alle deuten auf Mindanao.« Ryder schwieg einen Moment und fuhr dann fort: »Ich bin überzeugt. Aber ich verstehe natürlich, daß Sie einen richtigen Beweis brauchen, meine Herren.«

»Ich glaube, ich bin auch überzeugt«, sagte Barrow, »und wenn auch nur aus dem Grund, daß ich keine Kompaßnadel sehe, die in eine andere Richtung zeigt. Aber ein richtiger Beweis wäre natürlich schön. Was wäre Ihrer Meinung nach ein richtiger Beweis, Mr. Ryder?«

»Was mich betrifft, so würde mir schon die Antwort auf eine der merkwürdigerweise sieben Fragen reichen, die ich jetzt stelle.« Er zog ein Blatt Papier aus der Tasche und las vor: »Woher stammt Morro? Wo können wir einen Riesen von zwei Meter Größe finden, der einer von Morros wichtigsten Helfern sein muß? Welche Art von Bombe hat Professor Aachen entworfen? Ich glaube, Morro hat in bezug auf die Größe der Bombe gelogen, weil es gar nicht nötig war, sie überhaupt zu erwähnen.« Er sah Barrow und Mitchell vorwurfsvoll an. »Soviel ich weiß, gibt das AEC keine Auskunft zu diesem Thema. Wenn Sie beide es nicht schaffen, eine Antwort zu bekommen, wer sollte es dann können? Dann möchte ich noch wissen, ob es oben in den Bergen irgendwelche privaten Organisationen gibt, die eigene Hubschrauber benutzen. Und eigene Lastwagen. An diesen beiden Fragen arbeitet bereits Major Dunne. Und dann möchte ich noch gern wissen, ob Morro uns am Samstag ein Erdbeben ankündigt. Ich habe ja schon gesagt, daß ich davon überzeugt bin. Und dann möchte ich zu guter Letzt noch wissen, ob die Post feststellen kann, ob es eine Funkverbindung zwischen Bakersfield und einem Ort namens ›Adlerhorst‹ gibt.«

»›Adlerhorst‹?« Mitchell hatte etwas von seiner Unversöhnlichkeit verloren – es war ja auch nicht anzunehmen, daß er Direktor geworden war, weil die Cousine seiner Tante eine Tippse aus einem Schreibsaal beim CIA kannte. »Was ist das?«

»Ich kenne den Ort«, sagte Barrow. »Er liegt oben in der Sierra Nevada, nicht wahr?«

»Ja. Und ich denke, daß wir Morro dort suchen müssen. Hat jemand was dagegen, daß ich rauche?«

Niemand antwortete – es schien, als habe überhaupt niemand die Frage gehört. Sie waren alle zu sehr beschäftigt – beschäftigt, die Innenseite ihrer geschlossenen Lider zu studieren oder die Papiere, die vor ihnen lagen, oder einen Punkt in der Unendlichkeit. Ryder hatte seine Gauloise fast zu Ende geraucht, als Barrow das Schweigen schließlich brach.

»Der Gedanke verdient Beachtung, Mr. Ryder. Nach dem,

was Sie uns bisher erzählt haben, glaube ich nicht, daß einer der Herren ihn ganz von der Hand weisen wird.« Er vermied es, Mitchell anzusehen. »Sind Sie nicht auch meiner Meinung, Sassoon?«

Es war das erste Mal seit Beginn der Konferenz, daß Sassoon etwas sagte: »Ich habe genug gehört, um mich nicht lächerlich zu machen. Sie werden schon Gründe für Ihre Annahme haben, Mr. Ryder.« Er lächelte.

»Die Gründe, die ich habe, sind Ihnen allen bekannt. In der ziemlich geheimnisvollen Nachricht, die meine Frau für mich verstecken konnte, bevor sie entführt wurde, teilte sie mir mit, Morro habe gesagt, er bringe sie alle zu einem Ort mit Reizklima, wo sie keine nassen Füße bekämen – also in die Berge. Der ›Adlerhorst‹ ist ganz offiziell von einer Gruppe Moslems übernommen worden – typisch für Morros Unverschämtheit und übersteigertes Selbstvertrauen. Die Sekte, der er vorsteht, nennt sich ›Temple of Allah‹ oder so ähnlich. Sie genießt den Schutz der Polizei, die ganz offiziell den Auftrag hat, ungebetene Besucher fernzuhalten – auch das entspricht Morros Sinn für Ironie. Der Bau ist von außen völlig unangreifbar. Er liegt in der Nähe von Bakersfield, von wo LeWinter angerufen wurde. Ich glaube sicher, daß die da oben einen Hubschrauber haben – wir werden es ja bald genau wissen. Sie können sagen, das alles sei eine Spekulation und zu naheliegend – doch der clevere Detektiv übersieht das Nächstliegende leicht. Was mich betrifft, so bin ich eher einfältig – ich springe auf das Nächstliegende an, und das würde Morro ganz bestimmt nicht erwarten.«

»Sie kennen Morro nicht persönlich?« fragte Barrow.

»Nein, leider nicht.«

»Aber Sie scheinen sich ganz gut in ihn hineinversetzen zu können – ich hoffe nur, daß Sie nicht die falschen Gehirnwindungen erwischt haben.«

»Er ist ganz gut darin, sich in andere Menschen zu versetzen«, sagte Parker milde. »Ich will ja nicht aufschneiden, aber Ryder hat mehr Strolche hinter Gitter gebracht, als irgendein Geheimdienstmann in diesem Staat.«

»Wir wollen hoffen, daß das Glück ihn nicht verläßt. Ist das alles, Mr. Ryder?«

»Ja. Zwei Gedanken gehen mir noch durch den Kopf: Wenn alles vorüber ist, könnten Sie vielleicht meiner Frau eine Belobigung ausschreiben? Ohne ihre Beschreibung von Morro stünden wir immer noch am Anfang. Der zweite Gedanke ist eigentlich nur amüsant und nicht relevant – außer vielleicht insofern, als auch diese Tatsache Morros verquerem Sinn für Humor entspräche: Wissen Sie, warum von Streicher seinen ›Adlerhorst‹ gerade an der Stelle bauen ließ, wor er jetzt noch steht?«

Niemand wußte es.

»Ich wette, Morro wußte es: von Streicher hatte eine krankhafte Angst vor Flutwellen!«

Niemand sagte etwas darauf, denn im Augenblick hatte niemand etwas zu sagen. Nach einiger Zeit setzte Barrow sich gerade hin und drückte zweimal auf eine Klingel. Gleich darauf öffnete sich die Tür, zwei Mädchen erschienen, und Barrow sagte: »Wir haben Durst.« Die Mädchen gingen zu einer Wand und schoben ein Stück der Holztäfelung zur Seite.

Ein paar Minuten später stellte Barrow sein Glas ab. »Ich war gar nicht wirklich durstig«, gestand er. »Ich wollte nur Zeit zum Nachdenken haben. Aber weder der Scotch noch die Zeit haben mich weitergebracht.«

»Stürmen wir den ›Adlerhorst‹?« Mitchells Ton war überhaupt nicht mehr aggressiv – er stellte nur zweifelnd eine Möglichkeit zur Diskussion.

»Nein.« Ryder schüttelte entschieden den Kopf. »Ich glaube, ich habe recht – ich kann mich aber auch irren. In beiden Fällen würde ich mich nicht scheuen, mich außerhalb der Legalität zu bewegen, und ich glaube, Ihnen allen ginge es ebenso. Aber es geht nicht – die Burg ist uneinnehmbar. Und wenn Morro wirklich dort ist, dann ist sie bewacht wie Fort Knox. Wenn wir angreifen und auf bewaffneten Widerstand treffen würden, dann wüßten wir mit Sicherheit, daß er dort ist, aber was dann? Man kann nicht mit Panzern und Artillerie die Berge hoch. Und wie steht es mit Raketen, ferngelenkten Geschossen oder anderen Bomben? Die fallen ja wohl flach – immerhin hat der Kerl zehn Wasserstoffbomben von insgesamt fünfunddreißig Megatonnen Sprengstoff bei sich.«

»Das wäre ein ganz schöner Knall«, sagte Mitchell. Er machte jetzt einen fast menschlichen Eindruck. »Und was für ein Knall! Wie viele Tote würde es geben? Zehntausende? Hunderttausende? Millionen? Wenn man die radioaktive Strahlenverseuchung über den westlichen Staaten mit einrechnet, dann ganz sicher Millionen.«

»Ganz zu schweigen von dem Loch in der Ozonschicht«, sagte Ryder.

›Was?«

»Nichts.«

»Die ganze Debatte ist sowieso akademisch«, sagte Barrow. »Nur der Oberbefehlshaber könnte einen solchen Angriff genehmigen – und kein Präsident würde es sich antun, in die Geschichte als der Mann einzugehen, der direkt verantwortlich für den Tod von Millionen seiner Mitbürger war.«

»Ganz abgesehen davon«, entgegnete Ryder, »fürchte ich, daß wir alle den springenden Punkt übersehen – und der besteht darin, daß die Bomben per Funk gezündet werden und daß Morro die ganze Zeit über da oben mit dem Finger auf dem Knopf sitzen kann. Wenn die Bomben in Position sind – und das können sie inzwischen durchaus sein –, dann muß er nur noch drücken. Und das würde er auch tun – selbst wenn ihm das sein eigenes Leben kostete. Es wäre doch eine großartige Möglichkeit, den Amerikanern die Milliarden Dollar und die militärische Unterstützung heimzuzahlen, die sie Marcos Regierung gewährt haben, um die Moslems zu vernichten. Das Leben der Amerikaner bedeutet diesen Leuten nichts – und, da es ein heiliger Krieg ist, auch ihr eigenes nicht. Sie können gar nicht verlieren – die Tore des Paradieses stehen weit offen für sie.«

Ein langes Schweigen folgte, dann sagte Sassoon: »Ich finde es recht kühl hier – jedenfalls habe ich eine Gänsehaut. Trinkt irgend jemand einen Scotch oder Bourbon mit mir oder sonstwas?«

Es schien, als hätten alle den Temperatursturz empfunden. Wieder gab es eine lange Pause, die diesmal schließlich von Mitchell beendet wurde: »Wie kommen wir an diese verdammten Bomben ran?« fragte er beinahe weinerlich.

»Überhaupt nicht«, sagte Ryder. »Ich habe mehr Zeit gehabt, darüber nachzudenken als Sie. Die Bomben werden bestimmt rund um die Uhr bewacht. Wenn sich einer von ihnen jemand nähert, gehen sie hoch. Und der Gedanke, direkt daneben zu stehen, wenn dreieinhalb Megatonnen hochgehen, reizt mich nicht sonderlich.«

Er zündete sich noch eine Zigarette an. »Nein, eigentlich ist diese Überlegung falsch, denn bevor ich Zeit zum Nachdenken hätte, wäre ich sowieso bereits pulverisiert. Vergessen Sie die Bomben. Wir müssen an den Knopf herankommen, bevor Morro ihn drückt.«

»Denken Sie an Infiltration?« fragte Barrow.

»Woran sonst?«

»Und wie soll die stattfinden?«

»Indem man sein übersteigertes Selbstvertrauen gegen ihn einsetzt.«

»Und wie?«

»Wie?« Zum ersten Mal zeigte Ryder einen Anflug von Gereiztheit. »Sie vergessen, daß ich nur ein inoffizieller Störenfried bin.«

»Soweit es mich angeht – und in unseren geliebten Vereinigten Staaten bin ich der einzige, den es wirklich angeht – sind Sie jetzt ein voll akkreditiertes Mitglied des FBI.«

»Na, dann danke ich Ihnen sehr.«

»Wie wollen Sie es also machen?«

»Ich wünschte, ich wüßte es.«

Tiefes Schweigen folgte. Schließlich wandte Barrow sich an Mitchell: »Nun, was sollen wir tun?«

»Das ist wieder mal typisch für das FBI«, sagte Mitchell mit finsterer Miene. »Immer soll uns was einfallen. Ich wollte Ihnen gerade dieselbe Frage stellen.«

»Nun, ich weiß jedenfalls, was ich tun werde«, sagte Ryder, schob seinen Stuhl zurück und stand auf. »Major Dunne, Sie werden sich sicher erinnern, daß Sie mir versprochen haben, mich mit nach Pasadena zu nehmen.«

Es klopfte, und gleich darauf kam ein Mädchen mit einem Kuvert in der Hand herein. »Major Dunne?« fragte sie. Dunne streckte die Hand aus, nahm ihr den Umschlag ab, zog ein Blatt Papier heraus und las, was darauf stand. Dann sah er zu Ryder hinauf, der immer noch an seinem Platz stand.

»Cotabato«, sagte er.

Ryder zog sich seinen Stuhl wieder heran und setzte sich. Dunne stand auf, ging zum Kopf des Tisches und gab Barrow den Brief, der ihn las, an Mitchell weitergab, wartete, bis dieser fertig gelesen hatte, ihn dann wieder zurücknahm und laut vorlas.

»Er kommt aus Manila. Ist vom dortigen Polizeichef und von einem General Huelva gegengezeichnet, den ich kenne. Der Polizeichef schreibt folgendes: ›Die Beschreibung des Mannes, der sich Morro nennt, paßt genau auf einen von uns seit langem gesuchten Verbrecher, der uns nur zu bekannt ist. Ich bestätige, daß er schwer beschädigte Hände und nur ein Auge hat. Die Verletzungen rühren von einem mißglückten Versuch her, das Feriendomizil des Präsidenten in die Luft zu sprengen. Es waren drei Männer daran beteiligt. Einer von ihnen – ein Mann von enormer Größe, der als Dubois bekannt ist – kam ungeschoren davon. Der Dritte im Bunde, ein kleiner Mann, büßte seine linke Hand ein. Sie schossen sich den Weg frei und konnten entkommen.‹« Er machte eine Pause und sah Ryder an.

»Wie klein die Welt ist! Da haben wir doch schon wieder unseren Riesen. Der kleine Kerl ist wahrscheinlich der Bursche mit der Handprothese, der in San Diego auf meine Tochter geschossen hat.«

»Sehr wahrscheinlich. ›Morros richtiger Name lautet Amarak‹«, setzte Barrow die Lektüre fort. »›Nachforschungen haben unsere Vermutung bestätigt, daß er sich in Ihrem Land aufhält. Sozusagen im Exil. Auf seinen Kopf steht eine Million Dollar. Er stammt aus Cotabato, dem Ausgangspunkt der aufständischen Moslems auf Mindanao. Amarak ist der Anführer der MNLF – der ›Moro National Liberation Front.‹«

Elftes Kapitel

»Manchmal verzweifelt man an der Menschheit«, sagte Professor Alec Benson traurig. »Hier sind wir, zwanzig Meilen vom Ozean entfernt, und alle fahren nach Osten – wenn man bei einer Fahrtgeschwindigkeit von einer Meile pro Stunde überhaupt von Fahren sprechen kann. Sie wären hier genauso sicher vor einer Flutwelle wie in Colorado, aber ich glaube, sie werden nicht haltmachen, bis sie ganz oben auf den San-Gabriel-Bergen angelangt sind.« Er kehrte dem Fenster den Rücken zu, nahm einen Zeigestab zur Hand und drückte auf einen Knopf, worauf die Beleuchtung einer großen Wandkarte des Staates Kalifornien aufflammte.

»Nun, meine Herren, kommen wir zu unserem ›Earthquake Slip Prevention Programme‹ – in Zukunft kurz ESPP genannt. Ich werde Ihnen sagen, welche Stellen wir für Bohrungen ausgesucht haben, und warum unsere Wahl ausgerechnet auf sie fiel. Wie ich schon beim letztenmal erklärte, ist das Ziel dieses Programms, Schmierflüssigkeit entlang gewisser Bruchlinien zu injizieren, um damit den Reibungswiderstand zwischen den tektonischen Platten zu verringern und so zu erreichen, daß sie ohne größere Auswirkungen aneinander vorbeigleiten. Mit anderen Worten: eine Serie kleinster Erdbeben in kurzen Abständen anstatt großer Erdbeben in großen Abständen. Wenn man es zuläßt, daß der Reibungskoeffizient so groß wird, daß die Spannung unerträglich wird, dann macht eine der Platten sozusagen einen Sprung von einer Höhe bis zu sechs Metern und steht plötzlich um so viel höher als die andere – und dann haben wir ein großes Beben. Unsere einzige Absicht – vielleicht sollte ich besser sagen Hoffnung – besteht darin, diesen Reibungskoeffizienten schrittweise zu verringern.« Er tippte mit dem Zeigestock auf die Karte. »Ich werde unten anfangen – im Süden.

Hier befindet sich das erste Loch, das wir gebohrt haben – der erste der sogenannten Auslöserpunkte. Er liegt im Imperial Valley – zwischen Imperial und El Centro. 1915 gab es hier ein Erdbeben, das auf der Richterskala mit sechs Komma drei erschien. Das nächste erfolgte 1940 und war mit sieben Komma sechs ganz beachtlich. Und dann gab es 1966 noch eins, aber das war ganz schwach. Dies ist der einzige bekannte Abschnitt des San-Andreas-Grabens in der Nähe der amerikanisch-mexikanischen Grenze.« Er bewegte den Zeigestock weiter.

»Dieses Bohrloch liegt in der Nähe von Hemet. 1899 gab es dort ein schweres Erdbeben – im Gebiet des Cajon-Passes – wovon allerdings keine seismologischen Aufzeichnungen existieren, und 1918 ein Beben von sechs Komma acht im gleichen Verwerfungsgebiet – diesmal im San-Jacinto-Graben.

Das dritte Bohrloch liegt unserem jetzigen Standort am nächsten – im Gebiet von San Bernardino. Das letzte Erdbeben fand dort vor siebzig Jahren statt und erschien nur mit sechs auf der Richterskala. Wir haben den Verdacht, daß dort bald was Größeres fällig ist – aber das kann auch daran liegen, daß wir so nah an dem verdammten Ding leben.«

»Welche Auswirkungen hätten solche Erdbeben?« fragte Barrow. »Große, meine ich.«

»An jeder der drei genannten Stellen wären sie ziemlich unangenehm für San Diego, und an der zweiten und dritten Stelle brächten sie eine direkte Bedrohung für Los Angeles mit sich.« Er bewegte den Zeigestock wieder ein Stück weiter. »Das nächste Bohrloch liegt in einem Graben, der ein ›Schläfer‹ war – bis 1971: da erwischte es das San-Fernando-Tal mit einer Stärke von sechs Komma sechs! Wir hoffen, daß wir dadurch, daß wir hier den Druck verringern, die Anspannung im Newport-Inglewood-Graben etwas reduzieren können, der, wie Sie wissen, genau unter Los Angeles hindurchläuft und 1933 sein eigenes Erdbeben von sechs Komma drei produzierte. Ich sagte, wir hoffen, weil wir nicht sicher sind – wir wissen nicht, wie die beiden Gräben miteinander in Verbindung stehen. Wir wissen noch nicht einmal, ob sie überhaupt verbunden sind. Es gibt eine Menge Dinge, die wir nicht wissen, bei denen wir nur raten können – hoffentlich richtig raten, aber wahrscheinlich ist das nicht. Sicher ist auf jeden Fall, daß ein großes Erdbeben Los Angeles übel mitspielen könnte. Schließlich liegt die Gemeinde Sylmar – das am schwersten betroffene Gebiet im Falle eines Bebens – innerhalb der Stadtgrenzen von Los Angeles.«

Die Spitze des Zeigestocks glitt weiter.

»Das ist der Tejon-Paß – der macht uns ganz schöne Sorgen. Er ist seit langem überfällig – das letzte Beben liegt hundertzwanzig Jahre zurück und war das stärkste in der Geschichte Südkaliforniens. Nun ja, es war nicht so schlimm wie das, das 1873 Owens Valley erschütterte – das war das stärkste in der Geschichte Kaliforniens –, aber wir sind ja so provinziell und betrachten Owens Valley nicht als Teil Südkaliforniens. Eine größere Verwerfung hier würde den Bewohnern von Los Angeles ganz schön einheizen – wenn ich vorher wüßte, wann es passiert, würde ich für meinen Teil die Stadt verlassen. Der Tejon-Paß liegt über dem San-Andreas-Graben, und ganz in der Nähe dieser Stelle – im Frazier-Park bei Fort Tejon – kreuzen sich der San-Andreas-Graben und der Garlock-Bruch. Soweit wir wissen, hat es im Garlock-Bruch bisher kein größeres Erdbeben gegeben – ob der kürzliche schwache Erdstoß von unserem Freund Morro hervorgerufen wurde oder nicht, können wir nicht feststellen – und es wird auch keines erwartet. Aber auch das Erdbeben in San Fernando im Jahre 1971 hat niemand erwartet.« Der Stab glitt wieder ein Stück weiter.

»Hier liegt das sechste Bohrloch – auf dem White-Wolf-Bruch.«

Das Telephon klingelte. Einer von Bensons Assistenten nahm den Hörer ab und sah die anwesenden Herren fragend an: »Welcher von Ihnen ist Major Dunne?«

Dunne nahm den Hörer, hörte kurz zu, was der Anrufer ihm zu sagen hatte, bedankte sich und legte auf. »Der ›Adlerhorst‹ verfügt über eine recht eindrucksvolle Transportflotte«, sagte er. »Sie haben zwei Hubschrauber, zwei unbeschriftete Lastwagen und einen Jeep.« Er lächelte Ryder an. »Zwei Fragen auf der Liste können Sie schon abhaken, Sergeant.« Ryder nickte. Wenn er Befriedigung empfand, so äußerte er sie jedenfalls nicht – wahrscheinlich hatte er so fest mit der Bestätigung seiner Vermutung gerechnet, daß sie jetzt keines Kommentars bedurfte.

»Von welcher Liste mit was für Fragen sprechen Sie?« fragte Benson.

»Von einer Checkliste für Routineüberprüfungen, Professor.«

»Aha – damit wollen Sie mir wohl zu verstehen geben, daß es mich nichts angeht, habe ich recht? Also, wo war ich? Ach ja, beim White-Wolf-Bruch. 1952 ein Beben von sieben Komma sieben – das stärkste in Südkalifornien seit 1857. Das Epizentrum lag irgendwo zwischen Arvon und Tehachapi.« Er machte eine Pause und sah Ryder an: »Sie runzeln die Stirn, Sergeant? Und zwar ganz beträchtlich, wenn ich das sagen darf.«

»Es ist nichts, Professor – nur ein paar Gedanken, die mir durch den Kopf gehen. Machen Sie bitte weiter.«

»Nun gut. Das hier ist sehr heimtückisches Areal, über das wir lediglich Vermutungen anstellen können. Alles, was im White-Wolf-Bruch passiert, könnte sich sowohl auf den Garlock-Bruch als auch auf den San-Andreas-Graben bei Tejon auswirken – wir wissen es nicht. Es könnte eine Verbindung mit dem Santa-Ynez-, Mesa- und Channel-Island-Graben geben. Es ist ein äußerst rühriges Erdbebengebiet – die ersten Berichte stammen vom Beginn des neunzehnten Jahrhunderts. Das bisher letzte Beben fand 1927 in Lompoc statt. Jede größere Erschütterung im Santa-Ynez-Gebiet würde ganz sicher eine größere Erschütterung in Los Angeles zur Folge haben.« Er schüttelte den Kopf. »Armes Los Angeles«, sagte er ohne zu lächeln. »Es ist von Erdbebenzentren umgeben – abgesehen vom eigenen in Long Beach. Als ich Sie das letztemal sah, sprach ich über das große Beben. Wenn es San Jacinto, San Bernardino, San Fernando, den White Wolf, den Tejon-Paß, Santa Ynez – oder natürlich Long Beach selbst – erwischte, wäre die westliche Hemisphäre um eine Großstadt ärmer. Wenn unsere Zivilisation einst verschwindet und eine neue wächst, dann werden die Menschen dieser neuen Epoche von Los Angeles reden wie wir von Atlantis.«

»Sie sind ja ausgesprochen guter Dinge heute, Professor«, sagte Barrow.

»Ach, wissen Sie, die Dinge, die um mich herum geschehen, und die vielen Fragen, die mir gestellt werden, beeinträchtigen mein an sich optimistisches Wesen doch ein wenig. Verzeihen Sie mir. Als nächstes bohren wir hier im Mittelteil des San-Andreas-Grabens ein interessantes Loch, und zwar zwischen Cholame und Parkfield. Es ist ein sehr aktives Gebiet – es wackelt da eigentlich ziemlich ununterbrochen, aber beängstigenderweise hat es, soviel wir wissen, nie ein großes Beben gegeben. Ein Stück weiter westlich gab es in den achtziger Jahren mal ein großes bei San Luis Obispo, das seinen Ursprung sowohl im San-Andreas- als auch im Nacimiento-Graben gehabt haben kann, der westlich des San-Andreas-Grabens parallel zur Küste verläuft.« Er lächelte unfroh. »Ein wirklich großes Beben in einem der beiden Brüche würde fast sicher zur Folge haben, daß das Kernkraftwerk an der Morro Bay im Meer versänke. Höher im Norden haben wir etwas weiter westlich zwischen Hollister und San Juan Bautista ein tiefes Loch gebohrt, hauptsächlich, weil das ein weiteres ›schlafendes‹ Areal ist – auch dort hat es nur vergleichsweise schwache Beben gegeben – aber auch weil gleich hinter Hollister – im Süden – der Hayward-Graben nach rechts abbiegt und schnurstracks zum östlichen Teil der San-Francisco-Bay verläuft, wobei er ganz nah an Hayward, Oakland, Berkeley und Richmond vorbeikommt – oder direkt darunter durchgeht und sich dann unter der San-Pablo-Bay hinzieht. In Berkeley verläuft er tatsächlich genau unter dem Football-Stadion der Universität, was nicht gerade ein angenehmer Gedanke für die Menschenmassen sein muß, die sich dort regelmäßig einfinden. Es hat entlang dieses Grabens zwei sehr schwere Erdbeben gegeben – 1836 und 1866 – und bis 1906 hatten die San Franciscoer davon immer als von dem ›Großen Beben‹ gesprochen. Dort haben wir unser neuntes Loch gebohrt: am Lake Temescal.

Das zehnte liegt im Walnut Creek im Calaveras-Graben, der parallel zum Hayward-Graben verläuft. Unser Mißtrauen gegenüber diesem Graben ist so groß wie unser Wissen über ihn klein ist.«

Barrow sagte: »Das sind zehn, und das sind, soviel ich weiß, alle. Vor ein paar Minuten bedauerten Sie das arme Los Angeles. Wie steht es denn mit dem armen San Francisco?«

»Es sieht so aus, als würde es den Wölfen zum Fraß vorgeworfen. Geologisch und seismologisch gesehen ist es eine Stadt, die auf ihren Tod wartet. Wir haben eine panische Angst davor, dort oben irgendwelche Versuche zu machen, die vielleicht verheerende Folgen haben könnten. Im Gebiet von Los Angeles hat es unseres Wissens nach bisher sieben wirklich große Erdbeben gegeben – in dem Gebiet der Bay sechzehn, und wir haben nicht die leiseste Ahnung, wo das nächste, das größte aller Beben, herkommen wird. Es gab den Vorschlag – offen gestanden kam er von mir –, ein Bohrloch in der Nähe des Searsville Lake anzulegen. Das ist ganz nahe der Stanford Universität, der das Beben von 1906 ganz schön zu schaffen gemacht hat, und außerdem zweigt dort in der Nähe der Pilarcitos-Graben vom San-Andreas-Graben ab. Der Pilarcitos, der etwa sechs Meilen südlich vom San Andreas in den Pazifik läuft, stellt, nach allem was wir wissen, vielleicht den wahren Lauf des San-Andreas-Flusses dar

– auf jeden Fall tat er das vor einigen Millionen Jahren. Wie dem auch sei – das Beben von 1906 lief durch viele Meilen unbewohnter Hügellandschaft. Seit damals haben skrupellose Immobilienleute regelrechte Städte entlang beider Gräben errichtet, und die Konsequenzen eines zweiten Acht-Komma-irgendwas-Bebens mag man sich gar nicht ausmalen. Ich schlug einen Eingriff in dem Gebiet vor, aber gewisse Leute im nahegelegenen Menlo-Park waren berechtigterweise von dem bloßen Gedanken schon entsetzt.«

»Berechtigterweise?« fragte Barrow.

»Allerdings.« Benson seufzte. »Im Jahre 1966 wurde das ›US Geological National Center for Earthquake Research‹ dort eingerichtet – und die sind sehr empfindlich, wenn es um Erdbeben geht.«

»Was für einen Durchmesser haben die Bohrer, die Sie für die Löcher einsetzen?« fragte Ryder.

Benson sah ihn lange an und seufzte wieder. »Das mußte ja die nächste Frage sein. Deswegen sind Sie ja alle hier, nicht wahr?«

»Nun, und?«

»Man kann jede vernünftige Größe nehmen. In der Antarktis verwenden sie Bohrer mit einem Durchmesser von dreißig Zentimetern, um das Ross Ice Shelf zu durchbohren, aber hier kommen wir mit bedeutend dünneren Bohrern aus – sie haben zwölf Komma fünf, vielleicht auch fünfzehn Zentimeter Durchmesser. Ich weiß es nicht – aber das läßt sich ja leicht feststellen. Sie glauben also, daß die ESPP-Bohrungen sich als Bumerang erweisen werden? Es gibt eine Grenze dessen, was man durch die Drohung mit Flutwellen erreichen kann, nicht wahr? Aber dies ist ein Erdbebenland – warum sollte man sich also nicht der lauernden Naturgewalten bedienen und riesige Erdbeben auslösen, und wo könnte man das besser tun als in den Gebieten, in denen wir unsere ESPP-Löcher angelegt haben?«

»Ist das wahrscheinlich?« fragte Barrow.

»Durchaus.«

»Und wenn...« Er brach ab. »Zehn Bomben – zehn Löcher. Das paßt wirklich zu genau zusammen. Was würde sein, wenn unsere Überlegung richtig wäre?«

»Denken wir lieber an etwas anderes, einverstanden?«

»Was wäre wenn?«

»Es gibt zu viele unbekannte Faktoren…«

»Dann raten Sie wenigstens, Professor.«

»Good bye, Kalifornien – das wäre meine Vermutung. Zumindest der größte Teil des Staates wäre verloren – und mit ihm mehr als die Hälfte der Bevölkerung. Vielleicht wird alles im Pazifik ersaufen. Vielleicht wird aber auch alles nur von einer Serie von Riesenbeben zerschmettert – wenn man Wasserstoffbomben in die Bohrlöcher wirft, dann können nur Riesenbeben die Folge sein. Und die Strahlenverseuchung würde die wenigen umbringen, die das Meer und die Beben nicht erwischt haben. Plötzlich erscheint mir ein sofortiger Aufbruch nach Osten als äußerst attraktiver Gedanke.«

»Bedenken Sie dabei aber, daß Sie zu Fuß gehen müßten«, sagte Sassoon trocken. »Die Straßen sind total verstopft, und der Flugplatz befindet sich im Belagerungszustand. Die Fluggesellschaften setzen jedes Flugzeug ein, dessen sie habhaft werden können, aber das nützt kaum etwas – sie finden keinen Landeplatz. Und wenn eines von ihnen landet, dann gibt es auf jeden Platz hundert Anwärter.«

Morgen wird es besser aussehen – es liegt nicht in der Natur des Menschen, in permanentem Panikzustand zu verharren.«

»Und es liegt nicht in der Natur eines Flugzeuges, aus sechs Meter tiefem Wasser zu starten – und das würde es morgen vielleicht müssen.« Wieder klingelte das Telephon. Diesmal nahm Sassoon das Gespräch entgegen. Kurz darauf legte er wieder auf.

»Zwei Neuigkeiten: Der ›Adlerhorst‹ hat ein Funktelephon. Es ist alles ganz legal. Die Post kennt weder Namen noch Adresse der Person, die die Gespräche entgegennimmt. Und zweitens gibt es im ›Adlerhorst‹ wirklich einen außergewöhnlich großen Mann.« Er sah Ryder an. »Es sieht ganz so aus, als hätten Sie die Leute richtig eingeschätzt: Dubois ist derart selbstsicher, daß er es nicht einmal für nötig gehalten hat, seinen Namen zu ändern.«

»Na also«, sagte Ryder. Wenn er überrascht oder befriedigt war, so merkte man ihm jedenfalls nichts an. »Morro hat sechsundzwanzig Bohrspezialisten und Techniker entführen lassen – alles Ölleute. Sechs von ihnen arbeiten unter Zwang im ›Adler-

Lorst«. Und die übrigen braucht er, damit sie die Bomben in die Löcher hinunterlassen. Ich glaube, wir sollten das AEC gar nicht mehr behelligen; was für eine Bombe Professor Aachen auch entworfen hat – ihr Durchmesser kann nicht größer als zwölf Zentimeter sein.« Er wandte sich an Benson: »Arbeiten die Mannschaften an den Bohrtürmen auch am Wochenende?«

»Das weiß ich nicht.«

»Ich wette, Morro weiß es genau.«

Benson wandte sich an einen seiner Assistenten: »Sie haben es gehört – stellen Sie es bitte fest.«

»Nun«, sagte Barrow, »wir wissen jetzt mit Sicherheit, daß Morro in bezug auf die Größe der Bombe gelogen hat. Man kann keinen Sprengsatz von fünfzig Zentimetern Durchmesser in ein Bohrloch stopfen, das nur zwölfeinhalb bis fünfzehn Zentimeter Durchmesser hat. Ich glaube, ich muß Ihnen zustimmen, daß dieser Mann an einem gefährlichen Maß an Selbstüberschätzung leidet.«

»Er hat viele Gründe, selbstbewußt zu sein«, sagte Mitchell düster. »Gut, wir wissen, daß er da oben in dem verrückten Schloß haust, und wir wissen auch – so sicher es eben geht –, daß er die Sprengsätze bei sich hat. Aber unser Wissen hilft uns keinen Schritt weiter. Wie kommen wir an ihn oder die Bomben heran?«

Ein Assistent trat zu Benson und sagte: »Die Bohrmannschaft arbeitet am Wochenende nicht, Sir. Nachts ist ein Wachtposten da. Der Herr sagte, es sei kaum anzunehmen, daß jemand einen Bohrer auf einem Schubkarren abtransportieren würde.«

Das darauffolgende Schweigen sprach Bände. Mitchell, dessen Selbstbewußtsein sich in Nichts aufgelöst hatte, sagte fast weinerlich: »Was zum Teufel machen wir denn jetzt?«

Das auf diese Frage folgende Schweigen wurde von Barrow gebrochen: »Ich glaube nicht, daß wir etwas tun können – mit ›wir‹ meine ich uns hier in diesem Zimmer. Abgesehen von der Tatsache, daß unsere Funktion in erster Linie darin besteht, Nachforschungen anzustellen, haben wir auch gar keine Ermächtigung, Entscheidungen auf nationaler Ebene zu fällen.«

»Auf internationaler Ebene, meinen Sie wohl«, korrigierte Mitchell ihn. »Wenn sie dieses Spiel mit uns spielen können, dann können sie es genausogut mit London, Paris oder Rom.« Und dann kam ihm ein Gedanke, der bewirkte, daß sich seine düstere Miene etwas aufhellte: »Sie könnten es sogar mit Moskau spielen! Aber ich stimme Ihnen zu – diese Angelegenheit ist Sache des Weißen Hauses, des Kongresses und des Pentagon. Ich bin überzeugt, daß man diese Androhung roher Gewalt nur mit Gewalt beantworten kann. Ich bin weiterhin überzeugt, daß wir das kleinere von zwei Übeln wählen sollten – ich finde, wir sollten den ›Adlerhorst‹ stürmen. In diesem Fall wären die Folgen zwar auch katastrophal, aber doch wenigstens örtlich begrenzt und würden nicht den halben Staat vernichten.«

Er schwieg eine Weile und schlug dann mit der Faust auf den Tisch.

»Mein Gott, ich glaube, ich hab's! Wir denken nicht nach! Was wir jetzt brauchen, ist ein Kernphysiker, ein Experte für Wasserstoffbomben und Fernlenkgeschosse! Wir sind Laien. Was wissen wir über den Auslösemechanismus dieser Bomben? Alles, was wir wissen, ist, daß sie vielleicht immun gegen – wie heißt das doch gleich –, gegen synchrone Detonation sind. Wenn das der Fall wäre, könnten wir ein oder zwei Kampfbomber mit ferngelenkten Atomraketen losschicken und – puff! – unmittelbar darauf gäbe es im ganzen ›Adlerhorst‹ kein lebendiges Wesen mehr.«

Archimedes in seinem Bad oder Newton mit seinem Apfel hatten sicherlich nicht mehr Entdeckerbegeisterung gezeigt als er.

»Nun, ich danke Ihnen vielmals«, sagte Ryder trocken.

»Wie meinen Sie das?«

Dunne antwortete an Ryders Stelle: »Mr. Ryders Mangel an Begeisterung ist durchaus verständlich, Sir – oder haben Sie vergessen, daß seine Frau und seine Tochter als Geiseln dort oben festgehalten werden – ganz abgesehen von den acht anderen, unter denen sich fünf der besten Kernphysiker des Landes befinden?«

»Oh!« Mitchell sank in sich zusammen, als hätte jemand die Luft aus ihm herausgelassen. »Ich fürchte, das habe ich tatsächlich vergessen. Nichtsdestoweniger…«

»Nichtsdestoweniger würde die Verwirklichung Ihres Vor-

schlages fast sicher genau das Gegenteil zur Folge haben – die
größte Zerstörung und die Vernichtung der größten Anzahl von
Menschen.«

»Erklären Sie das.« Mitchell war noch nicht bereit, seine
Theorie aufzugeben.

»Aber gern. Sie wollen Atomraketen verwenden. Das südliche
Ende des San Joaquin Valley ist dicht besiedelt – liegt es in Ihrer
Absicht, diese Menschen alle umzubringen?«

»Natürlich nicht – wir evakuieren sie.«

»Der Himmel verleihe mir Kraft und Geduld«, betete Ryder.
»Ist Ihnen noch nicht der Gedanke gekommen, daß man vom
›Adlerhorst‹ aus eine herrliche Sicht auf das Tal hat und daß
Morro bestimmt nicht nur einen Spion da unten sitzen hat, der
ihm alles Ungewöhnliche berichtet, was vorgeht. Was wird er
Ihrer Meinung nach denken, wenn er die Bewohner des Tales in
Massen auswandern sieht? Er wird sich sagen! ›Ich bin überrum-
pelt‹ – und das wäre ja wohl das letzte, was wir ihn wissen lassen
wollten –, ›ich muß den Leutchen eine Lektion erteilen, denn sie
haben eindeutig vor, einen Atomangriff auf mich zu starten‹.
Also schickt er einen seiner Hubschrauber in die Gegend von
Los Angeles und einen in die Gegend der Bay. Sechs Millionen
Tote wären die Folge – grob geschätzt. Ist das Ihre Auffassung
von militärischer Taktik, von der größtmöglichen Beschränkung
der Todesopfer?«

Mitchell saß völlig vernichtet da und schwieg.

Ryder fuhr fort: »Ich möchte Ihnen jetzt meine ganz persönliche Meinung mitteilen, meine Herren: Ich glaube nicht, daß es
wirklich Tote durch eine Kernexplosion geben wird – wenn wir
nicht so dumm sind, sie selbst zu provozieren.« Er wandte sich
an Barrow: »Ich habe Ihnen vorhin in Ihrem Büro gesagt, daß
ich glaube, daß Morro morgen früh um zehn den Sprengsatz
zünden wird, den er in der Bucht versenkt hat. Ich tue es immer
noch. Ich sagte auch, ich glaube, daß er die anderen zehn Sprengsätze Samstagnacht zünden würde – oder doch wenigstens dazu
bereit sei. Diese Äußerung muß ich ein wenig korrigieren. Ich
glaube immer noch, daß er, wenn er genügend provoziert wird,
bereit ist, die Bomben zu zünden, aber ich glaube nicht mehr,
daß er es Samstagnacht tut. Ich würde sogar dagegen wetten.«

»Seltsam«, sagte Barrow nachdenklich. »Ich könnte mich Ihrer Vermutung fast anschließen. Aufgrund der Entführung von Kernphysikern, dem Diebstahl von hochbrisantem Kernbrennstoff, aufgrund unseres Wissens, daß er diese verdammten Bomben da oben bei sich hat, und seiner ständigen Drohungen, sie zu zünden, aufgrund der Galavorstellung in der Yucca Flat und unserer Überzeugung, daß er die Bombe in der Bucht morgen früh hochgehen läßt, haben wir wie hypnotisiert nur auf die unvermeidliche Fortsetzung atomarer Explosionen gewartet. Gott weiß, daß wir allen Grund haben, zu glauben, was dieses Ungeheuer sagt, und doch...«

»Es ist die reinste Gehirnwäsche. Ein Propaganda-Genie kann erreichen, daß man alles glaubt! Unser Freund hätte Goebbels in seiner Glanzzeit kennen sollen – die beiden wären Blutsbrüder gewesen.«

»Haben Sie irgendeinen Verdacht?«

»Ich denke ja. Ich sagte Mr. Mitchell vor einer Stunde, daß ich den Anflug einer Ahnung hätte – er hat inzwischen ziemlich feste Formen angenommen. Ich werde Ihnen sagen, was Morro meiner Meinung nach tun wird – oder was ich tun würde, wenn ich an seiner Stelle wäre: Als erstes würde ich mein U-Boot durch das...«

»U-Boot!« Mitchell war offensichtlich von einer Sekunde zur anderen zu seiner ursprünglichen Ansicht über Ryder zurückgekehrt.

»Bitte lassen Sie mich doch ausreden. Ich würde es durch das Golden Gate bringen und es an einem der Piers von San Francisco vertäuen.«

»San Francisco?« Das war wieder Mitchell.

»Die Piers dort sind besser und zahlreicher, und die Lademöglichkeiten besser und das Wasser ist ruhiger als zum Beispiel in Los Angeles.«

»Warum ein U-Boot?«

»Damit ich wieder nach Hause käme«, erklärte Ryder geduldig. »Ich, und meine Getreuen, und meine Ladung.«

»Ladung?«

»Herrgott, jetzt halten Sie endlich den Mund und hören Sie zu! Wir werden uns in den verlassenen Straßen von San Francisco vollkommen sicher bewegen können – keine Menschenseele wird da sein, denn für die angekündigte nächtliche Detonation der Wasserstoffbomben ist keine genaue Zeitangabe gemacht worden, und innerhalb von fünzig Meilen im Umkreis wird niemand sein. Falls in sechs Meilen Höhe ein Pilot die Stadt überfliegen sollte, wird er nichts sehen, da es Nacht ist, und selbst wenn ein selbstmörderisch tieffliegender Pilot die Stadt überqueren sollte, wird er nichts sehen, denn wir wissen genau, wo sich jeder Unterbrecher für jeden Transformator und jedes Elektrizitätswerk der Stadt befindet.

Dann werden unsere Möbelwagen anrollen. Ich werde drei haben und ihnen voran die California Street hinunter fahren und vor der ›Bank of America‹ anhalten, die, wie Sie wissen, die größte Einzelbank der Welt ist, die ebensoviel Beute verspricht wie die Gewölbe der Bundesbanken. Andere Möbelwagen werden bei ›Transamerica Pyramid‹, ›Wells Fargo‹, der ›Federal Reserve Bank‹, ›Crockers‹ und anderen interessanten Häusern halten. Zehn Stunden lang wird in dieser Nacht tiefe Dunkelheit in der Stadt herrschen. Wir schätzen, daß wir alles in allem sechs Stunden brauchen. Einige große Einbrüche, wie zum Beispiel der große Einbruch in eine Bank in Nizza vor einem oder zwei Jahren, nahmen ein ganzes Wochenende in Anspruch, aber solche Diebesbanden sind dadurch behindert, daß sie in absoluter Stille arbeiten müssen. Wir werden soviel Sprengstoff verbrauchen wie nötig, und in ganz schwierigen Fällen werden wir ein Panzergeschütz einsetzen, das stahldurchschlagende Munition abfeuert. Vielleicht werden wir sogar ein paar Häuser in die Luft sprengen. Wir arbeiten ja in der beruhigenden Gewißheit, soviel Krach machen zu können, wie wir wollen, da niemand da sein wird, der uns hören könnte. Dann werden wir die Möbelwagen beladen, runter zu den Piers fahren, die Beute in das U-Boot verfrachten und uns davonmachen.« Ryder legte eine kurze Pause ein und fuhr dann fort: »Wie ich schon vorhin sagte, ist Morro auf Bargeld aus, um Waffen kaufen zu können, und in den Gewölben der Banken von San Francisco liegt mehr Bargeld als alle Könige in Saudi-Arabien und Maharadschas von Indien je gesehen haben. Wie ich schon sagte, braucht man einen schlichten, nüchternen Verstand, um das Offensichtliche zu erkennen, und für mich liegt dieser Fall sonnenklar. Was halten Sie von meiner Theorie?«

»Ich finde sie entsetzlich«, sagte Barrow. »Weil sie so einleuchtend ist.« Er sah die anderen Männer im Raum an. »Sind Sie meiner Ansicht?«

Alle außer einem nickten – und dieser eine war natürlich Mitchell.

»Und was ist, wenn Sie sich irren?«

»Müssen Sie so verdammt dickköpfig und renitent sein?« Barrow war am Ende seiner Geduld.

Ryder antwortete gelassen: »Dann irre ich mich eben.«

»Sie müssen wahnsinnig sein! Sie würden tatsächlich den Tod zahlloser kalifornischer Mitbürger auf Ihre Kappe nehmen?«

»Sie fangen an, mich zu langweilen, Mitchell. Um ganz unhöflich die Wahrheit zu sagen – Sie langweilen mich schon eine ganze Weile. Ich glaube, Sie sollten besser Ihren eigenen Geisteszustand überprüfen. Denken Sie vielleicht, ich würde etwas von unseren Überlegungen außerhalb dieses Raumes äußern? Glauben Sie, ich würde versuchen, jemand dazu zu überreden, Samstagabend zu Hause zu bleiben? Wenn Morro merkte, daß die Leute seine Drohung ignorierten und den Grund dafür erführe – nämlich, daß sein Plan bekannt ist –, könnte es durchaus passieren, daß er aus Wut und Frustration genau das täte, was er eigentlich gar nicht vorgehabt hatte: nämlich auf den Knopf zu drücken.«

Das verrufene Café ›Cleopatra‹ war ein Loch von unglaublicher Schmuddeligkeit, aber in diesem hektischen, enervierenden Abend genoß es aus dem einzigen Grund eine große Anziehungskraft, daß es in den Blocks um Sassoons Büro herum das einzige derartige Etablissement war, das geöffnet hatte. Es gab in dieser Gegend Dutzende von Cafés, aber ihre Türen waren von ihren Besitzern rigoros verschlossen worden – sie waren dabei, ihre wertvollsten Besitztümer in höhere Regionen zu schaffen oder hatten sich, wenn ihnen diese Möglichkeit verwehrt war, dem panischen Exodus Richtung Berge angeschlossen.

Angst herrschte an diesem Abend überall, aber die Flucht fand nur in den Köpfen und Herzen statt, denn die Autos und Menschen, die die Straßen verstopften, kamen fast überhaupt nicht vorwärts. Es war ein Abend für Egoismus, schlechte Laune, Neid, Streit, asoziales Verhalten, das von griesgrämiger bis zu offener Feindseligkeit reichte – phlegmatisch waren die Bürger der »Königin der Küste« nun mal von Haus aus nicht.

Es war ein Abend für Leute mit schlechtem Charakter und für echte Kriminelle – man übte sich in christlicher Nächstenliebe in der Stunde der Krise, indem man sich in wutentbrannte Auseinandersetzungen stürzte, in den höchsten Tönen fluchte, sich prügelte, Frauen die Handtaschen entriß, Männern die Brieftaschen klaute und gegen die Panzerglasscheiben stattlich aussehender Warenhäuser trat. Die Menschen hatten Gelegenheit, ungestraft das Gesetz zu brechen, denn die Polizei war machtlos – auch sie war hoffnungslos eingekeilt. Es war ein Abend für Pyromanen – überall in der Stadt waren kleine Brände ausgebrochen, von denen allerdings zugegebenermaßen viele darauf zurückzuführen waren, daß die Hausbewohner ihr Heim bei ihrer panischen Abreise verlassen hatten, ohne Herde, Backöfen oder Heizkörper auszuschalten. Aber auch die Feuerwehr war machtlos und hatte als einzigen Trost die zweifelhafte Hoffnung, daß eine beträchtliche Anzahl der kleineren Brände am kommenden Tag um zehn Uhr abrupt gelöscht würde. Es war keine Nacht für die Kranken und Labilen – alte Frauen, Witwen und Waisen wurden rücksichtslos an die Wand gedrückt oder – was noch häufiger war – in den Rinnstein gestoßen, während ihre lieben Mitmenschen ohne Rücksicht auf Verluste in vermeintlich sichere Gefilde vordrängten. Unglückliche in Rollstühlen konnten sich plötzlich in den Wagenlenker versetzen, der bei der Einfahrt in den Circus Maximus feststellen muß, daß sein eines Rad sich löst. Besonders deprimierend war das Schicksal vieler gedankenloser Fußgänger, die von Autos überfahren wurden, deren Fahrer nur das Wohl der eigenen Familie vor Augen hatten und auf den Bürgersteig fuhren, um die weniger Energischen zu überholen, die es für besser gehalten hatten, auf der Fahrbahn zu bleiben. Wo sie hinfielen, blieben sie liegen, denn auch Ärzte und Krankenwagen hatten keine Chance, durch das Chaos zu kommen.

Ryder sah sich mit berechtigtem Mißfallen in dem sogenannten Café um – allerdings muß man sagen, daß er schon vor seiner Ankunft hier in ausgesprochen schlechter Stimmung gewesen war. Als die Gruppe von der Cal Tech zurückgekommen war, hatte er – ohne sich daran zu beteiligen – dem endlosen Hin und Her zugehört, wie man den üblen Machenschaften Morros und seiner Moslems wohl am wirkungsvollsten ein Ende bereiten könnte. Schließlich hatte er angewidert erklärt, er sei in einer Stunde wieder zurück, und hatte mit Jeff und Parker die Gesellschaft verlassen. Wie Barrow, Mitchell und ihre Mitarbeiter schon nach kurzer Zeit begriffen hatten, war der Versuch, Ryder von einem einmal gefaßten Entschluß abzubringen, ganz sinnlos – und außerdem war er niemandem verpflichtet oder Gehorsam schuldig.

»Rindviecher!« sagte Luigi mit inbrünstiger Verachtung. Er hatte den Männern gerade frisches Bier gebracht und beobachtete nun das chaotische Treiben vor seinem Fenster. Luigi, der Besitzer des Cafés, hielt sich selbst für einen Kosmopoliten in einer Stadt von Kosmopoliten. In Neapel geboren, behauptete er, griechischer Abstammung zu sein und tat sein Bestes, um sein Lokal so zu führen, wie er es ʿür ägyptischen Standard hielt. An seiner verwaschenen Sprache und seinem leicht schwankenden Gang konnte man leicht erkennen, daß er an diesem Tag sein bester Kunde gewesen war. »Canaille!« Die paar französischen Brocken, die er kannte, unterstrichen, wie er meinte, sehr vorteilhaft seine kosmopolitische Einstellung. »Alle für einen und einer für alle! Das war es, was die Pioniere den Westen erobern ließ! Wie wahr! Nehmen Sie nur den kalifornischen Goldrausch, den Run auf den Klondyke – da war jeder sich selbst der Nächste, und alle anderen konnte der Teufel holen. Ich fürchte, es fehlt ihnen am Athenischen Geist.« Er machte eine ausladende Armbewegung und verlor dabei um ein Haar das Gleichgewicht. »Heute dieses schöne Lokal – morgen die Sintflut. Und Luigi? Luigi lacht den Göttern ins Gesicht, denn sie sind weiter nichts als Puppen, die sich als Götter maskiert haben – sonst würden sie es doch niemals zulassen, daß diese Katastrophe diese kopflosen Kinder da draußen vernichtet.« Er machte eine Pause und überlegte. Dann sagte er: »Meine Vorfahren waren bei der

Schlacht bei den Thermopylen dabei.« Überwältigt von seinem eigenen Redeschwall und der Wirkung des Alkohols ließ er sich in den nächsten Stuhl fallen.

Ryder betrachtete die unglaubliche Schäbigkeit, die Luigis Etablissement hauptsächlich charakterisierte – das verblichene Muster des gesprungenen Linoleumbodens, die fleckigen Tischplatten, die wackligen Wiener Stühle, die ungestrichenen Gipswände, an denen Daguerrotypien von Flachreliefs pharaonischer Profile hingen, von denen jedes zwei Augen hatte, obwohl man ja nur eine Gesichtshälfte sah, und die so unglaublich scheußlich waren, daß das einzige positive, was man über sie sagen konnte, die Tatsache war, daß sie einen Teil der Flecken verdeckten, die die Wände verunzierten.

»Ihre Einstellung ehrt sie, Luigi«, sagte Ryder. »Dieses Land könnte mehr Männer wie Sie gebrauchen. Aber könnten Sie uns jetzt bitte trotzdem allein lassen – wir haben wichtige Dinge zu besprechen.«

Sie hatten wirklich wichtige Dinge zu besprechen – und die Besprechung endete völlig ergebnislos. Das Problem, wie man an die Bewohner des anscheinend uneinnehmbaren ›Adlerhorstes‹ herankommen konnte, schien unlösbar. Genau genommen fand die Diskussion nur zwischen Ryder und Parker statt – Jeff beteiligte sich nicht daran. Er lehnte sich mit geschlossenen Augen weit in seinem Stuhl zurück – sein Bier hatte er nicht angerührt – und machte den Eindruck, als hätte er das Interesse an allen Problemen dieser Welt restlos verloren. Er schien sich an den Ausspruch des Astronomen J. Allen Hynek zu halten, der da lautet: »In der Wissenschaft ist es gegen die Regeln, Fragen zu stellen, wenn man keine Möglichkeit hat, Antworten darauf zu finden.« Das augenblickliche Problem war zwar kein wissenschaftliches, aber das Prinzip schien auch hierfür zu gelten.

Und dann machte Jeff plötzlich die Augen auf und setzte sich gerade hin. »Guter alter Luigi.«

»Was?« Parker starrte ihn an. »Was hast du gesagt?«

»Und Hollywood liegt nur einen Katzensprung von hier entfernt!«

»Hör mal, Jeff«, sagte Ryder vorsichtig, »ich weiß, du hast eine harte Zeit hinter dir. Wir alle…«

»Dad?«

»Was?«

»Ich hab's: Puppen, die sich als Götter maskieren!«

Fünf Minuten später trank Ryder bereits sein drittes Bier – nur saß er inzwischen wieder in Sassoons Büro. Die anderen neun Männer waren immer noch da – seit dem Weggang von Ryder, Jeff und Parker hatten sie sich nicht von der Stelle gerührt. Die Luft war schwer von Tabakrauch, dem starken Aroma von Scotch und einer fast greifbaren Niedergeschlagenheit.

»Der Vorschlag, den wir zu machen haben, ist außerordentlich gefährlich«, sagte Ryder. »Er ist schon fast eine Verzweiflungstat, aber es gibt verschiedene Grade von Verzweiflung, und verglichen mit der Situation, in der wir uns augenblicklich befinden, ist die Sache ein Klacks. Erfolg oder Mißerfolg der Aktion hängt einzig und allein von dem Grad der Mitarbeit ab, den wir von allen Personen in diesem Staat erwarten können, die entweder indirekt oder direkt mit dem Gesetz zu tun haben – und notfalls auch derer, die außerhalb des Gesetzes stehen.« Er sah Barrow und Mitchell an.

»Na, dann los«, forderte Barrow ihn auf.

»Mein Sohn wird es Ihnen erklären«, sagte Ryder. »Die Idee stammt ganz allein von ihm.« Ryder lächelte schwach. »Um Ihnen jede Denkarbeit zu ersparen, meine Herren, hat er sogar alle Einzelheiten bereits ausgearbeitet.«

Jeff begann mit seiner Erklärung. Sie war kurz und nahm nicht mehr als drei Minuten in Anspruch. Als er geendet hatte, zeigten die Mienen der Männer zunächst totale Fassungslosigkeit, dann Ungläubigkeit, danach tiefe Nachdenklichkeit und schließlich – jedenfalls im Fall von Barrow – ein Aufdämmern von Hoffnung.

»Mein Gott!« flüsterte er. »Ich glaube tatsächlich, es könnte gehen!«

»Es muß gehen«, erklärte Ryder entschieden. »Und das bedeutet die sofortige Mitarbeit aller Polizisten, aller FBI-Agenten und aller CIA-Leute im ganzen Land. Es bedeutet das systematische Durchforsten jedes Gefängnisses im Land, und selbst wenn der Mann, den wir brauchen, wegen Massenmordes sitzen und auf die Vollstreckung seines Todesurteils warten sollte, wird ihm die Strafe erlassen. Wie lange wird es dauern?«

Barrow sah Mitchell an: »Begraben wir das Kriegsbeil! Einverstanden?« Seine Stimme war sehr eindringlich. Mitchell antwortete nicht – aber er nickte. Barrow fuhr fort: »Organisation ist jetzt das wichtigste. Für diesen Tag sind wir geboren worden!«

»Wie lange?« wiederholte Ryder.

»Einen Tag?«

»Sechs Stunden! In der Zwischenzeit können wir die Vorbereitungen ankurbeln.«

»Sechs Stunden?« Barrow lächelte schwach. »Üblicherweise heißt es doch, daß das Unmögliche etwas länger dauert – in diesem Fall soll es wohl schneller gehen als das Mögliche. Sie wissen natürlich, daß Muldoon gerade seinen dritten Herzinfarkt hatte und im Bethsheba-Krankenhaus liegt?«

»Das ist mir gleich – und wenn Sie ihn aus dem Grab holen müßten! Ohne Muldoon sind wir aufgeschmissen.«

Um acht Uhr an diesem Abend wurde von jeder Radio- und Fernsehstation im ganzen Land verkündet, daß der Präsident um zehn Uhr westlicher Standardzeit – die entsprechenden Uhrzeiten für die anderen Gebiete wurden gesondert angegeben – eine Ansprache an die Nation halten würde – über ein Thema größter nationaler Wichtigkeit, einen Notfall, wie es ihn in der Geschichte der Republik noch nie gegeben habe. Den Instruktionen entsprechend gab der Ansager keine Details bekannt. Die kurze und geheimnisvolle Ankündigung garantierte, daß jeder Bürger der Republik zur genannten Zeit vor dem Radio oder Fernsehapparat sitzen würde – außer er war blind, taub, oder beides.

Im »Adlerhorst« sahen Morro und Dubois einander an und grinsten. Morro griff nach seiner Flasche Glenlivet.

Ryder entlockte die Ankündigung keine Reaktion – was auch nicht weiter verwunderlich war, da er selbst mitgeholfen hatte, sie zu lancieren. Er bat Major Dunne um die Erlaubnis, sich seinen Hubschrauber auszuleihen und schickte Jeff zu seinem

Haus, um sich von ihm einige spezielle Dinge holen zu lassen. Dann gab er Sassoon eine kurze Liste von weiteren speziellen Dingen, die er brauchte. Sassoon überflog sie, sagte jedoch nichts dazu – statt eines Kommentars griff er zum Telephon.

Pünktlich um zehn erschien das Bild des Präsidenten auf allen Bildschirmen des Landes. Nicht einmal die erste Mondlandung hatte so viele Menschen an die Radios und Fernsehapparate gelockt.

Er hatte vier Männer bei sich, die er als Generalstabschef, Außenminister, Finanzminister und Verteidigungsminister vorstellte, was völlig überflüssig war, denn sie alle waren national und auch international bekannte Persönlichkeiten. Muldoon, der Finanzminister, lenkte sofort alle Blicke auf sich – das Farbfernsehen zeigte unbarmherzig, wie krank er war. Sein Gesicht war aschfahl und überraschenderweise fast hager – überraschend deshalb, weil er zwar nicht groß, aber außerordentlich beleibt war: wenn er saß, schien sein enormer Bauch fast seine Knie zu berühren. Es hieß, daß er dreihundertdreißig Pfund wiege, aber sein genaues Gewicht war völlig irrelevant; was wirklich bemerkenswert an ihm war, war nicht die Tatsache, daß er drei Herzinfarkte gehabt, sondern daß er sie alle überlebt hatte.

»Bürger von Amerika.« Die tiefe, klangvolle Stimme des Präsidenten zitterte – allerdings nicht aus Furcht, sondern vor Zorn, den er gar nicht zu verbergen versuchte. »Sie alle wissen von dem großen Unglück, das über unser geliebtes Kalifornien hereingebrochen ist – oder hereinbrechen wird. Obwohl die Regierung der Vereinigten Staaten sich niemals einem Zwang, einer Drohung oder einer Erpressung beugen wird, ist es selbstverständlich, daß wir alle möglichen Mittel aufbieten müssen – und in unserem Land, das das größte der Welt ist, sind die Möglichkeiten fast unbegrenzt –, die angedrohte Katastrophe von Kalifornien abzuwenden.« Sogar in Zeiten höchster Belastungen war er nicht in der Lage, anders als in Präsidentenmanier zu sprechen.

»Ich hoffe, der verbrecherische Kopf, der sich dieses Spiel ausgedacht hat, hört mir jetzt zu; denn trotz größter Bemühung von Hunderten unserer besten Polizeikräfte haben wir immer noch nichts über seinen Aufenthaltsort herausfinden können, und ich weiß keine andere Möglichkeit, mich mit ihm in Verbindung zu setzen. Ich bin sicher, daß Sie entweder zuhören oder zusehen, Morro. Ich weiß, ich befinde mich in keiner Position, in der ich mit Ihnen handeln oder Ihnen drohen kann« – hier brach der Präsident mit einem merkwürdigen Gurgeln ab und konnte erst nach einigen Schlucken Wasser weitersprechen –, »denn Sie sind anscheinend ein völlig rücksichtsloser Verbrecher ohne jeden Skrupel. Aber ich denke, daß es in unserer beider Sinne wäre, zu einem für beide Seiten befriedigenden Arrangement zu kommen – wenn ich und die vier Regierungsmitglieder, die hier bei mir sind, mit Ihnen verhandeln könnten und versuchen würden, eine Lösung für dieses Problem zu finden, das einzigartig in der Geschichte ist. Obwohl es mir ganz entschieden gegen den Strich geht und jedem Prinzip widerspricht, das mir und meinen Mitbürgern lieb und teuer ist, schlage ich vor, daß wir uns zu einem Zeitpunkt und an einem Ort und unter jeder Bedingung, die Sie vorschlagen, treffen – aber so bald wie möglich.« Der Präsident hatte noch einiges mehr zu sagen, wovon er das meiste in klangvolle patriotische Floskeln verpackte, die nur total Schwachsinnige geschluckt hätten – aber er hatte alles gesagt, was er sagen mußte.

Im »Adlerhorst« saß der sonst so unerschütterliche Dubois und wischte die Lachtränen aus den Augen.

»Sie werden sich niemals einem Zwang, einer Drohung oder einer Erpressung beugen! Sie sind in keiner Position, mit uns zu verhandeln oder uns zu drohen! Ein für beide Seiten befriedigendes Arrangement! Wie wär's mit fünf Milliarden Dollar – natürlich nur für den Anfang! Und dann führen wir unseren ursprünglichen Plan aus – was halten Sie davon?« Er goß Morro und sich noch einen Glenlivet ein und gab Morro eines der Gläser.

Morro nippte langsam an seinem Whisky. Er grinste zwar, aber als er dann sprach, hatte seine Stimme einen fast ehrfürchtigen Unterton.

»Wir müssen den Hubschrauber tarnen. Denken Sie daran, mein Freund. Der Traum eines ganzen Lebens ist in Erfüllung gegangen: Amerika liegt auf den Knien!« Er nippte noch einmal an seinem Drink, griff mit der freien Hand nach einem Mikrophon und begann, eine Nachricht zu diktieren.

»Ich habe schon immer die Ansicht vertreten«, sagte Barrow, »daß man, um ein erfolgreicher Politiker zu sein, ein guter Schauspieler sein muß – aber als Präsident muß man ein ›Oscar‹-Anwärter sein. Und für seine heutige Leistung hätte unser Präsident ihn wirklich verdient.«

»Mit Lorbeerkranz«, nickte Sassoon.

Um elf Uhr wurde über das Fernsehen angekündigt, daß eine Stunde später eine weitere Nachricht von Morro bekanntgegeben werden würde.

Pünktlich um zwölf Uhr nachts war Morro wieder auf Sendung. Er versuchte, seine Stimme so ruhig und autoritär zu halten wie üblich, aber es gab Untertöne, die durchblicken ließen, wie sehr er es genoß, daß die Welt ihm zu Füßen lag. Die Nachricht war kurz und prägnant:

»Ich richte diese Botschaft an den Präsidenten der Vereinigten Staaten. Wir« – das »Wir« klang mehr wie der pluralis majestatis als wie der Hinweis, daß es sich hierbei um mehrere Personen handelte – »gehen auf Ihre Bitte ein. Die Bedingungen, unter denen die Zusammenkunft stattfindet, und die allein von uns festgelegt werden, geben wir morgen früh bekannt. Dann werden wir sehen, was erreicht werden kann, wenn zwei vernünftige Männer sich zusammensetzen und miteinander reden.« Er schien sich seiner unglaublichen Unverschämtheit durchaus bewußt zu sein.

Mit unheilverkündender Stimme fuhr er fort: »Das von Ihnen vorgeschlagene Treffen hat allerdings nicht den geringsten Einfluß auf meine Absicht, morgen früh die Wasserstoffbombe zu zünden, die im Ozean liegt. Jeder – und das schließt auch Sie mit ein, Herr Präsident – muß davon überzeugt werden, daß ich in der Lage bin, meine Drohungen wahrzumachen.

Da wir gerade bei meinen Drohungen sind: Ich muß Ihnen mitteilen, daß die Bomben, die ich immer noch Samstagnacht zu zünden beabsichtige, eine Serie von Erdbeben auslösen werden, die verheerendere Folgen haben, als alle vorangegangenen Naturkatastrophen in der Geschichte der Erde. Das ist alles.«

»Verdammt noch mal, Ryder«, sagte Barrow, »Sie hatten schon wieder recht – mit den Erdbeben, meine ich.«

»Das spielt jetzt wohl keine Rolle mehr«, meinte Ryder milde. Um fünfzehn Minuten nach Mitternacht kam von der AEC die Mitteilung, daß die Wasserstoffbombe mit dem Codenamen »Tante Sally«, die von den Professoren Burnett und Aachen entworfen worden war, einen Durchmesser von zwölf Zentimetern habe. Aber das schien jetzt völlig gleichgültig zu sein.

Um acht Uhr am nächsten Morgen nahm Morro wieder Kontakt mit der angsterfüllten und gleichzeitig faszinierten Welt auf.

»Mein Treffen mit dem Präsidenten und seinen Ratgebern wird heute abend um elf Uhr stattfinden«, verkündete er. »Ich bestehe jedoch darauf, daß die Herren sich bereits um sechs Uhr heute abend in Los Angeles einfinden – falls der Flugbetrieb dort lahmgelegt ist, sollen sie nach San Francisco ausweichen. Den Ort der Zusammenkunft kann und will ich nicht näher bezeichnen. Die Reisearrangements werden am späten Nachmittag bekanntgegeben.

Ich nehme mit Sicherheit an, daß die tiefergelegenen Teile von Los Angeles, die Küstenregionen in nördlicher Richtung bis Point Arguello, in südlicher Richtung bis zur mexikanischen Grenze, und daß die Inseln evakuiert worden sind. Wenn nicht – ich lehne jede Verantwortung für etwaige Folgen ab. Wie angekündigt, werde ich die Wasserstoffbombe in der Bucht in genau zwei Stunden zünden.«

Sassoon saß mit Brigadegeneral Cluver von der Air Force in seinem Büro. Über den menschenleeren Straßen, die tief unter seinen Fenstern lagen, lastete ein tödliches Schweigen. Die tiefliegenden Gebiete der Stadt waren tatsächlich evakuiert worden – zum großen Teil dank General Culver und zweitausend Soldaten und Nationalgardisten, die seinem Kommando unterstanden und gerufen worden waren, um der total überlasteten Polizei zu helfen, Ruhe und Ordnung wiederherzustellen. Culver war ein tatkräftiger Mann und hatte keinen Augenblick gezögert, fast ein ganzes Panzerbataillon zu mobilisieren, das unglaublich beruhigend auf die Bevölkerung wirkte, die vor seiner Ankunft drauf und dran gewesen war, sich nicht zu retten, sondern umzubringen. Die Verteilung der Panzer im Gelände war von einem Heer von Polizisten und Hubschraubern der Küstenwache und der Armee vorgenommen worden, die die größten Verkehrsengpässe ausfindig gemacht hatten. Die leeren Straßen waren übersät mit verlassenen Autos, von denen viele aussahen, als seien sie in schwere Unfälle verwickelt gewesen – die Panzer hatten damit allerdings nicht das geringste zu tun, diese Schäden hatten die Bürger ganz allein verschuldet.

Um Mitternacht war die Evakuierung abgeschlossen gewesen, aber schon lange vor diesem Zeitpunkt waren die Feuerwehren, die Kranken- und die Polizeiwagen auf dem Plan erschienen. Die Brände, die sich gottlob alle in erträglichen Grenzen hielten, waren gelöscht, die Verletzten ins Krankenhaus gebracht und eine Rekordzahl von Gaunern festgenommen, deren Gier, aus dieser einmaligen Gelegenheit Kapital zu schlagen, ihren Selbsterhaltungstrieb betäubt hatte, und die immer noch fröhlich plünderten, als die Polizei mit gezogenen Waffen ein alles andere als väterliches Interesse an ihrem Treiben zeigte.

Sassoon schaltete den Fernsehapparat aus und wandte sich an Culver: »Was sagen Sie dazu?«

»Seine Arroganz ist schon fast bewundernswert.«

»Sein übersteigertes Selbstvertrauen, meinen Sie.«

»Wenn Sie so wollen. Verständlicherweise ist es sein Wunsch, mit dem Präsidenten im Schutze der Dunkelheit zusammenzutreffen. Offensichtlich hängen die ›Reisearrangements‹ mit dem Ankunftstermin zusammen. Er möchte sicher sein, daß der Präsident bereits da ist, bevor er seine Instruktionen gibt.«

»Was bedeutet, daß sowohl in Los Angeles als auch in San Francisco ein Beobachter auf dem Flugplatz postiert ist. Nun – er hat drei voneinander unabhängige Telephonanschlüsse im ›Adlerhorst‹, und wir haben sie alle angezapft.«

»Sie könnten sich auch über Kurzwellenfunk verständigen.«

»Daran haben wir zwar auch gedacht, die Idee aber wieder verworfen. Morro ist überzeugt, daß wir keine Ahnung haben, wo er sich aufhält – warum sollte er also irgendwelche Vorsichtsmaßnahmen treffen? Ryder hat vollkommen recht gehabt: Morros unerschütterlicher Glaube an seine Unfehlbarkeit wird ihn zu Fall bringen.« Sassoon machte eine kleine Pause und setzte dann hinzu: »Wir hoffen es wenigstens.«

»Dieser Ryder – was ist das für ein Mensch?«

»Sie werden sich selbst ein Urteil bilden können – ich erwarte ihn in spätestens einer Stunde. Im Augenblick ist er auf dem Schießübungsgelände der Polizei und probiert ein paar russische Spielzeuge aus, die er der Gegenpartei abgenommen hat. Er ist schon ein Typ. Erwarten Sie bloß nicht, daß er Sie mit ›Sir‹ anspricht.«

Um halb neun an diesem Morgen kam eine Sondermeldung durch, daß der Finanzminister James Muldoon in den frühen Morgenstunden einen Rückfall gehabt habe und wegen Herzstillstands behandelt worden sei. Er sei nicht in die Klinik gebracht worden, und wenn die nötigen Geräte nicht neben seinem Bett installiert gewesen wären, hätte er den Anfall sicherlich nicht überlebt. Er sei jetzt außer Lebensgefahr und versichere, daß er den Flug zur Westküste antreten würde, obwohl man ihn auf einer Tragbahre in die Maschine schaffen müsse.

»Das klingt nicht gut«, sagt Culver.

»Ja, finden Sie nicht auch? Tatsache ist, daß er die ganze Nacht friedlich schlafend in seinem Bett verbracht hat. Wir wollen Morro nur den Eindruck vermitteln, daß er es mit einem schwerkranken Mann zu tun hat, den man mit großer Rücksicht behandeln muß. Und außerdem liefert diese Falschmeldung eine herrliche Begründung für die Anwesenheit von zwei zusätzlichen Leuten, die die Delegation begleiten – ein Arzt und ein Stellvertreter des Finanzministers, der für den Fall benötigt wird, daß Muldoon sein Leben aushaucht, wenn er den ›Adlerhorst‹ betritt.

Um neun Uhr hob ein Jet der Air Force von einer Startbahn des Flughafens von Los Angeles ab. Er hatte nur neun Passagiere an Bord – sie kamen alle aus Hollywood und waren Spezialisten auf ihrem Gebiet. Jeder hatte einen Koffer dabei. Außerdem war noch eine kleine Holzkiste an Bord gebracht worden. Genau eine halbe Stunde später landete die Maschine in Las Vegas.

Kurz vor zehn bat Morro seine Zwangsgäste in sein spezielles Fernsehzimmer. Jede Geisel hatte zwar einen Fernsehapparat in ihrer Suite, aber Morros Apparat war etwas Besonderes: durch ein vergleichsweise einfaches Vergrößerungs- und Rückprojektionsverfahren war das Bild einsachtzig und einsfünfunddreißig groß. Warum er die Geiseln zu sich gebeten hatte, war unklar. Vielleicht wollte er nur ihre Mienen beobachten. Vielleicht wollte er in der Größe seiner Leistung und dem Gefühl unantastbarer Macht schwelgen – und Publikum erhöht den Genuß eines solchen Gefühls stets ganz beträchtlich. Aber diese letzte Vermutung traf wohl nicht zu, denn Schadenfreude schien keine Charaktereigenschaft von Morro zu sein. Was immer auch sein Grund sein mochte – jedenfalls hatten alle Geiseln der Aufforderung Folge geleistet: Angesichts einer Katastrophe – selbst wenn man sie sozusagen nur aus zweiter Hand erlebte – ist Gesellschaft immer tröstlich.

Es kommt der Wahrheit wahrscheinlich sehr nahe, anzunehmen, daß alle Bürger Amerikas – ausgenommen diejenigen, die an ihrem Arbeitsplatz wirklich unabkömmlich waren – vor den Fernsehgeräten saßen. Und die Zahl der Zuschauer in der übrigen Welt mußte in die Hunderte von Millionen gehen.

Die verschiedenen Fernsehgesellschaften, die das Ereignis filmten, gingen natürlich keine Risiken ein. Normalerweise werden alle Außenaufnahmen, die ein größeres Gebiet umfassen, wie zum Beispiel Grand-Prix-Rennen oder Vulkanausbrüche, von Hubschraubern aus gemacht, aber hier hatten sie es mit unbekannten Bedingungen zu tun. Niemand hatte auch nur die geringste Vorstellung, welches Ausmaß die Explosion und die Strahlenverseuchung haben würden, und demzufolge hatten sich die Gesellschaften gegen Hubschrauber entschieden – was aus mehreren Gründen klug war, denn die Kamerateams hätten sich ohnehin geweigert, mitzufliegen. Alle Gesellschaften hatten die gleiche Art von Standort für ihre Kameras gewählt: Dächer von

Hochhäusern, die in angemessener Entfernung vom Meer standen. Die Zuschauer im ›Adlerhorst‹ sahen den verschwommenen Umriß der Stadt, die an den Ozean grenzte, im unteren Teil des Bildschirms. Wenn die Wasserstoffbombe wirklich in dem Gebiet lag, das Morro angegeben hatte – zwischen den Inseln Santa Cruz und Santa Catalina –, dann mußte das Schauspiel in mindestens dreißig Meilen Entfernung stattfinden, aber die Teleobjektive der Kameras würden diese Schwierigkeit mit Leichtigkeit überwinden. Und daß die Teleobjektive jetzt schon in Aktion waren, erkannte man an dem unscharfen Bild der Stadtansicht.

Das Wetter war herrlich, der Himmel wolkenlos – eine makabre Kulisse für das bevorstehende Ereignis, ein Umstand, der Morro sicherlich sehr gelegen kam, da er die Wirkung der Explosion nur verstärken konnte. Ein sturmgepeitschter Tag mit tiefhängenden Wolken und strömendem Regen hätte weit besser zu dem Anlaß gepaßt – seine psychologische Wirkung jedoch wesentlich verringert. Das augenblickliche Wetter hatte nur einen Vorteil: Normalerweise wehte der Wind zu dieser Jahres- und Tageszeit von Westen her, also auf die Küste zu, heute jedoch wehte er infolge eines schweren Tiefdruckgebietes, das sich von Nordwesten heranwälzte, leicht südwestlich – und in dieser Richtung lag als nächste nennenswerte Landmasse die Antarktis.

»Achten Sie auf den Sekundenzeiger der Wanduhr«, sagte Morro. »Er läuft synchron mit dem Zündmechanismus. Es sind, wie Sie sehen können, noch genau zwanzig Sekunden bis zum entscheidenden Augenblick.«

Zeit ist etwas Relatives – einem Menschen in Ekstase können zwanzig Sekunden nicht länger als ein Lidschlag erscheinen, für einen Menschen, der aufs Rad geflochten ist, können sie sich wie Stunden dehnen. Die Zuschauer fühlten sich auch aufs Rad geflochten – allerdings psychisch gesehen –, und diese zwanzig Sekunden erschienen ihnen wie eine Ewigkeit. Alle verhielten sich identisch: ihre Blicke glitten unaufhörlich zwischen der Uhr und dem Bildschirm hin und her.

Und dann waren die zwanzig Sekunden endlich um – und nichts geschah! Eine weitere Sekunde verstrich, dann noch eine und eine dritte, und immer noch tat sich nichts. Wie auf Kommando wandten sich alle Zuschauer gleichzeitig Morro zu, der entspannt und anscheinend völlig seelenruhig in seinem Sessel saß. Er lächelte sie an.

»Nur keine Sorge«, beruhigte er sie. »Die Bombe liegt tief unten, und Sie müssen die Erdkrümmung berücksichtigen.«

Die Blicke richteten sich wieder auf den Bildschirm – und dann sahen sie es: zuerst war es nicht mehr als ein kleiner Höcker am fernen Horizont, aber dann wuchs der Höcker jede Sekunde mit erschreckender Geschwindigkeit. Es erfolgte kein greller weißer Blitz, nur eine riesenhafte Eruption von Wasser, die in den Himmel stieg und sich ausbreitete, bis sie den ganzen Bildschirm ausfüllte. Das Bild hatte keine Ähnlichkeit mit dem bekannten Atompilz, sondern sah aus wie ein Fächer, der in der Mitte viel dicker war als an den Rändern und dessen Grundfläche nah über der Wasseroberfläche und fast parallel zu ihr lag. Die Wolke mußte von oben genau wie ein umgekehrter Regenschirm wirken, aber von vorne sah sie aus wie ein gigantischer, voll aufgeschlagener Fächer, der wahrscheinlich in der Mitte besonders dicht war, weil dort die Explosion den kürzesten Weg zur Wasseroberfläche gehabt hatte. Plötzlich schrumpfte der riesige Fächer zusammen, bis er nur noch die Hälfte des Bildschirmes ausfüllte.

»Was ist mit ihm passiert«, fragte eine zitternde Frauenstimme voller Ehrfurcht. »Was ist mit ihm passiert?«

»Gar nichts ist mit ihm passiert.« Morros Miene und Stimme waren gleichermaßen gelassen. »Es liegt an den Kameras: die Teleskoplinsen sind eingefahren worden, damit die Proportionen auf dem Bildschirm deutlicher werden.«

Der Kommentator, der die ganze Zeit über hektisch die Vorgänge kommentiert hatte, die jeder Zuschauer selbst sehr genau sehen konnte, brabbelte unaufhörlich weiter.

»Die Wolke muß jetzt anderthalb Meilen hoch sein – nein mehr. Eher zwei Meilen. Stellen Sie sich das vor, stellen Sie sich das nur einmal vor! Zwei Meilen hoch und vier Meilen breit! Großer Gott, hört das Ding denn nie mehr auf, zu wachsen?«

»Ich glaube, es ist Zeit für Glückwünsche, Professor Aachen«, sagte Morro. »Ihre kleine Erfindung scheint ganz ordentlich funktioniert zu haben.«

Aachen sah ihn mit einem Blick an, der haßerfüllt sein sollte, aber er war es nicht – sogar dazu fehlte dem gebrochenen Mann die Kraft.

In den nächsten dreißig Sekunden war von dem Kommentator kein Wort zu hören, aber das würde ihm sicherlich nicht als Pflichtvergessenheit angekreidet werden – wahrscheinlich war er so beeindruckt von dem Schauspiel, daß ihm die Worte fehlten, seine Gefühle zu beschreiben. Schließlich war es einem Kommentator nicht jeden Tag vergönnt, ein so erschreckendes Ereignis unmittelbar mitzuerleben. Nach einer ganzen Weile faßte er sich wieder und sagte: »Könnten wir bitte eine Großaufnahme haben?«

Gleich darauf war nur noch die untere Kante des Mittelstücks des Fächers zu sehen. Eine winzige Welle bewegte sich langsam auf die Küste zu. »Ich nehme an, das ist die Flutwelle«, sagte der Kommentator. Er klang enttäuscht – offensichtlich hielt er das Ergebnis der ungeheuren Explosion für völlig unbedeutend. »Ich finde, sie sieht nicht sonderlich beeindruckend aus.«

»Ein Ignorant«, konstatierte Morro bedauernd. »Die Welle bewegt sich im Augenblick wahrscheinlich mit einer Geschwindigkeit von vierhundert Meilen pro Stunde. Sie wird ihre Geschwindigkeit stark verringern, sobald sie seichtes Gewässer erreicht, aber ihre Höhe wird sich umgekehrt proportional zu ihrer Verlangsamung steigern. Ich glaube, der arme Junge wird einen ganz schönen Schrecken bekommen.«

Ungefähr zweieinhalb Minuten nach der Detonation erfüllte ein Donnern den Raum, das so ohrenbetäubend war, daß man unwillkürlich erwartete, daß der Fernseher in Stücke springen würde. Es dauerte etwa zwei Sekunden, bis es auf eine erträgliche Lautstärke reduziert wurde. Eine neue Stimme meldete sich.

»Tut uns leid, Leute. Wir konnten die Lautstärke nicht rechtzeitig zurückdrehen. Mann o Mann! Einen solchen Krawall hatten wir nicht erwartet. Um ehrlich zu sein – wir hatten überhaupt nicht damit gerechnet, daß eine Explosion, die so tief unter der Wasseroberfläche stattfindet, so laut zu hören wäre.«

»Idiot.« Großzügig wie immer hatte Morro Erfrischungen bereitstellen lassen und nippte jetzt an seinem Drink. Burnett nahm einen großen Schluck.

»Guter Gott, das war ein Knall!« Der Kommentator von vorher war wieder da. Er schwieg eine Weile, während das Teleobjektiv auf die heranrasende Flutwelle fixiert blieb. »Die Sache gefällt mir gar nicht. Die Welle scheint zwar nicht besonders groß zu sein, aber sie nähert sich mit unglaublicher Geschwindigkeit. Ich frage mich...«

Es war den Zuschauern nicht vergönnt zu erfahren, was er sich fragte. Er stieß einen Schrei aus, der von einem Krachen begleitet wurde, und dann sah man plötzlich keine Flutwelle mehr auf dem Schirm, sondern nur noch blauen Himmel. »Die Schockwelle hat ihn erwischt«, stellte Morro seelenruhig fest. »Ich glaube, ich hätte die Leute warnen sollen.« Wenn Morro Reue empfand, so verbarg er es meisterhaft. »Aber allzu schlimm kann sie nicht gewesen sein, sonst würde die Kamera nicht mehr funktionieren.«

Wie gewöhnlich hatte Morro recht. Sekunden später war der Kommentator wieder auf Sendung, aber er war ganz offensichtlich noch so geschockt, daß er es nicht merkte.

»Großer Gott! Mein armer Kopf!« Es folgte eine Pause, in der man nur Stöhnen und Jammern hörte, und dann meldete er sich wieder: »Tut mir leid, Herrschaften. Widrige Umstände. Jetzt kann ich mir vorstellen, wie es sein muß, wenn man von einem Schnellzug gerammt wird. Wenn ich mal einen schwachen Witz machen darf: Ich wüßte, was ich morgen für einen Beruf haben möchte – Glaser! Die Explosion muß Millionen von Fenstern in der Stadt gesprengt haben. Wollen mal sehen, ob die Kamera es noch tut.«

Sie tat es noch. Während sie aufgestellt wurde, kam allmählich wieder der Ozean ins Bild. Der Kameramann hatte offensichtlich das Teleobjektiv wieder ganz ausgefahren, denn der Fächer war wieder zu sehen. Er war nicht mehr größer geworden – im Gegenteil: er schien in der Auflösung begriffen, denn seine Ränder wurden unregelmäßig und er verlor allmählich die Form. Eine hellgraue Wolke trieb in vielleicht zwei Meilen Höhe gemächlich davon.

»Ich glaube, er fällt in sich zusammen. Sehen Sie die Wolke, die nach links davongeschwebt – nach Süden? Das kann unmöglich Wasser sein. Ob es eine radioaktive Wolke ist?«

»Sie ist allerdings radioaktiv«, bestätigte Morro. »Aber die graue Färbung hat nichts mit der Radioaktivität zu tun – das ist Wasserdampf.«

»Ich nehme an, Sie sind sich bewußt, daß diese Wolke tödlich ist, Sie teuflisches Ungeheuer.«

»Ja – das ist leider eine unangenehme Nebenerscheinung. Sie wird sich aber auflösen. Außerdem liegt kein Land auf ihrem Weg. Und man darf doch wohl annehmen, daß verantwortungsvolle Autoritäten – falls es in diesem Land so etwas geben sollte – die Schiffe warnen werden.«

Das Interesse hatte sich offensichtlich von dem allmählich in sich zusammensinkenden Fächer auf die hereinkommende Flutwelle verlagert, denn die Kamera war nun auf die letztere fixiert.

»Da kommt sie.« Die Stimme des Kommentators zitterte kaum merklich. »Sie bewegt sich jetzt langsamer, aber immer noch schneller als jeder Schnellzug, mit dem ich je gefahren bin. Und sie wird immer größer!« Er schwieg ein paar Sekunden und fuhr dann fort: »Ich kann nur hoffen, daß die Polizei und die Armee wirklich dafür gesorgt haben, daß der untere Teil der Stadt evakuiert worden ist. Sie müssen entschuldigen, wenn ich meinen Kommentar für eine Minute unterbreche – ich fühle mich außerstande, die jetzt folgenden Vorgänge zu kommentieren. Überlassen wir es der Kamera, Ihnen einen Eindruck zu verschaffen.«

Er verfiel in tiefes Schweigen, und es war sehr wahrscheinlich, daß Hunderte von Millionen in aller Welt das gleiche taten. Worte konnten die erschreckenden Ausmaße der heranrasenden Wassermassen nicht vermitteln – aber die Augen konnten es.

Als die Flutwelle noch eine Meile von der Küste entfernt war, verlangsamte sie ihr Tempo auf kaum mehr als fünfzig Meilen in der Stunde, hatte jedoch bereits eine Höhe von mindestens sechs Metern erreicht. Es war keine Welle im eigentlichen Sinn, nur eine riesengroße, glatte Erhebung, die sich in völliger Stille heranschob, und diese Stille verstärkte in den Zuschauern den Eindruck, daß sich da ein unbekanntes Ungeheuer auf sie zuwälzte, dessen einziges Ziel blindwütige Zerstörung war. Als es sich bis auf eine halbe Meile genähert hatte, schien es den Kopf zu heben, und ein weißer Kamm erschien, gleichzeitig senkte sich der immer noch glatte Wasserspiegel zwischen der Welle und dem Strand, als würde alles Wasser von dem Riesenmaul des Monsters aufgesogen – was auch tatsächlich der Fall war.

Und dann konnte man die Welle plötzlich hören: Ein tiefes Röhren dröhnte in den Lautsprechern, das von Sekunde zu Sekunde anschwoll und schließlich so ohrenbetäubend wurde, daß der Mann am Lautstärkenregler den Knopf fast ganz zurückdrehen mußte. Als sie noch fünfzig Meter von der Küste entfernt und kurz davor war, sich zu brechen, war der Abschnitt zwischen ihr und dem Strand völlig trocken – der Sandboden lag vollkommen nackt da. Und dann – mit einem Donnerschlag, der wie eine Explosion klang – schlug das Monster zu.

Eine ganze Weile ließ sich nichts Genaueres mehr sagen, denn die Wasserwand, die sich dreißig Meter senkrecht in die Höhe erhob, und der Wassernebel, der fünfmal so hoch sprühte, als die Welle sich mit unwiderstehlicher Gewalt auf die Häuser stürzte, die die Küste säumten, ließen keine Einzelheiten erkennen. Der Wasserschleier fing gerade an, in sich zusammenzusinken – obwohl er immer noch hoch genug war, um die Sicht auf den sich allmählich auflösenden Fächer der Wasserstoffexplosion zu stören –, als die Flutwelle durch den Vorhang brach und sich gierig auf die Stadt stürzte. Wassermassen von neun bis zwölf Metern Höhe wälzten sich wie ein gigantischer Mahlstrom durch die von Osten nach Westen verlaufenden Straßenschluchten von Los Angeles und rissen Massen von undefinierbaren Trümmern und Hunderte von verlassenen Autos mit sich. Es sah so aus, als würde die Stadt überflutet, ertränkt und nur noch eine Erinnerung bleiben, aber überraschenderweise kam es nicht dazu – hauptsächlich wegen der strengen Baubestimmungen, die man nach dem Erdbeben von Long Beach im Jahre 1933 erlassen hatte. Alle Häuser an der Küste waren zerstört, die Stadt selbst blieb verschont. Allmählich verlangsamte der Strom seine Geschwindigkeit – das Gelände stieg leicht an, und er hatte sich bereits verausgabt. Ganz langsam zog er sich mit unappetitlichem Schmatzen erschöpft ins Meer zurück, aus dem er gekommen war. Wie immer bei einer Flutwelle, kam noch eine zweite nach. Obwohl auch diese bis in die Stadt vordrang, war sie kaum erwähnenswert.

Zum erstenmal zeigte Morro so etwas wie Befriedigung.

»Nun – das wird ihnen wohl doch zu denken geben!«

Burnett begann zu fluchen, und die Tatsache, daß er sich dabei nicht einmal wiederholte, ließ darauf schließen, daß er nicht sein ganzes Leben in Schulzimmern und Hörsälen verbracht hatte. Schließlich wurde ihm bewußt, daß sich auch Damen im Raum befanden – er griff nach seinem Glas und verfiel in Schweigen.

Ryder stand gelassen und regungslos da, während ein Arzt einen Glassplitter aus seinem Kopf entfernte – wie viele andere hatte auch er aus dem Fenster geschaut, als die Explosion erfolgte. Barrow, den der Arzt kurz zuvor behandelt hatte, wischte sich mit seinem Taschentuch das Blut vom Gesicht. Er nahm ein Glas mit einem Stärkungsmittel von einem Arzthelfer entgegen und wandte sich dann an Ryder: »Na, wie fanden Sie die Vorstellung?«

»Man wird etwas unternehmen müssen, das steht außer Frage. Einem tollen Hund kann man nur auf eine Weise Herr werden – man muß ihn niederschießen.«

»Wie stehen die Chancen?«

»Nicht schlecht.«

Barrow sah ihn neugierig an: »Freuen Sie sich darauf, ihn niederzuschießen?«

»Nein, bestimmt nicht. Sie wissen ja, wie man uns nennt: Friedensbewahrer. Aber wenn er auch nur Anstalten macht, zu blinzeln...«

»Ich bin trotzdem ausgesprochen unglücklich über die Situation«, sagte General Culver, und man sah es ihm an. »Ich halte Ihr Vorhaben für außerordentlich unklug. Außerordentlich! Nicht, daß ich an Ihren Fähigkeiten zweifle, Sergeant – Sie sind ein erprobter Mann –, aber Sie müssen notgedrungen emotional beeinflußt sein, und das ist nicht gut. Und Ihr fünfzigster Geburtstag liegt schon eine Weile hinter Ihnen. Ich bin ganz offen zu Ihnen, wie Sie sehen. Ich habe junge, ausgebildete – Killer, wenn Sie so wollen, die eine hervorragende Kondition haben. Ich glaube...«

»General!« Culver drehte sich um, als Major Dunne eine Hand auf seinen Arm legte, und sanft sagte: »Ich versichere Ihnen, daß Sergeant Ryder wahrscheinlich der emotional stabilste Mensch im ganzen Staat ist. Und was Ihre jungen Killer mit der guten Kondition betrifft – warum lassen Sie nicht einen von ihnen herkommen und sehen zu, wie Ryder ihn auseinandernimmt?«

»Nun – äh – ich glaube trotzdem...«

»General!« Das war Ryder, und sein Gesicht zeigte immer noch keine Emotionen. »Wenn ich in aller Bescheidenheit darauf hinweisen darf: ich habe Morros Aufenthaltsort herausbekommen. Jeff, mein Sohn, hat den Plan für heute nacht ausgearbeitet. Meine Frau und meine Tochter werden da oben gefangen gehalten. Jeff und ich haben einen Grund, den Plan durchzuziehen – von Ihren Jungs hat keiner einen. Aber was viel wichtiger ist: wir haben das Recht dazu. Wollen Sie einem Mann seine Rechte absprechen?«

Culver sah ihn lange an, lächelte schließlich und nickte.

»Ich finde, es ist ein Jammer, daß sie ein Vierteljahrhundert zu alt sind, um sich zur Wahl zu stellen.«

Als sie den Fernsehraum verließen, sagte Susan Ryder zu Morro: »Ich habe gehört, Sie erwarten heute abend Gäste?«

Morro lächelte. Soweit es ihm möglich war, Zuneigung für irgend jemanden zu entwickeln, hatte er es für Susan getan. »Wir haben die Ehre.«

»Wäre es – wäre es möglich, den Präsidenten zu sehen? Nur für einen Moment?«

Morro hob eine Augenbraue. »Ich hätte nicht gedacht, daß Sie...«

»Ich? Wenn ich ein Mann wäre statt der Dame, die ich zu sein vorgebe, würde ich Ihnen sagen, was man mit dem Präsidenten machen sollte. Mit jedem Präsidenten! Nein, ich frage wegen meiner Tochter – sie würde es noch ihren Urenkeln erzählen.«

»Tut mir leid. Es kommt nicht in Frage.«

»Was könnte es denn schaden?«

»Überhaupt nichts. Es ist nur so, daß man Geschäft nicht mit Vergnügen verbinden soll.« Er sah sie neugierig an: »Nachdem Sie gerade gesehen haben, was ich getan habe, sprechen Sie trotzdem noch mit mir?«

»Ich glaube nicht, daß Sie die Absicht haben, jemanden umzubringen«, sagte sie ruhig.

Er fixierte sie mit einem Anflug von Erstaunen: »Dann habe ich bei Ihnen versagt – die restliche Welt ist überzeugt davon.«

»Die restliche Welt hat Sie auch nicht kennengelernt. Vielleicht wird der Präsident bitten, uns sehen zu dürfen.«

»Warum sollte er?« Er lächelte wieder. »Ich kann mir nicht vorstellen, daß der Präsident und Sie Verbündete sind.«

»Sind wir auch nicht – und ich würde auch gar keinen Wert darauf legen. Erinnern Sie sich doch daran, wie er sich gestern abend über Sie geäußert hat: ›Ein völlig rücksichtsloser Verbrecher ohne Skrupel.‹ Ich glaube nicht eine Sekunde, daß Sie die Absicht haben, einem von uns etwas anzutun, aber es wäre doch möglich, daß der Präsident als Vorspiel zu den Verhandlungen die Leichen sehen möchte.«

»Sie sind eine clevere Frau, Mrs. Ryder.« Er strich ihr kurz über die Schulter. »Wir werden sehen.«

Um elf Uhr vormittags landete ein Lear Jet in Las Vegas. Zwei Männer stiegen aus und wurden zu einem von fünf wartenden Polizeiwagen gebracht. Innerhalb der nächsten fünfzehn Minuten landeten vier weitere Maschinen, und acht Männer wurden auf die restlichen vier Polizeiwagen verteilt. Dann setzte sich der Konvoi in Bewegung. Die Route zu seinem Ziel war hermetisch abgeriegelt.

Um sechzehn Uhr kamen drei Männer aus Culver City in Sassoons Büro. Man teilte ihnen mit, daß sie erst um Mitternacht wieder gehen könnten. Sie akzeptierten die Eröffnung mit Gleichmut.

Um sechzehn Uhr fünfundvierzig landete die Air Force One mit dem Präsidenten an Bord in Las Vegas.

Um siebzehn Uhr dreißig betraten Culver, Barrow, Mitchell und Sassoon das kleine Vorzimmer von Sassoons Büro. Die drei Herren aus Culver City rauchten und tranken und machten einen ausgesprochen selbstzufriedenen Eindruck. Culver sagte: »Ich habe gerade erst davon erfahren – mir sagt nie jemand was.«

»Wenn meine Tochter mich erkennen würde«, sagte Ryder, »glauben Sie, daß irgend etwas auf der Welt sie daran hindern könnte, ›Daddy‹ zu rufen?«

Ryder hatte jetzt braune Haare, einen braunen Schnurrbart, braune Augenbrauen und sogar braune Wimpern. Seine Wangen waren mit Schaumgummikissen ausgepolstert, und eine zweireihige Narbe, die aussah, als sei sie schon Jahrzehnte alt, zierte seine rechte Wange – auch seine Nase war nicht wiederzuerkennen. Susan Ryder wäre auf der Straße an ihm vorbeigegangen, ohne ihn auch nur eines zweiten Blickes zu würdigen – und auch ihren Sohn und Parker hätte sie nicht wiedererkannt.

Um siebzehn Uhr fünfzig landete die Air Force One auf dem International Airport von Los Angeles – dem Spezialbeton einer solchen Landebahn konnte nicht einmal eine Flutwelle etwas anhaben.

Um achtzehn Uhr saßen Morro und Dubois vor einem Lautsprecher. »Ein Irrtum ist ausgeschlossen?« fragte Morro, aber es klang wie eine Feststellung.

»Es war eindeutig die Präsidenten-Maschine. Sie wurden von zwei unmarkierten Polizeiwagen und einer Ambulanz erwartet. Sieben Männer stiegen aus der Maschine. Fünf von ihnen waren gestern abend im Fernsehen zu sehen – darauf setze ich mein Leben. Mr. Muldoon scheint in sehr schlechter Verfassung zu sein – er wurde von zwei Männern die Treppe hinuntergeführt, die ihn zu der Ambulanz brachten. Einer von ihnen hatte eine Tasche dabei – sicher einen Arztkoffer.«

»Beschreiben Sie die beiden.«

Der Beobachter befolgte den Befehl in geübter Weise – seine Beschreibung stimmte in jedem Detail mit dem augenblicklichen Erscheinungsbild von Jeff und Parker überein.

»Ich danke Ihnen. Kommen Sie zurück.« Morro schaltete den Lautsprecher aus und wandte sich grinsend an Dubois: »Mumain ist wirklich Spitze auf seinem Gebiet.«

»Sie haben recht – so gut wie er ist keiner.«

Morro nahm ein Mikrophon in die Hand und begann zu diktieren.

Sassoon schaltete den Wandlautsprecher aus und sah seine Gäste an: »Er scheint von der prompten Ankunft seiner Gäste recht angetan zu sein.«

Um neunzehn Uhr dreißig kam die letzte Nachricht von Morro durch: »Es ist zu hoffen«, sagte er, »daß heute morgen keine Menschen ums Leben gekommen sind. Wie ich schon sagte – wenn es Tote gegeben hat, dann lehne ich dafür jede Verantwortung ab. Es ist bedauerlich, daß der erhebliche Sachschaden nicht zu vermeiden war. Ich bin sicher, daß meine Demonstration ausreichend eindrucksvoll war, um jeden Menschen zu überzeugen, daß ich die Mittel besitze, um meine Drohungen wahr zu machen.

Es wird niemanden überraschen, daß ich darüber informiert bin, daß die Delegation, die mich um eine Unterredung gebeten hat, heute abend um siebzehn Uhr fünfzig gelandet ist. Sie wird um Punkt einundzwanzig Uhr von einem Hubschrauber abgeholt, der genau in der Mitte des Flugplatzes von Los Angeles aufsetzen wird, der mit Hilfe von Suchscheinwerfern, oder was Sie sonst haben, hell erleuchtet sein sollte. Es darf kein Versuch gemacht werden, dem Hubschrauber nach seinem Abflug zu folgen – ich rate Ihnen, diesen Befehl zu beherzigen, denn wir haben immerhin Ihren Präsidenten an Bord. Das ist alles.«

Punkt einundzwanzig Uhr bestieg die Delegation den Hubschrauber. Es war nicht einfach, Muldoon hineinzuhieven, aber schließlich gelang es doch – ohne einen weiteren Herzinfarkt auszulösen. Als Stewardessen fungierten zwei Wachtposten, die jeweils eine Ingram-Maschinenpistole umgehängt hatten. Einer von ihnen ging herum und stülpte allen sieben Männern eine schwarze Kapuze über, die am Hals mit einem Durchzugsband zusammengezogen wurde. Der wütende Protest des Präsidenten verpuffte unbeachtet.

Der Präsident hieß Vincent Hillary und galt allgemein als der beste Charakterdarsteller, den Hollywood je hervorgebracht hatte. Sogar ohne Schminke sah er dem echten Präsidenten verblüffend ähnlich, und als der Maskenbildner mit ihm fertig war, hätte sogar der Präsident selbst geschworen, seinem Spiegelbild gegenüberzustehen. Er hatte eine außerordentlich wandlungsfähige Stimme und war deshalb in der Lage, die meisten Leute zu imitieren.

Der Generalstabschef wurde von einem gewissen Colonel Greenshaw verkörpert, der erst kürzlich seinen Abschied von den »Green Berets« genommen hatte. Niemand wußte, wie viele Menschenleben auf sein Konto gingen, und er selbst hatte sich nie die Mühe gemacht, sie zu zählen. Er genoß allgemein den Ruf, daß ihn nichts wirklich interessierte außer Mord – und auf seinem Gebiet war er fraglos ein Könner.

Der Verteidigungsminister wurde von einem Mann namens Harlinson gedoubelt, in dem viele Barrows Nachfolger als Chef des FBI vermuteten. Er sah beinahe noch mehr wie der Verteidigungsminister aus als der Verteidigungsminister selbst – und man sagte von ihm, daß er sehr gut auf sich aufpassen könne.

Der Außenminister wurde von einem außerordentlich erfolgreichen Rechtsanwalt vertreten, der früher Ivy-League-Professor gewesen war. Johannsen konnte keine besondere Empfehlung für sich vorbringen – er hätte nicht einmal gewußt, wie er eine Waffe laden mußte –, außer einem glühenden Patriotismus und der auffallenden Ähnlichkeit mit dem echten Minister, die die Maskenbildner noch perfektioniert hatten.

Der stellvertretende Finanzminister, ein gewisser Myron Bonn, hatte die Absicht, ebenfalls Akademiker zu werden und verkörperte das, was Sergeant Ryder bei der Suche nach dem richtigen Mann nicht für ausgeschlossen gehalten hatte. Er arbeitete an einer Dissertation, um den Doktor in Philosophie zu machen, und seine Arbeit war außerordentlich gründlich: es ging um die Lebensbedingungen im Gefängnis und um mögliche Verbesserungen, und auf diesem Gebiet war er Experte, denn er verfaßte seine Arbeit in einer Zelle im Todesblock, wo er auf seine Exekution wartete – er war ein vielfacher Mörder. Drei Dinge sprachen dafür, ihn für diese Aufgabe auszusuchen: Ein Krimineller muß nicht notwendigerweise unpatriotisch sein, seine Ähnlichkeit mit dem Minister war schon vor dem Make-up erstaunlich, und er wurde von der Polizei allgemein als der gefährlichste Mann in den Vereinigten Staaten betrachtet. Seltsamerweise war er ein grundehrlicher Bursche.

Aber Muldoon war fraglos das Prachtstück des Teams: Wie Hillary würde auch er an diesem Abend eine schauspielerische Leistung vollbringen, die einen »Oscar« verdiente – auch er war Schauspieler. Es hatte der größten Anstrengung der drei besten Maskenbildner Hollywoods bedurft, um ihn in sechs Stunden zu dem zu machen, was er jetzt war. Ludwig Johnson hatte während der Prozedur wahre Qualen gelitten, und er litt noch immer, denn auch ein Mann, der selbst schon zwei Zentner wiegt, ist nicht scharf darauf, noch zusätzliche sechzig Pfund mit sich herumzuschleppen – andererseits hatten es die Maskenbildner fertiggebracht, die sechzig Pfund wie die erforderlichen hundertdreißig erscheinen zu lassen, und dafür war er ihnen ausgesprochen dankbar.

So setzte sich das Team aus purem Zufall aus drei Männern zusammen, die durchaus in der Lage waren, in Aktion zu treten und dreien, die sich widerstandslos hätten niedermachen lassen. Ryder wäre es auch egal gewesen, wenn alle sechs zu der letzten Kategorie gehört hätten.

Dreizehntes Kapitel

Der Hubschrauber flog ganz niedrig über Bäume und Hecken nach Osten – zweifellos, um dem Radar zu entgehen – was, wie der Pilot allerdings nicht wissen konnte, völlig unnötig war, da man sein Ziel sowieso kannte. Nach einer kurzen Strecke drehte er nach Nordwesten ab und landete in der Nähe der Stadt Gorman. Hier wurden die Passagiere in einen Kleinbus verfrachtet, der am Südrand von Greenfield hielt. Von hier ging es wieder per Hubschrauber weiter. Muldoons Verfassung war mitleiderregend. Punkt dreiundzwanzig Uhr setzte der Hubschrauber im Hof des »Adlerhorstes« auf, aber das wußten die Besucher nicht – ihre Kapuzen wurden erst entfernt, nachdem man sie in den kombinierten Speise- und Betsaal gebracht hatte.

Morro und Dubois begrüßten die Gäste. Es gehörten noch andere Männer zum Empfangskomitee, aber sie zählten kaum, denn sie standen nur wachsam da und hielten ihre Ingrams im Anschlag. Sie trugen Anzüge – ihre übliche Kleidung hätte zu übertrieben gewirkt.

»Willkommen, Herr Präsident«, sagte Morro unerwartet ehrerbietig.

»Renegat!«

»Aber, aber.« Morro lächelte. »Wir wollen doch miteinander verhandeln und uns nicht beschimpfen. Und außerdem – wie kann ich als Nichtamerikaner ein Renegat sein?«

»Sie sind noch etwas viel Schlimmeres! Ein Mensch, der fähig ist, das zu tun, was Sie heute Los Angeles angetan haben, ist zu allem fähig. Vielleicht auch fähig, den Präsidenten der Vereinigten Staaten zu kidnappen und Lösegeld für ihn zu verlangen?« Hillary lachte verächtlich, und es war durchaus nicht unwahrscheinlich, daß er die Situation genoß. »Ich habe mein Leben aufs Spiel gesetzt, mein Herr.«

»Wenn Sie wollen, können Sie gleich wieder gehen. Nennen Sie mich, wie Sie wollen – Renegat, Gauner, Verbrecher, Mörder, einen Mann ohne alle Skrupel –, aber meine persönliche Integrität lassen Sie bitte unangetastet. Auch wenn sie die eines Mannes ist, den Sie als internationalen Banditen bezeichnen würden – mein Ehrenwort gilt! Sie könnten in Ihrem Konferenzraum im Weißen Haus nicht sicherer sein.«

»Ha!« Hillarys Gesicht rötete sich vor Zorn – eine Tatsache, die die Welt als hervorragende schauspielerische Leistung betrachtet hätte, die aber lediglich darauf zurückzuführen war, daß er den Atem anhielt und seine Bauchmuskeln so weit wie möglich ausdehnte. Langsam und unmerklich entspannte Hillary seine Muskeln wieder und begann ebenso unmerklich wieder zu atmen, worauf sein Gesicht allmählich eine normale Färbung annahm. »Also gut, ich glaube Ihnen.«

Morro bedachte ihn mit der Andeutung einer Verbeugung: »Sie erweisen mir eine Ehre. Die Photographien, Abraham.«

Dubois gab ihm einige stark vergrößerte Aufnahmen der Delegation. Morro ging von einem zum anderen und musterte jeden gründlichst, wobei er immer wieder das Original mit dem Photo verglich. Als er seine Überprüfung beendet hatte, wandte er sich an Hillary: »Gestatten Sie eine Frage unter vier Augen?«

Wie es auch in Hillary aussehen mochte – er hatte ja keine Gelegenheit gehabt, seine Rolle zu proben, und das Drehbuch hatte viele Lücken –, seine dreißigjährige Schauspielerfahrung ermöglichte es ihm aber, völlig ruhig zu bleiben. »Warum ist der stellvertretende Finanzminister mitgekommen?« fragte Morro.

Hillarys Gesicht gefror. Er sah Morro mit eisigen Augen an und sagte kalt: »Sehen Sie sich Muldoon an – da haben Sie Ihre Antwort.«

»Ich verstehe. Sind Sie vielleicht gekommen, um, sagen wir, finanzielle Angelegenheiten zu besprechen?«

»Unter anderem.«

»Der Mann mit den braunen Haaren und dem braunen Schnurrbart sieht wie ein Polizist aus.«

»Das ist er auch – ein Geheimdienstmann. Wissen Sie nicht, daß der Präsident immer einen Mann vom Geheimdienst bei sich hat?«

»Im Flugzeug war er aber nicht.«

»Natürlich nicht – er ist der Chef des Geheimdienstes an der Westküste. Ich dachte, Sie seien besser informiert. Wußten Sie nicht, daß ich auf Flügen niemals...« Er brach ab. »Woher wußten Sie, daß...«

Morro lächelte. »Vielleicht ist mein Geheimdienst fast so gut wie der Ihre. Kommen Sie, gehen wir wieder zu den anderen.«

Dort angekommen, sagte Morro zu einer der Wachen: »Holen Sie den Arzt.«

Es war ein kritischer Augenblick – vielleicht wollte Morro Muldoon untersuchen lassen. Damit hatte niemand gerechnet.

»Ich fürchte, meine Herren«, sagte Morro, »es wird sich nicht umgehen lassen, Sie zu durchsuchen.«

»Mich wollen Sie durchsuchen? Mich – den Präsidenten?« Hillary produzierte wieder einen hochroten Kopf, knöpfte dann seinen Mantel und sein Jackett auf und klappte beides weit auseinander. »Noch niemals in meinem Leben bin ich derartig erniedrigt worden. Bedienen Sie sich.

»Ich bitte um Verzeihung – wenn ich es mir genau überlege, ist es wohl doch überflüssig. Nur in *einem* Fall nicht. Ah, Doktor«. Peggys medizinischer Betreuer war auf der Bildfläche erschienen. Morro zeigte auf Jeff: »Dieser junge Mann ist angeblich Arzt. Würden Sie bitte den Inhalt seiner Tasche überprüfen?«

Ryder ließ lautlos die angehaltene Luft aus seiner Lunge entweichen und blieb völlig gelassen, als Morro mit dem Finger auf ihn zeigte: »Dies, mein lieber Abraham, ist die Leibwache des Präsidenten. Es wäre doch durchaus möglich, daß sie sich als wandelndes Waffenarsenal entpuppt.«

Der Riese kam näher. Unaufgefordert zog Ryder Mantel und Jackett aus und ließ beides zu Boden fallen. Dubois durchsuchte Ryder mit geradezu penetranter Gründlichkeit – er ging sogar so weit, mit der Hand in seine Socken zu fahren und die Schuhe auf falsche Absätze hin zu untersuchen. Ryder stand während der ganzen Prozedur mit geballten Fäusten da, was Dubois sichtlich amüsierte. Schließlich hielt er diesen Teil der Aufgabe für erfüllt und wandte sich an Morro: »So weit, so gut.«

Dann hob er Ryders Mantel und Jackett vom Boden auf und durchsuchte beides mit derselben Gründlichkeit, wobei er sich vor allem für das Futter und die Säume interessierte. Schließlich gab er die beiden Kleidungsstücke ihrem Besitzer zurück – nur zwei Kugelschreiber behielt er, die er aus Ryders Brusttasche genommen hatte.

Während Dubois sich Ryder vorgenommen hatte, war Jeffs Tasche von Morros Arzt nicht minder gründlich durchsucht worden.

Dubois ging zu Morro hinüber, nahm ihm eine Photographie aus der Hand, zog eine ausgesprochen unangenehm aussehende Waffe aus dem Gürtel, drehte die Photographie um, gab Ryder einen der Kugelschreiber und sagte: »Die Spitze ist versenkt, aber ich habe keine Lust, auf den Knopf zu drücken – man kann heutzutage die unglaublichsten Sachen mit Kugelschreibern machen. Damit will ich Sie natürlich nicht verdächtigen – ich möchte Sie nur bitten, etwas damit zu schreiben. Meine Waffe zielt genau auf Ihr Herz.«

»Großer Gott!« Ryder nahm die Photographie und den Kugelschreiber, drückte auf den Knopf, der die Schreibspitze zum Vorschein kommen ließ, schrieb etwas, drückte wiederum auf den Knopf, worauf die Schreibspitze wieder verschwand, und gab beides Dubois zurück. Dubois warf einen Blick auf das Geschriebene und sagte zu Morro: »Keine sehr freundliche Mitteilung. Hier steht: ›Zur Hölle mit euch allen!‹« Er gab Ryder auch den anderen Kugelschreiber: »Meine Waffe zielt immer noch auf Ihr Herz.«

Ryder schrieb auch mit diesem Kugelschreiber etwas auf die Photographie, die Dubois ihm zurückgegeben hatte, und gab dann beides Dubois wieder, der Morro ansah und grinste: »Jetzt heißt es: ›Aber schleunigst.‹« Er gab Ryder beide Kugelschreiber zurück.

Morros Arzt war mit der Überprüfung von Jeffs Tasche fertig und gab sie ihm zurück. Er sah Morro an und lächelte sanft: »Eines Tages, Sir, werden Sie mir auch einen so phantastischen Arztkoffer besorgen wie diesen.«

»Wir können nicht alle Präsidenten der Vereinigten Staaten sein.« Der Doktor lächelte, verbeugte sich und verschwand.

»Jetzt, da das ganze unnötige Theater vorüber ist«, sagte Hillary, »darf ich Sie vielleicht fragen, ob Sie etwas über die spätabendlichen Gewohnheiten des Präsidenten wissen. Ich weiß, wir haben nicht die ganze Nacht Zeit, aber sicherlich genügend...«

»Ich bin mir bewußt, daß ich meine Gastgeberpflicht aufs Gröbste vernachlässigt habe – aber ich muß nun einmal gewisse Vorsichtsmaßregeln einhalten. Sie müßten das doch gut verstehen. Meine Herren, darf ich bitten?«

Als die Gesellschaft es sich in Morros Salon bequem gemacht hatte, hätte man annehmen können, es handle sich um ein gemütliches Beisammensein in einem Country Club. Zwei Mitglieder von Morros Stab servierten in für sie ungewohnter Kleidung – sie trugen Smokings und schwarze Krawatten – Drinks für Gäste und Gastgeber. Morro schien wie üblich völlig gelassen. Es war wahrscheinlich der größte Augenblick seines Lebens, aber man merkte es ihm nicht an. Er saß neben Hillary.

Hillary sagte: »Ich bin der Präsident der Vereinigten Staaten.«
»Das ist mir durchaus klar.«

»Und ich bin auch Politiker, und auch – und vor allem – ein Staatsmann, wie ich hoffe. Ich habe gelernt, Unvermeidliches zu akzeptieren. Und augenblicklich befinde ich mich in einer äußerst unangenehmen Lage.«

»Auch das ist mir durchaus klar.«

»Ich bin gekommen, um ein Geschäft mit Ihnen zu machen.« Und nach einer langen Pause fuhr er fort: »Ein berühmter britischer Außenminister hat einmal gesagt: ›Würden Sie mich nackt an den Konferenztisch schicken?‹«

Morro sagte nichts.

»Ich habe eine Bitte: Bevor ich mich öffentlich und meinem Kabinett gegenüber festlege – könnte ich unter vier Augen mit Ihnen sprechen?«

Morro zögerte.

»Ich trage keine Waffen bei mir. Ihre Riesen können Sie von mir aus mitnehmen. Oder verlange ich zuviel?«

»Nein.«

»Dann sind Sie also einverstanden?«

»Unter diesen Umständen ist es wohl das wenigste, was ich tun kann.«

»Ich danke Ihnen.« Ein ärgerlicher Unterton schlich sich in Hillarys Stimme ein. »Ist es nötig, daß drei bewaffnete Posten acht wehrlose Männer bewachen?«

»Gewohnheitssache, Herr Präsident.«

Muldoon saß vornübergesunken in seinem Sessel – er kehrte den anderen seinen breiten Rücken zu – und Jeff, von dessen Hals ein Stethoskop baumelte, hielt ein Glas Wasser und einige Tabletten in der Hand. Hillary hob die Stimme und fragte: »Das Übliche, Doktor?«

Jeff nickte.

»Digitalis«, erklärte Hillary Morro.

»Ah! Ein Herzanregungsmittel, nicht wahr?«

»Ja.« Hillary nippte an seinem Drink und sagte dann ohne Einleitung: »Sie haben Geiseln hier, nehme ich an?«

»Ja – aber es ist ihnen kein Haar gekrümmt worden, das versichere ich Ihnen.«

»Ich kann Sie nicht verstehen, Morro. Hochzivilisiert, hochintelligent, vernünftig – und doch verhalten Sie sich so ganz anders. Was treibt Sie dazu?«

»Es gibt ein paar Themen, über die ich lieber nicht sprechen möchte.«

»Bringen Sie die Geiseln her.«

»Warum?«

»Bringen Sie sie her, oder ich werde nicht mit Ihnen verhandeln! Vielleicht ist es falsch, nach dem äußeren Anschein zu gehen – sie sehen nicht so aus wie ein Ungeheuer, aber vielleicht sind Sie es doch. Und sollten die Geiseln tot sein, lasse ich mich eher von Ihnen umbringen, als daß ich ein Geschäft mit Ihnen mache.«

Einige Zeit verging, dann fragte Morro: »Kennen Sie Mrs. Ryder?«

»Wer ist das?«

»Eine unserer Geiseln. Es hat den Anschein, als stünden Sie in telepathischer Verbindung mit ihr.«

»Ich muß mich um China kümmern, sagte Hillary, »ich muß mich um Rußland kümmern. Der gemeinsame Markt Europas beschäftigt mich, die Wirtschaft, die Rezession – auch mein Gehirnpotential ist nicht unbegrenzt. Wer ist diese – wie heißt sie doch gleich?«

»Mrs. Ryder.«

»Wenn sie noch am Leben ist, bringen Sie sie her. Wenn sie tatsächlich telepathisch so begabt ist, könnte sie vielleicht den Platz des Vizepräsidenten einnehmen. Ich möchte alle Geiseln sehen.«

»Ich wußte schon vorher – und die Dame wußte es auch –, daß Sie eine solche Bitte aussprechen würden. Nun gut – für zehn Minuten.« Morro drehte sich um und schnipste mit den Fingern. Ein Wachtposten verschwand lautlos.

Die zehn Minuten vergingen sehr schnell – viel zu schnell für die Geiseln –, aber Ryder genügten sie. Morro hatte den Geiseln in seiner üblichen gastfreundlichen Art einen Drink angeboten und ihnen gleichzeitig mitgeteilt, daß sie nur kurz bleiben könnten. Der Mittelpunkt des Interesses war natürlich Hillary, der – müde aber charmant – jeden Präsidenten in den Schatten stellte, der je im Amt gewesen war. Morro wich ihm nicht von der Seite. Selbst ein unmenschliches Ungeheuer – und es war nicht bewiesen, daß es sich bei ihm um ein solches handelte – hat seine menschliche Seite: es ist nicht jedem vergönnt, einen Präsidenten in seinem Haus zu haben.

Ryder wanderte mit seinem Glas in der Hand durch den Raum

und sprach hier einen Satz und dort ein paar Worte. Dann näherte er sich als fünftem oder sechstem einem Mann und stellte fest: »Sie sind Dr. Healey.«

»Ja – woher wissen Sie das?«

Ryder erklärte es ihm nicht. »Bringen Sie es fertig, ihre gelassene Miene stur beizubehalten?«

Healey sah ihn an und behielt sie bei.

»Ja.«

»Mein Name ist Ryder.«

»Ach ja?« Healey lächelte den Pseudokellner an, der sein Glas wieder füllte.

»Wo ist der Knopf?«

»Rechts. Der Lift. Vier Zimmer. Das vierte.«

Ryder ging weiter, sprach mit ein oder zwei anderen Leuten und stieß dann wie zufällig wieder auf Healey.

»Sagen Sie es niemandem. Nicht mal Susan.« Die Erwähnung ihres Namens, das wußte er, würde seine Glaubwürdigkeit erhärten: »Im vierten Zimmer?«

»Kleine Nische. Stahltür innen. Er hat den Schlüssel. Der Knopf ist dahinter.«

»Wachen?«

»Vier. Sechs. Hof.«

Ryder verließ Healey wieder und setzte sich in einen Sessel. Einige Zeit später kam Healey vorbeigeschlendert. »Hinter dem Lift sind Stufen.« Ryder blickte nicht einmal auf.

Er beobachtete unauffällig, daß sein Sohn sich hervorragend machte. Er war ganz der verantwortungsbewußte Arzt – wich Muldoon nicht von der Seite, warf keinen Blick in die Richtung seiner Mutter oder Schwester. Seine Beförderung ist fällig, dachte Ryder – mindestens zum Sergeanten. Es fiel Ryder nie ein, über seine eigene Zukunft nachzudenken.

Zwei Minuten später erklärte Morro das gesellige Beisammensein in höflicher Form für beendet. Gehorsam verließen die Geiseln den Raum. Weder Susan noch ihre Tochter hatten einen zweiten Blick an Ryder oder Jeff verschwendet.

Morro stand auf: »Wenn Sie mich bitte entschuldigen, meine Herren – ich habe eine kurze, vertrauliche Unterhaltung mit dem Präsidenten. Es dauert nur ein paar Minuten.« Er sah sich prü-

fend im Raum um: drei bewaffnete Posten – jeder mit einer Ingram – und zwei Kellner mit versteckten Pistolen. Er wußte, daß
seine Sicherheitsvorkehrungen lächerlich übertrieben waren,
aber sie hatten dazu geführt, daß sein waghalsiges Leben nicht
längst ein gewaltsames Ende gefunden hatte. »Kommen Sie,
Abraham.«

Die drei Männer verließen den Raum und gingen den Flur entlang bis zur zweiten Tür auf der rechten Seite. Dahinter lag ein
kleiner, kahler Raum, dessen einziges Mobiliar aus einem Tisch
und ein paar Stühlen bestand. »Wir sind hergekommen, um über
finanzielle Probleme zu diskutieren, Herr Präsident.«

Hillary seufzte. »Sie sind erfrischend direkt. Wollen Sie mir
damit vielleicht andeuten, daß Sie nichts mehr von diesem hervorragenden Scotch haben?«

»Der Himmel – oder besser Allah – möge verhüten, daß wir
uns Ihnen gegenüber eine Unhöflichkeit zuschulden kommen
lassen. Sie erwähnten das Unvermeidliche – es bedarf eines großen Mannes, das Unvermeidliche zu akzeptieren.« Er schwieg,
während Dubois ein Glas und eine Flasche auf den kleinen
Schreibtisch stellte, hinter dem Morro saß. Er sah ihm schweigend zu und hob dann sein Glas – aber nicht um einen Toast aus-
zubringen.

»Was haben Sie anzubieten?«

»Sie werden gleich verstehen, weshalb ich mit Ihnen allein
sprechen wollte. Ich, der Präsident der Vereinigten Staaten, habe
das Gefühl, mein Land zu verraten. Zehn Milliarden Dollar.«

»Darauf wollen wir trinken.«

Ryder wanderte mit seinem Glas in der Hand scheinbar ziellos
durch den Raum. In seiner Manteltasche steckte einer seiner
Kugelschreiber, dessen Knopf er der Instruktion zufolge sechsmal gedrückt hatte – wie angekündigt, war die Schreibspitze
nach dem sechsten Mal abgefallen. Harlinson stand nahe bei einem der Kellner. Greenshaw hatte sich gerade einen neuen Drink
bestellt.

Muldoon – alias Ludwig Johnson – saß nach wie vor mit dem
Rücken zu den übrigen. Er schauderte zusammen und gab ein
merkwürdiges Stöhnen von sich. Sofort beugte Jeff sich über ihn,

tastete nach seinem Puls und setzte das Stethoskop auf sein Herz. Es war deutlich zu sehen, wie sein Gesicht sich vor Sorge verfinsterte. Jeff schlug das Jackett auseinander, knöpfte die riesige Weste auf und tat etwas, das keine der Wachen sehen konnte.

Eine von ihnen fragte: »Was ist los?«

»Seien Sie still!« fuhr Jeff ihn an. »Er ist schwer krank. Ich mache eine Herzmassage.« Er wandte sich an Bonn: »Stützen Sie seinen Rücken.«

Bonn befolgte den Befehl, und dann war ein schwaches, schabendes Geräusch zu hören. Ryder fluchte lautlos – Plastikreißverschlüsse sollten eigentlich geräuschlos funktionieren. Der Wachtposten, der gesprochen hatte, kam einen Schritt näher und fragte mißtrauisch: »Was war das?«

Der nächste Posten stand nur einen Meter von Ryder entfernt. Sogar mit der Kugelschreiberpistole war es unmöglich, ihn zu verfehlen. Der Mann stieß einen leisen Seufzer aus und lag gleich darauf zusammengesunken auf dem Boden. Die beiden anderen Wachen drehten sich um und starrten fassungslos auf ihren Kumpan hinunter. Fast drei Sekunden verharrten sie regungslos – mehr als genug Zeit für Myron Bonn, den Killer von Staates Gnaden, um beide mit einer schallgedämpften Smith & Wesson durchs Herz zu schießen. Im gleichen Augenblick versetzte Greenshaw dem Kellner, der sich gerade zu ihm herunterbeugte, um den bestellten Drink zu servieren, einen ebenso kurzen wie wirkungsvollen Schlag, und Harlinson versorgte den Kellner, der vor ihm stand, auf die gleiche Weise.

Johnson hatte unter dem Hemd ein extra dick gefüttertes, mit einem Reißverschluß versehenes Leibchen getragen. Unter diesem wiederum war ein Polster aus einem Spezialgummi befestigt, das fast dreißig Zentimeter dick war und dort gesessen hatte, wo der untere Teil seines Bauches sein sollte. Direkt auf der Haut hatte man eine weitere Gummischicht festgeklebt, die fast genauso dick war – und das war der Grund, warum drei hochqualifizierte Maskenbildner sechs Stunden gebraucht hatten, um ihm Muldoons äußere Erscheinung zu verleihen. Zwischen den beiden Gummischichten waren drei in Gummi gewickelte Pistolen und die Einzelteile von zwei Kalaschnikow-Maschinenpistolen untergebracht worden. Ryder und sein Sohn brauchten nicht einmal eine Minute, um die Waffen zusammenzusetzen.

Ryder sagte: »Bonn, Sie sind der Scharfschütze. Stellen Sie sich vor die Tür. Wenn irgend jemand sich der Tür nähert, wissen Sie ja, was Sie zu tun haben.«

»Und ich bekomme mein Doktorat?«

»Ich komme zu Ihrer Abschlußfeier. Jeff, Colonel Greenshaw, Mr. Harlinson – draußen im Hof stehen drei bewaffnete Wachen. Machen Sie soviel Lärm, wie Sie für nötig halten. Schalten Sie sie aus.«

»Dad.« Jeff sah seinen Vater mit schneeweißem Gesicht flehend an.

»Gib Bonn die Kalashnikov! Diese Leute hätten Millionen deiner Mitbürger umgebracht!«

»Guter Gott! Dad!«

»Deine Mutter...«

Jeff ging hinaus. Greenshaw und Harlinson folgten. Bonn und Ryder traten nach ihnen auf den Korridor – und dann machte Ryder seinen ersten Fehler seit dem Zeitpunkt, als er von dem Einbruch in San Ruffino gehört hatte. Er war ganz einfach müde. Er hatte keine Ahnung, wohin Morro und Dubois mit Hillary gegangen waren – normalerweise hätte er die Möglichkeit in Betracht gezogen, daß die drei sich in einem Raum befanden, der zwischen dem, vor dem er jetzt stand, und dem Lift lag, der zum Keller hinunterführte. Aber er war wirklich total erschöpft. Für alle Anwesenden hatte er den Eindruck eines Mannes mit eiserner Kondition gemacht – aber selbst er war nicht aus Eisen.

Er lauschte dem stotternden Bellen der Kalashnikov und fragte sich, ob Jeff ihm jemals verzeihen würde. Wahrscheinlich nicht, dachte er, wahrscheinlich nicht, und es war ihm kaum ein Trost, daß Millionen von Kaliforniern anders denken würden als sein Sohn. Noch nicht an so etwas denken. Der Zeitpunkt war noch nicht gekommen.

Fünf Meter weiter den Flur hinunter kam Dubois mit gezogener Waffe aus einer Tür gestürmt, dicht gefolgt von Morro, der Hillary hinter sich herzerrte. Ryder hob seine Kalashnikov – und Dubois starb. Es war unmöglich zu sehen, wo die Kugel in den Körper eingedrungen war, und Ryder hatte den Abzug seiner

Waffe nicht betätigt – der zukünftige Doktor der Philosophie arbeitete eifrig an seiner Promotion.

Morro wich rückwärts in den Gang zurück, wobei er Hillary als Schild vor sich hielt. Die Tür des Aufzugs war nur fünf Meter entfernt.

»Bleiben Sie stehen«, sagte Ryder. Seine Stimme klang seltsam ruhig. »Schauen Sie nach links.« Er stellte die Kalashnikov auf Einzelfeuer ein und zog den Abzug durch. Er wollte es nicht tun – er verabscheute, es zu tun. Hillary hatte zwar zugegeben, daß er ersetzbar sei, aber trotzdem war er, wie er an diesem Abend bewiesen hatte, ein liebenswerter Mensch – ein tapferer, fröhlicher, mutiger und menschlicher Mensch. Aber das waren Millionen von Kaliforniern. Doch Hillary durfte weiterleben – die Kugel traf Morro in die Schulter. Er schrie nicht auf, er grunzte nur und zerrte Hillary weiter auf den Aufzug zu. Das Gitter war offen. Er stieß Hillary in die Kabine und sprang hinterher. Da traf ihn die zweite Kugel in den Oberschenkel – und diesmal schrie er auf. Ein gewöhnlicher Mann wird bewußtlos, wenn man ihm den Oberschenkelknochen zertrümmert, oder sitzt auf dem Boden, bis ein Krankenwagen kommt – eine schwere Wunde verursacht zunächst keine großen Schmerzen, das verhindert der Schock. Der Schmerz stellt sich erst später ein. Aber Morro war, wie alle Welt inzwischen wußte, kein gewöhnlicher Mann. Die Lifttür schloß sich, und das leise Seufzen, mit dem der Aufzug nach unten glitt, war der Beweis dafür, daß Morro immer noch genug Verstand gehabt hatte, um auf den richtigen Knopf zu drücken.

Ryder trat an den Liftschacht und sah hinunter. Eine, zwei, drei Sekunden lang konnte er nur daran denken, daß Morro jetzt auf dem Weg zu dem Knopf war, mit dem er den Weltuntergang auslösen konnte. Dann erinnerte er sich, was Healey ihm gesagt hatte: es gab eine Treppe!

Sie war nur drei Meter entfernt und unbeleuchtet. Es mußte natürlich Licht hier geben, aber Ryder wußte nicht, wo der Schalter war. Das erste Stockwerk stolperte er in undurchdringlicher Finsternis hinunter und stürzte schwer, als er gegen eine Wand lief. Die Treppe schien endlos zu sein. Auf dem nächsten Absatz wandte er sich nach rechts und war diesmal vorsichtig genug, am Ende dieses Stockwerkes nicht wieder gegen die Wand zu rennen. Ganz automatisch hatte er die Anzahl der Stufen von einem Absatz zum nächsten gezählt: es waren dreizehn. Du alter Idiot, dachte Ryder wütend, sogar ein Pfadfinderjunge hätte daran gedacht, eine Taschenlampe mitzunehmen. Aber auch ohne Taschenlampe brachte er das dritte Stockwerk ohne Schwierigkeiten hinter sich. Und das vierte war überhaupt kein Problem mehr, weil von irgendwoher ein schwacher Lichtschein kam.

Die Liftkabine stand mit offener Tür da. Hillary saß halb betäubt daneben und massierte sich vorsichtig seinen Hinterkopf. Ryder beachtete ihn nicht, und er beachtete Ryder nicht. Vor Ryder lagen eine Reihe von Kammern. Die vierte, hatte Healey gesagt, die vierte. Ryder erreichte sie, und dann sah er Morro in einem kleinen Sperrholzverschlag: er zog sich hoch, bis er auf den Füßen stand, und hatte einen Schlüssel in der Hand. Er mußte den ganzen Korridor kriechend wie ein verwundetes Tier hinter sich gebracht haben, denn sein eines Bein war nicht mehr zu gebrauchen, und sein Weg war durch eine Blutspur gekennzeichnet.

Nach einigen Bemühungen gelang es Morro, den Schlüssel ins Schloß zu schieben, und dann ging die Tür auf. Er schleppte sich in den Raum, der dahinter lag – in die kranke Welt eines kranken Träumers. Ryder hob langsam die Kalaschnikov – er hatte Zeit.

»Halt, Morro, halt!« sagte Ryder. »Bitte bleiben Sie stehen.«

Morro war wirklich sehr schwer verletzt – und sein Verstand konnte auch nicht mehr intakt sein. Aber selbst, wenn er körperlich und geistig noch völlig gesund gewesen wäre, hätte er wahrscheinlich nicht anders gehandelt: ob gesund oder nicht, die Gott sei Dank nicht zahlreichen Morros dieser Welt hält im Notfall ihr Fanatismus aufrecht.

Unglaublicherweise hatte Morro es tatsächlich geschafft, sein Ziel zu erreichen. Gerade machte er sich daran, die durchsichtige Abdeckhaube eines Kästchens abzuschrauben, unter der ein roter Knopf lag. Ryder war immer noch drei Meter von ihm entfernt – zu weit, um ihn aufzuhalten.

Er schaltete die Kalaschnikov von Einzel- auf Dauerfeuer um.

»Wie kannst du es fertigbringen, den Whisky dieses Ungeheuers zu trinken?« fragte Susan.

»Es gibt Zeiten, da darf man nicht wählerisch sein.« Susan weinte und zitterte – ihr Mann hatte sie noch nie so erlebt. Er legte den Arm ganz fest um die Schulter seiner Tochter, die auf seiner anderen Armlehne saß, und nickte zu Morros Büro hinüber, wo Professor Burnett ein Seminar abhielt. »Was gut genug für den Professor ist…«

»Ach, sei still. Weißt du übrigens, daß du mir in deiner neuen Aufmachung ausgesprochen gut gefällst? Vielleicht solltest du sie beibehalten.«

Ryder nahm noch einen kleinen Schluck Glenfiddich und schwieg.

»Irgendwie tut er mir leid«, sagte Susan. »Okay – er war ein Teufel, aber manchmal fast so etwas wie ein freundlicher Teufel.«

Ryder schwieg – es hatte keinen Sinn, zu widersprechen.

»Das Ende eines Alptraumes«, sagte Susan. »Eine glückliche Zukunft liegt vor uns.«

»Ja. Der erste Hubschrauber müßte in zehn Minuten hier sein. Und dann gehst du schleunigst ins Bett, meine junge Dame. Eine glückliche Zukunft? Das ist nicht sicher. Vielleicht haben wir Glück wie Myron Bonn, und unser Todesurteil wird aufgehoben – vielleicht aber auch nicht. Ich weiß es nicht. Irgendwo da draußen lauert das Ungeheuer immer noch darauf, uns zu verschlingen.«

»Was, um Himmels willen, meinst du denn, John? So habe ich dich ja noch nie reden hören.«

»Die Formulierung stammt nicht von mir. Vielleicht sollten wir nach New Orleans ziehen.«

»Aber warum denn nur?«

»Dort hat es noch nie ein Erdbeben gegeben.«

Weitere lieferbare Bücher von Alistair MacLean im Lichtenberg Verlag

CIRCUS

220 Seiten, gebunden

Der Meister spannender Unterhaltung hat wieder einmal einen Beweis seines großen Könnens geliefert. Der ihm eigene trockene Humor und sein Gefühl für dramatische Aktionsszenen läßt auch diesen Roman zu einem echten Genuß für alle Krimifreunde werden.

GEHEIMKOMMANDO ZENICA

292 Seiten, gebunden

Ein neuer Geheimauftrag für die Helden von Navarone, der sie zum zweitenmal in aufregende Abenteuer und lebensgefährliche Situationen bringt.

GOLDEN GATE

296 Seiten, gebunden

Schauplatz des größten Verbrechens in der Geschichte der Kriminalität: die Golden Gate Brücke. Anlaß des spektakulären Coups: das größte Ölgeschäft in der Geschichte des Welthandels.

DIE INSEL

304 Seiten, gebunden

Ein neuer Thriller des Spitzenautors Alistair MacLean. Die Insel in der arktischen Hölle wird zum Schauplatz eines entnervenden Spiels um Leben und Tod, das mit lautloser, unheimlicher Präzision abläuft.

DIE KANONEN VON NAVARONE
352 Seiten, gebunden
Dieser dramatische Kriegsroman von Alistair MacLean
wurde weltberühmt. Allein in deutscher Sprache wurden
350 000 Exemplare verkauft.

MEERHEXE
280 Seiten, gebunden
Der Plan: Zerstörung der »Meerhexe«, einer sensatio-
nellen neuartigen Bohrinsel im Golf von Mexiko. Zwei
Giganten bekämpfen einander und lösen dabei beinahe
den Dritten Weltkrieg aus. Ein Trimm-dich-Buch für
Nerven, Herz und Kreislauf.

DER SATANSKÄFER
280 Seiten, gebunden
Im britischen Forschungsinstitut für biologische Ver-
nichtungswaffen fehlen drei Ampullen eines neu ent-
wickelten Virus, die ausreichen, die Menschheit auszu-
löschen! Was haben die Unbekannten damit vor?

DEM SIEGER
EINE HANDVOLL ERDE
236 Seiten, gebunden
Packende Aktionsszenen, verblüffende Verwicklungen,
erfrischende Dialoge und eine zarte Liebesgeschichte
machen diesen Kriminalroman zu einem Leckerbissen
für die Freunde der spannenden Unterhaltungs-
literatur.

SOUVENIRS
224 Seiten, gebunden
Rauschgift in Amsterdam wird für den Chef des
Londoner Rauschgiftdezernates zum entscheidenden
Auftrag seines Lebens.

Spannende Romane im Lichtenberg Verlag

Hunter Evan
WESTWÄRTS LIEGT DIE FREIHEIT
256 Seiten, gebunden

Die abenteuerliche Odyssee einer Familie auf der Suche nach dem Glück im Westen – ein Stück amerikanischer Geschichte, farbig und erregend von einem Romancier unserer Zeit erzählt.

Hunter, Evan
ZWEIMAL IST EINMAL ZUVIEL
304 Seiten, gebunden

Ein Literaturkritiker kidnappt das Kind eines Mafia-Bosses. Nanny, das Kindermädchen des entführten Sprößlings, versucht das Lösegeld zu beschaffen. Die Handlung überschlägt sich.

McBain, Ed
ES BLEIBT IN DER FAMILIE
272 Seiten, gebunden

Die zweite Frau des Arztes Dr. Jamie Purchase und die beiden kleinen Töchter aus dieser Ehe sind ermordet worden. Der Sohn des Arztes aus erster Ehe legt ein Geständnis ab. Aber es stellt sich heraus, daß er nicht der wahre Mörder ist.

Meyer, Nicholas/Kaplan, Barry Jay
SCHWARZE ORCHIDEE
336 Seiten, gebunden

Schauplatz der abenteuerlichen Handlung: das sagenumwobene brasilianische Manaus, Stadt des Reichtums und des Lasters vor der Jahrhundertwende. Als Orchideensammler getarnt, haben Kincaid und Longford den gefährlichen Auftrag, das Kautschuk-Monopol Brasiliens zu brechen.

Konsalik, Heinz G.
DER ARZT VON STALINGRAD
364 Seiten, gebunden

Dieser große Roman des Erfolgsautors Heinz G. Konsalik
zählt inzwischen zur klassischen Kriegsliteratur. Bisherige
deutsche Gesamtauflage: 990 000 Exemplare.

Konsalik, Heinz G.
LIEBE AUF HEISSEM SAND
352 Seiten, gebunden

Liebe, Haß und Spionage im Nahen Osten. Den Hintergrund für die leidenschaftliche Liebe zweier junger Menschen, die sich mitten in der Negev-Wüste zum erstenmal
begegnen, bildet der Blitzsieg der Israelis über die Araber.

Konsalik, Heinz G.
LIEBESNÄCHTE IN DER TAIGA
580 Seiten, gebunden

»Dem Erfolgsautor Konsalik gelang ein meisterhafter
Roman, der jeden Leser in seinen Bann schlägt.«
TAGES-ANZEIGER, ZÜRICH

Konsalik, Heinz G.
DIE TOCHTER DES TEUFELS
476 Seiten, gebunden

Das abenteuerliche und vom Schicksal gezeichnete Leben
der unehelichen Tochter Rasputins. Nadja wurde zusammen mit den Zarentöchtern erzogen und hier am Hof lernt
sie Nikolai, den jungen Gardeoffizier kennen. Ihre Liebe
hält den Wirren der Revolution stand, um später um so
grausamer zerstört zu werden.

Konsalik, Heinz G.
DER WÜSTENDOKTOR
216 Seiten, gebunden

Die erregenden Abenteuer eines Münchner Arztes in der
Wüste, zwischen arabischen Rebellen, europäischen
Geiseln und der leidenschaftlichen Liebe zweier Frauen.
Das Schicksal eines Antihelden vor dem Hintergrund
aktuellen Geschehens.